Tom Clancy
Eer en geweten

In de Jack Ryan-reeks

De jacht op de Red October
Ongelijke strijd
Kardinaal van het Kremlin
De Colombia Connectie
Golf van ontzetting
De meedogenlozen
Ereschuld
Uitstel van executie
Uur van de waarheid
De beer en de draak
Het rode gevaar
De tanden van de tijger
Op leven en dood
In het vizier
Dubbele dreiging
Op commando
Tom Clancy Verdenking van verraad
Tom Clancy In de aanval
Tom Clancy Onder vuur
Tom Clancy Opperbevel
Tom Clancy Plicht en eer
Tom Clancy Vriend of vijand
Tom Clancy Confrontatie
Tom Clancy In zijn macht
Tom Clancy Vuurlinie

Marc Cameron

Tom Clancy Eer en geweten

A.W. Bruna Uitgevers

Oorspronkelijke titel
Tom Clancy Oath of Office

Vertaling
Jolanda te Lindert
Omslagbeeld
© Getty Images/Stocktrek Images (bovenste beeld)
© plainpicture/Rudi Sebastian (onderste beeld)
Omslagontwerp
Studio Jan de Boer

ISBN 978 94 005 1217 7
NUR 332

Belangrijkste personages

Amerikaanse regering
John Patrick 'Jack' Ryan: president van de Verenigde Staten
Mary Pat Foley: Director of National Intelligence – directeur nationale inlichtingendiensten (DNI)
Arnold 'Arnie' Van Damm: stafchef van de president
Scott Adler: minister van Buitenlandse Zaken (BuZa)
Robert Burgess: minister van Defensie
Mark Dehart: minister van Binnenlandse Veiligheid

De Campus/Hendley Associates
Gerry Hendley: directeur van de Campus en Hendley Associates
John Clark: hoofd Operaties
Domingo 'Ding' Chavez: onderdirecteur Operaties
Jack Ryan junior: officier Operaties en senior analist
Dominic 'Dom' Caruso: officier Operaties
Adara Sherman: officier Operaties
Bartosz 'Midas' Jankowski: officier Operaties
Gavin Biery: hoofd IT
Lisanne Robertson: hoofd Logistiek

Andere personages
Verenigde Staten
Dr. Cathy Ryan: first lady van de Verenigde Staten
Will Hyatt: piloot U.S. Air Force Reaper
Michelle Chadwick: senator van de Verenigde Staten
Randal Van Orden: hoogleraar Astrofysica aan de U.S. Naval Academy (Amerikaanse Marine Academie)
Alex Hardy: adelborst (tweedejaarsstudent aan de) U.S. Naval Academy

Rusland

Nikita Yermilov: president van Rusland
Maksim Dudko: adjudant van Yermilov
Erik Dovzhenko: officier SVR (Russische buitenlandse inlichtingendienst, opvolger van de KGB) gestationeerd in Teheran
Kolonel Pavel Mikhailov: piloot Antonov 124, Russische Luchtmacht
Elizaveta Bobkova: agent SVR gestationeerd in Washington D.C.

Europa

Hugo Gaspard: Franse wapenhandelaar
Lucile Fournier: Franse huurmoordenaar
Urbano da Rocha: Portugese wapenhandelaar

Iran

Reza Kazem: leider Arabische Lente
Ayatollah Ghorbani: lage ayatollah in het Centrale Bestuur van Iran
Parviz Sassani: majoor van de IRG – Iraanse Revolutionaire Garde
Maryam Farhad: Iraanse vriendin van Dovzhenko
Ysabel Kashani: Iraanse wetenschapper; Jack juniors ex-vriendin
Atash Yazdani: Iraanse engineer ruimtevaarttechnologie
Sahar Tabrizi: Iraanse astrofysicus

Kameroen

Chance Burlingame: Amerikaanse ambassadeur in Kameroen
Adin Carr: diplomatiek veiligheidsagent gestationeerd in Kameroen
François Njaya: president van Kameroen
Generaal Mbida: Kameroense generaal
Sarah Porter: echtgenote van de vicemissiechef in Kameroen
Sean Jolivette: piloot F/A-18 Hornet van het Amerikaanse schip USS George H.W. Bush

Iemand die probeert altijd het goede te doen, zal zeker te gronde gaan tussen de vele mensen die niet goed zijn.

– Niccolò Machiavelli

1

In Moedertje Rusland bleven geheimen niet lang geheim. Informatie was macht. Klikken was ingebakken. Het was dan ook een wonder dat kolonel Pavel Mikhailov van het 224ste Luchtmachtdetachement, Military Transport Aviation, zijn zonden had weten te verbergen.

Het tribunaal door zijn superieuren was een langdurige en beschamende beproeving geweest. Maar hij was er goed afgekomen, nietwaar? *Bez muki net nauki* – geen kwellingen, geen kennis. *No pain, no gain*, zoals de Amerikanen zeiden. Nu had hij zijn *wings* – piloteninsigne – teruggekregen, en hij was niet van plan ook maar iets te doen waardoor hij het risico liep hem weer kwijt te raken. Hij zou voorzichtig zijn. Hij zou nauwgezet zijn. En bovenal zou hij nuchter zijn.

De drieënvijftigjarige kolonel liep met zijn zaklamp in de hand onder de uitstekende vleugel van het enorme Antonov An-124-vrachtvliegtuig en putte troost uit de kerosinegeur. Een licht briesje maakte zijn dunner wordende grijze haar in de war. Rosacea die nooit meer leek te verdwijnen kleurde zijn wangen rood. De avond was kil, maar het was een aangename lentedag geweest in Moskou en het zwarte asfalt gaf nog steeds warmte af. Kolonel Mikhailov had schuimoordopjes in om zijn gehoor te beschermen, maar het gejammer van de hulpmotoren en het hydraulische gegil van machines klonk hem als zachte muziek in de oren. Hij scheen met zijn zaklamp onder het brede oppervlak van de enorme vleugel en controleerde vervolgens elk van de vierentwintig banden; tijdens deze *preflight*-inspectie net zo volledig en grondig als toen hij nog als jonge cadet op de Gagarin Air Force Academy zat.

Hij had nog nooit een vliegtuig gemold, zelfs nooit bijna, maar hij was zoals zijn bevelvoerende generaal had gezegd weliswaar een ervaren piloot, maar toch hoefde hij maar een paar keer katterig op zijn werk te verschijnen of er werd gekletst. Vreemd genoeg waren zijn superieuren zich pas zorgen gaan maken nadat hij zijn eerste wekelijkse Anonieme Alcoholisten-bijeenkomst had bijgewoond. De Russische regering hield de AA al heel lang in de gaten, aangezien geheime bijeenkomsten en respect voor een andere hogere macht dan de staat verantwoordelijk waren voor het algemene gebrek aan vertrouwen in elk programma dat door het Westen was opgezet. Maar het was vooral Mikhailovs nieuwe houding die hun zorgen baarde.

Wodka maakte evenzeer deel uit van de Russische ziel als zware herenjassen en gedichten over ritten met een trojka.

In 1858 had de regering geprobeerd de rijksschatkist die door de Krimoorlog was uitgeput weer te vullen door het verdrievoudigen van de prijs van een emmer wodka. Boeren protesteerden tegen de belasting door te zweren geen druppel meer te drinken. Geheelonthoudersbewegingen groeiden doordat stedelingen die vroeger wodka zopen alles afzwoeren wat sterker was dan bier. Dat was gewoon onacceptabel. Het leger bemoeide zich ermee in verband met de alcoholbelangen van de staat, mishandelden demonstranten en goten de wodka met een trechter door hun keel. Geheelonthoudersgroeperingen werden illegaal verklaard en meer dan zevenhonderd demonstranten werden als opstandelingen beschouwd en gearresteerd.

Dus wanneer kolonel Mikhailov zich opeens zorgen maakte over zijn drankgebruik, moest ieder ander dat misschien ook doen. Misschien was hij een opstandeling.

Dankzij zijn dertig jaar bij de krijgsmacht had Mikhailov hooggeplaatste beschermers; mannen die in de jaren 1980 met hem in Afghanistan hadden gevlogen en nog altijd een bepaalde mate van loyaliteit voelden, ook al waren ze zelf tot indrukwekkende hoogte opgeklommen. Vakkundige piloten met Mikhailovs ervaring waren moeilijk te vinden en hij zei tegen zichzelf dat hij in aangeschoten toestand vele malen beter kon vliegen dan de helft van de kinderen bij de Luchtmacht van de Russische Federatie als ze nuchter waren.

De disciplinaire hoorzitting was verschrikkelijk geweest. Dronken was het al moeilijk om je ontelbare tekortkomingen te moeten aanhoren, maar broodnuchter was het bijna onverdraaglijk om te luisteren naar een uit generaals bestaande commissie die de hele waslijst walgelijke misstappen opsomde. Zijn hooggeplaatste vrienden konden niet voorkomen dat de commissie dreigde met oneervol ontslag, maar zelfs in zijn beschaamde verwarring wist hij wel beter: als ze hem zijn pensioen hadden willen afpakken hadden ze dat gewoon gedaan en daar niet mee gedreigd.

Hoewel hij soms het liefst een hele emmer wodka had leeggedronken, slaagde kolonel Mikhailov er toch in om tijdens het proces zijn mond te houden. Daarna deed hij precies wat hem was opgedragen, en uiteindelijk verdiende hij zijn wings terug – wings die hem voldoende vertrouwen in deze missie gaven.

Gisteren was hij met zijn Antonov 124 van Migalovo naar Zhukovsky Airport gevlogen. Het gigantische vliegtuig kon prima landen op de landingsbaan van de thuisbasis van het 6955ste als het toestel leeg was, maar zodra ze volledig beladen was lag dat wel even anders. Het toestel woog 74.352 kilo meer dan de vorige dag, dus had de An-124 een veel langere startbaan nodig dan Migalovo bezat. Zhukovsky lag ongeveer zesendertig kilometer ten zuidoosten van Moskou aan de rivier de Moskva. Het was niet alleen een internationaal burgervliegveld, maar hier was ook het Gromov Flight Research Institute gevestigd, een extra reden voor de veiligheidsprotocollen voor gevoelige missies zoals deze.

Deze vlucht van tweehonderd kilometer had niet alleen tot doel de controle van het functioneren en de veiligheid, maar het was ook een laatste testvlucht voor de zeskoppige bemanning, van wie er vier nieuw waren voor Mikhailov. Hij had al eerder met een van de twee technici gevlogen, maar de andere technici – de verbindingsman, de navigator en de eerste officier – waren niet van het 224ste. Vervangingen zoals deze kwamen voor, vooral op dit soort missies, maar de An-124-gemeenschap was relatief klein, dus verbaasde het hem dat hij geen van deze mannen eerder had ontmoet. Als hij meer zelfvertrouwen had gehad met betrekking tot zijn wings had hij wel meer vragen gesteld. Mikhailov wist dat zijn reputatie als geroutineerde piloot van de gevaarlijke Antonov ongeëvenaard was, maar zijn reputatie als dronkaard was even goed bekend, zelfs buiten het leger. De nieuwe bemanningsleden hielden hem nauwlettend in de gaten tijdens de preflight-briefing om te zien of hij misschien had gedronken.

Hij was al vroeg in de avond gearriveerd en had zijn ID-kaart gebruikt om door de concentrische lagen van hekken, deuren en gewapende beveiligers te komen. Daardoor was hij op tijd bij zijn vliegtuig en kon hij zien dat de hoge boordkranen en krachtige lieren de twee twintig meter lange kratten door de achterlaadklep inlaadden. In zijn vluchtmanifest stond de inhoud van elk krat beschreven als *osoboy vazhnosti* – van bijzonder belang – wat de Verenigde Staten *top secret* – topgeheim – noemden. Hun bestemming was Sary Shagan in centraal Kazachstan, waardoor dit een ietwat discutabele classificatie was. Sary Shagan was een testfaciliteit voor raketten, zodat er geen twijfel was aan de inhoud van de kratten. Behalve computerbarcodes stonden er geen merktekens op, maar door de stralingsmeter op de voorkant van elk krat was wel duidelijk dat de inhoud van de kratten nucleair was. Omdat hij de gezagvoerder was, moest hem worden medegedeeld dat elk item iets meer dan 37.000 kilo woog. De lengte en het gewicht beperkten de mogelijkheden een beetje, dus dacht hij dat het een soort middellangeafstandsraketten waren en waarschijnlijk een nieuw model, aangezien ze zouden worden getest. Maar goed, Mikhailov werd betaald om ze te vervoeren, niet om conclusies te trekken. Maar het maakte hem niet uit wat hij vervoerde, zolang hij maar mocht vliegen.

Bevestigingspunten op de raketten staken door kleine openingen in het hout in de lengterichting van de kratten naar buiten, waardoor de boordkranen van de Antonov elk item door de gigantische achterlaadklep konden laden en veilig in het vrachtruim konden plaatsen. Daarna was er nog ruimte over.

Mikhailov had een bataljon soldaten, enorme militaire trucks, tanks, andere vliegtuigen en zelfs een reddingsonderzeeër vervoerd. Hij en zijn collega-piloten zeiden graag dat ze zelfs het Kremlin konden vervoeren, zolang het gewicht maar gelijkmatig werd verdeeld.

Zodra de Antonov achteruit was geduwd zouden de laadmeesters de enorme sleepstang in het achterste vrachtruim opbergen. Daarna zouden zij in Zhukovsky achterblijven en het lossen van deze lading 'van bijzonder belang' overlaten aan hun collega's in Sary Shagan.

Na zijn preflight-inspectie liep kolonel Mikhailov de geopende achterlaadklep op, vlak langs de wand om de verankerde raketten te passeren, en ging daarna via de trap naar het bovendek. De rest van de bemanning zat al op zijn plek in de cockpit. Ze begroetten hem op de gebruikelijke manier voor een kolonel annex gezagvoerder, waarna hij in de linkerstoel plaatsnam. Hoe vaak hij ook achter de stuurknuppel van een vliegtuig was gaan zitten, toch kreeg hij elke keer weer een warm gevoel in zijn buik, net als... nou ja, net als na een stevige borrel.

Hij zette zijn leesbril op, klaar om zijn gedeelte van de pre-take-off-checklist door te nemen, terwijl de eerste officier, een indrukwekkende en zwaarmoedige man die Cherenko heette, punt voor punt voorlas van een gelamineerde kaart. Hij was een burger – zeer waarschijnlijk een piloot van de FSB, de Russische tegenhanger van de Amerikaanse FBI – en was gekleed in een donkere lange broek en een wit overhemd met drie gouden strepen op zijn zwarte epauletten.

Mikhailov had de vorige dag opdracht gegeven het tweede waarschuwingslampje voor het brandblussysteem in het vrachtruim te vervangen en dat was niet gebeurd, maar hij besloot te wachten tot de terugvlucht naar Migalovo. De andere checks waren in orde.

Mikhailov wendde zich tot de navigator die achter hem zat en van Delivery Control al toestemming en instructies had ontvangen voor de take-off. ‘Vluchttijd?’

‘Drie uur en zevenendertig minuten, kolonel,’ zei de navigator. ‘Grotendeels tegenwind. Een Airbus 320 uit de Oeral die vanuit het zuiden komt meldde zware turbulentie op hoogte één-negen-nul.’

Mikhailov knikte, niet verontrust. ‘Uitstekend. Laten we vertrekken. Ik ken daar een vrouw die een zeer goede schapenstoofpot maakt.’

‘Dat is waarschijnlijk Kazachse paardenlul,’ zei eerste officier Cherenko grinnikend, terwijl hij de preflight-checklist in de map naast zijn stoel opborg.

Mikhailov haalde zijn schouders op en besloot dat hij de man niet mocht. ‘Wat het ook is, die stoofpot is verrukkelijk.’ Hij keek op zijn horloge – 1.04 uur – boog naar voren en verstelde de radio om de meest recente vluchtinformatie te ontvangen. Hij luisterde de opgenomen boodschap helemaal af en knikte daarna tegen de eerste officier. Tijdens de vlucht vanuit Migalovo de vorige dag was gebleken dat Mikhailov wilde dat zijn copiloot de radio’s bediende terwijl hij het vliegtuig bestuurde.

'Vluchtleiding,' zei Cherenko. 'Antonov 2808 klaar om te taxiën met informatie Bravo.'

'Antonov 2808,' zei een mannenstem. 'Inhouden Runway Eén-Twee, monitor Tower op één-één-negen-punt-vijf.'

Militaire piloten spraken Russisch met elkaar en tot grote consternatie van piloten uit andere landen deed de luchtverkeersleiding dat soms ook. Maar Engels was de internationale voertaal voor vliegverkeer en dit luchtruim werd gecontroleerd door burgers. De luchtverkeersleider zette hen in de rij achter een IL-76 *heavy* en waarschuwde voor de turbulentie door de vertrekkende reus.

'In de rij achter de heavy,' antwoordde Cherenko. 'Antonov 2808.'

Even later denderde de zesenveertig meter lange viermotorige Ilyushin IL-76 over de startbaan, waarbij hij achter zich onzichtbare wervelwinden veroorzaakte.

De luchtverkeersleider zei: 'Antonov 2808 akkoord voor take-off op Runway Eén-Twee, vlieg boven *runway* tot hoogte van vijfduizend voet. Contact Moskou Departure.'

Terwijl Cherenko de instructies herhaalde, duwde Mikhailov de hendels langzaam naar voren. Het stilstaande vliegtuig begon te trillen toen hij de vier Lotarev D-18T-turbofanmotoren bijna vijf minuten rustig liet draaien voordat hij de remmen losliet en begon te taxiën. Langzaam maar zeker kreeg het grote toestel voldoende snelheid om op te stijgen.

'Positieve klimsnelheid, kolonel,' zei Cherenko in het Russisch via de intercom, met zijn ogen op de hoogtemeter gericht. 'Landingsgestel omhoog.'

De zware Antonov was een gevoelig vliegtuig, maar in Mikhailovs capabele handen vloog het toestel dat inclusief kerosine en vracht meer dan tweehonderdduizend kilo woog bijzonder gracieus door de lucht.

Luchtverkeersleider Svetlana Minsky likte over haar gesprongen lippen en drukte haar slanke vingers tegen haar koptelefoon, zoals ze altijd deed als ze nerveus werd. Haar idiote vriend had haar overgehaald te stoppen met roken en daar had ze vanavond last van. Op de motivatieposter die aan de muur boven haar was geprikt stond in cyrillisch schrift: ER IS STAAL NODIG VOOR DE HAMER DIE GLAS VER-

BRIJZELT. Die uitdrukking zou grappig zijn als het niet zo erg was. De hamer van de luchtverkeersleiding was zeker weten in staat om staal te verbrijzelen. Bovendien had Minsky het veel te druk met haar werk om onzinnige motivatieposters te lezen. Zij en de tientallen andere dienstdoende luchtverkeersleiders in de raamloze blauwe zaal van het Moskou Air Traffic Control Center waren verantwoordelijk voor het luchtruim van zeventig vliegvelden in en rondom Moskou. Deze avond was extra hectisch, en ze vervloekte haar vriend omdat hij haar sigaretten had gestolen. De opgewonden klank in haar stem was duidelijk hoorbaar via de radio, wat haar een waarschuwende blik opleverde van haar supervisor die midden in de ruimte als een vogel aan een rij bureaus achter haar zat.

Na de volgende radarsweep zag ze een genummerd bliepje op haar radarscherm verschijnen.

Een nieuwe stem die bij het bliepje hoorde, kraakte in haar headset. Door het sterke Slavische accent zou het Engels voor iedere niet-Rus bijna onverstaanbaar zijn geweest. 'Moskou Departure, Antonov 2808 verlaat achthonderd voet voor vijfduizend.'

'Antonov 2808, radarcontact. Ga volgens instructie door met klimmen.'

De *short-term conflict alert* (STCA) op Minsky's computer liet een tweede Antonov zien, ook van de Russische Luchtmacht, die Zhukovsky passeerde op een koers die de 2808 met de huidige snelheid en hoogte zou onderscheppen. De vliegtuigen waren nog acht mijl van elkaar verwijderd. Ze had dus drie mijl voordat ze werd geconfronteerd met een incident: als twee vliegtuigen dichter bij elkaar komen dan vijf laterale mijl of een hoogte van duizend voet.

Minsky hield zich een tijdje met een ander vliegtuig bezig en kuchte onverstoorbaar toen ze haar aandacht weer op de twee Antonovs richtte. Ondanks de vele lege mijlen in de lucht zouden deze twee klootzakken dadelijk op elkaar botsen. Ze had zin om te vloeken, bijna net zo graag als ze een sigaret wilde. 'Antonov 2967, pas hoogte aan tot één-vier-duizend, draai dertig graden naar links om botsing met vliegtuig vertrekkend uit Zhukovsky te voorkomen.'

Geen antwoord.

Dit was niet ongewoon. Piloten stootten tegen de knop van hun radio, stelden af op de verkeerde frequentie of raakten betrokken bij een gesprek met de cockpit. Soms vielen ze gewoon in slaap.

Zes mijl van elkaar.

Minsky probeerde het nogmaals, herhaalde haar bevel voor 2967 om de hoogte te wijzigen.

Geen antwoord. De term om een vliegtuig te beschrijven dat niet reageerde via de radio was NORDO, maar ze nam niet de tijd die term te gebruiken.

'Antonov 2808, handhaaf één-zes-duizend, draai onmiddellijk dertig graden naar links.'

Nog maar vijf mijl. Dit werd bijna een officieel incident.

Beide vliegtuigen klommen nu naar achttienduizend voet, waardoor ze op hetzelfde punt ten zuidwesten boven de Moskva zouden samenkomen.

Minsky troostte zichzelf met de gedachte dat slechts een van hen opzij hoefde.

De piloot antwoordde met een herhaling van haar instructies. 'Handhaaf één-zes-duizend, draai dertig graden naar links.'

Minsky pakte de alligator van rubber die haar vriend haar had gegeven zodat ze daarmee de stress van het niet-roken af kon reageren. Ze kneep erin alsof ze probeerde het achterlijke ding te vermorzelen. Toen de piloot haar opdracht herhaalde slaakte ze een zucht van verlichting, terwijl het nummer op haar scherm dat 2808 vertegenwoordigde van zijn oorspronkelijke pad afweek en haar instructies opvolgde.

Maar om onverklaarbare redenen bewoog het radarbliepje dat 2967 vertegenwoordigde ook, rechtstreeks naar 2808 met dezelfde koers en klimsnelheid.

Minsky verspilde geen tijd aan het NORDO-toestel. 'Antonov 2808, draai onmiddellijk dertig graden naar links.'

In luchtverkeersleidingstaal betekent 'onmiddellijk' precies dat: de piloot mag geen tijd besteden aan het uitschakelen van de automatische piloot of aan het rommelen met het koersmankement. Zodra hij dat commando hoort moet hij de stuurknuppel vastpakken en het vliegtuig bijsturen.

Antonov 2808 bevestigde wel, maar wijzigde zijn koers niet.

Vijf meter verderop in de schemerig verlichte ruimte waarschuwde de verklikker op de computer van de supervisor hem dat er een probleem was, op hetzelfde moment dat Minsky haar hand opstak en met haar vingers knipte om zijn aandacht te trekken. Hij reed met zijn stoel over het blauwe industriële tapijt en zag met wijd opengesperde ogen dat de beide bliepjes op het scherm dichter bij elkaar kwamen.

Minsky verwachtte niet dat hij haar hielp, maar ze wilde gewoon dat een getuige zag dat ze alles volgens het boekje deed.

'Probeer die andere,' fluisterde de supervisor.

Het conflict-alert-alarm op haar radar piepte: twee minuten tot een botsing in de lucht. De Amerikanen noemen een dergelijk incident een *deal* – zeker weten het grootste understatement dat je maar kunt bedenken, dacht Minsky.

Ze deed een nieuwe poging: 'Antonov 2967, ga dertig graden naar rechts, onmiddellijk. Handhaaf vlieghoogte op één-negen-nul. *Break*. Antonov 2808, ga dertig graden naar links, ander toestel drie mijl van uw rechtervleugel. *Break*. Antonov 2967, draai onmiddellijk naar rechts.'

Niets.

Minsky kneep de rubberen alligator fijn en sloeg er steeds weer mee op haar bureau. Ze had net zo goed 'Bayu Bayushki Bayu' voor deze stomkoppen kunnen zingen, maar dat had de zaak niet veranderd.

Toen, gelukkig: 'Links dertig graden, Antonov 2808.'

Het bliepje veranderde met elke radarsweep van koers.

Minsky had haar adem ingehouden en ademde nu uit. 'Dank u, 2808. 2967 is NORDO.'

'We zullen proberen contact te maken,' antwoordde 2808.

Minsky wreef even met de rug van haar hand over haar vermoeide ogen, maar door een serie krachttermen van haar supervisor was ze weer alert.

Antonov 2808 paste zijn koers volgens de instructie aan, maar het tweede toestel volgde dezelfde koers. Op hun huidige koers en hoogte zouden de beide vliegtuigen binnen zeer korte tijd in een vuurbal boven Rusland veranderen.

Minsky bleef mondeling commando's geven. Haar supervisor typte dezelfde vluchtinstructies in in het Sintez-computersysteem die ze als elektronische berichten naar het vliegtuig stuurde. Tegelijkertijd werd het andere luchtverkeer ver uit dit gebied geleid. De tweede Antonov leek aan te sturen op een botsing in de lucht. Minsky zag vol afschuw dat de twee bliepjes op het scherm met elke radarsweep dichter bij elkaar kwamen, met de identificatienummers van hun respectievelijke responders.

'Antonov 2967,' zei Minsky weer. De smeekbede was als een barst in zachter gesteente in haar granieten stem te horen. 'U moet huidige hoogte en koers aanhouden.' Ze herhaalde hetzelfde in het Russisch, gewoon voor het geval dat.

Even bevroren de bliepjes in wat een *ghost track* wordt genoemd, terwijl de verwarde radar- en computerprocessors probeerden de beide vliegtuigen terug te vinden.

De supervisor kreunde en hing bijna op Minsky voor emotionele steun. Schor zei hij: 'Twintig seconden. Dan weten we het.'

De hoge positie van de cockpit van de Antonov gaf de bemanning van 2808 een gruwelijk zicht op de buik van het vliegtuig toen het over hen heen vloog en op hen afdook als een arend op zijn prooi. Kolonel Mikhailov vloekte met opeengeklemde kaken en duwde de stuurknuppel naar voren toen het andere vliegtuig op een afstand van vierhonderd voet vlak over hen heen scheerde en dezelfde koers aanhield alsof ze in formatie vlogen.

De instrumenten flikkerden even, net als de verlichting in de cockpit. Mikhailov hoorde de navigator die achter hem zat iets onbegrijpelijks zeggen, maar hij had zijn handen vol en geen tijd om navraag te doen.

'Ik heb het vliegtuig overgenomen,' zei Cherenko die rechts van hem zat.

Mikhailov keek snel opzij. 'Echt niet, het is nog steeds mijn toest...'

De kolonel verstijfde toen hij het koude staal van een pistoolloop in zijn nek voelde. Heel langzaam liet hij de stuurknuppel los. 'Jij hebt het vliegtuig overgenomen,' zei hij.

Hij draaide zich half om en zag dat de hoofdtechnicus bewusteloos op de grond lag, verdoofd of door een klap op zijn hoofd, dat wist hij niet. De technicus die hij niet kende had een kalme glimlach op zijn gezicht en hield het pistool stevig vast.

De tweede Antonov bleef hen schaduwen. Nadat de transponder even was gestopt met knipperen begon hij opeens weer, maar nu met een ander identificatienummer.

De radio kraakte en terwijl het tweede vliegtuig wegvloog en in het donker verdween, zei een nieuwe stem: 'Moskou Departure, Antonov 2808. We zijn veilig. 2967 is direct onder ons door gevlogen.'

De verbindingsman achter Mikhailov zei: 'Moskou Departure, Antonov 2967. Sorry hiervoor. We hadden last van een intense magnetische storm waardoor we blind moesten vliegen. We hebben dat opgelost.'

'2967, wilt u een noodgeval melden?' vroeg de vrouwelijke luchtverkeersleider met een gespannen klank in haar stem door de bijna-botsing tijdens haar dienst.

'Dat vindt de gezagvoerder niet nodig,' antwoordde Cherenko. 'We zullen landen in Saratov en de vereiste systeemcontrole uitvoeren. Antonov 2967.'

De luchtverkeersleider gaf hem een telefoonnummer dat hij moest bellen om 'de kwestie verder te bespreken'. Er zou zeker een rapport worden opgemaakt. Hij bevestigde ontvangst, maar schreef niets op.

Mikhailov liet zijn handen een beetje zakken, maar de technicus porde hem met het pistool tot hij ze op zijn hoofd liet rusten. Mikhailov mompelde: 'Wij zijn dus 2967 geworden en zij zijn nu ons.'

De verbindingsman bleef in gesprek met Departure en Mikhailov voelde dat het toestel een scherpe bocht naar rechts maakte en bijna precies naar het zuiden vloog. Hij keek naar zijn eerste officier, gekweld door de stomme nutteloosheid van dit alles. 'Er zijn andere manieren waarop ze kunnen ontdekken wie we zijn.'

'Dat is waar,' zei de technicus met het pistool. 'Maar met de juiste apparatuur en de steun van de juiste mensen…'

'Wat hopen jullie te bereiken? De raketten zijn nutteloos zonder de lanceerapparatuur.'

'Dat is ook waar,' zei de verbindingsman, terwijl hij glimlachend naar de twee leren aktetassen naast zijn voeten keek.

Mikhailov had het gevoel alsof hij een stomp in zijn maag had gekregen. 'Ik begrijp het. Wat gebeurt er als het andere toestel zonder kernraketten aan boord in Kazachstan aankomt?'

'Het vliegt wel die kant op,' zei Cherenko. 'Maar helaas zal dezelfde magnetische storm die wij net hebben meegemaakt de navigatie- en communicatiesystemen van het toestel beschadigen. Daardoor zal het ergens boven de beboste heuvels van het Bashkiriya Woud het radarcontact verliezen en verdwijnen. Ik kan je verzekeren dat dat vliegtuig niet zal worden gevonden.'

'Wat is onze bestemming dan?'

Cherenko keek hoofdschuddend opzij. 'Dat, kameraad kolonel, is voor u vrees ik niet langer van belang. Want weet u, u zit zogenaamd in dat gedoemde vliegtuig.' Hij ging een beetje verzitten zodat hij de radioman kon aankijken die achter hem zat. 'Yuri, het is al donderdag, een beetje vrijdag. Wil je zo vriendelijk zijn de kolonel wat wodka te geven?'

'Nee… Ik…' stamelde Mikhailov. 'Ik… drink niet…'

'Mijn vriend,' zei Cherenko zacht. 'Doe jezelf een plezier en drink wat wodka. Dat zal wat hierna komt… gemakkelijker maken.'

2

De president van de Verenigde Staten zette een wit porseleinen koffiekopje op een houten onderzetter op de rand van het Resolute Desk. Sommige mensen dachten dat Jack Ryan uit de schedels van zijn verslagen vijanden dronk, maar de wetenschapper en de ex-Marinier dronk zijn koffie het liefst uit een geschilferde stenen beker die vanbinnen donker was door de liters koffie die erin hadden gezeten. Later die dag zou hij zijn geliefde beker wel gebruiken, maar voor de gebruikelijke fotosessie tijdens de eerste ontmoeting in het Oval Office met een pas benoemd lid van het Cabinet was het chique Witte Huis-porselein noodzakelijk.

Na het vertrek van de fotograaf was Ryan opgestaan en hij zat nu voor zijn bureau in een van de twee Chippendale-stoelen tegenover Mark Dehart, de minister van Binnenlandse Veiligheid. De zachte banken en stoelen midden in het Oval Office waren comfortabeler, maar die gaven je het gevoel dat je werd opgeslokt. Ryan had Dehart één keer eerder kort ontmoet, meteen na het laatste White House Correspondents' Dinner. Die geïmproviseerde ontmoeting had plaatsgevonden in een zijkamertje van het Washington Hilton dat niet veel groter was dan een telefooncel. Het was een soort hinderlaag geweest, zoals een gesprek met de Commander in Chief vaak was. Toen had Dehart niet de tijd en de ruimte gehad om zenuwachtig te zijn, maar nu leek hij volkomen onverstoorbaar. Zijn ogen straalden tijdens dit eerste officiële onderonsje met zijn nieuwe baas. Dat vond Ryan prettig, omdat mensen die goed in hun vel zaten eerder bereid waren eerlijke kritiek en advies te geven. En eerlijke kritiek van mensen uit je eigen kamp was zeldzaam als je, zeg maar, de machtigste persoon op aarde was.

Deze ochtend had Ryan twintig hele minuten uitgetrokken voor zijn nieuwe minister van Binnenlandse Veiligheid. Dat was een eeuwigheid voor een Oval Office-bespreking, vooral als het alleen maar om een vriendelijk gesprek ging.

Ryan knikte goedkeurend. 'Mijn excuses dat ik zo lang heb gewacht om je uit te nodigen.'

'U bent een drukbezet man, meneer de president,' zei Dehart. Hij was fit, eenenzestig, slank, met het ingevallen gezicht van een triatleet en de kraaienpootjes van iemand die altijd glimlacht. Zijn witte overhemd accentueerde zijn zongebruinde teint, alsof hij in zijn vorige baan als Congreslid elke vakantie had gebruikt om met zijn oude John Deere-trekker akkers te ploegen. Dehart was van Nederlandse komaf en geboren in Pennsylvania; zijn vader en opa waren melkveehouder geweest. Hij had het 'melkgeld' dat hij had verdiend gebruikt voor zijn studie aan Penn State en voor een master in biologie aan Carnegie Mellon. Hij was eigenlijk wetenschapper, een denker met een analytische geest met de werkhouding van een boer. Hij was eerlijk en de meeste mensen mochten hem. In de verraderlijke wereld van de D.C.-politiek betekende dit dat veel mensen hem graag zouden zien mislukken, omdat zij er vergeleken met hem slecht afkwamen.

Dehart ging verzitten. Niet omdat hij zenuwachtig was, maar omdat hij liever actief was dan alleen nadacht over dingen doen. 'Eerlijk gezegd heeft het me verbaasd dat mijn benoeming is goedgekeurd. Ik weet niet waarom, maar senator Chadwick heeft echt de pest aan me.'

Ryan schudde langzaam zijn hoofd. Als voorzitter van het Homeland Security Appropriations Subcommittee van de Senaat, het CARDINAL, had Michelle Chadwick veel macht. 'Nee, Mark,' zei Ryan en hij zuchtte. 'Ze is alleen tegen mij. Ze heeft toevallig een verschroeide-aarde-instelling als het om politieke of andere gevechten gaat. Wanneer ik haar ergens voor zou willen voordragen, zou ze volgens mij de een of andere kwalijke kwestie bekendmaken alleen om voor elkaar te krijgen dat het een stomme zet van me zou lijken om te proberen haar te benoemen.' Ryan nam nog een slok koffie om de smaak van Michelle Chadwicks naam weg te spoelen. Daarna zette hij het kopje neer om andere gedachten te verdrijven. 'Hoe dan ook, je bent benoemd. Ben je er klaar voor om aan het werk te gaan?'

Dehart glimlachte. 'Inderdaad, meneer.'

'Ben je al in de gelegenheid geweest om je briefingboeken door te nemen?'

Als minister van Binnenlandse Veiligheid was Dehart onder andere verantwoordelijk voor Customs & Border Protection, Immigration & Customs Enforcement, FEMA, de Kustwacht en de Secret Service.

'Ik heb ongeveer zeventig van de negentig centimeter hoge stapel dossiers doorgewerkt,' zei Dehart, volkomen serieus.

'Geloof me,' zei Ryan, 'briefings zijn net koeien, er komt elke dag meer stront bij.'

Dehart grijnsde. 'De meststank was me al opgevallen, meneer de president. Maar mijn moeder belde me vanochtend en zei dat ik mijn spottende opmerkingen tot een minimum moet beperken, aangezien dit mijn eerste keer in het Oval Office is en zo.'

'Verstandig advies,' zei Ryan. 'Je hebt dus voldoende gelezen om een idee te hebben van wat je... van wat ons te wachten staat. Vertel me waar je bang voor bent.'

Dehart haalde diep adem en keek naar het presidentiële zegel in het midden van de vloerbedekking in het Oval Office. Hij koos zijn woorden zorgvuldig voordat hij Ryan aankeek. 'Voor drie dingen, meneer de president.'

Ryan trok een wenkbrauw op. 'Voor welke drie dingen?'

'Maakt niet uit, meneer,' zei Dehart. 'Als ze alle drie tegelijk gebeuren.'

Reza Kazem deed wat hem was opgedragen, min of meer. Russen waren immers experts in spionagewerk. Hij kon niemand ontdekken, maar hij wist dat ze constant bij hem waren en erop letten of ze eventuele achtervolgers zagen.

De zevenentwintigjarige Iraniër had vier jaar aan Georgetown gestudeerd en had nu een bachelor in wiskunde. Hij had er geen enkele moeite mee om door Washington D.C. te rijden. Hij had hier ook lang genoeg gewoond om te weten dat achter elke boom en onder elke steen spionnen zaten en, nog belangrijker, contraspionnen.

Kazem was 1 meter 82, had een olijfkleurige huid en een dikke bos golvend zwart haar. Hij viel dus niet op in Iran of Washington, tot iemand zijn ogen zag. Die waren donkergroen, de kleur van de zee in een storm. Daardoor hadden heel veel vrouwen aandacht aan hem besteed gedurende zijn tijd op Georgetown. Hij was een dromer, vergat vaak te eten, vooral nu, nu er zoveel op het spel stond. Daardoor was hij broodmager, iets wat Amerikaanse meisjes ook leuk leken te vinden. Hij hield van voetbal, wat de Amerikanen *soccer* noemden, en liep elke ochtend vijf kilometer hard om in vorm te blijven. Fysiek was hij niet erg sterk, maar dat gaf niet. Mensen deden niet wat hij wilde doordat hij sterker was dan zij. Hij vertelde hun gewoon wat hij wilde, keek hen met zijn stormachtige blik aan, en dan deden ze dat.

Kazem had een taxi genomen van zijn hotel naar het metrostation op Tysons Corner, waar hij de Silver-trein naar Largo Town Center nam. Zoals hem was opgedragen stapte hij uit op Rosslyn, nam de onmogelijk lange lift omhoog naar straatniveau en liep twee blokken in oostelijke richting naar een Starbucks. Het was vroeg en hij moest achter de andere forensen in de rij gaan staan tot hij een kop koffie en een plak citroencake kon kopen die hij op straat opat. Op de trottoirs wemelde het van mensen die oordopjes in hadden, een krant bij zich hadden of koffiedronken, maar niemand leek zelfs maar een beetje op een geheim agent, al dan niet Russisch. Wie het ook was moest wel erg goed zijn. Kazem at zijn citroencake op; die was vochtig en smaakte minstens zo lekker als alles wat hij ooit in Iran had geproefd, al gaf hij dat liever niet toe. Daarna liep hij terug naar het metrostation. Deze keer nam hij de Orange-trein die parallel aan de Silver-lijn reed. Op L'Enfant Plaza stapte hij over in de Blue Line en reed terug naar waar hij vandaan kwam. Deze trein reed naar het zuiden en stak de rivier de Potomac over, reed door Foggy Bottom – waar het hoofdkantoor van het ministerie van Buitenlandse Zaken gevestigd was – en langs Rosslyn. Daarna reed de trein weer boven de grond. De trein was bomvol, Kazem stond en hield zich vast aan een stalen stang boven zijn hoofd. Hij ving een glimp op van de eindeloze rijen witte grafstenen op de heuvelhelling van het Arlington Cemetery en van de uitgestrekte parkeerplaats van het Pentagon. Hij bevond zich inderdaad in de buik van het monster.

Kazem stapte uit de trein bij het Fashion Centre in Pentagon City, ging weer naar straatniveau en liep door 15th Street in oostelijke richting naar het Crystal Gateway Marriott. Hij wandelde door de hotellobby en liep door een lange, steriel uitziende betegelde gang naar het Crystal City Underground-winkelcentrum, waar het rook naar gesteven overhemden en gepoetste schoenen. Daar zou hij zijn contactpersoon ontmoeten.

Hij baande zich een weg door de menigte fris gedouchte ambtenaren en geüniformeerde militairen die met Virginia-transittreinen op weg waren naar het Pentagon of naar en van de ontelbare andere kantoren in dit kleine hoekje binnen de Beltway.

Kazem ontdekte degene die hij zocht voor een andere Starbucks tegenover een restaurant dat King Street Blues heette.

Ze zat aan een zwart metalen tafeltje, één van een stuk of zes andere identieke tafeltjes. Zelfs nu ze zat kon hij zien dat de vrouw lang was. Ze was ook heel slank, een langeafstandsrenner zoals je ze vaak kunt zien hardlopen over het verharde pad langs de Potomac tussen Arlington en Mount Vernon. Haar schouderlange blonde en licht krullende haar omlijstte haar jukbeenderen en een opvallende, maar toch aantrekkelijke Slavische neus. Haar antracietgrijze pakje leek duur, hoewel Reza zich nooit in zaken als damesmode had verdiept. Anders dan gebruikelijk in de spionagewereld kende hij de naam van zijn contactpersoon, of in elk geval de naam waaronder ze bij de ambassade bekendstond: Elizaveta Bobkova, eerste assistente van de Russische economisch attaché in Washington. Reza wist ook dat Bobkova werkte voor SVR, Sluzhba Vneshney Razvedki, de Buitenlandse Inlichtingendienst van de Russische Federatie, en dat ze was ingedeeld bij de afdeling Iran van het Politieke Inlichtingen Directoraat van de SVR.

Hij had haar één keer eerder ontmoet, in de dierentuin in Washington, ook na een SDR – *surveillance-detection route*, een omweg om te controleren of je wordt gevolgd. Op het tafeltje voor haar stonden nu twee koppen koffie en twee plakken citroencake – precies wat hij had besteld in Rosslyn, het teken dat alles in orde was.

Bobkova wenkte Reza door een knipje met haar vingers waarvan de nagels felrood waren gelakt. Ze deed geen enkele poging niet op te vallen en wees met een brede glimlach naar de stoel tegenover haar. ‘Ik neem aan dat je reis goed is verlopen,’ zei ze terwijl hij ging zitten.

Kazem zette zijn rugzak tussen zijn voeten. ‘Inderdaad.’ Hij keek naar de citroencake. Hij had honger gekregen door het frisse lenteweer. 'Is dit voor mij?'

Bobkova knikte en nam een slok uit haar beker, waardoor ze het donkere plastic dekseltje besmeurde met een halvemaan donkere lippenstift. 'Je bent opvallend aantrekkelijk. Weet je dat wel?'

Kazem nam een hap van de citroencake, die al even vochtig was als die in Rosslyn, en liet die opmerking onbeantwoord. Hij had deze vrouw nodig, dus besloot hij niet te zeggen wat hij dacht. 'Bedankt dat je me wilde ontmoeten.'

'Heb je iemand gezien die je achtervolgde?'

Kazem schudde zijn hoofd. 'Nee.'

'Ik dacht dat je misschien een paar van de mannen hebt gezien die voor me werken,' zei de Russin. 'Dat zijn achterlijke halve zolen, allemaal.'

Kazem wist dat dat niet waar was en vroeg: 'Mag ik uit deze ontmoeting concluderen dat je superieuren hebben besloten ons te helpen met onze zaak?'

'In zekere zin wel.' Bobkova nam nog een slok koffie, draaide haar beker rond en keek hem onderzoekend aan. 'Ik weet zeker dat je je ervan bewust bent dat mijn land een opvallende bondgenoot van het huidige regime is geweest, maar we zijn zeker niet tegen wat er nu gebeurt. Deze opstand, deze... Arabische Lente zoals die werd genoemd, is nogal... opmerkelijk.'

Kazem verbeet een glimlach. Hij woonde lang genoeg in de Verenigde Staten om te weten dat ze dit woord onterecht gebruikte. 'Onze zaak heeft heel veel steun. Demonstraties buiten Teheran, in Qom, Isfahan, ten oosten van Mashhad en zelfs zo zuidelijk als Bandar Abbas, en ontelbare andere steden. Facebook, Twitter, Telegram... De regering blokkeert ze allemaal, maar wij vinden andere wegen.' Hij maakte een gebaar alsof dat oud nieuws was. 'Maar daar hoeven jullie je niet mee bezig te houden. Zal Rusland leveren wat we nodig hebben?'

'Dit blijkt... opmerkelijk moeilijk te zijn...' Bobkova keek op terwijl ze dit zei en keek met een brede tandpastaglimlach naar een passant links van haar.

Kazem volgde haar blik en zag een jongeman in een beige regenjas – hij leek op iemand uit een Humphrey Bogart-film – die over zijn eigen voeten struikelde.

De man stond heel even stil. Een nieuwe golf forenzen uit een pas gearriveerde trein uit Crystal Drive vloekte zacht om de stommiteit van de man en stroomde als een rivier om een rotsblok langs hem heen naar het metrostation. De man, waarschijnlijk een paar jaar jonger dan Kazem, had een roze huid die eruitzag alsof die met zout was ingewreven, hij had zijn haar met gel gladgemaakt en onder zijn geopende regenjas was een onberispelijk marineblauw krijtstreeppak zichtbaar. De man likte om zijn dikke, padachtige lippen terwijl zijn blik steels heen en weer schoot van Kazem naar Bobkova. Even later was de betovering verbroken en verdween hij in de menigte die naar het metrostation liep.

'Volgens mij herkende hij je,' zei Kazem. Hij griezelde van die vreemd uitziende man met zijn geboende huid.

'Dat was ook zo,' zei Bobkova.

'Wat?' zei Kazem, verbaasd over de luchthartigheid van deze vrouw. 'Je hebt me twee uur lang een SDR laten uitvoeren, terwijl je ondertussen wilde dat we samen gezien werden?'

Bobkova klopte op de tafel en keek hem glimlachend aan. 'Mijn baan omvat ingewikkelde vermommingen. De maatregelen die jij vanochtend hebt genomen waren absoluut noodzakelijk. Als je niet had geprobeerd je schaduw af te schudden, zou de FBI denken dat onze afspraak onbelangrijk was.'

Kazem keek ongerust achterom. 'Was die man van de FBI?'

'Nee, hoor,' zei Bobkova spottend. 'Ik heb hem ontmoet tijdens een ambassadediner een paar avonden geleden. Maar hij is praatgraag en dat dient ons doel. Je zou blij moeten zijn. Nu zullen de Verenigde Staten mee willen doen aan de actie. Het zou me niet verbazen als ze je meteen koffers vol geld aanbieden, want dat is de manier waarop de Amerikanen hun zaken regelen.' Met een ondeugende glimlach voegde ze eraan toe: 'En trouwens, ze zullen gek worden terwijl ze proberen het waarom van dit alles te achterhalen.'

Kazem schudde zijn hoofd alsof hij helder wilde nadenken. 'Ik begrijp hier helemaal niets van, maar jij bent de expert. En wat bedoel je met "in zekere zin"? We zijn duidelijk genoeg geweest in onze verzoeken. De Iraanse geheime dienst is al erg genoeg, maar de Revolutionaire Garde is meedogenloos. We hebben bepaalde dingen nodig om hun effectiviteit te bestrijden. Technische apparatuur die onmisbaar is voor de beweging. Wat betekent dit, dat jullie ons niet direct kunnen helpen?'

'Ik kan wel begrijpen waarom mensen zich met jullie zaak verbinden.' Ze keek hem weer recht aan. 'Heel erg opmerkelijk...' Ze fluisterde tegen zichzelf, dromerig, maar was even later weer in het moment. Ze hoestte en ging iets rechter op zitten. 'Hoe dan ook, ik bedoel gewoon wat ik zeg. De regering van Rusland kan jullie niets rechtstreeks leveren.' Kazem begon te protesteren, maar ze hief haar hand. 'Ik zal je de contactinformatie sturen van de mannen die dat wel kunnen.'

Bobkova was duidelijk intelligent en ze wilde dat hij dacht dat ze meer informatie had dan ze in werkelijkheid bezat. Door de maskerade waar hij nu deel van uitmaakte leek het alsof ze een dom spelletje speelde.

Kazem schoof de niet opgegeten helft van zijn citroencake van zich af en keek de vrouw met een harde blik aan. Die arme vrouw had geen idee waar ze mee te maken had, waar ze nu bij betrokken was. Haar arrogantie was... nou ja, opmerkelijk, en dat zou haar ondergang betekenen.

'Dit is echt bijzonder vreemd,' zei Murphy, een contraspion van de FBI. Hij zat een meter of twintig van Bobkova aan een tafeltje en nam een slok van zijn koffie.

'Inderdaad, Grasshopper,' mompelde Coyne. Hij was de oudste van de beide agenten en werkte al zeventien jaar voor het Bureau, waarvan elf bij de afdeling Contraspionage. Hij kwam uit Tennessee en beschouwde zijn zuidelijke roots als een eremedaille en als uiterlijk vertoon van zijn vaardigheid als mensenjager.

De beide agenten dronken koffie en zaten met elkaar te praten, terwijl ze vanuit hun ooghoeken naar de Iraniër en de Russin keken. Om hun hals droegen ze een koord met een gekleurde badge die hun toegang verschafte tot het Pentagon, net als de helft van de andere mensen in dit ondergrondse winkelcentrum.

'De Russen hebben altijd al onder één hoedje gespeeld met Teheran,' zei Murphy. 'Ik snap het niet. Waarom heeft Elizaveta Bobkova een afspraak met de leider van een groepering die het huidige regime omver wil werpen?'

'En bovendien,' zei Coyne, 'waarom is ze precies daar gaan zitten waar Corey Fite altijd langskomt als hij 's ochtends naar zijn werk gaat en haar dus kan zien zitten?'

'Corey Fite?'

'Die vent met die dikke lippen. Hij is de hoogste adviseur en toyboy van senator Michelle Chadwick. Nee, Elizaveta is een slimme vrouw. Herstel, een briljante vrouw. Zij is de koningin van de *maskirovka*, de *big show*. En Crystal City is de Serengeti-vlakte van contraspionnen. Hier bevinden zich per vierkante meter meer spionnen dan waar ook in het land. Wij zijn overal, aan het trainen of met een echte operatie bezig. Bobkova maakt hier echt geen afspraak met iemand als ze dat geheim wil houden. Dus wilde ze gezien worden, in elk geval door Fite en waarschijnlijk ook door ons.'

'Waarom?' vroeg Murphy. 'Wat zit daarachter?'

'Intriges en bedrog, Grasshopper.' Coyne zette zijn koffiebeker zo hard neer dat er wat koffie door het gaatje in het plastic dekseltje spoot. 'We zien de kennelijke leider van wat een levensvatbare Iraanse coup kan blijken te zijn cake eten met een bekende Russische topspionne en zij wil dat senator Chadwick op de hoogte is van deze ontmoeting. Ik weet niet of ze jou dit op Quantico hebben geleerd, maar wanneer ergens Iraniërs en Russen bij betrokken zijn hebben ze snode plannen.'

3

Kapitein Will Hyatt van de Amerikaanse Luchtmacht reed in zijn rode VW Passat de dag en nacht geopende parkeergarage in van de Walmart, even ten westen van Highway 95. Medewerkers van de Luchtmachtbasis Creech zeiden meestal niet dat ze in North Las Vegas woonden, maar gaven hun postcode op. Hij had onlangs vlakbij een huis gekocht in 89149; de kinderen waren weg van het nieuwe zwembad. De Walmart was net om de hoek, dus had hij aangeboden om daar 'onderweg naar de strijd' even naartoe te gaan om een paar dingen voor het verjaardagsfeestje van de tweeling te kopen.

Hyatt zweette tegen de tijd dat hij uit de auto stapte en bedacht zich dat hij beter zelf een paar baantjes had kunnen zwemmen om af te koelen voordat hij naar zijn werk ging. Het was vroeg, nog geen zeven uur 's ochtends, maar de hitte zinderde al van het asfalt.

Nog geen halfuur later stond hij alweer buiten, vooral doordat hij niets kon kopen wat zou smelten of bederven tijdens zijn twaalfurige dienst, hoewel dat behalve papieren borden en servetten zo ongeveer alles was wat op het boodschappenlijstje van zijn vrouw stond. Hij had ook een paar zakjes waterballonnen gekocht, al had Shannon hem dat niet gevraagd. Ieder kind van zeven houdt toch immers van waterballonnen? Will was nog maar dertig, maar voor zijn gevoel was het al een halve eeuw geleden dat hij zeven was.

Je veroudert snel als je drones bestuurt, en niet om redenen die je zou verwachten. Het was bijzonder fysiek werk, hij hoefde geen G-krachten te verdragen; verdomme, de MQ-9 zou bij twee G's rampzalig falen. Hij zat niet te zweten in een bunker in Kandahar en hoefde ook niet tevergeefs de aandacht van zijn kinderen vast te houden tijdens Skype-gesprekken. Nee, hij zat in een comfortabele leren stoel in een trailer met een constante temperatuur en kon naar huis gaan zodra zijn dienst erop zat. Hij was morgen zelfs vrij voor het feestje.

Toen hij dat hardop zei klonk dat alsof hij zat te zeuren, maar dat was precies het probleem. Want kapitein Hyatt was thuis, maar toch ook weer niet. Niet echt tenminste. Je kon immers niet wekenlang boven een ISIS-schuilplaats hangen, op zoek naar bewijzen van een HVT – *high-value target*, een belangrijk doelwit – datzelfde HVT opblazen en vervolgens in de gezinsauto stappen, terugrijden naar postcode 89149, je kinderen een kus geven en proberen je hoofd leeg te maken om je echtgenote tevreden te houden. Hij vroeg zich af of de militairen die in een oorlogsgebied zaten de eindeloze lijst dingen die je vrouw of vriendin je vraagt te doen en die zo gewoon leken, zo niet volkomen zinloos, ook weleens vergeleken met de jacht op terroristen.

Shannon begreep het niet. Ze had het waarschijnlijk wel begrepen als hij haar in vertrouwen had genomen, maar hoe vertel je je vrouw dat je niet per se twaalfduizend kilometer bij haar vandaan hoeft te zijn om je verdrietig te voelen? 'Lieve schat, ik word er gek van dat ik een oorlog voer en toch elke avond thuiskom.' Dat was de slechtste smoes die je maar kon bedenken. Dus legde hij zich erbij neer, doodde wie gedood moest worden en verving vervolgens de boiler – of een ander stom ding in huis dat kapotging – en probeerde daar vrolijk onder te blijven.

Hij deed zijn auto van het slot en opende het portier, waarna hij de golf gloeiend hete lucht naar buiten voelde stromen. De hitte in Nevada was rampzalig voor zijn nieuwe Passat. Hij had hem gekocht met de retentiebonus die de Luchtmacht hem gaf om te voorkomen dat hij ontslag nam. Hij kende jongens die bij *private contractors* in dezelfde gebouwen op Creech drie keer zijn O-3-salaris (de salarisschaal voor de rang van kapitein bij de Luchtmacht) verdienden. Hij wachtte een paar seconden zodat de auto zou afkoelen tot wat de tweeling 'subvulkanisch' noemde en gooide het dunne plastic tasje daarna op de vloer voor de passagiersstoel. Hij had vandaag dienst van 7.00 tot 19.00 uur, het meest vulkanische deel van de dag. Hopelijk smolten de ballonnen niet tot een bal plastic terwijl de auto op de parkeerplaats stond. Ballonnen... Hij startte de auto, reed achteruit en schudde zijn hoofd: wie maakt zich nou druk over ballonnen? Opeens had Hyatt spijt van zijn boze bui. Zodra hij op de basis aankwam zou hij een afspraak maken met de legerpredikant. Kapitein

Willis, één deel geestelijke en twee delen luisterend oor, was een godsgeschenk als het erop aankwam om te gaan met de dynamiek tussen oorlog voeren en de tuin onderhouden.

Het leek minder druk op de weg, en dat was vreemd omdat het steeds dezelfde groep was die 's ochtends naar zijn werk ging. Niemand woonde in Creech, dat minder vriendelijk Crotch – Kruis – werd genoemd. Daardoor vormden de auto's die vanuit North Las Vegas naar Indian Springs reden een drie kilometer lange, langzaam rijdende file tot aan het hek.

Hyatt parkeerde, liet zijn raampje op een kier open om de ballonnen te beschermen, bedacht zich, pakte het zakje ballonnen en nam het mee naar binnen. Hij maakte een aantekening op zijn hand om te voorkomen dat hij het na zijn dienst vergat mee te nemen.

Zijn werkruimte, net als die van de vijfhonderd andere dronepiloten die vanuit Creech vlogen, was een zandkleurige caravan met airco die tussen tientallen andere caravans met airco stond. Op een bord op de metalen deur stond: JE BENT NIET LANGER IN TEXAS, om iedereen eraan te herinneren dat hun werkterrein meer dan tienduizend kilometer verwijderd was van de plek waar zij aan hun consoles zaten.

Hij droeg een pilotenoverall – een *bag*, noemden ze het – en een groene David Clark-headset, en zat in de linker van de twee beige stoelen van kunstleer. Voor hem waren zes schermen en videomonitoren waarop de specificaties zichtbaar waren van zijn MQ-9 Reaper-drone die op dat moment boven Helmand Province in Afghanistan vloog. De camera's op een hoogte van twaalfduizend voet – ruim drieënhalf duizend kilometer – boden Hyatt een opmerkelijk scherp beeld van het doelwit.

Sensor Operator Staff Sergeant Ray Deatherage zat in de rechterstoel. Hun werkstations waren vrijwel identiek, maar Hyatt bestuurde de drone en vuurde de raketten af, en Deatherage bediende de boordcamera's en richtte de laser op het doelwit om de raketten een richtpunt te geven. De ironie van zijn naam ontging niemand, maar de CO (*commanding officer*) had bevolen dat niemand hem Death Rage of Death Ray mocht noemen, ondanks zijn vaardigheid met het *laser targeting system*.

De nieuwe man was er ook. Hij zat achter in de overvolle caravan met zijn leren notitieboek met voorop in gouden letters het woord OREO – net als dat verdomde koekje. Een vreemde dekmantel voor een CIA-droneman, maar goed. Hyatt werd betaald om de Reaper te besturen, niet om kritiek te leveren op achterlijke spionnen. In films werden spionnen op de een of andere manier altijd onheilspellender afgebeeld dan militairen, maar zij waren ook maar gewone mensen. Brian, als dat zijn echte naam was, zat al bij hen sinds Hyatt melding had gemaakt van de locatie van Faisal al-Zamil. Brian leek een aardige vent, zelfs met zijn Connecticut-accent, maar Hyatt wist dat er maar één reden was voor zijn aanwezigheid.

De afgelopen maand had een mobiel nummer van een van Zamils vrouwen gepingd bij een toren in de buurt van Nad Ali. Hyatt en een andere MQ-9 hadden dagenlang om beurten boven de compound gehangen die naar men aannam hun woonplek was. Door de hoogte van twaalfduizend voet had de vrouw geen idee dat ze er waren. Hyatt vond het vreemd dat hij, Deatherage, Brian en de andere Reaper-crew waarschijnlijk de enige zes of misschien acht of negen mannen op de hele wereld waren die haar konden zien zonder dat ze haar sluier droeg. Ze zagen dat ze de was ophing, haar vuist naar de kinderen ophief of snel naar de auto liep om naar de markt te gaan, altijd geëscorteerd door drie mannen die Zamil helaas niet waren. Soms ging ze echter naar een ander huis, ongeveer zes kilometer verderop. De kans was klein, maar volgens hun bazen was het alle tijd en moeite wel waard. Zamil was een bekende wapenleverancier van ISIS en als zodanig het high-value target van de dag. En dit was hun enige echte aanknopingspunt.

Zes dagen lang hield Hyatt de echtgenote in de gaten, noteerde bezoekers, ontdekte haar dagelijkse routine, zag hoe vaak ze de zes kilometer naar de andere compound overbrugde en, wat belangrijker voor hem was, waar de kinderen op bepaalde tijdstippen waren. Het grootste deel van zijn dienst was het nacht in Afghanistan, dus zag hij vrijwel alleen spookachtig infrarode videogameachtige beelden. Maar als hij zag dat een kind zijn hoofd uit een raam stak kon hij bijkomende schade voorkomen voor het geval Zamil verscheen.

En toen kwam die geslepen klootzak zomaar het huis uit gelopen. Eerst ging hij nergens naartoe, hij maakte alleen een wandeling binnen de omheining en liep weer naar binnen. Kapitein Hyatt had een rapport geschreven en Brian, de CIA-droneman, verscheen halverwege de volgende dienst, nog geen vierentwintig uur later. Hij droeg net als de anderen een pilotenoverall, maar zonder badges met zijn naam, eenheid of rang erop. Toch twijfelde niemand eraan voor wie hij werkte.

Meestal gebeurde er niets bijzonders als Hyatt aan het werk was, maar nadat Zamil in beeld was gekomen werd alles een beetje interessanter. Zamil werd gezocht in verband met een aanval die drie Amerikaanse soldaten en vijftien Afghanen het leven had gekost. Dit zou een vooraf geplande operatie zijn, een gerichte dodelijke aanval gebaseerd op bewijs. Een groep advocaten checkte de wet, daarna het beleid en vervolgens de regels om te kunnen zeggen dat het oké was om de trekker over te halen. Deze mannen in pak zorgden ervoor dat elke geplande aanval plaatsvond binnen de wetgeving voor een gewapend conflict, volgens vooraf vastgestelde regels in geval van een confrontatie en volgens de *spins*, de uiterst geheime instructies die door de leiding waren bepaald. Geen laser werd gericht en geen trekker werd overgehaald voordat de advocaten van de leiding van de Luchtmacht ze alle drie hadden getoetst en akkoord bevonden.

De CIA had ook advocaten, en een eigen checklist, maar deze dienst opereerde volgens andere ROE's (*rules of engagement* – regels voor een treffen) en had iets meer vrijheid om de genoemde trekker over te halen als het zover was.

Dus toen was Brian aan de beurt.

'Beweging,' zei Deatherage. Hij stelde de camera's van de Reaper bij om Zamil te volgen die zijn huis verliet en naar een wachtende Toyota-pick-up liep. Die pick-up was de vorige dag gearriveerd en had een groen zeildoek dat over de lading was gespannen.

Kapitein Hyatt bewoog zijn joystick een beetje. Op een hoogte van twaalfduizend voet hoefde de drone niet ver of snel te bewegen om de pick-up bij te houden. Hyatt keek even achterom, maar Brian had zijn geopende hand geheven.

'We hebben een akkoord voor het doodvonnis, maar laten we kijken waar hij naartoe gaat.'

'Begrepen,' zei Hyatt terwijl hij, ongezien en op een hoogte van twaalfduizend voet, de toorn van God verplaatste boven deze dood en verderf zaaiende klootzak die binnen korte tijd één zou worden met de gele aarde waar hij nu overheen reed.

'Vanuit het noorden komt er een tweede truck aan,' zei Deatherage, die hardop verwoordde wat ze allemaal konden zien.

'Een transfer,' zei Hyatt, uiterst geconcentreerd nu. Het dradenkruis op zijn console bleef op de Toyota gericht.

De twee trucks stopten met de neus bijna tegen elkaar midden op de verlaten weg. Het was laat, over een halfuur zou de zon ondergaan. De trucks wierpen, net als elk rotsblok en elk steentje, lange schaduwen over de oranje aarde.

'Die nieuwe mannen dragen een *shemagh*,' zei Deatherage. 'Onmogelijk om ze te identificeren.'

Brian stond nu vlak bij Hyatts linkerelleboog, alsof hij de beelden op het scherm nu hij tweeënhalve meter dichterbij stond beter kon zien. De drie mannen zagen dat Zamil en zijn tweede man naar de achterkant van de Toyota liepen. De tweede man was Omar Khalid die, hoewel niet echt van hetzelfde kaliber als Zamil, door de leiding van de Luchtmacht slecht genoeg werd bevonden om gekwalificeerd te worden voor vervolging. Dat was het woord dat ze gebruikten: vervolging.

De mannen in de caravan met airco leunden iets naar voren toen de twee Afghanen die ze hadden geïdentificeerd het zeildoek opzijtrokken.

Hyatt stond op zonder dat hij daar bevel voor kreeg, en Brian ging op zijn plaats zitten. De rules of engagement van de Agency waren ruimer. Hun advocaten zeiden dat het oké was om ongeïdentificeerde partijen bij het doodvonnis te betrekken als deze ongeïdentificeerde derden iets illegaals deden. Niemand wilde dat deze mannen rondrenden met twaalf nieuwe Franse Mistral MANPAD's. Net als zijn Amerikaanse tegenhanger de Stinger kon de draagbare Mistral vliegtuigen van de alliantie volledig vernietigen, met name de MQ-9's die een weerloos doelwit vormden op een hoogte van minder dan tienduizend voet.

Tegen de tijd dat Hyatt de *controls* had afgegeven en Brian zijn eigen headset had ingeplugd, was Omar in de laadklep van de Toyota geklommen.

'Hoofdschakelaar aan,' zei Brian.

'Wapens op scherp.'
'Lasers op scherp,' zei Deatherage.
'Drie, twee, één,' zei Brian en hij haalde de trekker over. 'Raket gelanceerd.'
Hyatt, die achter zijn stoel stond, keek naar de instrumenten.
Het zware werk had bestaan uit eindeloze uren wachten, kijken, patronen noteren. Vanaf dit punt was dat grotendeels academisch. Een enkele AGM-114R Romeo Hellfire II-raket zocht zijn doel meteen en bleef die automatisch volgen, hij vloog alsof hij met een draad aan het gelaserde doelwit vastzat. Met een snelheid van zestienhonderd kilometer per uur had hij voor die afstand maar zeven seconden nodig.
Zamil en de anderen waren begonnen met het uitladen van de Mistrals en trokken het zeildoek een klein stukje verder weg waardoor de rest van de lading van de Toyota zichtbaar werd vlak voordat de Romeo hen veranderde in een brandende bal van vuur en stof. Een secondaire explosie – eigenlijk een aantal explosies die bijna te snel plaatsvonden om ze te onderscheiden – vond vlak na de eerste explosie plaats.
Hyatt zag dat de wind de rook en het stof wegblies.
'Hoofdschakelaar uit,' zei Brian.
'Wapens op safe.'
'Laser op safe,' zei Deatherage.
Brian bleef even roerloos zitten.
'Zagen jullie dat?' vroeg kapitein Hyatt.
'Die secondaire explosies.' Brian floot zacht. 'Ik weet het, ja.'
'Dat ook,' zei Hyatt. 'Ik spoel de video een stukje terug. Volgens mij had hij een paar MICA's.'
'Franse MICA's?' Brian stond nu, ontkoppelde zijn headset en maakte plaats voor Hyatt.
'Ik weet het bijna zeker,' zei de kapitein.
'Dat noem ik een zwaarbewapende vijand,' zei Brian. 'Franse Mistrals, Franse MICA's. Ik zou graag willen weten waar ze hun spullen vandaan hebben.'
'Dat is jouw probleem,' zei Hyatt. Hij zette een koers uit voor Kandahar. De mannen daar zouden de drone laten landen, zo nodig onderhoud plegen en na een paar klikjes op zijn keyboard waren het

rapport en de relevante video op weg naar Hyatts commandant in Creech. Zij zou ze doorsturen naar de hogere leiding, waar elke seconde zou worden bekeken en besproken voordat alles werd doorgestuurd naar gecodeerde servers van Langley, het Pentagon en de staf van de DNI in Liberty Crossing, om ervoor te zorgen dat alles volgens de regels ging.

Brian legde vriendelijk een hand op Hyatts schouder. 'Ik ben geen psychopaat, kapitein, maar we hebben daar iets goeds gedaan. Dat moest gedaan worden.'

Deatherage had de camera's nog steeds op het bloedbad daar gericht.

'Ja,' zei Hyatt. Hij kon het bloedbad vergeten, maar hield er niet van erover te praten. 'Zeker weten,' zei hij.

Brian begreep de hint. 'Wat staat er op je hand?'

Hyatt haalde gegeneerd zijn schouders op. 'Een boodschap voor mezelf om niet te vergeten iets voor de verjaardag van mijn kinderen mee te nemen.' Hij keek nog een laatste keer naar de smeulende krater die ooit Faisal al-Zamil was geweest voordat hij zijn hand omdraaide.

Ballonnen.

Hij was een verschrikkelijke oorlogsgod...

4

Als Portugal op een kaart van het Iberisch Schiereiland het naar het westen gerichte gezicht was, dan waren de hoge rotsen en geheime grotten van de Algarve de snorharen onder een puntige en ietwat droefgeestige kin. Het kustdorpje Benagil lag in een diep dal, precies tussen de kuststeden Albufeira en Lagos die daar respectievelijk ten oosten en westen van lagen. Het dorp was een van de ontelbare witgewassen sieraden op de steile rotsen van kalksteen boven een halvemaanvormig strand met honingkleurig zand. Door de nabijheid van Afrika leek de Atlantische Oceaan hier bijna, maar net niet helemaal, op de Middellandse Zee.

Hoewel het toerisme dit kleine dorp met nog geen drieduizend inwoners had ontdekt, had Benagil nog altijd een grote vissersvloot en bezat het een charme die herinnerde aan een stiller, onschuldiger Portugal. Door deze onschuld vond Hugo Gaspard dit een uitstekende locatie om zaken te doen. Er waren voldoende toeristen met geld waardoor de wapenhandelaar het niet zonder het materiële comfort hoefde te doen waar hij aan gewend was. De plaatselijke gendarmerie was weliswaar intelligent genoeg, maar hield zich toch voornamelijk bezig met auto-inbraken of met diefstal in vakantiehuizen. Ze waren totaal niet bedacht op een internationale *crime boss*. Terwijl Gaspard op de Russen wachtte was hij drie dagen achter elkaar naar ditzelfde strand geweest. Op de eerste dag was hij zo dom geweest om de honderdvijftig meter vanaf zijn Mercedes heuvelafwaarts te lopen. Langs de smalle weg die vanaf de klif uitkeek op de zee was een parkeerplaats, maar de dikke Fransman hield te veel van goede wijnen en vette pasteitjes. Een wandeling van meer dan een paar meter was te veel voor zijn jicht, en zijn hart, en zijn longen, en de osteofyten op zijn hakken. Nog erger was dat hij zich een arme sloeber voelde als hij liep.

Vandaag had hij zijn chauffeur opdracht gegeven hem af te zetten vlak bij de gehandicaptenparkeerplaats, zo dicht mogelijk bij het pad naar het strand. De chauffeur zou bij de auto blijven, terwijl de drie anderen met hem meegingen naar het strand. Je kon niet voorzichtig genoeg zijn tegenwoordig.

Gaspard trok zijn wijde overhemd uit zodra hij uit de Mercedes was gestapt. Dat had hij wel eerder willen doen, maar door zijn enorme buik was die beweging op de achterbank een probleem. In de villa had hij zijn zwembroek al aangetrokken en in de berm had hij zijn lange broek uitgetrokken en boven op zijn overhemd in de auto gegooid. Zijn zwembroek, een driehoekje van rode spandex, zou zelfs bij iemand met een veel kleiner lichaam minuscuul zijn genoemd, en Gaspards buik hing zo laag dat een toevallige passant had kunnen denken dat hij helemaal geen zwembroek droeg. Maar daar trok Gaspard zich niets van aan. Hij hoefde weinig te bewijzen en had genoeg geld om respect te kopen, zelfs van iemand die een probleem had met hoe hij zich kleedde.

Over twee uur had hij met de Russen afgesproken. Het turquoise- en kobaltkleurige water was veel te koud om te zwemmen, maar het was 25 graden, aangenaam en ongebruikelijk warm voor het seizoen. Dankzij de onbewolkte hemel voelde het zelfs nog warmer aan. Hij zou de wachttijd gebruiken om bruin te worden.

Praia de Benagil was geen erg groot strand. In de zomer kon het bomvol zijn met Britse toeristen, maar nu was het mei, dus hij had bijna het hele strand voor zichzelf. Een paar klimmers, waarschijnlijk Amerikanen, klauterden in het oosten tegen de rotsen omhoog. Een blond gezin met een klein kind trotseerde het koude water en speelde in de golven vlak bij drie houten vissersboten die aan de westkant van het strand op het zand lagen, vlak bij de wandelweg omhoog naar het dorp.

Toen Gaspard over het strand liep en afdrukken van zijn naar buiten gedraaide platvoeten achterliet, zag hij een slanke vrouw in een zwarte bikini. Ze had haar plek in het midden van het strand afgepaald, lag uitdagend op haar rug en met haar hoofd op een gevlochten strandtas. Ze las een boek en de rand van haar grappige enorme hoed schermde haar gezicht af. Gaspard vermoedde dat ze een blondine was met een paar sproeten op haar neus, maar door de hoed kon hij dat niet zeker weten. Dat kon hem niets schelen. Ze had mooie lange benen en alle juiste welvingen, en droeg een minuscule bikini waarmee ze duidelijk aangaf dat ze gezelschap zocht. Iedereen met zo'n figuur die zo'n kleine bikini droeg was… nou ja, die vroeg erom.

Hij zou dicht genoeg naast haar gaan zitten om een nonchalant gesprek te kunnen beginnen en daarna zou hij wel zien hoe het zich ontwikkelde. Fransen waren geen beesten. Híj was geen beest, niet meer, want met zijn nieuwe rijkdom had hij een bepaalde mate van verfijning verworven. Hij zou discreet zijn, uiterst beleefd, de perfecte heer. Als dat geen succes had, zou hij haar vertellen hoe rijk hij was. Welke methode hij ook toepaste, Hugo Gaspard nam zich voor dit aantrekkelijke wezen in de loop van de middag mee te nemen naar zijn villa. Terwijl hij met de Russen sprak kon zij wijn drinken en chocolaatjes eten, en daarna zouden ze de avond samen doorbrengen.

Dat was een goed plan. Gaspard was een man met visie; hij zag het dus al helemaal voor zich, elk verrukkelijk moment.

Gaspards drie bodyguards flankeerden hem en keken met de roofdierachtige blikken waar hij hen voor betaalde om zich heen. Gaspard had het grootste deel van zijn leven een pistool gedragen, al vanaf het moment dat hij de gewelddadige jonge pooier was geworden van een paar goedkope hoertjes in het Bois de Boulogne. Zijn moeder, een heroïneverslaafd hoertje, had hem tijdens haar korte leven één waardevol advies gegeven: een man die veel sleutels draagt lijkt misschien wel belangrijk, maar een man die echt belangrijk is huurt iemand in die die sleutels voor hem draagt. Nu Hugo Gaspard genoeg geld had verdiend om alle hoertjes in het park te kopen, betaalde hij anderen om wapens te dragen.

De zon reflecteerde op de dikke gouden ketting tussen de vetrollen in zijn vlezige nek. Zweetstraaltjes stroomden over zijn borst. Hij knikte naar een plek twee meter bij de vrouw vandaan en bleef staan, terwijl twee van zijn mannen zijn handdoek uitspreidden. Die was extra groot om zijn enorme lichaam tegen het zand te beschermen. De derde bodyguard, een man met een buldogneus die geplet was door een grote hoeveelheid gevechten, keek argwanend naar de jonge vrouw. Zijn naam was Farrin en zijn dreigende blik was zeker weten overdreven. De vrouw had hén niet benaderd, maar zij gingen naast háár zitten. Bovendien kón ze niet gevaarlijk zijn. Ze was zo jong, zo heerlijk... breekbaar.

'Relax,' zei Gaspard, zo luid dat de jonge vrouw hem kon horen. Het kon geen kwaad dat ze wist dat Gaspard de baas was van andere mannen. 'Dit schatje is bijna naakt. Wat zou ze me in vredesnaam kunnen aandoen?'

Ze keek op van haar boek, een simpel Engelstalig romannetje te oordelen naar de gespierde man met blote borst op de omslag. Daarna wendde ze haar blik weer af en deed net alsof ze hem negeerde. Toen hij dichterbij was gekomen zag hij vage parallel lopende littekens op haar bovenbeen, als een staminitiatie of ritueel. Die hadden een verhaal, dat was zeker, en dat zou hij horen voordat de nacht voorbij was.

Gaspard ging op zijn buik liggen en kreunde een beetje terwijl hij een kuil in het zand onder zijn handdoek maakte, waardoor hij relatief vlak lag. Hij liet zijn onderkinnen op zijn mollige handen rusten, zodat zijn rug kon bruinen terwijl hij van opzij naar de jonge vrouw keek.

'Ben je Amerikaanse?' vroeg hij, met zijn ogen halfgesloten, slaperig door de felle zonnestralen en de zware wandeling van vijftien meter over het strand.

Ze duwde de rand van haar hoed omhoog en keek hem lang aan, alsof ze zich afvroeg of ze wel of geen antwoord zou geven. 'Nederlandse,' zei ze. 'Waarom vraag je dat?'

'Omdat je een Engels boek leest,' zei Gaspard en hij grinnikte. 'Wat weten de Engelsen nu van romantiek? Franse romances zijn veel beter, zowel in boeken als in het echte leven.'

'Jij leest dus veel romans?' vroeg de jonge vrouw.

Gaspard haalde zijn schouders op. 'Het is een logische conclusie. De Franse taal is een romance van de tong. Zeg maar een paar woorden in het Frans, dan weet je het zelf.'

'Jij bent dus een Fransman?'

'*Oui* – Ja,' zei hij. '*Tu parles français* – Spreek je Frans?'

Ze stak de duim en wijsvinger van haar vrije hand op. '*Un peu* – Een beetje. Maar ik spreek liever Engels.'

'Jammer,' zei Gaspard. '"Wrijf mijn rug alsjeblieft in met olie" klinkt veel te aanmatigend in het Engels.'

De jonge vrouw verbeet een lach, een goed teken, dat was zeker. 'Jij bent in elk geval aanmatigend.'

'Over twee uur heb ik een zeer belangrijke bespreking. Daardoor heb ik weinig tijd om met je te praten, een subtiel gesprek met je te voeren en je uit te nodigen om voor het diner naar mijn villa te komen.'

De vrouw liet haar boek op haar borst zakken, nog steeds geopend, en hield haar hoofd schuin. Perfecte bruine krullen lagen op zongebruinde schouders. Geen blondine dus, maar o, die heerlijke sproeten naast haar neus. 'Voor het diner?' De jonge vrouw ging zitten en sloeg haar armen om haar fraaie knieën.

Gaspard kon duidelijk de lijnen zien van heel veel littekens op haar dijen, een auto-ongeluk of misschien een sportblessure. Hij kon zich haar voorstellen, vol sproeten, terwijl ze met de jongens uit de buurt voetbalde. Als jong meisje was ze misschien een *garçon manqué* – tomboy – geweest, maar nu was ze een echte vrouw.

'Ik zie er het nut niet van in om tijd te verspillen,' zei Gaspard. 'Zoals ik al zei heb ik over twee uur een bespreking.'

Eindelijk sloeg ze het boek dicht, maar hield hem in haar hand. 'Een "belangrijke bespreking", zei je.'

'Om precies te zijn zei ik "zeer belangrijke bespreking".' Gaspard rolde half op zijn zij zodat hij de vrouw die hij wilde veroveren recht kon aankijken. Er zat een streepje zand in de rand van zijn buik waar die aan de omtrek van het badlaken was ontsnapt. Hij veegde het eraf met zijn worstvingers. Twee gouden ringen schitterden in het zonlicht. 'Het heeft geen zin eromheen te draaien...'

'Of tijd te verspillen,' zei de jonge vrouw.

'Juist,' zei Gaspard. 'Ik ben al rijk, maar ik kan wel zeggen dat deze bespreking me nog rijker zal maken dan iedereen die je ooit hebt ontmoet.' Hij leunde naar voren en keek van de zee naar de rotsen voordat hij zacht zei: 'Ik heb een bespreking met de Russen.'

'De Russen?' zei de jonge vrouw met grote ogen, een beetje plagend. 'Allemaal?'

'Je bent heel ad rem,' zei Gaspard.

Ze glimlachte ondeugend. 'Het heeft geen zin eromheen te draaien.' Ze ging op haar knieën op het zand zitten en stak haar vrije hand uit. 'Ik ben Lucile,' zei ze.

Gaspard straalde. 'Een magnifieke Franse naam!' Nog steeds op zijn zij, met zijn buik en borst op het zand hangend, nam hij haar hand en kuste die. 'Ik ben Hugo. *Encantado*.'

'Ik dacht dat je Fransman was?'

'Als ik in Rome ben,' zei Gaspard. 'Of Lissabon...'

Gaspards bodyguards waren op hun hoede. Vooral Farrin wond zich op over alles wat en iedereen die tussen hem en zijn baas kwam, maar Gaspard wuifde hen weg. Hij had hen zodra hij de vrouw had gezien – haar tot zijn doelwit had gekozen eigenlijk – gewaarschuwd dat hij ruimte wilde. Gaspard had hun bevolen vanaf een comfortabele afstand van ten minste twintig meter een oogje in het zeil te houden. Aan bodyguards kon iedereen zien dat je rijk was, maar bodyguards die hem behandelden alsof hij elk moment in elkaar kon zakken zorgden er alleen maar voor dat hij angstig leek, zwak. Het was een delicaat evenwicht.

Lucile was nu zo dichtbij dat hij haar kon ruiken. Aards, vond Gaspard, als warme regen.

'Ben je op vakantie in Portugal?' vroeg Gaspard.

'Koetjes en kalfjes?' vroeg Lucile. 'Ik dacht dat we die dingen zouden overslaan.'

'Touché,' zei Gaspard.

'Ben je echt heel rijk?'

De Fransman glimlachte. 'Meer geld dan je je kunt voorstellen.'

'O.' Lucile trok haar sproeterige neus op. 'Als het om geld gaat kan ik me een heleboel voorstellen. Wil je echt olie op je rug?'

'Dat wil ik inderdaad,' zei Gaspard.

'En trakteer je me op een etentje?'

'Inderdaad.'

Ze leunde naar haar tas. 'Ik heb hier wat olie...'

Gaspard greep haar bij haar tenen – zongebruinde tenen, met roze nagels – en hij vond dat zijn reflexen nog altijd heel goed waren. 'Je moet mijn olie gebruiken,' zei hij.

Farrin kwam even later naar hen toe en gaf de vrouw een plastic flesje met zonnebrandolie. Het was vettig door recent gebruik.

'Dank je,' zei Gaspard tegen Farrin. 'Je kunt weer gaan.' Hij liet de voet van de vrouw los en rolde met zijn gezicht naar zijn handdoek. Hij draaide zich iets om naar Lucile en zei met gedempte stem: 'Ik weet dat je het misschien maar moeilijk kunt begrijpen, maar het is mogelijk om iemand te vermoorden met vergiftigde zonnebrandolie.' Hij bewoog zijn ruige en dikke wenkbrauwen op en neer. 'Het is gemakkelijker als je op me komt zitten.'

'Meen je dat nou?' Lucile knielde naast hem. 'Vergiftigde zonnebrandolie?'

Hij kronkelde dieper in het zand, leunde weer met zijn hoofd op zijn handen en kneep zijn ogen half dicht tegen de zon. 'Er zijn mensen die me niet erg aardig vinden.'

'Dat kan ik me bijna niet voorstellen,' zei de jonge vrouw. Ze ging schrijlings op hem zitten en kneep een streepje olie op de leerachtige vouwen onder Hugo Gaspards harige schouderbladen.

Het boek lag in het zand naast haar rechterknie, onder handbereik.

5

Domingo 'Ding' Chavez stond aan de rand van de kalkstenen klif boven het oostelijke uiteinde van de Praia de Benagil en keek strak naar het schermpje van de afstandsbediening in Bartosz 'Midas' Jankowski's eeltige handen. 'Ze zag het,' zei Chavez met opeengeklemde kaken.

'Relax, baas,' zei Jankowski. 'Heb alsjeblieft een beetje vertrouwen.'

'Ik zeg het je, ze zag het.'

'Echt niet,' zei Jankowski nadrukkelijk. 'Ik hou de vogel in de zon. Ze zag niet meer dan een glans.' De ex-Delta-kolonel die de drone bediende – een Snipe Nano, een drone van zakformaat – zat ontspannen met zijn benen over elkaar geslagen alsof hij op een steiger zat in plaats van op de rand van een steile, twintig meter diepe afgrond. Hij was gezekerd met een touw, maar dat kleine detail stelde Chavez niet bepaald gerust.

'Ik hoop dat je gelijk hebt,' zei Chavez. 'Het laatste wat we kunnen gebruiken is dat de een of andere strandpoes ons doelwit waarschuwt.'

Chavez had zijn haar tot over zijn oren laten groeien, zoals hij vaak deed tijdens operaties waarbij hij niet wilde lijken op een voormalige militair. Zelfs zonder militair kapsel kon iedereen met een beetje gevechtservaring zien dat Chavez uitgezonden was geweest. Dat was niet bepaald zeldzaam in deze tijd, want meer dan genoeg militairen die in het buitenland hadden gevochten waren naar huis teruggekeerd.

Domingo Chavez was van gemiddelde lengte. Dankzij goede genen en een leven lang fysieke training had hij een atletisch lichaam, zelfs nu hij achter in de veertig was – volgens zijn zoon was hij nu 'te oud om tragisch jong te sterven'. JP was een goede knul, maar als hij had geweten welke gevaren zijn vader elke dag weer '*for reals, yo!*' onder ogen moest zien zou hij niet zo'n grote mond hebben.

Chavez en Midas hadden vier bodyguards geteld. Drie op het strand plus de man die de auto's bewaakte: een grijze Mercedes die als Gaspards limo fungeerde en een donkere Peugeot die ze kennelijk als volgauto gebruikten.

Terwijl zij de wacht hielden waren de andere leden van Dings team aan het boulderen – ongezekerd en zonder hulpmiddelen klimmen. Je in het openbaar verbergen was de enige manier om te opereren in deze kleine dorpen waar de kans honderd procent was dat je je doelwit zeker tien keer per dag tegenkwam. Door over de rotswand te klimmen vielen Chavez en zijn team niet op, aangezien iedereen dacht dat ze iets anders waren dan ze in werkelijkheid waren: agenten van de Campus. Deze officieel niet-bestaande geheime organisatie werkte onder de dekmantel van de private-equityfirma Hendley Associates in D.C., aan de overkant van de Potomac.

Ongezekerd klimmen boven de oceaan was relatief veilig, als je wist wat je deed. Chavez wist dat niet, dus was hij boven en keek naar beneden, blij dat hij vaste grond onder zijn voeten had. Handen en vingers waren gemaakt om trekkers over te halen en criminelen verrot te slaan, niet om aan minuscule stukjes uitstekende steen aan een rotswand te hangen. Toch was hij gekleed alsof hij dit wel deed: nylon hardloopbroek, tanktop, Scarpa approach-schoenen met een plakkerige zool en een harnas voor een zakje klimkalk. Midas was ongeveer net zo gekleed, terwijl Jack Ryan junior met ontblote borst naar boven klom in strakke lycra shorts en puntige La Sportiva-klimschoenen waardoor hij een beetje op een balletdanser leek. Chavez was zo oud dat hij in diezelfde outfit een enge ouwe vent in fietsbroek zou hebben geleken. Lisanne Robertson klom samen met Jack en droeg net als hij lycra shorts – die haar veel beter stond dan Ryan – en een zwarte sportbeha.

Robertson was ex-Marinier en ex-politieagent. Ze was geen officiele agent van de Campus, maar hoofd Logistiek en stewardess van de Campus/Hendley Associates Gulfstream. Omdat ze vaak de security verzorgde als het vliegtuig in gevaarlijke situaties landde liet John Clark – hoofd Operaties en Dings schoonvader – haar vaak meedoen met tactische trainingssessies en oefeningen op de schietbaan. Ze had nul ervaring met het uitvoeren van een SDR of het schaduwen van een doelwit, maar Chavez had nooit eerder iemand ontmoet die zo slim was als zij. Ze was ook een ervaren klimmer en ging vaak naar de klimmuur in de sporthal van Bethesda nadat het team een avond had getraind, waarna Chavez alleen nog maar aan een bank en een koud biertje kon denken.

Lisannes stem kwam over het net, alsof ze wist dat Ding op dat moment aan haar klimervaring dacht. 'Volgens mij heeft niemand van hen het gezien,' zei ze.

'Wat zei ik?' zei Midas zonder op te kijken van de kleine afstandsbediening. 'Ik kijk nog steeds naar onze hufterige wapenhandelaar, en die meid heeft echt geen idee. Je moet me eindelijk eens vertrouwen, baas.'

Lucile Fournier gebruikte haar linkerhand om de olie te verdelen en hield haar rechterhand droog. Ze klemde haar dijen om zijn lichaam, boog naar voren en duwde met haar onderarmen en ellebogen in zijn vlezige rug, waarbij ze speciaal aandacht besteedde aan de walgelijk dikke nek, op zoek naar de juiste plek. Gaspards haar was goed verzorgd, maar vrij lang; de donkere krullen zouden als hij een overhemd had gedragen tot voorbij zijn kraag komen. Goed. Dat zou helpen om te verbergen wat zij van plan was.

Hij kreunde onder haar ruwe behandeling en zijn gebruinde krokodillenhuid glansde in de zon.

Plouc – boerenkinkel, dacht Fournier. Gaspard had misschien wel geld, maar zeker geen klasse. Maar ze lachte alsof ze vond dat ze zich gelukkig mocht prijzen dat ze op dit dikke varken zat. Ze keek even onder haar arm door achterom om te zien waar de drie bodyguards zich bevonden. Zoals ze al had vermoed bevonden ze zich achter haar, ze zaten op het dolboord van een van de vissersboten die op het strand waren getrokken, meer dan twintig meter verderop. In de linkerbil van haar zwarte bikinibroekje zat een scheurtje, en ze was ervan overtuigd dat alle drie de mannen, zelfs de slimmere Farrin, volkomen in de ban waren van de gespannen spieren in haar zongebruinde derrière doordat het scheurtje open- en dichtging als gevolg van haar bewegingen.

'Ben je al lang in Portugal?' vroeg ze.

Gaspard kreunde in het ritme van haar massage. 'Nu… begin jij… over koetjes en kalfjes…'

Ze negeerde zijn spottende opmerking. 'Ken je *sebastianismo*?'

'Ik moet toegeven van niet,' zei hij.

'Koning Sebastião was ook een rijke man. Hij had net als jij een belangrijke bespreking. Hij had een bespreking met de Moren, maar helaas verdwaalde hij voor altijd in de woestijnen van Noord-Afrika. Daar komt het woord "sebastianismo" vandaan: een mislukte onderneming, hopen op iets wat nooit kan zijn.'

'Hou je mond,' zei Gaspard gekweld. 'Je geschiedenisles deprimeert me.'

'Zoals je wilt,' zei ze. 'Maar ik hou van dat woord. Sebastianismo...' Ze leunde naar voren, kneedde zijn rug met haar linkerarm en drukte haar borst tegen Gaspards rug. Ze liet haar rechterhand in het boek bij haar knie glijden en tastte naar de MSP Derringer die in de uitgeholde bladzijden verborgen was. Door een zoemend geluid boven haar hoofd, als van een libelle – of een kogel die voorbijzoefde – liet ze het pistool bijna uit haar hand glippen. Ze herstelde zich en haalde het pistool eruit voordat de bodyguards hem konden zien en verborg hem in haar hand. Nu ze het pistool vasthield draaide ze zich om en keek of ze de bron van het geluid kon achterhalen. Ze verwachtte half dat Farrin daar stond, klaar om een kogel in haar hoofd te schieten. *Merde!* Ze had haar adem ingehouden, maar ademde nu uit. Ze zag alleen een verblindende zon. *Misschien was het echt een libelle geweest.* Ze ontspande haar lichaam zodat haar bewegingen soepeler werden en ging door met haar taak. De Malogabaritnyj Spetsialnyj Pistolet uit het sovjettijdperk paste perfect in haar hand, beter zelfs dan de Beretta die ze normaal altijd bij zich had. De KGB had dit Kleine Speciale Pistool in het begin van de jaren 1970 voor het eerst gebruikt. De speciale munitie gebruikte een ingesloten zuiger in de koperen huls die een 7.62 x 37-kogel afvuurde, net als die van een AK-47, uit een korte loop met een snelheid van iets meer dan honderdvijftig meter per seconde. De vrijkomende gassen – en bijna alle bijkomende geluiden – bleven gevangen binnen de patroonhuls, waardoor de MSP bijna 'Hollywood-stil' was. De ballistische eigenschappen waren niet geweldig, ongeveer de helft van de kleine .32-auto. Maar de Russen hadden de afgelopen veertig jaar vele malen bewezen dat een Spitzer-kogel die van dichtbij werd afgevuurd de middelmatige prestaties van de kogel ruimschoots compenseerde.

Lucile leunde iets naar voren en drukte haar elleboog dieper om Gaspard een genietende kreun te ontlokken. Ze knikte. Dat gekreun zou luid genoeg zijn om het geluid te overstemmen.

Hij kreunde. 'Fantastisch. Weet je zeker dat je geen Française bent?' Hij kneep zijn billen onder haar kruis samen, waardoor ze bijna kokhalsde. 'Ik ben meestal degene die bovenop zit,' mompelde hij. 'Als je begrijpt wat ik bedoel.'

Lucile, nu met het pistool tussen haar borsten, kneep haar dijen samen om haar evenwicht te bewaren en leunde nog verder naar voren zodat haar lippen Gaspards oor raakten. De geur van zijn zweet was misselijkmakend. '... *courir sur le haricot*,' zei ze – letterlijk 'ren over de boon', een uitdrukking die figuurlijk betekende dat hij haar verschrikkelijk op haar zenuwen werkte.

Gaspard verstijfde, zich opeens bewust van het feit dat Lucile niet was wie ze had gezegd te zijn. '*Tu es française* – Je bent Française,' fluisterde hij, nog steeds met zijn gezicht in de handdoek gedrukt.

In plaats van te antwoorden drukte Lucile haar linkerelleboog diep in zijn rugspieren. Met haar rechterhand drukte ze de MSP naar beneden gericht tegen de onderkant van zijn nek, iets onder zijn schedel. Ze haalde de trekker over exact op het moment waarop Gaspard door de druk van haar elleboog kreunde.

Gaspard zakte slap in het zand en met een zware, rochelende kreun ontsnapte alle lucht uit zijn longen; zijn hersenstam was aan de basis doorgesneden. *Fini.* Lucile bleef Gaspards slappe spieren kneden terwijl ze gezellig kletste. Deze man was nooit meer dan een lege huls geweest, dus was het helemaal niet moeilijk om tegen hem te praten nu hij dood was.

Ze stopte abrupt alsof hij iets tegen haar had gezegd. Daarna trok ze aan haar broekje, waardoor ze de aandacht van de bodyguards daarnaartoe leidde, bij het bloed en bot op de handdoek vandaan waar de onderkaak van deze klootzak op had gerust. Ze keek op naar Farrin. 'Hij wil wat wijn,' zei ze, heel zacht, alsof ze Gaspard die in slaap sukkelde niet wilde storen.

Farrin fronste.

Lucile keek hem aan en haalde onverschillig haar schouders op. 'Ik heb een fles in mijn auto. Wil jij hem even halen?'

De bodyguard knikte heuvelopwaarts alsof hij wilde zeggen: haal hem zelf maar. Ze had geweten dat hij dat zou doen, al was het alleen maar om haar in haar gescheurde bikinibroekje te kunnen nakijken.

Ongeveer zeven meter onder de rand van de klif waar Ding en Midas zich hadden geïnstalleerd, wrikte Jack Ryan junior de punt van een mes dieper in een rotsspleet en gebruikte de wrijving die hierdoor ontstond om zichzelf dichter naar de rand te trekken. De pijn in zijn knokkels was een welkome straf. Hij had besloten vrouwen een tijdje af te zweren, in elk geval het veroveren van vrouwen. Maar Lisanne Robertson, die boven hem klom en op haar onderrug een perfect driehoekje zweet in haar klimbroek had, maakte die beslissing moeilijk. Het was prettig om met en achter haar te klimmen, maar ze was ook een collega en een vriendin, zeker niet iemand met wie hij het bed in kon duiken. *Doop je pen nooit in bedrijfsinkt*, had Clark waarschuwend tegen iedereen gezegd nadat Dominic Caruso en Adara Sherman een stel waren geworden. Dat maakte niet uit. Ryan had de laatste tijd zoveel pech gehad met vrouwen dat hij had besloten om in elk geval in de nabije toekomst celibatair te leven.

Lisanne was een betere klimmer dan hij en ging voorop; zij bepaalde de route. Ze bewoog zich moeiteloos en vertraagde haar tempo alleen ter wille van Jack. Hij was sportief genoeg, liep ruim dertig kilometer per week hard op de wegen rondom zijn huis in Old Town Alexandria en voetbalde minstens twee avonden per week bij een plaatselijke voetbalclub. Als klimmen slechts een kwestie van kracht en formaat was geweest, had hij deze ranke vrouw eenvoudig kunnen evenaren. Lenigheid was cruciaal en hoewel Jacks spanwijdte van ruim 1 meter 80 zeker hielp, bleek dat klimmen veel gemeen had met ballet.

Lisanne drukte zich tegen de rotswand, spande haar klimshorts en reikte met een ongelofelijk lang been naar een steunpunt ter hoogte van haar middel. Direct onder haar gedroeg Ryan zich als een kuise monnik, wendde als een echte heer zijn blik af en keek naar beneden, naar het strand en hun doelwit.

Ryan twijfelde er niet aan dat Hugo Gaspard hier was voor een ontmoeting met de twee Russen die net waren gearriveerd in Carvoeiro, een stadje een kilometer of vijf ten westen hiervan aan de kust. Volgens Dom Caruso hadden de mannen net zo goed GRU op hun voorhoofd getatoeëerd kunnen hebben. De locatie van deze ontmoeting was nog niet bekend. Caruso en Adara Sherman hielden de Russen in de gaten, terwijl John Clark een oogje op hen hield voor contrasurveillance en bescherming.

Zoals bij de meeste operaties van de Campus was de weg naar de actie geplaveid geweest met verdomd veel lezen, analyseren en schattingen maken, waarvan enkele op feiten gebaseerd waren, maar andere eerder uit de lucht gegrepen gissingen waren.

Door de kleine afstand tussen Hendley Associates en het Pentagon konden de internetgoeroes van de Campus terabytes ruwe data in de vorm van informatie van geheime diensten oppikken van de dagelijkse gecodeerde transmissies uit Fort Meade. Mary Pat Foley, de Director of National Intelligence en vertrouwelinge van de president, was zich volledig bewust van de brede missie van de Campus, maar bijzonderheden werden binnen de eigen muren gehouden zodat Liberty Crossing – de thuisbasis van de DNI – en het Witte Huis konden ontkennen van het bestaan op de hoogte te zijn. Min of meer.

Een opgevangen transmissie van Luchtmachtbasis Creech had elf seconden beeld opgeleverd van een MQ-9 Reaper-drone boven Helmand, Afghanistan. De videobeelden waren korrelig, maar analisten waren er vrij zeker van dat de man op de beelden zes MICA-raketten in zijn bezit had.

Jack junior had het rapport bekeken en de ISIS-leider op de video geïdentificeerd als Faisal al-Zamil, een Saoedi-Arabiër – dat was hij tenminste geweest tot de Hellfire-raket van de MQ-9 hem had veranderd in fijne woestijnschellak. Zamil kwam uit een welvarende familie met bankrekeningen in verschillende Europese landen. Met behulp van de internetgoeroe van de Campus Gavin Biery was Ryan in staat geweest geld te volgen van een rekening in Amsterdam naar verschillende 'lege doorgeefluikvennootschappen', die een willekeurige toeschouwer voor de gek hadden kunnen houden, en vervolgens naar een niet erg hoge Franse wapenhandelaar die dacht dat hij belangrijker was dan in werkelijkheid het geval was: Hugo Gaspard. Door een tap op het Parijse telefoonnummer van de Fransman waren ze op de hoogte van de afspraak met de Russen in Portugal.

Na een onofficiële deconflictbespreking buiten het pand met DNI

Foley om zich ervan te verzekeren dat geen van haar zestien Amerikaanse inlichtingendiensten Gaspard al vanuit de lucht in de gaten hield, stuurde John Clark zijn kleine team naar de kust van de Algarve om de zongebruinde en gerimpelde walrus van een Franse wapenhandelaar genietend op het strand te zien liggen in het gezelschap van een knappe brunette in een zwarte bikini.

'De vrouw gaat weg.' Ryan praatte in het microfoontje van zijn mobiele telefoon die vlak bij zijn mond hing. 'De bespreking zal zo dadelijk wel plaatsvinden.'

'Misschien,' zei Ding.

Ryan kon zien dat hij heel even over de rand keek.

Beneden liep de brunette het pad op naar de weg. 'Ze heeft haar tas en handdoek laten liggen,' zei Lisanne.

Dings stem kraakte in Jacks oor. 'Volgens mij heeft ze de drone gezien.'

'Wil je daarmee ophouden, baas?' vroeg Midas. 'Ze heeft het niet... Verdomme!'

Ryan keek naar de vrouw die nu rende en naar Gaspard die nog steeds op zijn handdoek lag. De drie bodyguards zaten op de omgedraaide boot.

'Wat?'

'Jack,' zei Midas. 'Jij en Lisanne moeten die vrouw in het oog houden.'

'Begrepen,' zei Ryan.

'Vertel,' zei Ding. 'Wat zie je?'

Midas liet de display van de afstandsbediening van de drone zien. 'Zie je dit, in de bovenhoek van het scherm? Ik kan me vergissen, maar volgens mij zie ik een klomp hersens van Hugo Gaspard in het zand naast wat zijn gezicht was.'

Ryan hield zich met een voet en een vuist vast aan de rots, klauterde omhoog en schoof achter Lisanne aan over de rand. Op zijn buik liggend keek hij naar het strand beneden en zag toen dat twee bodyguards naar hun baas renden terwijl de derde, een kleine gedrongen man, het pad naar de stad op sprintte, met zijn pistool in de hand.

'Ze is net op een motor gesprongen,' zei Lisanne.

'Begrepen,' zei Chavez. 'Een rode Ducati. Ze rijdt naar het westen, naar Carvoeiro.'

Daar waren Clark en de anderen.

Ryan pakte de kleine rugzak waar zijn spullen in zaten en rende naar de gehuurde donkerblauwe Audi A4.

'Ga met hem mee,' hoorde Ryan Chavez zeggen, een fractie van een seconde voordat Lisanne op de passagiersstoel glipte en het portier dichtsloeg. 'En hou je radio aan. Ik wil realtime COP.'

COP betekent *common operating picture* – algemeen operationeel beeld. Hun radio's hadden een gps-*locator* die pingde op de telefoons van Chavez en John Clark, waardoor de locatie van ieder teamlid op een kaart van de omgeving vergroot te zien was.

Ryan startte de auto, terwijl Lisanne een soort plastic pillenpotje uit zijn rugzak haalde en openmaakte. Ze liet een minuscuul vleeskleurig oordopje in haar geopende hand vallen en hield dat Ryan voor. Hij pakte het oordopje, propte dat in zijn oor en trapte tegelijkertijd het gaspedaal in, waardoor er een straal grind onder de achterbanden vandaan spoot. Lisanne gaf hem een snoer met een microfoon eraan, plus een radio zo groot als een spel kaarten. Ryan sloeg het snoer om zijn nek, deed de radio aan en klemde hem al rijdend aan zijn shorts. 'Check. Check,' zei hij.

Meteen hoorde hij de stem van Midas in zijn oor: 'Ik hoor je, verbinding uitstekend.'

'Blijf bij haar,' zei Chavez. 'Maar val niet aan.'

'Begrepen,' zei Ryan. Hij trapte het gaspedaal nog dieper in en draaide het stuur naar links, verliet zigzaggend de parkeerplaats en reed de hoofdweg op zonder tijd te verliezen doordat hij de hoek om moest slaan. 'We zijn waarschijnlijk over twee minuten bij haar.'

Ryan keek naar Lisanne die met haar eigen radio bezig was.

Ryan sloeg weer met hoge snelheid een hoek om, buiten, binnen, buiten, kruiste de top en hoorde de banden op het wegdek suizen. Nog steeds geen teken van de rode Ducati.

Hij trok het stuur recht en keek even naar Lisanne. 'Vind je dit oké? Je bent immers niet operationeel.' Hij had onmiddellijk spijt van de superieure klank in zijn woorden.

'Prima rijstijl,' zei ze. Ze stopte het oordopje in haar oor en negeerde zijn opmerking. 'Sturen ze je naar verschillende speciale trainingen of zo?'

'Ja,' zei Ryan. Hij nam weer een bocht, ving een glimp op van de motor en daarna van de grijze Mercedes die over de rand van een heuvel voor hen verdween.

Lisanne nestelde zich in haar stoel. Ze opende de wegenkaart op haar telefoon en liet hem met opgetrokken wenkbrauwen aan Ryan zien, alsof ze zwijgend een vraag stelde.

Hij knikte even. Hij zou rijden, zij zou kaartlezen en hem vertellen wat er gebeurde.

'We rijden nog steeds in noordwestelijke richting op de 1273,' zei ze tegen Jack en de anderen van het team. 'Gaspards bodyguards rijden vlak achter de vrouw, in een donkergrijze, nieuw model Mercedes… ongeveer een kilometer voor ons. Ze heeft veel keuzes. Moeilijk te voorspellen of ze het binnenland in gaat of Carvoeiro aanhoudt.'

Jack zwenkte naar links en miste op een haar na een oudere man die met een wit hondje naast een heg liep. De man schudde met zijn hand vol post en schreeuwde iets terwijl ze hem passeerden. Jack bleef in het midden van de smalle weg rijden en dacht na over alle mogelijkheden. 'Je zou denken dat ze er na een aanslag als de sodemieter vandoor zou gaan, maar als ze voor de Russen werkt rijdt ze misschien wel richting versterkingen. Grote kans dat we jouw kant op komen, Mr C.'

6

Het was moeilijk te zeggen of de rij witgeschilderde hotels en tapasbars tegen de steile rotswanden van Carvoeiro naar beneden vielen of juist vanuit de zee omhoogklommen.

Dominic Caruso en Adara Sherman zaten samen aan een gedekt tafeltje van het Più Grand Café, een van de vele restaurants aan de weg die afliep naar het strand. Uit de boxen boven hun hoofd klonk triest gitaarspel, de traditionele Portugese fado.

Caruso zuchtte en zei: 'Ze vinden het hier kennelijk fijn om verdrietig te zijn.'

'Ik vind het mooi,' zei Adara. 'Dit heet *saudade* – onherstelbaar verlies, hunkering.'

'Dat meen je,' zei Dom. 'Door dit soort muziek verlang ik nog meer naar klassieke rock. Ik hoor liever AC/DC dan dit.'

Hoewel ze op surveillance waren, was de chemie tussen hen echt. Ze hoefden dus niet te doen alsof ze een stel waren.

Caruso was een gekwalificeerde special agent van de FBI, die was 'uitgeleend' aan de Campus. Hij was gekleed in een ruimvallend katoenen overhemd met de mouwen opgerold tot voorbij zijn sterke onderarmen, een kakikleurige lange broek en comfortabele Rockports waarop hij goed kon rennen.

Adara Sherman was halverwege de dertig. Ze droeg haar blonde haar tot net over haar oren, en haar witte korte broek en marineblauwe polo accentueerden haar liefde voor CrossFit. Ze was het voormalige hoofd Logistiek van Hendley Associates en in die hoedanigheid verantwoordelijk geweest voor de logistiek van de reizen én voor de fysieke veiligheid van de G5 van het bedrijf als die niet in de lucht was. Deze functie werd nu bekleed door Lisanne Robertson, een feit dat uitzicht bood op een eventuele promotie voor haar. Sherman was hospik bij de Marine geweest en had altijd ten minste een kleine tactische eerstehulpdoos onder handbereik.

De relatie tussen haar en Caruso was heel natuurlijk gegroeid en ze hadden, tot nu toe in elk geval, bewezen dat ze zonder problemen konden samenwerken. Caruso vond dat het feit dat ze een stel waren deze operatie zelfs nog geloofwaardiger maakte. Clark en Hendley waren niet erg blij met deze werkrelatie, maar geen van beiden probeerde daar een eind aan te maken. Het hart wilde wat het hart wilde, zelfs binnen de *intelligence community*. Er waren veel meer operationele stellen binnen de FBI en de CIA, hoewel die zelden aan dezelfde zaken werkten. Zelfs DNI Mary Pat Foley en haar man waren vroeger allebei spion geweest.

Hun tafeltje in het Più Grand Café bood Sherman en Caruso een direct uitzicht op het overdekte balkon op de eerste verdieping van een tapasbar/restaurant dat Casa Ibérica heette. Er was geen tijd geweest om afluisterapparatuur te plaatsen. Sterker nog, het was puur geluk dat ze zo'n goed plekje hadden.

De twee Russen waren een halfuur eerder gearriveerd en hadden eerst een tafeltje genomen in Bar Restaurante O Barco, een restaurantje tegenover dat van Dom en Adara. John Clark was voorbijgelopen, zich ervan bewust dat ze waarschijnlijk controleerden of ze werden gevolgd. Vijf minuten later bleek dat hij gelijk had, want de Russen stonden op en legden hun menukaarten op het tafeltje dat op het trottoir stond, zogenaamd omdat ze niets zagen waar ze zin in hadden. Ze liepen via het houten voetpad naar het strand, over de stoep nog geen meter bij Dom en Adara vandaan, keerden terug en kregen een tafeltje bij Casa Ibérica op de heuvel boven de promenade met winkels en restaurants boven Carvoeiro Beach. Om te voorkomen dat hij de Russen weer tegenkwam en werd betrapt, ging Clark aan de overkant van de straat zitten, op hetzelfde niveau als Adara.

'Opletten,' zei Clark in de mic aan het halskoord onder zijn overhemd, alsof hij iets tegen zijn menukaart mompelde.

Dom speelde met een garnaal in zijn *cataplana*, een stoofpotje van zeevruchten en varkensvlees. 'Begrepen. Onze vrienden zitten daar gewoon te kletsen en een biertje te drinken.'

Adara zweeg heel even. Ze wachtte of Clark zou antwoorden of dat Lisanne terugkwam met een *sitrep* – situatierapport – over hun locatie tijdens hun achtervolging van de vluchtende motorrijdster.

Toen zei ze: 'Volgens mij weten ze niets van wat Gaspard is overkomen, maar anders zijn ze medeplichtig aan die aanslag.'

Jacks stem knetterde over het net. 'Ze komt jullie kant op. Daardoor denk ik dat zij er misschien bij betrokken zijn.'

'Misschien,' zei Clark zacht kreunend. 'Ik zie geen enkele contrasurveillance, maar dat soort lieden hebben die zeker. Wij in elk geval wel.'

Adara haalde haar telefoon tevoorschijn en maakte een paar foto's van Dom met de zee achter hem. Daarna gaf ze hem de telefoon en liet hem een paar foto's van haar maken. Als een vrolijk stel op vakantie aan de Portugese kust legden ze de telefoon tussen hen in op het tafeltje en scrolden door de foto's. Ze keken vooral of er achter hen mensen zaten die daar misplaatst leken. Twee mannen die achter Caruso zaten vielen op: jong, broodmager en met onverzorgd blond haar. Hun kleren pasten hen net niet, zodat het leek alsof ze waren gekocht door een verre tante die hen nog nooit had ontmoet – of door een kwartiermeester van de SVR. Een van hen verschool zich discreet achter een menukaart en de andere wendde zijn gezicht af.

'Kijk hier eens naar, John,' zei Adara. Ze wenkte een serveerster en vroeg haar of ze een foto van hen wilde maken, waarna ze haar stoel naast die van Dom trok. Weer verborgen de mannen hun gezicht.

'Bingo!' zei Clark. 'Ze hebben zich in de kaart laten kijken.'

Farrin Galle sloeg met zijn linkerhand op het dashboard en raakte met zijn rechterhand de kolf aan van het Steyr GB-pistool aan zijn riem. Hij kwam oorspronkelijk uit België. Zeven jaar in het 2e Régiment Étranger de Parachutistes, het eliteregiment van het Franse Vreemdelingenlegioen, had de onbehouwen moordenaar voldoende tactisch inzicht bijgebracht om tijdens een achtervolging zijn wapen niet te trekken. De kans was te groot dat het handvuurwapen af zou gaan, zelfs tijdens een lichte aanrijding. Bovendien was doodschieten te goed voor die trut. Hij zou haar het liefst in kleine stukjes snijden en op elk stukje gaan staan voordat hij ze aan de kraaien voerde. Niet omdat ze zijn baas had vermoord – hij gaf geen zier om Hugo Gaspard – maar omdat deze vrouw het lef had gehad Gaspard nota bene onder zijn neus te vermoorden! Zoiets was onmogelijk geheim te houden. Dat zou bekend worden. Hij kon wel fluiten naar een andere goede baan en hij zou gedwongen zijn om onbelangrijke drugsdealertjes te beschermen of, nog erger, zo'n acteur met steral-lures. Nee, deze kleine bitch met haar bruine haar was ten dode opgeschreven. Als hij erin slaagde haar te doden zou hij zijn reputatie misschien kunnen redden, in elk geval een beetje.

'Zal ik haar overrijden, baas?' vroeg Yves die achter het stuur zat.

'Dat zou geweldig zijn.' Farrin knikte naar de vluchtende Ducati die nu in de verte verdween. 'Maar moet je haar niet eerst inhalen voordat je dat kunt doen?'

In plaats van te antwoorden trapte Yves het gaspedaal verder in.

Farrin keek in de zijspiegel. De donkere Audi werd groter toen hij dichterbij kwam. Die lui werkten waarschijnlijk samen met die huurmoordenares. Louis en Alain zouden wel korte metten met hen maken.

Alains stem klonk uit de gele FRS-walkietalkie op de stoel tussen Farrins benen. Hij pakte hem snel en zei: '*Go*.'

'We zijn in positie, baas,' zei Alain.

'Neem ze te pakken,' zei Farrin. 'En stel een voorbeeld.'

'Zwarte Peugeot,' zei Lisanne. 'Komt ons snel achterop.'

'Ik zie hem,' zei Jack met opeengeklemde kaken. Hij begon zigzaggend te rijden om te voorkomen dat de Peugeot naast hen kon komen. Ryan had een 9mm Smith & Wesson M&P in zijn rugzak, maar vanuit een rijdende auto op een andere rijdende auto schieten was niet alleen een laatste toevlucht, maar ook verspilling van zijn weinige munitie. Bovendien was het niet echt zinvol om op acht gram lood te vertrouwen als hij bijna veertienhonderd kilo metaal ter beschikking had.

De mannen in de Peugeot begrepen dat niet, want de passagier liet zijn raampje zakken, leunde naar buiten en richtte een soort machinegeweer op hen. Lisanne en Ryan doken instinctief in elkaar toen een paar toevalstreffers insloegen in de kofferbak.

'We worden beschoten,' zei Lisanne zakelijk in de radio, waarna ze voor de rest van het team de aanvallende Peugeot beschreef.

Jack rolde met zijn schouders om ze ontspannen te houden en dwong zichzelf om niet in het stuur te knijpen terwijl hij over de beide rijbanen bleef zwenken. 'Hoezo niet opvallen? Zo dadelijk belt iemand de politie.'

'Volhouden,' zei Ding via de radio. 'We zitten zo'n twaalfhonderd meter achter ze en komen steeds dichterbij.'

'Ze proberen maar wat,' zei Ryan. 'Maar met voldoende munitie lukt het ze misschien wel. De kans is groot dat ze raak schieten tegen de tijd dat jij het gat hebt gedicht.' Hij ging verzitten en nam een besluit. 'Ik ga iets proberen.'

Ding inhaleerde zo diep dat zijn microfoon het geluid oppikte. 'Jack...'

'Vertrouw me maar,' zei Ryan. Het machinegeweer achter hen ratelde en verbrijzelde deze keer de achterruit van de Audi.

'Volgens mij gaan ze een PIT proberen.'

Lisanne keek eerst achterom en daarna weer naar Ryan. Ze fronste en vroeg: 'Wat ga je nu doen?'

Jack keek opzij en knipoogde. 'Ik laat ze hun gang gaan.'

Yves nam gas terug toen ze Carvoeiro bereikten. 'Ze is verdwenen, baas,' zei hij, terwijl hij een pluk blond haar uit zijn gezicht veegde en een teleurgestelde kreet verbeet.

'Dat zie ik ook wel,' zei Farrin. Weer sloeg hij met zijn grote hand op het dashboard, een stomp die hij het liefst Yves had verkocht, maar dat zou een domme en zinloze actie zijn geweest. 'Uitstappen!'

'Baas?'

Farrin zei zacht: 'Stap uit en ga op mijn plek zitten. Ik rij.'

'Ze krijgen de kans niet voor een PIT,' zei Jack tegen de verbijsterde Lisanne, en tegen de anderen op het net die hun adem inhielden.

'Nee,' zei Lisanne. 'Ze schieten ons alleen een paar kogels in de kop.'

'Ze komen eraan,' zei Jack. In de binnenspiegel zag hij dat de auto achter hem steeds groter werd nadat hij even langzamer was gaan rijden voor een scherpe bocht naar links. De mannen in de Peugeot móésten een keer geluk hebben. Als Jack deze actie wilde laten slagen, moest hij alles goed doen.

De PIT – *pursuit intervention technique* – is een manier om een vluchtende auto tot stilstand te brengen: de chauffeur van het ene voertuig ramt op hoge snelheid met zijn rechter- of linkervoorhoek tegen het linker- of rechterachterwiel van een ander voertuig. Als dit goed wordt gedaan, raakt het tweede voertuig van de weg en kan het eerste voertuig doorrijden of, zoals in het geval van de mannen in de Peugeot, keren om Jack en Lisanne te vermoorden, terwijl zij hulpeloos stilstaan in de berm.

Toen ze de kruising met Route 124-1 bereikten leunde Lisanne naar voren om langs een wit gepleisterd gebouw heen te kijken. Rechtsaf ging naar Lagoa en Portimão, en linksaf naar Carvoeiro en de zee. 'Links kan ik niets zien,' zei ze. 'Maar ik heb een goed zicht op Lagoa en zie die motor nergens.'

Ryan gaf gas bij en scheurde de hoek om naar links.

De zwarte Peugeot kwam vijftig meter achter hen de hoek om.

'We nemen de 124-1 naar Carvoeiro,' zei ze over de radio. De kalme klank in haar stem logenstrafte haar grote ogen.

Nadat Jack weer een scherpe bocht had genomen gaf hij plankgas op een relatief recht stuk weg. Huizen maakten plaats voor met bomen begroeide heuvels aan beide kanten van de weg. Als hij iets wilde doen, moest dat hier. 'Weet je wat de OODA Loop is?' vroeg hij zonder haar aan te kijken.

'Natuurlijk,' zei Lisanne.

De OODA Loop beschrijft de stappen die het menselijk brein moet nemen om in actie te komen: *observe, orient, decide, act* – observeren, oriënteren, beslissen, handelen. Interruptie van dit proces betekent opnieuw beginnen of een dure fout maken. Als je iemand desoriënteert moet hij opnieuw observeren voordat hij een nieuwe beslissing kan nemen. Als je dingen wijzigt terwijl die beslissing wordt genomen wordt de oorspronkelijke actie toch vaak uitgevoerd, zelfs als die fout is.

'Juist, en ik ga een spaak in hun wiel steken.'

Dings stem klonk weer via de radio: 'Kunnen jullie de stad bereiken? Ik zie dat jullie daar maar een paar kilometer vandaan zijn.'

Een nieuw salvo beantwoordde die vraag. Nog meer kogels sloegen in de kofferbak van de Audi.

'Niet waarschijnlijk,' zei Jack. Hij trapte op de rem, waardoor de snelheid terugliep naar honderdtien kilometer per uur. Hij zwenkte iets minder breed over de tweebaansweg, waardoor de Peugeot langzaam maar zeker links van hen kon gaan rijden.

Lisanne zakte onderuit in haar stoel zodat ze nog net in de zijspiegel kon kijken. 'Nu komt het erop aan, zoals mijn vader altijd zei. Jack... die vent maakt zich klaar om te schieten.'

'Daar reken ik ook op,' zei Ryan. Hij bleef via de zijspiegel naar de Peugeot kijken en hield zijn adem in toen de bijrijder helemaal naar buiten ging hangen om tegen de sterke wind in secuur te kunnen richten.

De man leek ervan overtuigd te zijn dat Jack, aangezien hij probeerde te ontsnappen, gewoon zou doorrijden.

Zes meter, vierenhalf, drie... Terwijl de schutter met zijn halve bovenlichaam uit het raam hing.

Jack trapte keihard op de rem, waardoor hij de Peugeot bijna klemreed. Hij liet het rempedaal meteen weer los zodat hij de wagen onder controle hield, maar toen was de schade al aangericht.

De Peugeot schoot langs hen heen. Metaal tegen metaal, waardoor de ongelukkige schutter gevangenzat en met een ziekmakend geluid tussen de beide voertuigen werd geplet en uit het raam van de Peugeot werd geslingerd.

Ryan had de beslissing voor zijn volgende actie al genomen en gaf plankgas voordat de andere chauffeur zich kon heroriënteren. Hij stuurde de Audi naar het achterwiel van de Peugeot en remde zacht, waardoor de achterkant van de Audi iets opzij zwenkte, maar hij trok het stuur meteen weer richting de andere auto. Ze reden zo'n honderdtien kilometer per uur, zodat een lichte aanraking al voldoende was om de Peugeot opzij te duwen. Maar Ryan begon zijn PIT agressief en gaf de andere auto een harde duw. Na de botsing trok hij het stuur meteen weer recht. De Peugeot reed voor de Audi langs, slingerde naar rechts, tolde in het rond, knalde op de andere weghelft tegen een laag zandstenen muurtje en kantelde. Er spoot stoom uit de radiator.

'En... ze zijn uitgeschakeld,' zei Lisanne. Ze ging iets rechter op zitten om alles beter te kunnen zien, terwijl ze op hoge snelheid richting Carvoeiro reden.

'Verdomme!' riep Midas via de radio. Hij reed kennelijk net langs een stukje van de dode schutter. 'Dat heeft pijn gedaan.'

'Jullie in orde?' vroeg Ding.

'Ja hoor,' zei Ryan, waarna hij voor het eerst in dertig seconden weer ademde. 'Maar de Ducati is verdwenen.'

7

Vlak voordat ze Carvoeiro binnenreden sloeg Ryan links af, een met kinderkopjes geplaveide weg op die de heuvels in liep. Sirenes in de verte maakten duidelijk dat de Guarda Nacional vanuit verschillende richtingen naar de plaats van het ongeluk reed. Door het ontbreken van hun achterruit en de aanwezigheid van een onbekend aantal kogelgaten in de carrosserie van de Audi was het zeker dat de politie hen, zodra ze hen zagen, zou aanhouden.

Lisanne maakte van dit relatief rustige moment gebruik om haar strakke klimschoenen te verwisselen voor een paar Brooks-hardloopschoenen die ze uit haar rugzak had gehaald.

Ze reden zwijgend door de rustige wijk met vakantiehuizen en daarna de heuvel af naar het stadje. Ze lieten het radioverkeer aan de anderen over. Ryan nam aan dat hij ruim vijftien minuten de tijd had voordat de twee of drie Guarda-eenheden in Carvoeiro de plaats van het ongeluk verlieten en terugreden naar de stad om op zoek te gaan naar een donkere Audi. Het was heel menselijk dat ze naar het verminkte lijk zouden kijken, in elk geval korte tijd. Ryan sloeg rustig rechts af de Rua do Cerro in. Aan weerszijden van de straat stonden bomen, weelderig en groen van het nieuwe voorjaarsblad. Door de lage kalkstenen muurtjes, dikke hagen en verblindend witte villa's wenste hij dat hij hier op vakantie was in plaats van bezig met een operatie.

'Ongelofelijk,' fluisterde Lisanne, alsof ze in een kerk waren.

Ryan stopte onderaan de heuvel, bij de kruising met de grotere Estrada do Farol. Midas en Ding bevonden zich ten oosten van hen en wachtten tot ze hen konden oppikken zodat ze de Audi die met een vals identiteitsbewijs was gehuurd konden achterlaten.

'Wat vind jij?' Ryan keek Lisanne aan. 'Doorgaan met zoeken of links afslaan?'

Chavez antwoordde: 'Kom als de sodemieter hiernaartoe.'

'Begrepen,' zei Ryan en hij sloeg af. Hij had nog geen half blok gereden toen Lisanne opgewonden ging verzitten en riep: 'Links! Een rode Ducati!'

Ryan nam gas terug en keek naar een verharde oprit naast een wit gebouw van drie verdiepingen, met een bar en een restaurant op de begane grond en appartementen op de eerste en tweede verdieping. De brandstoftank en het voorwiel van een rode Ducati Monster staken uit van achter een stenen muur achter het gebouw.

'We hebben haar misschien gevonden,' zei Ryan, waarna hij hun locatie doorgaf. 'Misschien is ze in een van die appartementen.'

'Of in het gebouw ernaast,' zei Chavez. 'Of aan de overkant, of misschien heeft ze haar motor achtergelaten en is ze op dit moment op weg naar Lissabon.'

'Jij bent de baas,' zei Ryan. 'Maar wij zijn hier nu, dus volgens mij moet ik er even naartoe om het kenteken te noteren. Ik laat Lisanne hier uitstappen zodat zij de voorkant in de gaten kan houden en dan rij ik de oprit op, neem een kijkje en ben binnen de kortste keren weer beneden. Dan pik ik Lisanne weer op en zijn we hier binnen twee minuten weg, misschien minder.'

'Twee minuten,' zei Chavez. 'We komen jullie kant op.'

Dominic Caruso vroeg de serveerster om hun glazen bij te vullen met Foral de Portimão, een goedkope plaatselijke rode wijn die ze had aanbevolen.

Adara kneep in Caruso's hand en maakte hem zwijgend duidelijk dat hij haar blik moest volgen. 'Onze vrienden die de wacht houden worden onrustig,' zei ze, zodra de serveerster de wijn had ingeschonken en was vertrokken.

Clark zei via de radio: 'Ik zie het.'

Adara glimlachte tegen Dom en kletste over het weer, het strand en andere dingen, behalve over een surveillance op een paar Russische spionnen. Ze vertelde hem steeds wat ze deden, zodat hij zich niet hoefde om te draaien. 'Het gezicht van een van hen betrok, alsof hij iets zag wat hem niet beviel… Hij staat nu, volgens mij steekt hij zo de straat over… Nee. Vergeet dat. Hij gaat weer zitten.'

'Zal wel contact hebben met zijn Russische vrienden,' zei Dom. Hij scande het balkon op zoek naar iets wat ongewoon was. 'Volgens mij zie ik wat er aan de hand is.'

'Wil je het ons vertellen?' vroeg Clark.

'Ik zie een nieuwe man,' zei Dom. 'Lang, spijkerbroek, geelbruin sportjasje met opgerolde mouwen alsof hij auditie doet voor een remake van *Miami Vice*. Donker haar tot over zijn oren. Enorm horloge dat ik hier vandaan kan zien. Hij stond net nog in de deuropening te kijken. Ik dacht dat hij op iemand wachtte. Nu loopt hij naar het tafeltje van de Russen. Verder zit er niemand op dat deel van het balkon. Daar zullen onze vrienden hier van geschrokken zijn.'

'Een van Gaspards mannen?' vroeg Clark.

'Zou kunnen,' zei Dom. 'Hij gaat nu bij de Russen zitten. Moeilijk te zien van deze afstand, maar ze lijken niet erg blij hem te zien.'

Urbano da Rocha kwam in actie zodra hij Luciles telefoontje kreeg. Hij twijfelde niet aan haar vakkundigheid, maar er kon van alles gebeuren en hij wilde niet klem komen te zitten in een vleesmolen tussen Hugo Gaspard en de twee Russen die zijn vrienden zouden worden. 'Hallo,' zei hij. Hij keek de mannen aan met zo'n goedhartige glimlach als hij maar kon opbrengen. 'Zouden jullie het heel erg vinden als we Engels praten? Ik red me wel in het Russisch, maar in dit soort gesprekken is een foutje zo gemaakt en kan dan tot vervelende gebeurtenissen leiden.'

Geen van de Russen glimlachte. Ze leken eerder narrig dan geschrokken, alsof ze werden lastiggevallen door een vlieg die net vanuit een mesthoop in hun dessert was gevlogen.

'Wie ben jij?' vroeg de oudste Rus met zijn grote bovenlip opgetrokken.

'Mijn naam is Da Rocha.'

'Ik ken je niet,' zei de Rus.

'Wat je bedoelt te zeggen,' zei Da Rocha, nog steeds glimlachend, 'is dat je me nog niet kent.'

'Het zou beter voor je zijn als je ons met rust liet,' zei de jongere Rus met een kapbeweging van zijn hand. Hij had een belachelijk bloempotkapsel en droeg een slecht passend pak waarin hij eruitzag als een weggelopen kind dat uit het raam van zijn slaapkamer was geklauterd.

Met Russen omgaan was gevaarlijk – vooral met wrede Russen – en welke Rus had niet een beetje wreedheid in zijn DNA? Deze beide stomkoppen zouden zeker weten moeite hebben met subtiliteiten, dus besloot Da Rocha meteen ter zake te komen. 'Hugo Gaspard is dood.'

De Russen keken elkaar aan. Bloempot stak zijn tong uit, proefde de lucht. 'Wat hebben wij met die Gaspard te maken?'

Da Rocha haalde zijn schouders op en negeerde de ontkenning. 'Ik ben hier om zijn plaats in te nemen. Met, moet ik eraan toevoegen, veel betere voorwaarden dan wat Gaspard ooit had kunnen bieden. God hebbe zijn zielloze zwarte hart. Ik kan jullie voorzien van alle hardware die hij jullie kon geven, plus...'

Lange Lip knikte beleefd en gooide vervolgens een paar bankbiljetten op het tafeltje voor hun niet volledig genuttigde maaltijd. 'Als jij niet vertrekt, doen wij dat.'

Da Rocha vrolijkte opeens op. 'Ik heb militaire contacten die kunnen instaan voor mijn goeder trouw, als dat een verschil maakt.'

Lange Lip schoof zijn stoel naar achteren. 'Meneer Da Rocha, als we belangstelling hebben nemen we wel contact op, maar elke poging van je om contact met ons op te nemen zal een grove fout van jouw kant zijn.'

'Uitstekend,' zei Da Rocha en hij zuchtte. 'Ik had gehoopt dat jullie redelijker waren.'

'Ik meen wat ik zeg,' zei Lange Lip. 'Neem niet weer contact met ons op.'

Da Rocha pakte een soepstengel van de tafel en doopte die in de dichtstbijzijnde halflege kom pasta. Hij grinnikte en zei met volle mond: 'O, vergis je niet... Tijdens onze volgende ontmoeting zul je niet kunnen wachten mijn voorwaarden te horen.'

Da Rocha gaf de Russen even de tijd om weg te gaan; hij wilde hen nu niet te erg onder druk zetten. Hij had niets gegeten, maar liet toch twintig euro op de tafel achter, waarmee hij een beetje goodwill kocht van de ober die had gezien dat hij bij de Russen zat.

Hij moest zichzelf dwingen niet te neuriën toen hij naar binnen liep en daarna snel via de trap naar beneden ging tot hij weer op straat stond. Een zilverkleurige Porsche 911 R kwam uit Encarnação, reed langs het bureau van de Guarda Nacional en stopte langs de stoeprand. Da Rocha opende het portier, stapte in en boog opzij om de blonde vrouw achter het stuur te kussen. Ze droeg een grote zonnebril en had een dunne witte wikkeldoek over haar bikini geslagen. Op de console tussen hen in lag een bruine pruik.

Lucile Fournier zette de auto in de tweede versnelling en hield de 4.0-liter-motor in terwijl ze in noordelijke richting over de 124-1 door de stad reed. 'De Russen hebben je voorstel niet aangenomen?'

'Nee, maar dat verbaast me niet echt. Ze kennen ons niet. Het is slechts een kwestie van tijd, want binnenkort ben ik de enige die nog over is met de voor hen noodzakelijke connecties.'

'Als ik mijn werk doe.'

'Inderdaad.' Da Rocha propte de pruik achter zijn zwartleren stoel. 'Nu we het daar toch over hebben, ging het goed, lieve schat?'

'Eitje,' zei ze, terwijl ze deed alsof ze spuugde. 'Hugo Gaspard was een bijzonder onaangename man.'

Da Rocha trok een wenkbrauw op, stak zijn hand uit en streelde haar nek. 'En als die mannen niet allemaal zo onaangenaam zijn? Is het dan even gemakkelijk?'

'Zeker weten, lieverd.' Ze haalde haar schouders op en zette de auto toen ze de rand van de stad hadden bereikt in de vierde versnelling. De motor van de 911 brulde. 'En ik ben een bijzonder gevaarlijke vrouw.'

'Dat ben je inderdaad,' zei Da Rocha en hij legde zijn hand op haar blote knie. 'In heel veel heerlijke opzichten.'

Lucile krabde gedachteloos over haar hoofd; de jeuk werd ongetwijfeld veroorzaakt doordat ze die bruine pruik op haar blonde krullen had gedragen. 'Wat is het volgens jou?'

'Wat is wat?' Da Rocha trommelde met zijn vingers op haar bovenbeen.

'*Arrête* – Niet doen!' Ze duwde zijn hand weg. 'Niets daarvan tot je je concentreert. Ik heb het over de klus, over dat ding dat de Russen willen hebben.'

'Ik weet het echt niet,' zei Da Rocha. 'Het is voldoende dat Hugo Gaspard dacht dat hij daardoor binnen was. De Russen proberen waarschijnlijk iets in gang te zetten waarmee een ongelofelijke winst te behalen is.'

Kolonel Mikhailov vermoorden was niet gemakkelijk geweest, maar zelfs dat was te verkiezen boven dit eindeloze wachten. Cherenko was piloot, en een verdomd goede ook. Hij zou in de lucht moeten zijn in plaats van dat hij zoals nu in Oman onder een ratelende luchtkoeler op een veldbed lag. Babysitten was niet de taak van een piloot. Hij had kunnen gaan zwemmen, maar deze mensen loosden hun wc-water waarschijnlijk rechtstreeks in de zee. Hij had nooit echt van de zee gehouden en gaf de voorkeur aan luchtstromen boven zelfs het blauwste water. En dit water was bruin, een donkere, schuimende massa als nat beton waardoor je van een afstand onmogelijk kon zien waar het zand ophield en de zee begon. Als het hard genoeg waaide blies de wind zoveel zand omhoog dat lucht en aarde en water zich leken te vermengen tot één walgelijke massa. In een vliegtuig had hij boven die smerigheid kunnen uitstijgen.

Je kon maar een bepaalde hoeveelheid nieuwsberichten lezen. Het waren meestal toch leugens, zelfs die uit zijn eigen land. Hij lachte en dacht: *nee, vooral die uit mijn eigen land*. En het kleine beetje dat waar was, was ongelofelijk deprimerend. Want alsof er in Rusland al niet genoeg dingen waren om je zorgen over te maken, werd Cherenko dagelijks bekogeld met verhalen over vermiste kinderen, mishandelde vrouwen en allerlei ellende uit elke hoek van de wereld. Deze dodelijke griepgolf in Noord-Amerika was vooral griezelig, als de verhalen daarover tenminste klopten. Misschien was het toch niet zo verkeerd om nu op een eiland voor de kust van Oman te zijn.

Het meest gedenkwaardige deel van de missie tot nu toe was het ballet in de lucht ten zuiden van Moskou. Daarna was het slechts een kwestie van een aantal stops en starts geweest om een eventuele achtervolger af te schudden. Ze hadden een nacht doorgebracht in Erbil, Irak, een paar kratten uitgeladen als reden voor hun vlucht en om de Amerikaanse inlichtingendienst een kans te geven een paar foto's te maken van het vliegtuig terwijl dat op de landingsbaan stond. Rusland verkocht veel wapens aan Irak, ook T-90-gevechtstanks, dus was de aanwezigheid van een groot transportvliegtuig niet echt opmerkelijk. De staartnummers waren gewijzigd in die van de 2967 toen ze in Saratov landden voor een 'systeemcheck'. Toen ze nog in Rusland waren hadden ze van de gelegenheid gebruikgemaakt om Mikhailovs lichaam af te geven aan een gereedstaande opruimer van de GRU om later te worden vervoerd naar een berggebied dichter bij de plaats waar het vliegtuig was neergestort. Ze hadden hem vanaf grote hoogte kunnen dumpen, maar dat zou een probleem kunnen zijn als een toevallige hiker, of zelfs een militaire patrouille, het lichaam van een kolonel van de Russische Luchtmacht vond zo'n duizend kilometer van de plaats waar zijn toestel zou zijn neergestort. Als een vliegtuig verdween gonsde het altijd van de samenzweringstheorieën, vooral als zo'n toestel nucleair materiaal vervoerde. Het had geen zin om olie op het vuur te gooien.

De landing op de Luchtmachtbasis van het eiland Masirah was geen groot probleem geweest, gezien het grote aantal elektrische problemen waar de Antonov onlangs last van had gehad. Maar weinig vliegvelden in de wereld zouden een toestel met een gemelde noodsituatie geen toestemming geven om te landen. Oman en Rusland waren niet bepaald vrienden, maar ook geen vijanden. Eén miljoen dollar in middelgrote coupures woog een kleine zeven kilo. Door deze gulle schenking in een aktetas van twintig pond plus een paar gefluisterde woorden over zeldzame antiquiteiten zou zelfs een neutrale kennis een oogje dichtknijpen. Wat kon het de Omaanse commandant van de basis schelen of de Russen een beeldje en wat kunst uit Irak smokkelden? Cherenko had half gehoopt dat de Omaanse kolonel zou zeggen dat ze moesten vertrekken of op z'n minst zo nieuwsgierig zou worden dat ze werden gedwongen ergens anders naartoe te vliegen. Dan was hij nu tenminste in de lucht en niet aan het rondhangen op een achterlijk eiland tot hij verdere instructies kreeg. Maar de hebberige ouwe gek had het te druk met het tellen van zijn geld.

Cherenko kreeg opeens een idee en kreunde. Hij rolde half om in zijn bed en pakte zijn zwarte leren aktetas, waardoor het ovale militaire ID-plaatje om zijn hals opzijviel. Hij haalde er de kleine tablet uit en stopte het ID-plaatje weer in zijn T-shirt. Daarna ging hij rechtop zitten met zijn rug tegen de groezelige kussens. Hij kon de tijd een beetje doden door zijn privébankrekening te controleren. Als het saldo in contant geld werd omgezet zou het gewicht veel meer bedragen dan zeven kilo.

Dmitry Leskov plukte een broodkruimel van zijn dikke bovenlip en keek naar het plafond van zijn gehuurde Toyota, blij dat hij weg was uit dat restaurant waar het naar vis stonk. Hij was een majoor van de 45ste Guards Independent Reconnaissance, een elite-eenheid van de belangrijkste inlichtingendienst van Rusland de Spetsnaz, en had nooit van vis gehouden. Hij had veel liever een goede borsjtsj en misschien een paar boekweitblini's met *smetana* en ui. Hij had helemaal niets met dit spul dat je uit zijn schelp moest wrikken voordat je het in je mond kon stoppen. Hij en kapitein Osin hadden samen in Tsjetsjenië en Ossetië gediend. Vermomd als burgers hadden ze zichzelf onderscheiden tijdens de interventie in Oekraïne, waardoor ze het vertrouwen hadden gewonnen van hun commandanten van de GRU voor uiterst delicate missies ten behoeve van het Moederland.

'Deze Da Rocha is zeker arrogant genoeg voor onze doelstellingen,' zei Osin. Hij wreef over zijn blonde bakkebaarden voordat hij de auto startte. Kapitein Osin was, ook al liet hij zijn haar graag in een boerenknechtkapsel knippen, een capabele soldaat.

'Misschien.' Leskov haalde nietszeggend zijn schouders op. 'Maar ik mag hem niet. We moeten nog steeds met Don Felipe praten. Die is niet slimmer, maar wel betrouwbaarder. We zouden die Spanjaard van onze lijst moeten schrappen voordat we een gok met deze nemen.'

'Dat zullen we doen,' zei Osin. 'Jij hebt een neus voor dit soort dingen. Misschien is Da Rocha CIA, of een Amerikaanse militair.'

'Misschien,' zei Leskov. 'Maar ik betwijfel of zelfs de Amerikanen de moeite zouden nemen Gaspard te doden. Yuri zei dat hij is vermoord door een vrouw terwijl hij op het strand lag te zonnebaden. Vreemd dat ze hem zo publiekelijk zouden vermoorden.'

Osin grijnsde. 'We hoeven in elk geval geen minuut langer met die klootzak door te brengen.' Al pratend voegde hij de Toyota in tussen het andere verkeer. 'Het is ironisch dat Da Rocha zo zijn best doet om bij ons project te worden betrokken, gezien al die andere dingen.'

Weer een schouderophalen. 'Inderdaad ironisch.'

Leskov zakte onderuit in zijn stoel en sloot zijn ogen; plotseling uitgeput. Deze delicate missies voor het Moederland werden elke keer vervelender. Deze missie zou veel opruimwerk vereisen, en omdat het uiterst geheim was zou dat opruimen hun taak zijn.

Nadat Jack Lisanne had afgezet liep ze door de Estrada do Farol. Het was nog vroeg in het seizoen zodat er weinig toeristen rondliepen, maar de bushalte voor het toegangshek van het hotel was een onopvallende plek waar ze kon wachten. Ze ging met haar rug naar de pilaar staan en scande de omgeving en probeerde tegelijkertijd de Audi in het oog te houden. Ondertussen reed Jack de oprit naar de motor op. Er was altijd een kans dat het gewoon een andere Ducati was die niets met de moord te maken had, maar ze was het met Ryan eens. Waarom zouden ze het niet controleren?

Ze vond hem slim, hij had een vriendelijke blik en een goed karakter – precies de eigenschappen waarvan haar moeder had gezegd dat ze die moest zoeken in een man. Bovendien was hij ruig en atletisch. Maar ze werkten samen.

Ze keek net op tijd naar het zuiden om te zien dat drie meter bij haar vandaan een blonde man uit een grijze Mercedes sprong. Hij hield een zwart pistool tegen zijn lichaam, half verborgen door een leren jasje. Hij wees naar de auto en snauwde in het Frans dat ze moest instappen.

Ze hief haar handen en stapte naar hem toe, alsof ze hem wilde gehoorzamen. Lisanne was een kop kleiner dan de man en ze wist dat hij haar waarschijnlijk onderschatte. Een dramatische vergissing. Bootcamp op Parris Island en de politieacademie hadden de natuurlijke vechtneiging die ze van haar vader had geërfd verbeterd. Ze boog haar hoofd toen ze bij de man was, keek hem met grote ogen en een zo onderdanig mogelijke blik aan.

'Je hebt de verkeerde vermoord, bitch!' zei de blonde man, nog steeds in het Frans. Hij stak zijn hand uit om haar vast te pakken en in de wachtende Mercedes te duwen.

Ze stapte opzij, meer zijn kant op dan naar de auto. Met haar linkerhand sloeg ze het pistool opzij, terwijl haar rechterhand omhoogschoot en ze hem met de zijkant van die hand onder zijn neus sloeg. Ze sprong naar hem toe om de neus van de rotzak van zijn chagrijnige kop te trekken. Hij stapte achteruit en sloeg met zijn pistool in plaats van dat hij ermee schoot. Maar zonder energie aan overbodige bewegingen te verspillen, bracht ze haar rechterhand naar beneden en ramde keihard met haar vuist op de brug van zijn toch al gewonde neus.

Haar slagen waren pijnlijk maar verdoofden hem niet; bovendien had de man weleens eerder gevochten. Hij pakte haar pols die langs zijn gezicht flitste, trok haar opzij en duwde haar achteruit. Ze klapte keihard op het trottoir, landde op haar kont en probeerde zich te herpakken. Ze werd misselijk toen iets in haar pols brak.

'*Salope* – Slet!' snauwde de man. Hij richtte het pistool op haar gezicht, maar op dat moment scheurde Ryan door de straat en schepte hem met de Audi.

Ryan reed door, sleepte het lichaam langs de bushalte, door het hek en de binnenplaats van het hotel op. De Mercedes scheurde weg en liet de lange Fransman achter. Ryan reed met gierende banden achteruit, reed naar Lisanne toe en leunde opzij om het portier te openen. Ze stapte snel in, waarna hij in oostelijke richting door de Estrada do Farol reed.

Nadat Ryan iedereen op de hoogte had gebracht zei John Clark via de radio: 'Dom en Adara, blijf samen met mij bij de Russen. Nu Gaspard dood is, zijn zij de enige aanwijzing die we nog hebben. Ding, jij sluit je bij ons aan, zodra je Jack junior hebt opgepikt en zijn auto hebt gedumpt.'

'Begrepen,' zei Chavez. 'Midas heeft van de opnames van de minidrone een screendump van die vrouw gemaakt. Die stuur ik door naar Gavin met de opdracht dat hij moet proberen haar te identificeren.'

Clark zei: 'Eindelijk goed nieuws.'

Lisanne zette de schakelaar van haar radio in de *push-to-talk*-modus, zodat de rest van het team haar niet kon horen. Ze zat met haar kiezen op elkaar geklemd, had duidelijk veel pijn en was bleek. Ze liet haar pols op haar schoot rusten, maar raakte met haar linkerhand Ryans hand even aan die op het stuur lag. 'Dank je, Jack. Het is best handig je in de buurt te hebben.'

8

Sommige mensen zijn geboren spionnen. Anderen realiseren zich dat ze zijn bezweken voor de verleiding van internationale reizen. Erik Dovzhenko was er door zijn moeder in geluisd.

Het geslof van Dovzhenko's versleten leren schoenen weerkaatste tegen de betonnen muren van het trappenhuis; het klonk alsof een handvol munten in een wensput werd gegooid. Wensen waren zinloos in de Evin-gevangenis. Daar zorgde het ministerie van Geheime Informatie (VAJA) wel voor. En de Iraanse Revolutionaire Garde (IRG) sloeg alle hoop er wel uit die het VAJA over het hoofd had gezien.

Dovzhenko bleef halverwege een stap staan, nam peinzend een slok van zijn koffie – die voor een derde uit melk bestond – en vermande zich in de steriele stilte. Hij was al uitgeput en was het liefst hier op de trap gaan zitten, maar hier hingen camera's dus had dat geen zin. Stilstaan om een slok koffie te nemen kon, maar gaan zitten om na te denken zou zeker vragen oproepen die hij liever niet beantwoordde. Rusland en Iran waren bondgenoten, maar de IRG wantrouwde zelfs zijn eigen mensen, vooral nu. Een kort moment van zwakte of besluiteloosheid zou worden beschouwd als wat het was: een gebrek aan betrokkenheid. Dus nam Erik Dovzhenko nog een slok koffie en sleepte hij zichzelf langs de metalen trapleuning naar beneden. De tocht naar sectie 2A, kelderverdieping 4, van de Evin-gevangenis was geen gemakkelijke, en hij had alle steun nodig die hij kon krijgen.

Hij was een ervaren, maar bezwaarde professional. Hij werkte al vijftien jaar voor de SVR (Sluzhba Vneshney Razvedki), de helft van de Russische versie van de oude Sovjet-KGB die voornamelijk buiten het Moederland operationeel was. Als FSB de Russische tegenhanger was van de Amerikaanse FBI, was de SVR dat van de CIA. Dovzhenko had het donkere, golvende haar van zijn Azeri-moeder dat hij met gel strak achterover kamde. Zijn knappe, maar ietwat sombere Russische gezicht had hij van zijn vader geërfd. Dat in combinatie met zijn olijfkleurige huid maakte het moeilijk te zeggen uit welk deel van de wereld hij afkomstig was. Zo'n onduidelijke afkomst was handig voor een geheim agent, en hij vroeg zich weleens af of zijn moeder alleen met zijn vader was getrouwd om een kind te krijgen dat vrijwel overal ter wereld kon opgaan in de menigte. Dovzhenko was een fitte man van 1 meter 80, woog zesentachtig kilo, had rechte schouders en de grote handen van een bokser. Zijn duimen waren vrij groot, waarover een gevechtsinstructeur op de spionnenschool in Chelebityevo had gezegd dat die handig waren om tijdens een gevecht de ogen van een tegenstander mee uit te steken. Dovzhenko had in zijn vijftien jaar bij de SVR verschillende weerzinwekkende dingen gedaan, maar tot nu toe had hij nog nooit iemand met zijn duimen de ogen uitgestoken.

Hij had inmiddels gepromoveerd moeten zijn, in elk geval hoger op de carrièreladder moeten staan zodat hij niet de opdracht zou hebben gekregen om de activiteiten in de gaten te houden van IRG-criminelen in een Iraanse gevangenis die stonk naar stront en beschimmeld brood. Zijn moeder was de spion van de familie en zij had begin jaren 1980 haar kennis van het Azerbeidzjaans en andere Turkse talen in dienst van de KGB gesteld. Ze had goede verhalen die ze vaak vertelde; ze zei weleens voor de grap dat ze Erik al naar het clandestiene leven had gepusht toen hij nog 'aan haar tiet hing'.

Voor zover Erik wist had ze niet meer gewerkt sinds de opheffing van de KGB maar, zoals ze vaak zei, bestond er niet zoiets als een ex-KGB-agent. Je was altijd actief, wachtte gewoon tot je weer werd opgeroepen. Maar niemand riep haar op en Erik merkte dat ze de actie, de opwinding, miste. Hij nam aan dat dat de voornaamste reden was dat ze hem naar de SVR had gepusht, zodat ze indirect de acties waarvan ze wist dat hij die zou meemaken kon meebeleven. Zijn vader was onderwijzer geweest, een onopvallende man die met zijn neus in een boek zat, terwijl zijn vrouw door het huis liep met een oude Makarov in haar zak en een slok nam van de stevige Azerbeidzjaanse moerbeilikeur die *tutovka* heette of, nog erger, goedkope Russische wodka uit een fles met een aftrekbare dop van folie. Het was niet nodig om de dop er weer op te doen nadat Zahra Dovzhenko aan een fles was begonnen.

Alleen de dronken tirades van Eriks moeder waren al voldoende geweest om hem het huis uit te jagen. Ze had nog steeds voldoende contacten om voor elkaar te krijgen dat hij werd aangenomen. Hij was atletisch en slim, en hij merkte dat hij aanleg had voor dit werk, ook al had hij er nooit plezier in. Spionagewerk had een psychopathisch karakter waar hij altijd een beetje beroerd van werd. Hij had er geen moeite mee om een crimineel een stomp in zijn gezicht te geven of hem als dat moest dood te schieten, maar hij had te veel van zijn vader in zich om net als zijn moeder van alle leugens te genieten.

Mannen en vrouwen die voor hun werk liegen voelen zich meestal niet op hun gemak in het gezelschap van mensen die de waarheid belangrijk vinden. Erik Dovzhenko werd onvoorwaardelijk vertrouwd, maar er werd niet van hem gehouden, niet door zijn collega's en niet door zijn superieuren. En in een organisatie als de SVR betekende dat geen promotie. Hoewel veel anderen van zijn jaar al COS (*chief of station*) waren in steden als Praag en Berlijn, zat Erik Dovzhenko gevangen in de eeuwige beproeving van een spion op middenniveau die moest afdalen in de laagste niveaus van de Hel, zoals hier in Teheran.

Zes meter boven zijn hoofd was de stad en daar was het voorjaar. Mussen fladderden en sjilpten tussen het nieuwe blad van platanen en moerbeibomen, het gras veranderde van de ene op de andere dag van bruin naar groen, en de sneeuw die Mount Tochal had bedekt begon te smelten. Zes meter lager, diep in het binnenste van sectie 2A, kelderverdieping 4, was alles veel erger. Daar stroomde rioolwater door open goten en vermengde de stank van urine en hopeloosheid zich met die van verschaalde sigarettenrook en de overweldigende walm van de eau de cologne van de IRG-cipiers.

De gevangenis, die soms de Evin Universiteit werd genoemd door alle wetenschappers en student-activisten die daar opgesloten zaten, kon onverdraaglijk heet zijn in de zomer en bitter koud in de winter, wat de ellende binnen de gevangenis nog verder verergerde.

Dovzhenko's witte overhemd was vochtig geworden tijdens zijn korte wandeling door de regen over de parkeerplaats. Hij droeg altijd een bruin jasje, waardoor hij meer op de Russische spion leek die hij was. Maar een goede jas was duur, dus had hij hem in zijn auto gelaten, ook omdat hij niet wilde dat de stank van de gevangenis in het leer drong.

Maryam zou het ruiken, zelfs boven de geur van zijn sigaretten uit. Ze herkende zulke dingen.

Beneden aangekomen nam hij een grote slok koffie, waarna hij de zware stalen deur opentrok. Deze deur zat niet op slot, want niemand die goed bij zijn hoofd was zou hier als het niet echt moest naar beneden gaan. Dovzhenko glimlachte bijna toen hij dit dacht. Majoor Parviz Sassani wilde hier wel zijn, maar deze IRG-schurk bevestigde Dovzhenko's theorie: de man was goed in zijn werk, maar niet goed bij zijn hoofd.

Al voordat Dovzhenko de deur had geopend hoorde hij het gekreun en gejammer van de gevangenen, maar ook iets anders.

In Lefortovo, de gevangenis in Moskou waar dit soort werk werd verricht, werden de gevangenen onderworpen aan externe stimuli. Maar de Iraniërs hadden een bladzijde genomen uit het script dat de Argentijnse junta tijdens de Vuile Oorlog had gebruikt. Het geluid van verkeer dat van de skiresorts op Mount Tochal naar beneden reed, van overvliegende vliegtuigen en van tuinonderhoudsmachines was duidelijk hoorbaar. Als een middeleeuwse *oubliette* of 'hel van de vergetelheid' hoorden de gevangenen dat de wereld boven hen gewoon doorging alsof zij niet bestonden. De geluiden gingen maar één kant op: ze werden elektronisch naar binnen geleid, zodat de geluiden van de gevangenen en de martelingen boven niet konden worden gehoord. De ayatollah had de wereld verzekerd dat dit soort dingen in de Evin niet gebeurden. Volgens de Hoogste Leider had de regering in de gevangenis een zwembad en jacuzzi's aangelegd. In Iran, net als elders, werden de grootste leugens het gemakkelijkst geloofd.

Hij kon zich al een beeld vormen van de IRG-ondervrager voordat hij hem zag, met glinsterende ogen en met elk woord speeksel uitspugend. Het volume varieerde van maniakaal geschreeuw tot zacht gesis, maar de intensiteit bleef gelijk. Het gefluister was het ergst, gedwongen, elk woord in staat om iemand te villen. En elke keer waren het dezelfde vragen, elke keer weer. Wie zijn de demonstranten? Waar zijn de demonstranten? Waar is Reza Kazem?

Dovzhenko liep naar rechts, de kant op waar de gekwelde geluiden vandaan kwamen, door weer een deur die wel op slot zat zodat ze op de zoemer moesten drukken om hem naar binnen te laten. Voordat hij doorliep haalde hij nog één keer adem, met zijn kiezen op elkaar geklemd en zijn ogen half dichtgeknepen, alsof er ook maar iets was wat het beeld, de geluiden en de geuren van de verhoorkamer van sectie 2A kon afzwakken.

Twee mannen die hij herkende van het ministerie van Geheime Informatie stonden tegen de betonnen muur links van hem geleund te roken. Hij had hen aan het werk gezien en wist dat ze iemand heftig konden martelen, maar zij waren over het algemeen professioneel en gingen alleen over tot martelen als ze dachten dat dat noodzakelijk was om informatie uit of mentaal overwicht op een dissident te krijgen. Dovzhenko wist niet of alle mannen van de VAJA zo waren, maar hoewel deze twee niet terugdeinsden voor het gebruik van de houten stok of stroomdraad, hanteerden ze die onaangedaan. Het ministerie van Geheime Informatie was een professionelere veiligheids- en inlichtingendienst, maar de IRG was veel machtiger, zowel binnen de regering als de zakenwereld. Zij waren per decreet van de Hoogste Leider verantwoordelijk voor de demonstranten en hielden hun VAJA-tegenhangers op afstand om niet te veel van hun methodes openbaar te maken.

IRG-majoor Parviz Sassani genoot van zijn werk. Dat bleek wel uit zijn glimlach: een duivelse grijns, alsof het kwellen van een ander mens hemzelf pijn deed. Afstotelijk. Twee jonge mannen hingen aan bouten in het plafond, met hun schouders uit de kom, hun handen paars doordat de dunne touwen in hun polsen sneden. Hun voeten hingen slechts enkele centimeters boven de betonnen vloer. Ze leken meer op een stuk vlees dan op een mens en waren naakt, op hun grijze gevangenisbroek na die op een afgeknipte hardloopbroek leek, doorweekt met een heleboel bloed en vuiligheid. Hun lichamen zwaaiden hypnotisch aan de touwen, ongetwijfeld nog bewegend door een recente mishandeling door de drie IRG-mannen. Bloed druppelde uit de tenen van de langste man, waar zijn nagels hadden gezeten voordat Sassani ze had uitgetrokken. De tang en de nagels lagen netjes uitgestald op een houten bureau, net als een paar bebloede tanden.

Dovzhenko schudde zijn hoofd. Dit was nieuw.

De IRG-mannen hadden hun aandacht verlegd naar een derde gevangene, niet veel meer dan een jongen. Hij heette Javad en was zeventien, maar leek een jaar of dertien. Hij huilde meer dan de anderen en jammerde om zijn moeder, wat Sassani alleen maar kwader leek te maken en hem leek aan te sporen. Javad lag op zijn rug, met zijn handen op zijn rug gebonden zodat hij op zijn vuisten lag en niet plat kon liggen. Benen omhoog, enkels vastgebonden aan een houten plank tussen twee stokken. Stevige touwen hielden de zool van zijn blote voeten omhooggericht. Ze waren al gezwollen, zwart en blauw door eerdere behandelingen. Sassani zelf zwaaide met de één meter lange wilgentak die ongeveer zo dik was als zijn pink.

Bastinado – op de voeten slaan – was in de hele wereld favoriet bij de geheime politie. Bepaalde delen van de voet kunnen uiteraard veel verdragen, maar andere delen – kleine botten, de tenen – breken vrij gemakkelijk. Bastinado, uitgevoerd door een expert, kan maximale pijn en op wat roze en gezwollen vlees na bijna onzichtbare schade veroorzaken. Door iets harder te slaan kan men iemand invalide maken. Dat leidde vaak tot een pervers soort opluchting als een gevangene zag dat hem of haar 'alleen maar' bastinado te wachten stond in plaats van een behandeling die meer zichtbare littekens veroorzaakte. 'Misschien slaan ze alleen maar op mijn voeten en laten me dan gaan.' Dergelijke gedachten vervluchtigden na de eerste gruwelijke slagen echter snel.

Majoor Sassani gebruikte deze behandeling als iets waarop hij kon terugvallen als hij geen zin meer had in het breken van ribben of het uitdrukken van een sigaret op een blote huid. Hij zwaaide de wilgentak over zijn hoofd, waardoor de tak begon te trillen en de arme jongen de klap kon horen aankomen, waardoor de kwelling twee keer zo erg was.

Deze drie gevangenen waren hier al ruim een week en bijna vanaf het moment dat de deuren achter hen waren gesloten was Sassani aan het werk gegaan. Ze hadden hem alles wat ze wisten binnen het eerste uur verteld. Zelfs getrainde spionnen praatten uiteindelijk, maar deze studenten leken wel gestrande schepen en vertelden alles wat ze wisten zodra ze de martelkamer zagen. Door snot en tranen en doodsbange snikken heen bekenden ze alle zonden die ze sinds de basisschool hadden begaan.

Uiteindelijk maakte het geen verschil.

Javad bewoog niet meer na de vijfde slag. Zijn voeten leken op grote paarse ballonnen met tenen.

Sassani sloeg hem nog twee keer om er zeker van te zijn dat hij echt bewusteloos was. Tevreden smeet hij de wilgentak op het bureau in de hoek. Hij knikte tegen zijn twee IRG-collega's en wees met zijn duim over zijn schouder naar de hangende mannen. 'Laat deze even uitrusten. En breng me een andere. Doe die dikzak maar.'

De zwaardere van de twee studenten, een man van begin twintig die Babak heette, begon te jammeren. Een gezwollen ooglid ging open.

'Kameraad Erik,' zei Sassani. Als een huisvlieg wreef hij zijn handen voor zijn maag tegen elkaar. 'Neem me niet kwalijk dat we niet op u hebben gewacht.'

De Rus maakte een wegwuivend gebaar.

Sassani wist heel goed dat Dovzhenko hem verafschuwde. Dat gevoel was zeker weten wederzijds, al was het alleen maar omdat Sassani iedereen leek te haten.

De Iraniër was vijf of zes jaar jonger, misschien vier- of vijfendertig, en snel bevorderd binnen de Iraanse Revolutionaire Garde.

Dovzhenko nam aan dat de IRG wreedheid beloonde, zolang het maar in de goede richting werd aangewend. Zijn eigen SVR was in dat opzicht niet veel anders, wat waarschijnlijk de reden was dat Dovzhenko samenwerkte met lieden als Parviz Sassani. Zijn superieuren dachten kennelijk dat hij een soort les in wreedheid nodig had.

Dovzhenko wist weinig van Sassani's achtergrond. Zijn vader was gesneuveld als een martelaar tijdens de oorlog met Irak en hij stond in hoog aanzien bij de moellahs en hogere leden van de IRG. Zijn schoonvader was een hoge IRG-generaal. Hij had waarschijnlijk Engels geleerd in Groot-Brittannië of een ander land van de Britse Gemenebest, want hij sprak die taal met een Brits accent, zoals de duivel in een Amerikaanse film.

Sassani was iets langer dan Dovzhenko en had donker, golvend haar en een pikzwarte baard die iets langer was dan een middagstoppel. Hij droeg altijd een fraai pak, zelfs tijdens een ondervraging, maar eerst hing hij zijn colbert dan op in een metalen kluis tegen de muur bij de deur.

Er zaten verschillende bloedspetters op zijn witte kraagloze overhemd, waarvan het achterpand een beetje omhoog was geschoven toen hij slagen met de wilgentak uitdeelde. Hij rolde zijn mouwen naar beneden en haalde een paar gouden manchetknopen en een donkerblauw pakje Gauloises uit zijn grijze wollen broek. Hij stak een sigaret in zijn mond en vroeg terwijl hij de manchetknopen vastmaakte: 'Wat heb je gehoord, mijn vriend?' Hij zocht verder in zijn zakken tot hij een wegwerpaansteker had gevonden.

Dovzhenko bleef naar de IRG-mannen kijken die op dat moment Babaks voeten aan de plank vastbonden. 'Er zijn geruchten over een bombardement op het een of andere overheidsgebouw.'

Sassani klikte een paar keer met de goedkope aansteker. 'Dat heb ik ook gehoord,' zei hij, waarna hij het opgaf. Hij grinnikte even. 'Gelukkig hebben wij geen last van de Amerikaanse griep. Een plaag van de Grote Satan voor zijn gevecht tegen God.'

Dovzhenko vroeg zich af hoe de Iraniër de aardbevingen en ziektes in zijn eigen land goedpraatte, maar zweeg.

Sassani gebaarde met zijn onaangestoken sigaret. 'Wanneer komen die telefoontrackers en computersoftware die jouw regering ons heeft beloofd? Onze technologie is prima, maar die van jullie is veel preciezer. Ik zou je er niet aan hoeven te herinneren dat dit een nationale crisis is.'

'Heel binnenkort,' zei Dovzhenko. Hij haalde zijn eigen aansteker uit zijn zak en opende hem met een tikje. De aansteker was een cadeau van zijn grootvader van moeders kant: hij was van goud en voorzien van de achtpuntige ster en vlam van het Azerbeidzjaanse wapen.

Sassani's gezicht ging schuil achter een rookwolk terwijl hij de sigaret aanstak. Hij hield de sigaret opzij en keek Dovzhenko lang met een peinzende blik aan. 'De precisie van jullie technologie zou bijzonder nuttig zijn voor het vangen van de verraders.'

'Zoals ik al zei, heel binnenkort.' Dovzhenko knikte naar de gevangenen. 'Deze drie hebben je vast al nuttige informatie gegeven.'

Sassani haalde zijn schouders op. 'Op zich wel. Maar ze zijn zwak.'

De Iraniër draaide zich om en liep naar de dikkere man die nu aan de plank was gebonden en drukte de brandende punt van de sigaret tegen de blote voet van de man. Sassani liep bij de marteling en schorre kreten vandaan.

Bloederig speeksel uit de mondhoeken van de man droop langs zijn wang en vormde een plasje op het smerige beton naast zijn oor.

Sassani boog zich over hem heen. 'Ik vraag het je nogmaals. Waar is Reza Kazem?'

De gevangene kreunde. 'Ik weet niet...'

Sassani drukte de sigaret tegen het ooglid van de man met als gevolg nog meer kreten en hulpeloze pogingen aan de pijn te ontsnappen.

'Zeg! Me! Waar!'

De gevangene kuchte, kromp ineen. 'Ik weet niet...'

Sassani hief zijn hand om hem weer met de sigaret te martelen.

'Isfahan!' gilde de gevangene terwijl hij achteruitdeinsde, in een poging in het beton te verdwijnen. Alles om een nieuwe wond aan zijn oog te ontlopen. 'Hij is in Isfahan.' Hij begon te snikken. 'Ik zweer het. Isfahan.'

De glimlach verdween van Sassani's gezicht toen hij zich realiseerde dat zijn sigaret uit was gegaan.

Een onervaren bewaker, gekleed in een groen uniform en met een honkbalpetje op, kwam binnen. Hij bleef links van de deur naast de metalen kluisjes staan en keek naar wat er gebeurde. Dovzhenko kende hem niet, maar dit was een jongeman met nog maar heel weinig gezichtshaar. Als hij moeite had met de martelkamer, was hij slim genoeg om dat niet te laten blijken.

Sassani trok een wenkbrauw op, alsof hij door een jongere broer was betrapt op iets gemeens. 'Wat is er?'

De jongeman zette zich schrap tegen de muur. 'De rechtbank heeft het vonnis bekendgemaakt.' Hij hield hem een dossiermap voor, die Sassani uit zijn hand griste.

Hij las de tekst en knikte goedkeurend. 'Ophanging in het openbaar.'

De IRG-man die het dichtst bij Javad stond zei: 'Deze is de beul te vlug af geweest.' Hij duwde tegen het levenloze lichaam, waardoor het in een nog bredere baan heen en weer zwaaide.

Sassani lachte spottend. 'Zie je wel,' zei hij tegen Dovzhenko. 'Zoals ik al zei, zwak. Maar toch hangen we hem op, naast zijn medeverraders, als voorbeeld.' Hij haalde zijn sigaretten uit zijn lange broek en stak een nieuwe in zijn mond. Zijn giftige grijns gaf Dovzhenko een beroerd gevoel. 'Mag ik nog een vuurtje van je?'

Dovzhenko stak met een onaangedane blik de sigaret van de Iranier aan. Hier was iets aan de hand, maar Dovzhenko kon er zijn vinger niet op leggen.

Natuurlijk was Reza Kazem een lastpak, het gezicht van de tienduizenden studenten en andere ontevreden Iraniërs die elke dag in het hele land in steeds grotere aantallen de straat op gingen. Het was logisch dat Sassani wilde weten waar hij was, maar hij was niet moeilijk te vinden.

9

President Jack Ryan opende zijn ogen om 5.27 uur, vlak voordat zijn wekker op het gebruikelijke tijdstip afging. Hij was uitgeput en had de twee extra minuten en eenenveertig seconden slaap goed kunnen gebruiken, maar Cathy was thuis. Naast hem. Op dit moment. Wakker. Door hun tegenstrijdige agenda's en belangrijke banen was het bijna onmogelijk samen wat tijd door te brengen. Een moment als dit kon niet als vanzelfsprekend worden beschouwd. Hij schudde zijn kussen op – ze hadden heerlijke kussens in het Witte Huis – en nadat hij de wekker uit had gezet pakte hij zijn bril van het nachtkastje waarna hij zich omdraaide naar de vrouw met wie hij al bijna veertig jaar was getrouwd. Ze kon net als hij niet zonder bril, maar had die van haar nog niet opgezet. En dat was goed, want daardoor kon ze zijn verouderde gezicht en slaperige ogen niet goed zien. Hij kroop dichter naar haar toe en ving de geur op van mondwater en Dioressence-parfum. Bijzonder goede voortekenen.

Cathy Ryan lag met het laken van Egyptische katoen opgetrokken tot aan haar kin en haar blonde haar uitgespreid op het kussen met haar lange wimpers te knipperen. Ze begon te zingen zodra Jack zich omdraaide, met een stem die het midden hield tussen die van Betty Boop en Marilyn Monroe: 'Lang zul je leven, meneer de president...'

Ryan grinnikte en toen ze uitgezongen was kuste hij haar op haar neus. 'Je weet toch wel dat ik niet jarig ben?'

Dr. Ryan keek hem met grote ogen aan en trok voor de grap een pruilmondje. 'Echt?' Ze was een van de meest getalenteerde oogchirurgen ter wereld, maar speelde de rol van ademloos blondje ongelofelijk goed. Met haar beide handen hield ze het laken aan weerszijden van haar pruilmondje. Haar perfect gemanicuurde nagels waren gelakt met donkerrode nagellak die *I'm Not Really a Waitress* heette. Het was verbazingwekkend dat de afdeling Voorlichting van het

Witte Huis erin was geslaagd de naam van die kleur geheim te houden.

Onder het laken gingen haar borsten op en neer terwijl ze een overdreven zucht slaakte. 'Verdorie! Als je niet jarig bent, wat moet ik dan doen met dit cadeautje?'

Achttien minuten later draaide Ryan zich een beetje om zodat hij op de wekker kon kijken en slaakte nu zelf een zucht. Cathy's arm lag over zijn borst en haar been over zijn bovenbeen, warm, zodat ze het laken niet meer nodig hadden. Hij voelde haar zachte ademhaling tegen zijn hals.

Ze grinnikte zacht.

'Wat is er?' vroeg hij.

Ryan kon haar gezicht niet zien, maar hij kende haar al zo lang dat hij haar huid voelde spannen als ze glimlachte. 'Vraag je je weleens af hoe het zou zijn als er op dit moment ergens een vreselijke crisis ontstond en de Geheime Dienst hier samen met Arnie naar binnen moest stormen?'

'Nu zou beter zijn dan vijf minuten geleden,' zei Ryan en hij dacht aan de reële mogelijkheid dat zijn stafchef als de dreiging maar groot genoeg was de presidentiële slaapkamer zou binnenstormen.

'Misschien iets beter,' zei Cathy. 'Maar niet veel.'

Ryan haalde zijn schouders op. 'Voor jou is het anders, schat. Jij zou je generen, het laken over je heen trekken. Maar ik zou toch een beetje trots zijn. Het zou een onschuldige manier zijn om te verklaren: "Hé, de leider van de vrije wereld kan het nog steeds."'

'O, je kunt het nog steeds.' Ze kroop dichter tegen hem aan en rilde een beetje. 'Maar goed, ik kan hier niet gewoon de hele dag blijven liggen. Ik moet naar het ziekenhuis.'

'Ik weet het,' zei Ryan. 'Ik zal het straks tijdens de briefing wel horen, maar jullie als artsen moeten hierover praten. Vertel me de meest recente mening van de experts over deze epidemie.'

Cathy trok het laken over haar borst en liet zich tegen haar geliefde stapeltje van drie donzen kussens vallen. Ryan wist dat ze in gedachten de kaart van de Verenigde Staten voor zich zag, met het aantal doden in elke regio. Als het slachtoffer een kind was, zou ze de naam zien. Door haar bijna fotografische geheugen herinnerde ze zich stukjes informatie: bladzijden die ze had gelezen, beelden die ze had gezien... Hoewel ze zich had gespecialiseerd in oogziektes en oogwonden, had Cathy's man haar gevraagd of zij het gezicht wilde zijn van de mediacampagne waarmee informatie over de recente heftige griepepidemie bekend werd gemaakt.

'Honderdzevenendertig,' zei ze. 'In de VS en Canada. Maar er zijn meldingen dat meer dan tweehonderd mensen zo ziek zijn dat ze in het ziekenhuis zijn opgenomen. Wij hebben een beetje geluk doordat we vaccins hebben, dus misschien kunnen we het tij wel keren, maar het is nog te vroeg om dat zeker te weten. Medewerkers op ambulances, in het leger, in ziekenhuizen en ander onmisbaar personeel zouden eind deze week of begin volgende week allemaal gevaccineerd moeten zijn. Het CDC (Center for Disease Control and Prevention) doet op dit moment fantastisch werk, maar eigenlijk proberen ze een emmer zand op het vuur te gooien en de brand in één keer te blussen. Maar weet je, Jack, het probleem is dat we straks geen zand meer hebben, heel binnenkort tenminste niet meer. Normaal adviseren we heel jonge kinderen en de ouderen te vaccineren, maar dit virus besmet vooral gezonde mensen in de bloei van hun leven, ongeveer net zoals tijdens die pandemie van 1918.'

'De Spaanse griep,' zei Ryan.

'Nou ja, Spanje kreeg een slechte naam, maar op diezelfde manier zouden ze dit de Amerikaanse griep kunnen noemen, omdat wij onze ervaringen wereldwijd bekendmaken in de hoop dat iemand er een einde aan kan maken. In datzelfde jaar waren er zeker ook andere landen met identieke uitbraken, maar Spanje was het enige land dat daar melding van maakte.' Ze draaide haar hoofd en keek hem aan. 'Zoals ik al zei, besmet dit virus een belangrijk deel van de mensen die het gevecht normaal zouden leiden, zoals artsen, verpleegkundigen en farmaceutisch laboranten. Tijdens de pandemie van 1918 stierven meer mensen dan in beide wereldoorlogen samen, in totaal bijna vijf procent van de wereldbevolking. Dat was gevaarlijk spul, Jack, en dit virus heeft de potentie zelfs nog erger te zijn. Als er niets tegen wordt gedaan, kan dit binnen maanden, misschien zelfs weken de beste en slimste mensen te pakken nemen.'

Ryan kreunde.

Cathy kneep even in zijn arm. 'Zie je wat ik heb gedaan?'

'Wat dan?'

'Ik heb ervoor gezorgd dat je in paniek raakte. En dat is de voornaamste reden dat deze griep zo ernstig is. Ik wil de ernst van deze ziekte niet bagatelliseren, maar tegenwoordig hebben we betere zorg, over het algemeen een gezondere manier van leven én we zijn in staat de hieruit voortvloeiende infecties die in 1918 veel mensen doodden te bestrijden. Helaas hebben we ook te maken met de sensatiepers die vierentwintig uur per dag ongefundeerde artikelen publiceert. Het idee dat dit de ergste en dodelijkste ziekte ooit is, is grote onzin. Elk nieuw ziektegeval wordt onder in beeld gebracht als Het Laatste Nieuws. Maar in medisch opzicht maak ik me bijna even grote zorgen over de overstromingen in Louisiana en Mississippi als over deze griep.'

Ryan knikte.

'Weet je, Jack, de kans is veel groter dat een meer dan gemiddeld aantal mensen gewond zal raken door opstootjes dan door dit virus zelf. En die achterlijke Michelle Chadwick maakt de zaak er niet beter op.'

Ryan gaf zijn vrouw een klopje op haar dij. 'We kunnen onze mening over deze senator maar beter voor ons houden.'

Cathy tilde de lakens op en keek overdreven aandachtig naar de ruimte eronder. 'We zijn hier maar met z'n tweetjes, jochie. Bovendien mag ik best een beetje kwaad zijn op iemand die zoveel vuiligheid over mijn man verspreidt. Ze gaf gisteren een persconferentie waarin ze jou beschuldigde van laksheid. Dat geloof je toch niet?'

Hij gaf Cathy nog een klopje op haar dij. Deze keer voor zichzelf. 'Ik schaam me dat ik dit zeg, maar volgens mij begin ik aan de politiek te wennen. Het afval stinkt nog altijd verschrikkelijk, maar ik ruik het al bijna niet meer.'

'Heb je wel gemerkt dat het nieuws niet langer het nieuws is? Het gaat over hoe de social media op het nieuws reageren. Michelle Chadwick jaagt het land de stuipen op het lijf, Jack. Is het niet strafbaar om in een volle bioscoop "Brand!" te roepen?'

Ryan haalde zijn schouders op. 'Ze zou aanvoeren dat er echt een brand is.'

'Dan nog. Zij gooit olie op het vuur.'

Ryan bracht het gesprek weer op de griep. 'Ik zag die officiële aankondiging voor de CDC die je hebt gedaan. Bedankt dat je het betrouwbare gezicht van de first lady aan deze zaak hebt gekoppeld. Daardoor zou iedereen die ziek is niet naar zijn werk of school moeten gaan, en iedereen die nog niet ziek is bij hun dokter een griepprik moeten halen. Hé, ik heb een idee: wil je niet voor me komen werken?'

'Je kunt me niet betalen.'

'Ik voer de dienstplicht weer in en nationaliseer de gezondheidszorg. Dan dwing ik alle artsen om voor de overheid te gaan werken, vooral knappe oogartsen.'

'Ja hoor,' zei Cathy grinnikend. 'Daar zullen je kiezers blij mee zijn. Er waren twee redenen waarom ik me in oogheelkunde heb gespecialiseerd. Ten eerste ben ik daar toevallig heel goed in. En...'

Ryan glimlachte en maakte haar zin af: 'GBS.'

Cathy Ryan was een uitzonderlijk getalenteerde arts, maar net als de meeste artsen, nam hij aan, was een van haar minst geliefde stages wat de studenten GBS noemden: *gooey butt sores* – etterende anale zweren. De lijst met GBS was kennelijk eindeloos, en Ryan had in de loop der jaren in medische handboeken veel te veel foto's gezien. In elk geval genoeg om te begrijpen waarom zijn vrouw voor oogheelkunde had gekozen.

Cathy zwaaide haar benen uit bed en zonder het laken waren nu de kromming van haar rug en de fraaie vorm van haar heupen zichtbaar. 'Daarom. Maar ik hou ook niet van "à propos".'

'Dat snap ik,' zei Ryan, hoewel hij het duidelijk niet begreep.

Cathy legde haar roze badstof badjas op haar schoot, draaide zich half om, steunde op haar elleboog en keek naar Ryan die nog steeds in bed lag. 'Je weet wel,' zei ze, terwijl ze de badjas aantrok. 'De patiënt komt binnen voor iets anders en blijft als hij wil vertrekken net als Colombo staan en zegt dan: "À propos, dokter, ik weet wel dat ik hier kwam voor mijn slaapapneu, maar nu ik hier toch ben, denkt u dat u me een paar van die blauwe pilletjes kunt voorschrijven waar mijn vriend Bob me over vertelde?"'

'Lijkt me slim,' zei Ryan.

Cathy stond op en hield haar hoofd schuin. 'À propos, meneer de president, jij hebt geen problemen. En bovendien heb je dit. Je hebt er helemaal geen behoefte aan dat ik voor je werk.'

Ryan schoot opzij, greep de achterkant van haar badjas beet en trok haar weer in het bed.

'Jaaackkk,' zei ze, terwijl ze halfhartig probeerde te ontsnappen. 'Ik moet echt weg. En moet jij niet naar een vergadering om de belastingen te verhogen of zo?'

Hij hield haar badjas nog heel even vast, net lang genoeg om haar te laten weten dat hij wilde dat ze weer bij hem in bed kwam liggen, maar toen besloot hij dat ze daar inderdaad geen tijd voor hadden. Het was een delicate dans om zo'n intelligente vrouw te laten weten dat hij onmogelijk zonder haar kon leven, om dat vervolgens lange periodes dus wel te doen.

Ryan keek weer op de klok. Het was wel heel erg dat hij zichzelf een ontzettende luilak vond omdat hij tot zes uur 's ochtends in bed bleef liggen. Hij lag nog met zijn hoofd op het kussen toen Cathy omkeek en zag dat hij naar haar keek. Ze hield haar badjas stevig dicht, de hals hoog gesloten, en keek hem schaapachtig aan. 'Wat is er?'

'Ik dacht net dat ik hoop dat Jack junior net zo'n vrouw als ik heb gaat vinden.'

10

De Russen waren nog geen uur in Sevilla toen ze besloten te gaan zwemmen.

Het was bijna twaalf uur. Jack Ryan junior was in Midas' hotelkamer. Hij zat op de grond met zijn rug tegen de driehoek die werd gevormd door een paar wit gespoten cv-buizen en de muur. Het bijna stukgelezen boek *The Great Game* van Peter Hopkirk lag naast hem op het vloerkleed. De kamer was comfortabel en rook net als de meeste hotelkamers naar oploskoffie en de vorige gast, in dit geval een vrouw die te veel van haar Coco Chanel hield. Zelfs in een boutiquehotel zoals dit werd je wakker in een doorsneesuite en vergat je waar je was. Midas was in Clarks kamer een paar straten verderop en hield daar de wacht. Volgens de voormalige Delta-agent waren de Russen – opvallend bleek in de Spaanse zon – aan het luieren bij het zwembad op het dak. Ze wachtten op iemand.

Hun surveillance kon elk moment heftig worden, zodat ze tijdens deze tijdelijke rustpauze voor het eerst de kans hadden om het team te hergroeperen en een korte AAR (*after-action review*) te houden. Midas was virtueel aanwezig en luisterde vanaf zijn positie mee via de radio.

Clark hield van after-action reviews. Jack zag daar de noodzaak wel van in, maar bepaalde dingen die tijdens een actie waren gedaan leken... nou ja, achteraf gezien nogal dom. Clark was echter een getalenteerde en ervaren leider die zelf ook heel veel fouten had gemaakt. Hij greep de AAR's niet aan om iemand belachelijk te maken, hij gaf hoogstens een paar goedmoedige steken onder water. Het hele team had baat bij eerlijke, open kritiek, maar een serieuze berisping gebeurde altijd onder vier ogen. Jack had echter al vroeg ontdekt dat Clark en Ding, die dat weliswaar zelden openlijk zouden toegeven, vrijwel elke fout van het hoofd vergaven, maar fouten van het hart die blijk gaven van een zwak karakter nooit tolereerden.

Clark zat op het voeteneind van het bed, Dom en Adara zaten op de grond met hun rug tegen de leren bank en Ding zat in de bureaustoel op wieltjes met zijn notitieboekje in de hand. Jack bladerde gedachteloos met zijn duim door het boek, alsof hij een pak kaarten schudde. Clark en Chavez waren beiden een groot voorstander van het lezen van teksten over geopolitiek, cultuur, leiderschap, en zelfs van bepaalde fictie. Niets was taboe. Essays over *intelligence* (het inlichtingenwerk) en tactiek waren favoriete onderwerpen. DNI Foley, met wie de beide mannen bij de CIA intensief hadden samengewerkt, had een diepgaand werk geschreven met de titel *Werken met een Russische informant*. Daar had ze de kennis en ervaring voor. Haar meisjesnaam was Kaminsky; ze was de kleindochter van een paardrijinstructeur in het huis van tsaar Nicholas II. Er was zelfs wat leesvoer geschreven door Jacks vader, en als Jack dat las kon hij de stem van zijn vader bijna horen.

Volgens Ding Chavez was een goede spion vergelijkbaar met een haai: hij moest blijven zwemmen, anders ging hij dood. Een nieuwe taal moest consequent in praktijk worden gebracht, anders bestond het gevaar dat die werd vergeten. Technieken en methoden moesten worden geoefend, in de sportzaal, op de schietbaan of op straat. Sommige dingen leerde je vanzelf, maar zelfs die moesten door veel oefening en studie worden aangescherpt. *Niet in praktijk brengen tot je het goed kunt. Oefen net zolang tot je het niet meer fout doet.* Die stelregel kreeg veel meer betekenis wanneer het negeren ervan de dood van een vriend kon betekenen. De echte intelligence-mensen waren eerder boekenwurm dan playboy, hoewel Jack vond dat de *human engineering*-kant van het werk interessanter was dan de Chinese of cyrillische geheugenkaartjes waar Adara altijd mee rondliep.

Jack had niets tegen het lezen. Het gaf hem iets te doen als het rustig was, en dat kwam veel voor, urenlange pure verveling onderbroken door enorme adrenalinestoten die heftig genoeg waren om een normaal menselijk hart te vernietigen.

De Russen waren na hun bespreking in Casa Ibérica naar een klein hotel in Lagoa ten noorden van Carvoeiro gegaan en daar twee dagen gebleven. Lagoa was groter dan de gehuchtjes langs de kust. Daardoor konden Clark en de anderen van de Campus daar gemakkelijker rondlopen zonder bang te zijn dat ze werden herkend, zolang ze hun surveillance niet te opvallend uitvoerden.

De Russen vertrokken op de middag van de tweede dag. Ze voerden een uitgebreide SDR uit, waardoor ze zes uur nodig hadden voor de rit van tweeënhalf uur naar Sevilla. De man met het bloempotkapsel zat lange tijd in de hottub, terwijl zijn partner bij het zwembad zat te lezen of te telefoneren. De twee mannen die de wacht hadden gehouden bleven in hun kamer, kennelijk blij dat hun diensten tussen de operaties door niet nodig waren.

Ding en Midas hadden in Portugal nog een discussie gevoerd over het risico versus het voordeel van het plaatsen van een kleine gps-zender op de auto van het doelwit. Zo'n apparaatje stuurde via een gsm-signaal locatie-informatie naar de Campus-agenten, waardoor ze de auto vanaf een grotere afstand konden volgen. De Russen namen hun de beslissing uit handen toen ze aan het einde van de eerste dag naar buiten kwamen en hun beide auto's controleerden met een mobiele tracker. Ze gingen niet erg grondig te werk, maar omdat ze een richtantenne hadden was dat ook niet nodig. Ze moesten dus ten minste één van beide auto's in het oog houden.

De drie Campus-auto's volgden hen, in wisselende formatie, helemaal naar het EME Catedral Hotel in het voetgangersgebied in de schaduw van de klokkentoren de Giralda en een paar straten van de stierenvechtarena aan het kanaal vlak bij de rivier de Guadalquivir.

Clark boekte in hetzelfde hotel een tweepersoonskamer, in dezelfde gang als de Russen. De anderen namen een kamer in kleine hotels in de omgeving, maar deze hotels stonden niet dichtbij genoeg om hun doelwit te zien, maar daar was niets aan te doen. Dom en Adara bleven over het algemeen uit het zicht, aangezien de Russen die in Portugal de wacht hadden gehouden hen waarschijnlijk zouden herkennen van het restaurant.

'Heb je je hoofd er wel bij, jongen?' vroeg Clark, waarmee hij Jack uit zijn overpeinzingen rukte.

'Ja?' Jack keek hem glimlachend aan en hoopte dat hem niet zou worden gevraagd wat Clark had gezegd.

'Uitstekend,' zei Clark die dwars door hem heen keek. 'Tijdens deze operatie was Hugo Gaspard ons belangrijkste doelwit. Maar wij zijn hier al, dus is het de moeite waard om de Russen voorlopig in de gaten te houden. Ding, vertel iedereen even wat Gavin heeft ontdekt.'

De camera van de Snipe Nano-minidrone had niet de visuele helderheid van een goedkoper standaardmodel, maar dat werd meer dan goedgemaakt door het nachtzicht en het vermogen in te zoomen. Midas had verschillende goede screendumps gemaakt van de vrouwelijke huurmoordenaar. Adara's vele selfies bevatten een paar korrelige foto's van de Russen en van de man die in Casa Ibérica bij hen was gaan zitten. Gavin en zijn team hadden de foto's vergroot en door een paar gezichtsherkenningsprogramma's en databases gehaald.

Ding Chavez bladerde terug in zijn notitieboek. 'De vrouw die Gaspard heeft vermoord heet Lucile Fournier. Ze is Française en komt oorspronkelijk uit een dorpje buiten Avignon. Haar vader was apotheker tot ze hem letterlijk iets van zijn eigen medicijnen gaf en zijn lichaam in de Rhône dumpte. Voor die moord heeft ze twee jaar gezeten in wat de Fransen een "gesloten inrichting" noemen en waar ze van een paar mensen enkele zeer kwalijke dingen heeft geleerd. Uiteindelijk werd ze naar een vrouwengevangenis gestuurd en kwam later op een paar *terrorist watch lists* te staan. Gavin is op zoek gegaan en heeft ontdekt dat een van haar vroegere celgenotes een halfzus was van de man die jullie in gezelschap van de Russen hebben gezien. Urbano da Rocha, een onbelangrijke Portugese wapenhandelaar, die een paar keer in verschillende landen is gearresteerd, maar nooit is veroordeeld. De Cuerpo Nacional vermoedt dat hij banden onderhield met de misdaadfamilie Ochoa in Galicië, maar zoals ik al zei hebben ze nooit iets hard kunnen maken. Verder is er heel weinig bekend over deze man, behalve dat hij bezig lijkt zijn zaken uit te breiden. Gavin kreeg geen enkele info over de Russen.'

Midas zei via de radio: 'We hebben dus internationaal wapenhandelaar en *fat man of intrigue* Hugo Gaspard die op het punt staat een onbekende deal te sluiten met een paar Russen en wordt vermoord door de handlangster van een andere wapenhandelaar die toevallig een afspraak had met diezelfde Russen.'

'Klopt helemaal.' Chavez knikte, hoewel Midas een paar straten verderop in een hotelkamer zat.

'Goed.' Clark stond op met zijn handen gevouwen voor zijn borst, in de *field interview-* of *ready*-houding, waardoor hij eruitzag alsof hij een wapen wilde trekken of iemand wilde slaan; een gewoonte die er bij hem ingesleten was doordat hij zijn hele leven al mensen sloeg. 'Nog één ding. Ik moet het zeggen, maar dat doe ik maar één keer. We zijn een kleine eenheid. Vertrouwen is noodzakelijk, anders werkt dit niet. Ik weet dat een paar van jullie... jullie allemaal... je afvragen wat er in Texas is gebeurd tijdens de Magdalena Rojas-operatie. Het is geen geheim dat ik, zeg maar, mijn zelfbeheersing een beetje verloor.'

Caruso maakte een wegwuivend gebaar. 'Ik heb tegen iedereen gezegd dat er niets te vertellen is.'

'Dat weet ik en dat waardeer ik ook wel, maar jij en ik weten dat dat niet waar is. Ik zal niet in detail treden. Jullie weten allemaal zoveel als jullie waarschijnlijk zouden moeten weten over mijn verleden...'

'Dat is legendarisch, Mr C.,' zei Ding.

Clark zei boos: 'Ik meen het.'

'Hij ook,' zei Midas.

'Wat ik wil zeggen,' zei Clark, 'is dat ik niet zal liegen en beweren dat daar niets is gebeurd. Maar ik zal ook niet in detail treden. Alle onaangename dingen die ik in het verleden heb gedaan zouden in ieders belang waarschijnlijk geheim moeten blijven of, op z'n minst, niet worden uitgesproken. Maar dat betekent niet dat ik niet toegeef dat dat is gebeurd. Dom weet een paar van die dingen, maar niet allemaal. Het is voldoende om te zeggen dat ik alles met Gerry heb doorgesproken. Waar het om gaat is dit, en dat is de voornaamste reden dat ik erover begon: Gerry Hendley is mijn baas en hij heeft gedaan wat bazen doen en dat is iets tussen hem en mij. Ik ben jullie baas en iedereen hier die besluit buiten de lijntjes te kleuren zal dat moeten uitvechten met mij, en niet met Gerry. En ik kan jullie wel vertellen dat hij verdomd veel meer begrip voor anderen kan opbrengen dan ik.'

'Verdomme, baas!' zei Midas via de radio, de enige die zo ver weg was dat Clark hem niet kon slaan. 'Ik krijg een brok in mijn keel van dit sentimentele gedoe.'

Clark, die nooit ergens een verklaring voor gaf, ging er niet op in en vroeg: 'Hoe gaat het met Lisanne?'

'Ik heb haar een paar minuten geleden gesproken,' zei Adara. 'Ze zit in een comfortabel hotel in Lissabon en spoelt een paar pijnstillers weg met een glas goede Portugese wijn. Haar pols is op twee plaatsen gebroken en ze baalt dat ze hier niet kan zijn. Maar het komt wel goed met haar. Ik heb de screenshot van Lucile Fournier bekeken die we van de Snipe kregen. Het is niet vergezocht om te denken dat Gaspards handlangers Lisanne aanzagen voor die vrouwelijke huurmoordenaar: zelfde kleur haar, zelfde ranke lichaamsbouw.'

Ryan scrolde door de foto's op zijn telefoon. 'Dat begrijp ik wel.'

Ding boog zijn hoofd. 'Ik had haar daar niet naartoe moeten sturen,' zei hij. 'Ze is niet oper...'

'In het heetst van de strijd,' zei Clark. Hij hief zijn hand om een einde aan dit soort praatjes te maken. 'Ze heeft genoeg training gehad om mee te werken. Goed dat je haar daar weg hebt gekregen, Ryan.'

'Bedankt,' zei Jack die zichzelf wel kon slaan omdat hij haar alleen had gelaten. Zijn staat van dienst met vrouwen was de laatste tijd behoorlijk slecht. Het leek verdomme wel alsof hij alleen maar vrouwen uitzocht die hem wilden bespioneren, het te druk hadden met spioneren voor hun eigen land of intens gemeen waren. Hij was net als veel andere mannen gek op vrouwen, maar had zichzelf nooit beschouwd als iemand die in elk stadje een ander schatje had. Hij wilde zich settelen. Daten met een leuke vrouw, met een knappe vrouw, met een normale vrouw. Dat was de juiste beschrijving voor Lisanne, maar het zou belachelijk zijn om haar mee uit te vragen. Want dat was zeker te beschouwen als buiten de lijntjes kleuren. Ten eerste zou Clark hem doodschieten. En ten tweede... zou Clark hem doodschieten.

11

Sarah Porter stond op, met een moersleutel in de hand. Ze had tevergeefs geprobeerd de lekkende afvoer onder de gootsteen te repareren en keek nu naar haar mobiele telefoon die op het aanrecht lag te zoemen. Door het raam kon ze zien dat drie pantservoertuigen door de straat reden. Deze voertuigen werden Cougars genoemd; dat had haar man Rod haar het vorige weekend verteld tijdens een parade van het leger en de politie van Kameroen in het centrum van Yaoundé.

Hoofdschuddend keek ze naar de zware voertuigen die dreunend en ratelend voorbijreden. Geen wonder dat de straten in zo'n slechte staat verkeerden. Tijdens de eenentwintigjarige carrière van haar man als buitenlandattaché had ze een heleboel militaire voertuigen gezien, maar nooit eerder gehoord dat ze Cougars werden genoemd, in elk geval dit type niet. Ze noteerde het op haar 'Leer elke dag iets nieuws'-lijst, die elke keer nadat Rod aan een nieuwe buitenlandse opdracht was begonnen langer werd.

Kameroen was een promotie, op papier tenminste. Rod was de DCM, de *deputy chief of mission*, na de ambassadeur de hoogste post op de ambassade. Op zijn vorige standplaats had hij leidinggegeven aan de politieke sectie in Kroatië. Daar had ze veel dingen fijn gevonden: heerlijk eten, de Adriatische Zee en geen cobra's. Maar zo verliep Rods carrière nu eenmaal: solliciteren en benoemd worden op een geweldige positie, daarna een promotie naar iets wat... een beetje minder geweldig was. Als *trailing spouse* – de gebruikelijke term voor een partner die een diplomaat over de hele wereld volgt – was Sarah daar wel aan gewend. Min of meer dan.

Het geratel buiten stopte, maar Sarah zag een andere Cougar tussen de huizen in de straat die parallel liep aan de hare. Toen de kinderen nog klein waren en ze in de auto onderweg was geweest, was ze weleens per ongeluk een protestmars tegengekomen. Ze vroeg zich af of dit er ook een was.

'Zie je dit, Rod?' mompelde ze, blij dat ze het handvat van de moersleutel in haar hand had terwijl ze dichter naar het raam leunde om alles beter te kunnen zien. Toen de bel ging, schrok ze zich kapot.

Ze keek met de moersleutel achter haar bovenbeen tussen de gordijnen door en zag June Kim, een van de echtgenotes van de Zuid-Koreaanse ambassade. Het Bastos-district van Yaoundé was een multi-Verenigde Naties, waar de diplomatengezinnen van de vele ambassades in Kameroen woonden en werkten.

Sarah deed de deur open en Junes smekende blik schoot van Sarah naar de pantservoertuigen die nu griezelig stil aan het einde van de straat stonden. 'Doet jouw telefoon het wel?'

Sarah legde de moersleutel op het aanrecht. Normaal was ze heel introvert, maar nu was ze opeens blij dat ze gezelschap had. 'Kom binnen, dan kijk ik even. Weet je wat er aan de hand is?'

'Geen idee. Ik was aan het bellen met mijn man en opeens werd de verbinding verbroken.' Ze keek naar de straat. 'En toen zag ik die troepentransportvoertuigen. Dit bevalt me helemaal niet.'

'De ambassade zal het wel weten.' Sarah keek op haar horloge. 'Rod zit nu in een vergadering. Ik bel Post One wel en kijk wat ik kan ontdekken.' Ze drukte op de sneltoets van het hoofd security van de ambassade. Rod had haar en de kinderen al meteen verteld dat dit als ze in het buitenland waren hun versie was van 112. Ze glimlachte terwijl ze wachtte tot er werd opgenomen, in de hoop dat ze haar vriendin gerust kon stellen. 'Soms heeft het voordelen dat ik getrouwd ben met de DCM.'

Een snelle tuut-tuut-tuut, de ingesprektoon.

Ze drukte de sneltoets weer in.

Nog steeds niets.

June Kim liep naar de deur. 'Ik ga naar onze ambassade. Het is waarschijnlijk niets.'

'Waarschijnlijk niet,' zei Sarah. 'Maar ik ga toch met je mee.'

Zodra de twee jongens de naderende legervoertuigen hoorden, begonnen ze te rennen. Ze schoten tussen twee huizen door en zochten dekking achter een paar buxusstruiken. Ze hadden door het hek naar een voetbalwedstrijd staan kijken, omdat ze niet langs generaal

Mbida's mannen wilden die bij het hek stonden. De Amerikaanse ambassade stond aan de overkant van de straat ten noordoosten van het voetbalveld. De ambassades van Zuid-Korea en Tunesië waren een paar huizen verderop achter hen en de Saoedische ambassade aan de overkant ten noordwesten van het voetbalveld. Jean-Claude was nog geen zestien en Lucien amper een jaar ouder. De vlekken kippenbloed, overgehouden aan het klaarmaken van hun vorige maaltijd, vormden de enige camouflage op hun felgele T-shirt.

De gestucte huizen aan weerszijden van de smalle steeg zouden in de Verenigde Staten middenklasse worden genoemd, maar hier in Yaoundé, waar veel Kameroeners minder dan tweeduizend dollar per jaar verdienden, waren het paleizen.

'*Bientôt*,' fluisterde Lucien.

Jean-Claude spitste zijn oren. Het geratel van de gepantserde troepentransportwagens was opgehouden. Het was dus stil, buiten het incidentele gejuich en gegrom vanaf het nabij gelegen voetbalveld en het gekakel van een kip met haar piepende kuikens die in de modder achter hem krabden. De lucht voelde zwaar en leek wel statisch. Lucien had gelijk, er stond iets te gebeuren – binnenkort.

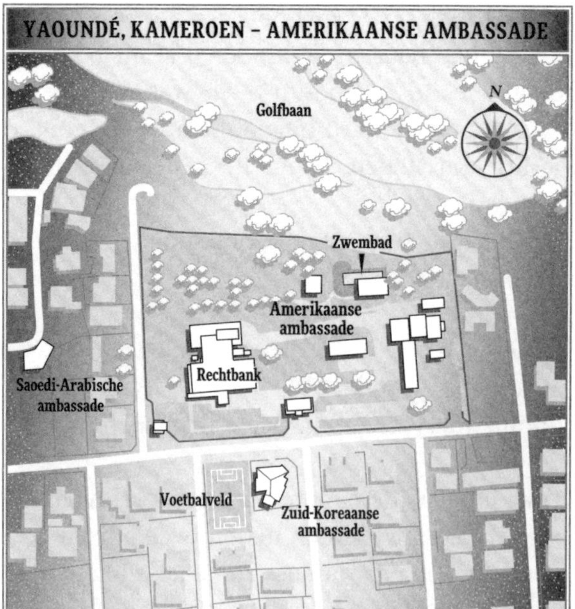

De legervoertuigen startten weer en reden ratelend richting het voetbalveld. Aan de overkant, binnen de omheining van de ambassade, veegde een Kameroense man die een wijd wit overhemd droeg de stoep. De *chancery* – een soort rechtbank – was geopend voor mensen die een Amerikaans visum wilden aanvragen.

Jean-Claude keek naar de piepende kuikens die achter het huis verdwenen, en overwoog serieus hen gezelschap te gaan houden.

Hij zag twee U.S. Marines binnen het hek van de ambassade. Ze waren jong, misschien maar een paar jaar ouder dan hij was. Ze leken schoon en niet gevaarlijk, ook al stonden ze kaarsrecht en hadden ze zo'n intense blik dat Jean-Claudes maag verkrampte. Hij dook omlaag zodat zijn silhouet verborgen bleef achter de struiken, maar pas nadat hij snel had gekeken of hij groene mamba's of zwarte weduwen zag – maar een klein beetje angstaanjagender dan de U.S. Marines.

Jean-Claude keek om de hoek van de struik. Als de Marines hem al zagen, negeerden ze hem terwijl deze mannen er niet uitzagen alsof ze wie dan ook negeerden. Had hij maar een ander T-shirt aangetrokken. 'Wat gaat er gebeuren, denk je?'

'Dat heb ik je al verteld,' zei Lucien. 'De compagnie van mijn broer zal generaal Mbida arresteren en dan moet hij terechtstaan.'

'Maar de Amerikanen zijn daar. Als Mbida zo'n goede relatie met hen heeft, komen ze hem dan niet helpen?'

'Misschien wel, maar mijn broer denkt van niet. Hij zegt dat ze te bang zijn voor hun eigen hachje om ons leger tegemoet te treden.'

Luciens oudere broer was een Fusilier, de Kameroense versie van de Amerikaanse U.S. Marines aan de overkant. Hij was trouw aan de president en werd daar goed voor betaald.

'De Amerikanen bemoeien zich altijd met dingen, overal waar ze niet welkom zijn. De Amerikaanse president werkt samen met Mbida om onze gekozen president af te zetten. Mijn broer heeft die video zelf gezien.'

Jean-Claude trok nadenkend zijn neus op. 'Als de generaal een coup wilde plegen, waarom is hij dan bij zijn zoons op het voetbalveld? Dat is niet logisch.'

Lucien gaf zijn jongere vriend een klap tegen zijn hoofd. 'Je moet niet zo diep nadenken. Misschien kunnen we zien dat mijn broer de verrader arresteert.'

Voorbij de hoek hoorden ze de angstkreet van een vrouw, gevolgd door een nieuwe kreet, hoger deze keer. Jean-Claudes zus had ook zo gegild toen een passerende taxi haar heup had gebroken.

Luciens schouders trilden van opwinding, zo erg zelfs dat Jean-Claude bang werd dat de Marines aan de overkant de struiken konden zien trillen. Ze hoorden luid gekraak toen de pantservoertuigen dwars door de houten omheining heen het veld op reden. Een stem brulde door een luidspreker en gaf Mbida's mannen opdracht hun wapens neer te leggen. De jongens slopen tussen de huizen door naar het vernielde hek om het allemaal beter te kunnen zien.

Jean-Claude hoorde commotie en toen hij zich omdraaide zag hij dat Mbida de rechtbank uit kwam. Dat was logischer. Hij spande samen met de Amerikanen en zijn kinderen waren aan de overkant aan het voetballen. 'Volgens mij had je broer niet alle informatie over de verblijfplaats van de generaal,' zei Jean-Claude, nog steeds beledigd door de eerdere klap tegen zijn hoofd.

Lucien vloekte. 'Dat maakt niet uit. Hij zal het ambassadeterrein wel verlaten. Ze hebben zijn kinderen immers.'

Af en toe viel er een schot op het voetbalveld. Vrouwen gilden en mannen schreeuwden toen er via de luidspreker meer bevelen werden gegeven.

Even later kwamen drie meisjes de hoek om. Ze renden naar het toegangshek van de ambassade, zwaaiend met hun armen alsof ze achterna werden gezeten door een groep wilde dieren. Dat was feitelijk ook zo, want ze werden achtervolgd door een stuk of twaalf mannen. Een van deze mannen legde aan om te schieten, maar een andere man sloeg zijn wapen opzij. Jean-Claude was geen Fusilier, maar wel slim genoeg om te weten dat schieten op iemand die naar de Amerikaanse ambassade rende hetzelfde was als schieten op de Amerikaanse ambassade. Dat zou de woede wekken van de U.S. Marines die daar op wacht stonden.

Generaal Mbida was de trap van de rechtbank af gerend en stond nu bij het toegangshek van de ambassade. Hij gebaarde dat de meisjes met hem mee naar binnen moesten gaan. De drie meisjes waren jong, veertien of vijftien, en droegen allemaal een strak T-shirt en een strakke korte broek. Boko Haram gebruikte kinderen als *suicide bombers* langs de Nigeriaanse grens. De Marines zouden deze meisjes nooit zelfs maar in de buurt van het hek hebben laten komen, zelfs niet nu de generaal hier stond, als ze kleren hadden gedragen waaronder ze een bom konden verbergen. Het voorste meisje had een bloedende schouderwond. Toen ze dichterbij kwam zag Jean-Claude dat haar T-shirt gescheurd was en dat dit Mbida's oudste dochter was.

Een van de Marines liet zich op een knie zakken en richtte zijn geweer op de achtervolgende Fusiliers, terwijl de andere Marine de meisjes met een gebaar duidelijk maakte dat ze binnen mochten komen.

Lucien sloeg met zijn vuist op de grond en vloekte weer. 'Amerikanen moeten altijd de held spelen.'

Een van de twee gepantserde MRAP's – *mine-resistant ambush-protected*-voertuigen die bestand zijn tegen mijnen en hinderlagen – kwam de hoek om en bleef staan met de voorkant op de ambassade gericht. Een man in een kolonelsuniform stond in de toren en zei in een megafoon: 'Generaal Mbida is een crimineel en een verrader die wordt gezocht voor misdaden tegen zijn volk. Stuur hem onmiddellijk naar buiten.'

De Amerikanen reageerden niet, dus herhaalde de kolonel zijn woorden. De Marines bij de voorste post stonden inmiddels achter een pilaar, nog steeds met hun geweer in de aanslag, hoewel de loop nergens op gericht was.

De kolonel keek even door een verrekijker naar de ambassade en draaide zich toen om naar iemand in zijn tank, waarna hij zijn handen tegen zijn oren drukte. Even later vuurde de M2 – een zwaar machinegeweer – op de Cougar drie korte salvo's af op het dak van de ambassade en vernietigde de antennes daar.

Daarna zei de kolonel weer iets in de megafoon. 'U geeft een bekende crimineel onderdak. Stuur hem meteen naar buiten, dan trekken we ons terug.'

Daarna hoorde Jean-Claude woedende vrouwenstemmen, in het Engels en in een andere taal, Koreaans misschien. Een man brulde bevelen, deuren sloegen dicht. De kolonel dook even in zijn MRAP, maar kwam toen weer omhoog met zijn megafoon. 'Ik herhaal: u moet de verrader generaal Mbida onmiddellijk naar buiten sturen.' Hij zweeg even en glunderde alsof hij nu aan de winnende hand was. 'En geef alstublieft de volgende boodschap door aan deputy chief of mission Porter: er wordt goed voor zijn vrouw gezorgd. Voorlopig.'

12

Terwijl Ryan zich douchte en aankleedde bracht de bediende van het Witte Huis zijn ontbijt van havermout met verse bosbessen. Hij vond de cyaankleurige stropdas iets te fel en te smal, dus besloot hij hem tot het laatste moment op het bed te laten liggen. Cathy verzekerde hem dat de stropdas uitstekend bij zijn antracietgrijze kamgaren pak paste. Zijn gevoel voor stijl bleef beperkt tot een goede vulpen en een paar mooie manchetknopen.

Tijdens zijn ontbijt had Ryan een exemplaar van *The Wall Street Journal* opgevouwen op zijn schoot liggen. Lezen en eten waren elkaars natuurlijke partner; dan werden geest en lichaam gevoed, behalve als Cathy Ryan ook aan tafel zat. Maar ze was even weggelopen om een telefoontje van het ziekenhuis aan te nemen, zodat Jack had besloten te sjoemelen en zijn ontbijt weg te spoelen met wat economisch nieuws. Zijn overleden vader, rechercheur bij de politie van Baltimore, had hem een sterk werkethos bijgebracht, terwijl zijn moeder hem daar bovenop een schuldgevoel had bijgebracht zodra hij iets deed wat ook maar een beetje leek op tijd verspillen.

Hij schoof de krant opzij toen hij Cathy uit de slaapkamer hoorde komen. Ze trok haar wenkbrauw op en keek hem wantrouwig aan, om hem te laten weten dat hij weliswaar de president van de Verenigde Staten was, maar zij aan de ontbijttafel de onbetwistbare *commander in chief*.

De special agent van de Secret Service die in de Center Hall van de Residence de wacht hield, wist al voordat de POTUS de deur opende dat hij eraan kwam. 'SWORDSMAN op weg naar het Oval,' zei de agent in de microfoon die aan de kraag van zijn overhemd was bevestigd toen de president met zijn aktetas in de hand de hal in kwam. Het antwoord van het commandocentrum van de USSS – de Amerikaanse Secret Service – ging alleen naar het oortje van de agent en was dus onhoorbaar voor Ryan.

'Goedemorgen, Nick,' zei Ryan. 'Hoe gaat het met de kinderen?'

'Uitstekend, meneer de president,' zei de agent, terwijl hij door de hal naar de lift liep.

Ryan wist dat dit het enige antwoord was dat de agent kon geven, maar het was belangrijk dat de man wist dat de baas wist dat hij kinderen had en dat zijn vrouw verpleegkundige was. Aardig zijn ging Jack Ryan natuurlijk af en hij verwachtte daar niets voor terug. Maar zuiver strategisch gezien was het een slimme tactiek om de mensen die hem moesten bewaken te behandelen alsof ze meer waren dan meubelstukken.

Hij knikte beleefd tegen Andrea Young, de agent van de Secret Service Uniform Division die op de begane grond voor de lift de wacht hield. De UD was overal in het Witte Huis.

Officer Young had Rear Admiral Jason Bailey, de arts van de president, gemeld dat Ryan op weg was naar beneden.

Dr. Bailey verliet zijn kantoor tegenover de lift en naast de Map Room. Hij was een joviale man met donker haar, rozige wangen en diepe rimpels rondom zijn ogen, alsof hij het grootste deel van de dag glimlachte. Bailey had de leiding over zes andere artsen en verpleegkundigen die de Medical Unit van het Witte Huis vormden, maar delegeerde weinig als het om de president zelf ging. Als er gereisd moest worden, ging Bailey mee. Hij bleef dan zo dicht bij Ryan dat hij snel bij hem kon komen, maar toch ook zo ver bij hem vandaan dat hij niet betrokken kon raken bij een rampzalige gebeurtenis waardoor hij zijn werk niet kon doen. Als Ryan in het Witte Huis was, trotseerde Bailey die in Annapolis woonde het forensenverkeer op Highway 50, zodat hij zijn patiënt zodra deze de lift uit kwam kon zien. 'Goedemorgen, meneer de president.' Bailey hief een beker muntthee alsof hij proostte. Hij hield zijn hoofd schuin en keek Ryan aandachtig aan, alsof hij een CT-scan bekeek. 'U loopt vandaag met een iets verender tred.'

'Is dat zo?' Ryan haalde zijn schouders op en probeerde ernstig te blijven kijken terwijl hij aan Cathy dacht. Het presidentschap was echt een vissenkom. Ryan sloeg rechts af toen hij de lift uit kwam en ging naar buiten voor zijn ochtendwandeling langs de Rose Garden en door de zuilengalerij naar het Oval Office. Hij verlangde naar de twee minuten frisse lucht en een briesje.

De Secret Service-agent opende de deur en stapte opzij, waarna hij voor de deur op wacht ging staan.

Ryans hoofdsecretaresse liet de intercom zoemen zodra hij aan zijn Resolute Desk zat.

'Goedemorgen, Betty,' zei hij vrijwel meteen. Ze gaf hem meestal een minuut of twee om zich te installeren, dus was er iets aan de hand.

'*Special agent in charge* Montgomery is hier. Hij wil u graag even spreken voor uw afspraak van negen uur.'

'Natuurlijk,' zei Ryan. Hij schoof zijn stoel achteruit en stond op. Normaal gesproken stonden andere mensen op wanneer hij een vertrek binnenkwam, maar Gary Montgomery was de SAC van de Secret Service Presidential Protection Division (PPD) en had dus de leiding over de honderden mannen en vrouwen die Ryan en zijn gezin beschermden. Dus als Ryan iemand respect toonde, was dat Montgomery.

De SAC van de PPD kwam binnen. Hij was achtenveertig en had het lichaam van een *linebacker*. Zijn donkere maatpak was vrij duur en wijd gesneden om ruimte te maken voor het SIG Sauer-pistool en de extra magazijnen aan zijn riem. Hij was geen baas die aan zijn bureau bleef zitten. Nee, hij wilde net zo voorbereid zijn als de jongste bewaker van de *protective detail* – de beveiligers – misschien zelfs nog wel meer. Montgomery had gebokst op de University of Michigan en was, behalve tijdens sportwedstrijden op Ohio State, over het algemeen mild gestemd. Hij bezat wat Ryans vader *quiet hands* had genoemd en bewoog zich met de zelfverzekerdheid van iemand wiens vaardigheden danig waren getest en die was opgewassen tegen zijn taak. Hij was competent, kalm, onverstoorbaar. En hij glimlachte niet.

Ryan wees naar een van de stoelen voor zijn bureau. 'Goedemorgen, Gary.'

'Goedemorgen, meneer de president.' Montgomery bleef staan en kwam meteen ter zake. 'Zoals u weet heeft de Secret Service Protective Intelligence zoekmachinealerts op u, uw gezin en belangrijke leden van uw regering.'

'Dat zal wel heel leuk leesvoer zijn,' zei Ryan hoofdschuddend.

Montgomery keek op zijn horloge met een blik die aangaf dat hij niet in de stemming was voor luchtige grapjes. 'Iets meer dan een uur geleden publiceerden niet minder dan zeven verschillende websites die zichzelf nieuwsorganisaties noemen een bericht dat feitelijk vier vrijwel identieke versies was van precies dezelfde...'

Betty liet de intercom weer zoemen. 'Sorry dat ik u stoor, meneer de president, maar DNI Foley komt net binnen, samen met ministers Burgess en Dehart. De procureur-generaal belde om te zeggen dat hij onderweg is.'

De westdeur van het Oval Office barstte bijna uit zijn hengsels toen Arnie Van Damm naar binnen stormde. Hij droeg een pak, maar zijn kale hoofd was rood en hij zweette alsof hij net in de sportschool van een fiets was gestapt. Er was veel voor nodig om deze slimme politieke tijger van zijn stuk te brengen. Hij keek Montgomery met een harde blik aan. 'Ik neem aan dat je hier bent in verband met...'

'Inderdaad,' zei de agent.

Jack Ryan leunde achterover in zijn stoel en liet zijn handen op zijn borst rusten met zijn wijsvingers naar zijn kin gericht. Hij was de enige in het vertrek die zat en daar zou niet snel verandering in komen te zien aan de manier waarop de anderen onrustig stonden te schuifelen. Ryan zei: 'Jullie kennen allemaal Gary Montgomery, de *agent in charge* van mijn Secret Service-beveiligers. Hij wilde me net iets vertellen wat zijn inlichtingenafdeling heeft ontdekt.'

De DNI keek Montgomery aan. 'Over die onzin op internet?'

'Ja, mevrouw,' zei Montgomery.

Mary Pat Foley was een van Ryans nauwste vertrouwelingen en vrienden. Ze was zeer loyaal en gedroeg zich soms als een moederkloek. Meteen nadat ze binnen was gekomen, was ze naast zijn bureau gaan staan alsof ze hem onder haar vleugels wilde nemen. Als DNI – Director of National Intelligence – zorgde Foley voor een soort communicatieparaplu voor de zestien Amerikaanse inlichtingendiensten. Toen Ryan nog als analist voor de CIA werkte, werkte zij daar als *case officer* en kreeg ze de verdiende reputatie als eersteklas geheim agent die niet bang was om haar handen vuil te maken met gecalculeerde risico's. Ze keek de Secret Service-agent lang aan, zuchtte en zette een halve stap van het bureau vandaan, waarmee ze hem letterlijk de ruimte gaf.

'Meneer,' zei Montgomery, die het aangeboden stokje overnam en er hard mee vandoor ging. 'Een uur geleden hebben verschillende zogenaamde nieuwssites een video uitgezonden waarin u in gesprek lijkt te zijn met een kleine groep supporters in een hotel in Washington.'

'Lijkt te zijn?' vroeg Ryan.

'Ja, meneer. Qua stem en uiterlijk bent u het, maar u bent het niet echt.'

'Dat zou de Secret Service moeten weten,' zei Ryan. 'Wat lijk ik te zeggen?'

'U verzekert de aanwezigen ervan dat u voldoende griepvaccin achterhoudt voor uw kleine kring van vertrouwelingen, inclusief de aanwezigen hier. De video is slechts een fragment van vierentwintig seconden, maar de meeste websites citeren anonieme bronnen die zeggen dat binnenkort meer belastende video's vrijgegeven zullen worden.' Montgomery kneep zijn ogen dicht, alsof hij kiespijn had. 'De websites beschuldigen u ervan dat u zich niet bezighoudt met de overstromingen in Louisiana en de cholera-uitbraak daar die zij...'

Ryan ging rechter op zitten. 'Ik moet je even de mond snoeren, Gary.' Hij keek de minister van Binnenlandse Veiligheid Dehart aan. 'Cholera-uitbraak?'

'Daarom ben ik hier, meneer de president. Drie gevallen sinds vijf uur vanochtend. Central Time.'

Bob Burgess, de minister van Defensie, vertrok zijn gezicht. 'Cholera? Ik dacht dat we dat in de VS hadden uitgeroeid?'

'Het komt niet vaak voor,' zei Dehart. 'Niet sinds we hebben ontdekt hoe we onze watervoorraad en de riolering moeten scheiden. Ondanks dat brengt elke grote overstroming of orkaan een risico met zich mee. Het gebied waar deze gevallen voorkomen is ontzettend arm en heel veel mensen daar maken nog gebruik van bronwater en buiten-wc's.'

Burgess trok zijn neus op. 'Er zijn echt geen buiten-wc's meer.'

'Dat zou je verbazen,' zei Dehart. Tegen Ryan zei hij: 'Personeel van het FEMA, Federal Emergency Management Agency, uit Baton

Rouge is nu in het ziekenhuis en een CDC-team is er onderweg naartoe. Binnen een uur heb ik meer informatie voor u.'

'Maar er zijn geen doden?' vroeg Ryan.

'Nog niet,' zei Dehart met een grimmige blik. 'Maar twee van de gevallen zijn kinderen. De prognose is dus niet goed.'

Ryan sloot zijn ogen. 'Een cholera-uitbraak...'

'Geen uitbraak,' zei Van Damm met een blik op Montgomery. 'Drie gevallen.'

'Ik citeerde de websites, meneer,' zei Montgomery.

'Vertel verder,' zei Ryan. 'Wat zeiden die websites nog meer?'

'Ze uitten nog meer beschuldigingen,' zei Montgomery. 'U hebt zogenaamd een team persoonlijke huurmoordenaars om illegale moorden te plegen volgens de Ryan Doctrine. Er is heel veel discussie over wat zij een "harteloze onbereidheid" noemen om de studenten in Iran te steunen tegen hun onderdrukkende regime. Maar de vaccinvideo is de meest problematische beschuldiging, tenminste wat de Secret Service betreft.'

'Je bedoelt die ene die er het meest waarschijnlijk voor zorgt dat mensen me willen vermoorden?'

'Om het bot te zeggen,' zei Montgomery, 'ja, meneer de president.'

Van Damm schoof een tablet over het bureau. 'Ik heb hem hier als u hem wilt zien.'

Ryan bekeek het fragment van vierentwintig seconden vier keer. Hij wist dat hij nooit zo'n toespraak had gehouden, maar zelfs hij zou zeggen dat het echt was. 'Deze video is een fragment uit een toespraak die ik een paar jaar geleden heb gehouden voor een groep studenten politieke wetenschappen aan de University of Maryland. Iemand zal hem wel op YouTube hebben gezet.' Hij schoof de tablet terug naar zijn stafchef. 'De stem klinkt als mijn stem en mijn lipbewegingen komen overeen met de woorden die worden gezegd, maar als ik het me goed herinner ging deze toespraak over Europese handel.'

Mary Pat zei: 'Het is helaas maar al te eenvoudig om audio en video te manipuleren. Dat wordt Deepfake of FakeApp genoemd. Er zijn verschillende soorten software die dat geloofwaardig doen. Een paar jaar geleden hebben we bij de Agency met deze technologie gespeeld. Het enige wat je nodig hebt is een bestaande video en een paar audiobestanden om voorbeelden van af te halen. Daarna kan een acteur voor een camera en microfoon gaan zitten en een tekst van een script voorlezen. Het programma zet de mondbewegingen, de gezichtsuitdrukkingen en de kunstmatig geproduceerde stem op de doelvideo. Het is CGI en AI ineen.'

'Zou gemakkelijk onderuit te halen moeten zijn,' zei Ryan. 'Aangezien de echte video op YouTube staat.'

'Dat is het probleem,' zei Foley. 'Door de echte video komt u goed over en door de bewerkte slecht.'

'En jij denkt dat de mensen de slechte zullen geloven,' zei Ryan.

'Zo werkt het helaas wel, meneer,' zei Van Damm. 'Roer wat onzin door de waarheid en de onzin drijft naar boven.' Zijn kaakspieren spanden zich. 'De bel voor de eerste ronde op de beurs van New York zal het komende uur niet worden geluid, maar de London Exchange bevindt zich al in een vrije val. Iemand gelooft het. En terwijl de gebeurtenissen zich ontvouwen helpt senator Chadwick een handje mee met haar kleurrijke commentaar. Haar smerige tweets zijn al duizenden keren geretweet. Deze hele shitstorm heeft inmiddels reusachtige proporties aangenomen.'

DNI Foley keek alsof ze net een hele citroen had opgegeten. 'Het zou me niets verbazen als zij hierachter zat. Chadwick, bedoel ik.'

'Ik betwijfel of zelfs zij zo laag kan zinken,' zei Ryan.

'Nou, ze doet de waarheid in elk geval geweld aan,' zei Foley. 'Vooral over de Arabische Lente.'

'Noemen we het zo tegenwoordig?' vroeg Ryan met een gekwelde blik.

'Ja, zij dus wel,' zei Foley. 'Net als zo ongeveer ieder ander.'

'Ga allemaal even zitten,' zei hij. 'Ik wil hierover doorpraten.'

Special Agent Montgomery vatte moed. 'Dank u wel, meneer de president. Ik ga vanochtend naar het Hoover Building voor een follow-up over deze zaak met een vriend bij de FBI. Special Agent Langford zal hier de leiding hebben.'

'Gary,' zei Ryan terwijl hij met beide ellebogen op zijn bureau naar voren leunde, 'en dit geldt voor jullie allemaal: ik kan wel zien dat jullie je allemaal heel druk maken over deze posts en twitters… tweets. Jullie zijn kwaad. Verdomme, ík ben kwaad. Maar ik wil jullie eraan herinneren dat we als we kwaad zijn gemakkelijk fouten maken, fouten die het Amerikaanse volk niet verdient. Het spreekt vanzelf, maar ondanks deze vuiligheid op internet zijn de FBI en de Secret Service niet mijn privépolitie. We kunnen niet zomaar senatoren in de gevangenis stoppen of van een balkon smijten alleen omdat ze nare dingen over me zeggen.' Iedereen keek hem zwijgend aan. 'Begrepen?'

Gemompel nu, maar niet van harte.

'Begrepen,' zei Montgomery. 'Maar ik moet u beschermen, meneer de president. En om dat te kunnen doen moet ik álle feiten kennen. Veiligheidsonderzoeken zijn niet altijd vervolgbaar... omdat grenzen zijn overschreden.'

'Hou die grenzen in de gaten.' Ryan hief zijn handen. 'Maar ik vertrouw je.'

Montgomery vertrok door de deur naar de secretaressesuite en trok de deur zacht achter zich dicht.

Ryan belde om koffie en ging bij de anderen zitten in het midden van het Oval Office, in zijn vaste stoel bij de open haard.

'Geen balkons?' vroeg Mary Pat Foley. Er was een stilzwijgende pikorde binnen de groep en als oudste vriendin van president Ryan ging ze het dichtst bij hem zitten aan het uiteinde van de bank. 'Zeker weten?'

Ryan wendde zich tot Dehart, het nieuwste lid van zijn kabinet. 'Je moet het haar maar vergeven, Mark.'

'Ik maak een grapje.' Foley grijnsde. 'Maar serieus, wat vind je van duimschroeven?'

Ryan glimlachte even. 'Laten we het over Iran hebben. De meeste dingen die deze websites over me zeggen zijn onzin. Dat weten we allemaal. Maar senator Chadwick heeft in één ding gelijk: ik heb een angstig voorgevoel over deze zogenaamde Arabische Lente.'

De stafchef rolde met zijn ogen. 'Met alle respect, meneer, maar daar gaan we weer. Het bestaande regime maakt geen geheim van het feit dat ze ons haten. Roepen dat de demonstranten door Amerika worden gesteund is een *no-brainer.*'

'Ik ben het met Arnie eens,' zei de minister van Defensie. 'Maar alleen deze ene keer.'

Ryan zat met zijn benen over elkaar geslagen en tikte met een pen tegen zijn knie. 'Het probleem met no-brainers is dat ze het ons gemakkelijk maken onze hersens niet meer te gebruiken. Daar hou ik niet van.'

'Daar kan ik niets tegen inbrengen,' zei Burgess. 'Ik zeg niet dat we hen blindelings moeten volgen, maar vrijwel al onze bondgenoten steunen de demonstranten.'

'Dat is waar, meneer,' zei Foley.

Ryan schudde zijn hoofd. 'Iets aan deze Reza Kazem bevalt me niet. Hij heeft te veel van... Raspoetin naar mijn zin. Ik wil graag dat jouw mensen hem een beetje beter onder de loep nemen.'

'Gaan we meteen doen,' zei Foley. 'En nu we het toch over Kazem hebben, het Bureau heeft gezien dat hij vier dagen geleden in Crystal City een ontmoeting met een SVR-agent heeft gehad.'

Ryan dacht even over deze nieuwe informatie na. 'Welke SVR-agent?'

'Ene Elizaveta Bobkova,' zei Foley. 'Ze staat geregistreerd als economisch attaché, maar er is geen twijfel over dat ze een Russische spion is. Ik heb gehoord dat ze een echte rijzende ster is bij de Sluzhba Vneshney Razvedki.' Mary Pat Kaminsky Foley's Russisch was foutloos, net als haar intuïtie met betrekking tot Russische spionnen. 'Volgens de mensen van de contraspionage van het Bureau heeft de *aide de camp* van senator Chadwick de ontmoeting gezien.'

'Was deze aide erbij aanwezig?'

Foley schudde haar hoofd. 'Hij was alleen getuige. Ze zeiden dat hij even verbaasd leek als zij waren. Hij heeft het echt gezien, volgens de agenten. Lijkt nogal slordig voor een agent van Bobkova's kaliber, maar misschien wilde ze dat we haar zagen.'

'Geen woord van het kantoor van de goede senator?' vroeg Ryan.

Foley schudde haar hoofd.

'Waarom verbaast me dat niet?'

'Moskou steunt het zittende regime in Teheran,' zei Dehart. 'Waarom zou iemand van hun inlichtingendienst een gesprek hebben met Kazem?'

'Om zich in te dekken,' zei minister van Defensie Burgess. 'Een paar gematigde moellahs klagen over een ontmoeting met de protesterende studenten.'

'Ik weet dat ik generaliseer,' zei Ryan, 'maar het is mijn ervaring dat er in Iran geen gematigde moellahs zíjn. Er zijn keiharde moellahs en pragmatische moellahs, die ook keihard zijn, maar voldoende verstand hebben van realpolitik om te weten dat er bepaalde concessies moeten worden gedaan als hun regime in de nabije toekomst wil overleven.'

'Er is een andere mogelijkheid met betrekking tot Bobkova,' zei Mary Pat. 'Als wij zien dat Rusland zich vriendelijk opstelt jegens Reza Kazems groep, is de kans groter dat wij met de massa meelopen. Geen idee waarom ze dat zouden willen, maar ik heb het gevoel dat iets waarvan wij niets weten op de achtergrond meespeelt.'

'Dat klinkt wel logisch,' zei Ryan. 'Hou dat voor me in de gaten.'

Foley knikte. 'Natuurlijk.'

'Met uw toestemming, meneer de president,' zei Van Damm, 'wil ik morgen graag een nieuwe bespreking over dit onderwerp inplannen. De zaken in Iran bereiken bijna het kookpunt, dus moeten we alles goed in de gaten houden.'

'Goed idee,' zei Ryan. 'Ondertussen, Mark, neem je contact op met je mensen in Louisiana. En Mary Pat, jij geeft me meer info over Kazem en deze Russische connectie. Er speelt iets wat we niet...'

Betty drukte voor de derde keer in een kwartier op de zoemer. 'Commandant Forrestal is hier, meneer de president. Hij zegt dat het urgent is.'

'Uitstekend,' zei Ryan in de intercom.

De vice-nationale veiligheidsadviseur, commandant Robert Forrestal van de Amerikaanse Marine, kwam binnen en sprong in de houding, iets wat hij altijd deed als hij het Oval Office betrad. Hij had nog maar een paar weken geleden zijn blauwe winteruniform verruild voor zijn witte zomeruniform. Ryan vond het gala-uniform van het Korps Mariniers het meest stijlvolle van allemaal, maar het witte zomeruniform van de Marine vond hij helemaal chic.

'Goedemorgen, Robby,' zei Ryan. 'Jij ook goedemorgen, Scott.' De minister van Buitenlandse Zaken Scott Adler kwam achter commandant Forrestal aan binnen. 'Ik neem aan dat jullie hier zijn in verband met die video?'

De mannen keken elkaar aan alsof deze vraag hen verbaasde. Ze knikten allebei.

'Arnie heeft hem laten zien,' zei Ryan. 'Ik neem aan dat de televisiezenders het ook al hebben opgepakt.'

'CNN al wel,' zei Adler.

Forrestal zei: 'We hebben personeel in Garoua, in het noorden van het land, maar ook luchttroepen in Agadez, Niger. Zij zijn op de hoogte van de situatie en...'

Ryan fronste en hief zijn handen. 'Ik denk dat we langs elkaar heen praten. Begin opnieuw, alsof ik hier niets van weet. Want dat is dus echt zo.'

'Kameroen, meneer de president,' zei Forrestal. 'Soldaten van president Njaya hebben onze ambassade in Yaoundé omsingeld.'

'Omsingeld?' Arnie Van Damm legde een hand op zijn kale schedel. 'Wat bedoel je verdomme met omsingeld?'

Adler haalde met een uitgeputte blik zijn schouders op. 'Ingesloten, Arnie. Zich eromheen opgesteld. Overlopen.' Hij keek naar Ryan. Elke briefing in het Oval Office was bedoeld voor de president, niet voor de stafchef. 'Ze zijn aangevallen, meneer. Er zijn nog geen meldingen van slachtoffers, maar we denken dat een Kameroense generaal zich met zijn gezin schuilhoudt in de rechtbank.'

'We denken?' vroeg Ryan, luid fluisterend.

'Kameroense militairen hebben de satellietantennes op het dak vernietigd en ze blokkeren de mobiele communicatie. We proberen de communicatie nu te herstellen.'

Ryan dacht na over alles wat de afgelopen minuten was gezegd en keek met een scherpe blik van Forrestal naar Adler. 'Er was sprake van miscommunicatie over een situatie met een video toen jullie net binnenkwamen. Over welke video hadden jullie het?'

De minister van Buitenlandse Zaken zei: 'Een video van u, meneer de president. Een video van u met generaal Mbida van het Kameroense leger.'

Ryan knikte. 'Mbida was drie maanden geleden in Washington, om universiteiten voor zijn oudste dochter te bezichtigen. We hebben elkaar even gesproken tijdens een evenement... Ik weet niet eens meer waar het was.'

'Het Kennedy Center,' zei Adler. 'Jullie waren bij dezelfde uitvoering van *Rigoletto*.'

'Dat is waar.' Ryan kreunde. 'Kwam door Cathy. Ik heb in de pauze heel even met hem gepraat.'

'De video is natuurlijk niet echt, maar hierin is te zien dat u generaal Mbida ervan verzekert dat u hem tijdens een coup tegen president Njaya zult steunen.'

'Juist,' zei Ryan. 'Laten we de rest van de *principals* erbij halen.'

De principals waren de belangrijkste leden van de National Security Council (NSC – Nationale Veiligheidsraad). Degenen die al in het Oval Office waren, waren de belangrijkste, maar bij een situatie als deze was de aanwezigheid vereist van de voorzitter van de Joint Chiefs of Staff (de gezamenlijke stafchefs van de Amerikaanse strijdkrachten), de directeur van de CIA en in elk geval de juridisch adviseurs van het Witte Huis. Hij keek naar Foley. 'Deepfake? Noemde je het zo?'

'Ja, meneer.'

Ryan tikte weer met de pen tegen zijn knie en dacht na over de mogelijkheden. 'Het kan geen toeval zijn dat twee van dergelijke video's binnen een paar uur zijn uitgezonden. Daar zit een land achter, en ik durf te wedden dat het Kameroen niet is.'

13

Het leek wel heel veel ophef voor één man die ging vissen. Zwarte ZiL's en wit-blauwe BMW-motoren van de militie blokkeerden de beide uiteinden van Bol'shoy Kamenny en Bol'shoy Moskvoretsky – bruggen die naar het centrum van Moskou leidden – waardoor het toch al drukke middagverkeer werd gedwongen een omweg te maken naar de Ulitsa Krymsky in het westen of Ustyinsky in het oosten. Nu reed er geen enkel voertuig meer langs de bovenste bocht van de rivier de Moskva ten zuiden van het Kremlin, op de verkenners van de presidentiële Security Service na. Sluipschutters met hun moderne Orsis T-5000-precisiegeweren op de bruggen scanden door hun krachtige vizier de rivier en de daaraan gelegen gebouwen alsof hun eigen leven ervan afhing. Patrouilleboten van de militie hielden in het oosten en westen alle scheepvaartverkeer tegen.

Een groep grondig gecontroleerde journalisten stond met hun camera's en recorders achter een touw, een meter of dertig naar het oosten langs de betonnen kade. Russen vonden het over het algemeen belachelijk om te glimlachen als daar geen reden voor was, maar deze mannen en vrouwen die opdracht hadden om naar de president van Rusland te kijken deden dat met al het enthousiasme dat verwacht kon worden van een pers die vrij was om precies dat te schrijven wat hun was opgedragen te schrijven.

Maksim Dudko stond onderaan de betonnen trap die vanaf de Sofiyskaya Embankment naar beneden leidde en wierp met een vakkundige draai van zijn pols zijn lijn uit. Hij begon meteen met het inhalen van de lijn, wat hem een zijwaartse blik opleverde van president Nikita Yermilov die zichzelf met zijn Orvis-vliegvishengel van achthonderd dollar als een purist beschouwde.

Dudko stond altijd in de schaduw van zijn voormalige kameraad bij de KGB, maar een plekje in de schaduw van de machtigste man van Rusland kon bijzonder comfortabel zijn. Hij kon bijvoorbeeld vissen met uitzicht op de gouden koepels van de Kathedraal van Aartsengel Michaël zonder om een plekje te hoeven vechten met de een of andere idioot met een stok en een stukje touw. Dudko checkte of zijn aas nog stevig vastzat, keek achterom om te zien of hij geen beveiliger aan de haak zou slaan en gooide zijn lijn weer in het schuimende bruine water. Hij stopte even met het inhalen van zijn lijn en depte zijn ogen met een tissue. Vanmiddag waaide er een zuidenwind die de stank van zure zwaveldioxide meebracht en iets wat naar verbrande popcorn rook van de Gazprom Raffinaderij zo'n tien kilometer verderop binnen de Ringweg van Moskou.

Yermilov liet nog een paar meter lijn van zijn molen lopen en trok zijn hengel op, waardoor hij de vlieg een meter of zeven stroomopwaarts precies in het midden van de dwarrelstroom plaatste. Purist of niet, iedereen moest toegeven dat de president uitzonderlijk goed was in de artistieke kant van het vliegvissen. Helaas voor iedereen betekende dit niet dat hij ook vissen ving.

'Wat gebruikt u vandaag, Gospodin President?'

Yermilov bewoog de punt van zijn hengel steeds weer naar achteren en naar voren. Elke keer liet hij de vlieg een paar seconden op het water rusten, maar niet zo lang dat een vis het ding zelfs maar kon zien. 'Mijn favoriete paarse bloedzuiger. In deze tijd van het jaar een zekere winnaar.'

'Prima,' zei Dudko, waarna hij zijn derde baars van de middag binnenhaalde.

De president wierp hem een vernietigende blik toe en keek daarna even naar het groepje journalisten. Ze leken elke keer dat er een vis werd binnengehaald op te leven. 'En jij? Je vist nota bene met een spinhengel. Met wat voor wanproduct ben je vandaag aan het vissen?'

Dudko glimlachte. Hij had het nooit zo lang volgehouden als hij de bedekte bedoelingen van de president niet had begrepen. Gegeneerd haalde hij zijn schouders op. 'Ik gebruik een vibrerende lepel. Erg sportief is het natuurlijk niet.' Hij bleef inhalen en stopte even alsof hij ergens over nadacht. 'Eerlijk gezegd zou ik het weleens met zo'n paarse bloedzuiger willen proberen... als ik je daarmee lastig mag vallen, oude vriend.' Hij haalde de spinhengel op met de zilverkleurige lepel waar het water van afdroop, en het kleine kaakbotje van zijn laatste vangst.

Yermilov gaf hem de vlieghengel zonder de lijn in te halen, waardoor Dudko doodsbang was dat hij misschien per ongeluk iets zou vangen voordat de president de spinner in het water had laten zakken. Dat bleek niet het geval.

Yermilov brulde van blijdschap bij elke vis die hij binnenhaalde, en ging zelfs zover dat hij Dudko bij elke brasem of voorn vertelde wat de juiste manier was om die vis binnen te halen. 'Uitstekend, Maksim Timofeyevich. Ik moet deze vibrerende lepel in juli in Irkoetsk gebruiken. Het stikt daar dit jaar van de marenen.'

'Met het extra voordeel dat je die vis kunt eten,' zei Dudko.

Yermilovs gezicht betrok. 'Wat bedoel je daarmee?'

'De pcb's, Gospodin President,' zei Dudko met grote ogen. 'Kwik en andere giftige stoffen. Elke vis uit de Moskva zit vol gevaarlijke chemicaliën.'

'Dat is onzin en dat weet je best,' snauwde Yermilov, waarna hij nog meer giftige stoffen aan het water toevoegde door een bal slijm uit te spugen. 'Het is volkomen veilig om vis te eten uit elk water in Rusland.'

Dudko knikte machteloos. 'Dat weet ik wel zeker, Gospodin President.' Hij had Yermilov al acht jaar vergezeld tijdens zijn jaarlijkse visreis naar Irkoetsk om in het Baikalmeer te gaan vissen. Het was onverklaarbaar dat hij dit jaar niet weer zou worden uitgenodigd. Maar als de president hem zou uitnodigen, was dit daar de perfecte gelegenheid voor. En toen moest hij zo nodig die onbezonnen opmerking maken over het eten van vis uit de Moskva, wat ontzettend stom van hem. Hij wist dat Yermilov er prat op ging dat Moedertje Rusland perfect was, zelfs haar giftige vis.

Opeens hoorden ze gemompel in de persgroep, waardoor de president even niet meer naar Dudko keek. Een paar journalisten keken naar hun mobiele telefoon. Een paar namen een gesprek aan en knikten ernstig, terwijl ze deden alsof niets even interessant was als kijken naar de president van de Russische Federatie die vissen ving die hij nooit zou opeten.

Yermilov haalde weer een vis binnen, deze keer een ziek uitziende brasem met een misvormde rugvin. Hij knikte even richting de pers. 'Waar maken zij zich druk over?'

De beveiliger die het dichtst bij de journalisten stond praatte even met een vrouw achter een camera en liep vervolgens snel naar zijn baas, het hoofd Beveiliging van de president. Deze droeg een donker pak en had zijn haar kort geschoren waardoor de rollen roze huid boven zijn oren zichtbaar waren. Dudko had nooit eerder iemand gezien met spieren in het hoofd zoals Yermilovs hoofd Beveiliging. De oudere beveiliger luisterde aandachtig naar de jongere man, terwijl hij de omgeving bleef scannen. Daarna draaide hij zich om en liep richting Yermilov. Hij bleef een meter of drie van hem af staan, tot de president zijn hengel even losliet en hem met één hand wenkte. De beveiliger gaf hem een mobiele telefoon, fluisterde een paar woorden in zijn oor en zette een stap naar achteren.

Yermilov hield de telefoon zo ver mogelijk bij zijn ogen vandaan en wendde zijn gezicht af zodat de pers geen foto van hem kon maken terwijl hij zijn ogen half dichtkneep. Met zijn andere hand bleef hij vissen. Langzaam verscheen er een glimlach op zijn gezicht; geen slechte prestatie voor iemand die vond dat een glimlach van zwakte getuigde. Na een tijdje gaf hij de spinhengel aan de beveiliger en zei tegen Dudko: 'Laten we een stukje lopen.'

Dudko gehoorzaamde meteen en gaf de Orvis van de president aan dezelfde beveiliger, die beide hengels meteen doorgaf aan het lagere lid van zijn team.

Yermilov gaf Dudko de telefoon terwijl ze over de kade naar de Kamenny-brug in het westen liepen. 'Wat vind jij hiervan?'

Dudko scrolde door het artikel en wachtte tot de president had gezegd wat hij hiervan vond voordat hij een instemmende opmerking zou maken. Hij kon misschien wegkomen met één stomme opmerking, maar zeker niet met twee.

'Er is veel aan de hand in de Verenigde Staten,' zei Yermilov.

Dudko wilde de telefoon teruggeven, maar de president had genoeg gelezen. Dus stopte Dudko hem in zijn zak. 'President Ryan heeft zijn handen vol op dit moment.'

Yermilov bleef staan en keek naar de rivier, met zijn ogen half dicht zoals altijd wanneer hij een conclusie trok. 'Operatie ANIVA,' zei hij.

'Dit is een grote stap vooruit, Gospodin President,' zei Dudko. Hij wist dat hij voorzichtig moest zijn, maar de man hield hem niet bij zich in de buurt om hem advies te geven.

'Onzin,' zei Yermilov. Daarna draaide hij zich om en liep terug naar het securityteam en de persgroep, waardoor hij duidelijk maakte dat er verder niet over gesproken zou worden.

Dudko had dus precies het verkeerde gezegd.

'Denk er maar over na,' zei Yermilov. 'Overstromingen, een ziekte, een belegerde ambassade en burgers die zich eindelijk bewust zijn geworden van de dubbele agenda van de geweldige Jack Ryan. Een van zijn eigen senatoren heeft hem ervan beschuldigd dat hij politieke rivalen aanpakt. Hij heeft het veel te druk om zich bezig te houden met een onbelangrijke militaire oefening, zelfs als Oekraïne daar toevallig bij betrokken is. En wat kan wie dan ook nog doen wanneer we de macht daar in handen hebben? Bovendien staan we hoe dan ook in ons recht. We moeten aan onze Russische onderdanen daar denken.'

'Dat is zo,' zei Dudko.

Yermilov bleef staan en keek Dudko recht aan. 'Jij denkt dat ik hier verantwoordelijk voor ben?'

Volgens Yermilov waren 'ik' en Rodina – Moedertje Rusland – één en hetzelfde.

'Het is niet aan mij om dat soort dingen te denken,' stamelde Dudko die de deuren van de Lefortovo-gevangenis al bijna achter zich hoorde dichtslaan.

'Nee, dat is waar,' zei Yermilov, iets vriendelijker nu. Hij liep door en zei: 'Maar dit kan ik je wel vertellen: onze Zwarte Zee-bots zouden snel een einde maken aan Ryans reputatie. Of wij het nu wel of niet waren, ik ben meer dan bereid om gebruik te maken van deze situatie.'

Dudko, die toch al aan het verdrinken was, gooide alle eventuele reddingsboeien weg. 'Maar meneer, president Ryan heeft al een vermoeden van onze internetactiviteiten.'

Yermilov wiegde zijn hoofd heen en weer. 'Jack Ryan zal doen wat Jack Ryan zal doen...'

Yermilov zou het zeker weten wanneer het grote aantal Russische internetbots, verzonden vanuit verschillende pakhuizen rondom de

Zwarte Zee, hierbij betrokken was. Er gebeurde immers heel weinig binnen of buiten Rusland waarvan hij niet op de hoogte was.

'*Byla ne byla.*' Yermilov haalde zijn schouders op. De letterlijke betekenis is: er was, er was niet. Maar de figuurlijke betekenis is: we zien wel wat er gebeurt. Een zorgeloze instelling voor de machtigste man van Rusland, maar tot nu toe had dat goed uitgepakt voor hem. 'Bovendien zien zijn eigen mensen zijn zogenaamde Ryan Doctrine voor wat het is: door de overheid gesponsorde moord.'

Ze liepen langzaam langs de rivier naar de beveiligers.

Yermilov was weliswaar een voormalige KGB'er, maar nog steeds een politiek dier. Hij nam even de tijd om naar de pers te zwaaien, waarna hij zijn eigen vliegvishengel weer overnam.

'Volgens mij is daar een vis, Gospodin President,' zei de jonge beveiliger toen hij hem de hengel gaf.

'Nee, hoor,' zei Yermilov zelfvoldaan. 'Ik weet bijna zeker dat dat niet zo is.' Even later was hij in gevecht met een vis. 'Kijk,' zei hij tegen Dudko, waarbij hij de beveiliger volkomen negeerde, 'ik heb er weer eentje gevangen. Maar dit is helaas de laatste, want ik moet een heleboel regelen.'

'Natuurlijk,' zei Dudko, voor ten minste de honderdste keer in het afgelopen uur. 'Dat is een mooie vangst, meneer.'

'Jij mag de vis meenemen,' zei Yermilov, waarna hij de gevangen vissen omhooghield en aan zijn adjudant gaf zodat de media konden zien hoe gul hij was én hoeveel vertrouwen hij in de Moskva had. 'Dan kun je me morgen vertellen hoe ze smaakten.'

'Ik zal een paar mensen bellen,' zei Dudko.

Yermilov leunde naar achteren. 'Wie?'

'De generaals,' zei Dudko. 'Om te beginnen met Operatie ANIVA.'

Yermilov maakte een wegwuivend gebaar. 'Doe geen moeite, Maksim Timofeyevich. Kolonel Grokin zal contact opnemen met de noodzakelijke spelers.'

'Ik...' Dudko zweeg en keek hulpeloos naar de stenen muur die Yermilovs gezicht was geworden. Hij boog zijn hoofd weer. 'Natuurlijk, Gospodin President.'

Dudko's maag verkrampte. De spieren in zijn gezicht begonnen te trekken en hij moest zijn kaak bewegen om daar een einde aan te maken. En van het ene op het andere moment keek hij van buiten naar binnen, aangezien die stomme kolonel Grokin contact zou opnemen met de noodzakelijke spelers. En dan werd die geslepen oude jaknikker waarschijnlijk ook nog eens uitgenodigd om mee te gaan vissen in Irkoetsk. Dudko móést iets doen. Een fantastische strategie verzinnen waardoor hij weer respect kreeg. Hij was een goede strateeg, een meester-strateeg zelfs. Daarom had Yermilov hem immers bij zich gehouden, toch? Het ging nu heel even niet goed, dat was alles. Maar wat moest hij nu doen? Dit gedoe met de Amerikaanse president was veelbelovend. Alles wees erop dat Rusland een vinger in de pap had, ook al zouden de Amerikanen die Ryan haatten ervoor hebben gezorgd dat het balletje bleef rollen. Ja, als hij het spel goed speelde zou dát een manier kunnen zijn om weer bij Yermilov in de gunst te komen. Nadat ze de betonnen trap op waren gelopen naar de Sofiyskaya Embankment en bij Yermilovs gereedstaande ZiL aankwamen, had Dudko al een manier bedacht.

De gepantserde auto stond voor hen en hij wilde al plaatsnemen op de achterbank tegenover de president die al in de auto zat.

Maar Yermilov hield hem tegen. 'Neem jij de vangst maar mee naar huis. Een van mijn mannen brengt je wel.'

Yermilov maakte een voorwaarts gebaar, als een cavalerie-officier, waarna de autocolonne snel wegreed.

Dudko bleef achter op het trottoir, met een plastic emmer vol vis en één lid van Yermilovs securityteam.

'Naar uw huis, kameraad Dudko?' vroeg de jongeman.

'Ja, natuurlijk,' mompelde Dudko, in gedachten bezig met het plan dat vorm begon te krijgen. Dit zou kunnen slagen. Hij zou meteen bellen zodra hij de giftige vis had geloosd en weer in zijn kantoor was. Een van de voordelen van het feit dat hij al zo lang deel uitmaakte van de kring vertrouwelingen was dat hij dingen wist over mensen.

Elizaveta Bobkova zou niet blij zijn met zijn voorstel. Nee, ze zou janken als een kat op de rand van een badkuip en alles proberen om al krabbelend en klauwend uit het water te blijven. Maar wat kon ze doen? Hij wist te veel van haar en als de hoogste SVR-agent van Washington Station had ze te veel te verliezen.

14

President Ryan besloot een preliminaire briefing te houden terwijl hij wachtte tot de andere leden van de NSC-principals binnenkwamen.

Hij was nog steeds in het Oval Office, zat achterovergeleund in zijn stoel en riep met gesloten ogen de kaart op van West-Afrika. Hij was altijd goed geweest in topografie, maar doordat er steeds meer Amerikaanse troepen waren uitgezonden om mee te helpen met de jacht op Boko Haram-terroristen waren de lijnen in zijn hoofd zeer scherp. Kameroen had ongelofelijk veel last van geweld en corruptie, en bovendien een president die zich niets aantrok van de maximumtermijn en zichzelf de afgelopen twintig jaar steeds weer tot winnaar van de verkiezingen had uitgeroepen. Toch waren er zogenaamd nog steeds Amerikaanse bondgenoten in dit gebied. 'Hoeveel mensen hebben we in de ambassade?'

'Eenenvijftig medewerkers,' zei de minister van Buitenlandse Zaken. 'Van wie sommigen natuurlijk naar een conferentie zijn of met verlof. Veel leden van het corps diplomatique wonen in de buurt, dus zijn sommigen misschien naar huis gegaan om te lunchen. Er is geen communicatie mogelijk met de ambassade, maar ik probeer nog steeds te achterhalen hoeveel gezinnen er in het land zijn. Voor onze lunchtijd weet ik daar meer over.'

'Maak daar maar een uur van,' zei Ryan.

Adler vouwde zijn handen voor zijn riem. 'Doe ik, meneer.' Hij zei niet: ik zal mijn best doen. Het was een gegeven. Het feit dat de president hierop aandrong betekende dat hij diplomaten die voor hem werkten kon vertellen dat de president van de Verenigde Staten hun mensen, hun gezinnen, als topprioriteit beschouwde.

Ryan kreunde. 'Oké. Vertel op, Robby.'

De vice-nationale veiligheidsadviseur keek naar zijn aantekeningen om er zeker van te zijn dat hij de feiten juist weergaf. 'Om 12.58 uur plaatselijke tijd ontving State Department Ops een telefoontje van iemand van de administratieve staf van onze ambassade in Yaoundé, waarin deze verklaarde dat ze werden belegerd door Kameroense militairen. De verbinding werd na ongeveer vijfenveertig seconden verbroken. De echtgenote van de deputy chief of mission, Sarah Porter, was thuis, een paar straten verderop. De soldaten hebben haar kennelijk gegijzeld en tot nu toe is er niets bekend over haar toestand en haar verblijfplaats. Generaal Mbida is via het toegangshek van de ambassade ontsnapt aan de troepen die hem achternazaten, samen met ten minste een van zijn dochters. Zes gepantserde Kameroense militaire voertuigen arriveerden vlak na hem, maar stopten voor het toegangshek. Dat is alle informatie die we kregen voordat het contact werd verbroken. Pogingen om de communicatie te herstellen met iemand binnen de ambassadecompound zijn tot op dit moment vruchteloos gebleken.'

Ryan leunde naar voren en zette zich mentaal schrap voor wat hij hierna te horen zou krijgen. 'Slachtoffers?'

'Onbekend op dit moment, meneer de president. Contacten bij de Zuid-Koreaanse ambassade meldden schoten van handvuurwapens. Op dit moment houden ze hun mond, maar ze hebben een analist vrijgemaakt om ons op de hoogte te houden van wat zij zien, maar dat is tot op dit moment niet veel.'

Ryan zei: 'Laten we wat achterdeurtjes openen via omringende landen. En wel meteen.'

'We hebben personeel van de DEA – de Drug Enforcement Administration – in Lagos en van de Binnenlandse Veiligheidsdienst in Accra,' zei Forrestal. 'Een van mijn klasgenoten in Annapolis is nu special agent van de NCIS – Naval Criminal Investigative Service – en gestationeerd in Douala, aan de kust. Ik heb meteen geprobeerd hem te bereiken, maar dat is nog niet gelukt. En we hebben 278 man in Garoua in het noorden.'

'Goed werk, Robby,' zei Ryan en hij onderdrukte een kreun. Hij kreunde veel te vaak de laatste tijd, en dat wilde hij niet gedachteloos doen als er toevallig camera's en microfoons bij waren. 'Dus dat is het "wat". Maar hoe zit het met het "waarom"? Dit lijkt een overdreven reactie op een korrelige video.'

Forrestal keek naar Scott Adler. Het was zijn taak om te briefen en een analyse te geven als het nodig was, maar de ambassade viel onder Foggy Bottom, en de commandant vond het prima dat de minister van Buitenlandse Zaken het woord nam.

'We zijn nog steeds aan het gissen,' zei Adler. 'Maar president Njaya blijft ons publiekelijk vragen zijn kant te kiezen tegen de separatistische beweging in de Engelssprekende delen van het land.'

'Oké,' zei Ryan. 'Ik weet wel dat dit nog maar de beginfase is, maar ik heb ogen ter plaatse nodig, meer inlichtingen. Hoeveel Marines hebben we daar?'

Forrestal keek naar zijn aantekeningen. Hij had Ryan al lang genoeg gebrieft om te weten dat de president naar de Marines zou vragen. 'De NCOIC – *non-commissioned officer in charge* – en vijf bewakers,' zei hij.

'Misschien draaien ze wisseldiensten,' zei Ryan, 'en zijn ze niet allemaal tegelijk aan het werk. Zoek uit hoeveel NCOIC's er in Kameroen zijn en hoeveel leden van het Marine House.'

Tegen Burgess zei hij: 'Bij nader inzien wil ik dat jij dit regelt, Bob. Ik wil dat iemand met veel gezag in hun hiërarchische structuur deze Marines duidelijk maakt dat ze niet naar binnen moeten stormen en zichzelf laten doodschieten. We hebben behoefte aan informatie, niet aan martelaren. Ik wil niet dat ze daar sneuvelen.'

Mobiele telefoons werden altijd in een mandje voor de deur van het Oval Office achtergelaten. Dus opende Burgess een lade onder in zijn stoel en haalde er een van de beveiligde vaste telefoons uit. Hij toetste een nummer in, legde een hand voor zijn mond en sprak zacht maar gedecideerd om de ernst en de noodzaak van snelle actie duidelijk te maken. Nog geen minuut later verbrak hij de verbinding en knikte hij naar de president om aan te geven dat het was geregeld.

Forrestal zei: 'Op dit moment zijn twee MQ-9's vanuit Garoua in de lucht. Die zouden er binnen tien minuten moeten zijn.'

'Dat is goed om te horen,' zei Ryan. 'Laat de beelden naar de Situation Room sturen.'

'Is al geregeld, meneer de president,' zei Burgess.

'Bob,' zei Ryan. 'Zodra een van die klootzakken die Amerikaans grondgebied hebben aangevallen zelfs maar een luchtafweergeschut boven de boomgrens richt, vernietigen we hem.'

'Begrepen.'
'De CO van Task Force Darby' – Forrestal keek naar zijn aantekeningen – 'majoor Workman, bespreekt de situatie nu met zijn collega's daar in het noorden van het land.'
'De 78ste Infanterie uit Fort Drum leidt de actie langs de Nigeriaanse grens,' zei Burgess.
Ryan knikte goedkeurend. 'Het 10de Mountain. Goed.'
Burgess zei: 'Majoor Workman heeft er alle vertrouwen in dat ten minste enkele leden van het Kameroense BIR, het Snelle Interventie Bataljon, hem een eerlijk antwoord zullen geven. Ze hebben samen slachtoffers gehad en gemaakt tijdens de gevechten tegen Boko Haram. Er is sprake van wederzijds vertrouwen.'
'Als ze het al weten,' zei Ryan. 'Het is onwaarschijnlijk dat BIR-eenheden die elke dag samenwerken met het Amerikaanse leger op de hoogte zijn van elke aanval. Wil je me vertellen dat het Kameroense leger een van hun eigen generaals onze ambassade in heeft gejaagd zonder een van onze *tripwires* te activeren?'
Elke Amerikaanse missie in het buitenland had actieplannen voor noodsituaties, zoals uiterst geheime criteria die specifieke reacties in gang zetten. Deze criteria werden tripwires genoemd. Een aanval met molotovcocktails op een geparkeerde auto aan de overkant van de straat kan meer geüniformeerde bewakers oproepen. Zodra er een over het hek wordt gegooid worden zelfs nog sterkere maatregelen genomen. Bepaalde tripwires – een coup of een terroristische aanval in de nabije omgeving – kunnen leiden tot verschillende handelingen, van de evacuatie van niet-essentieel personeel tot en met de vernietiging van documenten en sluiting van de ambassade.
'Niet één, meneer de president,' zei minister van Buitenlandse Zaken Adler. 'Dit is allemaal tegelijkertijd gebeurd. Zonder waarschuwing vooraf. Geen tripwires.'
Forrestal zei: 'Voorlopige rapportages wijzen erop dat de meeste plaatselijk ingehuurde beveiligers zijn weggelopen zodra ze de militaire voertuigen zagen.'
'De meeste?' vroeg Ryan.
'Koreaanse getuigen zeggen dat er twee bij de Marines voor de ambassade staan.'
Ryan haalde diep adem. 'Ik probeer me voor te stellen dat onze

Marines toelaten dat iemand onze ambassade binnenstormt, zelfs als dat een generaal is.'

Forrestal zweeg even, alsof hij onplezierig nieuws te melden had. 'De Koreaanse diplomaat die ik sprak zei dat de Marines de plaatselijke vrouwen en meisjes een grondige cursus zelfverdediging hebben gegeven. Ik kan me voorstellen dat de dochter van generaal Mbida die cursus ook heeft gevolgd. Volgens de Zuid-Koreanen herkenden de Marines de meisjes, zagen dat ze in gevaar waren en lieten hen binnen.'

Nu kreunde Ryan wel, alsof hij wilde zeggen: ik kan mijn oren niet geloven! 'Hoe zit het met de DSS – Diplomatic Security Services?' vroeg hij.

De RSO (*regional security officer*) zou de hoogste wetshandhaver en security-expert in de ambassade zijn.

'De RSO heet Carr,' zei Adler. 'Hij was een SWAT bij de politie van Albuquerque voordat hij voor Buitenlandse Zaken kwam werken. Ik heb zijn dossier bekeken voordat ik hiernaartoe kwam. Hij schijnt een stoere vent te zijn. Hij zit al veertien jaar bij de DSS.'

'We kunnen daar nu wel een paar stoere kerels gebruiken,' zei Ryan peinzend. 'Kameroen… Daar zit ambassadeur Burlingame, hè?'

'Klopt, meneer de president,' zei Adler. 'Chance Burlingame. Hij kwam een paar maanden geleden van USAID, het United States Agency for International Development. Hij werkt al heel lang bij de buitenlandse dienst in Afrika.'

'Waar is hij nu?'

'Buiten de ambassade,' zei Adler onzeker. Niemand in het vertrek wilde toegeven dat hij of zij geen duidelijk antwoord had op de vragen van de president. 'We zijn nog steeds op zoek. Maar volgens de stafmedewerker die als eerste naar de Ops belde, is die stoere RSO bij hem.'

15

Adin Carr hield van zijn werk, maar de titel 'regional security officer' zei hem niets. Zijn vader was politieman, zijn broer was politieman en hij was politieman, geen security officer. De titel RSO stond niet op zijn visitekaartje en hij stelde zich altijd eenvoudig voor als special agent Carr. Dat kon niemand iets schelen in Afrika of waar dan ook, behalve die hoge diplomaten van Foggy Bottom.

Carr ontweek een duizendpoot zo groot als zijn hand die op het onverharde beboste pad liep en zei: 'Meneer de ambassadeur, u bent een verdomd goede hardloper.' Hij verstelde zijn nylon heuptasje zodat die niet steeds tegen zijn heup sloeg. De Glock 19 die in dat tasje zat was geen groot wapen, maar er zat weinig voering in het tasje en als hij niet oppaste kreeg hij een grote blauwe plek op zijn heup tijdens hun tien kilometer lange tocht heuvelopwaarts achter de ambassade en Hotel Mont Fébé langs. Hij was lang, vrij mager zelfs en had de donkere huidskleur van zijn Navajo-moeder. Hij was een geboren woestijnmens, opgegroeid in het reservaat bij Blanding, Utah, en zou nooit wennen aan de luchtvochtigheid zoals hier in West-Afrika. Carr was het eens met de stelregel dat golf een goede wandeling verpestte, maar de golfbaan achter de ambassade was een uitstekende plek om hard te lopen zonder te worden overreden door de een of andere stomme taxichauffeur. Wat nog beter was gezien de vele regenbuien van de afgelopen week, was dat de golfbaan goed werd onderhouden en gedraineerd was. Er was een kleine kans dat een *rascal* – schurk – zou proberen hem tijdens zijn hardloopronde te beroven, vandaar dat hij de Glock bij zich had.

Hij was begonnen schurken rascals te noemen toen hij als RSO in Papoea-Nieuw-Guinea (PNG) werkte, de baan voor deze. In de VS had dat woord een andere betekenis: ondeugend. Maar in PNG hakten de rascals je met een groot mes in mootjes als ze je niet met een zelfgemaakt geweer in je gezicht schoten.

Carrs moeder maakte deel uit van de Two Rocks Sit-stam; ze was een dochter van een lange rij heilige mannen van de Navajo's. Ze geloofde in *skin walkers*, vloeken en allerlei soorten heksen en geesten, maar de stammen uit het hoogland die Carr in PNG had ontmoet brachten dat naar een volkomen ander niveau. Die rascals staken vrouwen vaak levend in brand voor tovenarij. Zoals tijdens de meeste uitzendingen hadden hij en Linda veel vrienden gemaakt in PNG, maar de drie jaar in Port Moresby hadden een eeuwigheid geleken, waarin hij zich elke keer dat zijn vrouw naar de winkel ging zorgen om haar had gemaakt. Kameroen was arm, politieke corruptie was er wijdverbreid en het land zag eruit alsof het net plat was gebombardeerd, maar het was een eitje vergeleken met hun tijd in PNG. En het was verdomd veel beter dan teruggaan naar de VS. Hem was al verteld dat hij dan meteen zou worden aangesteld als leidinggevende agent van het WFO – het Washington Field Office – en hij wilde zo lang mogelijk wegblijven uit D.C. Bovendien waren hij en Linda hier voor het avontuur. Afrika was daar een geweldig continent voor. Zwarte mamba's, boscobra's, woedende olifanten, Boko Haram – er waren dus meer dan genoeg leuke dingen.

Hij had gehoord dat de rascals in Kameroen iets beschaafder waren, maar degenen die hij had gezien hadden toch een groot mes bij zich en hij wilde niet te weten komen hoe graag ze dat wilden gebruiken. Vooral niet met de ambassadeur op sleeptouw.

De laatste missiechef had malaria gekregen en was teruggekeerd naar Iowa. Burlingame was nog maar twee maanden in Kameroen, maar hij kende Afrika al doordat hij voor de USAID in verschillende landen had gewerkt. De ambassadeur was een paar centimeter langer dan Carr, ruim 1 meter 82 en hij had donkerblond haar dat net lang genoeg was om er een scheiding in te maken. Hij verzorgde zichzelf goed en begreep – net als ieder ander die langere tijd op dit continent had doorgebracht – dat onbegrijpelijke dingen om één simpele reden gebeurden: TIA.

This is Africa.

Burlingame die na negen van de geplande tien kilometer amper moeizamer ademhaalde vroeg: 'Adin, zullen we morgen een paar extra kilometers aan onze run toevoegen?'

‘Ik vertrek morgen naar Botswana om les te geven aan de regionale politieacademie. Vrijdag kan ik wel.’ Carr keek zijn baas grijnzend aan. ‘Maar vergeet niet dat ik niet alleen moet hardlopen, maar zo goed in vorm moet zijn dat ik een dodelijke boscobra kan doden zodat u kunt ontsnappen.’

Burlingame grinnikte, iets wat de vorige man zelden deed, zelfs voordat hij malaria kreeg. ‘Met wie moet ik dan hardlopen als jij in Botswana zit?’

‘U zou binnen kunnen blijven, waar…’

Hij bleef staan toen de sirenes die Carr voor noodsituaties aan de muren van de ambassade had bevestigd begonnen te loeien. Het geluid van de sirenes deed pijn aan de oren en daardoor hadden ze een dubbele functie: ze waarschuwden iedereen op de compound dat er iets ernstigs aan de hand was en ze brachten hopelijk ook eventuele vandalen tot bezinning die net als lang geleden in Teheran de ambassade wilden bezetten.

Carr dook opzij, in de schaduw van een paar bomen, greep ambassadeur Burlingame bij de schouder van zijn T-shirt en sleepte hem mee.

‘Een oefening?’ vroeg de ambassadeur.

Carr sloop verder, met één oog op zoek naar de zweepachtige vorm van een Jameson’s mamba, en duwde de bladeren opzij zodat hij beter zicht had op het terrein van de ambassade. ‘Nee,’ zei hij. ‘Geen oefening.’

‘Hoe weet je dat?’

‘Omdat ik degene ben die de oefeningen inplant.’

De mannen zagen het op hetzelfde moment en hun reacties waren totaal verschillend. Burlingame hapte naar adem, sprong naar voren en wilde naar beneden rennen, naar het hek. Carr trok hem terug, zodat de man in de veiligheid van de bomen bleef. Burlingame probeerde zich los te rukken. ‘Ik moet ernaartoe.’

‘Hier blijven!’ siste Carr, terwijl hij het T-shirt van de ambassadeur steviger vastpakte. Hij was volkomen bereid de man indien nodig te tackelen. ‘We schieten er niets mee op als u verwikkeld raakt in wat dit ook is.’

Burlingame haalde moeizaam adem. ‘Hadden je mensen hier geen idee van?’

'Nee,' zei Carr, die zich nog steeds concentreerde op de mêlee beneden. Drie vrouwen die hij herkende als echtgenotes van ambassadepersoneel waren toen de sirenes afgingen samen met hun kinderen aan het zwemmen in het zwembad niet ver van het achterhek. Ambassadepersoneel en hun gezinnen oefenden voor allerlei soorten rampen en noodsituaties. Zelfs de kinderen waren snel uit het zwembad gekomen en renden nu naar de rechtbank. Zes zware Kameroense MRAP-voertuigen hadden strategische posities voor het hek ingenomen.

'Een belegering,' fluisterde de ambassadeur.

Een stafmedewerker van de ambassade die Carr herkende als Karen van Human Resources leunde uit het raam op de bovenverdieping met iets wat eruitzag als een satelliettelefoon, maar ze dook snel weer naar binnen toen ze de MRAP's zag. Carr vond het vreemd dat ze uit het raam leunde om iemand te bellen, tot hij de vernielde antennes op het dak zag. Ze hadden een paar knallen gehoord voordat ze om de berg waren gekomen, maar die waren gedempt door de dichte begroeiing en Carr had gedacht dat het vliegtuigen waren of een militaire oefening verderop.

Zijn hand ging naar zijn heuptasje en tikte tegen zijn Glock om te checken of die daar nog zat. Hij had één extra magazijn met nog eens vijftien patronen, zodat hij er in totaal eenendertig had. Door het pistool voelde hij zich iets beter, maar het was zeker niet genoeg voor een tegenaanval. Naast zijn pistool had hij een Benchmade-zakmes, een kleine Streamlight-zaklamp en een mobiele telefoon. Hij pakte zijn telefoon als eerste.

'Goed idee,' zei Burlingame. 'Misschien kan iemand in de rechtbank ons vertellen wat er aan de hand is.'

Carr probeerde eerst het security office te bellen, maar hoorde alleen de ingesprektoon. De troepen die de ambassade hadden bestormd hadden de torens misschien verstoord en de vaste telefoonlijnen waarschijnlijk doorgesneden.

Carr liet de telefoon zakken. 'Mobiele telefoons werken dus niet,' zei hij. 'We moeten u naar een veilige plek brengen en een vaste of satelliettelefoon te pakken krijgen om dit te melden.'

De ambassadeur haalde een paar keer diep adem, in een poging zichzelf te kalmeren. 'Wat is dit verdomme, Adin? Heeft Kameroen zojuist de oorlog aan de Verenigde Staten verklaard?'

'Daar lijkt het wel op, meneer. We moeten weg.'

'We kunnen niet gewoon weggaan.'

'Dat gaan we dus wel doen, meneer de ambassadeur.'

Burlingame hapte naar adem en wees naar beneden.

'Verdomme!' siste Carr.

Sarah Porter, de vrouw van de deputy chief of mission, werd uit een van de MRAP's gesleurd en met haar handen op haar rug geboeid in een wachtende jeep geduwd.

'Mevrouw Porter...'

Burlingame pakte Carr bij zijn onderarm vast. 'We moeten die jeep volgen.'

'Meneer, mevrouw Porter is een fantastische vrouw. Ze lijkt op die coole tante op wie we als kind bijna allemaal verliefd waren. Maar mijn eerste prioriteit is uw veiligheid.'

Burlingame keek hem van opzij aan. 'Ik zie dat je achter haar aan wilt. Ik geef je alleen maar een excuus, een bevel eigenlijk.'

Carr overwoog zijn mogelijkheden. In de omgeving waren verschillende ambassades van bevriende landen, maar daar patrouilleerden ook een heleboel onvriendelijk uitziende militaire voertuigen omheen. Nee, de kantoren van het Peace Corps – Vredeskorps – waren een betere keus. Die waren niet veilig, maar dichtbij, nog geen twee kilometer verderop aan de oostkant van de golfbaan. Ze zouden proberen te zien waar het leger mevrouw Porter naartoe bracht en daarna zou hij ambassadeur Burlingame achterlaten in het kantoor van het Peace Corps tot hij een idee had wat er aan de hand was, of tot de cavalerie arriveerde. 'U bent de baas,' zei hij ten slotte.

'Misschien heeft Boko Haram het leger geïnfiltreerd, wat denk jij?' vroeg Burlingame terwijl ze in beweging kwamen en door het groen naar de compound keken.

'Nee. Dit lijkt op een coup of zoiets. Als het Boko was zouden we veel meer schoten horen.'

'Dan is het tenminste politiek en niet religieus.'

Carr dook naar rechts en sprong over een rottende boomstam die eruitzag als een goede schuilplaats voor een slang. Grimmig zei hij: 'Meneer de ambassadeur, voor sommige mensen is de politiek een religie.'

16

Reza Kazem en zijn mannen, zeven in totaal, drukten hun borst in de modderige brij, schouders gebogen tegen een gestage regen, geweer voor zich klaar om te schieten als dat nodig was – wat zo zou zijn, en heel gauw ook. Talloze zilveren watervallen, veroorzaakt door de zware voorjaarsregens, stroomden langs de staalgrijze bergen naar beneden en veranderden stroompjes in beken en beken in rivieren.

Ze hadden lange messen en verschillende soorten van de eerbiedwaardige Russische kalasjnikovs, met een inklapbare kolf, met een lichthouten beslag of met plastic onderdelen die een verwrongen beeld van hun nerveuze gezicht reflecteerden. Het was niet eenvoudig om aan vuurwapens te komen en schietoefeningen, zelfs buiten de stad, trokken ongewenste aandacht. Hun uitrusting leek wel bij elkaar geraapt door iemand die in een tijdschrift een foto had gezien van de spullen die een opstandeling hoorde te hebben. Sommige spullen, zoals de spoel van een paratouw die aan iemands riem hing, waren over het algemeen overbodig. Andere zaken, zoals de drie metalen karabijnhaken aan Raheems *load-bearing* vest, zagen er belachelijk uit en vormden zelfs een gevaar voor de missie. Toch liet Kazem de mannen als het op hun uitrusting aankwam hun eigen keuzes maken. Het bloed van een opstandeling stroomde door de aderen van iedere Iraniër, zelfs, of vooral, van diegenen die sinds de laatste revolutie geen zin meer hadden in het leven.

Kazem had slecht weer gewild, aangezien officials zich niet veel zorgen maakten over wat dan ook waarvoor ze in dit weer uit hun auto moesten komen. Deze opslagfaciliteit buiten Teheran was een zinloze opdracht, zonder de frequente schermutselingen verder naar het zuiden in Beloetsjistan. Het gespetter van de regen en het lawaai van de stenenlawines dempten alle geluiden van hun nadering, maar zelfs nu hoorden ze gelach vanuit het golfplaten hokje van de bewaking dat binnen de omheining stond.

'Dit slaat nergens op,' zei Raheem links van Kazem. Door zijn hoge stem was het moeilijk te bepalen of zijn wangen nat waren van de regen of de tranen. 'Ik tel maar vier bewakers.'

'Zou je willen dat het er meer waren, broeder?' vroeg Kazem terwijl hij de man strak aankeek.

'Nee... Ik...' Raheem wendde abrupt zijn blik af, alsof hij in trance was geweest. 'Er klopt iets niet. Volgens onze informatie zouden er ten minste acht en hoogstens tien man dienst hebben.'

'Dankzij Allah zijn er dus minder,' zei Kazem. 'Dat maakt ons werk alleen maar gemakkelijker.'

Kazem keek naar de andere mannen, allemaal fris en gretig, maar wat belangrijker was, was dat ze in zijn ban moesten raken. Raheem, die altijd zenuwachtig werd voor een aanval, had in het verleden bewezen dapper en toegewijd te zijn. Te veel onafhankelijkheid was een probleem.

De kans op succes was direct afhankelijk van de schaamteloosheid van het plan, en van het feit dat Kazem meer dan een beetje hulp van binnenuit had.

'Denk je dat het hek onder stroom staat?' vroeg Raheem.

De man rechts van hem lachte spottend. Zijn lippen bevonden zich maar een paar centimeter boven het wateroppervlak en hij begon bijna bellen te blazen toen hij sprak. Basir was ouder dan de anderen en had zes jaar in het leger gezeten. Hij was de enige van de groep, inclusief Kazem, met militaire ervaring. Hij was ongelofelijk sterk en hij had indrukwekkende onderarmen en een dikke nek door uren *pahlevani*, een oude Perzische sport die een mix was van worstelen, gewichtheffen en dansen. 'Waarom zouden ze de moeite nemen het hek onder stroom te zetten?' vroeg hij. 'Daar bevindt zich niets wat het stelen waard is, alleen trucks en uniformen.'

'Toch zijn we hier om die uniformen te stelen,' mompelde Raheem. Hij verplaatste zijn geweer naar opzij en veegde de regen uit zijn gezicht, zich niet bewust van het feit dat zijn wapen nu in het modderige water hing.

Kazem en Basir keken elkaar aan. Deze man zou als eerste naar binnen moeten gaan.

Kazem zei: 'Niet veel mensen zouden een uniform willen stelen waardoor ze in de Evin kunnen worden gesmeten.'

'Toch doen we dat,' zei Raheem. 'Dus kunnen anderen dat net zo goed doen. Daarom hebben ze het hek misschien wel onder stroom gezet. Misschien hebben anderen ook gedacht dat het gemakkelijk zou zijn om bij een opslagfaciliteit zoals deze te komen. Misschien staan er wel geschutstellingen omheen.'

'Of misschien hebben ze draken, broeder.' Kazem grinnikte, maar zijn geduld werd weggespoeld door de regen. Door een nachtkijker bekeek hij de hele omheining. Tientallen voertuigen in alle vormen en maten, sommige wit, de meeste groen of woestijngeel, stonden in keurige rijen onder camouflagedoeken die waren gespannen tussen metalen palen waardoor ze minder goed zichtbaar waren voor spionagesatellieten.

Raheem fluisterde gespannen, terwijl het water om hem heen in beroering raakte doordat hij zo erg trilde. 'Ik zeg alleen dat we het rustig aan moeten doen. Uiteindelijk zullen de soldaten ons zien.'

'Dat moet ook,' zei Kazem. 'Maar we moeten doortastend, zelfverzekerd handelen. Ook nu lijden onze broeders in de kelders van de Evin-gevangenis. Vergeet dat niet.'

Hierop knikten de doorweekte mannen ernstig en begonnen fluisterend te bidden.

'Goed dan,' zei Kazem en hij keek nog één keer rond door zijn nachtkijker. 'Het is tijd.'

Hij zweeg en keek naar twee bewakers die binnen de omheining rondom de opslagfaciliteit liepen. Ze liepen met gebogen hoofd in verband met de regen, en onder elke capuchon zag hij de gloed van een brandende sigaret. 'Zo te zien had je gelijk, Raheem,' zei Kazem en hij verplaatste de kijker naar links. 'Ze zijn slim genoeg om bewakers op te stellen.'

Raheems trotse glimlach verdween na Kazems volgende opmerking.

'Broeder Raheem, jij gaat met mij mee. Basir, jij leidt de aanval door de hoofdingang. Ze zullen denken dat jullie truck er door de regen mee is opgehouden en jullie binnenlaten. Jullie moeten hen snel neersteken terwijl ze jullie legitimatiebewijzen controleren, voordat een van hen zelfs maar de kans krijgt alarm te slaan.' Hij draaide zich naar links.

Raheem raakte Kazem met een trillende hand aan. 'Ga ik met jou mee?'

'Ja,' zei Kazem trots. 'Jij had dat idee van die bewakers. Dus verdien jij de eer hen te doden.'

Basir en de rest van de mannen waren al in beweging toen Raheem zijn geweer uit de modder viste.

Kazem dwong zichzelf te glimlachen en greep de stomkop bij de schouder in de hoop hem een beetje moed, zo niet gezond verstand, bij te brengen. De AK-47 was bestand tegen extreme omstandigheden, maar modder in de loop zou serieuze problemen veroorzaken. Maar dat maakte niet uit. De stomkop zou geen enkele kans krijgen het geweer te gebruiken. Vandaag zou hij sterven als een martelaar. Daar zou Reza Kazem persoonlijk voor zorgen.

17

Ruth Garcia, de onderdirecteur van de Criminal Investigative Division van de FBI, hield haar gezicht naar voren gericht, maar keek van opzij naar Gary Montgomery. Haar zwarte schouderlange haar golfde toen ze haar pas versnelde. Ze bereikte een recht stuk van het met rubber beklede pad in de schaduw van de entresol van het J. Edgar Hoover Building.

'Uitdaging geaccepteerd,' mompelde de Secret Service-agent in zichzelf. Of dat zou hij hebben gedaan als hij daar genoeg lucht voor had gehad.

Zijn vrouw zei altijd dat hij was gebouwd voor comfort, niet voor snelheid, en daar had ze gelijk in. Een lange man als hij moest het uiterste uit zichzelf halen om een verdomde gazelle zoals Ruth Garcia te kunnen bijhouden.

Beide agenten droegen een korte hardloopbroek en T-shirt. Op de rug van Garcia's donkerblauwe shirt stond in grote gele letters FBI, terwijl Montgomery's grijze T-shirt bedrukt was met een onopvallende vijfpuntige USSS-ster. De shirts waren avatars van hun respectievelijke diensten en van de agenten die ze droegen. Montgomery hield zich liever op de achtergrond, terwijl Garcia briljant en opvallend was. Ze sprak vier talen: behalve Engels het Vietnamees van de ouders van haar moeder, maar ook Tagalog, de taal die op de Filipijnen wordt gesproken, en het Spaans van haar vaders familie. Door haar strijdlustige houding en bijzonder onderzoekende geest was ze snel hogerop geklommen, waardoor ze al voor haar veertigste verjaardag was benoemd tot de SAC – special agent in charge – van het Tampa Field Office. Vijf jaar later was ze onderdirecteur; geen geringe prestatie voor een moeder van twee kinderen.

Montgomery had haar jaren geleden leren kennen tijdens een schietwedstrijd voor wetshandhavers in Florida. Ze had hem verslagen met het equivalent van een half kogelgat: het gerafelde gaatje in het midden van haar doelwit was maar één millimeter kleiner in diameter dan het gerafelde gat in het midden van zijn doelwit.

Montgomery's feitelijke tegenhanger van het Bureau was de special agent in charge van het Washington Field Office. Wanneer er sprake was van een bedreiging van de president zou het WFO het onderzoek samen met de Secret Service uitvoeren. De SAC van het WFO was een competente man, maar Ruth Garcia en Gary Montgomery waren al heel lang bevriend. Vriendschap plus competentie plus toegang tot het enorme onderzoeksapparaat van de FBI waren moeilijk te verslaan. Zelfs Montgomery's echtgenote wist dat hij een professionele verliefdheid voelde voor deze vrouw. Ze was slim, ze kon schieten en ze kon verdomme ook nog eens hardlopen. Ze had natuurlijk een hogere rang dan hij, maar als de special agent in charge van het PPD had hij ontzettend veel macht, zelfs buiten de dienst, zodat niemand bij een van beide diensten ook maar iets zei als hij de hiërarchie aan zijn laars lapte, het WFO meed en rechtstreeks contact opnam met zijn vriendin. Het was niet verstandig om de man dwars te zitten die in de sportzaal van het Witte Huis naast de president op de Schwinn Airdyne-fiets zat.

'De Grote Man zal je niet onder druk zetten,' zei Garcia alsof ze zijn gedachten kon lezen. Ze ging weer een heel klein beetje langzamer lopen. 'Dit luizenbaantje maakt je week.'

Montgomery spande zijn brede schouders en boog zich iets naar voren om zich aan dit nieuwe tempo aan te passen. Hij had haar die ochtend opgebeld in de hoop dat hij een afspraak kon maken over wat hij beschouwde als een aanval op het karakter van de president en de president zelf. Ze had voorgesteld om tijdens haar hardlooprondje halverwege de ochtend te praten. Hij had beter moeten weten. Nog een paar rondjes zoals deze en hij zou op zoek moeten naar een plek om te kotsen.

Het hoofdkantoor van de Secret Service van de FBI had een uitstekende sportzaal, beter dan de meeste, maar zoals gewoonlijk hadden de Feebs de zaak naar een volkomen nieuw niveau gebracht: klimtouwen, gewichten, allerlei apparaten, bokszakken en matten voor defensieve tactieken. De met rubber beklede hardloopbaan waarop Montgomery nu zeker weten grassprietjes achterliet, nam een groot deel in beslag van de beveiligde overkapte buitenruimte met uitzicht op 9th Street in het centrum van Washington D.C. Aangezien de baan wel beschermd was tegen de regen, maar niet tegen de wind en de buitentemperatuur waren de trainingen verkwikkend en realistischer dan wanneer je op een loopband hardliep terwijl je naar een nieuwszender keek.

Gelukkig liep Garcia nog maar twee rondes voordat ze haar pas vertraagde tot een tempo dat voor hem beter vol te houden was. 'Ik neem aan dat je wel een paar theorieën over dit alles hebt,' zei ze, bijna zonder te hijgen.

'Inderdaad,' zei Montgomery moeizaam. 'Dit soort… aanvallen… zien we… regelmatig. Maar… deze… voelt… anders.'

Garcia keek hem weer van opzij aan, en ging zelfs nog langzamer lopen. 'Je moet het zeggen, hoor, als je wilt stop…'

'Ik moet nu stoppen!' riep Montgomery. Hij probeerde verder te lopen, maar klapte dubbel en steunde met zijn handen op zijn knieen. 'Hoe… ver was dit?'

'Iets meer dan zes kilometer,' zei ze grijnzend.

'Shit.' Montgomery hoestte. 'Ik zou zes kilometer moeten kunnen hardlopen.'

'Met een snelheid van twaalf kilometer per uur? Dat is heel snel voor iemand van zestig.'

'Ik ben achtenveertig!' De spasmes in Montgomery's longen werden minder. 'Kunnen we het weer hebben over een manier om de president te redden?'

'Ik weet niet wat ik moet zeggen,' zei Garcia. 'De afdeling Cybercrimes heeft een scheepslading info over bots en propaganda in China, Oost-Europa en de Perzische Golf. Internet is het slagveld van de nieuwe Koude Oorlog. Deze audio- en videomanipulatie is relatief nieuw, in elk geval op het hoge niveau dat we hier zien. Vijf jaar geleden zou ik hebben gezegd dat een land achter deze video zat, maar met de mogelijkheden van tegenwoordig… kan dit net zo goed een middelbare scholier zijn in de kelder van zijn ouders in Bethesda.'

Montgomery wreef in zijn ogen en joeg de laatste sterretjes weg. 'De mensen van onze *protective intelligence* zeiden hetzelfde.' Hij schudde zijn hoofd. 'Zou een kind dat voor de lol doen? Deze dreiging over het achterhouden van een voorraad griepvaccin is dode-

lijk voor de aandelenmarkt én jaagt iedereen de stuipen op het lijf.'
'Je weet duidelijk niets van tieners. Die vinden de ellende van andere mensen een giller.' Ze keek hem met een dappere glimlach aan, alsof ze zo'n kind wel kende. 'Maar goed, ik heb vanochtend allereerst met de juridische afdeling gesproken. Zij overleggen hierover met de procureur-generaal van oost-Virginia, maar voorlopig beschouwen ze dit niet als een misdaad. Publieke figuren moeten een zekere mate van vuilspuiterij accepteren.'
'Dat weet ik,' zei Montgomery neerslachtig.
Zijn aandacht werd getrokken door een griezelig bekende stem op de televisie op een betonnen zuil boven het gewichthefgedeelte. Het was een schorre vrouwenstem, alsof de vrouw drie pakjes sigaretten per dag rookte. Montgomery had maar een seconde nodig om te weten dat het Michelle Chadwick was, de senior senator van Arizona.
'... op dit moment onmogelijk te zeggen of deze beschuldigingen terecht zijn, maar ik kan u verzekeren dat mijn kantoor hier in zal duiken. Opdracht geven voor moord, het geheimhouden van een epidemie, het hamsteren van vaccins voor de elite... Elk van deze zaken is een ernstige schending van het vertrouwen van het volk.'
De agenten sloegen de hoek om en bleven staan om te kijken.
De tekst die onder in het scherm voorbijkwam vermeldde dat dit een opname was van de persconferentie die de senator een uur geleden had gegeven.
'Moet je haar horen,' zei Montgomery. 'Deze verhalen op internet komen haar wel heel goed uit.'
Garcia keek hem met haar ogen half dichtgeknepen aan en fronste. 'Denk je echt dat zij hierachter zit?'
'Waarschijnlijk niet,' zei Montgomery. 'Maar het is zeker dat ze hier verdomd blij mee is.'
'En het vuurtje aanwakkert,' zei Garcia.
Senator Chadwick was zesenveertig, jong dus voor haar derde termijn in de Amerikaanse Senaat. Ze was een magere vrouw, broodmager eigenlijk, met hoge jukbeenderen en een haviksneus. Haar kastanjebruine haar zat als een helm om haar hoofd. In de wandelgangen van de Beltway was het algemeen bekend dat de senator, die al twee keer was gescheiden, overspel had gepleegd met een van haar stafleden, Corey Fite. Chadwick had kennelijk besloten dat de #MeToo-

beweging alleen betrekking had op machtige mannen en hun ondergeschikten. Fite had er nog niet over geklaagd en Chadwicks collega-senatoren wilden geen problemen veroorzaken en hun eigen buitenechtelijke relaties op het spel zetten.

Haar opa uit Scottsdale had, na zijn terugkeer uit de Tweede Wereldoorlog, zijn eerste miljoen verdiend als vastgoedmagnaat. Toch was zij volgens de aristocraten aan de oostkust een afstammeling van de 'nieuwe rijken' en bovendien was ze een echte ruziezoeker. Jack Ryan was rijk, veel rijker dan zij. De president kwam uit een echte arbeidersfamilie en had zijn geld zelf verdiend in plaats van geërfd, iets wat haar zelfs nog kwader maakte. Toch had ze het altijd over hem als iemand van adel uit Washington. Ze ging zelfs zover dat ze deed alsof ze een sigarettenhouder in haar mond had als ze over hem praatte: '... ondanks beschuldigingen, die weliswaar niet zijn bewezen, dat hij tegen het Congres heeft gelogen, een buitenechtelijke relatie had, handelde met voorkennis...'

'Ondanks beschuldigingen!' Montgomery ging op zijn tenen staan en probeerde de tv van de zuil te trekken. 'Wat denk je van vrijgesproken!' snauwde hij. 'Onbewezen, wat een kul! Dat is alleen een andere manier om te zeggen dat hij iets verbergt.'

'Laten we doorlopen,' zei Garcia.

'Wacht even.'

'... beschuldigingen dat hij iedereen het zwijgen oplegt die hem dwarszit, politiek of anderszins, zijn uiterst zorgwekkend,' zei Chadwick, 'maar wat misschien nog erger is, is Ryans volkomen veronachtzaming van onze bondgenoten in de Perzische Golf. Mijn collega's in de Senaat en ik zullen het wrede optreden van de ayatollah tegen vreedzame studenten die alleen maar een beter leven willen veroordelen.' Chadwick keek als een echte actrice in de camera en zei: 'Meneer de president, zit niet te niksen. Doe iets!'

Montgomery kreunde luid. 'Jij wilt dat iemand iets doet?' zei hij. 'Wat vind je ervan als ik...'

Garcia gaf hem een stomp met haar elleboog. 'Ik weet zeker dat je niet van plan was een Amerikaanse senator te bedreigen in aanwezigheid van de onderdirecteur van de FBI.'

Montgomery zei met een gedwongen glimlach: 'Ik beroep me op het zwijgrecht.'

Mary Pat Foley zat op de bank in de privéstudeerkamer naast het Oval Office.

Arnie Van Damm ging naast haar zitten, maar sprong even later alweer op en vloekte tegen de geopende laptop op de hoek van het bureau. De bespreking met de principals van de National Security Council was voorlopig afgelopen en nu was iedereen aan het werk en kwam met informatie, opties en plannen – taken waar Ryan een besluit over zou moeten nemen.

Ryan zakte met gestrekte benen onderuit in de zachte stoel tegenover de bank. Cathy zei dat onderuitzakken helemaal niet presidentieel was, maar dit was zijn onderuitzakkamer, uit het zicht van de media en het kijkgaatje in de deur van het Oval Office naar het secretariaat.

Dit gedoe in Kameroen gaf hem een machteloos gevoel. Er was nog steeds niets bekend over de echtgenote van de deputy chief of mission, wat betekende dat ze waarschijnlijk nog steeds gegijzeld werd. De ambassade was verdomme omsingeld door troepen en dat betekende dat iedereen binnen feitelijk ook gegijzeld werd. Ryan zou er het liefst een bataljon Marines naartoe sturen dat iedere klootzak die hun voor de voeten liep aan hun bajonet zou rijgen. Maar dat was de reden dat mensen iemand gijzelden, nietwaar? Om te voorkomen dat ze aan een bajonet werden geregen. Hoewel, dat was meestal niet meer dan uitstel van het onvermijdelijke.

Aan de andere kant van het kantoor was Van Damm even opgehouden met zich zorgen maken over het gijzeldrama. Hij schudde met zijn vuist naar de uitzending van de persconferentie van senator Chadwick. Hij ging weer zitten, terwijl de aderen in zijn hals zichtbaar pulseerden. 'Ze gaat echt te ver, Jack.'

Ryan keek op, uit zijn gedachten over Afrika gerukt. 'Niet echt. Is je wel opgevallen dat ze in al haar opmerkingen en tweets roept dat ze de waarheid wil achterhalen?'

Foley tuurde naar de computer alsof haar gezicht pijn deed. 'Intimidatie van je politieke tegenstanders? Van wie heeft ze dat?'

Ryan haalde zijn schouders op. 'Geen idee.'

'Wat heeft ze tegen de regering?' vroeg Foley.

Ryan zei: 'Het gaat om mij persoonlijk. Om de een of andere reden vindt ze mij de ultieme schurk die ze moet dwarsbomen. Soms denk ik dat zij slecht is en soms denk ik dat zij oprecht denkt dat ik dat ben.'

Van Damm liet zijn hoofd tegen de rugleuning rusten en slaakte een vermoeide zucht. 'Ja, maar je eigen privélegertje stomkoppen?'

Ryan wreef over zijn gezicht, doodmoe opeens. 'Ze heeft niet helemaal ongelijk. Ik bedoel, het zijn geen stomkoppen, maar je weet wel wat ik bedoel.'

Foley zei: 'Met alle respect, Jack, maar dat is niet wat ze bedoelt. De Campus is een scalpel. Zij heeft het over een soort Queens' Rangers van Robert Rogers, wrede moordenaars. En ach, we zouden er gewoon niet over moeten praten.'

'Waarom niet?' vroeg Ryan. 'Zodat ik alles kan ontkennen? Zo ben ik niet en dat weet je best. Ik ben er helemaal voor om mezelf af te schermen van de dagelijkse operaties, maar ik neem niet de verantwoordelijkheid voor het bestaan van die groep.'

'Jack.' Foley's stem klonk iets hoger, omdat ze bang was voor de wending van dit gesprek. 'Geheimhouding is...'

Ryan hief zijn hand. 'Begrijp me niet verkeerd, Mary Pat. Ik begrijp de noodzaak van geheimhouding. Maar jij en ik kunnen niet doen alsof we niet weten wat er aan de hand is. Er is een verschil tussen *executive privilege* en liegen, zelfs tegen onszelf.'

Iedereen in het Oval Office wist wat executive privilege betekende: het recht van de president en andere leden van zijn regering om bepaalde zaken geheim te houden.

Foley wilde iets zeggen, maar bedacht zich toen en schudde haar hoofd. 'Ja, meneer de president.'

'Hoe dan ook,' zei Van Damm. 'Als jullie tweeën klaar zijn met jullie existentiële crisis wil ik het graag weer hebben over wat we met senator Chadwick moeten doen. Ik zeg dit liever niet, maar misschien moet je wel reageren, proberen je naam te zuiveren.'

'Echt niet, vriend,' zei Ryan. 'Dat is wat ze wil dat ik doe, maar dat doe ik niet. Maar ik zal wel een persconferentie houden waarin ik eventuele angsten voor dat griepvaccin bespreek.'

'Ze rakelt die oude beschuldigingen weer op over je investeringen en de SEC,' zei Van Damm. 'Iedereen weet dat je bent vrijgesproken van alle beschuldigingen.'

'Niet iedereen,' zei Ryan.

'Chadwick wel,' zei Mary Pat. 'Over dat onderzoek beginnen zonder dat erbij te vertellen en de mensen het tegendeel te laten geloven is een flagrante leugen. Iemand zou haar moeten vervolgen.'

'Waarvoor?' snauwde Ryan. 'Omdat ze me aan het huilen heeft gemaakt?'

'Oké, over het vaccin,' zei Van Damm. 'Het moet illegaal zijn om paniek te zaaien met halve waarheden.'

Ryan schudde zijn hoofd tegen zijn stafchef. 'Luister nou eens naar jezelf! Vind je het niet meer dan een beetje ironisch dat jij een revolutie wilt steunen die de vrijheid van meningsuiting in Iran wil bewerkstelligen terwijl je Chadwick in de gevangenis wilt zetten omdat ze zegt wat ze vindt?'

18

De menigte op de Keshavarz-boulevard, ten westen van de rotonde die bekendstond als het Valiasr-plein, bestond uit meer dan tweeduizend mensen. Ten minste een derde was hier om te protesteren tegen het feit dat mensen werden opgehangen. De Niru-ye Entezami-ye Jomhuri-ye Eslam-ye Iran – de NAJA, de geüniformeerde politie van Iran – stond in een onregelmatige open formatie voor iedereen die dapper of dom genoeg was om zijn protesten te uiten, maar Erik Dovzhenko was er zeker van dat er zelfs nog meer toeschouwers waren. Hij betwijfelde of de demonstranten tijdens hun demonstraties geweld zouden gebruiken. Dat zou de NAJA alleen maar een excuus geven om zelf ook geweld te gebruiken, alsof ze een excuus nodig hadden. Er zouden geen rubberen kogels worden gebruikt. De geringste daad van burgerlijke ongehoorzaamheid zou worden bestraft met de doodstraf. De oproerpolitie was gekleed voor de strijd met *hats and bats* – helmen en knuppels – zoals de Amerikanen dat noemden. Er zou weinig meer nodig zijn dan een kwade opmerking of een valse knipoog om tweehonderd knuppels op de hoofden van de demonstranten te laten neerkomen als een *wood shampoo*; nog zo'n Amerikaanse uitdrukking die Dovzhenko een betere beschrijving vond dan alles wat hij in het Russisch kon bedenken.

Drie kraanwagens van het Japanse bedrijf Tadano stonden in de grijze motregen te wachten. Aan de bomen hingen stroppen van blauw plastic, nu nog leeg. Dovzhenko stond op het dak van de bioscoop aan de overkant, naast twee IRG-*minders*, door zijn eigen Leupold-verrekijker naar het tafereel beneden hem te kijken. De miezerige motregen plette het haar van Dovzhenko en droop van het puntje van zijn neus, zodat hij de kraag van zijn jas van paardenhuid omhoogsloeg en dichter om zijn hals trok. Hij kon de moed niet opbrengen om de regen uit zijn ogen te wrijven.

Beneden op straat zetten IRG-beulen de veroordeelden aan de achterkant van een wachtende bus. Gezien de recente vloedgolf aan protesten hadden officials serieus overwogen de executies achter de veilige muren van de Evin-gevangenis uit te voeren, maar toen ze de kans op burgerlijke onrust afwogen tegen de mogelijkheid van openlijk machtsvertoon won dat laatste. De Guardian Council en de Hoogste Leider zelf hadden ermee ingestemd. De openbare executies zouden goed zijn voor iedereen die de executie bijwoonde. Protesteer tegen het regime en je wordt opgehangen, in het openbaar, in het bijzijn van je vrienden, in het bijzijn van je ouders. Het Westen kon pissen op het touw waaraan je werd opgehangen als het hun niet beviel.

Alle parken en sportcomplexen in de omgeving zouden meer ruimte hebben geboden voor mensen om de ophangingen bij te wonen, maar hoewel de autoriteiten wreed en niet flexibel waren wat de theocratische leer betreft, waren ze ook niet helemaal stom. De kruising bij het Valiasr-plein zou opstoppingen veroorzaken; daar konden hun troepen gebruik van maken, er zouden hoge locaties zijn voor sluipschutters en voor observatie, waardoor het veel gemakkelijker was de zaak onder controle te houden.

Dovzhenko's opdracht, net als die van de twee IRG-mannen bij hem op het dak, was de duizenden mensen die drie verdiepingen lager rondliepen scannen en er eventuele demonstranten die zich in de menigte verborgen tussenuit halen. De Hoge Raad van Cyberspace had Twitter en Facebook al in de ban gedaan en onlangs Ruslands voorbeeld gevolgd en de populaire berichtenapp Telegram geblokt. Andere socialmediaplatforms waren tergend traag gemaakt. Instagram-posts van de ayatollah werden nog steeds geplaatst, maar dat was het wel zo ongeveer. Mobiele telefonie in het centrum van Teheran was afgesloten, waardoor potentiële demonstranten niet in staat waren om twee uur voor de ophangingen met elkaar te communiceren.

Volgens de laatste telling waren de afgelopen drie weken tijdens verschillende demonstraties in het land meer dan duizend dissidenten gedood door de politie en de IRG. Hoewel de Hoogste Leider in het openbaar op vrede aandrong, maakte hij in kleine kring zeer duidelijk dat hij bereid was tienduizenden te doden om het voortbestaan van de theocratie te waarborgen. In Iran waren Gods wegen niet per se ondoorgrondelijk.

Dovzhenko bestudeerde elk gezicht in de menigte door zijn verrekijker. Sommigen keken gepast geschokt door wat er in hun land gebeurde, maar velen keken gelaten naar de eenvoudige metalen stoelen en zwarte lijkzakken die klaarstonden onder de kranen. Ze waren matig geïnteresseerd; dit gaf hun iets te doen voordat ze met de kinderen naar het park gingen of naar het avondgebed. Zij waren het immers niet die werden opgehangen.

De Opperrechter, een *mujtahid* – een islamitische geleerde die goed thuis is in de islamitische wetgeving en door de Hoogste Leider zelf is gekozen – stond op een houten platform en las het vonnis voor via de luidspreker. Er was een reden voor dat hij hiervoor was uitgekozen: hij wist wat hij moest doen om de menigte op te zwepen. De verdachten werden allemaal schuldig bevonden aan *mofsed-e-filarz* – het verspreiden van corruptie over de aarde – een misdaad die vaak werd toegeschreven aan pooiers en pedofielen. Welke goede burger wilde niet dat de corruptie in zijn omgeving werd uitgeroeid? Mensen in de menigte – onder wie veel leden van de Basij-militie die bevel hadden om aanwezig te zijn – juichten toen het vonnis dat een zedenpreek was geworden werd voorgelezen. Ze spoorden anderen aan ook te juichen. De vrome mujtahid hief zijn armen en nam het applaus in ontvangst.

Babak, Javad en Yousef hadden hun cel niet eens hoeven verlaten om te worden veroordeeld. Die misdaad op zich verzekerde hen van de doodstraf, maar de raad van moellahs die het vonnis moest bepalen voegde daar voor de zekerheid ook blasfemie aan toe, ook een misdaad waar de doodstraf op stond. Voor Javad was het vonnis niet van belang, want zijn hart was in de kelder van de Evin-gevangenis door de wrede behandeling door majoor Sassani opgehouden met kloppen.

De vertrouwde Iraanse Revolutionaire Garde van de ayatollah zou de executie uitvoeren. Sassani had besloten dat Javad samen met zijn kameraden zou worden opgehangen; een weerzinwekkende herinnering aan het feit dat de doodstraf die door de Hoogste Leider was opgelegd, zelfs als je al dood was, zonder uitstel zou worden uitgevoerd.

Dovzhenko liet zijn verrekijker zakken en voelde zijn maag verkrampen. Ook de harteloze KGB had veroordeelde mannen vaak verrast met hun executie. Gewoon weer een tocht naar de verhoorkamer: een wandeling door een lange gang die onverwacht naar links in plaats van naar rechts afboog en die eindigde met een kogel achter het oor voordat de arme verwarde ziel wist dat er iets was veranderd. Spuit de muren schoon en breng de volgende naar binnen. Keurig netjes, en ondanks de wreedheid ervan humaan. Maar deze IRG-beesten gebruikten middeleeuwse methoden. Er was geen genadige breuk van de nek aan het einde van een val. De Amerikanen noemden mensen algauw nazi's, maar de Iraniërs gebruikten de nazimethode van ophanging. Een stuk zwaar touw of blauw plastic koord werd vastgemaakt aan de boom van een bouwkraan en daarna om de hals van het slachtoffer gebonden. Daarna werd hij of zij omhooggetakeld en dan langzaam gewurgd. Als ze geluk hadden sneed het touw de halsslagaderen door die het bloed naar de hersens transporteerden. Maar vaker wel dan niet kronkelde het slachtoffer tijdens de langzame ophaal naar boven en stikte pas na een aantal lange en gruwelijke minuten.

Dovzhenko was bekend met wrede methoden. God in de hemel wist dat hij schuldig was aan veel waarvoor hij zich ooit zou moeten verantwoorden. De twee studenten die achter de bus stonden te trillen – en de student die al naast de lijkzak lag waar hij uiteindelijk in zou belanden – waren door iemand verraden. In het hele land waren veel mensen vermoord, maar zij waren altijd gedood tijdens een confrontatie met de politie. Er werden mensen gearresteerd, honderden opgepakt, maar Dovzhenko had de statistische gegevens bekeken en voor zover hij wist moesten er nog andere processen volgen. Nee, deze drie mannen waren uitgekozen, uit zeker duizend anderen. Waarom? Om een soort punt te maken? Ze waren niet eens Reza's officieren. Iemand had de Hoogste Leider er dus van overtuigd dat het voordeel van hun dood zwaarder woog dan de vereniging die hun martelaarschap binnen de beweging zou veroorzaken. Hier speelde iets waar Dovzhenko niets van af wist.

Zelf had hij meer dan een paar mensen overgehaald vrienden te verraden. Zijn moeder had hem weliswaar gepusht om voor de inlichtingendienst te gaan werken, maar Dovzhenko bleek begaafd.

Anderen, door zoete praatjes of hardhandige dwang, overhalen hun medestanders te verraden was van cruciaal belang in dit werk. Met leugens, chantage of dreigementen, met wat dan ook; hoe was niet van belang zolang de geheimen maar naar het presidium in Moskou stroomden. Erik excelleerde in elk facet van dat werk. Dat vereiste een noodzakelijke harteloosheid, een bereidheid de geest van een ander mens te verkrachten zonder onbesuisd te werk te gaan. Je moest in zekere zin een psychopaat zijn; een steriel medisch woord om jezelf het gevoel te geven dat je goed was. Iedere SVR-officier met een ziel was binnen de kortste keren niet meer dan een lege huls en iedereen zonder een ziel had daar iets meer tijd voor nodig.

Het gepiep van kabels verderop onderbrak Dovzhenko's op hol geslagen psychologische gedachten. Hij keek weer naar wat er beneden op straat gebeurde en dwong zichzelf te kijken naar de drie geblinddoekte mannen die omhooggingen alsof ze opstegen, schokkerig, waardoor de twee die nog leefden ronddraaiden. Hij richtte zijn verrekijker lager, naar de stoelen waar de beulen in de rusthouding stonden naast de gevangenisslippers die de mannen tijdens hun worsteling waren verloren.

Parviz Sassani stond aan de rand van de menigte, in burgerkleding, zodat hij niet opviel. De mensen om hem heen riepen halfhartig '*Allahoe akbar*', maar de majoor zei niets. Hij had het te druk met glimlachen.

Dovzhenko keek verder en hield zijn verrekijker gericht op het gezicht van een kale man achter de IRG-commandant. Hij hapte naar adem, zo luid dat de IRG-man naast hem hem vragend aankeek. Dovzhenko kuchte om zijn verbazing te camoufleren. Dit was onverwacht: generaal Vitaly Alov van de GRU. Geen enkele kabelzender had gemeld dat de generaal naar Teheran zou komen. Hoewel ze zogenaamd dezelfde doelstellingen hadden, bleken de SVR en de GRU vaak tegenstrijdige belangen te hebben, al was het alleen maar vanwege een afgunstige territoriumstrijd. Een bezoekende generaal van de militaire inlichtingendienst zou er zeker voor zorgen dat Dovzhenko's chief of station gevechtsklaar was, en toch had hij er niets over gezegd. Echt heel vreemd. Alov was voor iedereen zichtbaar; zijn kale kop glansde door de regen en het was dus moeilijk die te missen te midden van de zee van zwart haar en hoofddoekjes.

Dovzhenko gaf de verrekijker aan de IRG-man rechts van hem. Het was een goede verrekijker, die vijftien keer vergrootte. Hij had hem al jaren, een cadeautje aan zichzelf voor zijn eerste post bij het Russische consulaat in Los Angeles. Maar de kijker was nu besmet door wat hij net had gezien; hij wilde er nooit meer doorheen kijken.

'Waar gaat u naartoe?' vroeg de jongste IRG-man.

'Me in de menigte begeven,' zei Dovzhenko. 'Informatie verzamelen. Dat doen officieren van een inlichtingendienst.' Hij glimlachte alsof hij nog steeds een medestander was van deze idiotie, onderdrukte zijn afkeer en draaide zich om. Hij vloekte zacht in het Russisch terwijl hij de deur op het dak openduwde. Met zijn onderarm veegde hij de regen uit zijn ogen, omdat hij het gevoel had dat hij zijn gezicht niet kon aanraken voordat hij zijn handen had gewassen. Op dit soort momenten kon maar één iemand op de hele wereld hem weer het gevoel geven dat hij een mens was. Maryam Farhad was de intelligentste en tederste vrouw die hij ooit had ontmoet. Eigenlijk was het niet eerlijk dat een man met zijn baan tijd met haar doorbracht. Zij was zijn reddingsboot in deze zee vol shit, en hij sleepte haar mee onder water.

19

De moord zou plaatsvinden in het zand, nog geen straat van de plek waar John Clark zat in de Calle Adriano in de schaduw van de grote arena voor stierengevechten van Sevilla. Hij was ontspannen en zat achterovergeleund op een caféterras, en er lag een opgevouwen *El País* op het tafeltje. Jack zat tegenover hem; hij was minder gewend aan de dood, maar toch wel zo ervaren dat hij er niet meer van schrok. Het was hier rustig, het deed Clark denken aan een zijstraat in Manhattan of het noorden van Virginia, alleen de geur van stieren en paarden natuurlijk niet.

El sol es el mejor torero, zeiden de Spanjaarden: de zon is de beste stierenvechter. En ze hadden gelijk. Clark zat in de schaduw naar de Russen te kijken, terwijl de laagstaande zon hen juist bijna verblindde. Nu zat er een nieuwe man aan hun tafeltje. Clark kon zijn gezicht niet zien, maar hij had de man niet herkend toen deze naar de beide Russen toe liep. De nieuwe man was lang en dik, en had niet veel kin. Zijn donkerblonde krullen kwamen onder zijn beige baret uit en hij had een kobaltblauwe trui over zijn schouders geslagen met de ene mouw keurig in de andere geschoven voor zijn borst, zoals Clark mannen in Zuid-Amerika en Europa wel had zien doen, maar zelden in de Verenigde Staten. De man gedroeg zich als een local en ging met zijn rug naar de zon zitten zodat de Russen in de felle zon moesten kijken. Hij was twintig minuten geleden gekomen en had de beide Russen begroet alsof hij werd verwacht. Clark nam aan dat hij de ontmoetingsplek had uitgekozen en de zon gebruikte om hen uit hun evenwicht te brengen. Het was nog veel te vroeg voor het diner, maar het café was een goede plek om elkaar te treffen en iets te drinken voordat ze naar de arena gingen waar drankjes twee keer zo duur waren als buiten de arena. Ding en Midas zaten een blok verderop voor Hotel Adriano en dronken een paar biertjes. Dom en

Adara zaten stand-by in een Ierse bar om de hoek; ze bleven nog steeds uit het zicht om te voorkomen dat ze werden herkend door een of beide Russen die hen misschien in Portugal hadden gezien.

Iedereen stond met de anderen in contact via hun radio en oortje, die niet met spraakactivatie maar met push-to-talk werkte. Daardoor konden ze onderling met elkaar praten zonder dat het net overbelast raakte. Ze konden heel eenvoudig een schakelaar op de radio omzetten en in het microfoontje aan hun halssnoer praten, en hoefden dus niet elke keer dat ze iets wilden zeggen hun hand in hun zak te steken en op het PTT-knopje te drukken.

Ryan en Clark droegen allebei een kakikleurige lange broek en veterschoenen met rubberen zolen met een goed profiel. Clark wist uit lange ervaring dat hij vaak veel meer moest hardlopen dan schieten. Hij droeg suède Desert Boots die waarschijnlijk half zo oud waren als Ryan. In hun iets getailleerde overhemd met lange mouwen zagen ze er iets minder Amerikaans uit; dat van Ryan was antracietgrijs en dat van Clark wit. Johns vrouw Sandy zei vaak voor de grap dat hij wel heel dapper moest zijn als hij tijdens een operatie een wit overhemd droeg, aangezien mannen die in films een wit overhemd droegen altijd al voor het einde van de film dood leken te gaan. Het was heel bijzonder dat ze nog altijd grapjes over dat soort dingen kon maken, maar hij nam aan dat dit haar manier was om hiermee om te gaan. Iedereen had zijn eigen methode en die van Sandy was humor. Het kwam zelden voor dat ze niet glimlachte, in elk geval met haar ogen. En dat was maar goed ook, want een van hen móést er wel blij uitzien en Clarks glimlach leek altijd een beetje gedwongen, behalve als hij naar zijn kleinzoon keek die voetbalde.

Clark was eigenlijk steeds op de Russen blijven letten, maar toen iemand in de arena vlakbij een paar noten op een trompet oefende was hij weer helemaal bij de les.

Twee straten verderop, aan weerszijden van het kanaal vlak bij de rivier de Guadalquivir, bloeiden de paarse bloemen van de jacaranda's. Maar in de Calle Adriano stonden geknotte platanen voor de gebouwen die in zachte kastanjebruine en roestkleurige tinten waren geverfd. De siësta was voorbij en veel mensen bereidden zich voor op de stierengevechten die over een kleine twee uur zouden beginnen. Er konden twaalfduizend mensen in de arena, en honderden locals krioelden als bijen door de straten en op de trottoirs rondom de eeuwenoude Plaza de Toros de la Real Maestranza de Caballería de Sevilla. Verkopers verhuurden kussens voor de stenen banken en verkochten geroosterde noten, bier en *gaseosa* – priklimonade. Zwarthandelaren in toegangskaartjes onderhandelden met zuinige locals en probeerden hun verliezen goed te maken bij gretige *turistas*. Koetsiers controleerden de hoeven van hun paarden en vouwden dekens op die klanten nodig zouden hebben zodra de zon onderging en de avond kil werd.

Felle lichtstralen sneden als degens door de oost-weststegen, waardoor iedereen aan de oostkant van de weg zijn zonnebril ophield en zijn hoed omlaagtrok, terwijl Clark en iedereen met genoeg ervaring een tafeltje aan de westkant van de straat had gekozen en heerlijk in de schaduw zat. Binnen de arena betaalden *aficionados* veel meer voor zitplaatsen in de *sombra* (schaduw) dan aan de oostkant aan de *sol* (zon)-kant van de arena.

Clark had al twee kaartjes gekocht in de sombra, in de bovenste boxen, voor honderdtwintig euro per stuk. Vanaf deze hoge zitplaats zou hij goed zicht hebben op de Russen, waar ze ook zaten. Geen van de teamleden had naar binnen willen gaan om naar het stierenvechten te kijken en ze hadden daar verschillende redenen voor aangevoerd. Adara had haar afkeer voor deze praktijken al duidelijk gemaakt, en leek bereid om iedereen die daar anders over dacht aan haar mes te rijgen. De anderen waren minder duidelijk, maar niemand had er echt zin in. Clark had een probleem met de paarden. Zijn rationele geest zei dat paarden niet beter waren dan andere dieren, maar dat waren ze wel, en voor heel veel mensen. Om te moeten toezien dat paarden werden geblinddoekt en doorboord terwijl de picadors de stier met hun speer in de schouder probeerden te steken... daar had hij geen enkele behoefte aan. Maar de Russen en deze nieuwe Spanjaard leken naar binnen te gaan en iemand moest hen volgen.

Clark vond het helemaal geen probleem toen bleek dat Jack junior mee moest. Hij en Ryan senior kenden elkaar al heel lang, zeker langer dan een van beiden zich wilde herinneren, maar hij werkte niet vaak samen met zijn zoon. Junior was net als zijn vader een goede partner. Hij was iets ondoordachter dan Jack senior, die analytischer was. Soms. Beide mannen waren ongelofelijk moedig, wat zelfs meer betekende als je naging hoe slim ze waren. Je kon gemakkelijk moedig lijken als je te dom was om te beseffen in welk gevaar je verkeerde.

Clark nam een slok van zijn San Miguel 1516. Daar zat minder alcohol in dan de andere bieren op de kaart, waardoor hij iets meer kon drinken en toch helder van geest bleef. 'Het is zwaar om de zoon van je pa te zijn,' zei hij, nostalgisch opeens.

Ryan glimlachte flauw en nam een slok van zijn eigen bier. Zijn gebruikelijke ontspannen glimlach ontbrak, alsof het leven die de laatste tijd van zijn gezicht had geslagen. 'Dat weet ik niet, hoor.'

'Ja, dat weet je wel.' Clark haalde zijn schouders op. 'Dit werk is al moeilijk genoeg voor iemand die niet de oudste zoon is van de onsterfelijke Jack Ryan. Gaat het goed met je?'

'Ja hoor, prima,' loog Jack. Het was duidelijk dat dit niet zo was.

'Je hoeft het me niet te vertellen,' zei Clark, 'maar het hoort bij mijn werk om je dat te vragen, als je baas en je vriend. Ik zeg alleen dat je een beetje jong bent om op je rug te liggen spartelen.'

'Doe ik dat dan?'

'Ik heb een neus voor dat soort dingen. Je moet je vermannen, jongen.'

Jack keek naar de mannen aan de overkant van de straat. 'Denk je dat meneer Baret ook wapenhandelaar is?'

'Dat zou wel bij het patroon passen,' zei Clark. Hij zou erin meegaan nu de jongen over iets anders begon, maar hij zou erop terugkomen en proberen te achterhalen waarom Jack junior zo uit zijn doen was, als dat tenminste mogelijk was.

'De Russen moeten iets hebben wat ze willen verplaatsen,' zei Jack peinzend. 'Of willen kopen.'

'Ze zien er officieel uit. Ik ga voor de eerste optie.'

Jack nam weer een slok bier en keek naar de gestage stroom mensen die naar de arena liep. 'Ben je weleens eerder naar stierenvechten geweest?'

'Ja. En dat was niet aangenaam.'

'Ik las op internet dat ze voor het gevecht de stier drugs geven en vaseline en ander spul in zijn ogen smeren, zodat hij volkomen van slag en gedesoriënteerd is.'

Clark haalde diep en langzaam adem. 'Dat las je op internet?' Hij nam nog een slok bier en wees toen met de hals van het flesje naar Jack. 'Dan wil ik je dit vragen: als jij de ring in zou gaan met een paar honderd kilo agressie en er zeker van wilde zijn dat-ie je aanviel waar je hem naartoe stuurde om aan te vallen, zou je dan niet willen dat-ie iets kon zien?'

'Denk het wel,' zei Ryan.

'Ik wil niet zeggen dat ze die arme beesten niets aandoen, maar ik zou geen enkel vertrouwen hebben in iets wat ik op internet lees.'

'Je vindt het dus erg?' vroeg Jack. 'Het stierenvechten, bedoel ik.'

'Je kent me, Ryan. Ik hou niet van lange filosofische gesprekken. Maar ik heb hierover nagedacht. Commerciële vleeskoeien worden over het algemeen vetgemest in weilanden in de bergen waar ze niets anders doen dan eten en in hun eigen stront staan tot het tijd is voor hun afspraak met een slagpinpistool in het slachthuis; wat meestal gebeurt als ze anderhalf tot drie jaar oud zijn. De Spaanse vechtstieren leven bijna als wilde dieren tot ze als ze een jaar of vier zijn worden geselecteerd en de ring in worden gestuurd, waarna ze één slechte dag hebben.'

'Dus je zegt dat deze stieren een kans maken?'

'Geen enkele kans.' Clark schudde zijn hoofd. 'Ik bedoel, een kans van één op duizend misschien, als de stier zoveel moed toont dat het publiek de man die het gevecht leidt smeekt hem te sparen. Maar om alle praktische doeleinden eindigt het stierengevecht met een meter scherp staal tussen de schouderbladen van de stier, waarna het dode beest wordt weggesleept door een groep muilezels zoals je een paar minuten geleden over straat zag lopen.' Hij leunde naar voren en liet het laatste restje bier in zijn flesje ronddraaien. 'Heb je het boek *The Dogs of War* gelezen?'

'Natuurlijk,' zei Jack. 'Daar heb je ons opdracht toe gegeven.'

Clark glimlachte. 'Dat geloof ik meteen. Hoe dan ook, Forsyth had gelijk, neem dat maar aan van een oude man die zijn uiterste houdbaarheidsdatum bijna heeft bereikt. Ik wil sterven met een kogel in mijn borst, bloed in mijn mond en een vuurwapen in mijn hand. Als ik een stier was, zou ik liever een paar speren in mijn schouders krijgen als dit me een extra jaar op de open vlakte gaf en de kans mijn hoorns te gebruiken. Dat heb ik liever dan met een elektrische prikstok in mijn kont in een slachthok te worden gedreven.' Hij leunde achterover in zijn stoel en nam een slok. 'Maar dat is slechts mijn mening.'

'Ik zou liever in een kudde leven,' zei Jack. 'Als ik mocht kiezen. Een paar jaar met het extra voordeel dat ik voor een harem koeien mag zorgen.'

'Jij bent nog jong.' Clark schudde zijn hoofd. 'Ik kan me voorstellen dat elk stierkalf diezelfde mening heeft gehad. Maar de kans is vrij klein. Op mijn manier hou ik mijn ballen en heb ik de kans de man in de ogen te kijken die me gaat doden...' Zijn stem stierf weg en hij wees met zijn bierflesje naar de straat.

Jack keek die kant op. 'Dat kan niet goed zijn.'

Clark stak zijn hand in zijn zak en drukte op de PTT-knop op zijn radio. 'Opletten,' zei hij. 'We hebben gezelschap gekregen. Lucile Fournier, nu even blond als Adara, is ongeveer twintig meter bij de Russen vandaan en komt steeds dichterbij.'

20

Normaal was het in Teheran zo gevaarlijk om alleen maar een straat over te steken dat de locals zeggen dat je dan 'naar Tsjetsjenië gaat'. Nu hadden de autoriteiten de straten afgezet om de demonstranten tijdens de ophangingen onder controle te kunnen houden, zodat Dovzhenko de straat kon oversteken alsof de stad het leven van de voetgangers wel belangrijk vond. Hij liep vier straten naar het zuiden, in de schaduw van de hoge platanen in Valiasr Street, genoemd naar een sjiitische imam uit de twaalfde eeuw. De menigte was algauw verminderd tot de gebruikelijke mix van mensen die na hun werk door de regen naar huis gingen. In gedachten zag Dovzhenko de jongens nog steeds trappelen, want anders had hij niet eens geweten dat er mensen waren opgehangen. Hij had niets gegeten na zijn ontbijt van brood met thee, maar nu kon zelfs de heerlijke geur van saffraan en vijfkruidenpoeder uit de winkels hem niet verleiden.

Het motregende al minder toen hij bij de kleine auto kwam die de ambassade hem had toegewezen. Dovzhenko gooide zijn leren jas op de achterbank die amper groot genoeg was voor een aktetas, laat staan voor een mens met twee benen. Hij nam even de tijd om een sigaret op te steken voordat hij zijn lichaam achter het stuur wurmde. In Iran was het verboden om tijdens het autorijden te roken, maar de wet werd zelden gehandhaafd en bovendien was Dovzhenko te veel met afschuw vervuld om zich daar druk over te maken – en dit zielige kleine autootje maakte zijn humeur er ook niet beter op.

De Tiba – Iraans voor 'gazelle' – was zeker niet snel. Het autootje leek op een opgeblazen pinda of misschien op een Volkswagen Kever die was gesmolten doordat hij te lang in de zon had gestaan. Dat was natuurlijk overdreven, maar Dovzhenko had te veel ervaring met die mini-autootjes om rationeel te zijn. Het vorige jaar had hij er ook een gehad, tijdens een opdracht in Moldavië. Mensen van de SVR die rekruten wierven en met potentiële trainees spraken gaven meestal een romantischer beeld van het leven van een spion, want dat was zelden flitsend. Maatpakken van Savile Row en sportwagens van Aston Martin trokken ongewenste aandacht. Het enige wat telde was nut, maar dit was belachelijk. Dit misbaksel met 80 pk had meer weg van de kookpot van Baba Yaga dan van een auto. Dit was niet normaal, zelfs niet voor een Russische spion. Dovzhenko was niet de enige die er zo over dacht. De Engelssprekende medewerker van de ambassade in Teheran die verantwoordelijk was voor alle voertuigen was zelfs zover gegaan dat hij deze mini-auto's *Axles of Evil* had genoemd.

Maar het ding bracht hem naar Maryams huis, dus hield Dovzhenko zijn klachten erover voor zichzelf.

Maryam Farhad woonde in Shahrak-e Gharb, een chique buurt in het noordwesten van de stad, ver van haar werk, het afkickcentrum in het zuiden waar dakloze verslaafden in de schaduwen rondhingen en '*Darou, darou* – Medicijnen, medicijnen' – fluisterden. Drugs verkopen, zelfs het groene spul, was een enorme gok. De autoriteiten negeerden een kleine hoeveelheid cannabis, maar het bezit van slechts vijf gram hasjolie was al een misdaad die werd bestraft met de doodstraf. Voor zover Dovzhenko wist, had de regering besloten het snel groeiende opioïdeprobleem te bestrijden door zoveel methadon te verstrekken dat ook dit middel tegenwoordig illegaal werd verhandeld. Hoe Teherans meesterplan er ook uitzag, hij was blij dat Maryam niet midden tussen de verloren zielen woonde aan wie zij haar leven wijdde.

Dovzhenko had door Valiasr Street naar het noorden kunnen rijden en daarna bijna tot aan haar huis naar het westen over de Hemmat Expressway, maar hij kon de moed niet opbrengen om de executieplek weer te zien én hij wilde een eventuele schaduw van Sassani afschudden. IRG vertrouwde niemand. Dat was de eigenschap van spionnen. Leugenaars waren het meest wantrouwig ten opzichte van anderen. In dit geval had Sassani daar een goede reden voor. Maryam was een single vrouw, een moslima, en Dovzhenko was geen moslim. Dankzij zijn positie in de SVR zou hij niet worden geëxecuteerd, maar door hun affaire zou hij zeker het land worden uitgezet én het zou een negatieve aantekening op zijn conduitestaat opleveren. Dovzhenko maakte zichzelf wijs dat het niet belangrijk was wat er met hem gebeurde, maar voor haar zouden de gevolgen snel en gewelddadig zijn. Keiharde stokslagen, een heropvoedingskamp of, als een rechter het in zijn hoofd haalde dat ze de aarde corrumpeerde... Dovzhenko had het allemaal gezien: de kuil achter de muren van de Evin, het gat waar mannen tot hun middel en vrouwen tot hun nek in werden begraven, en de gladde stenen zo groot als appels die in keurige piramides voor het grijpen lagen. Officieel had Iran het stenigen afgeschaft. Wat een lachertje! De leden van de Guardian Council deden waar ze zin in hadden. Als stenigen door een officiële wet werd verboden, dan vaardigden ze gewoon een nieuwe wet uit waarin ze zichzelf daar weer toestemming voor gaven. Ze lieten zich niet tegenhouden door de wereldopinie, maar voerden hun wandaden gewoon achter muren uit.

Dovzhenko reed naar het noorden en verdrong de beelden van wat er met zijn vriendin kon gebeuren. Ze waren allebei gewend risico's te nemen. De SVR had geen regels die het nuttigen van alcohol verboden, zelfs niet in een islamitisch land, onder voorwaarde dat je dat voor jezelf hield en niet te veel dronk. Maar het bijwonen van een van de ontelbare geheime feesten in Teheran voor iets anders dan officiële zaken werd niet alleen afgekeurd, maar de overtreding werd ook specifiek genoemd in de regels die nieuwe leden van de Russische delegatie bij aankomst moesten ondertekenen.

Dovzhenko ontdekte zo'n feest tijdens zijn tweede weekend, in de kelder van een bloemenwinkel in Shahrak-e Gharb, zo'n anderhalve kilometer van Maryams appartement. Razzia's door de zedenpolitie tegen deze feesten, waar alcohol rijkelijk vloeide en mensen op westerse muziek dansten, werden zo nu en dan of helemaal niet uitgevoerd. Op het eerste feest dat hij bijwoonde had hij twee jongemannen ontmoet, kennelijk zonen van prominente moellahs. Omdat niemand problemen met hen wilde krijgen werden deze bijeenkomsten grotendeels met rust gelaten.

Hij had Maryam in het eerste kwartier van zijn eerste bezoek gezien. Ze was ongeveer van zijn leeftijd, een paar jaar ouder dan de meeste studenten die rookten en absint dronken en de moeilijke exercitie van vrije gedachten uitvoerden, ook al was dat in het geheim. Dovzhenko had zijn mooiste overhemd gedragen, met de kraag open. Anders dan de meeste jongemannen op het feest was hij oud genoeg om te weten dat hij opviel en dat hij volwassener zou overkomen als hij iets minder eau de cologne en geen gouden kettingen droeg. Maryam had tegen hem geglimlacht zodra ze haar jas had uitgetrokken. Haar heupen zwaaiden al op de muziek voordat ze twee passen had gezet, alsof ze zich zo lang mogelijk had beheerst. Ze droeg een zijden blouse die zo strak was dat de knoopjes bij haar borsten spanden waardoor er een paar centimeter zijde zichtbaar was. In Rusland of de VS zag je dat vaak, maar in Iran, waar vrouwen verplicht een hoofddoek en slecht passende kleding droegen, was dat schandalig.

Een van de mannelijke officials van de ambassade had geklaagd over wat hij de *nos-grudi paradoks* noemde: de Iraanse vrouwen met grote borsten die hij kende hadden ook een grote neus, terwijl andersom gold dat hoe kleiner en fraaier de neus, hoe kaler het borstenlandschap was. Dovzhenko had zijn mening afgedaan als *nekulturny* – onzin – maar schaamde zich toen hij zag dat Maryam een knappe uitzondering was op deze ingebeelde paradox van de *apparatchik*. En hoe saai het ook was, door de gedachte aan haar lichaam wilde hij haar alleen maar vaker zien.

Maar ze moesten voorzichtig zijn.

Nu gebruikte hij het langzame tempo van het verkeer dat afwisselend stilstond en een stukje doorreed om te kijken of hij iets zag wat erop wees dat hij werd gevolgd. Hij was er vrijwel zeker van dat dat niet zo was toen hij de Hakim naar het westen in reed, maar hij nam er de tijd voor om de snelweg twee keer af en weer op te rijden, terwijl hij zijn ene oog op de binnenspiegel en zijn andere op het avondverkeer gericht hield. Het leek wel alsof een op de twee auto's een Porsche was; stuk voor stuk een getuigenis van de Iraanse veerkracht ten aanzien van de westerse sancties.

Sinds hij Valiasr had verlaten had hij niets gezien wat afweek van het normale. Er waren verschillende auto's nodig om iemand goed te volgen, zelfs als die iemand onervaren was. En Dovzhenko kende de kneepjes van het vak, dus zou hij alle IRG-spionnen hebben ontdekt.

Hij verliet de Hakim Expressway bij Pardisan Park, een verzameling houten paden en niet-afgemaakte gravelkuilen die dienden als de woonplaats van apen, konijnen en vreemde wilde katten met kleine oren die Maryam schattig noemde, maar die Dovzhenko buitenaards vond. Ze waren hier één keer geweest, nooit hand in hand maar altijd naast elkaar lopend, opgewonden en doodsbang dat ze zouden worden betrapt als een ongetrouwd stel. Ze praatten over haar liefde voor de opera, over goede boeken en over Rome, waar hij wel en zij niet een tijd had doorgebracht.

Hij reed twee keer om het park heen, alsof hij verdwaald was. Toen stopte hij boven op een heuvel van gravel met een goed uitzicht rondom om zijn achterband te checken.

Clean. Of zo clean als maar kon in een plaats waar een wit overhemd door de giftige lucht binnen een maand geel was.

Maryams appartement was in 2nd Street, een doodlopende straat. Dovzhenko parkeerde de Tiba op een bedrijfsparkeerplaats in de 5th, waardoor hij meer dan één ontsnappingsroute had. Daarna liep hij het anderhalve blok naar haar flat en hij genoot van de wandeling. Dankzij de recente regenbuien en het briesje dat vrijwel constant waaide was de lucht hier in het noorden schoner dan in andere delen van de stad.

Dovzhenko liet zichzelf binnen met zijn sleutel. Het appartement was goed uitgerust, zoals de meeste panden op de heuvelhelling. Afval spoelde de heuvel af, zodat bijna alles hier in het noorden van Teheran mooi was. Nog steeds met zijn vochtige leren jas aan liet hij zich in de woonkamer in een stoel vallen en hij stak een sigaret op. Op een glazen salontafel stond een kunstwerk van drijfhout en aan de pas geverfde muren hingen foto's van zeegezichten. Eerst had hij dit vreemd gevonden, want Maryam leek niet veel met water te hebben, en tijdens latere bezoeken vielen hem andere onlogische zaken op. Ze had een keer een paar minuten moeten zoeken voordat ze de kast met haar voorraad toiletpapier had gevonden. En toen kon ze het vijfkruidenpoeder niet vinden. Deze kruidenmix met rozenblaadjes was alomtegenwoordig in de Iraanse keuken en wanneer een vrouw die op de verkeerde plaats zette was dat vergelijkbaar met een Russische vrouw die was vergeten waar ze haar thee bewaarde.

Maryam had ten slotte toegegeven dat dit appartement niet echt van haar was, maar dat ze het mocht gebruiken van een vriendin die op reis was. Nu hij terugdacht aan dat gesprek voelde Dovzhenko zich schuldig omdat hij rookte, dus drukte hij zijn sigaret uit in een stenen asbak naast het kunstwerk van drijfhout. Hij stopte de uitgedrukte sigaret in zijn jaszak, een gewoonte die zijn moeder hem had aangeleerd zelfs al voordat hij aan zijn opleiding was begonnen. Ze had hem beter kunnen waarschuwen dat hij niet moest roken in plaats van dat ze hem leerde bewijzen van zijn aanwezigheid te wissen, zijn speeksel, zijn vaste merk sigaretten – maar dat waren de lessen van een moeder die ook spion was.

Zijn aandacht werd getrokken door een metaalachtig geratel bij de deur. Zijn hand ging naar de 9x18 Makarov in zijn jaszak. Soms voelde hij zich wapentechnisch gezien een beetje in het nadeel vergeleken met de grotere SIG Sauer .45 van de IRG, maar de kleine Makarov was al in gebruik sinds de Koude Oorlog, werd nog altijd verstrekt en hij kon er met dodelijke precisie mee schieten.

Hij ontspande een beetje toen Maryam binnenkwam en de deur met haar fraaie heup dichtduwde. Ze knipte het slot dicht terwijl ze jongleerde met een aktetas en een stoffen tasje vol brood en groenten. Ze was zevenendertig, dus een jaar jonger dan Dovzhenko. Ze droeg een modern donkerblauw broekpak, wijd genoeg om haar welvingen waarvan hij wist dat die eronder zaten te verhullen. Nu het grootste deel van haar lichaam bedekt was keek hij meteen naar haar ogen. Die waren groot en hadden de kleur van bemost agaat; niet echt bruin maar ook niet echt groen. Maryam deed hem denken aan de Amerikaanse actrice Natalie Wood. Haar donkere haar, vochtig door de regen, piekte onder de voorkant van de verplichte hoofddoek uit die paste bij haar blauwe lange broek. *Ya rusari ya tusari*, zei ze vaak: een hoofddoek of een pak slaag.

Hij stond snel op en nam de tassen van haar over. 'Problemen gehad?' vroeg hij.

Ze had niet ver hoeven lopen, maar de zedenpolitie patrouilleerde op deze tijd van de avond vaak in de omgeving van de metrostations en kruideniers. 'Helemaal niet,' zei ze met haar schorre stem die paste bij de aardse intensiteit van haar ogen. 'Ik heb Gershad gebruikt om zonder gemolesteerd te worden langs die stomkoppen te komen.'

Als het niet zo tragisch was, zou Dovzhenko hebben gelachen. Gershad was een app die werd gebruikt om de Gashte Ershad, de zedenpolitie, te ontwijken. De app was vergelijkbaar met mobiele applicaties die waarschuwden voor radarcontroles: gebruikers van Gershad postten de locaties waar ze de vrouwen met chador of agenten in uniform hadden gezien en op die plekken verscheen er een icoon van een bebaarde zedenagent op een plattegrond van de stad. Voor Maryam en andere vrouwen die hun hoofddoek een paar centimeter verder omhooggeschoven wilden dragen of een kop thee met een mannelijke kennis wilden drinken was het even normaal om deze app te gebruiken als een gps gebruiken om een nieuw adres te vinden.

'Ik vond verse komkommer en tomaten, uit de kas, nu het nog zo vroeg in het jaar is, maar ze zien er goed uit.' Ze kuste hem en pakte hem bij de gesp van zijn riem toen hij zich omdraaide om naar de keuken te gaan.

'Wat een koude kleine hand,' zei hij, een citaat uit haar favoriete opera.

Spottend vroeg ze: 'Je weet toch dat Mimì sterft in *La Bohème*?'

'Dat weet ik. Maar ik ben vandaag niet helemaal gelukkig.'

Ze trok hem dichter naar zich toe. 'Heb je dan wel een beetje trek?'

'Niet echt.'

'Ik ook niet,' zei ze. 'Ik heb in elk geval weinig zin in kastomaten.' Ze draaide zich om naar de badkamer, zoals ze altijd deed als ze thuiskwam. Hij zei plagend dat ze al moest plassen zodra ze haar eigen voordeur zag. Toen ze even later de badkamer uit kwam was dat zonder de *rusari* en haar jas. 'Dit is veel beter.' Ze zuchtte en schopte haar schoenen uit terwijl ze zijn hand pakte en hem meenam de slaapkamer in.

21

Later, veel later, lag Dovzhenko met een hand achter zijn hoofd en streek hij met de andere hand over de bobbeltjes van Maryams ruggenwervels.

Ze zat voorovergebogen, met haar armen om de wirwar van lakens die ze over haar knieën had getrokken. Met haar blote schouders zat ze prachtig zichtbaar tot en met de kuiltjes in haar onderrug. Een gegraveerd hangertje hing aan een zilveren ketting tegen haar borsten. Ze stelde meestal prijs op een rustig gesprek, maar nu zweeg ze, wat betekende dat ze aan iets belangrijks dacht.

Dovzhenko bleef haar strelen en gaf haar tijd om na te denken.

Uiteindelijk leunde ze tegen het hoofdeinde van het bed en deed de halsketting over haar hoofd af. Ze liet het hangertje heen en weer zwaaien, alsof ze hem wilde hypnotiseren.

'Weet je wat dit is?'

'Een bloem,' zei hij met een licht schouderophalen. Hij liet zijn hand langs haar zij glijden en raakte haar knie aan.

'Het is een omgekeerde tulp, of eigenlijk een lelie. Ze groeien op de bergen boven ons. We noemen hem *ashk-e-Maryam*: Maryams tranen.' Ze haalde diep en schokkerig adem. 'Ik vertel je dit omdat ik wil dat je me kent.'

Dovzhenko ging ook rechtop zitten en legde een vinger op haar lippen. 'Ik ken je goed genoeg om gelukkig te zijn.'

'Jullie Russen, jullie zijn zo gek op sprookjes dat jullie bang zijn voor het echte leven.'

'Ik meen het,' zei Dovzhenko. 'Ik ken je goed genoeg.'

'Nee,' zei ze en ze trok zich terug. 'Dat is niet zo. Maar ik ken jou wel... en ik weet wat je doet.' Ze rolde opzij om haar sigaretten van het nachtkastje te pakken, opende de metalen koker en stak daarna haar trillende geopende hand uit.

Hij gaf haar zijn aansteker, leunde weer naar achteren en keek haar aan. 'Oké. Wat doe ik dan?'

'Denk je dat ik dom ben?' Ze plukte een stukje tabak van haar lip en blies een rookwolk in zijn gezicht, terwijl ze de aansteker open- en dichtklapte, open en dicht. 'Iedere Rus die zo lang als jij in Iran blijft is een wetenschapper of een spion.' Ze keek hem met een zwakke glimlach aan. 'En jij bent bij lange na niet saai genoeg om een wetenschapper te zijn.'

'Maryam...' Dovzhenko tekende met zijn vinger een cirkel over de holte van haar heup. 'Ik ben gewoon een adviseur van de wetenschappelijke programma's van jullie regering. Ik vertel je de waar...'

Ze praatte zacht, als het gesjirp van een vogel in de verte, maar toch legde ze hem met haar zachte stem het zwijgen op. 'Je zou een fantastische man zijn als je niet zou liegen.'

Opeens kroop ze onder de lakens, meer erop dan eronder. Ze lag nu op haar zij en hield de sigaret in haar gebogen hand, boven haar schouder, terwijl ze hem recht aankeek. 'Jij bent de liefde van mijn leven, maar je hebt een pistool in je jas, een kleine radio en een leren knuppel. Dat lijkt me niet normaal voor een adviseur, zelfs niet in Iran.'

Dovzhenko keek haar verbijsterd aan. 'Dus wat doen we nu?'

Maryams borst streek langs zijn arm terwijl ze zich weer op haar rug liet vallen. Ze bracht de sigaret naar haar mond en staarde naar het plafond. 'Het is beter om geslagen te worden door de waarheid dan gekust te worden door een leugen,' zei ze.

Dovzhenko kreunde. 'Dat is waar.'

Ze keek opzij en keek hem aan. 'Dan is hier de klap.'

'Maryam...'

'Wat weet je van mij?'

'Jij bent een lieve vrouw,' fluisterde hij. 'Je werkt met drugsverslaafden...'

Ze legde een vinger op zijn lippen. 'Ssst... Wees eerlijk tegen me, als dat mogelijk is voor een man met jouw werk. Waar was je vanavond, vlak voordat je naar het appartement kwam?'

'Bij de executies,' fluisterde hij.

Ze knikte peinzend en nam met trillende oogleden een trekje van haar sigaret. 'Dat dacht ik al,' fluisterde ze. 'Dat waren vrienden van me, weet je, die jongens.' Ze kreeg tranen in haar ogen. Terwijl ze opkeek naar het plafond legde ze haar gekromde arm op haar voorhoofd. 'Je moet me arresteren, naar de kelders van de Evin brengen en me vastbinden en verhoren.'

'Iemand alleen maar kennen is geen misdaad,' zei Dovzhenko, zich er goed van bewust dat dat in Iran of Rusland niet zo was.

'Ik maak er deel van uit,' fluisterde ze tegen haar elleboog. 'Van alles. Ik ben voldoende betrokken bij de planning van deze beweging om opgehangen te worden. Even leek het alsof we rechten zouden krijgen, maar met de hulp van de vechthonden van de IRG zal de Guardian Council altijd winnen… wat we ook doen. Ik ben zo moe, lieverd. Die monsters hebben mijn vrienden vermoord, en waarvoor? Omdat ze deden wat duizenden anderen doen. Dus ga je gang, geef me aan en arresteer me… Of nee, schiet me nu dood. Het kan me allemaal echt niets meer schelen.'

Dovzhenko zwaaide zijn benen uit het bed en liep naakt naar de stoel waar hij zijn leren jas aan had gehangen. Hij haalde de radio eruit en zette hem aan. Ze hoorden statisch geruis en gepraat: Sassani en zijn agenten die de straten afschuimden, op jacht.

'*Sepah*!' hijgde Maryam, de gebruikelijke naam voor de IRG. Haar gezicht verstrakte, alsof ze tot nu niet zeker had geweten hoezeer hij betrokken was bij de Iraanse autoriteiten.

Hij duwde de radio naar haar toe. 'Pak maar aan. Je mag jezelf aangeven als je wilt, maar ik zal je nooit aan die beesten overleveren.'

Ze drukte haar sigaret uit in de asbak naast het bed en liet zich huilend terugvallen in de kussens.

Hij kroop tegen haar aan. 'Ik vind het echt heel erg van je vrienden.'

'Heb jij…?'

Hij schudde zijn hoofd. 'Nee, ik ben geen ondervrager.' Hij zei niet dat hij erbij was geweest en bijna elke seconde waarin er bloed vloeide en botten braken had gezien. Ze was te kwetsbaar, nu tenminste. Een paar slagen van de waarheid waren te wreed. 'Waar kende je hen van?'

'Dat vertelde ik je al.' Ze zuchtte. 'Ik maak er deel van uit. Je hebt alle bewijzen die je nodig hebt om me op te hangen. Als ik me in je vergis en jij me aangeeft, zal ik al aan een gebroken hart sterven voordat een strop mijn keel kan aanraken.'

'Dat zou ik nooit doen.' Het verbaasde hem dat de waarheid net zo klonk als de leugens uit zijn verleden.

'Dat maakt niet uit. Deze jonge mensen zijn uitzonderlijk moedig, maar ze hebben leiding nodig, iemand die hen leidt.'

'Zoals Reza Kazem?' vroeg Dovzhenko.

Ze rolde met haar ogen. 'Reza Kazem. Hij zegt de juiste woorden, maar die hebben meer lucht dan inhoud. Iets klopt er niet aan hem, dat kan ik je wel vertellen.'

'Heb je hem ontmoet?'

Ze draaide zich om naar het nachtkastje en pakte haar mobiele telefoon, zodat het laken van haar afgleed. Dovzhenko hield zijn adem in. Ze rolde terug tot ze weer naast hem lag met haar mobiele telefoon in haar handen. Toen toetste ze met beide duimen een wachtwoord in, gevolgd door een langere code om haar foto's te openen.

Hij knikte naar het scherm. 'Je weet toch dat overheidsdiensten die wachtwoorden kunnen omzeilen?'

Ze haalde haar schouders op en gaf hem de telefoon. 'Dat zei ik net, ik ben zo moe dat het me niets meer kan schelen.'

Dovzhenko had behoefte aan een sigaret, maar eerst wilde hij naar de telefoon kijken; niet voor bewijzen, maar omdat hij nieuwsgierig was. Hij lag op zijn rug en hield de telefoon boven zijn gezicht, met zijn schouder tegen die van Maryam terwijl hij de foto's een voor een bekeek. Glimlachende studenten, een boeket lentebloemen, nog meer bloemen. Toen Dovzhenko de vijfde foto zag ging hij rechtop tegen het hoofdeinde geleund zitten. Hij zoomde in om het beter te kunnen zien en keek toen naar Maryam.

'Wat?' zei ze, vol ongeloof. 'Ik zei toch al dat ik hen kende. Ben je nu opeens boos op...'

Hij legde een hand op haar arm, teder, hoopte hij. Maar het joeg haar alleen maar angst aan en ze rukte zich los.

'Deze man.' Dovzhenko draaide het scherm zo dat ze de foto kon zien. 'Heb je hem eerder gezien?'

Ze haalde haar schouders op. 'Kazem? Ja, verschillende keren.'

'Kazem niet, maar die andere. De man die achter Javad staat.'

Ze schudde haar hoofd. 'Erik, je maakt me bang!'

'Deze man is Vitaly Alov, een generaal van de Glavnoye Razvedyvatel'noye Upravleniye, de GRU, de belangrijkste inlichtingendienst van Rusland.'

'Jullie Russen zijn overal. Ik heb niet erg op hem gelet toen ik de foto maakte.'

'Mag ik hier een kopie van?'

'Natuurlijk, maar dat lijkt me niet verstandig. Zal dat geen digitaal spoor nalaten en jou aan mijn account linken?'

Hij keek haar glimlachend aan. 'Heel goed. Maar ik ben niet van plan de foto rechtstreeks naar mezelf te sturen. Ik ga hem posten op een dummy veilingaccount op eBay, niet te traceren naar mij of naar iemand die een connectie met me heeft. Ik zal hem kunnen ophalen zonder hem te downloaden en sporen na te laten.'

'Dat klinkt veel meer naar een spion,' zei Maryam. Ze zat nu naast hem, leunde tegen hem aan met haar armen om zijn elleboog en haar lippen tegen zijn schouder. 'Is deze generaal Alov je baas?'

Hij schudde zijn hoofd en postte de foto van Alov en Kazem. 'Nee. Ik zit bij de SVR. De GRU is een totaal andere dienst.' Hij tikte met de telefoon tegen zijn handpalm. 'Ik snap niet waarom een Russische officier een afspraak heeft met de leider van jouw protestbeweging. Officieel steunt mijn regering de...'

Op het nachtkastje begon Dovzhenko's radio opeens te kraken met statische ruis, zodat ze allebei ontzettend schrokken.

Parviz Sassani's gemene stem was te horen.

Dovzhenko kon Farsi redelijk verstaan, maar toch vertaalde Maryam zijn woorden.

'Eenheden drie en vier, val vanuit het noorden Prioozan binnen. Wij gaan er vanuit het zuiden naartoe en elke ontsnapping voorkomen... Tweede verdieping, nummer...'

Ze keek op naar Dovzhenko en ze zeiden allebei hetzelfde: 'Ze komen hiernaartoe.'

22

‘Ze is vijftien meter bij hen vandaan,’ zei Clark in de radio. ‘Blond haar, korter dan Adara. Witte korte broek tot op haar knieën, zwart T-shirt. Ze krijgt heel veel aandacht.’

‘Ze draagt sandalen,’ zei Jack. ‘Lijkt niet van plan hard te lopen.’

‘Oké,’ zei Clark, met zijn bierflesje vlak voor zijn mond. Voorbijgangers zouden denken dat hij iets tegen Ryan zei. ‘Ik zie Da Rocha nu. Hij komt vanaf de andere kant. Ik zie geen wapens. Ding, Midas, loop alvast zijn kant op voor het geval ze zich opsplitsen als wij de Plaza in gaan. Ik wil Da Rocha in de gaten houden. Adara, Dom, jullie komen rustig deze kant op, maar hou je op de achtergrond. Ik heb nog geen Russische contrasurveillance gezien, maar die is er wel, dat weet ik zeker.’

Jack tikte op de tafel om Clarks aandacht te trekken. ‘Fournier heeft iets bij zich.’

‘Vrienden,’ zei Da Rocha, terwijl hij doelbewust naar de zittende Russen liep. Hij hield zijn handen goed zichtbaar zodat hij iemand die eventueel op de achtergrond toekeek niet zou alarmeren. ‘Wat is de wereld toch klein! Dit is al de tweede keer deze week dat ik jullie zie.’

De twee Russen stonden op, net als de Spanjaard.

Da Rocha’s mond viel open, alsof hij stomverbaasd was. ‘Bedriegen mijn ogen me of is dit Don Felipe Montes?’ Hij zette een halve stap richting de straat, waardoor hij de Spanjaard dwong zich om te draaien en tegen de zon in naar hem te kijken.

Montes keek de Russen bedachtzaam aan. ‘Is deze man een vriend van jullie?’

‘Niet meer dan een kennis,’ zei Da Rocha, waardoor hij het gesprek bleef leiden. ‘En hopelijk een zakenpartner.’ Hij draaide zich om en keek naar Lucile, die een paar stappen achter de Spanjaard was blijven staan. 'Maar ik zal jullie niet langer ophouden. Ik ben hier toevallig, want zo te zien heeft mijn taxi me op de verkeerde plek afgezet. Is de stierenvechtarena hier ergens in de buurt?'

De Spanjaard verbeet een glimlach en wees naar het westen. 'U staat in de schaduw ervan, señor.'

Da Rocha keek die kant op en krabde aan zijn hoofd. 'Ik had gedacht dat-ie groter was. Weet u het zeker? Waar is de ingang?'

Montes rolde met zijn ogen en keek naar de Russen, die nog steeds geen woord hadden gezegd en stapte toen opzij, bij de Russen vandaan. Hij pakte Da Rocha bij de schouder en wees naar een smal, met keitjes verhard voetpad langs de Plaza de Toros.

'Daarlangs?' vroeg Da Rocha.

'Volg de menigte,' zei Montes.

Da Rocha liep weg en keek even naar de Russen alsof hij wilde zeggen: kijk eens!

Lucile liep naar voren, langs de groep mensen op de stoep en raakte Don Felipe aan met haar mobiele telefoon.

De Spanjaard maakte een sprongetje, alsof ze hem een schok had gegeven. Zijn kaak ging op en neer en hij greep naar zijn keel alsof hij te weinig lucht kreeg. Da Rocha schoot hem te hulp en steunde de Spanjaard die onbeholpen terugviel in zijn stoel. De man bleef rechtop zitten, met open ogen en zijn armen slap naar beneden hangend. De mensen aan de tafeltjes om hen heen zouden denken dat de arme man oververmoeid was of onwel was geworden door de felle zon.

Da Rocha gaf klopjes op zijn arm, alsof hij zich zorgen maakte om een vriend.

'Wat hebben jullie gedaan?' vroeg de Rus met de lange bovenlip.

Da Rocha had terecht gedacht dat hij de leider was.

'Een demonstratie,' zei Da Rocha. 'De nieuwste soort schelpdiergif. Niet alle wapentuig moet gezichtsherkenning bevatten, of geavanceerde gps, hoewel ik dat ook heb, mochten jullie dat willen.'

De twee Russen keken nerveus om zich heen. Ze wilden afstand scheppen tussen zichzelf en de dode Spanjaard, maar wisten niet goed wat er hierna zou gebeuren.

'Schelpdiergif?' vroeg de Rus met het vreemde kapsel. 'Hoe zou je kunnen weten of hij daar allergisch voor is?'

Lucile lachte luid. 'Monsieur, iedereen is allergisch voor dit schelpdiergif.'

'Verbazingwekkend,' zei Da Rocha, 'hoe snel het werkte. Vinden jullie ook niet?' Hij legde een visitekaartje op het tafeltje van de Russen. 'We weten allemaal dat jullie op zoek zijn naar iemand met bepaalde vaardigheden en contacten. Ik kan u verzekeren dat een zakendeal met mij u niet teleur zal stellen.' Hij gaf de dode Spanjaard een klopje op de schouder. 'Zoals jullie kunnen zien ben ik bijzonder vindingrijk.'

Clark moest zich concentreren om niet op te springen. 'Blijf waar je bent, allemaal,' zei hij. 'Die man met de baret is net aangevallen. Iemand een schot gehoord?'

Dat had niemand.

'Dit was iets anders,' zei Jack. 'Misschien vergif.'

'Ricine?' opperde Midas.

'Daar ging het iets te snel voor,' zei Clark. 'Maar ze stak hem wel ergens mee. De Russen komen nu in beweging. Da Rocha en die vrouw komen jouw kant op, Adara. Probeer te achterhalen waar ze logeren. Maar let goed op.'

'Moedig,' zei Ding. 'Dit is voor zover we weten de tweede die ze heeft vermoord in het bijzijn van een groot en vijandig publiek.'

'Ja,' zei Clark. 'Zoals ik al zei, blijf heel goed opletten iedereen.' Hij knikte tegen Ryan die een paar euro's op de tafel legde voor hun biertjes.

De Russen liepen in oostelijke richting door de Calle Adriano naar hun hotel, bij de dode local en de stierenvechtarena vandaan. Ze leken hun moordlust kwijt, voorlopig tenminste.

23

Dovzhenko sprong uit het bed en huppelde op één voet terwijl hij zijn lange broek aantrok. Pas toen hij zijn overhemd dichtknoopte realiseerde hij zich dat Maryam zich niet verroerde. 'Wat doe je!?' Hij deed het Vostok-horloge om zijn pols, stapte in zijn schoenen en stopte zijn sokken in zijn zakken; er was geen tijd om ze aan te trekken. 'Sta op! We moeten weg!'

Een lok kastanjebruin haar viel voor een van haar agaatkleurige ogen. 'Jij bent de liefde van mijn leven. Maar als ze ons vinden als we samen zijn, zijn we allebei dood. Mij zullen ze alleen ondervragen.'

'Nee!' Dovzhenko pakte haar bij haar armen en trok haar over de lakens. Ze verzette zich niet, maar hielp ook niet mee; het was alsof hij aan een dode vrouw trok. Hij kon wel janken. 'Ze halen het niet in hun hoofd om een Russische inlichtingenman iets aan te doen. Wij zijn bondgenoten.'

Haar ogen waren halfgesloten, alsof ze sliep of in trance was. 'Je zou ze kunnen vertellen dat ik je gevangene ben. Misschien kun je een beetje zachter met je wapenstok tegen mijn voeten slaan...'

'Waarom doe je dit?' Een snik welde op in zijn keel. 'Kom alsjeblieft met me mee.'

'Waarnaartoe?' Ze trok de ketting, die ze weer om haar hals had gehangen, eraf en gaf die aan hem. 'Ga alsjeblieft. Je móét ontsnappen, zodat ik je weer kan zien, ook al zit ik dan in een cel.'

'Ik laat je niet alleen.'

Ze zuchtte. 'Lieve schat, als je dat niet doet worden we allebei gedood. We hebben alleen een kans als je weggaat. Nu.'

Dovzhenko stopte de zilveren halsketting in zijn zak en gaf haar, geïrriteerd, een harde kus. Daarna schoof hij het achterraam open. 'Ik ben zo terug.' Hij zette zijn radio uit, klom over de vensterbank en strekte zijn lichaam zodat hij op het balkon eronder kon stappen.

Toen deed hij hetzelfde nog twee keer met de balkons op de tweede en eerste verdieping, waarna hij zich de laatste paar meter liet vallen en tussen doornige struiken landde. Een auto scheurde met piepende banden de hoek om 2nd Street in en stopte op de parkeerplaats voor het appartementengebouw.

Dovzhenko rende zonder achterom te kijken tussen donkere appartementengebouwen door en sprong over verschillende hekken heen naar het zuiden, om afstand te scheppen tussen zichzelf en Sassani's mannen. Twee minuten later sloeg hij af naar het oosten, door een wijk met grote vrijstaande huizen, naar zijn geparkeerde auto. In bijna elke tuin werd hij verblind door lampen die dankzij een bewegingssensor aansprongen. Hij kon maar net voorkomen dat hij in een vijver in een van de achtertuinen viel. Nog geen vijf minuten later was hij bij zijn auto en bleef hijgend en met zijn handen op zijn knieën staan. Hij moest echt stoppen met roken. Zijn hand ging naar zijn broekzak.

Zijn aansteker! Hij voelde in zijn jaszak en dacht dat hij zou flauwvallen toen hij zich realiseerde dat zijn aansteker nog in het appartement lag. Sassani zou het Azerbeidzjaanse wapen zeker herkennen.

Toen hoorde hij schoten. Hij onderdrukte een kreet, sprong achter het stuur, startte de kleine Tiba, zette hem in de versnelling en reed in de richting van Maryams appartement en de schoten. Hij wilde het slome autootje dwingen om sneller te rijden.

Hij móést naar binnen en de aansteker pakken voordat Sassani hem ontdekte. Als dat niet lukte zou hij in elk geval het genoegen hebben de klootzak in zijn gezicht te schieten voordat ze hem arresteerden.

Dovzhenko stopte, sprong uit de Tiba en rende de trappen op naar de derde verdieping.

Een jonge IRG-man hield hem tegen bij de deur van het appartement. 'Wat doe je hier?' Dit was de man aan wie hij zijn verrekijker had gegeven, een belachelijk gebaar waardoor hij alleen maar vreemd leek. En in de inlichtingenwereld was vreemd bijna hetzelfde als schuldig.

'Ik kreeg een tip,' zei Dovzhenko, bewust langzamer ademhalend. 'Ik zou jou hetzelfde kunnen vragen.'

'Wij kregen ook een tip.' Sassani beende de hoek om, met de mouwen van zijn kraagloze antracietgrijze overhemd opgerold en met strakke leren handschoenen aan.

Dovzhenko drong langs de bewaker en beet op zijn tong toen hij Maryams arm langs het bed zag hangen. Er stroomde bloed uit haar gebogen elleboog langs haar vingertoppen. Hij beet op zijn wang om te voorkomen dat hij zichzelf verraadde.

'Ik verbaas me, kameraad,' zei Sassani met zijn hoofd schuin. 'Waarom heb je ons niet gebeld?'

'Het was maar een tip,' zei Dovzhenko. 'Ik ben net zo verbaasd om jullie hier te zien als andersom.' Hij liep door de kamer en raakte zo veel mogelijk dingen aan zonder verdacht te lijken. Overal zaten zijn vingerafdrukken. De indruk op de plaid op de bank waarop hij had zitten roken zat er nog in. Hij keek naar de asbak en dacht aan de sigarettenpeuk in zijn zak. Hij en Maryam hadden twee keer met elkaar gevreeën, en zij was niet één keer uit bed gekomen. Het appartement zat onder de bewijzen van zijn aanwezigheid.

Sassani bleef lang naar hem kijken, zoals een hond naar een stuk vlees kijkt waar hij niet bij kan.

'Verzette ze zich?' hoorde Dovzhenko zichzelf vragen. Zijn woorden klonken hol en als vanuit de verte, ook al kwamen ze uit zijn eigen mond. Toen pas zag hij dat een van Sassani's mannen een verband tegen zijn arm drukte.

'Die trut schoot op me,' zei de man.

Bravo, dacht Dovzhenko.

Hij had niet geweten dat Maryam een vuurwapen had. Hij liep de slaapkamer in alsof het huis van hem was, iets waar Russen heel goed in waren. De spionagetraining had hem geleerd zijn emoties te verdringen, om te liegen met zijn ogen om zijn woorden geloofwaardig te laten klinken. Het was verschrikkelijk moeilijk om naar Maryams met kogels doorzeefde lichaam te kijken en hij moest zijn uiterste best doen om gepast geschokt te kijken zonder volledig in te storten.

'Wat een verspilling,' zei hij, terwijl hij zichzelf dwong om naar het bed te lopen zodat hij zijn aansteker kon zoeken. Als die op de grond lag, kon hij wel een manier bedenken om hem onopgemerkt te pakken. Maar als die tussen de lakens lag, was hij de klos.

Hij keek met een oppervlakkige blik, maar zag hem niet. En hij boog zich over het bed, terwijl hij de woede verdrong die hem bijna overmande.

De meeste schotwonden zaten in Maryams borst, maar er zaten er ook twee in haar hals. De lakens en de matras waren doorweekt van het bloed. Maar als hij zijn ogen half dichtkneep en dit afschuwelijke feit negeerde, kon hij zich bijna voorstellen dat ze lag te slapen.

Sassani's blik brandde een gat in zijn nek. Hij sloot zijn ogen en controleerde zijn ademhaling voordat hij zich omdraaide naar de IRG-man.

'Die hoer had iemand bij zich,' zei Sassani. 'Vlak voor onze komst.'

Dovzhenko keek naar de man en speelde met een idee. Het Makarov-pistool had acht patronen in het magazijn en één in de kamer. De kleine 9x18 was krachtig genoeg om de klus te klaren, maar door het kaliber van de meeste pistolen was het een ongeschikt aanvalswapen. Ze hadden vaak tijd nodig om een bedreiging te neutraliseren. Sassani en drie van zijn mannen waren in de slaapkamer. Na twee schoten voor ieder van hen had hij er nog één over. Hij zou Sassani eerst doodschieten, één keer in het gezicht, gevolgd door twee schoten per persoon voor de andere drie. Daarna zou Dovzhenko een tweede kogel in Sassani's maag schieten, zelfs als dat niet nodig was, omdat hij Maryam een hoer had genoemd. Daarna zou hij niet zijn Makarov herladen, maar een van de SIG Sauer .45's pakken en de andere drie IRG-mannen doodschieten als die de kamer binnenkwamen om te kijken wat er aan de hand was. Misschien zou hij zelfs de Russische ambassade bereiken, waar zijn eigen mensen hem zouden arresteren.

'Meneer,' zei een van Sassani's mannen die naast het bed stond, 'kijk hier eens naar.' Hij liet de gouden aansteker zien.

'Dank je,' zei Dovzhenko en hij griste hem uit zijn hand. Alleen bluf en lef konden hem nu redden. Als hij zich schuldig gedroeg zouden ze dat ruiken. 'Die is denk ik uit mijn zak gevallen toen ik het lichaam bekeek.'

Sassani keek hem met half dichtgeknepen ogen aan. Hij zei niets, maar knikte tegen de agent alsof hij wilde zeggen: ga door, we praten later wel.

'Er zal een autopsie worden uitgevoerd, dat doen we altijd,' zei Sassani met een strakke glimlach. 'Zoals ik net al zei, was er iemand bij haar. Een DNA-test zal het ras van haar minnaar uitwijzen.'

'Een verstandig besluit,' zei Dovzhenko. Hij keek naar Maryams levenloze lichaam. Het was een geluk dat de marteling haar bespaard was gebleven waar Sassani en zijn mannen ook voor hadden kunnen kiezen: verkrachting, bastonnade, brandplekken – niets was deze mannen te min.

'Weet je,' zei Sassani, 'zij is niet eens degene die op het huurcontract van dit appartement staat.' Hij wendde zich tot de man die het dichtst bij de slaapkamerdeur stond. 'Hoe heet ze?'

'Maryam Farhad, meneer.'

'O ja, Maryam,' zei Sassani. 'Een vrome naam voor een hoer.'

Dovzhenko voelde zich opeens doodmoe. 'Hoe heb je haar eigenlijk gevonden?'

'Zoals ik al zei, door een tip, net als jij. We hadden geluk. Ik vind dat we met de eigenaar moeten praten, vind je niet?'

'Heel verstandig.' Dovzhenko kreunde inwendig. Hij had Maryams vriendin nooit ontmoet, maar wist nu dat hij haar moest zoeken om haar te waarschuwen. 'Ik moet pissen,' zei hij. 'Ik zal niets aanraken.'

'Ga je gang,' zei Sassani. 'Pis maar. Ik vind het prima.'

Dovzhenko draaide zich om om naar de wc te lopen, maar bleef bij de slaapkamerdeur staan alsof hij niet precies wist waar de wc was. Maryams jas lag op de grond waar ze hem eerder die avond had laten vallen. Even later trok hij de wc door en maakte gebruik van het geluid van het spoelwater om het gerinkel van haar sleutels te overstemmen toen hij haar jas opraapte en haar geur opsnoof terwijl hij zijn tranen weg knipperde. Hij vermande zich, vond wat hij zocht in de zak en legde de jas daarna voorzichtig weer op de grond.

'Wat is er aan de hand?' vroeg Sassani toen Dovzhenko de wc uit kwam. Hij grijnsde nog steeds. 'Je ziet eruit alsof het gewicht van de hele wereld op je schouders rust, mijn vriend.'

'We zijn geen vrienden,' zei Dovzhenko.

'Dat wordt me met de minuut duidelijker. Maar waarom eigenlijk niet? Omdat ik een hoer heb vermoord?'

'Die daar?' Dovzhenko herinnerde zich op tijd dat hij een spion was en voegde er spottend aan toe: 'Zij betekent niets. Ons werk is onaangenaam en soms moeten we onaangename dingen doen. Het verschil is dat jij daar te veel plezier in hebt.'

Hij draaide zich om, liet de IRG-mannen staan en liep naar de deur. Hij kon nu nog maar één ding doen, iets wat hij, als hij eerlijk was, al enige tijd had overwogen. Maar eerst moest hij een vrouw vinden, Ysabel Kashani.

24

Mandy Cruz overwoog 'op blauw te gaan' en het knipperlicht te activeren om de vierenveertig andere *watch-standers* in de kleine aanbouw te laten weten dat ze haar bureau verliet om naar de wc te gaan en dat zij op hun post moesten blijven. Het State Department Operations Center – het Operatiecentrum van het ministerie van Buitenlandse Zaken, meestal Ops genoemd – zat in dezelfde gang als het kantoor van de minister, iets verderop, achter twee matglazen deuren en twee gewapende bewakers. In de onduidelijke wereld waar de diplomatie en de inlichtingendiensten in elkaar overliepen, werden geheimen apart bewaard achter ontelbare sloten. En Ops bezat een van de grootste sleutelringen van de overheid. De watch-standers waren telefonisten, *dispatchers*, facilitators, probleemoplossers en dappere rechercheurs die waren opgeleid om door te gaan met een opdracht tot die was uitgevoerd. Als de minister een bepaalde ambassadeur die niet gelokaliseerd kon worden wilde spreken, zocht iemand van Ops uit waar hij squashte, waar zij golfde of in welk hotel hij of zij genoot van een uitgebreide lunch met zijn of haar geliefde. Cruz had via de telefoon meer dan eens een zware ademhaling gehoord wanneer ze de gezochte eindelijk te pakken had. Maar dat kon haar niets schelen. Mensen mochten hun eigen leven leiden. Het was haar werk om op te nemen als ze belden, hen te vinden als ze nodig waren en hen door te verbinden met de baas.

Nog maar een kwartier geleden had Cruz de S van de Secretary of State – de minister van Buitenlandse Zaken – op haar computerscherm in een box laten vallen met het icoon van de minister van BuZa van Zuid-Korea, waardoor ze het gesprek doorverbond. Iemand anders maakte aantekeningen van het gesprek, maar over het algemeen kon Cruz wel raden wat er aan de hand was door de informatie die ze op haar bureau kreeg. Vijf minuten na het telefoongesprek met Korea was de box van minister Adler in het icoon gevallen van de minister van BuZa Tinubu van Nigeria. Twee minuten daarna had de groepssupervisor een speciale Kameroen Task Force ingesteld en iedereen van Ops gebrieft. Cruz was van haar gebruikelijke werk gehaald om zich te kunnen bezighouden met de overname van de ambassade.

Negen minuten nadat het Kameroen Task Force was ingesteld en geactiveerd, piepte Cruz' headset. Ze klikte met haar muis om het gesprek aan te nemen.

'Hallo, Ops!' zei de stem aan de andere kant van de lijn, opgelucht. 'Special agent Adin Carr in Yaoundé, Kameroen. De ambassadeur is in veiligheid. Ik bel met een gestolen mobiele telefoon, dus is deze lijn niet, ik herhaal niet veilig.'

Cruz klikte op een ander icoon op haar beeldscherm, waardoor ze haar groepssupervisor erop attent maakte dat ze een prioritybeller aan de lijn had die iets met het Kameroen Task Force te maken had.

'Special agent Carr,' zei Cruz, 'ik verbind u meteen door met de minister.' Ze verbond de iconen met elkaar, maar bleef zelf aan de lijn. Het gesprek zou worden opgenomen, maar in deze situatie moesten alle betrokkenen aan de lijn blijven om te voorkomen dat het gesprek werd verstoord of helemaal afgebroken.

De minister kwam even later aan de lijn en stelde de vraag die de agent zeker wilde horen. 'Adin, met Scott Adler. Wat heb je als eerste nodig?'

De stafchef van de president, de ministers van Defensie en BuZa, en de Directeur Nationale Veiligheid stonden zo roerloos mogelijk midden in het Oval Office met hun leren map in de hand.

'Ze verplaatsen haar,' zei Adler. 'Carr belt ons zo snel mogelijk terug.'

Ryans bureautelefoon zoemde en Betty's stem klonk door de luidspreker: 'Meneer de president, ik heb president Njaya van Kameroen aan de lijn.'

Ryan zette de telefoon op de speaker. 'François, bedankt dat je mijn gesprek aanneemt.'

'Natuurlijk, meneer de president. Ik hoor uiterst verontrustende berichten.'

'Dat is nogal zacht uitgedrukt, François.' Ryan kwam meteen ter zake. 'Ik wil dat mevrouw Porter onmiddellijk wordt vrijgelaten. Nadat ze in veiligheid is, kunnen we het over de ambassade hebben.'

'Dat begrijp ik, Jack,' zei Njaya. 'Ik maak me ook zorgen over de veiligheid van mevrouw Porter. De militairen die haar hebben gegijzeld hebben zich tot nu toe ingehouden, maar ik weet niet hoe lang dat zo blijft.'

'Wat hopen ze hiermee te winnen, François?' vroeg Ryan om het zinloze spelletje mee te spelen. 'Jouw leger heeft een aanval uitgevoerd op Amerikaans grondgebied.'

Njaya snoof. 'Jack, ik zou niet zover willen gaan en zeggen dat het een aanval was...'

'Je moet het van mijn kant bekijken.'

'Dat begrijp ik,' zei Njaya. 'Ik bestrijd niet dat jullie ambassade Amerikaans grondgebied is. De mannen die de ambassade hebben omsingeld zijn alleen kwaad over de agressie tegen de soevereiniteit van Kameroen. Ik weet zeker dat dit allemaal opgelost kan worden.'

'Heb je al ontdekt waarom dit is gebeurd?' vroeg Ryan. Njaya wist precies waarom. Het was misschien een eigen leven gaan leiden – dat was meestal zo in situaties met opstandige militairen – maar Njaya had hier zeker opdracht voor gegeven. Ryan wilde hem niet in de kaart spelen. Nog niet.

'Daar heb ik volgens mij wel een antwoord op,' zei Njaya. 'Een leraar op een middelbare school hier in Yaoundé zag jouw uiterst verontrustende video op internet. Je bent een slimme man, Jack,' zei Njaya, voor het eerst met een vijandige klank in zijn stem. 'Misschien moeten we ophouden met spelletjes spelen. In deze video zweer je dat je generaal Mbida en de Anglophone Cameroonians zult steunen. Hoe kún je zoiets doen, meneer de president? Ik had meteen contact met je willen opnemen om dit uit te zoeken, maar zodra mijn supporters deze video hadden gezien kwamen ze op eigen houtje in actie. Het zal wel even duren voordat ik de rust heb kunnen herstellen.'

'Die video is natuurlijk bewerkt,' zei Ryan. 'Je kunt niet alles wat je op internet ziet geloven. Dat weet je toch zeker wel, François?'

'Kom nou, meneer de president. Het is jouw gezicht en jouw stem.'

'Laat je mensen de metadata maar eens bekijken. Zij zullen me gelijk geven.'

'Dat ga ik doen,' zei Njaya.

'En je leger? Wat gaan de militairen doen? Maar voordat je deze vraag beantwoordt wil ik je eraan herinneren dat de vs al jaren je partner is tegen Boko Haram.'

'Zoals ik al zei, meneer de president, ik weet zeker dat we... dat ze dit heel snel oplossen. Ondertussen zal ik alles doen om hier een eind aan te maken zodra jouw ambassadepersoneel Mbida naar buiten stuurt.'

'Er is een groot verschil tussen iemand die asiel aanvraagt en iemand die tegen haar zin wordt vastgehouden. Voordat we iets anders bespreken moet mevrouw Porter worden vrijgelaten.'

'Maar ik weet niet waar ze is,' zei Njaya, zijn dubbelhartigheid amper verbergend. 'Jij wel, meneer de president?'

'François,' zei Ryan met opeengeklemde kaken, 'ik kan me niet voorstellen dat die losgeslagen leden van je leger de Verenigde Staten als hun vijand willen.'

'Volgens mij ben jij degene die zich niet nog een vijand kan permitteren. Gezien alle andere zaken waarmee je bent geconfronteerd, zoals de griep en het verlies van het vertrouwen van het publiek, neem ik aan dat je deze ongelukkige gebeurtenis snel zult willen oplossen, voordat er doden vallen.'

'François,' zei Ryan, witheet nu, 'ze willen me absoluut niet uitdagen.'

'O, meneer de president.' De genietende glimlach was hoorbaar in Njaya's stem. 'Een van je eigen senatoren heeft je er al van beschuldigd dat je iedereen die het niet met je eens is bedreigt.'

Ryans gezicht vertrok.

Mary Pat Foley, de enige in het vertrek die de moed had hem op dit moment te benaderen, liep naar hem toe en legde een hand op zijn arm om hem haar steun te betuigen.

Ryan wimpelde haar af en knikte dat het oké was.

Njaya, niet op zijn gemak door de stilte, zei: 'Ik had hier echt niets mee te maken, Jack.'

'Dat begrijp ik,' zei Ryan. 'En ik verzeker je, François, er is hulp onderweg. Je hoeft dit niet alleen op te lossen.'

'Jack, handel alsjeblieft niet eenzijdig.'

'O, maar dat doe ik niet, hoor. Helemaal niet. Onze landen hebben al jaren een overeenkomst om elkaar te helpen met de strijd tegen Boko Haram. Je hebt ons al uitgenodigd.'

'Kom op, Jack...'

'De verbinding wordt slechter, François.' Ryan verbrak de verbinding, haalde diep adem en legde zijn handen plat op zijn bureau.

'We zijn al vijf uur geleden aangevallen en tot nu toe hebben we, wat... twee drones en één DSS-agent ter plaatse? Ik wil dat jullie allemaal nadenken over onze opties. Alles wat mogelijk is: DevGru, oftewel SEAL Team Six, Delta, het 82nd Airborne... verdomme, een complete Marine Expeditionary Force. Laten we Task Force Darby naar het zuiden sturen. Ik wil alles doen wat nodig is om deze vrouw veilig vrij te krijgen en onze ambassade te beschermen. Ben ik duidelijk?'

Van Damm zei: 'De Hostage Recovery Fusion Cell is...'

Ryan schoof zijn stoel naar achteren, haalde diep adem en zei: 'Arnie, ik snap wel dat zij nodig zijn, maar ik wil actie. Gecoördineerd, dat wel, maar niet slechts gecoördineerde planning.'

'Begrepen,' zei Van Damm.

'Uitstekend.' Ryan stond op en trok zijn colbert aan. 'Ik sta achter jullie.'

'Meneer de president,' zei Foley, terwijl de anderen het vertrek verlieten om naar de Situation Room te gaan. 'Kan ik u even spreken?'

Ryan glimlachte. 'We zijn al zo lang bevriend dat ik kan zien dat je een interventie wilt uitvoeren. Je wilt niet dat ik ernaartoe ga en Kameroen bombardeer omdat Njaya een kruiperige klojo is.'

'Dat dacht ik wel even, Jack,' zei Foley. 'En eerlijk waar, niemand van ons zou je dat kwalijk nemen. Maar dat is nu niet het juiste om te doen.'

Ryan grinnikte even. 'Mijn vader zei altijd dat boos zijn vergelijkbaar is met traplopen. Je raakt buiten adem, hoe goed je conditie ook is. Maar het gaat erom hoe snel je herstelt. Ik word misschien wel witheet, maar kook echt niet over.' Hij kneep zijn ogen tot spleetjes. 'Dus als ik al geweld gebruik tegen François Njaya en zijn leger, kan ik je beloven dat ik bijzonder gewelddadig zal zijn... maar volkomen emotieloos.' Hij wees naar de deur. 'Ga nu maar en hou het HRFC onder controle tot ik er ben. Ik kom er zo aan.'

Zodra Ryan alleen was keek hij langs zijn eigen spiegelbeeld in het middelste raam achter zijn bureau naar de South Lawn.

Hij ging daar nooit zitten als er anderen in het Oval Office waren, en al helemaal niet als dat de fotograaf van het Witte Huis was. Dat herinnerde te veel aan JFK, maar het was verdomme wel een goede plek om na te denken.

Behalve dat Ryans vader boos worden had vergeleken met traplopen, had hij zijn zoon ook altijd aangespoord om goed te kijken naar wat zijn woede had veroorzaakt en toe te geven dat hij meestal kwaad op zichzelf was. De simpele waarheid was dat Njaya, ondanks zijn geglunder, gelijk had. Ryan bevond zich in een lastige positie. De griep, de overstroming in het zuidoosten met de daardoor veroorzaakte volksgezondheidsproblemen, die kwestie met Michelle Chadwick en nu een belegerde ambassade – al die zaken samen vormden een enorme bedreiging. De Verenigde Staten hadden veel vijanden die niets liever deden dan toekijken hoe het land uit elkaar viel om daarna de stukken bij elkaar te vegen.

'Eén ding tegelijk, Jack,' zei Ryan tegen zijn spiegelbeeld. Hij had capabele mensen die zich bezighielden met de griepepidemie en de overstromingen. Minister Dehart was op weg naar Louisiana om verslag te kunnen doen. Daardoor bleef Kameroen over, met een diplomatieke veiligheidsagent die zich letterlijk in de struiken schuilhield plus twee MQ-9 Reaper-drones boven de locatie.

'Drones,' zei Ryan. Laag en langzaam, maar ze deden wat ze moesten doen.

Sommige mensen zeiden dat drones oorlog acceptabel maakten... te gemakkelijk voor politici. Als ze het leven van Amerikanen konden redden, had Ryan daar geen moeite mee. Maar het kon nooit acceptabel zijn om Amerikanen opdracht te geven zich in een gevaarlijke situatie te begeven. Elke bom die werd gegooid en elke trekker die werd overgehaald, veroorzaakte schade, aan beide kanten van het wapen. Opdracht geven voor meerdere doden, of zelfs maar één, zou nooit gemakkelijk mogen zijn. Sommige mensen moesten sterven, maar Ryan was niet iemand die dat uitstelde. Jack Ryan was niet overdreven aarzelend: hij had het liever achter de rug, wat het ook was.

Adin Carr zat gehurkt achter de verroeste box van een oude oplegger naast de man die hij had moeten beschermen. Ze keken naar vier soldaten die, gewapend met Franse FAMAS-geweren, aan de westelijke rand van de stad mevrouw Porter een vervallen pakhuis in stuurden. Voor de verplaatsing hadden ze een stoffen zak over haar hoofd getrokken en haar handen op haar rug geboeid. De kennelijke leider van de groep met de kale plek op zijn hoofd die een aantrekkelijk doelwit leek, gaf haar een duw waardoor ze op haar knieën viel.

Carr moest ambassadeur Burlingame die uit hun schuilplaats wilde rennen tegenhouden. 'Geduld, meneer,' fluisterde hij.

'Ik dacht dat u zei dat u in actie wilde komen,' zei Burlingame. 'Laten we dat dan ook doen.'

'Dat doen we ook, meneer. Maar we moeten het slim aanpakken. Deze mannen zijn in de meerderheid en beter bewapend dan wij. De kans is groot dat mevrouw Porter wordt gedood als we zonder plan en zonder back-up in de aanval gaan. Hoe graag ik er ook al schietend op af wil gaan, we moeten dit melden en Ops vertellen waar ze is zodat zij de cavalerie kunnen sturen.'

'Wie sturen ze, denkt u?' vroeg Burlingame met zijn blik op het pakhuis gericht. 'FBI Hostage Recovery, Navy SEALS?'

'Kent u dat oude verhaal over de oprichting van de HRFC?'

Burlingame schudde zijn hoofd.

'De directeur van de FBI keek naar een demonstratie van Delta en toen hij hun uitrusting zag viel hem op dat ze geen handboeien bij zich hadden. Toen hij vroeg waarom niet, zei een van de Delta's: "We schieten twee kogels in hun voorhoofd. We hebben geen handboeien nodig." De FBI heeft het HRFC weliswaar opgericht, maar zij hebben wel handboeien bij zich.'

'In dat geval,' zei Burlingame terwijl hij naar Kale Plek keek die mevrouw Porter overeind trok, 'denk ik dat ze Delta sturen.'

25

Erik Dovzhenko's ruitenwissers hadden geen intervalschakelaar. Ze deden het gewoon als ze daar zin in hadden en veegden af en toe zoveel regen weg dat hij meestal genoeg kon zien om door te rijden.

Dovzhenko wreef onder het rijden met zijn duim en wijsvinger in zijn ogen, alsof hij de mist in zijn hoofd wilde wegvegen. Hij was rechtstreeks van Maryams appartement naar het internationale vliegveld Imam Khomeini gereden. Tussen zijn vergeefse pogingen door om Ysabel Kashani te bellen en haar te waarschuwen, stompte hij met zijn vuist op het stuur en brulde tegen de voorruit.

Ze nam niet op.

Highway 7, de belangrijkste noord-zuidverbinding door Teheran, was relatief druk voor dit late uur. Hij probeerde de trage auto sneller te laten rijden omdat hij wilde opgaan in de rivier rode achterlichten en toeterend verkeer. Na een tijdje kreeg de chauffeur van een kraanwagen, die veel leek op de kranen die waren gebruikt om de studenten op te hangen, medelijden met hem en nam gas terug om hem te laten passeren.

Hij had Ysabel Kashani nooit ontmoet, maar hij had Maryams kant van het gesprek kunnen horen als ze met haar belde en hij wist dat dit het juiste nummer was. De IRG zou dit nummer uiteindelijk via Maryams telefoongesprekken achterhalen. In Rusland zou het niet moeilijk zijn om dergelijke informatie te verkrijgen, en Dovzhenko nam aan dat dit in Iran niet veel anders was, want de Iraniërs hielden alles goed in de gaten. Hij sloeg weer op het stuur, zo hard deze keer dat zijn hand pijn deed. Je kunt niet vluchten voor een kanker die even alomtegenwoordig was als de Sepah. Ze hadden connecties in elk overheidskantoor, in vrijwel elke onderneming en ook in de meeste families dankzij de onderlinge verwevenheid van de Iraanse society die *dowreh* werd genoemd. De IRG had een vinger in elke pap.

Het had geen zin om terug te gaan naar zijn appartement. Dovzhenko had alles bij zich wat hij nodig had: zijn Russische diplomatieke paspoort en geld. De rest kon hij kopen of stelen.

Het was beter om in beweging te blijven en Iran zo snel mogelijk te verlaten. Dat betekende dat hij zijn post verliet. Hij kon ziekte voorwenden.

Beste kameraad chief of station, ik ben veel te ziek om te kunnen blijven werken, doordat mijn dissidente Iraanse vriendin door onze corrupte bondgenoten is vermoord.

Nee. Spionnen meldden zich niet ziek.

En die kwestie met generaal Alov, wat die ook was, maakte de zaak er nog moeilijker op: een hoge officier van de generale staf van de GRU die een bespreking had met de mensen die probeerden de regerende moellahs omver te werpen. Mensen waren doodgeschoten omdat ze in veel minder vreemde situaties waren beland.

Dovzhenko wist dat het de hoogste tijd was om te vertrekken, niet alleen uit Iran, maar ook uit de SVR, en uit Rusland. Maar afvalligheid was niet eenvoudig. Zelfs als hij het emotionele trauma door het vertrek uit zijn eigen land niet meerekende, zouden de Amerikanen hem niet vertrouwen. Ze zouden hem beschouwen als een *dangle* – een dubbelagent die was uitgezonden om misinformatie te verspreiden. En trouwens, wat had hij hun te bieden? De Amerikanen zouden iemand willen die ze konden vertrouwen, geen mislukte spion die was betrapt op een affaire met een dode Iraanse dissidente.

Er werd getoeterd, wat hem uit zijn angstige verdoving rukte. Hij keek opzij en in het licht van de koplampen zag hij in een flits de witte tanden van de chauffeur van een zwarte auto die vloekte en woedend met zijn vuist zwaaide. Hij dacht overal IRG-agenten te zien: zijn handen op het stuur verkrampten, zo was hij geschrokken omdat ze hem zo snel hadden gevonden. Toen gaf de zwarte auto gas; het was gewoon een andere chauffeur op Highway 7 die nijdig was omdat Dovzhenko naar zijn rijbaan was gezwalkt.

Dovzhenko streek met zijn ene hand over zijn gezicht en hield zijn andere hand op het stuur van de Tiba. Hij zakte dieper weg in zijn stoel en concentreerde zich op de weg. Hij kon het zich niet permitteren om nu een ongeluk te krijgen, of om door een verkeersagent aangehouden te worden voor afwijkend rijgedrag. Maar hij kon niet stoppen. Een terriër als Parviz Sassani zou hem meedogenloos achtervolgen. Als hij nu stopte, ook al was het maar heel even, om na te denken, om een plan te beramen, zou hij Sassani de helft van zijn werk uit handen nemen.

Sassani zou nog een paar uur druk in de weer zijn met het laatste deel van het onderzoek van Maryams appartement. Ze was naakt, iets wat veel van deze mannen niet vaak te zien kregen. Hij snikte gekweld. Ze zouden er rustig de tijd voor nemen om bewijzen te verzamelen en lugubere foto's te maken, zogenaamd omdat ze grondig te werk wilden gaan. De meest godvruchtige aanhangers van een religie, was Dovzhenko opgevallen, waren vaak de laatsten die zich realiseerden hoe pervers ze eigenlijk waren.

Hij liet de Tiba achter te midden van honderden even lelijke auto's op Parkeerplaats 3 ten westen van het felverlichte Novotel Airport Hotel, nadat hij de Makarov en zijn radio in de kofferbak had gelegd. Hij ging via de luchtbrug door het metrostation naar de hoofdterminal, waar een vermoeid uitziende man bij de ticketbalie van Emirates de noodzakelijke toetsen indrukte zodat hij de eerstvolgende vlucht naar Dubai kon nemen.

Lastminutevluchten van mensen zonder bagage die contant betaalden waren een zeker teken van iets illegaals, dus ging Dovzhenko langzamer lopen en deed hij alsof hij de jager was in plaats van de opgejaagde, alsof hij iemand volgde en die vlucht daarom gewoon moest halen. Hij nam de arrogante houding aan die tijdens de SVR-training goed werd aangeleerd: de houding die uitstraalde dat je iets zeer belangrijks moest doen en dat het uiterst gevaarlijk was om te weten wat jij wist. De *ticket agent* bekeek zijn diplomatieke paspoort, las tussen de regels door – ook al was dat niet juist – en gaf hem zijn instapkaart, zodat Dovzhenko kon doorgaan met de jacht op de schoft die hij achternazat.

Hij kwam snel door de security, hoewel de controleurs zeer alert waren vanwege de recente studentenonlusten én door de altijd aanwezige dreiging van Jundallah-terroristen voor een onafhankelijk Beloetsjistan.

De vlucht naar Dubai zou iets na één uur 's nachts vertrekken, waardoor hij twee uur moest wachten voordat hij een vlucht naar Kaboel kon nemen. Hij kon zich niet herinneren wanneer hij voor het laatst iets had gegeten. Door de ophangingen had hij het gevoel gehad dat iemand hem een stomp in zijn maag had gegeven waardoor hij onmogelijk had kunnen eten. Hij en Maryam hadden wel willen eten, maar toen…

Hij moest iets eten, ook al had hij geen trek. Omdat de meeste winkels gesloten waren, besloot hij te wachten tot hij in Dubai was. Het vliegveld was een rumoerige culturele wirwar die bijna, maar net niet helemaal islamitisch was. Zoals Las Vegas bijna, maar net niet helemaal Amerikaans was. Of misschien waren beide plaatsen het echte gezicht van de cultuur en waren de rest van de Verenigde Arabische Emiraten en de Verenigde Staten van Amerika de façade.

Met Dovzhenko's diplomatieke paspoort mocht hij bijna alle landen binnen zonder visum, maar er zou wel een aantekening van worden gemaakt. In Dubai waren camera's echter alom tegenwoordig; duidelijk zichtbaar of verstopt achter het virtuele aquarium bij de paspoortcontrole – overal waren gezichtsherkenningsscanners. Dovzhenko was voorzichtig, maar eigenlijk kon hij weinig meer doen dan er het beste van hopen. Het zou Sassani tijd kosten om een formeel onderzoek bij zijn meerderen in te dienen en daar bewijzen voor nodig hebben. Of niet? Tenzij de chief of station Dovzhenko's afwezigheid beschouwde als het bewijs dat hij ergens schuldig aan was. In dat geval zou hij worden gearresteerd zodra hij uit het vliegtuig stapte, of misschien zelfs al voordat het toestel was opgestegen.

Daar was niets aan te doen. Dat was gewoon nog een reden om niet te treuzelen.

Afwisselend vervloekte hij zichzelf omdat hij Sassani niet had doodgeschoten toen hij daar de kans toe had gehad en troostte hij zich met de gedachte dat hij in leven moest blijven om Ysabel Kashani te waarschuwen. Sassani zou alles op alles zetten om haar te vinden en te weten te komen wat haar relatie met Maryam was. Dat was zijn werkwijze, van de ene vriend naar de andere, van kennis naar kennis, en hij gebruikte zijn zwepen en gasbranders om de volgende persoon te vinden die misschien iets met deze opstand te maken had. Het leek wel alsof vrouwen de menigte tegenwoordig aanvoerden. Ysabel Kashani was een vriendin van Maryam én ze was een vrouw, en dus twee keer zo verdacht. Al was het enige waaraan ze zich schuldig had gemaakt dat ze haar vriendin in haar appartement liet wonen.

Dovzhenko had een paar foto's van Kashani gezien, maar wist verder weinig van haar. Hij wist alleen dat ze uit een rijke familie kwam en dat zij en Maryam vriendinnen waren. Hij nam aan dat de twee vrouwen elkaar hadden leren kennen op de universiteit of in het afkickcentrum. Beide vrouwen hielpen mensen die verslaafd waren geraakt aan de golf opiaten die het land vanuit Afghanistan binnenstroomde. Kashani was op dit moment in het buitenland, ze deed iets met het UNODC (Office on Drugs and Crime van de Verenigde Naties). Maar toch was ze nog altijd binnen bereik van de IRG. De Sepah had mannen in het hele Midden-Oosten, Afrika en Azië: Dubai, Damascus, Pakistan en zeker het westen van Afghanistan. Uitgestrekte netwerken van betaalde informanten die hen in contact brachten met zo ongeveer iedere douanier in het Midden-Oosten en Centraal-Azië.

Wat ze niet hadden was Maryams notitieboekje.

Ysabel Kashani's adres stond in grote letters op de tweede bladzijde, samen met verschillende telefoonnummers. Haar kantoor in het UNODC bevond zich in een buitenwijk van Herat, ruim honderdvijftig kilometer van de grens met Iran. De regering in Teheran zou wel een registratie hebben van haar baan, maar zoals in elke bureaucratie zou Sassani eerst moeten weten wáár hij moest zoeken om dat te kunnen vinden. Als Dovzhenko haar vond voordat ze een grens overstak of bij een andere controlepost kwam waar haar paspoortnummer in een computerbestand werd ingevoerd, kon hij haar het land uit krijgen.

Dovzhenko ging in een plastic stoel zitten en wachtte tot hij kon boarden. Dat zou niet lang meer duren. Hij zou eerst naar Dubai vliegen en dan naar Kaboel waar hij, zelfs met zijn diplomatieke paspoort, een verklaring zou moeten geven voordat hij de laatste vlucht van één uur naar Herat kon nemen. Hij was daar al vaker geweest, verschillende keren, om namens de Russische regering toezicht te houden op de transfer van wapens voor de Taliban.

In Afghanistan was het vaak wel moeilijk om voldoende voedsel of medicijnen te vinden, maar door de jaren van oorlog gold dat niet voor wapens. Dovzhenko twijfelde er niet aan dat hij een vuurwapen zou vinden; misschien wel van de Taliban. Guerrillastrijders gaven meestal de voorkeur aan geweren, maar als de prijs goed was zouden ze alles hebben, van oude Chinese granaten tot Claymoremijnen. En er zouden pistolen bij zitten, misschien een Amerikaanse Beretta, maar zelfs een oude Tokarev zou goed zijn.

Dovzhenko sloot zijn ogen. Hij was te uitgeput om helder na te kunnen denken, maar te verdrietig om te kunnen slapen. Hij verdrong zijn tranen en vermande zich terwijl hij het notitieboekje doorbladerde. Hij kreeg een brok in zijn keel zodat hij bijna geen adem meer kreeg toen hij Maryams keurige handschrift zag, het handschrift van een architect of misschien van een docent. Hij streek met zijn vingertop over Ysabel Kashani's mobiele nummer. In foutloos Iraans stond eronder iets over een tweede contact. Haar moeder? Dovzhenko klapte het boekje dicht en sloeg er zenuwachtig mee op zijn knie. Ysabel zou niet moeilijk te vinden zijn. Sassani zou haar familie gemakkelijk kunnen identificeren en hun dan met een smoesje vragen waar ze was. Hij kon zeggen dat hij ergens met haar over moest praten. Ze verborg zich niet. Ze had niets verkeerds gedaan, dus had ze niets te vrezen. Om geen argwaan te wekken zou een van Sassani's vrouwelijke soldaten dat doen en zeggen dat ze een oude vriendin was.

De luidspreker boven zijn hoofd klikte en kraakte vervolgens met een amper verstaanbare oproep vanaf de gate dat de eerste passagiers konden instappen. Als hij Kashani's tweede contactpersoon wilde waarschuwen, zou hij dat snel moeten doen. Hij was zo diep in gedachten verzonken dat hij de telefoon bijna liet vallen toen die begon te zoemen.

Het was Sassani.

Dovzhenko nam snauwend op, omdat hij normaal wilde klinken. 'Het is al laat.'

'Dat is waar,' zei de IRG-man. 'Een drukke nacht voor ons beiden, nietwaar?'

'Inderdaad.' Dovzhenko keek om zich heen en had opeens het gevoel dat er duizenden ogen op hem gericht waren. Hij keek naar zijn borst, half verwachtend het rode puntje van een laserwapen te zien.

'Waar zit je?' vroeg Sassani. 'Ik had gehoopt dat je me ergens mee kon helpen.'

Dit was nooit eerder gebeurd.

Er was een grote kans dat Sassani op dit moment in zijn appartement stond, dus vertelde Dovzhenko een minder te controleren leugen. 'Ik ben een stukje gaan rijden.'

Aan de overkant van de wachtruimte bracht de man bij de gate de microfoon naar zijn mond voor een nieuwe oproep om in te stappen. Dovzhenko liet de telefoon zakken en drukte de muteknop in voordat de stem door de luidsprekers schalde.

'Jammer,' zei Sassani, nog steeds nietsvermoedend. 'Ik ben onderweg naar de autopsie van die dode hoer. Dit leek me een goede kans om iets van jouw wetenschappelijke ervaring te leren.'

Maryams autopsie. De ruimte begon hem in te sluiten en even kon hij geen woord uitbrengen.

'Ben je er nog?' vroeg Sassani.

Dovzhenko drukte de muteknop weer in en zei: 'Sorry.' Hij moest zich tot het uiterste concentreren om zijn gevoelens niet te laten blijken. 'Ik had even geen verbinding meer. Een kans waarvoor?'

'Je kennis en ervaring,' zei Sassani luchtig. 'Maar we redden het ook wel zonder je. Ik wilde je gewoon uitnodigen, voor het geval je geïnteresseerd was. Mocht je je bedenken, het ziekenhuis staat aan Valiasr Street. Ik vind dat autopsies altijd ontzettend veel duidelijk maken.'

'Ik ben kapot,' zei Dovzhenko moeizaam.

'De volgende keer dan,' zei Sassani. 'Welterusten, kameraad Erik.'

Dovzhenko verbrak de verbinding. De IRG kon zijn telefoon ook wel traceren zonder dat hij in gesprek was, maar dit zou het zeker gemakkelijker maken.

Terwijl Dovzhenko naar de gate slenterde toetste hij Ysabel Kashani's nummer in en vroeg zich af of Sassani gemachtigd was om een vliegtuig zodra het in de lucht was te laten keren.

Nadat de telefoon drie keer was overgegaan nam een vrouw op.

'*Balay*,' zei ze mompelend, alsof ze diep had liggen slapen.

Dovzhenko sprak redelijk Farsi, maar zijn Russische accent was hoorbaar waardoor zijn stem erg grimmig klonk. 'Ysabel Kashani?'

De stem zei zachter: 'Ysabel is er niet.'

'Waar is ze dan?' vroeg Dovzhenko en hij hoopte dat hij de vrouw met zijn strenge stem kon intimideren. 'Ik moet haar onmiddellijk spreken.'

De vrouw fluisterde snel iets tegen iemand die bij haar was, schor, gespannen, precies zoals Dovzhenko had gehoopt. 'Hij wil met Ysabel praten.'

Een man kwam aan de lijn. 'Wat heeft dit te betekenen? Wie bent u, dat u op dit tijdstip naar mijn huis belt?'

'Wie ik ben gaat je niets aan,' zei Dovzhenko. 'Waar is Ysabel?'

De man verbrak de verbinding. Als het even meezat had dit telefoontje hem zo bang gemaakt dat hij zijn mond zou houden over de verblijfplaats van zijn dochter of nicht of wat Ysabel Kashani ook van hem was, in elk geval tot Dovzhenko haar kon bereiken en waarschuwen.

26

Lucile Fournier keek naar Da Rocha via de met spiegelglas beklede wanden van de lobby terwijl ze wachtten tot de liftdeuren opengingen. Een lift was duidelijk een van de weinige plaatsen waar ze geen toonbeeld van rust was. Ze stond rechts van Da Rocha, nog steeds in dezelfde korte broek en shirt als tijdens het klusje met Don Felipe, en wipte op de bal van haar voeten, maar absoluut niet in het ritme van de muzak die uit de luidsprekers in het plafond kwam.

Toen een piepje aangaf dat de lift er was, stapte Da Rocha opzij zodat Lucile als eerste naar binnen kon gaan.

Da Rocha was zeker dertig kilo zwaarder dan zijn welgevormde huurmoordenares en torende met zijn 1 meter 93 iets boven haar uit. Toch werd hij, elke keer als ze dicht bij hem kwam, een beetje bang. Ze had gezegd dat ze zich aangetrokken voelde tot zijn borstelige haar dat als hij het niet kort hield alle kanten op stond. Hij wist wel beter: als Lucile Fournier zich érgens toe aangetrokken voelde, was dat tot het vooruitzicht van een gewelddadige dood. Het leek haar weinig uit te maken of dat de dood van iemand anders was of die van haarzelf; het idee fascineerde haar en hoe gewelddadiger, hoe beter. Ze leek een nachtvlinder die werd aangetrokken tot het leven dat Da Rocha haar bood, smekend om opdrachten die als het meezat gevaarlijk waren en voor iedereen die niet begreep hoe minutieus zij haar operaties altijd plande vaak gelijk leken te staan aan zelfmoord. Maar er waren natuurlijk altijd variabelen en ze leek vooral te kicken op die onzekerheden. En Da Rocha gaf haar meer dan genoeg kansen voor die kicks.

Urbano da Rocha had geweld leren kennen door de handen van zijn vader, en tijdens een ruzie om een auto had hij met een bijl de nek van die rotzak gebroken. Zijn baan als groentebezorger verbleekte daarbij, dus ging hij aan de slag als loopjongen voor de

Ochoas, een clan van de Galicische maffia die prostituees en drugs van Noord-Spanje naar Lissabon bracht. Hij was snel opgeklommen binnen deze organisatie door zijn vuistgevechten en zijn reputatie wreed te zijn. Nadat hij een lid van een rivaliserende clan had doodgestoken die in Porto probeerde een van hun meisjes te rekruteren, werd hij de uitverkorene van de oude Ochoa. De maffiabaas werd de plaatsvervanger van Urbano's vader die Da Rocha al op jonge leeftijd had vermoord, en hij plaatste hem in het volgende niveau van het familiebedrijf. Toen Da Rocha zesentwintig was, had hij een eigen team en was hij verantwoordelijk voor het in ontvangst nemen van cocaïneleveranties uit Colombia en het versnijden ervan voor verspreiding over de gretige Europese markt.

Hij had de leiding en was omringd door mannen die hem respecteerden en vrouwen die aan al zijn wensen tegemoetkwamen, en hij had veel wensen. Het leven was goed. Maar toen ontdekte hij toevallig een lading 9K38 Igla's van Russische makelij die bestemd waren voor de terugreis naar Colombia op hetzelfde vrachtschip dat zijn coke had binnengebracht. Hij herkende de slanke, bazooka-achtige wapens meteen doordat hij met de mannen van zijn team Battlefield 2 had gespeeld. Hij had een zwak voor alle soorten wapens, maar als dit een lading gewone kalasjnikovs was geweest had hij ze gewoon laten gaan. Maar Igla's waren andere koek. *Igla* – Russisch voor naald – was een moderne MANPAD – een *man-portable air-defense system* of draagbaar luchtafweergeschut. Er waren wel nieuwere modellen, maar de Grouse, zoals de NAVO dit model noemde, was een bijzonder geavanceerd wapen. In het Midden-Oosten en elders waren sommige mensen bereid daar dik voor te betalen. Da Rocha rekende uit dat hij voor elk wapen meer dan vijfentwintigduizend Amerikaanse dollar kon opstrijken, zodat hij na aftrek van de onkosten een half miljoen zou verdienen. En dat zonder overheadkosten, hoogstens voor de verloren tijd waarin ze de lijken van de smokkelaars voorbij de Douro Point-vuurtoren zouden dumpen.

Hij vond de glamour en de opwinding van de wapenhandel veel aantrekkelijker dan het vervoer van drugs en de uitbuiting van hoeren. Het was een bedwelmend gevoel dat hij landen kon helpen vormgeven. Het werken met regeringen had natuurlijk nadelen, maar op de lange duur was zelfs een wankel regime stabieler dan het beste kartel, en je hoefde veel minder bang te zijn dat je in een vat vol zuur belandde als je spullen aan beide partijen van een conflict verkocht. Hoewel zoiets niet helemaal onmogelijk was.

Eerst betaalde Da Rocha Ochoa, de oude maffiabaas, een aandeel, omdat hij in het territorium van de man werkte. Maar dat was niets vergeleken met wat hij opstreek, en hij betaalde hem dat geld om dezelfde reden als waarom je een vlieg wegjaagt in plaats van dat je hem doodslaat met een krant om er eens en voor altijd vanaf te zijn – dat was gewoon te veel moeite. Maar toen werd de oude man hebzuchtig en eiste een deel van de opbrengst op, waarna Da Rocha hem en ieder lid van zijn familie vermoordde. Vervolgens had hij de zaken niet overgenomen maar het aan de drie Ochoa-luitenants overgelaten om erover te vechten, een strijd die hen zeker jarenlang bezig zou houden.

Daarna wijdde hij zich aan zijn concurrentie. Lucile werkte toen voor een onbelangrijke dealer in het zuiden van Frankrijk, een vreselijke man zonder enige charme en al helemaal geen charisma. Zodra hij haar een seintje had gegeven sneed Lucile zijn keel door en kwam voor Da Rocha werken. Er was, nam hij aan, altijd de kans dat zij hetzelfde met hem zou doen; daar was ze zeker toe in staat. Maar dat maakte het juist interessant.

De lift was ongelofelijk traag en de muzak werd vergezeld door het geluid van knallende kabels en verschuivende contragewichten. Lucile leek de hele tijd haar adem in te houden en hapte hoorbaar naar lucht toen de deur op de tweede verdieping sissend openging.

Er stond een dikke Rus op de lift te wachten; de metalen reling achter hem kwam net niet tot aan zijn riem. Lucile neuriede zacht, een melodie waarvan Da Rocha wist dat ze die altijd neuriede als ze zich afvroeg hoe ze iemand het best kon vermoorden. Ze keek de Rus met een vuile glimlach aan, terwijl ze er waarschijnlijk aan dacht hoe eenvoudig het zou zijn om hem een duwtje te geven en te vloeren. De Rus glimlachte terug, hij had zelf waarschijnlijk ook moordzuchtige gedachten. Boven zijn kraag was de tattoo te zien van een met een dolk doorboorde roos, waaruit bleek dat hij lid was van de *bratva*, de Russische maffia. Da Rocha twijfelde er niet aan dat een man als deze heel veel andere tattoos onder zijn overhemd had. De doorboorde roos was een ereteken, bedoeld om te intimideren en anderen te laten weten dat de man al voor zijn achttiende in de gevangenis had gezeten.

De man gromde, draaide zich om en keek even achterom waarna hij zonder een woord te zeggen de gang in liep.

Da Rocha keek Lucile even aan, waarna ze gehoorzaam achter hem aan liepen. Ze hadden immers al drie maanden naar deze ontmoeting toegewerkt.

Roostattoo bleef staan bij de deur van kamer 314 – op het bordje stond dat dit een suite was – en klopte drie keer kort en snel aan. Het had Da Rocha verbaasd dat de man hen niet had gefouilleerd toen ze uit de lift stapten, maar zodra de deur werd geopend wist hij waarom.

De Rus met het vreemde kapsel wenkte hen naar binnen. 'Uitkleden,' zei hij, toen ze in de kleine nis naast een tafeltje en minikoelkast stonden.

Aan het plafond achter in de hal hing een gordijn dat van een sprei gemaakt leek, zodat Da Rocha de kamer niet in kon kijken. Hij rook een geur die hij niet kon plaatsen, maar door het bevel zijn kleren uit te trekken dacht hij aan andere dingen. 'Als we gaan strippen, is het misschien tijd dat ik je naam weet.'

'Je mag me Gregor noemen,' zei de man met het vreemde kapsel. Zijn Engels had zo'n zwaar accent dat het klonk alsof hij met zijn mond vol praatte.

Da Rocha kneep zijn ogen half dicht. 'Heet je zo?'

'Nee, maar toch mag je me Gregor noemen. Kleed je nu uit alsjeblieft. Jullie krijgen een badjas.'

Da Rocha bracht een hand naar zijn riem, maar stopte halverwege die beweging en hield zijn hoofd schuin. 'Waarom?'

'Wapens, afluisterapparatuur, dat soort dingen,' zei Gregor. 'Je hebt op een vernietigende manier bewezen dat een man in jouw beroep aan veel wapens kan komen. Misschien heb jij technologie bij je die onze scanners niet kunnen traceren.'

'Ik begrijp het,' zei Da Rocha. Glimlachend zei hij tegen Lucile: 'Lieve schat, ga jij maar eerst naar de wc.'

De Rus stapte opzij en ging voor de deur staan. 'Jullie kleden je hier uit. Dat is veiliger voor ons allemaal.'

Lucile streek een lok haar van haar voorhoofd. 'Mag ik mijn pistool pakken?'

De Rus pakte een zware zilverkleurige envelop van ongeveer dertig bij dertig centimeter en hield hem open. Da Rocha zag dat het een Faraday-tas was, die elektronische signalen tegenhield. 'Hierin,' zei Gregor met zijn ogen half dichtgeknepen. 'Maar heel langzaam.'

Lucile haalde de piepkleine Beretta Nano uit een rugholster achter haar broeksband en liet hem voordat ze hem in de envelop liet vallen even tussen haar duim en wijsvinger hangen. 'Ik heb geen pistool nodig om je te doden, hoor,' zei ze met een vriendelijke glimlach.

'Ik weet zeker dat zij dat weten, lieve schat,' zei Da Rocha.

'Jullie maken moorden ingewikkeld,' zei Gregor terwijl hij een stap naar voren zette en Luciles persoonlijke ruimte binnendrong. 'Pistolen met geluiddemper, gespecialiseerd vergif... Waarom doen jullie zoveel moeite?'

'*Oh, mon petit nounours.*' Lucile glimlachte en knipperde snel. 'Maar dat is helemaal geen moeite.'

De Rus keek op haar neer en klakte zijn voortanden op elkaar alsof hij op zijn volgende woorden kauwde. Als hij al had begrepen dat ze hem haar teddybeer had genoemd liet hij dat niet blijken. 'Mobiele telefoon,' zei hij ten slotte en nadat ze al hun spullen in de Faraday-tas hadden gestopt legde hij hem in de minikoelkast. 'Nu jullie kleren alsjeblieft. Schoenen ook.'

Roostattoo en Gregor keken gebiologeerd toe toen Lucile zonder enige aarzeling haar korte broek en ondergoed uittrok. Ze hadden vooral aandacht voor de witte strepen op haar beide benen. Negen lijnen, parallel aan elkaar en ongeveer tweeënhalve centimeter uit elkaar, vanaf de holte van haar heup tot bijna aan haar knie. Sommigen dachten misschien dat ze zichzelf had gesneden, maar Da Rocha had ze eerder gezien en wist dat de wonden met een scherp mes waren aangebracht toen ze nog maar veertien was. Haar eigen vader had geprobeerd haar te brandmerken als zijn bezit. Lucile had een paar slaappillen die ze in zijn tas had gevonden in zijn soep gedaan, hem vervolgens te pakken genomen en daarna een vriend opdracht gegeven haar te helpen hem in de rivier te dumpen. Dankzij haar jonge leeftijd en de gruwelijke wonden op haar benen had ze maar anderhalf jaar hoeven zitten, in wat de Fransen een 'gesloten school' noemden.

Volkomen naakt draaide ze een rondje om de Russen te laten zien dat ze de situatie beheerste. 'Zie je wel,' zei ze. 'Geen wapens, op mijn ondeugende stukjes lichaam na dan.'

Gregor zette een halve pas achteruit toen ze hem haar zwartzijden slipje in elkaar gefrommeld aanbood. 'Zal ik dit in de envelop doen of hou je hem liever voor me vast?'

Roostattoo grijnsde vals en Gregor wees met zijn duim naar de minikoelkast. 'Leg daar maar neer.'

Da Rocha keek haar van opzij aan, en ze beantwoordde zijn blik met een *C'est la guerre*-schouderophalen. Hij liep achter Gregor aan door de korte gang met Lucile vlak achter zich aan. Roostattoo sloot de gelederen.

Pas toen Gregor het provisorische gordijn opzijschoof kon Da Rocha de geur plaatsen die hij eerder niet had herkend.

De sinaasappelgeur vermengd met het aroma van paardenstront van de koetsen op de Barrio Santa Cruz steeg met de warme avondlucht omhoog naar Ding Chavez' uitkijkpost in een straat ten zuiden van het hotel van de Russen. Hij bevond zich achter een kijkgat op de tweede verdieping van La Giralda. Deze eeuwenoude minaret was tegenwoordig een katholieke klokkentoren en een van de drukst bezochte plaatsen van Sevilla, maar ook van Spanje. De rondleidingen stopten om vijf uur 's middags, zodat Chavez en Caruso het trappenhuis voor zich alleen hadden. De nachtwaker was een man met een dikke buik die kennelijk dacht dat er, als hij de voet van de trap maar in de gaten hield, geen enkele reden was om de moeite te nemen de ruimte daarboven te controleren. Het grootste gevaar dat de agenten nu liepen was gezien worden door een van de honderden toeristen die op de met keitjes geplaveide straten beneden rondliepen en in de schemering honderden foto's maakten die ze later ongetwijfeld zouden wissen. Om de kans dat hij werd gezien zo klein mogelijk te maken droeg Chavez donkere kleren en bleef hij uit de buurt van de opening.

Hij keek door de lens van wat eruitzag als een op een statief gemonteerde spiegelreflexcamera. Dominic Caruso stond links van hem met net zo'n camera, een meter verderop, ook een stukje van de volgende opening vandaan. De infrarode straal van Caruso's lasermicrofoon was direct op het raam van de Russen gericht. Als het functioneerde zoals ze hoopten, zou het gesprek binnen het raam laten vibreren en het licht van de laser vervormen zodra het terugkaatste naar Chavez' ontvanger en digitale recorder. Toen ze twintig minuten geleden hun post hadden ingenomen had hij een paar gespannen zinnen opgevangen, voornamelijk grapjes over Spaanse vrouwen en gezeur over de hitte in Sevilla. Ze hadden ook een ander geluid gehoord, als het gepiep van een vouwballon die wordt gedraaid of ducttape die van een rol wordt getrokken. Daarna niets meer.

Adara, nu met een pruik van kastanjebruin golvend haar en een bril met gewone glazen op, zat samen met Clark twee kamers van de Russen vandaan. Zij monitorden de camera's en de gsm-afluisterapparatuur die ze hadden geïnstalleerd onder de metalen reling één meter van de deur van de junior suite en tegen het glas van de brandblusser die halverwege de gang aan de muur bij de lift hing.

Midas en Jack zaten aan een tafeltje op het terras van een tapasbar vlak bij de ingang van het hotel, bijna onzichtbaar tussen de vele toeristen, en dronken een paar plaatselijke biertjes en namen hapjes van dunne plakjes ibericoham.

'Oké,' zei Clark via het net. 'Jack, Midas, tijd om naar Da Rocha's kamer te gaan en even rond te kijken. Controleer wel of hij iemand opdracht heeft gegeven zijn kamer in de gaten te houden.'

'Begrepen,' zei Ryan. 'We zijn al op pad.'

'We geven wel een seintje als ze de kamer verlaten,' zei Clark. 'Ding, geef ons een sitrep.'

'Zo stil kunnen ze niet zijn,' fluisterde Chavez in de microfoon aan zijn halssnoer. Hij keek even opzij naar Caruso. 'Heb je de laser verplaatst?'

'Nee,' zei Caruso, maar zijn stem werd gedempt door de verrekijker waardoor hij naar het hotelraam van de Russen keek. 'Hier alles oké. Ik kan door een smalle opening in de jaloezieën naar binnen kijken. Jullie zullen me niet geloven als ik vertel wat ze daar aan het doen zijn.'

27

Da Rocha's handen schoten omhoog, als om een aanval af te weren, en hij slaakte een schorre, dierlijke kreet.

Doorzichtige vellen plastic lagen op de grond en hingen tegen de achterwand, en waren met stevige zwarte tape aan de vloer vastgemaakt.

Lucile liep tegen hem op met haar warme huid tegen zijn rug. '*Merde*!' snauwde ze toen ze het plastic zag.

Gregor stapte opzij en grinnikte vals.

'Relax,' zei de Rus met de lange bovenlip die al in de kamer was. 'Dit is niet wat jullie denken. Dit is een provisorische bubbel, geen moordhuis. Tenzij jullie niet langer met ons willen samenwerken, want dan kunnen we ons antisurveillancemateriaal voor een ander doel gebruiken. Als we, zeg maar... jullie lijken moeten dumpen.'

'Nee,' zei Da Rocha, en hij hoopte dat hij ontspannener leek dan hij zich voelde. 'Dat zal niet nodig zijn. Ik wil heel graag met jullie samenwerken. Ik heb jullie immers als een verliefde tiener achternagelopen. Ja toch?' Hij haalde een paar keer diep en doelbewust adem om na deze onverwachte schok zijn hartslag te vertragen. Hij was er heel even van overtuigd geweest dat zijn hersens door een schot over een vel plastic zouden worden verspreid. Die methode had hij zelf een keer gebruikt om zijn eigen vloerbedekking en meubels te beschermen tegen het bloed van een ontrouwe minnares.

Het idee van een bubbel was trouwens ingenieus. Veel beveiligde gebouwen van inlichtingendiensten, ook het nieuwste hoofdkantoor van de Amerikaanse CIA in Virginia, waren volgens ditzelfde principe gebouwd: een gebouw binnen een gebouw. In de dode ruimte tussen de beide lagen kon muziek of witte ruis worden afgespeeld, waardoor surveillance met laser- of microgolfapparatuur bijna onmogelijk was en zelfs de modernste elektronische afluisterapparatuur in muren of apparaatjes ineffectief was.

Alle meubels waren tegen de muren geschoven, buiten de plastic vellen, zelfs het tweepersoonsbed stond tegen de binnenmuur. Hierdoor was een veilige plastic doos ontstaan die op vier sierkussens na volkomen leeg was. Het licht dat door het plastic scheen was gedempt en vlak, waardoor de steriele 'kamer' een surrealistische, buitenaardse sfeer had. De drie Russen in hun donkere sportjasje en Da Rocha en Lucile naakt als Adam en Eva, zouden er belachelijk hebben uitgezien als de Russen niet zo serieus hadden gekeken.

De Rus met de lange bovenlip gaf ieder van hen een witte badstof badjas. 'Alsjeblieft,' zei hij. 'Jullie mogen me Vladimir noemen.'

Da Rocha trok zijn badjas aan die bij de schouders iets te krap was en maakte aan de voorkant een knoop in de ceintuur. Lucile trok haar badjas aan maar deed hem niet dicht, haar borsten hielden de voorpanden opzij als handen de gordijnen van een theater.

'Ga zitten alsjeblieft,' zei Vladimir, terwijl hij met een open hand naar de kussens op de grond wees. 'Allereerst wil ik zeggen dat jullie vermogen om jullie rivalen te neutraliseren... indrukwekkend is, zo niet uniek. We hebben u nagetrokken, meneer Da Rocha. Het ziet ernaar uit dat u nuttig kunt zijn voor mijn werkgevers. Ik moet jullie wel duidelijk maken dat alles wat we bespreken vertrouwelijk is... en dat het gevaarlijk is ons vertrouwen te beschamen.'

'Dat begrijp ik,' zei Da Rocha zonder enige aarzeling. 'Ik had gehoopt dat de manier die ik heb gebruikt om jullie aandacht te trekken zou bewijzen dat ik serieus ben en zeker geen vriend van de autoriteiten.'

'Misschien,' zei de Rus. 'Maar de autoriteit van een hogere bieder, van meer geld, zo u wilt, zorgt er vaak voor dat de vertrouwenslijnen vervagen.'

'Ik hoop dat onze zakelijke afspraak tot ver in de toekomst zal voortduren,' zei Da Rocha.

Hij zag dat Gregor even met zijn ogen rolde. Het was een heel lichte beweging waardoor de man, als hij Da Rocha's werknemer was geweest zou zijn doodgeschoten, maar voorlopig negeerde hij dit. De man met de lange bovenlip, Vladimir, was degene die hier de besluiten nam, dus richtte Da Rocha zijn aandacht op hem. 'Ik hecht ook aan vertrouwen. Wat dat betreft hoeft u zich dus geen zorgen te maken.'

'Uitstekend,' zei Vladimir. 'Zullen we dan maar meteen ter zake komen?'

Da Rocha's schouders ontspanden een beetje, terwijl zijn maag verkrampte nu hij op het punt stond de deal te sluiten. 'Dat zou ik op prijs stellen.'

De Rus knikte een paar keer, alsof hij zijn woorden afwoog. 'Goed dan. Ik vertegenwoordig een groep zakenlieden die een gevoelig product willen verkopen aan een groep mensen in een... wat zal ik zeggen, politiek onstabiele regio in de wereld.'

'Ik heb routes beschikbaar voor zoiets,' zei Da Rocha. 'Sommige zijn beter dan andere, maar dat is afhankelijk van de eindbestemming.'

'Iran,' zei Vladimir, terwijl hij aandachtig naar Da Rocha keek om zijn reactie te peilen.

'Dat zal geen probleem zijn,' zei Da Rocha. 'Ik ken verschillende geheime airstrips in het westen van Iran waar de IRG bepaalde soorten vracht binnenlaat tegen betaling van een dege...'

'De Revolutionaire Garde, of wie ook binnen de Iraanse regering, mag hier niets mee te maken hebben.'

'Dat zullen ze ook niet,' zei Da Rocha. 'We betalen hun om ons met rust te laten.'

Vladimir schudde zijn hoofd. 'Dit betreft een omvangrijke vracht. Een zeeroute zou beter zijn.'

'Dat kan ook,' zei Da Rocha onaangedaan. 'Waar is die vracht nu?'

Vladimir keek hem lang aan. 'Masqat,' zei hij.

'Oké.' Da Rocha dacht aan de Golf van Oman. Wat hun vracht ook was, smokkelaars waren experts in talen en geografie. 'De reis van Masqat naar Bandar-e-Jask is prima te doen, volgens mij nog geen tweehonderdvijftig kilometer. Maar ik heb de beschikking over een groot transportvliegtuig en zou dus probleemloos binnen een paar uur, zeg maar, een Ilyushin 76 in Masqat kunnen hebben.'

De Russen keken elkaar aan.

'Goed dan,' zei Vladimir. 'Hoe u de vracht verplaatst maakt me niet uit, zolang hij maar wordt verplaatst. De kopers zullen de vracht overnemen zodra hij op Iraans grondgebied is.'

'We hebben het nog niet over geld gehad,' zei Da Rocha.

'Dat is waar,' zei de Rus. 'Dat hebben we niet gedaan. Deze vracht bestaat uit twee delen. We schatten de groothandelsprijs van elk deel op vijftien miljoen Amerikaanse dollar.'

Da Rocha voelde een zenuwtrekje in zijn oog en probeerde zijn verbazing te maskeren. De voortdurende vraag naar en de onzekere toevoer van wapens op de zwarte markt zorgden vaak voor exorbitante prijzen. Kopers betaalden een forse opslag zodat iemand anders het risico liep in de gevangenis te belanden. Een Bosnische kalasjnikov van tweehonderd dollar kon in Mexico meer dan tweeduizend dollar opbrengen. Toch had hij er moeite mee om zich een deal voor te stellen waar hij nog iets aan overhield nadat hij van tevoren dertig miljoen dollar had betaald. 'Dat is heel veel geld dat ik moet betalen voor iets wat ik nog niet heb gezien,' zei Da Rocha. 'Ik weet niet eens zeker waarmee de kopers akkoord zijn gegaan.'

Vladimir hief zijn hand. 'U moet me mijn kennis van het Engels vergeven. Groothandelsprijs was niet het juiste woord. Mijn werkgever zou u betalen, niet andersom.'

Het kostte Da Rocha moeite om rustig te blijven. 'Jullie willen me betalen om jullie van deze items af te helpen? Wat is daar het voordeel van?'

Vladimir wreef in zijn ogen. 'Het voordeel is niet belangrijk voor u, mijn vriend. Laten we maar zeggen dat mijn werkgever de zaak van een vriend wil helpen zonder daar persoonlijk bij betrokken te raken.'

'Ik begrijp het,' zei Da Rocha, ook al begreep hij het niet, niet helemaal tenminste. Jaren geleden, toen hij voor Ochoa vrouwen en drugs vervoerde had hij geleerd dat producten nooit gratis weggingen. Er werd altijd iets voor teruggeëist.

'We betalen u om deze items te verplaatsen,' zei Vladimir. 'Om als tussenpersoon te fungeren. Om het... gezicht van de transactie te zijn.'

Da Rocha steunde op een hand, maar zijn hand was bezweet zodat hij moeite moest doen niet uit te glijden op het plastic. Zijn benen begonnen pijn te doen doordat hij ze opzij gevouwen had naast zich op de grond. 'Ik heb veel transportroutes en manieren tot mijn beschikking,' zei hij, met het lef van een echte verkoper. 'Ik kan alles vervoeren, van kratten vol geweren tot en met de grootste gevechtshelikopter. Wat de lading ook is, het zal geen probleem zijn. Maar hoe moet ik weten wat de verkoopprijs is als ik niet weet wát ik vervoer?'

Vladimir ademde snel door zijn neus. 'Twee dingen, Da Rocha. De verkoopprijs is ook vijftien miljoen dollar per stuk. U krijgt dus twee keer betaald.'

Da Rocha probeerde rustig te blijven, maar hij wist zeker dat het zenuwtrekje in zijn oog toen het bedrag van zestig miljoen werd genoemd erger werd. Hij had even gedacht dat hij te maken had met een solitaire afscheidingsbeweging, maar alleen landen gaven zoveel geld uit en niet voor conventionele wapens. 'Vergeef me dat ik me zo duidelijk uitdruk, maar is dit een... nucleaire lading?'

Vladimir keek langs zijn neus. 'Is dat een probleem?'

'Nee,' zei Da Rocha en dat meende hij. Dood was dood. Hij verkocht even gemakkelijk kernwapens als computergestuurde geleidewapensystemen.

'Uitstekend,' zei Vladimir, waarna hij zijn hand weer opstak. 'U zult goed worden betaald, maar ik kan de noodzaak voor geheimhouding niet genoeg benadrukken. Zonder dat kunnen we in de toekomst geen zaken doen.'

Toekomstige zaken, dacht Da Rocha. Dat was een veelbelovende opmerking. 'Jullie zullen niet teleurgesteld worden,' zei hij. 'Die Franse stomkop van een Gaspard deed niets liever dan rondbazuinen waar hij mee bezig was, alleen om zichzelf belangrijker te laten lijken. Van hem hoorde ik dat jullie dergelijke zaken wilden doen.'

Vladimir glimlachte rustig, weerzinwekkend. 'Dan hebben we beiden geluk.' Hij wees naar de deur. 'U zou meteen moeten beginnen. Geef voor u vertrekt uw bankrekeningnummer aan Gregor. Hij zal u de details geven.'

Da Rocha stond met stijve benen op; ze waren gevoelloos doordat hij te lang in dezelfde houding had gezeten. Hij stak zijn hand uit om Lucile te helpen, maar ze negeerde hem. Niet uit boosheid, maar om praktische redenen, om haar eigen handen vrij te houden.

Ze vroeg: 'Wanneer komt de lading aan in Masqat?'

'Die is er al,' zei Vladimir. 'Deze transfer moet snel gebeuren.'

'Dan zal ik morgen alles regelen,' zei Da Rocha.

'Vanavond,' zei de Rus.
'Er waren twee dingen?'
'O ja,' zei Vladimir, terwijl hij naast de andere Russen ging staan. 'U moet weten dat mijn werkgever ook bereid is u zoveel te betalen omdat de kans bijzonder groot is dat uw route uiteindelijk zal worden ontdekt door de autoriteiten.'
'Ontdekt?'
'Ja,' zei Vladimir. 'Verraden. Verlinkt. Zal dat een probleem zijn?'
'Helemaal niet,' zei Da Rocha. Zijn portemonnee voelde nu al zwaarder.

28

Midas vertrok als eerste naar Da Rocha's hotel. Jack moest dus voor de tapas en het bier betalen en zou twee minuten later volgen en kijken of er iets op contrasurveillance wees.

De Russen waren professionals en hadden hun keus laten vallen op een eenvoudig hotel dat door zijn formaat en bijzonderheid moeilijk in de gaten te houden was. Da Rocha werkte niet voor een land, en als het op prioriteiten aankwam vond deze playboy annex internationale wapenhandelaar God en het vaderland minder belangrijk dan zijn levensstijl, dus hoe opzichtiger hoe beter. Gouden sieraden, snelle auto's en vijfsterrenhotels. Hij had een luxekamer in het Alfonso XIII, nog geen tien minuten zuidelijker in de buurt van het paleis en de tuinen van Alcázar.

'Ik ben er,' zei Midas over de radio. 'Hoe ziet het er bij jou uit, vriend?'

'Clean tot nu toe,' zei Ryan. Hij liep om een groep oudere stellen heen die de weg hadden gevraagd aan een koetsier die midden op de Avenida de la Constitución was gestopt, terwijl zijn paard ongemakkelijk en met gebogen hoofd stilstond. Hierdoor kon Ryan zijn pas vertragen en de straat oversteken alsof hij de hoek om wilde, terwijl hij ondertussen goed kon zien of iemand hem volgde én Midas in de gaten kon houden. Op een bepaald moment ging Midas langzamer lopen, zodat Jack een winkeltje in kon gaan en, terwijl hij een pakje kauwgum kocht, achter zich kon kijken. Hij had geen idee hoeveel snacks hij in de loop der jaren had gekocht als excuus om tijdens een surveillance-detection route minder snel op te schieten en om zich heen te kijken.

'Prima,' zei Midas. 'Ik blijf hier wel in de lobby wachten om te zien of iemand na mij naar binnen komt. Er kwam net een man uit het kantoor van de security. Zo te zien gebruiken ze videocamera's in plaats van menselijke bewakers. Misschien hebben we daar geluk mee.'

'Misschien,' zei Jack. Hij was niet overtuigd, want geluk was iets zeldzaams. Het kwam niet vaak voor dat een missie beter verliep dan gepland. 'Ik ga nu via de hoofdingang naar binnen.'

Ryan beende langs Midas heen alsof hij een gast was, liep de marmeren trap op en onder de bogen door die naar de Moorse lobby boven leidden. Het rook er naar tabak en vloerwas, en door de gedempte verlichting leek de ruimte op een paleis uit de oudheid. Ryan drukte op een bel in de fraaie mahoniehouten lambrisering en keek rustig om zich heen. Dit was net het Witte Huis, alleen was het groter en miste het de sombere sfeer. De deuren van een lege lift gleden open en Ryan stapte naar binnen, blij dat hij de lift voor zich alleen had toen deze naar Da Rocha's suite op de tweede verdieping ging. Spanjaarden aten laat, dus zouden de meeste gasten nog steeds buiten zijn en genieten van de warme avond of van *pacharán*, de likeur van sleedoornbessen en koffie die in Spanje als een digestief werd genuttigd. Jack rilde toen hij daaraan dacht. Zijn moeder dronk 's winters graag sleedoornlikeur, maar hij niet.

'Clear,' zei Jack toen hij de lift uit en een lege gang in stapte. Het opgewreven hout, de gewelfde plafonds en de glimmende vloertegels deden hem denken aan de oude regeringsgebouwen in D.C., gebouwd voor de introductie van de kleine werkhokjes en goedkope vloerbedekking van de GSA. 'De kamer van onze man is rechtsaf en dan de vijfde deur rechts.'

'Begrepen,' zei Midas. 'Stap nu in de lift. Ben over...'

Jack viel hem in de rede met 'Gezelschap!' terwijl hij deed alsof hij in de microfoon van zijn mobiele telefoon in zijn oor praatte.

Er kwamen twee mannen uit Da Rocha's suite die de deur zacht achter zich dichtdeden. Jack had hen kennelijk betrapt na een eerdere vluchtige blik in de gang en voor hun vertrek. De mannen schrokken toen ze hem hun kant op zagen komen. Hij knikte nonchalant naar hen en keek langs hen heen alsof hij op weg was naar zijn eigen kamer. Hij struikelde zelfs even, om de indruk te wekken dat hij te veel lekkere Spaanse wijn had gedronken. De twee mannen keken naar links en naar rechts, en liepen toen Jacks kant op. Nog geen vijftien meter bij hen vandaan hief Jack zijn hand alsof hij moest hoesten en fluisterde in de microfoon aan zijn halssnoer: ‘Twee boeven. Vlak bij me.’

‘Twintig seconden,’ zei Midas.

‘Gaspards mannen,’ fluisterde Ryan snel, waarna hij zijn keel schraapte en zijn hand liet zakken. Hij knikte vriendelijk naar de mannen. Het zou verdacht lijken als hij hen negeerde, en door het knikje kon hij oogcontact met hen maken om te zien of een van hen hem herkende.

De ene man had een laptop in de hand. De andere had een brede, platte neus die hij herkende van Gaspards grijze Mercedes in Portugal. De kans was groot dat deze man de leiding had. Het maakte niet uit of het een limousine was van de maffia of eentje van de Amerikaanse Secret Service, de grote baas zat achterin. De chauffeur was een specialist, goed in zijn of haar werk, maar had geen bijzonder hoge positie binnen de organisatie. De leider van de beveiliging zat meestal voorin naast de chauffeur. Platte Neus keek even opzij naar zijn vriend, waarmee hij hem op subtiele wijze duidelijk maakte dat Jack, hotelgast of niet, een getuige was en dus een bedreiging vormde.

Jack voelde de adrenalinestoot die hij altijd voelde als er een gevecht ophanden was. Door de aanwezigheid van metaaldetectors in verschillende gebouwen in Sevilla waren een paar leden van de Campus niet gewapend, aangezien ze anders hun Russische doelwitten konden kwijtraken als deze ergens naar binnen gingen – een effectieve manier om een gewapende achtervolger af te schudden. Vanavond hadden Jack en Midas dus geen wapens bij zich.

De twee mannen van Gaspard droegen een T-shirt met daaroverheen een wijd overhemd met korte mouwen dat ze niet hadden dichtgeknoopt. Het overhemd was dus perfect om de omtrek van een pistool te verbergen. De kale man ging even langzamer lopen om de laptop te beschermen, terwijl Platte Neus zijn hand naar zijn rug bracht en zijn pas juist versnelde. Ze waren nog geen zeven meter bij Jack vandaan.

Clarks stem kraakte in Jacks oortje. Het communicatienetwerk werkte goed over een afstand van zo’n achthonderd meter, maar werd daarna snel slechter. Jack was een kilometer verderop en in het hotel, zodat het begin van Clarks bericht vervormd binnenkwam: ‘... je man... verlaat ons. Waarsch... terug naar... tweede locatie.’

Ryan was nu te dicht bij de mannen om te kunnen antwoorden en concentreerde zich op het naderende gevaar voor zich. Zelfs als Da Rocha meteen naar zijn kamer zou rennen had hij acht tot tien minuten nodig.

Wat dit ook was, voor die tijd zou dit allang afgelopen zijn.

'Ding,' zei Clark, 'jij en Caruso gaan naar het Alfonso.' Op het scherm van Adara's iPad zag hij dat Da Rocha en Lucile Fournier de Russische hotelkamer verlieten.

Chavez reageerde meteen, hijgend doordat hij de trap van La Giralda af was gerend. 'Ben al op weg.'

Ze hadden allemaal gehoord dat Jack twee mannen uit Da Rocha's suite had zien komen, waarschijnlijk Hugo Gaspards bodyguards die de dood van hun baas wilden wreken.

'Adara en ik blijven hier,' zei Clark. 'Ding, zij zijn daar buiten bereik van onze communicatie. Bel me zodra je er bent op mijn mobiele telefoon met een sitrep.'

'Begrepen.' Chavez rende nu. 'We zouden er eerder dan zij moeten arriveren. We zigzaggen in zuidelijke richting over de Plaza del Triunfo en daarna via de Miguel Mañara in plaats van meteen door de Constitución.'

'De apparatuur?' vroeg Clark. De aktetas met de camera en microfoon was opzettelijk van onopvallend leer gemaakt, maar rennen met zoiets in de hand zou zeker de ongewenste aandacht van de politie trekken.

'Achtergelaten op de tweede verdieping, noordhoek achter het reliquiarium,' zei Caruso.

Dat het langeafstandsafluisterapparaat duur was, was het probleem niet. Maar wel dat dergelijke apparatuur het nieuws zou halen als het werd gevonden, en als het even kon wilde Clark de Russen niet alarmeren.

'Ben al weg om het op te halen,' zei Adara.

Zij was meestal degene die gevoelige apparatuur moest ophalen. Dat was misschien wel seksistisch, maar voor een knappe vrouw was het vaak net iets gemakkelijker om langs eenzame bewakers te komen. Clark bleef in de hotelkamer en keek naar de iPad.

Anderen zouden misschien gaan ijsberen om hun nerveuze energie kwijt te raken, maar hij zat roerloos op het puntje van zijn stoel met zijn handen op zijn knieën en iets naar voren gebogen alsof hij klaarzat om op te springen. Hij dacht aan wel tien verschillende bevelen die hij zijn mannen kon geven, dingen die hij zou doen, methodes die hij zou hanteren als hij in hun schoenen stond. Maar hij hield zijn mond en luisterde. Deze mannen waren goed, dus hij kon hen vertrouwen. Maar geduldig zijn was een andere zaak.

De meeste gevechten die Jack de afgelopen jaren had gevoerd hadden maar een paar seconden geduurd, een paar iets langer. Zes minuten, echt niet! Adara, de CrossFit-diva van het team, had hen de afgelopen jaren 'Fight Gone Bad'-routines laten doen. Deze moordende cardiosessies bestonden uit drie sets van vijf minuten springen, tillen en gooien, zogenaamd om de totale inspanning van het lichaam tijdens een echt gevecht na te bootsen. Maar zelfs bij die duizelingwekkende, braaksel oproepende oefeningen ontbrak de adrenalinestoot en de angst die ontstonden als je tegenover een andere man stond die van plan was je meteen in je lever te steken.

Jack week iets naar links toen hij vlak bij Hugo Gaspards mannen was. Door het piepje van de lift die op deze verdieping stopte werd hun aandacht even afgeleid. Midas brulde iets onverstaanbaars wat hun aandacht moest afleiden en Jack de kans gaf de afstand tussen zichzelf en Platte Neus te overbruggen. Hij botste al tegen de borst van de grote man voordat deze zijn arm met het pistool naar voren kon brengen. De Japanners noemden dat *butsukari*.

Jack bukte zich vlak voordat hij de Fransman raakte, hield zijn lichaam gecentreerd en ramde zijn schouder omhoog in de maag van de man. De tweede man had waarschijnlijk ook een pistool, maar Jack gebruikte Platte Neus als een schild voor het geval die man besloot de laptop te laten vallen om in de aanval te gaan.

Platte Neus was een paar centimeter kleiner dan Jack maar wel bijna tien kilo zwaarder, en daar zat niet veel vet bij. De Fransman wankelde achteruit, maar niet meer dan een halve stap, als een boom die trilt door een klap met een bijl, maar nog lang niet is geveld.

Omdat zijn hand al in positie was, ramde Ryan een gebalde vuist in de maag van de man. Deze keer dreef hij hem tegen de muur, waardoor de hand met het pistool even klem zat. In elk geval lang genoeg om de man met de laptop, toen deze een halfhartige aanval wilde inzetten, tegen de zijkant van zijn knie te trappen.

Midas kwam op datzelfde moment aangestormd en voerde zijn eigen versie van de butsukari uit, en ramde de man met de laptop tegen de muur.

Ryans hand ging omhoog, pakte de pistoolhand van de andere man vast en liet zijn vuistslag volgen door drie snelle knietjes. Platte Neus zwaaide wild met zijn linkerhand en sloeg Jack keihard tegen zijn oor. Het duizelde Jack en hij wankelde even, maar zo lang dat de man zijn pistool kon lostrekken en naar voren kon brengen. Het was een klein zwart wapen met een gedrongen geluiddemper. Platte Neus was weliswaar een professionele crimineel met weinig techniek, maar in motorisch opzicht extreem vaardig. Hij maakte zich niet druk over precisie of wie hij toevallig raakte, dus haalde hij gewoon de trekker over terwijl hij het pistool richting Jack zwaaide. Twee kogels zoefden door de gang naar de lift. Jack kon zijn handen net op tijd omhoogbrengen om het pistool te raken, zodat het derde schot een wandlamp raakte. Het hete gas van het mondingsvuur was zo dichtbij dat het een lichte brandwond in Jacks wang veroorzaakte en zijn oog maar net miste.

Platte Neus die tegen de wand werd gedrukt zette zich af om meer ruimte te creëren voor zijn pistool. Jack negeerde de linkervuist die nu zijn lever ramde, pakte het pistool met beide handen vast, bracht zijn knie omhoog en gebruikte de beweging om de zenuwen in het bovenbeen van Platte Neus te verdoven. Ryans voet gleed uit op de gladde betegelde vloer, waardoor hij bijna viel en nagenoeg zijn hele gewicht op de pistoolhand van Platte Neus rustte. Door deze extra druk en door Ryans knietje werd de man even afgeleid, zodat Jack het pistool opzij kon slaan om daarna te proberen het uit zijn hand te wringen. De Fransman vloekte, klemde zijn pistool steviger vast en haalde de trekker over op hetzelfde moment waarop de loop op zijn eigen voorhoofd was gericht. De kogel raakte hem iets boven de brug van zijn neus.

Platte Neus viel en gleed langs de muur naar beneden, waarna Jack het pistool in zijn hand had. Hij draaide zich snel om en zag dat Midas over de bewusteloze andere Fransman gebogen stond. De laptop lag op de grond naast hem.

Midas bracht een hand naar zijn gezwollen neus en veegde wat bloed weg. 'Als je een kopstoot uitdeelt, geef je jezelf een keelstoot,' mompelde hij. 'Goede ruil.' Toen zag hij de dode man achter Jack. 'Je moet voor de keel gaan, Ryan. Ik betwijfel of een kat-en-muisspel met een handvuurwapen een tactiek genoemd kan worden.'

Door de klap tegen zijn ene oor en het mondingsvuur langs zijn andere oor hoorde Jack maar de helft van wat Midas zei, maar hij begreep het wel. Hij bewoog zijn pijnlijke kaak en ook al kon hij zich niet herinneren dat hij in zijn gezicht was geraakt, wist hij zeker dat dit wel was gebeurd. 'We moeten deze lichamen hier weghalen.'

'Natuurlijk,' zei Midas. 'Acht minuten.'

Jack keek hem aan. 'Wat bedoel je met acht minuten?'

Midas tikte tegen zijn eigen oor. 'Je oortje is weg.' De volgende twintig seconden gebruikte hij om Ding en Caruso op de hoogte te brengen van hun huidige situatie.

Ryan voelde met het puntje van zijn wijsvinger aan zijn oor en wist toen zeker dat zijn oortje weg was, eruit gevlogen tijdens de vechtpartij. Hij scande de vloer en zag het vleeskleurige stukje plastic tegen de plint liggen, maar een paar centimeter van Platte Neus' elleboog.

'... er in twee,' hoorde hij Ding zeggen toen hij het apparaatje weer in zijn oor had gestopt. 'Ze zullen niet ver achter ons zijn. Neem contact op met Gavin en vraag of hij een kopie kan maken van de harde schijf van de laptop. Die kan maar beter weer in de kamer liggen zonder dat Da Rocha weet dat-ie weg is.'

Ryan en Midas droegen de beide Fransen naar het trappenhuis, gelukkig voordat iemand toevallig uit een kamer of de lift kwam. Daarna liepen ze door de gang naar Da Rocha's kamer. Drie deuren verderop in de gang stond een dienblad op de grond met een half genuttigde bestelling van de roomservice. Ryan zette het dienblad op de bloedvlekken en glasscherven in de hoop dat Da Rocha ze niet zou zien. Daarna belde hij Gavin, terwijl Midas zich ondertussen bezighield met het slot van de kamer.

'Hi,' fluisterde Biery.

Op de achtergrond hoorde Jack nog een andere stem. Hij vroeg: 'Ben je op kantoor?'

'Intelligent Data en Security Conferentie in Omaha,' zei Biery. 'Ik heb nooit eerder zoveel blonde mensen ontmoet...'

Ryan gaf hem een sitrep van dertig seconden.

'Je wilt dat ik de computer in zes minuten op afstand kopieer?'

'Kun je dat?'

'Nee!' snauwde Biery. 'Maar je kunt de malware erop zetten van de USB-stick die ik je vorige maand heb gegeven. Die heb je toch bij je?'

Jack haalde zijn sleutelbos tevoorschijn en draaide de dop van de stompe zaklamp die hij daaraan had gehangen los, waarna de USB-stick die hij daarin had gestopt zichtbaar werd.

Ding stapte uit de lift en liep snel naar Da Rocha's suite. 'Caruso is in de lobby. Hij zal ons een seintje geven.'

Midas keek op van het slot van de suitedeur en glimlachte. 'Begrepen.'

Ding bleef op de gang en liep langzaam naar de lift om de wacht te houden, terwijl Jack en Midas Da Rocha's kamer binnenglipten.

Biery gaf Jack ondertussen instructies.

Ryan zette het geluid wat zachter en op de speaker, zodat hij zijn beide handen kon gebruiken.

'We hebben zijn wachtwoord nodig.'

'Dat kan moeilijk worden,' zei Jack.

'Misschien een verjaardag,' opperde Biery. 'Een voormalig huisdier, een vriendin? Misschien heeft hij dat ergens vlak bij de computer opgeschreven.'

Jack keek of hij kon zien wat de meest waarschijnlijke plek voor de laptop was, in de hoop dat hij de computer op dezelfde plek en in dezelfde toestand kon achterlaten als Gaspards mannen hem hadden gevonden. Als Da Rocha niet op de hoogte was van de ontmoeting, zou hij doorgaan met wat hij aan het doen was, waardoor hij de Campus de kans gaf meer informatie te vergaren over zijn deal met de Russen. De oplader lag op het bureau en de stekker zat nog in het stopcontact in de muur. Dus mocht hij ervan uitgaan dat Gaspards man de laptop hier had gevonden. Ryan stak het snoer weer in de computer en raapte het aluminium diplomatenkoffertje van de grond. Hij drukte de punt van zijn balpen in de sloten en draaide, op zoek naar het draaipunt bij elk juist nummer. Hij had nog geen dertig seconden nodig om de juiste combinatie te vinden; gelukkig was die bij beide sloten dezelfde. In het koffertje vond hij een rood notitieboekje vol ideeën en wachtwoorden. Het verbaasde Ryan steeds weer hoeveel mensen de moeite namen een extra wachtwoord aan te maken en dat vervolgens opschreven in een notitieboekje dat ze in hun bureaula of in een afgesloten diplomatenkoffertje bewaarden waarvan ze dachten dat dit, omdat er twee sloten op zaten, een soort heilige barrière was. Ryan gooide het boekje naar Midas toe terwijl hij de computer opstartte. 'Lees me dit voor en maak er dan een foto van.'

Ryan typte terwijl Midas het voorlas. Jack stopte om op zijn horloge te kijken en vertrouwde erop dat Caruso en Ding hem zouden waarschuwen.

De computer liet een zacht piepje horen toen Ryan het juiste wachtwoord had ingetypt.

Biery herkende dat geluid meteen. 'Steek de USB-stick in de drive, dan start-ie vanzelf op.'

'Oké,' zei Ryan. 'Hoe lang duurt het?'

'Drie of vier minuten.'

'Dat kunnen er maar beter drie zijn,' zei Midas.

'Alsof ik daar iets aan kan doen,' zei Biery.

'Het werkt,' zei Ryan.

'Een gsm-microfoon zou nu handig zijn,' zei Midas, terwijl hij foto's maakte van alle bladzijden van het notitieboekje.

'Dat meen je niet,' zei Ryan. Heel veel dingen zouden nu handig zijn, maar je zakken raken snel vol tijdens tactisch inlichtingenwerk. Vaak was de enige *lockpick* een zakmes en het enige wapen weinig meer dan een stalen pijp. Naast een zaklamp was het meestgebruikte item een creditcard.

'Een gsm-microfoon,' zei Biery. 'Dat meen je toch niet? Zijn jullie eigenlijk wel naar die vergadering geweest? Deze malware is geweldig, het is een *phone home*-meesterwerk dat zich voordoet als een onschuldig systeembestand en ons belt op het moment dat op de computer wordt ingelogd en contact maakt met het netwerk. Je hebt geen gsm-bug in een vertrek nodig. Je kunt de microfoon en camera in zijn computer overnemen, dan zien we realtime welke toetsen hij indrukt, zien we wat hij ziet, lezen we wat hij leest… Je kunt zelfs dingen met zijn bestanden doen als hij niet kijkt.'

'In de lobby!' zei Caruso. 'Loopt naar de lift.'

Midas liep naar de deur. 'Tijd om ervandoor te gaan, Jack.'

'Ik heb beide liften opgeroepen om tijd te rekken,' zei Ding. 'Maar daar winnen jullie maar een paar seconden mee.'

‘Bedankt, Gav,’ zei Ryan. ‘Moet weg.’ Hij stopte de telefoon in zijn zak en terwijl hij zag dat de voortgangsbalk helemaal volliep veegde hij een druppel bloed van de Fransman van de laptop. ‘Deze kamer zit bomvol informatie,’ zei hij.

‘Geen tijd voor,’ zei Midas.

Midas gooide Ryan het notitieboekje toe, waarna Ryan hem teruglegde in het aluminium diplomatenkoffertje en de sloten op hetzelfde cijfer zette voordat hij ermee had geknoeid. Zoals Clark altijd zei was oog voor detail bij securitywerk van levensbelang en hield overdrijving je in leven. Ryan had er een gewoonte van gemaakt om te kijken wat zijn cijfercombinatie was voordat hij een aktetas achterliet, dus nam hij aan dat iedereen even wantrouwig was.

Ryan hief beide handen en scande het bureau nog een keer voordat hij de USB-stick eruit haalde en de laptop sloot. ‘We kunnen weg,’ zei hij.

‘Hopelijk hebben we alles op de goede plek teruggezet,’ zei Midas.

Ze deden de deur achter zich dicht en liepen rustig naar het trappenhuis.

‘Dat leek de meest waarschijnlijke plek,’ zei Jack. ‘Als we fout zaten, gaat hij misschien aan zichzelf twijfelen.’

Midas trok de deur open op hetzelfde moment dat het piepje van de lift weerklonk en de deuren hoorbaar opengleden.

Ze waren net over de lijken van Gaspards mannen gestapt toen Ryans mobiele telefoon in zijn zak zoemde.

Het was Gavin. ‘Vergeet niet de *last device*-lijst te wissen.’

Jack liep de trap af en vroeg fluisterend: ‘De wat?’

‘De computer houdt bij welke apparaten en randapparatuur eraan gekoppeld zijn: videocamera’s, dvd-spelers, USB-sticks… Hij zal kunnen zien dat jij op zijn laptop bent geweest, tenzij je dat hebt gewist.’

‘Te laat, Gav,’ zei Ryan. ‘Hij is al in zijn kamer en wij zijn weg. Hoe waarschijnlijk is het dat hij dat ziet?’

Gavin bleef lang stil. ‘Hangt ervan af,’ zei hij ten slotte. ‘Of hij meer is zoals jij of meer zoals ik.’

‘Oké,’ zei Ryan. ‘Wat is ervoor nodig om dat te zien?’

‘Eén rechtermuisklik,’ zei Gavin.

'Iedereen klaar voor vertrek?' vroeg Clark een halfuur later. Hij zat nog steeds aan een tafeltje op een terras in de Avenida del Cid, ongeveer drie straten van Hotel Alfonso XIII. De duizenden mensen die het stierenvechten hadden bijgewoond, voornamelijk locals, waren al naar huis, maar de straten rondom het Royal Alcázar-park waren nog steeds vrij druk met toeristen die geen zin hadden het levendige Spaanse nachtleven al achter zich te laten.

Adara en Caruso zaten bij Clark, terwijl de anderen tijdens het overleg via de radio op verschillende punten buiten het hotel rondhingen. Adara kon via haar webcam in de kamers van de Russen kijken, en Gavin Biery stond eveneens via de radio met hen in contact.

Met 'klaar voor vertrek' bedoelde Clark of ze fysiek klaar waren. Hij wist dat Ryan en Midas hadden gevochten, maar hij had hen nog niet gezien. Ze hadden hem verteld dat ze in orde waren – klaar voor vertrek – maar Clark wist maar al te goed dat beperkende verwondingen vaak pas werden opgemerkt nadat de adrenaline was verdwenen. Lucile Fournier had bewezen dat ze er heel goed in was om mensen te vermoorden. Dus wilde hij dat iedereen alert was.

Midas zei: 'Mijn neus is gezwollen, maar dat is wel vaker gebeurd. Ik kan nog steeds met mijn mond dicht ademen en lelijker kan ik niet worden.' Hij sprak op luchtige toon, maar ze waren allemaal al eens gewond geweest, en ernstig ook. Het hele team nam deze rapporten serieus. Als iemand niet honderd procent kon functioneren, moest iedereen dat weten.

'Ik ben oké,' zei Jack. 'Een paar gekneusde ribben en een fluittoon in mijn oor, maar volgens mij heb ik niets gebroken.'

'Begrepen.' Clark praatte door; hij geloofde iedereen op zijn woord. 'We weten het dus zodra Da Rocha zijn computer opstart?'

'Zodra hij verbinding maakt met een netwerk,' zei Gavin. 'Dan stuurt zijn computer ons een notificatie. Dankzij de malware stuurt hij een phone home-melding naar mijn systeem én naar het apparaat van degene die het programma heeft geïnstalleerd. In dit geval was Jack dat. Ik neem contact met je op als ik een alert krijg, voor het geval Jack ergens anders druk is met het achtervolgen van iemand door de straten van... waar jullie ook maar zijn.'

'Jeetje,' zei Ryan. 'Dus dat is wat we volgens jou doen?'

'Nou ja,' zei Gavin grinnikend, 'niet jullie allemaal.'

'Hou maar op,' zei Clark. 'Goed dat jullie allebei een seintje krijgen. Tot nu toe hebben we nog geen phone home van Da Rocha's computer gekregen. Misschien is er een probleem met die malware.'

'Dat betwijfel ik, baas,' zei Midas. 'Gavin heeft het zo ontworpen dat het krachtig maar onopvallend is. Het is laat, dus misschien is Da Rocha gewoon naar bed gegaan.'

In tegenstelling tot het algemene beeld van de domme Tier One-militaire agent bezaten Midas en de meeste mannen van zijn team een universitaire graad, spraken ten minste twee talen en hadden een diepgaande kennis van en ervaring met telefoontaps, computer-*forensics* en andere surveillancetechnieken. Iedere Campus-agent kende de werking van verschillende technische methodes, maar Midas had daar het meeste vertrouwen in.

'Midas heeft gelijk,' zei Caruso. 'Wat ik door het raam kon zien, was dat de Russen plastic vellen leken op te hangen. Achteraf gezien weten we dat ze die hebben opgehangen om surveillance te voorkomen, maar die moordkamer zal Da Rocha de stuipen op het lijf hebben gejaagd. Bijna-doodervaringen zorgen er meestal voor dat je meer dan daarvoor de wereld iets wilt nalaten, als je begrijpt wat ik bedoel. De kans is groot dat Da Rocha en Fournier op dit moment hun eigen sterfelijkheid onderzoeken.'

Adara's microfoontje zond haar spottende gesnuif uit.

'Wat!?' zei Caruso. 'Je weet dat dat zo is.'

Ding bracht het gesprek weer terug op hun werk. 'We moeten een paar keuzes maken. Zoals je al zei, Mr C., iedereen die we in de gaten houden is betrokken bij de een of andere shit.'

'Ik vind het geen prettig idee het team op te splitsen,' zei Clark.

Voor een goede langdurige surveillanceoperatie op Da Rocha of de man die volgens hen de leidinggevende Rus was, waren twee keer zoveel mensen nodig als ze ter beschikking hadden. Het relatief kleine team bood de mogelijkheid snel te switchen en aanpassingen door te voeren, maar het bracht ook beperkingen met zich mee.

'Moeilijk te zeggen wie aan zet is, de Russen of Da Rocha,' zei Ding. 'Dus zullen we degene die ermee wegrent moeten volgen.'

'Akkoord,' zei Clark. 'Deze Da Rocha duikt overal op als niemand dat verwacht en dan vloeit er altijd bloed. We zien nu slechts het topje van de ijsberg en ik wil weten wat we niet zien.'

29

Het mortuarium zat verstopt in de kelder aan het einde van een lange gang. Een goede plaats, vond Sassani, om doden te onderzoeken, vooral dode verraders.

Maryam Farhads lichaam was blijven liggen waar ze was gevallen tot de IRG-agent en zijn mannen klaar waren met het grondig doorzoeken van haar appartement. Ali – het meest religieuze lid van Sassani's team – had het obscene tafereel afgedekt, maar iemand anders had het bebloede laken weer van haar afgetrokken waardoor ze gedurende de hele huiszoeking bloot lag. Volgens Sassani was dat ook beter, want dat zou de mannen boos maken, hun laten zien wat voor hoer ze was en hen inspireren om beter hun best te doen om haar collega-samenzweerders te vinden.

Nadat ze tweeënhalf uur bezig waren geweest met het maken van foto's en het zoeken naar vingerafdrukken had Sassani opdracht gegeven het lichaam naar een klein ziekenhuis te brengen, nog geen vijf kilometer ten noorden van de plaats waar hij toezicht had gehouden op de ophanging van de drie studenten. Hij was geen monster, maar omdat ze verraders waren was hij niet verdrietig geworden toen ze langzaam waren gewurgd terwijl de kranen hen omhoogtakelden.

Sassani was alleen naar het ziekenhuis gegaan, blij even verlost te zijn van de constante belasting van zijn teamleden. Het waren goede mannen, maar hij had soms het gevoel dat hij hen mee moest slepen. Eerlijk gezegd gaf hij de voorkeur aan zijn eigen gezelschap boven dat van wie dan ook, inclusief zijn vrouw die altijd wel ergens kwaad om was.

De geur van verf en ontsmettingsmiddel sloeg hem tegemoet toen de deuren van de vrachtlift openschoven. Het tl-licht in de gang had betere tijden gekend; verschillende buizen flikkerden met onregelmatige tussenpozen aan en uit, iets waar Sassani met veel succes in de isolatiecellen van de Evin gebruik van maakte. Een paar lampen waren echt kapot, waardoor de gang er spookachtig uitzag.

Sassani liep langzaam door de gang en dacht na over de dag die voor hem lag.

Het gedoe met die Rus was onduidelijk. Dovzhenko had de dode vrouw gekend. Dat was duidelijk gebleken: zijn holle wangen, de kortstondige, niet helemaal verhulde woedende blik in zijn ogen. En waar was hij naartoe gegaan? De Rus was een spion, en spionnen handelden in informatie. Sommige van de mannen waren na afloop van het moordonderzoek ergens thee gaan drinken. Iedere spion die ook maar iets waard was, wist dat gesprekken onder het genot van een kop thee een ideale manier waren om informatie te vergaren. Maar Dovzhenko was verdwenen; om zijn wonden te likken of om een slimme leugen voor zijn superieuren te verzinnen zodat hij zichzelf van deze puinhoop kon distantiëren. Sassani durfde te wedden dat deze man Maryam Farhads minnaar was. De man was daar te snel gearriveerd, opgewonden, verhit. Waar ging een spion die kapot was van verdriet naartoe in een stad die niet zijn eigen stad was? Hij was niet naar huis gegaan. Sassani had mannen die zijn appartement en de Russische ambassade in de gaten hielden. Maar dat maakte niet uit, hij zou hoe dan ook binnenkort ergens opduiken en zodra dat het geval was had Sassani het noodzakelijke bewijs in handen waardoor de Russen hem moesten overdragen aan de IRG of naar huis moesten sturen om de kwestie zelf af te handelen. Sassani kreeg een fantastisch idee en glimlachte. Misschien kon hij de Russen overhalen een van hun eigen ondervragers naar Iran te sturen, dan konden ze Dovzhenko samen bewerken.

Sassani duwde de dubbele deuren aan het einde van de gang open. Hij klopte niet aan, wat hem een geïrriteerde blik opleverde van de vrouw die over Maryam Farhads lichaam gebogen stond. In Iran waren nog geen vijfhonderd lijkschouwers die de IRG volkomen vertrouwde, en het aantal vrouwelijke artsen in deze toch al kleine groep was op de vingers van één hand te tellen. Sassani kende dokter Nuri, en hij was zich bewust van de noodzaak van haar positie.

Nuri was zich ook bewust van haar belang en trotseerde Sassani meer dan hij gewend was, zeker voor een vrouw.

De autopsiezaal was uitstekend verlicht vergeleken met de gang en leek klein door alle roestvrijstalen wasbakken en tafels die in een L-vorm tegen de achter- en linkermuur stonden. Metalen deuren, als kleine koelkasten, namen de muur rechts van Sassani in beslag. De lichamen van de verraders zouden achter drie van die deuren liggen, in afwachting van een oppervlakkige blik van een mannelijke arts en een snelle begrafenis.

Maryam Farhad lag op de metalen autopsietafel. Deze tafel leek meer op een groot dienblad en had rondom een metalen gootje voor het opvangen van vloeistoffen of stukjes bewijs die van het vel papier afgleden. Een witte handdoek bedekte haar bleke lichaam van iets onder de navel tot het midden van haar bovenbenen. Ze had hevig gebloed nadat ze was doodgeschoten, maar het weinige bloed dat in haar lichaam was achtergebleven was al naar de laagste punten gezakt, waardoor haar billen en schouders een blauwachtige glans hadden vergeleken met het krijtachtige wit van haar gezicht en buik. Een papieren etiket was met een touwtje aan haar teen gebonden. De kogelgaten, en daar waren er heel veel van, waren schoner dan de laatste keer dat hij haar had gezien als gevolg van de wattenstokjes die dokter Nuri tijdens het uitwendige onderzoek had gebruikt. Er lag een opgerolde handdoek onder Farhads hoofd, zodat haar kin de lucht in stak. Het ooglid van haar rechteroog was half geopend, alsof ze keek om te zien wie het vertrek net was binnengekomen. Sassani zette onwillekeurig een stap achteruit. Het was heel vreemd, zelfs hij vond dat, dat hij een boterham kon eten terwijl hij door de kerkers van de Evin-gevangenis liep, maar dat hij hier het gevoel had dat de dood over zijn schoenen kroop.

De scalpel in dokter Nuri's rechterhand flikkerde in het kunstlicht toen ze die boven de borst van de dode vrouw hield. Nuri was een kleine vrouw en leek bijna een kind nu ze over Maryam Farhad gebogen stond die minstens 1 meter 65 was en iets te dik zoals veel vrouwen van eind dertig die gemak belangrijker vonden dan voeding.

Het papieren mondkapje bedekte meer van dokter Nuri's gezicht dan een rusari en dat was maar goed ook, want ze gaf Sassani toch al een ongemakkelijk gevoel. De blauwe operatiejas en het donkere rubber schort verhulde de vorm van haar lichaam. Maar haar humeurige opmerkingen maakten haar eenvoudige uiterlijk meer dan goed. 'U hoort hier niet te zijn,' snauwde ze.

'Dit is een uiterst urgente zaak,' zei Sassani. Het beviel hem helemaal niet dat hij zich moest verantwoorden, en zeker niet tegenover een vrouw. Het feit dat ze minstens twee keer zo goed was opgeleid als hij was niet van belang.

'Schaamt u zich niet? De Sepah-e Pasdaran heeft vast wel een vrouwelijke agent die ze kunnen sturen om aanwezig te zijn bij de autopsie van een vrouw.'

Sassani haalde diep adem, ondanks de geur van dood en ontsmettingsmiddel. 'Zoals ik al zei, is dit een uiterst urgente zaak.'

Met de scalpel roerloos boven het lichaam keek Nuri hem aan, alsof ze nog iets wilde zeggen. Maar uiteindelijk concentreerde ze zich weer op haar werk. Ze stak het mes in het bloedeloze vlees bij de linkerschouder en maakte een begin met de grote Y-vormige incisie die Farhads borstkas zou openen.

Sassani kuchte. 'De doodsoorzaak is meer dan duidelijk,' zei hij. 'Is dat echt noodzakelijk?'

Dokter Nuri stopte met snijden boven aan het borstbeen. 'Een autopsie kan het hele verhaal vertellen.' Ze keek naar de deuren in de andere muur waar de andere lichamen werden bewaard. Er waren twintig deuren, vijf naast elkaar en vier boven elkaar, met een handvat zoals in de vrieskasten op de markt bij Sassani's huis.

De arts zei: 'We denken misschien dat we weten dat de dood bijvoorbeeld is veroorzaakt door ophanging. Een inwendig onderzoek kan ons de exacte doodsoorzaak vertellen. Heeft het touw de overledene laten stikken, of kreeg hij eerst een beroerte door de onderbroken bloedtoevoer naar zijn hersens? Een dergelijk onderzoek kan ons vertellen of eenenveertig van de tweeënvijftig botjes in de voeten van de dode zijn gekraakt en gebroken. Of dat hij gewoon aan hartfalen is gestorven, minstens twee dagen voordat zijn lichaam werd opgehangen. Er staat geschreven dat zelfs de botten van levende of dode ongelovigen niet mogen worden gebroken.'

Sassani keek naar de ribsnijders en de stalen zaag in de bak naast Nuri. 'Toch staat u op het punt de botten van de doden te breken, voor de veiligheid van de revolutie. Dus vraag ik u nogmaals: is een inwendig onderzoek van Maryam Farhad noodzakelijk?'

Nuri liet haar scalpel in het bakje vallen. 'Als ik me niet vergis was u degene die opdracht gaf voor deze autopsie.'

'Vertel me uw conclusies tot nu toe,' zei Sassani, om de situatie weer een beetje de baas te worden.

Dokter Nuri liep bij het lichaam vandaan naar een geopende map op het aanrecht achter haar, bij de gootsteen. 'Ik heb het lichaam vanuit elke hoek gefotografeerd.' Ze keek op naar Sassani. 'Ik kan u wel vertellen dat ze toen ze nog leefde een bijzonder knappe vrouw was. U kunt ze daar printen als u foto's van een naakte dode vrouw wilt meenemen, als bewijs. Maar zelfs voor een majoor van de Sepah lijkt me dat ongepast.'

Sassani negeerde haar opmerking. 'Wat nog meer?'

'Uit röntgenfoto's blijkt dat er nog vier kogels in haar lichaam zitten en dat komt overeen met twaalf ingangs- en zeven uitgangswonden...'

'Zeven?'

'Ja,' zei Nuri. 'Twee kogels hebben het lichaam waarschijnlijk door dezelfde wond verlaten.' Ze wees naar twee kleine gaten in de zijkant van Farhads hals. 'Ziet u dat ik deze met de punt van mijn vinger kan afdekken?' Ze pakte het hoofd met beide handen vast en tilde het iets op zodat iets onder de basis van de schedel een gapend gat zichtbaar werd. 'En dit kan ik niet eens met mijn vuist afdekken. Uw kogels richten enorme schade aan als ze uittreden.'

'Ja, dat is het doel van kogels. Ja toch zeker? Hebt u ook waardevolle informatie?'

'Ze heeft vlak voor haar dood geslachtsgemeenschap gehad.'

Sassani deed geen moeite zijn glimlach te verbergen. 'Daar is dus... bewijs van?'

'Natuurlijk, daardoor weet ik dat.' De arts knikte naar verschillende reageerbuisjes in een metalen rekje op het aanrecht. In elk buisje zat een wattenstaafje. 'Er zijn geen kneuzingen of iets anders wat erop wijst dat ze zich heeft verzet. Maar ik moet u wel zeggen dat dit niet betekent dat ze ermee instemde.'

'O, maar ik weet zeker dat ze ermee instemde. Ze was naakt en rookte een sigaret toen we haar vonden.'

'Een misdaad waar de doodstraf op staat, dat geloof ik meteen,' snauwde dokter Nuri.

'Het DNA-bewijs,' zei Sassani. Hij was niet van plan deze vrouw iets te vertellen. 'Dat moet ik nu hebben.'

'Dat zal tijd kosten,' zei Nuri.

Sassani klemde zijn kaken op elkaar. 'Ik zeg het nog een keer, dit is een uiterst urgente zaak. Ik moet het ras van de man weten.'

'Dat is mogelijk.'

'Doe het dan maar.'

'Daar begin ik mee zodra ik klaar ben met het inwendige onderzoek.'

'Daar is geen tijd voor. Ik moet die informatie meteen hebben.'

'Majoor...' Nuri hield haar hoofd schuin, alsof ze een kind moest uitleggen waarom hij geen ijsje kon krijgen. 'De wetenschap zegt iets anders. In tegenstelling tot wat u in de bioscoop hebt gezien, kan een DNA-onderzoek niet binnen een uur en zelfs niet binnen twee uur worden uitgevoerd. De extractie, het verwijderen van zouten en andere verontreinigingen, het kwantificeren en vervolgens amplificeren door de polymerasekettingreactie zal...'

'Bespaar me dat jargon,' snauwde Sassani. 'Hoeveel tijd hebt u nodig?'

Nuri klemde haar lippen op elkaar achter haar plastic gezichtsmasker en ademde diep in door haar neus. 'Ik zal het eenvoudig uitleggen zodat u begrijpt waar we het over hebben. Na een aantal wetenschappelijke stappen, die niet kunnen worden versneld zonder het hele proces te ruïneren, kan ik aparte kopieën van voldoende DNA maken om de informatie die u nodig hebt te vergaren. Deze stappen zullen ongeveer twaalf uur kosten.'

Sassani knikte. 'Ik verwacht een antwoord binnen twaalf uur, w...'

Ze viel hem in de rede. 'Leest u?'

'Natuurlijk lees ik.'

'Dat is een gewone vraag,' zei ze met een zo te zien oprechte glimlach. 'Ik vroeg u niet of u kúnt lezen, maar of u dat ook dóét. U bent een drukbezet man. Stelt u zich een boek voor waarin alle woorden op doorzichtig papier zijn geschreven en daarna op elkaar zijn gestapeld, met de letters door elkaar heen en enorm uitvergroot. Zo ziet het DNA er op dat punt in het proces uit. We hebben apparatuur die de... stukjes DNA er volgens hun afmeting uit kan zeven. Daardoor kan ik de data analyseren en u uw antwoord geven.'

'Oké, oké,' zei Sassani, doodmoe nu. 'Voorlopig hoef ik alleen het ras van de man te weten.'

'Ik hou alleen van het middenstuk van een cake, maar om dat te krijgen moet ik eerst de hele cake bakken.'

'U zou er goed aan doen een beetje op uw woorden te letten, dokter,' zei Sassani. 'Vergeet niet dat ik de sleutels van de Evin-gevangenis in handen heb.'

'En ik de sleutels van het mortuarium.'

'Ik verwacht een telefoontje zodra u de informatie hebt.' Hij draaide zich om en wilde vertrekken, maar draaide zich op zijn hakken weer om. 'Anders hebt u helemaal geen sleutel nodig om hier binnen te komen.'

30

De president van de Russische Federatie haalde diep en bedachtzaam adem. Hij keek de vijf generaals tegenover hem strak aan. Het Amerikaanse Witte Huis had een bijzonder Oval Office met gezellige meubels voor een comfortabel of rustig gesprek bij de open haard, maar Yermilovs kantoor in het Kremlin was groot, rechthoekig – zoals een echte kamer moet zijn – en gemeubileerd met een echte eiken vergadertafel waar zaken moesten worden gedaan.

Een groot deel van Oost-Oekraïne was feitelijk al Rusland. Het was zeker Rússisch. Alle bewoners daar moesten weten dat het Kremlin hun verzet door een gewelddadig Kiev zou laten breken. Volgens Yermilov deed hij niet meer dan vrijheidsstrijders helpen terug te keren naar hun moederland zoals hij ook al op de Krim had gedaan. Het kon geen kwaad dat deze regio's grote voorraden fossiele brandstoffen hadden.

'Kameraad kolonel-generaal Gulin,' zei Yermilov, waarna hij de man met een handgebaar het woord gaf. 'Ga uw gang.'

De officier stond op en streek zijn keurige uniformjas vol medailles glad. Het rode lintje met gouden ster ontbrak ook niet; deze Held van de Sovjet-Unie-medaille had hij gekregen tijdens de campagne in Afghanistan. Kolonel-generaal Gulin was nu begin zeventig, maar had nog altijd een kaarsrechte militaire houding. Zijn dikke haar stond rechtop op zijn hoofd, alsof hij net zijn pet had afgezet. Met zijn felle donkere ogen en borstelige wenkbrauwen leek hij op een kwade oom van kameraad Brezjnev, wat hem de perfecte persoon maakte om de rest van de generaals en admiraals op de hoogte te brengen van Operatie ANIVA.

De generaal schraapte zijn keel en keek voordat hij het woord nam nog een keer naar Yermilov. 'Op belangrijke sleutellocaties in het bankwezen en bij veel openbare voorzieningen van Oekraïne is al malware geplaatst. Hun Marine is niet veel meer dan een vloot verroeste emmers, waardoor we zonder veel verzet de druk in de Zee van Azov kunnen opvoeren. Admiraal Bylinkin heeft het fregat Grigorovich gestationeerd in de Zee van Azov. De twee Zwarte Zeevloot-fregatten Essen en Makarov, en de torpedobootjager Smetlivy, zijn al onderweg vanuit Novorossiysk. Vier extra korvetten en drie fregatten van de Baltische Vloot varen op dit moment door de Turkish Straits om deel te nemen aan onze oefening. Binnen enkele dagen hebben we de gemechaniseerde eenheden in Klintsy en Valuyki verdubbeld. Ook eenheden die trouw zijn aan Rusland en al in Oekraïne zijn nemen deel aan de oefening en zijn nu in noordelijke en westelijke richting op weg naar Kiev en zullen ongetwijfeld worden aangevallen door Oekraïense strijdkrachten. Op uw bevel zullen onze troepen naar het zuiden optrekken en de grens oversteken om te bemiddelen, om te fungeren als vredeshandhavers te midden van de toenemende gewelddadigheden.'

Yermilovs gedachten dwaalden af terwijl deze Held van de Sovjet-Unie ANIVA besprak met de rest van de staf. Allemaal kenden ze de bijzonderheden, maar Yermilov wilde dat ze allemaal wisten dat hij op de hoogte was én er nog altijd achter stond. De Russische actie om kernraketten naar Cuba – aan de andere kant van de wereld tegenover Florida – te brengen werd ANADYR genoemd, naar een stad in het noorden aan de Tsjoektsjenzee. Hij had deze operatie ANIVA genoemd, naar een dorpje op het eiland Sachalin, ten noorden van Japan en ver van Oekraïne.

De Amerikaanse Keyhole en andere spionagesatellieten zouden Landmacht- en Marineversterkingen zien, maar daar maakte hij zich niet druk over. Ze speelden dit spel al jaren. Yermilov was een betere schaker dan zijn voorgangers waren geweest. Hij was Ryan al twee tot drie zetten voor, en gezien alles wat er nu op het schaakbord stond, zouden de Amerikanen niet eens weten dat ze verslagen waren tot het spel al afgelopen was.

'Ik realiseer me dat sommigen van jullie je zorgen maken,' zei Yermilov zodra generaal Gulin uitgesproken was. 'Maar geloof me, die zorgen zijn ongefundeerd. Rusland heeft het onvervreemdbare recht om naar believen militaire oefeningen uit te voeren. Zij doen dat. Wij doen dat. Iedereen is blij. Iedereen is voorbereid. Onze Russische broeders en zusters in Oekraïne verwachten dat we hen bevrijden van het juk van de onderdrukking. Dat is onze plicht, nietwaar?'

Iedereen aan tafel riep duidelijk: 'Ja!'

Admiraal Bylinkin van de Zwarte Zee-vloot leunde naar achteren met zijn lippen op elkaar geperst en een zure blik.

Yermilov keek naar hem. 'Wat is er, mijn vriend? Heb je iets anders te zeggen?'

'Nee, Gospodin President,' zei de admiraal. 'Ik wil er alleen op wijzen dat...'

Yermilov viel hem in de rede: 'Je hebt dus wel iets anders te zeggen?'

De admiraal kromp zichtbaar in elkaar. 'Nee, Gospodin President.'

'Maar zeg alsjeblieft wat je op je hart hebt,' zei Yermilov, nu de man uit evenwicht was gebracht.

'Ik realiseer me dat Oekraïne geen lid is van de NAVO, maar gezien president Ryans opschepperij en moed, lijkt hij dat niet te weten.'

'Misschien niet,' zei Yermilov. 'Ryan heeft zeker de wil, en hij heeft de middelen, in militair opzicht, maar ik geloof niet dat hij de tijd heeft. Op dit moment speelt er zoveel in de wereld dat Jack Ryan thuis de handen zo vol zal hebben dat hij niet de tijd heeft om zich druk te maken over ontwikkelingen in het buitenland, en al helemaal niet in een buitenland dat geen lid is van de NAVO. Hij heeft zijn handen vol.' Yermilov glimlachte breed en zette zich af van de tafel om aan te geven dat de bespreking afgelopen was. 'Het zal niet lang meer duren voordat hij te veel omhanden heeft.'

Achter in het kantoor, op een stoel die tegen de muur en dus niet aan de tafel stond, tikte Maksim Dudko met een pen tegen de leren hoes van zijn organizer. De spiertjes onder zijn rechteroog trokken van verwachting. *Je hebt er geen idee van, mijn vriend,* dacht hij. *Ik ga dus wel worden uitgenodigd voor je vistochtje...*

Dit gesprek was veel te gevoelig om gevoerd te worden in Elizaveta Bobkova's kantoor bij de ambassade, zelfs in de kleine uurtjes van de ochtend. Hier waren te veel oren. Te veel spionnen die deden waar spionnen goed in zijn.

Bobkova werkte lang genoeg bij de Russische inlichtingendiensten om te weten dat het niet de gewoonte was dat spionnen mensen van de tegenstander vermoordden, en al helemaal niet in hun eigen land. Verraders oké, maar dit kon gewoon niet, in elk geval niet opzettelijk. Toch waren haar orders glashelder: volg de bevelen op, anders word je teruggeroepen naar Moskou. En daarna? Die gluiperd van een Maksim Dudko zei dat hij in het bezit was van *kompromat* – een dossier met compromitterende informatie in de vorm van foto's, bankafschriften, bewijzen dat zij net als alle anderen haar zakken vulde. Een beetje geld opzijzetten was geen misdaad waar de president zich druk over zou maken. Maar wanneer een dergelijke indiscretie uitlekte zou Yermilov zich generen. In de tijd van Stalin betekende het niet-gehoorzamen aan een bevel – of dat wel doen, maar de baas in een slecht daglicht stellen – lange en wrede gesprekken met de NKVD, het Volkscommissariaat voor Interne Aangelegenheden, terwijl je opgesloten zat in de kerkers van de Lubyanka-gevangenis. Na een korte, maar gedetailleerde bekentenis dat je landverraad had gepleegd, als de botten in je benen nog voldoende intact waren om te kunnen hobbelen, dwongen ze je om door het hek naar de Communarka-executieplaats te lopen. In het moderne Rusland werden dit soort zaken echter subtieler, maar even wreed uitgevoerd.

Het was domweg onmogelijk voor haar om te weigeren het bevel van Dudko op te volgen, hoe belachelijk dat ook was. Ze zou het als een echte professional uitvoeren en daarna met Dudko afrekenen. Twee mensen konden het kompromat-spel spelen. Een man als hij stonk naar een verrotte samenzwering, er zouden bergen smerigheid naar boven komen. Die griezel had haar zelfs Lizon'ka genoemd, het intiemere koosnaampje voor Elizaveta, maar alleen haar opa mocht haar zo noemen. Maar om dat te kunnen doen, mocht ze niet betrapt worden, en de Amerikanen waren er goed in om iemand te betrappen.

Zodra ze haar beveiligde videogesprek met Dudko had afgerond had ze al een heel stuk hardgelopen door Glover Park, vlak bij de ambassade. Het hardlopen kalmeerde haar en ondertussen kon ze een gedetailleerd plan bedenken en haar team uitkiezen.

De bespreking van vanavond moest plaatsvinden op een neutrale locatie, een hotel dat ze niet eerder had gebruikt om een andere agent te ontmoeten of om een potentiële buitenlandse spion aan een leugentest te onderwerpen. Het moest een locatie zijn waar nooit spionnen kwamen, maar dat was niet eenvoudig in een gebied als D.C., waar spioneren het nationale tijdverdrijf was.

Elizaveta had drie uur de tijd genomen om met de auto D.C. te verlaten en een willekeurige Hampton Inn aan de Interstate 81 ten noorden van Winchester uit te kiezen. Dit was een grillige rit naar Front Royal en door het Shenandoah-bos om de FBI-agenten die haar altijd schaduwden af te schudden. Er waren er verschillende die wisseldiensten draaiden, maar ze noemde hen Bullwinkle en Rocky, wie het op een bepaald moment ook waren.

Zodra ze de Hampton Inn had uitgekozen belde ze met een prepaidtelefoon de twee mannen die ze het meest vertrouwde en vertelde hun de locatie. Ze had van tevoren geen specifieke plannen gemaakt, zodat de Amerikanen niets konden onderscheppen en geen idee hadden waar ze voorafgaand aan haar bespreking afluisterapparatuur konden aanbrengen. Toch sprak ze in code, op basis van een unieke lijst, zodat alleen haar mannen het konden begrijpen. De FBI zou deze unieke lijst alleen in bezit kunnen hebben als een van deze twee mannen overgelopen was. Wanneer dat het geval was, was ze toch al verloren. Zodra ze in de hotelkamer was, zouden de mobiele telefoons in de koelkast worden gelegd en zou alle apparatuur uit het stopcontact worden getrokken.

Als ze de bespreking op de maan had kunnen voeren had ze dat gedaan, want deze opdracht was meer dan delicaat, die was waanzinnig.

Bobkova had geen morele bezwaren tegen het plegen van moorden. Sommigen zouden zeggen dat ze geen moraal of scrupules bezat. Ze had er geen enkel probleem mee om een lastige verslaggever een duw te geven of om een verrader gif toe te dienen, maar één facet van spionage was zo schaamteloos dat het met grote rode letters in het operationele handboek stond: het vermoorden van iemand van de tegenstander was foute boel. Het verlies van een van de eigen mensen was voor beide partijen een reden om de jacht op mollen te openen en spionnen af te slachten. De FBI zou honderden, zo niet duizenden agenten inzetten om de dader te vinden. *Smert shpionam* – het motto van Stalins NKVD van 'Dood aan spionnen' – werd een maar al te realistische mogelijkheid. Het idee van gerechtvaardigde wraak gaf iedereen een gevoelige trekkervinger. Bovendien zou het echte werk tot stilstand komen. Door de extra waakzaamheid na een moord werd het vergaren van geheime informatie nagenoeg onmogelijk. Zelfs als Bobkova op de een of andere manier in staat zou zijn om haar betrokkenheid bij een moord te verhullen, was uitwijzing een duidelijke straf voor iedereen die zelfs maar een beetje verdacht werd, en ze wilde het Westen niet verlaten. Het kapitalisme was weliswaar 'de belangrijkste vijand', maar het zorgde wel voor een comfortabel appartement en het hele jaar vers fruit.

Er waren manieren om hier te blijven, maar die waren ondenkbaar. Of toch niet?

Ze keek in het schemerige licht van het hotel naar de twee mannen die tegenover haar zaten en schoof een vel dun cellofaan over de nepleren voetenbank, waarna ze achteroverleunde in de bureaustoel op wieltjes. De mannen zouden even de tijd nemen om de instructies te lezen. Ze was er voor negenennegentig procent zeker van dat er geen afluisterapparatuur in de kamer was, maar één procent was voldoende om haar de das om te doen, dus bleef ze voorzichtig. Hoe minder woorden van het feitelijke plan hardop werden uitgesproken hoe beter.

De mannen roken naar zwaar geurende Russische zeep en een forse scheut Amerikaanse eau de cologne. In andere omstandigheden had deze combinatie kunnen werken, maar de hotelkamer was zo klein dat er algauw de agressieve geur van een *duty-free*-winkel op een vliegveld hing. Beide mannen waren een beetje verliefd op Bobkova en ze nam aan dat ze de eau de cologne ter wille van haar droegen. Dat maakte niet uit, want ze zouden toch niet lang blijven. En Bobkova was niet van plan om ook maar iets dichter bij een van deze mannen te komen dan ze nu al was. Hoewel… Gorev misschien. Hij was jong en gespierd, en hij wist hoe hij zijn oren moest scheren. Maar dat moest wachten. Als ze nu iets met hem begon zou ze hem voortrekken, iets wat Pugin nijdig zou maken. Zelfs hij was niet helemaal onaangenaam om naar te kijken; hij was niet knap, maar als hij er iets verzorgder uitzag kon hij er wel mee door.

Beide mannen waren fit, gehard in de strijd, en ze kenden het klappen van de zweep. Ervaren agenten, in het bezit van de extra dierlijke scherpte die hen zo waardevol maakten voor een idiote missie als deze. Ze zou die stomme Dudko verrot slaan omdat hij haar hiertoe had gedwongen. En als ze door zijn toedoen werd teruggestuurd naar Rusland, zou ze hem vermoorden. Misschien zou ze hem sowieso vermoorden.

Gorev stond op en liep zwijgend naar de badkamer. Hij had kort blond haar en een trieste glimlach die niet paste bij zijn criminele vaardigheden. Ze hoorden dat hij het toilet doortrok, maar dat was niet echt nodig, want het flinterdunne papier zou uit elkaar vallen zodra het met een heel klein beetje vocht in aanraking kwam. Zelfs de vochtige lucht van Washington D.C. zou het binnen een paar dagen in een onleesbare brij veranderen. Gorev kwam de korte gang in en stond tegen de muur geleund te wachten tot zijn partner zijn eigen briefing voor de tweede keer had doorgelezen.

Viktor Pugin was veertig en tien jaar ouder dan Gorev. Hij had donkere ogen en een plat gezicht. Er staken te veel zwarte haren uit zijn oren naar Elizaveta's smaak, maar door zijn rijpere leeftijd had hij wel iets bedachtzaams, iets waar ze respect voor had. Hij was snel en zorgvuldig, in precies de juiste verhoudingen.

Ze leunde naar achteren en sloeg haar armen over elkaar, terwijl ze de mannen bekeek en bestudeerde om hun stemming te peilen.

'Een interessante keus aan doelstellingen,' zei Gorev, terwijl hij zacht met zijn hoofd tegen de deurpost van de badkamerdeur bonsde.

Pugin keek naar haar over de rand van zijn papier en was iets nauwkeuriger in zijn woorden. 'Het plan is uitvoerbaar, maar het doel is waanzinnig. Mag ik vragen waar dit bevel vandaan komt?'

Bobkova zette zich met haar voet af zodat de bureaustoel ronddraaide, terwijl ze zich afvroeg hoeveel ze hun zou vertellen. 'Dit komt van het hoogste niveau,' zei ze.

Pugin grinnikte. 'Het hoogste niveau kan altijd alles ontkennen.'

Ze wilde een kam pakken om zijn wilde wenkbrauwen te kammen, maar zijn directheid was verfrissend. Verdwenen was de tijd van de Sovjet-huurmoordenaar, die bereid was blindelings op pad te gaan en zonder vragen te stellen voor het Rodina te werken, gehoorzaam wachtend tot een andere Sovjet-huurmoordenaar eraan kwam, om als hij het verknalde – en zelfs als hij het niet verknalde – hetzelfde met hem te doen. Was iemand vermoorden moeilijker geworden? Nee, dat was niet zo. Maar betrapt worden was tegenwoordig wel gemakkelijker.

'Dit komt van hoog genoeg,' zei ze.

31

'Niet erg subtiel.' President Ryan smeet een stapel foto's op het bureau van het Oval Office en wreef in zijn vermoeide ogen. Hij droeg een vale spijkerbroek en het grijze T-shirt waarin hij had geslapen, met daaroverheen een donkerblauw colbert met het presidentiële zegel op het voorpand.

Bob Burgess, Mary Pat Foley, Scott Adler en Arnie Van Damm waren er ook. De rest van de National Security Council-principals zouden ook aanschuiven bij de nachtelijke vergadering, maar Burgess had Ryan gevraagd eerder te komen zodat hij hem kon briefen over de gebeurtenissen in Rusland.

'Dat hoeven ze ook niet te zijn,' zei minister van Defensie Burgess. 'Het is geen groot geheim dat Oost-Oekraïne feitelijk Russisch grondgebied is. De Krim gaf Moskou vijftig procent meer kustlijn aan de Zee van Azov én meer redenen om daar te patrouilleren. De loyalisten van Yermilov voeren enkele "valse vlag"-operaties uit tegen Russische burgers en dan kan hij zijn troepen daarnaartoe sturen om hen te beschermen.'

'Dat klinkt logisch,' zei Scott Adler. 'Het ministerie van Defensie heeft vanochtend een verklaring uitgegeven waarin ze dit beschrijven als een combinatie van een militaire oefening en een vredesmacht. Ik heb minister van Buitenlandse Zaken Zubov vanochtend gesproken en hij verzekert me dat er niets is om ons zorgen over te maken.'

Burgess zei spottend: 'Dat geloof ik graag.'

Ryan bekeek de satellietfoto's weer. Er waren al jaren Russische troepen bij de grens met Oekraïne gestationeerd, maar in de afgelopen tien uur waren er daar duizenden bij gekomen, plus gepantserde troepentransportvoertuigen en gemechaniseerde artillerie-eenheden. Ontelbare torpedobootjagers en fregatten voeren in konvooi vanaf de kust in de Zee van Azov, terwijl er nog meer onderweg bleken te zijn. Op één foto stonden het escorteschip Moskva, de torpedobootjager Priazovye en het verkenningsschip Panteleyev van de Mediterrane Vloot die door de Turkish Straits de Zwarte Zee in voeren.

'En HUMINT?' vroeg Ryan. Hij liet de foto's vallen en keek Foley aan.

'Mensen ter plaatse schetsen hetzelfde scenario als Bob: huurlingen trouw aan Rusland...'

'Spetsnaz-troepen zonder uniform, gekleed als kleine groene mannetjes,' zei Burgess.

'Klopt,' zei Foley, met een blik opzij naar de minister van Defensie die haar in de rede was gevallen. 'Maar goed, deze kleine groene huurlingen zullen waarschijnlijk naar het westen en het noorden trekken en daar radiostations en politiebureaus innemen tot deze installaties door Russische troepen "bevrijd" kunnen worden. Yermilovs vredesmacht kan binnenkomen en de bevolking beschermen, en, als ze dat van plan zijn, zorgen voor frauduleuze verkiezingen waaruit ongetwijfeld zal blijken dat het grootste deel van de bevolking terug wil rennen in de liefhebbende armen van Moedertje Rusland. Odessa Station heeft nog geen bewegingen gezien, maar ze horen een heleboel geklets.'

'Meneer de president,' zei Burgess, 'Yermilov denkt dat we te zeer zijn afgeleid om ons ermee te bemoeien. Het is niet onmogelijk dat dit weekend al Russische troepen door Kiev rijden. Deze video's, internetbots, alles wijst naar Yermilov.'

'Ik geloof niet in toevalligheden,' zei Ryan. 'Ik kan de gedachte niet van me afzetten dat de ontmoeting tussen Elizaveta Bobkova en de Iraanse leider van de demonstranten hier iets mee te maken heeft.' Hij keek Foley weer aan. 'Mary Pat?'

'Nog niets nieuws bekend, meneer de president,' zei ze. 'Maar onze voelhoorns zijn uitgestoken en er zit aas aan de haken.'

'Ik stel een krachtsvertoon voor,' zei Burgess. 'Voordat Yermilov zich ingraaft.'

Ryan knikte. 'Dat zou best eens kunnen gebeuren. Hoe is de situatie in Kameroen?'

Burgess keek op zijn horloge. 'Tachtig man van Task Force Darby zijn daar vannacht vanuit het noorden naartoe gereden. Kameroense *rapid response*-troepen zijn natuurlijk bang voor hun eigen hachje en zijn achtergebleven in Garoua zodat zij in geval van vijandelijkheden geen besluiten hoeven te nemen over wie ze gaan steunen.'

Ryan trok een wenkbrauw op. 'Ik kan me voorstellen dat Njaya dat al als een besluit zal beschouwen.'

'Dat geloof ik meteen,' zei Foley. 'Gezien zijn verleden.'

Ryan keek naar het schrijfblok op zijn bureau. Het was belangrijk om de mensen die bij een dergelijke gebeurtenis betrokken waren een naam te geven. 'Hoe zit het met mevrouw Porter?'

Omdat Buitenlandse Zaken zijn terrein was gaf Scott Adler antwoord. 'Dezelfde vier mannen van het Kameroense leger zijn nog steeds bij haar. Ze is niet fysiek gewond, ook al hebben ze haar hardhandig aangepakt volgens Adin Carr en ambassadeur Burlingame. Water maar geen eten, ongeregelde toiletbezoeken, veel obscene opmerkingen. Carr wil er gewapend op afgaan, en Burlingame denkt daar net zo over. En ik kan niet zeggen dat ik ze dat kwalijk neem, en ik zit in mijn comfortabele kantoor en slaap in mijn eigen bed. Zij zijn tijdens deze hele beproeving al ter plaatse.'

Burgess zei: 'Twee verkenningsteams van Sabre Squadron B zijn drie uur geleden in Yaoundé gearriveerd en voegen zich nu bij special agent Carr.' Hij rolde met zijn ogen en schudde zijn hoofd. 'Delta Force-soldaten tegen vier uitgeputte Kameroense bullebakken; dat zou nog geen seconde mogen duren. Ze wachten op uw toestemming, meneer.'

'Begrepen,' zei Ryan. 'Als ze aanstalten maken mevrouw Porter iets aan te doen, hebben ze mijn toestemming.' Hij zuchtte. 'Laten we maar eens zien of Njaya bekend is met de Slag bij Pharsalus.'

'De Slag bij Pharsalus?' vroeg Foley, waarmee ze in tegenstelling tot de anderen toegaf dat ze niet bekend was met de Romeinse geschiedenis.

'Caesars leger tegen dat van Pompeius. Pompeius dacht dat hij sterker was, maar liever dan hun *pila* te gooien' – hij keek Mary Pat glimlachend aan – 'hun speren, zoals Romeinse soldaten meestal deden in de strijd, gaf Caesar zijn legioen opdracht op te trekken en hun speer in het gezicht van hun tegenstanders te steken. Deze tactiek demoraliseerde Pompeius en zijn mannen zo dat ze het slagveld ontvluchtten.' Ryan keek naar Burgess. 'Onze bondgenoten in de Atlantische Oceaan?'

'Onderweg, meneer de president,' zei Burgess.

'Goed,' zei Ryan. 'Laten we verder praten in de Situation Room. Het is tijd om Njaya in zijn gezicht te steken.'

Carrier Strike Group Two van de Amerikaanse Marine bevond zich op een afstand van 517 zeemijlen van de kust van Liberia en was daarmee de Amerikaanse zeemacht die het dichtst bij Kameroen was. De 7.542 soldaten, één kruiser, twee torpedobootjagers en CVN 77 (het moederschip van de Nimitz-klasse USS George H.W. Bush met tachtig vliegtuigen) waren op weg naar het Braziliaanse São Paulo, na een korte stop in de haven van het Senegalese Dakar. Door een snelle opdracht van de commandant van de Sixth Fleet voeren ze terug naar het oosten.

Op het vliegdek van het 332 meter lange vliegdekschip zat luitenant Sean Jolivette in zijn jachtbommenwerper F/A-18 en voerde een laatste visuele controle uit van zijn cockpit. Er waren iets meer dan duizend Hornet- en Super Hornet-piloten bij de Marine en het Marine Corps. De concurrentie voor elke vlucht was meer dan hevig, en de mannen en vrouwen die de kans kregen ze te vliegen hadden het welverdiende recht een beetje op te scheppen. Jolivette was zevenentwintig, 1 meter 75 en had, zoals alle anderen in zijn squadron, zijn droombaan.

De beide GE F404-motoren van de Hornet draaiden. Elke motor had een vermogen van 8.000K, ongeveer een kwart van het vermogen van een Mercury-raketmotor. Vandaag zat hij in zijn eigen toestel, iets wat nooit zeker was gezien de wisselende inzet en het onderhoud, waardoor piloten als ze aan de beurt waren met elk beschikbaar toestel moesten vliegen. Maar vandaag had Jolivette de 420 gekregen, met op de neus van het toestel zijn naam, rang en *call sign*. De Luchtmacht leek voor cool klinkende call signs te gaan, maar de Marine-traditie wilde dat piloten elkaar nederig hielden. Vaker wel dan niet kwam een call sign voort uit een gênante gebeurtenis tijdens de training. Luitenant Jolivette verdiende het call sign Swipe toen hij op Marine-basis Lemoore een Tindermatch had gemaakt – helaas met de dochter van de commandant van de basis. De vader had hem die naam zelf gegeven om hem eraan te herinneren dat *swiping* – stelen – niet altijd zo uitpakte als je dacht.

Net als de andere twaalf vliegdekschepen van de Amerikaanse Marine had CVN 77 de taak het Amerikaanse buitenlandbeleid in de wereld te steunen – en de vier F/A-18's in luitenant Jolivettes divisie vandaag vormden de voorhoede van die projectie.

Majoor Mike 'Gramps' Wertin, het oudste lid van de divisie, vloog de 406 van de katapult – lanceerinrichting – aan stuurboord naast Jolivettes rechtervleugel. Als aanvalsleider had Wertin de divisie al gebrieft in de *ready room* en de hiaten opgevuld die waren overgebleven nadat de Intel O – de inlichtingenofficier – de missie had beschreven.

Elke F/A-18 was volledig bewapend, met AIM-120 AMRAAM-luchtdoelraketten voor de middellange afstand, AIM-9 Sidewinder-luchtdoelraketten voor de korte afstand en GBU-24 Paveway III lasergeleidebommen, plus de vleugel- en centerlinietanks voor extra brandstof. Kameroen had een paar oude luchtafweerkanonnen, maar de Intel O had gezegd dat reactie vanaf de grond of vanuit de lucht onwaarschijnlijk was. Maar als het om brandstof en wapens ging was Jolivette aanhanger van de 'beter mee verlegen dan om verlegen'-visie, dus had hij een 9mm-SIG Sauer 228 in zijn survivalvest.

De assistent-luchtverkeersleider in de toren – Mini Boss genoemd – had de leiding over de voorste katapults, maar een officier in een geel shirt – katapultofficieren waren beroemd geworden door hun overdreven dansachtige non-verbale communicatiebewegingen op Kenny Loggins in de film *Top Gun* – gaf het teken voor de lancering. Elke katapult werkte onafhankelijk en Gramps' toestel werd in een wolk stoom over het dek gelanceerd. Alle vier F/A-18's van de divisie – Gramps, Swipe, Minion en Frodo – zouden elkaar weer treffen bij het tankvliegtuig, een Boeing KC-135, van de Luchtmacht op een afstand van zo'n honderd mijl van de kust van Kameroen, voordat ze zoals piloten van de Marine dat noemden 'in country' gingen. De stang op de neus van Jolivettes toestel was al bevestigd aan de shuttle die hem naar het *cat-track* zou brengen. Hij was klaar voor vertrek. De Britse Martin-Baker bood een lidmaatschap aan van de Ejection Tie Club, met een herdenkingsstropdas voor de weinige zielen wier leven dankzij een schietstoel van zijn bedrijf was gered. Het was een coole das, maar niet iets wat Jolivette graag wilde hebben. Toch controleerde hij of de stoel werkte.

Hij keek links naar de katapultofficier en voerde vervolgens een *wipe-out* van de controls uit om er zeker van te zijn dat het *fly-by wire*-computersysteem en de hydraulica allemaal goed functioneerden. Toen hij tevreden was draaide luitenant Jolivette zich om en salueerde tegen de katapultofficier, die terug salueerde, nog één keer keek of alles echt in orde was en vervolgens op een knie zakte en zijn hand naar de katapult bracht.

Jolivette legde zijn linkerhand op de gashendel en hield zich met zijn rechterhand vast aan de metalen stang rechts aan het plafond van het toestel. Zes seconden later accelereerde het toestel dankzij de stoomkatapult en de motoren van het toestel in ongeveer twee seconden van 0 naar 150 knopen en werd het over het einde van de CVN 77 en over de oceaan gelanceerd. De staart zwenkte even toen de boordcomputer, zodra het toestel het dek verliet, de besturing overnam. Jolivette kon voelen dat het toestel abrupt stopte met accelereren. Zijn rechterhand ging van de stang in de *canopy* naar de stuurknuppel en tegelijkertijd duwde hij met zijn linkerhand de gashendel naar voren.

De vliegdekcrew kon elke paar minuten een toestel lanceren. Minion en Frodo zouden een paar seconden later volgen. Inclusief de benodigde tijd om bij te tanken zou het uit vier personen bestaande aanvalsteam over nog geen negentig minuten in het Kameroense luchtruim zijn ding doen.

32

President Ryan sprak op verzoenende toon en liet zijn echte gevoelens over wat er stond te gebeuren niet blijken. 'Het probleem met de Verenigde Staten en onze gevechten is overwegend wat we ROE noemen. Ken je die uitdrukking, François?'

'Jawel, meneer de president,' zei Njaya. 'Rules of engagement.'

'Inderdaad,' zei Ryan. 'Maar de regels volgens welke onze soldaten in oorlogssituaties de vernietigende kracht onder hun vingertoppen mogen ontketenen beginnen onduidelijk te worden. In ons enthousiasme om als wereldpolitie te fungeren en de zwakkeren te beschermen, proberen we door een gematigde reactie te voorkomen dat burgers gewond raken. Onze militairen van de Luchtmacht, de Landmacht, de Marine en de U.S. Marines moeten vaak met één hand op de rug gebonden in actie komen. Ze handelen als adviseurs, trainers en wat al niet, hoewel ze in werkelijkheid uitstekend getraind zijn om maximale schade toe te brengen aan de vijanden van de Verenigde Staten.'

'Meneer de president, ik kan u verzekeren...'

'Laat me even uitpraten. De Verenigde Staten proberen eerlijk te vechten. Dat weet je.' Zijn woorden kregen een waarschuwende klank, klonken resoluut, onverzettelijk. Dit was de stem die hij had gebruikt als Jack junior de auto zonder toestemming had meegenomen, de stem die al Sally's vriendjes hadden gehoord als ze aan hem werden voorgesteld. Cathy zei altijd dat zijn stem dan klonk alsof hij met stenen had gegorgeld. 'Maar het zit zo, François, oorlog met de Verenigde Staten zal altijd ongelijkwaardig zijn. Wanneer onze mannen en vrouwen met duidelijke instructies de strijd aangaan, falen ze niet en verliezen ze niet. Begrijp je wat ik bedoel, François?'

'Jawel, maar u moet begrijpen...'

'Mannen die jou trouw waren hebben geschoten op een ambassade van de Verenigde Staten. Ze hebben onschuldige Amerikanen gegijzeld. Ik weet zeker dat jij hier niet bij betrokken was en ik zal je helpen de vrede in je land te herstellen. Later zul je de exacte aantallen krijgen, maar afgelopen nacht zijn er U.S. Marines in Niger aangekomen. Rond diezelfde tijd is er een extra compagnie in Tsjaad gearriveerd. Een geheim aantal leden van de Amerikaanse Special Forces zijn vannacht per vliegtuig gearriveerd. Niet minder dan elf MQ-9 Reaper-drones, elk bewapend met Hellfire-raketten, hangen boven je land. Maar uit ervaring weet ik dat je een tiran het beste kunt aanpakken via zijn portemonnee. Ik heb tien uur geleden een *executive order* uitgevaardigd aan onze OFAC – Office of Foreign Assets Control – om...'

'Meneer de president, alstublieft...'

'Weet je, wereldwijd vinden maar heel weinig financiële transacties plaats waarbij niet op de een of andere manier een Amerikaanse bank is betrokken. De OFAC heeft omvangrijke bankrekeningen bevroren. Maar door de vele aliassen die jouw generaals gebruiken zal het wel even tijd kosten om de gemaakte fouten te corrigeren. Tot nu toe is het totale saldo op deze bevroren rekeningen... Wacht, ik zal het precieze bedrag even opzoeken... 109.381.953,17 dollar.' Ryan leunde achterover in zijn stoel, waardoor hij de andere man de tijd gaf het uit te rekenen. Zoals de meeste tirannen zou hij een vrij goed idee hebben van de hoeveelheid geld die hij uit de schatkist van zijn land had gestolen.

'Meneer de president,' zei Njaya beledigd. 'Uw onderhandelingsmethoden zijn afschuwelijk...'

'Wij onderhandelen niet met terroristen,' zei Ryan nuchter. 'Je zei het zelf, François, deze mannen hebben op eigen initiatief gehandeld, buiten de grenzen van jouw autoriteit, buiten de wet. Als je een manier hebt om contact met hen op te nemen, moet je zeggen dat ze meteen moeten ophouden. Vertel hun maar dat je de Verenigde Staten hebt gevraagd je te helpen.'

'Maar dat heb ik niet...'

'Echt niet?' zei Ryan afwijzend. 'Ik weet het wel zeker. In elk geval is de teerling geworpen. Zeg dat maar tegen je mannen.' Ryans toon werd dreigender. 'Want anders, meneer de president, zullen ze de wraak van de Verenigde Staten van Amerika voelen. Dit zal geen inval worden om je land te bezetten, maar om je land te bestraffen. Ben ik duidelijk geweest?'

'Jack!' zei Njaya smekend, alsof hij elk moment in huilen zou uitbarsten.

Een geüniformeerde adjudant van de Luchtmacht fluisterde iets tegen de *chairman of the joint chiefs* die op zijn beurt iets tegen Bob Burgess zei.

De minister van Defensie knikte bevestigend tegen Ryan. Hij hief beide handen en opende en sloot zijn vingers twee keer.

'François,' zei Ryan. 'Als je ertoe in staat bent, stel ik voor dat je binnen de komende twintig seconden contact opneemt met je mannen.'

Niet een van de twaalf mannen had Adin Carr verteld bij wie ze hoorden, hoewel hij vermoedde dat ze normaal geen handboeien bij zich hadden. Alles aan hen wees erop dat ze Special Forces waren, maar eigenlijk kon het de agent van de DS – Diplomatic Security – niets schelen wie ze waren. Het waren Amerikanen en zijn baas had hen gestuurd om te helpen binnen een paar uur nadat het spreekwoordelijke balletje was opgegooid.

De D-boys, zoals hij inmiddels aan hen dacht, droegen burgerkleding: een mix van 5.11 Tactical-kaki's, blauwe spijkerbroeken, poloshirts waarin hun spierballen goed uitkwamen en wijde katoenen sportbroeken. Ze hadden nog geen uur nodig om vier camera's op te stellen, drie door smalle kieren en gaten in de metalen zijwanden van het pakhuis en eentje door een kapotte ruit aan de achterkant. Twee camera's lieten een duidelijk beeld zien van mevrouw Porter die uitdagend zat, maar nog steeds met een zak over haar hoofd en handboeien om.

Carr was witheet geworden toen de kidnapping plaatsvond, maar nu, een paar uur later, was hij vooral verbolgen. Hij was weer laaiend geworden toen hij mevrouw Porter zag en de grote emmer die ze naar haar toe hadden gebracht om als wc te gebruiken. Ze hadden niet geprobeerd haar te verkrachten, of haar zelfs maar aan te raken. Ze bleken alleen maar lui en wilden haar niet naar een echt toilet brengen. Wel gebruikten ze elke kans die ze kregen om haar hachelijke situatie belachelijk te maken, als pestkoppen op een middelbare school die iemand natrapten die toch al op de grond lag.

De bebaarde D-boys voerden hun taken met een koele precisie uit, maar Carr zag wel dat ze net als hij af en toe razend waren: ze wilden korte metten maken met deze mannen.

De meeste nieuwkomers hadden een HK MP5-machinegeweer bij zich, hoewel twee van hen een Remington 700-geweer hadden met een krachtig Leica-vizier. Dat waren *short-actions* en Carr dacht dat het .308's waren. Hij ving een glimp op van een paar pistolen en zag dat ze verschillende hadden, van 1911 .45's tot Glocks zoals die van hem.

De kennelijke aanvoerder van het team – een bebaarde beer van een man die zichzelf alleen als 'Gizzard' had voorgesteld – had twee flitsgranaten aan het tactische vest dat hij over zijn poloshirt droeg. Hij had Carr met een knipoog een MP5 gegeven. 'Ik wil mijn mankracht zo veel mogelijk vergroten. Je baas zei dat je hiermee om kunt gaan.'

De ambassadeur was meer dan een beetje ontevreden toen hij niet ook een vuurwapen kreeg, maar was er algauw overheen. Gizzard zei tegen beide mannen dat ze hun dringend noodzakelijke rust moesten nemen. Hun bevel, zei de teamleider, was rustig blijven zitten en wachten.

Carrs ogen vlogen voor zijn gevoel slechts enkele seconden later open doordat Gizzard zijn gehandschoende hand op zijn schouder legde.

Gizzard zei: 'We gaan zo beginnen. Wacht op het teken.'

'Wat is het teken?' vroeg Burlingame.

Carr en Burlingame konden een glimlach niet onderdrukken toen Gizzard het uitlegde.

Carr nam positie in achter de verroeste oplegger, terwijl twee teams van vier man – onder wie Gizzard – zich aan weerszijden van de deur van het pakhuis opstelden. De laatste vier mannen namen kardinale posities in en bewaakten de omgeving. De kidnappers, die zich kennelijk veilig voelden in hun eigen land, hadden niet eens één keer de omgeving van het pakhuis gecheckt.

Drie minuten nadat de D-boys hun positie hadden ingenomen, ging de deur van het pakhuis een heel klein stukje open en stak een van de kidnappers – de jongste zo te zien – zijn hoofd naar buiten. Hij bevond zich slechts een halve meter van Gizzard die aan de andere kant van de kleine uitbouw van de ingang stond. Als de man nog twee centimeter verder naar buiten was gekomen had Gizzard hem kunnen aanraken. Maar de kidnapper keek vluchtig rond alsof hij iets verwachtte. Zich volkomen onbewust van de aanwezigheid van de Amerikanen snoof hij de lucht even op en ging weer naar binnen.

Dertig seconden later schudde de lucht door een keihard gebrul. De grond, de bomen en het pakhuis zelf trilden toen vier F/A-18-gevechtsvliegtuigen overkwamen in een vingerformatie en met hun '*turkey feather*'-uitlaten open. Ze vlogen op een hoogte van slechts honderdvijftig meter over hen heen met een snelheid van elfhonderd kilometer per uur – bijna, maar net niet helemaal met de snelheid van het geluid. Als ze op die hoogte de geluidsbarrière hadden doorbroken waren er ramen gesneuveld, maar een supersone knal zou te snel zijn gekomen. De piloten wilden de duur van hun motorlawaai maximaliseren. Carr wist dat het eraan kwam, maar kromp toch in elkaar. De vier toestellen zien en horen overkomen, zo dichtbij dat je het idee had dat je ze kon aanraken, was het toppunt van *shock and awe*: de militaire tactiek waarbij de tegenstander bij verrassing door een overmacht wordt overvallen.

Drie kidnappers renden naar buiten om te kijken wat dit gruwelijke kabaal veroorzaakte. Kale Plek bleef binnen.

Gizzard gaf de voorste kidnapper met zijn vlakke hand een klap in de nek, waarna hij hem bij de schouder pakte, ronddraaide en vloerde, als de cape van een stierenvechter. De volgende twee Kameroense soldaten kregen dezelfde behandeling en lagen voordat ze zelfs maar tijd hadden gehad om te schreeuwen op hun buik met hun handen geboeid op de rug.

Gizzard wees met zijn gestrekte hand naar de oplegger waar Carr en Burlingame stonden en gebaarde dat ze moesten komen. De ambassadeur liep achter Carr aan toen deze de tien meter open terrein naar de hoek van het pakhuis overbrugde.

Gizzard liet de kleine tablet zien die aan zijn onderarm vastzat, waarop de videobeelden van de binnenkant van het pakhuis te zien waren.

Kale Plek had zijn wapen tegen de muur gezet en liep heen en weer voor mevrouw Porter. Het was geen probleem voor drie van de

D-boys om de deur open te breken en de ongelukkige soldaten op de smerige vloer neer te slaan.

Carr hoorde een van de mannen binnen roepen: 'Het Amerikaanse leger! We halen u hier weg, mevrouw Porter.'

Gizzard knikte tegen Carr. 'Het zal minder traumatisch voor haar zijn als iemand die ze kent de zak van haar hoofd haalt.'

Carr en ambassadeur Burlingame renden naar binnen.

'Sarah!' zei Burlingame. 'Ik ben het, Chance.'

'Meneer de ambassadeur,' zei ze, nog steeds met de kap op haar hoofd, en toen pas begon ze te snikken.

Burlingame tilde behoedzaam de zak omhoog.

Carrs mond viel open toen hij zag dat mevrouw Porter een lelijke blauwe plek onder haar linkeroog had. Hij rende naar de kidnapper die op de grond lag en schopte hem keihard tegen zijn ribben en rolde hem om zodat hij op zijn rug lag. 'Klootzak!' brulde Carr. Hij liet zich boven op de man vallen en stompte hem herhaaldelijk in zijn gezicht. Hij verwachtte dat een van de D-boys hem van de man af zou trekken, maar dat gebeurde niet, dus ging hij door tot hij moe werd, en hij was in een beter dan gemiddelde vorm.

'Dit kun je niet doen!' jammerde Kale Plek toen Carr eindelijk stopte. 'Straks word je gearresteerd.'

Carr gaf de man nog één stomp. 'Nee hoor. ik weet bijna zeker dat ik diplomatieke onschendbaarheid bezit.'

Sean Jolivette had gehoord dat een technicus van Lockheed Skunk Works een keer tegen SR-71-piloten had gezegd dat het toestel na een slordige bocht die in Atlanta was ingezet al over Chattanooga kon vliegen tegen de tijd dat de bocht volledig was afgerond. Met snelheden van Mach 1,7 was de Hornet ongeveer half zo snel als de eerbiedwaardige Blackbird, maar toch was er nog vrij veel handigheid voor nodig om te keren. Jolivette verminderde zijn snelheid zodra hij de pakhuiscoördinaten was gepasseerd tot de beste keersnelheid van 330 knopen. Hij spande de spieren van zijn dijen en maag in de zogenaamde *hick*-manoeuvre waardoor het bloed naar zijn hersens bleef stromen, terwijl hij met de Hornet een horizontale bocht van 180 graden maakte – terwijl hij bijna 7,5 G trok en een heleboel gebouwen op de grond vernietigde. Nog iets meer G's en hij zou de onderhoudslui gek maken door het toestel te breken.

De gevechtsvliegtuigen vlogen met een verhoogde snelheid nog een keer over het pakhuis heen. Omdat de vier piloten niet wisten hoe de situatie op de grond was, herhaalden ze de horizontale bocht en richtten hun neus op het presidentiële paleis, deze keer zelfs nog lager, om het allemaal nog een keer te doen.

Njaya was verbijsterd. 'U valt ons aan!'

Ryan schakelde van de ene op de andere seconde over naar zijn rustiger, meer diplomatieke zelf. 'Waar heb je het over, François? Mijn mensen zijn daar om je te helpen de controle terug te krijgen. Als de gegijzelden ongeschonden zijn bevrijd, kunnen we stoppen. Dit zal allemaal worden vergeven, maar ik moet je wel waarschuwen dat het niet zal worden vergeten.'

'En het geld?' vroeg Njaya.

'O, maar dat regelen we allemaal wel,' zei Ryan. 'Ik ben er zeker van dat het bevriezen van die bankrekeningen zal worden opgeheven zodra iedere Amerikaan is vrijgelaten en je troepen zich terugtrekken uit de ambassade. En je mag de mannen die deze misdaden hebben gepleegd naar eigen inzicht bestraffen.'

Njaya hapte naar adem. 'Ik zal ervoor zorgen dat de mannen die je ambassade nu omsingelen onmiddellijk vertrekken.'

'Meer kan ik niet vragen. Maar hoe zit het met Mbida?'

'Hij zal het land veilig kunnen verlaten.'

Het bleef lang stil aan de lijn.

Ryan en de anderen in het vertrek glimlachten toen ze het kabaal van de vliegtuigen hoorden.

'Ik begrijp het,' stamelde Njaya. 'Maar meneer de president, dit hele incident heeft me politiek aanzien gekost. Ik smeek u, geef uw troepen niet de opdracht mijn land binnen te trekken. Daardoor zou ik zwak lijken.'

Ryans stem kreeg weer een dreigende klank en hij zei duidelijk en langzaam: 'Je schat de situatie verkeerd in, François. Ik stuur niemand naar binnen, want ze zijn er al: in je luchtruim, in je winkels, op je snelwegen, achter elk gebouw en elke boom. Ze maken deel uit van je rapid response-soldaten, met wie ze al jaren samenwerken tegen Boko Haram.'

Meer stilte.

Ryan kreeg bericht van Burgess die zijn duim opstak dat mevrouw Porter vrij en veilig was. 'Uitstekend. Laat het me alsjeblieft weten als ik je verder nog kan helpen.' Hij verbrak de verbinding voordat Njaya kon antwoorden.

Ryan was uitgeput, maar hij bleef in de Situation Room tot hij hoorde dat de Kameroense troepen zich terugtrokken uit de ambassade. Hij wenste iedereen goedenacht in de wetenschap dat de wekker voordat hij het doorhad alweer zou afgaan en liep nog even naar het Oval Office om een paar papieren op te halen die hij de volgende ochtend voordat hij hiernaartoe zou gaan wilde doornemen. Hij stond achter zijn bureau, stretchte en keek op zijn horloge. Hij werd zo vaak op verschillende plaatsen in de wereld wakker dat zijn biologische klok zichzelf continu moest resetten. Hij lette alleen op de tijd om te voorkomen dat hij het te veel anderen moeilijk maakte.

Darren Huang, de Secret Service-agent die nachtdienst had, een jongeman die ongeveer even oud was als Jack junior, stond voor de deur van het Oval Office te wachten om hem naar de woning te begeleiden.

Ryan wenkte hem binnen.

'Wat kan ik voor u doen, meneer de president?'

'Hi, Darren. Ga je zaterdag nog pitchen?'

Ryan vond het prettig om iets te weten van iedere agent die hem beschermde. Huang was de teamcaptain en pitcher van een honkbalteam in zijn woonplaats Great Falls, Virginia. De agent hoefde dat niet te weten, maar twee andere leden van zijn team waren case officers bij de CIA. Een van hen was toevallig een neef van Mary Pat Foley. Zo ging dat in D.C. Je was zelf een spion of je kende iemand die dat was, zelfs als je dat niet wist.

De agent keek zijn baas glimlachend aan. 'Inderdaad, meneer. Ons jaar is behoorlijk goed begonnen.'

'Fijn om te horen,' zei Ryan. 'Ik moet nog een paar dingen pakken, ga naar het toilet en dan ben ik klaar. Doe me een plezier, wil je, en zeg tegen Special Agent in Charge Montgomery dat ik hem morgenochtend als eerste wil spreken.'

'Begrepen, meneer de president,' zei Huang. Hij verliet het vertrek, deed de deur achter zich dicht en ging er met zijn rug naartoe staan, zodat hij met zijn panterachtige blik elke eventuele bedreiging kon zien aankomen.

Ryan wist dat natuurlijk niet, maar de agent drukte op het knopje aan het uiteinde van het snoer dat door zijn mouw liep en sprak in zijn reversmicrofoon met CROWN – de Secret Service-code voor het commandocentrum van het Witte Huis. Hij vertelde de telefonist van de Uniform Division dat SWORDSMAN de SAC wilde spreken.

Ryan had zijn laatste twee koppen koffie opgedronken en de wc doorgetrokken toen zijn privételefoon ging. Hij liet hem rinkelen terwijl hij zijn handen waste.

'Jack Ryan,' zei hij en terwijl hij zijn handen afdroogde klemde hij de telefoon tussen zijn oor en schouder.

'Goedenavond, meneer de president.'

Shit, hij had Gary Montgomery gewekt terwijl dat niet nodig was. 'Mijn schuld, Gary. Ik bedoelde morgenochtend vroeg.'

'Geen probleem,' zei de Special Agent in Charge, en hij verdrong een geeuw. 'Ik kan snel bij u zijn.'

'Nee, nee, nee,' zei Ryan. 'Alsjeblieft. We kunnen er morgen over praten.'

Het bleef even stil. Toen zei de man: 'Zeg het alstublieft, meneer, want als het iets belangrijks is, wil ik het eerlijk gezegd graag meteen horen.'

Ryan dacht hierover na en knikte. Hij was net zo. 'Ik heb een speciale opdracht die ik graag door jou wil laten uitvoeren. Het is een delicate kwestie, een kwestie die het einde van een carrière kan betekenen. En ik moet je bekennen dat deze kwestie ons allebei zeer waarschijnlijk de kop kost.'

'Als u het zo stelt, meneer de president, dan ben ik uw man.'

'Goed. Dan geef ik je nu een korte samenvatting van wat ik in gedachten heb en werken we de details uit wanneer ik je zie... morgenochtend als eerste.'

33

Erik Dovzhenko deed een paar inkopen op het vliegveld van Dubai en liep vervolgens naar de relatief verwaarloosde Terminal 2 voor zijn aansluitende vlucht met Ariana naar Kaboel. Hij had iets meer dan een uur, genoeg tijd om een paar noodzakelijke dingen te kopen zoals ibuprofen, Imodium en Vicks-hoesttabletten. De logistieke afdeling van legers, zelfs die van het beruchte stoïcijnse Russische leger, zorgt er altijd voor dat hun soldaten de beschikking hebben over wat de Amerikanen *bullets, beans and band-aids* noemden: kogels, bonen en pleisters. Maar agenten van een inlichtingendienst, vooral als ze op de vlucht zijn, moeten voor zichzelf zorgen. Als aanvulling op zijn weinige EHBO-spullen kocht Dovzhenko twee roestvrijstalen waterflessen van één liter, een blauw honkbalpetje zonder logo – dat verrassend moeilijk te vinden was – en een dun uitziende weekendtas in een bruine aardetint. De tas was zogenaamd van legerkwaliteit, maar er zaten veel te veel bandjes en zakken op die Dovzhenko er toch af zou snijden zodra hij ergens voorbij de luchthavensecurity een mes kon kopen. Hij had nog steeds geen honger, maar toch kocht hij een paar Snickers omdat hij wist dat hij die energie uiteindelijk nodig zou hebben.

Hij vulde de beide flessen bij een waterfonteintje en was net op tijd bij de gate om zijn vliegtuig te halen. Zijn goedkope Vostok Amphibia-horloge kon niet worden verpand om hem in geval van nood uit de problemen te helpen zoals de dure duikhorloges die spionnen in de films altijd dragen, maar het ding was degelijk en redelijk accuraat. Zijn enige uitrusting bestond uit zijn diplomatieke paspoort, een zonnebril, twee balpennen en Maryams notitieboekje.

Het had hem altijd mateloos gestoord dat de Amerikaanse dollar alom aanwezig was en de roebel niet. Maar wat moest moest, dus had hij altijd tweeduizend Amerikaanse dollar bij zich, verdeeld tussen zijn riem en in de voering van zijn leren jas. Een deel had hij bij aankomst in Kaboel omgewisseld voor de Afghaanse munt, maar met Amerikaanse twintigdollarbiljetten zou hij veel meer voor elkaar krijgen.

Een jonge vrouw met zwarte pony die onder haar blauwe hidjab vandaan kwam verwelkomde hem toen hij het vliegtuig in kwam. Hij stopte de weekendtas in het vak boven zijn hoofd, hield het notitieboekje bij zich en wurmde zichzelf in zijn onmogelijk smalle stoel. Gelukkig was het vliegtuig maar voor ongeveer een derde bezet, zodat iedereen een hele rij stoelen voor zichzelf had. Toen hij de geur van vettig lamsvlees in de oven in de pantry opsnoof wenste hij dat hij een paar Imodiums had ingenomen. Hij installeerde zich zo comfortabel mogelijk, zette zijn zonnebril op en trok zijn honkbalpetje naar voren. Kort daarna werd hij overmand door vermoeidheid en sliep al voordat het landingsgestel was ingetrokken. In zijn droom zag hij Maryams gezicht, griezelig bleek en met één oog open, zelfs in de dood, alsof ze wilde controleren of hij erin was geslaagd zichzelf in veiligheid te brengen.

34

De Afghaanse douanier op het vliegveld van Kaboel was een gedrongen, gezette man die zo te zien nog niet had besloten of hij zijn baard wel of niet zou laten staan. Hij bekeek Dovzhenko's diplomatieke paspoort argwanend en stuurde hem toen door naar een supervisor. De tweede man leek niet meer op te hebben met Russen dan de eerste, maar liet hem toch het land binnen. Het vliegveld was klein en de tussenstop kort, maar net lang genoeg om ervoor te zorgen dat Dovzhenko's kleren doordrongen raakten van de geur van stof en brandend afval die gedurende de rest van zijn tijd in Afghanistan om hem heen zou blijven hangen. Hij wisselde tweehonderd Amerikaanse dollar in voor iets minder dan vijftienduizend afghani, ongeveer een derde van het maandsalaris van een gemiddelde Afghaanse man. Een halfuur later was hij alweer in de lucht en vloog hij over bergen die dezelfde kleur hadden als zijn nieuwe weekendtas.

Er was een stewardess in het Ariana-vliegtuig naar Herat. Anders dan de jonge vrouw uit Dubai hield deze haar pony helemaal onder haar blauwe hidjab verborgen.

Angst en vermoeidheid verbranden een heleboel calorieën, zodat Dovzhenko wankel opstond nadat zijn toestel in Herat was geland. Piloten in Afghanistan waren het gewend om een snelle kurkentrekkerlanding te maken om te voorkomen dat ze werden beschoten. Zelfs nu het gevaar in de provincie Herat minimaal was, kreeg je tijdens een landing witte knokkels en ploppende oren.

Het water liep hem in de mond door het warme naanbrood en de gekruide lamsvleeswraps in het kraampje voor de terminal, maar toch besloot hij een Snickers te eten, want hij vond het iets te vroeg om nu al met Imodium te beginnen. De suiker leek rechtstreeks naar zijn lichaamscellen te gaan en hoewel hij zich niet gelukkiger voelde, kon hij in elk geval in een rechte lijn lopen zonder het gevoel te hebben dat hij zomaar kon omvallen. Hij gebruikte de nieuwe energie om de buitenste terminal te scannen om te zien of er gevaar dreigde.

Dovzhenko was vaak en lang genoeg op gevaarlijke plekken geweest om te weten dat bedreigingen hier uit elke richting konden komen. Vroegere vijanden konden zich het ene moment voordoen als vrienden en in hun oude gewoontes vervallen wanneer ze zich een niet-gewroken belediging herinnerden. Hier en nu was een helder hoofd cruciaal om in leven te blijven. Hij mocht zich niet langer verliezen in zijn verdriet.

Zijn moeder had hem vaak het verhaal verteld van Tolstoj over een boer die bij de boerderij van zijn buren komkommers wilde stelen. Deze komkommerdief werd uiteindelijk zo overheerst door het idee dat hij rijk zou worden door het planten van de zaden van zijn buit dat hij begon te dagdromen dat anderen van hem gingen stelen. Dus riep hij gedachteloos tegen zijn denkbeeldige bewakers 'Pas op voor dieven!', waardoor hij de echte bewakers alarmeerde. Dit was het lievelingsverhaal van zijn moeder en ze had dit verhaal elke keer verteld als ze dacht dat Dovzhenko met zijn hoofd in de wolken liep. Een spion, zei ze, kon het zich niet permitteren om te dagdromen. En in Afghanistan had ze daar zeker gelijk in.

Herat was een van de veiliger steden in het land, ook al moest gezegd worden dat je kon verwachten dat je in stukken werd gereten door een niet-ontplofte clusterbom of werd vermoord door gewone criminelen in plaats van dat je lichaam werd verscheurd door een *suicide bomber* – hoewel dat ook een mogelijkheid was. De Taliban waren meestal in andere delen van het land actief. Dus in het zuiden, in de met struikgewas begroeide droge rivierbeddingen bij Shindand en in het oosten waar ze opium over de grens met Iran smokkelden. Daar waren ze tenminste geweest toen het zijn werk was om hen te voorzien van Russische kalasjnikovs en F1-handgranaten.

Dovzhenko's taxichauffeur was begin dertig en zag eruit als iemand die vroeger gespierd en fit was geweest, maar nu gespierd en dik was. Hij praatte over politiek, op de manier waarop iedereen in Afghanistan over dat soort dingen praatte na een halve eeuw bezetting en oorlog. De rit naar Herat zou normaal ongeveer acht Amerikaanse dollar kosten, maar Dovzhenko bood de man twintig dollar om hem door de stad te rijden en daarna nog eens vijf kilometer naar het oosten door akkers vol saffraankrokussen en pistachebomen naar het stoffige dorp Jebrael. De chauffeur gaf de voorkeur aan achterafwegen boven de snelweg en gaf toe dat het hoofdkwartier van zijn oude eenheid van het Afghaanse Nationale Leger aan de snelweg lag. Dovzhenko vroeg niet naar de oorzaak van het probleem, maar toen hij over de 4th Armored Brigade begon spuugde de chauffeur op de grond.

De chauffeur wist waar het UNODC (United Nations Office on Drugs and Crime) was gevestigd en hoewel hij bijna even rancuneus was naar Russen als naar zijn voormalige werkgever, bracht hij Dovzhenko wel naar het stoffige gele kantoor aan de rand van de stad. Het waaide stevig toen ze daar aankwamen; de wind zandstraalde Dovzhenko's huid en blies toen hij uitstapte bijna het geld uit zijn hand. De chauffeur griste het twintigje uit zijn hand en reed zonder nog iets te zeggen terug naar waar hij vandaan kwam.

Voor het gebouw stond een jongen van een jaar of twaalf, dertien. Hij droeg een *salwar kameez*, de wijde, pyjama-achtige broek en lange blouse die overal in Afghanistan werd gedragen. Hij stond met zijn kleine zusje onder het zwaaiende houten UNODC-bord tegen de muur geleund. Ze tuurden tegen de harde wind in naar de nieuwe buitenlander. Even later kwam er een vrouw in een zwarte chador naar buiten. Ze zei iets tegen de kinderen en duwde hen met gebogen hoofd langs Dovzhenko. Het meisje had groene ogen, zag hij toen ze opkeek en naar hem glimlachte.

Dovzhenko hing zijn weekendtas aan zijn schouder en liep naar binnen. Het houten bureau in de kleine receptie was schoon en netjes, en er lag alleen een bruin dossier op. Ernaast stond een kop thee op een onderlegger van klei; het kopje was halfvol, alsof iemand net was weggelopen. Het enige andere meubelstuk was een ronddraaiend rek vol brochures over het boerenbedrijf en over drugsverslaving.

De wind blies de deur achter hem met een luide knal dicht, waardoor hij instinctief de weekendtas liet vallen en zich vliegensvlug omdraaide. Hij slaakte een gespannen zucht en vervloekte de afschuwelijke wind.

Ergens achterin hoorde hij een mannenstem, bruusk en beschuldigend. Dovzhenko opende zijn mond om iets te roepen, maar bedacht zich. Hij hoorde meer stemmen, kwader nu, en de gedempte kreet van een vrouw en het geluid van schuivende meubels.

Woedend liep Dovzhenko langs het bureau een donkere gang in. Hij greep instinctief naar de Makarov en had zijn hand al in zijn zak toen hij zich herinnerde dat het pistool daar niet zat. Hij liep de hoek om en kwam in een betonnen opslagruimte waar twee mannen over een vrouw gebogen stonden. De man blokkeerde Dovzhenko's zicht, maar hij zag wel een donkerblauwe hoofddoek. Een van de mannen duwde de vrouw tegen een metalen stelling, maar kreeg een oorvijg. De andere man greep haar handhandig bij haar nek en kreeg een schop in zijn maag.

Dovzhenko floot schril, liep er met twee grote passen naartoe en gaf de dichtstbijzijnde man zodra deze zich omdraaide een kopstoot tegen zijn neus. De tweede man, met een dikke baard die opzichtig rood was geverfd, haalde woest naar hem uit. Zijn enorme vuist zoefde langs Dovzhenko's slaap en miste die maar net. Dovzhenko gaf de man die hij net een kopstoot had gegeven een enorme trap tegen de zijkant van diens knie, waarmee hij wat tijd won. Hij gebruikte het momentum van een spin om een elleboog in Roodbaards gezicht te rammen. De grote Afghaan viel plat op zijn rug. Dovzhenko schopte hem hard, een keer tegen zijn nek en een keer tegen de zijkant van zijn hoofd. Roodbaard lag bewusteloos op de grond, maar zijn partner stond nog. Hij hinkte op één been en blies elke keer als hij uitademde een rode nevel uit de snee op de brug van zijn neus. Hij boog zijn hoofd naar achteren, in een poging het bloeden te verminderen. Dovzhenko stompte hem hard tegen zijn keel, greep zijn gezicht vast met zijn geopende hand, schudde hem heen en weer en sloeg hem neer zodat hij op de betonnen vloer viel. De ogen van de Afghaan rolden weg, zodat zijn oogwit te zien was. De bloedstroom uit zijn neus veranderde in rochelende luchtbellen. Beide mannen hadden zeer waarschijnlijk een hersenschudding, misschien zelfs een gebarsten schedel, maar dat kon Dovzhenko niets schelen. Razend door het gevecht pakte hij de man bij zijn oren en ramde diens hoofd steeds weer op de betonnen vloer. Deze mannen hadden Maryam aangevallen...

Dovzhenko schudde zijn hoofd. Nee, dat klopte niet. *Ysabel.* Ze hadden Ysabel aangevallen.

Hij draaide zich om om te kijken hoe het met haar ging, maar op dat moment vloog een donkere vlek op hem af. Iets zwaars sloeg tegen zijn borst, waardoor hij achteruit wankelde. Met zijn handen voor zich om een nieuwe aanval af te weren, keek hij naar beneden en zag dat er een dolk uit zijn leren jas stak.

Krijsend als een gek schopte Ysabel naar hem.

Dovzhenko viel, kwam naast Roodbaard terecht en vroeg zich af waarom de dolk niet meer pijn deed. Hij trok de dolk eruit terwijl hij opzij rolde en probeerde de felle trappen van de vrouw tegen zijn schedel te ontwijken.

Hij was wel eerder geschopt door mensen die heel goed wisten hoe ze moesten schoppen. Dus rolde hij niet bij haar vandaan, maar juist naar haar toe en greep haar dichtstbijzijnde voet die naar hem schopte vast. Hij rolde door, waardoor hij het gewicht van zijn lichaam gebruikte om haar achteruit te duwen. Ze sloeg met een ziekmakende klap tegen de grond en wilde gillen, maar meer dan een kreun kwam er niet uit haar keel.

Toen pas probeerde ze adem te halen en bleef ze lang genoeg stilliggen zodat Dovzhenko haar goed kon bekijken.

Lang zwart haar kwam onder haar blauwe hidjab vandaan. Ze keek hem aan met haar zwarte ogen boven opvallende jukbeenderen. Haar neus was niet te groot, ook al vond ze dat zelf waarschijnlijk wel, en was iets gekromd. Maar het meest opvallende aan haar waren de littekens. Nu de hoofddoek opzij was getrokken zag hij de vele littekens in de bronskleurige huid van haar hals. Ze waren niet lelijk, verre van dat. Door een dun wit streepje rechts van haar perfect gevormde bovenlip leek ze altijd te pruilen. De rest was alleen maar een aanvulling op haar smeulende intensiteit.

Dovzhenko dacht weer aan de dolk en schopte die buiten haar bereik, terwijl hij met zijn hand onder zijn leren jas voelde of hij gewond was. 'Je had me wel kunnen vermoorden,' zei hij en hij haalde hijgend Maryams notitieboekje tevoorschijn. De punt van de dolk was langs zijn onderste rib geschampt, maar dankzij de kartonnen en met leer beklede omslag was zijn hart niet geraakt. Hij bloedde niet erg, in elk geval niet voor zover hij kon zien.

'Mijn tante belde om te zeggen dat er een Rus naar me op zoek was.' Haar Engels was perfect. Bijna, maar net niet helemaal Brits.

'Ik heb haar helemaal niet verteld dat ik een Rus ben, maar je tante heeft het goed gehoord.'

Door het agressieve telefoongesprek was ze in elk geval op haar hoede, ook al had hem dat bijna zijn leven gekost.

'Wat doe jij met Maryams boekje?'

Dovzhenko sloot zijn ogen. 'Ik ben bang dat ik slecht nieuws heb. Maryam...'

De achterdeur ging even open, waardoor er een windvlaag naar binnen kwam.

Dovzhenko opende zijn ogen en zag een grote Afghaan op de drempel staan. De wind rukte aan de shemagh om zijn hals. De man keek even naar de bewusteloze Afghanen op de grond en toen naar Ysabel.

Ze hief haar hand. 'Ik ben in orde, Hamid.'

Toen zag hij Dovzhenko.

Het haar van de Afghaan was erg kort geknipt, maar hij had een lange zwarte baard in de vorm van een kromzwaard die uitliep in een punt. Hij had lachrimpels in zijn wangen en om zijn ogen, een zeldzaamheid in een land dat al generaties in oorlog was. Aan zijn brede leren riem hingen een pistool en een lang mes. Er hing een kalasjnikov om zijn hals aan een driepuntsgordel waarvan hij de loop recht op Dovzhenko's borst gericht hield. Dát hij een wapen had was niet vreemd, maar door deze relatief ingenieuze tactische riem in een land waar veel mensen hun wapen aan een oud stuk tapijt of een stuk touw droegen dacht Dovzhenko dat de man ook wel wist hoe hij het wapen moest gebruiken. Hij was vast en zeker een ex-soldaat, maar aangezien vrijwel iedere man die de leeftijd had om te vechten aan de ene of andere kant van een veldslag had gevochten was dat een logische conclusie.

Hamid streek de punt van zijn lange baard glad. 'De generator is gerepareerd. Ze hebben hem waarschijnlijk beschadigd toen ze me naar buiten sleurden.' Hij gebaarde dat Ysabel opzij moest gaan. Het was duidelijk dat zij zijn werkgeefster was, maar dat hij verantwoordelijk was voor haar veiligheid.

Nu richtte hij zijn aandacht op Dovzhenko. 'Wat doe jij hier?'

vroeg hij in Dari, met zijn ogen halfdicht in verband met de gure wind die nu door de opslag waaide.

Dovzhenko stond op en keek terug, maar gaf geen antwoord.

'Wat moet je?' vroeg Hamid weer, deze keer in het Engels.

'Ik ben hier voor mevrouw Kashani.'

Hamid hield zijn hoofd schuin. 'Ben je een Rus?'

'Inderdaad,' zei Dovzhenko, nog steeds in het Engels. Hij hief zijn handen.

'Je kunt beter gaan.'

Dovzhenko haalde diep adem. 'Dat kan ik niet doen.'

Zand en stof stoven door de lucht achter de Afghaan, waardoor hij er buitenaards uitzag.

Ysabel zei: 'Hij heeft het notitieboekje van mijn vriendin.' Ze keek Dovzhenko aan met half dichtgeknepen ogen zo donker als vloeibare teer. 'Hoe kom je daaraan?'

Terwijl hij haar Maryams verhaal vertelde, liet Ysabel Kashani zich op haar knieën vallen en begon ze te huilen.

35

De bank in majoor Sassani's kantoor was comfortabeler dan zijn bed thuis, vooral doordat de helft ervan niet door een klagende vrouw in bezit werd genomen. Zijn vrouw Friya was ooit mooi geweest, maar nooit aardig. Nu was ze geen van beide. Haar vader was een generaal van het Corps, wat betekende dat Sassani haar redelijk tevreden moest houden. Zelfs de generaal wist echter dat zijn dochter een feeks was, dus zolang Sassani niet werd betrapt op zaken die eerverlies voor de familie zouden veroorzaken en daardoor de goede naam van de generaal zouden schaden, was er geen enkele reden om aardig tegen haar te zijn of om zelfs maar tegen haar te praten. Zij behandelde hem natuurlijk op dezelfde manier en daarom sliep Sassani tegenwoordig vaak op de bank in zijn kantoor.

Sassani was na zijn bezoek aan het mortuarium naar Dovzhenko's appartement gereden en had de man gesproken die hij daar had geposteerd. De Rus was nog niet terug, maar zou wel gauw thuiskomen om te slapen. Sassani speelde met het idee de SVR-man te beschuldigen en dacht aan de heerlijke angstscheut en het domme gewauwel van een schuldige. Dovzhenko keek op hem neer, beschouwde hem als een beest omdat hij technieken toepaste die de Russen niet meer konden opbrengen. Dat de man walgde van de manier waarop Sassani zijn werk deed was duidelijk te zien aan zijn blik.

Sassani werd wakker na een droomloze slaap door de geluiden van mensen die al in het vertrek naast zijn kantoor aan het werk waren. Zijn mannen wisten dat hij op de gekste tijden werkte en tenzij de generaal hen zelf opzocht lieten ze hem slapen tot hij uit zichzelf wakker werd. Zes uur was ongeveer de maximale tijd die hij op de bank kon blijven liggen. Hij rekte zich uit en rolde op de grond voor dertig push-ups. Hij sloeg de laatste acht over, maar de gordijnen van zijn kantoor waren gesloten, dus maakte dat niet uit. Halfhartige push-ups waren beter dan helemaal geen push-ups.

Hij opende de gordijnen en nam even de tijd om naar het oosten te kijken en te bidden. Na dit duidelijke blijk van vroomheid van een goede leider ging Sassani aan zijn bureau zitten om zijn dag te plannen.

Hij zou het liefst elk moment gebruiken om aanwijzingen na te trekken die verband hielden met Maryam Farhad, en daardoor met de Rus. Ze was tot aan haar slanke hals betrokken geweest bij dit verraad tegen het regime. Hij wilde haar vriendin vinden, de vrouw die haar het appartement had geleend. Hij keek in zijn notitieboekje. Ysabel Kashani, zo heette ze. Maar hij wist dat het niet slim was om zich te veel met één enkele zaak bezig te houden.

Reza Kazem was een serpent en een charlatan, die met zijn verdorvenheid duizenden mensen voor zich won. Om de een of andere reden wilde de ayatollah nog niet dat hij werd gearresteerd. Ergens was het wel logisch om de man als aas te gebruiken zodat ze konden zien wie openlijk verzet pleegden voor Kazems zaak. Sassani zei het niet hardop, maar hij vroeg zich af hoevelen zich nog zouden verzetten als Kazem gewoon verdween. Er waren meer dan genoeg verraders met wie moest worden afgerekend. Er stonden honderden namen op de lijst demonstranten die bij de meest recente ophangingen waren geïdentificeerd en die lijst zou alleen maar langer worden zodra de beelden van de veiligheidscamera's waren bekeken. Hij en zijn mannen zouden daar na de lunch mee aan de slag gaan, nadat ze voor iedere geïdentificeerde persoon een complete en zorgvuldige achtergrondcheck hadden uitgevoerd. Afhankelijk van hun familierelaties en de kringen waarin ze zich begaven, zouden sommigen worden verhoord en een strenge waarschuwing krijgen om hun gedrag in lijn te brengen met het regime. Anderen, zonder invloedrijke vader of oom binnen hun *dowreh*-kring, zouden ten voorbeeld worden gesteld voor de anderen. Er waren immers nog zeker drie lege haken aan het plafond van de Evin-gevangenis.

Sassani had net zijn kleine scheersetje uit zijn bureaula gehaald toen zijn telefoon ging. Hij nam op. 'Balay.'

'Majoor.' Het was een vrouwenstem.

'Dokter Nuri,' zei Sassani. 'Ik had uw telefoontje al eerder verwacht.'

'Onzin! Ik had u verteld dat het minstens twaalf uur zou duren en het is veel minder geworden.'

'Voldoen aan de verwachtingen. Heel verstandig van u.'

'Absoluut niet. Wilt u de voorlopige resultaten per mail of per fax?'

'Per mail is prima.' Hij keek op zijn horloge. 'Vertel me wat u hebt ontdekt.'

'Uw onbekende verdachte is waarschijnlijk Azerbeidzj...'

'Daar hebben we niets aan.' Sassani's hoop vervloog. 'Dat geldt voor een kwart van deze stad.'

'Als u me wilt laten uitpraten... De man die u zoekt is waarschijnlijk van gemengde afkomst. Azerbeidzjaan en Slavisch... Oost-Europees.'

'Een Rus?'

'DNA kan u het ras vertellen, niet de nationaliteit.'

'Maar hij zou een Rus kunnen zijn?'

'Ja, dat zou kunnen.' Nuri kreunde. 'Dat zei ik, Slavisch. Als u een DNA-monster van iemand hebt kan ik een vergelijking uitvoeren. Haar, speeksel, of iets anders wat ik kan gebruiken.'

'Dank u, dokter,' zei hij, even vergetend dat hij haar haatte, en hij verbrak de verbinding.

Daarna gaf hij de man die hij opdracht had gegeven Dovzhenko's appartement te bewaken het sein om in te breken om iets weg te nemen waar zijn DNA op zat en dat monster naar het mortuarium te brengen.

De majoor glimlachte toen hij een groene dossiermap op zijn bureau legde en in blokletters op het tabblad de naam YSABEL KASHANI schreef. Uit haar socialmedia-accounts bleek dat ze in Londen was. Dat zou hij laten controleren door een van zijn mannen daar. Daarna vulde hij een formulier in waarmee hij een volledige achtergrondcheck en een arrestatiebevel aanvroeg.

Hij speelde met het idee Dovzhenko's superieuren bij de Russische ambassade te bellen, maar besloot dat niet te doen. Het laatste waar hij op zat te wachten was dat de Russen hun spion terughaalden naar Moskou. Dovzhenko verdiende meer dan alleen een administratieve straf, veel meer. En hij, Sassani, zou ervoor zorgen dat hij degene was die hem dat zou geven.

36

Vadek Cherenko verontschuldigde zich om iets uit zijn kamer te halen en gaf zijn mannen opdracht toezicht te houden op het overbrengen van twaalf houten kratten van de neusdeur van de Antonov 124 naar de gereedstaande Ilyushin-76. De commandant van de basis in Omani dacht dat ze antiquiteiten smokkelden, dus was het belangrijk dat hij ook zág dat er antiquiteiten van het ene naar het andere toestel werden gebracht. Omdat de raketten gemakkelijk konden worden gezien, lieten ze die op hun plek, waarna het hele vliegtuig zou worden overgedragen aan de bemanning die met de Ilyushin was gearriveerd.

Cherenko had het nieuwe toestel zelf kunnen vliegen, maar hij had zijn superieuren verteld dat hij de voorkeur gaf aan een piloot die dat type toestel beter kende. Zodra hij bevel had gekregen kolonel Mikhailov te doden, wist hij dat deze operatie geen losse eindjes mocht hebben. Er was daar iemand, waarschijnlijk iemand die met de Ilyushin was gearriveerd, die opdracht had om met hem af te rekenen. Zo ging dat nu eenmaal. Vermoord net zolang mensen tot je bij een moordenaar bent aangekomen die niets weet van de oorspronkelijke operatie. Alleen degenen die geen idee hebben waaróm ze anderen vermoorden zijn misschien veilig.

Maar Cherenko zou zichzelf hier niet bij laten betrekken. Hij propte zijn laatste kledingstuk in een kleine weekendtas, luisterde naar het gejammer van de motoren van de Antonov en voelde de trilling in de dunne wanden toen het vliegtuig keerde en de taxibaan op reed. De Ilyushin zou vertrekken, maar zonder Cherenko.

De tweede helft van zijn betaling zou op zijn rekening worden gestort zodra de Antonov met de raketten en de bediening ervan was opgestegen. Hebzucht, dachten ze – wie 'ze' ook waren – zou hem laten gehoorzamen tot ze ook hem het zwijgen konden opleggen.

Maar Cherenko was maar half zo hebzuchtig als ze dachten. Hij vond het namelijk relatief gemakkelijk om vijfhonderdduizend dollar achter te laten, omdat hij een kogel in zijn oor zou krijgen als hij bleef wachten tot hij die kreeg. Hij had de eerste helft van zijn betaling al overgemaakt naar een nieuwe rekening die de stomkoppen van de GRU niet kenden. Hij had een substantieel spaarpotje aangelegd en met die eerste betaling van een half miljoen had hij meer dan genoeg geld om in Thailand een tijdje niets te doen. Daarna zou hij een paar klussen aannemen als piloot en de rest van zijn leven gebeiteld zitten.

De anderen waren op zichzelf aangewezen, maar ze kenden de risico's. Yuri Zherdev, zijn communicatie-officier van de Antonov, de enige die echt bereid zou zijn een kogel in kolonel Mikhailovs nek te schieten, vormde het grootste gevaar. Hij was jong, aanmatigend en had weinig ervaring met de dubbele moraal van de mens. Cherenko had overwogen hem te waarschuwen, maar besloten dat niet te doen.

'Kameraad majoor.'

Cherenko verstijfde door de onverwachte stem achter zich. Hij had de deur niet eens open horen gaan. Hij draaide zich om. 'O, ben jij het, Yuri,' zei hij. Hij ontspande een beetje toen hij zijn communicatie-officier zag. 'Is onze lading goed vertrokken?'

'Ja hoor,' zei Zherdev. 'Onderweg naar Iran.'

'Dat weten we niet zeker. Rusland kan echt niet meewerken aan de levering van kernraketten aan de ayatollahs.'

'Toch is dat precies wat we doen.'

Cherenko ritste zijn weekendtas dicht en schudde zijn hoofd. 'Wees voorzichtig, kameraad. Zeg dat niet tegen iemand anders. Ga de anderen nu maar vertellen dat ik er zo aankom. Ik moet nog even iemand bellen.'

'Is dat zo?'

Cherenko trok ongerust zijn wenkbrauw op. 'Wat is zo?'

'Dat u er zo aankomt?' vroeg de jongere man. 'Het schijnt dat u uw geld al naar een andere rekening hebt overgemaakt.'

'Hoe weet je dat?'

Zherdev zuchtte. 'Dat maakt niet uit.' Hij haalde een pistool met geluiddemper van achter zijn rug en richtte die op Cherenko's borst.

'Wacht!' Cherenko stak snel zijn handen omhoog. 'Ze zullen ons allemaal vermoorden om dit geheim te houden. Niemand van ons is veilig.'

Zherdev haalde halfhartig zijn schouders op. 'Ik wel, volgens mij,' zei hij.

'Jij... jij hebt ook dingen gezien,' stamelde Cherenko. 'En dat betekent dat ook jou het zwijgen moet worden opgelegd.'

'Dat denk ik niet. U hebt gelijk wat die anderen betreft, maar weet u, mijn oom gaf me deze opdracht. Ik denk niet dat zijn broer – mijn vader bij het Politburo – het hem in dank zou afnemen als hij mij vermoordt. Daarom heb ik de opdracht gekregen u te doden.'

Cherenko begon te hijgen, met open mond. 'Ik... Jij...' Hij had kunnen proberen zichzelf te verdedigen, maar hij was piloot, geen vechter.

Zherdev gebaarde met het pistool dat hij zich moest omdraaien. 'Het spijt me dat ik u geen wodka kan aanbieden. Ze hebben me verteld dat dat dit deel... gemakkelijker maakt.'

Urbano da Rocha legde de telefoon op het nachtkastje naast zijn bed en rolde naar Lucile die naakt naast hem lag. 'We liggen binnenkort weer in ons eigen bed, liefste. Als je dat zo kunt noemen.'

'Ons eigen bed is prima,' zei Lucile. 'Dit is absurd en dat weet je best.'

'Helemaal niet,' zei hij lachend. 'Ik verkoop wapens aan bepaalde groeperingen en overheden, soms zelfs aan beide partijen van een conflict. Zo is dat nu eenmaal, liefste. Als ik zou gaan besluiten aan wie ik wel of niet wilde verkopen had ik al heel gauw geen werk meer.'

'Maar dit is een nucleaire zending. Dat soort dingen is levensgevaarlijk.'

Hij streek met een vingertop over haar sleutelbeen. 'Je hebt je nooit eerder druk gemaakt over gevaar. Neem me niet kwalijk, hoor, maar jij vermoordt één mens met relatief gemak. Duizend mensen vermoorden is niet veel anders.'

'Nee, maar als wij degenen zijn die worden vermoord? Dan is het wél anders, of niet soms?'

Hij knikte peinzend. 'De Russen hebben ons nodig. Volgens mij zijn ze bezig met het aanleggen van een toevoerkanaal naar Iran en gebruiken ze ons als tussenpersoon zodat ze dat kunnen ontkennen. Je hebt het zelf gehoord: ze proberen ons uit voor eventuele toekomstige opdrachten.'

Lucile draaide zich om en steunde op één elleboog. 'Hoe weet je dat? Volgens mij zeiden ze dat tegen je om ons rustig te houden. Je hebt het zelf gehoord. Ze gaan er helemaal van uit dat deze route straks onbruikbaar is.'

'Klopt. En het feit dat ze ons dat hebben verteld is een blijk van vertrouwen. Deze route zal onbruikbaar worden, maar we zullen andere wegen vinden. De wereld is heel groot. Dus wanneer Rusland Iran wil voorzien van kernwapens hebben ze een toevoerkanaal nodig. Twee raketten zullen alleen maar wraak van het Westen oproepen. Dat weten zelfs de stomkoppen in Teheran.'

Lucile ging op haar rug liggen en keek zwaar ademend naar het plafond. 'Dit is waanzin.'

'Noodzakelijke waanzin. Zoals we de Russen heel duidelijk hebben laten zien, staat er altijd iemand klaar om in een gat te springen. Als wij het transport niet hadden geregeld, had iemand anders dat wel gedaan. Ik zie niet waarom wij daar niet van zouden profiteren. Dat snap je toch wel, lieve schat? Met de winst die we hiermee behalen kunnen we bij andere deals de concurrentie verslaan, zodat ik de enige overlevende ben.'

'Dat lijkt me een eenzame positie,' zei Lucile.

Da Rocha streelde haar haren, maar probeerde haar niet langer ergens van te overtuigen. Ze was dodelijk en heel mooi, maar had absoluut geen zakelijk inzicht.

37

Dovzhenko liet niets weg, niet de marteling in de Evin-gevangenis noch het feit dat Sassani de dode jongen uiteindelijk had opgehangen. Hij beschreef Maryams dood gedetailleerder dan nodig was, maar veel minder gedetailleerd dan hij nog steeds zag zodra hij zijn ogen sloot. Hij wilde dat ze begreep hoe wreed deze man was, dat ze besefte dat zij ook in levensgevaar verkeerde.

Hamid boeide en knevelde de twee Afghanen, hoewel die nog steeds bewusteloos waren en dat dus waarschijnlijk niet nodig was. Daarna ging hij naast Ysabel staan met de loop van zijn geweer naar beneden gericht voor zijn borst. Hij keek gespannen, alert, naar Dovzhenko. Het was uiterst ongebruikelijk dat een Afghaan alleen in het gezelschap was van een vrouw die niet zijn echtgenote was, zeker in het uiterst conservatieve Herat. Maar Hamid leek plicht belangrijker te vinden dan decorum. Ysabel moest beschermd worden en dus beschermde hij haar, fanatiek.

De Afghaan luisterde naar Dovzhenko's verhaal met een blik vol walging en rolde toen met zijn ogen. Hij geloofde er niets van. 'Ik vind dat je een lange reis hebt gemaakt, terwijl een telefoontje ook voldoende was geweest,' zei Hamid.

'Is dat echt zo?' vroeg Dovzhenko. 'Je gelooft me nu niet, denk je dan dat je me had vertrouwd via de telefoon?'

Ysabel droogde haar tranen met de hidjab, die ze nu als sjaal droeg in plaats van als hoofddoek. 'Jij was het dus die mijn tante belde?'

'Dat was ik,' zei Dovzhenko. 'Ik hoopte dat ik haar zo bang zou maken dat ze voorzichtig zou zijn als de IRG contact opnam.'

Ysabel streek met beide handen de voorkant van haar jurk glad en haalde diep adem om zich te vermannen. 'Niemand hoeft gewaarschuwd te worden voor de Sepah.' Weer rolde er een traan, en zeker niet haar laatste, over haar wang.

Roodbaard die in de hoek lag kreunde, maar hij was nog steeds bewusteloos.

Dovzhenko knikte naar hem. 'Smokkelaars?'

'Ja,' zei Ysabel. 'Je moet Fatima hebben gepasseerd toen je binnenkwam. Zij heeft zeven kilometer gelopen, alleen om me te waarschuwen dat sommige plaatselijke... zakenlieden... er niet over te spreken zijn dat het UNODC probeert meer akkers te beplanten met saffraankrokus in plaats van met papaver.' Ysabel zuchtte, alsof dergelijke aanvallen vaker gebeurden.

'Smokkelaars zijn nu echt je minst belangrijke probleem,' zei Dovzhenko. 'Je moet hier weg, naar een plek waar de IRG je niet zal zoeken.'

Hamid gromde weer. 'Ik begrijp nog steeds niet wat jij hiermee wint.'

Dovzhenko negeerde de bodyguard en zei tegen Ysabel: 'Sassani zal je hier vinden. Dat weet ik zeker.'

Ysabel hief haar hand om hem te laten weten dat ze genoeg had gehoord. 'Je moet toegeven dat het vreemd lijkt dat iemand die er getuige van is dat mensen worden gemarteld in de Evin-gevangenis, dat iemand die tijdens openbare executies naast de Revolutionaire Garde staat, helemaal naar Afghanistan zou reizen om een vrouw te waarschuwen die hij nog nooit heeft ontmoet.'

'Ik heb je dit al verteld,' zei Dovzhenko. 'Hij zal mij ook in de gevangenis gooien. Wij hebben hetzelfde probleem.'

'Ik heb niet veel vrienden meer binnen de regering,' zei Ysabel. 'Maar ik ga terug naar Iran om dingen recht te...'

'Alsjeblieft!' zei Dovzhenko, zo fel dat Hamid zijn spieren spande.

Ysabel gebaarde dat hij niets hoefde te doen, als een bazin die haar waakhond duidelijk maakte dat hij zich rustig moest houden, voorlopig althans.

Dovzhenko zei, nog steeds geëmotioneerd: 'Je moet me geloven. We moeten onmiddellijk vertrekken.'

Hamid stapte naar voren. 'Wij moeten helemaal niets.'

Ysabel zei: 'Het enige waar ik schuldig aan ben is dat ik Maryams vriendin was.'

'Maar je zult veel meer bekennen,' zei Dovzhenko. 'Daar zal Sassani voor zorgen.'

'Goed dan,' zei Ysabel. 'Stel dat ik met je meega. Waar gaan we dan naartoe?'

Dovzhenko stond op en keek haar verbijsterd aan. 'Eerlijk gezegd weet ik dat niet zeker. Ik kan niet terug, dat weet ik wel.'

'Omdat je in verband kan worden gebracht met Maryam?'

Dovzhenko knikte.

'Ik kende Maryam beter dan wie ook. Jij hebt me zoveel van het verhaal verteld dat ik tussen de regels door kan lezen,' zei Ysabel. 'Hebben ze bewijzen dat jullie tweeën... samen waren die nacht waarin ze is vermoord?'

'Dat komt wel,' fluisterde Dovzhenko. 'Heel binnenkort.'

Ysabel boog haar hoofd even, keek op met haar ogen stijf dicht en nam een pijnlijk besluit. Ze zuchtte diep en zei: 'Luister. Maryam heeft het vaak gehad over een geheimzinnige vriend. In het verleden heb ik ook zo'n vriend gehad, iemand die, zeg maar, jouw soort werk deed, dus ik weet er wel iets van. Bovendien ben ik slim genoeg om te weten dat, wanneer jij een Russische spion bent met de opdracht de Revolutionaire Garde te helpen, je superieuren in Moskou jouw komst hier als een enorm plichtsverzuim zullen beschouwen, zo niet als landverraad.'

Dovzhenko sloot zijn ogen. 'Dat is waar.'

'Dus,' zei Ysabel, 'ben je ook op de vlucht.'

'Dat klopt.'

'Je wilt dus overlopen naar het Westen?'

'Ik ben zo ontzettend moe.'

Ze knikte peinzend. 'Dat betekent ja, neem ik aan.' Ze leunde tegen de muur en dacht na, met haar lippen stijf op elkaar en haar ogen half dichtgeknepen. Haar gezicht was rood door alle stress en verdriet, zodat het leek alsof ze te lang in de zon had gezeten en de lichte littekens op haar gezicht en in haar hals nog meer opvielen.

Dovzhenko dacht aan de psychologische wonden die daar het gevolg van moesten zijn en keek naar de Vostok aan zijn pols. Hij was hier nog geen tien minuten. Ze zou tijd nodig hebben om alles te verwerken, maar ze moesten echt weg.

Ysabel kreunde en leek een besluit te hebben genomen. 'Je hebt veel geriskeerd om hiernaartoe te komen om me te waarschuwen.

Daar ben ik je dankbaar voor. Je kunt niet terug naar Rusland en je kunt zeker niet terug naar Iran.'

'Hij zou asiel kunnen aanvragen bij de Italianen,' zei Hamid. 'Die hebben nu de leiding over de NAVO-strijdkrachten.'

'Wat ik ook doe,' zei Dovzhenko, 'ik zou het liever ergens anders doen. Al was het alleen maar om te voorkomen dat ik een van Roodbaards vrienden tegenkom.'

'Eindelijk zeg je iets verstandigs,' zei Hamid.

De twee mannen liepen achter Ysabel aan naar de voorkamer waar ze een kleine rugzak pakte.

Ze sloeg de sjaal over haar hoofd om naar buiten te gaan en bleef staan. Ze keek Dovzhenko aan alsof ze dwars door hem heen kon kijken. 'Wil je alleen vluchten of wil je overlopen?'

'Overlopen?' Hij wist precies wat ze bedoelde, maar vroeg zich af of zij dat ook wist.

'Ja, overlopen. En wil je je specifieke kennis van wat er speelt binnen de IRG en de Iraanse politiek aan je tegenhangers in het Westen vertellen?'

Dovzhenko kreeg koude rillingen. Deze vrouw praatte niet als een hulpverleenster die probeerde de opiumgolf vanuit Afghanistan naar Iran te stoppen, maar als iemand die zeer goed bekend was met de werkwijze van inlichtingendiensten. Opeens begreep hij de littekens veel beter. Hij zei gedecideerd: 'Zoals je je wel kunt voorstellen is het in mijn soort werk ontzettend moeilijk om te weten wie ik kan vertrouwen.'

'Dat is zo in elk soort werk,' verbeterde ze hem. 'In elk geval als het om belangrijke kwesties gaat. Ik ken iemand die ons allebei kan helpen. Hij is een soort *khar*,' zei ze. 'Maar ik ben er honderd procent zeker van dat hij een ezel is die we kunnen vertrouwen. Ik zal hem bellen als we onderweg zijn.'

Honderd meter verderop in dezelfde straat als het gele gebouw waarin het hoofdkantoor van het UNODC was gevestigd, lag een Pashtun-man op het dak van een onopvallend aarden gebouw. Hij was bijna onzichtbaar door de stofwolken die de wind opwaaide. Hij droeg een wijde salwar kameez en had zijn platte *pakol* over zijn voorhoofd getrokken die hij in verband met de wind met behulp van een grijze sjaal op zijn plek hield. Hij wist niet hoe oud hij precies was, maar hij dacht een jaar of vijftig. Door zijn verweerde donkere huid leek hij ver over de zestig, maar hij had de spieren en het uithoudingsvermogen van een man die kilometers heen en terug over de grens met Iran liep en gewend was aan veel ongemakken en zwaar werk. Hij keek door een kijker uit het sovjettijdperk. Hij had de pelgrimstocht naar Mekka nog niet gemaakt en kon zich niet beroepen op de wijsheid van een grijsaard, dus was zijn warrige baard oranjerood geverfd. Hij was echter wel wijs genoeg om te weten dat de nieuwe man die de Iraanse hoer bezocht zich gedroeg als een Rus. Doordat Russen en Amerikanen jarenlang ongelovige bezigheden uitoefenden, gedroegen ze zich anders: Russen gedroegen zich alsof de wereld van hen was, terwijl Amerikanen de wereld gewoon bezaten.

Hij zag dat de Iraanse bodyguard van de vrouw naar buiten kwam, de oude bus ophaalde en ermee naar de ingang van het gebouw reed, zodat hij de deur niet kon zien.

De radio met de kleine draaibare antenne bij de elleboog van de Afghaan begon te kraken. 'Zullen we ze nu te pakken nemen?'

'Wacht even,' zei de Afghaan. Hij was al tientallen jaren smokkelaar en had die lange tijd niet overleefd door zaken te overhaasten. Ze waren hiernaartoe gekomen om de vrouw mee te nemen, maar de Rus had de zaak bemoeilijkt. Een alternatief plan kreeg vorm in zijn hoofd. Het zou lucratief zijn, maar de voorbereiding zou tijd kosten. Deze Rus had de twee mannen die hij naar binnen had gestuurd om de vrouw mee te nemen kennelijk verslagen, dus mocht hij hem niet onderschatten.

De Iraanse vrouw was een doorn in ieders oog. Ze veroorzaakte problemen met opiumproducenten, zorgde ervoor dat de andere vrouwen vonden dat ze meer hoorden te verdienen dan ze al kregen en liep een groot deel van de tijd rond met haar hidjab opzij waardoor haar halve hoofd te zien was. Ze was niet alleen een hoer, maar ook nog eens een bemoeizieke hoer. De Afghaan zou twee keer zoveel winst maken, geld van de ene partij krijgen om haar te lozen en geld van de andere partij die haar kocht voor het plezier, of om haar door te verkopen. Hij likte zijn stoffige lippen toen hij aan al dat geld dacht.

De vrouw en de Rus kwamen nu ook naar buiten en daarna reed de bus weg.

'Ze vertrekken!' siste de stem door de radio.

'Volg ze! Kijk waar ze naartoe gaan. We moeten veel doen.'

Beneden hem kwam een motor tot leven, en toen nog een. Beide motoren verlieten de steeg verderop en reden de stofwolk in achter de achterlichten van Ysabel Kashani's busje.

38

'Wat is er?' Ding Chavez zette zijn leesbril af toen Jack Clarks hotelkamer binnenkwam. 'Je ziet eruit alsof je een trap tegen je ballen hebt gekregen.'

Ryan liet zich op de bank vallen, maar sprong meteen weer op om een fles water uit de minibar te pakken.

De Russen waren vertrokken. Dus nu was de kamer in het EME Catedral hun commandocentrum waar de teamleden bij elkaar kwamen en plannen maakten. Ze hadden hun operationele tempo vertraagd en hielden om beurten Da Rocha in de gaten. Op dit moment lag Adara even te slapen, terwijl Caruso en Midas in de lobby van het Alfonso XIII waren en een seintje zouden geven als Da Rocha en/of Fournier het hotel verlieten.

'Het is echt zo, jongen,' zei Clark. 'Ben je ziek aan het worden?'

Ryan ademde snel en nam een grote slok water, veegde met zijn onderarm over zijn mond en riep: 'Het gaat om Ysabel Kashani!' Daarna staarde hij nietsziend voor zich uit.

Clark keek Ding even aan en toen weer naar Ryan. 'Wat is er met haar?'

'Ze zit in de problemen, John.'

'In Londen?'

Ryan schudde zijn hoofd. 'Op haar Facebook-profiel staat een foto van haar in Londen met een man en baby, maar ze is veel te slim om foto's van haar gezin op internet te zetten. Het is een dekmantel. Ze is in Afghanistan en zit in de problemen.'

'Verdomme!' zei Chavez nadat Ryan hun over zijn telefoongesprek met Kashani had verteld. 'Geloof je haar?'

'Natuurlijk geloof ik haar!' zei Jack verbijsterd. 'Ze weet wat wij doen. Verdomme, ze heeft mijn leven gered!'

'Geloven was het goede woord niet, *'mano*,' zei Chavez. 'Wat ik bedoelde was of ze zeker weet dat die man een Russische spion is?'

'Als iemand het kan weten is zij het,' zei Jack. 'Ze schreef opiniestukken over Rusland voor de universiteit toen wij… toen ik haar leerde kennen.'

Clark wreef peinzend over zijn kin. 'Als deze Rus wil overlopen moet hij gewoon naar de ambassade in Kaboel gaan. De Agency heeft daar genoeg competente case officers die hem kunnen helpen.'

'Zo te horen vertrouwt hij vrijwel niemand,' zei Ryan. 'Hij vertrouwt haar en zij vertrouwt mij. Ze hoopt dat ik dit persoonlijk kan regelen.'

'Dat gaat dus niet gebeuren,' zei Chavez. 'Echt niet. We laten de tegenstander niet bepalen wie hun *handler* wordt. Bovendien zou de CIA behoorlijk nijdig worden als wij ons met hun zaken bemoeien.'

'Dat doen we al, Ding,' zei Ryan om zijn zaak te bepleiten. 'Zij belde mij.'

Chavez zei spottend, op de toon van een antwoordapparaat: 'Piep. Als dit telefoongesprek betrekking heeft op een overloper verbreek dan de verbinding en bel 1-800-CIA of ga naar de dichtstbijzijnde Amerikaanse ambassade.'

Ryan maakte een wegwuivend gebaar en zei tegen Clark: 'John, deze Rus is maanden in Iran geweest. Hij kan een schatkist vol informatie zijn en jij weet net zo goed als ik hoe moeilijk het is om informanten dat land binnen te krijgen.'

Clark keek naar Ding. 'Kun je ons even alleen laten?'

Chavez haalde zijn schouders op en bleef Ryan lang aankijken. 'Ik ga even kijken hoe het met de anderen is, terwijl jij domkoppen wat gezond verstand bijbrengt.'

'Ik had het meteen moeten snappen toen ik haar Facebook-pagina zag,' zei Jack zodra Chavez het vertrek had verlaten en de deur had gesloten.

'Ze is dus niet getrouwd?' vroeg Clark.

Maanden geleden al had Jack even op Ysabels Facebook-pagina gekeken en een foto van haar gezien met een man en een baby. Ze leek gelukkig getrouwd en in Londen te wonen. Maar nu kon hij zichzelf wel voor zijn kop slaan omdat hij iets wat op de social media stond voor waar had aangenomen. 'Geen echtgenoot en geen baby.

Ze kon er niet veel over zeggen aan de telefoon, maar het is wel begrijpelijk. Verdomme, iedereen die ik ken in dit werk heeft een nepprofiel op de social media. Ik ook toen ik naar haar profiel keek. Luister...'

'Nee,' zei Clark. 'Doe jezelf een lol en luister naar me voordat je beledigd wegrent. Ik weet dat je het gevoel hebt dat je haar iets verschuldigd bent omdat je haar in gevaar hebt gebracht.'

'Ze hebben haar verrot geslagen, John. Haar nek gebroken om mij te vinden. Ze is genezen, maar dat is iets meer dan "in gevaar brengen", vind je ook niet?'

Clark zei op vlakke toon: 'Wat ik bedoel is dat je je verantwoordelijk voelt voor zaken waar je geen invloed op had. De Iraanse regering heeft de vrijheden van de burgers sterk ingeperkt sinds de laatste keer dat jij daar was. De moellahs doen nog meer om de macht in handen te houden en gooien alles in de strijd voor het voortbestaan van hun regime. Niemand weet meer wie zich bij wie heeft aangesloten. Het is niet vreemd te denken dat iemand die het gevoel heeft dat hij Kashani iets verschuldigd is, die zelfs haar minnaar is geweest, blind is voor de mogelijkheid dat dit een val is.'

Jack hield bijna een hele minuut zijn mond en keek naar de grond. Hij was zo gespannen dat hij ademde alsof hij net een trap op was gerend. Uiteindelijk keek hij op en zei met tegenzin: 'Daar kan ik niets tegen inbrengen.'

'Goed,' zei Clark. 'Want als je dat wel had gedaan, had ik je niet laten gaan.'

Jacks mond viel open. 'Je geeft me toestemming?'

Clark zuchtte en zei: 'Jack, alleen al uit het feit dat je bij me kwam en me alles over dat telefoongesprek vertelde voordat je gewoon in een vliegtuig stapte, blijkt dat je een totaal andere instelling hebt dan toen jij en Ysabel nog samen waren. Ik splits het team niet graag op, maar het zou heel goed kunnen dat Da Rocha nóg een maand hier in Sevilla blijft. Je zei zelf al dat die Rus een heleboel geheime informatie kan hebben.'

'Jij denkt dus niet dat dit een val is?'

'Je weet zeker dat je Ysabel aan de telefoon had?'

'Dat vroeg ik me ook af, maar ze wist dingen die alleen Ysabel zou weten.' Hij sloot zijn ogen. 'Persoonlijke dingen.'

'Oké dan,' zei Clark. 'Ik heb Ysabel ontmoet en weet bijna zeker dat ze liever zou sterven dan jou willens en wetens in de val te laten lopen. Maar ik zei "willens en wetens". Zíj is misschien wel clean, maar dat betekent niet dat die Rus dat ook is. Ik moet mijn idee aan Gerry voorleggen en ook de DNI hierover informeren, zodat we hun niet voor de voeten lopen bij de zaken waar zij mee bezig zijn, maar ze zullen akkoord gaan met mijn oordeel.'

'En dat is?'

'Dat je naar Herat moet gaan. Maar het zou heel goed kunnen dat Ysabel zelfs een nog betere bron is dan die Rus. Ze leek me een slimme vrouw. Als ze jou belt, heeft ze daar een reden voor.'

'Je krijgt hier geen spijt van, John,' zei Ryan.

'O, ik weet bijna zeker dat dat wel zo zal zijn. En jij waarschijnlijk ook. Ik heb een paar dingen geleerd tijdens mijn werk voor de regering: geen enkel plan overleeft het eerste contact met de vijand en alles wat ingewikkelder is dan een blikopener gaat waarschijnlijk kapot als je het het dringendst nodig hebt. Eenvoudige zaken zoals deze pakken vrijwel nooit zo uit als je dacht. Hoe dan ook, dit wordt geen Herat-vakantie, dus ik stuur je daar niet alleen naartoe. Ysabel kent Caruso, dus zal ze niet bang worden. Hij wordt jouw back-up. Ik wil dat jij tijdens de reis je diplomatieke paspoort op naam van je alias gebruikt. Te veel mensen in Afghanistan kennen je familie. Ga nu maar pakken. Je bent toe aan een andere omgeving, al was het alleen maar om even niet aan Lisanne te denken.'

'Lisanne? Ik weet niet waar je het over hebt.'

'Doe me een lol. Ik ben een oude spion en word betaald om subtiliteiten op te merken. Schiet op, ik moet nu een paar mensen bellen. Jullie moeten waarschijnlijk vanuit Madrid en via Dubai vliegen, kijk dus maar even welke vluchten je kunt vinden. Als jullie gaan, moeten jullie snel vertrekken. Ga Sherman maar vertellen dat ze Dom vervangt, zodat hij zich bij me kan melden.'

'Shit,' zei Ryan. 'Dit loopt nu al totaal anders dan ik dacht. Ik vind Adara wekken veel enger dan naar Afghanistan gaan.'

Jack was niet aanwezig tijdens de telefoongesprekken tussen John Clark, Gerry Hendley en Mary Pat Foley. Hij wist alleen dat Clark hem toestemming gaf op reis te gaan. Foley hield de afstand tussen haar kantoor en de Campus zo groot mogelijk, maar soms moesten ze wel met elkaar praten om te voorkomen dat de teamleden halsoverkop terechtkwamen in een situatie waarvan ze het bestaan niet vermoedden. En dát voorkomen was een van de voornaamste doelstellingen van het ODNI (Office of the Director of National Intelligence).

Caruso en Ryan namen de één uur durende vlucht van Sevilla naar Madrid. Daarna hadden ze een paar uur de tijd om snacks te kopen voordat ze met Emirates naar Dubai vlogen. Ze reisden allebei met een zwart diplomatiek paspoort, zodat ze in de meeste landen geen visum nodig hadden. Caruso reisde op zijn eigen naam, maar Ryan maakte gebruik van zijn alias. Het was gebruikelijk om je eigen voornaam te gebruiken bij je alias, wat zorgde voor een extra veiligheidslaag als iemand je herkende en je naam riep. Gezien Ryans familiebanden besloot hij een andere naam te kiezen: Joseph 'Joe' Peterson, want 'Jack' was gewoon te simpel.

De aansluiting in Dubai zou de beide agenten genoeg tijd geven om het vliegveld door te lopen en iets te eten wat niet was opgewarmd in de magnetron van een vliegtuig. Emirates was een redelijk moderne luchtvaartmaatschappij, maar de Hendley G5 had hen verwend. Vliegen met een commercieel toestel betekende ook beperkingen met betrekking tot hun normale uitrusting. Beide mannen reisden alleen met een kleine rugzak. Geen wapens, geen andere spullen dan hun kleding, wat noodrantsoenen in de vorm van snacks en een satelliettelefoon. Ze droegen goede laarzen en een licht jasje. In de woestijn kon het 's nachts koud zijn, en hun jasje fungeerde ook als een extra kussen in hun goedkope stoel.

Ryan had nooit in een toestel van Emirates gezeten dat niet nieuw rook. De vliegtuigen waren modern en goed uitgerust, en de passagiers werden uitstekend verzorgd. Helaas was de enorme A380 bijna vol. Daarom moesten Jack en Dom genoegen nemen met twee economyclassstoelen helemaal achterin tegen de wand, zodat ze de rugleuning niet helemaal naar achteren konden duwen.

'Sorry, hoor,' zei Jack toen Dom voor hem langs schoof en aan het raam ging zitten.

'Geen probleem.' Toch was te zien dat hij niet erg blij was. 'Je kent me, neef. Ik ben er altijd voor in om een meisje te redden.'

Jack grinnikte en dacht aan de felle blik in Ysabels ogen. 'Tja, maar dit meisje is nogal een ruziezoekster.'

Caruso gaapte. 'Zelfs een ruziezoekster moet af en toe worden gered.' Hij rolde zijn jas op en propte die tussen zijn hoofd en het raampje. Zijn ogen vielen al bijna dicht. 'Adara en ik hebben een afspraak: soms red ik haar en soms redt zij mij.'

39

Ding Chavez zat op de uitkijk. Hij kon maar niet bedenken of Da Rocha en zijn griezelige vriendin onervaren waren of gewoon dachten dat ze onzichtbaar waren. Da Rocha keek steeds weer op zijn horloge, wat vreemd was, maar ook weer niet. Wat er ook was, geen van beiden leek te checken of ze werden gevolgd. Ze waren ruim een halfuur geleden uit het hotel gekomen, gekleed voor een ontspannen avondje uit. Fournier droeg een wijd licht jasje over een donker T-shirt, het perfecte kledingstuk om wat voor pistool ze daar ook maar onder droeg te verhullen. Da Rocha, gekleed in een lange broek en een paisley overhemd met lange mouwen, had een leren tas bij zich met de riem dwars over zijn lichaam. Leuke mannentas, dacht Chavez.

De geslepen klootzak had de hele dag niet ingelogd op zijn computer. Dat deed niemand. Het team had besloten dat wanneer hij die avond niet online ging er iets mis was gegaan met Gavins malware. Ze opereerden nu dus onwetend en hadden geen idee van Da Rocha's plannen.

Een korte forensentrein bestaande uit twee wagons reed piepend en rammelend over het spoor dwars door de Calle San Fernando, ten noorden van Hotel Alfonso XIII en het Hard Rock Cafe, waar Da Rocha en Fournier kennelijk naartoe waren gegaan om iets te drinken. Een halfuur later kwamen ze naar buiten en sloegen links af. Ze liepen hand in hand en leken gewone toeristen. Chavez vond het maar vreemd dat iemand naar een stad ging als Sevilla, boordevol geschiedenis en cultuur, en dan naar een Hard Rock Cafe ging. Maar misschien betekende een Hard Rock Cafe voor iemand uit Europa een totaal ander tempo en leverde het op z'n minst een cool T-shirt op.

Het was al laat in de avond en de straten rondom de Universiteit van Sevilla en het Real Alcázar-park wemelden van de mensen die onderweg waren om ergens voor het diner iets te drinken. Grote groepen toeristen genoten van het gematigde voorjaarsweer voordat dat plaatsmaakte voor de ongelofelijke hitte van een Andalusische zomer. De Plaza de Toros lag nog geen kilometer ten noordwesten van hier. Daar was vanavond weer een stierengevecht geweest, waardoor er nog veel meer mensen op straat waren dan anders.

De honderden mensen – van wie sommigen wat rondliepen en anderen haastig ergens naartoe onderweg waren – vielen in groepjes uiteen. Daardoor was het relatief gemakkelijk voor Chavez om hen te volgen zonder te worden gezien. Da Rocha en Fournier waren zo verdiept in hun omgeving dat ze geen enkele keer achteromkeken.

'Wel opletten,' zei Chavez via de radio. 'Ze moeten iemand hebben die bezig is met contrasurveillance.'

'Misschien wel,' zei Clark.

'Of misschien zijn het gewoon stomkoppen,' opperde Midas. Hij stond voorbij de hoek te wachten, zodat hij de surveillance kon overnemen mocht het stel voor de universiteit langs naar Del Cid lopen.

'Of,' zei Clark, 'ze zijn wel professionele criminelen, maar geen experts op het gebied van inlichtingenwerk. Misschien staan ze er heel af en toe bij stil dat iemand hen kan volgen, maar de kans is groter dat ze zich drukker maken over hun persoonlijke veiligheid in de letterlijke betekenis: "wie zou me hier en nu iets aandoen?", dan: "wie zou nu een dossier over me samenstellen?"'

'Niet erg slim,' zei Adara, 'maar dat werkt wel in ons voordeel.'

'We zien wel,' zei Clark. 'Ze hebben misschien geen ervaring in ons werk, maar ik krijg niet de indruk dat een van hen stom is.'

Da Rocha keek voor de vijfde keer sinds ze het hotel hadden verlaten op zijn horloge.

Chavez meldde dat aan de rest van het team. 'Hij heeft vast een afspraak met iemand. Hij lijkt geen haast te hebben, maar maakt zich druk over de een of andere afspraak.'

'Misschien is hij de tijd aan het doden,' opperde Adara.

'Rechtsaf Del Cid op,' zei Chavez. 'Ze steken hem aan de westkant over, alsof ze om de Plaza de España willen lopen of door het kleine park ernaast. Daar lopen heel veel paden doorheen als ik de kaart nog goed in mijn hoofd heb.'

'Ik zie ze,' zei Midas die San Fernando aan de andere kant van Del Cid overstak.

Chavez liep rechtdoor en passeerde hem bij de kruising zonder oogcontact te maken.

'Begrepen,' zei Adara, een beetje buiten adem zo te horen. Ze droeg een korte hardloopbroek en een T-shirt dat zo wijd was dat het snoer en de microfoon eronder niet opvielen. Haar radio zat in een heuptasje. 'Ik ben één straat ten oosten van je. Ik ren door het park zodat ik iets voor hen uit uitkom.'

'Ze gaan sneller lopen,' zei Midas. 'Ze rennen niet, maar lopen nu heel doelgericht.'

'Ben je gezien?' vroeg Clark.

'Volgens mij niet. Ze kletsen nog steeds met elkaar, maar ze lopen nu echt sneller.'

Chavez sloeg bij de eerstvolgende kruising rechts af, tussen de kraampjes met eten en kermisattracties op de avondmarkt van het San Sebastian-park door. Zijn maag rammelde toen hij het gegrilde vlees en versgebakken brood rook, maar hij liep snel door naar de oostkant van het park. Hij volgde hen nog niet, maar fungeerde als back-up voor zijn nu verkleinde team voor het geval er iets misging. Het stoorde hem niet dat Ryan en Caruso naar Afghanistan waren vertrokken, maar hij was wel realistisch. Zelfs met het complete team van zes was dat niet het ideale aantal voor een langdurige surveillanceoperatie. Met z'n vieren hadden ze iets meer dan een heel kleine kans, maar goed, ze moesten het er maar mee doen. Je ploeterde door, deed meer met minder en lachte erom, want een stelletje stomkoppen tegenhouden die slechte dingen van plan waren was nog altijd de mooiste baan ter wereld.

'Ze zijn het park in gegaan,' zei Midas. 'Iets ten zuiden van de Plaza de España.'

'Ik loop rondjes,' zei Adara. 'Ik ga die kant wel op en neem de surveillance over.'

'Nog even wachten,' zei Midas. 'Ik loop midden in een groep toeristen die toevallig dezelfde route neemt als zij. Jullie hoeven elkaar nog niet af te lossen.'

Het team kon iets dichterbij komen via de paden tussen sinaasappelbomen, palmen en jacaranda's. Hun doelwitten liepen heen en weer, of bleven af en toe staan om naar de borden of de eenden te kijken, zoals Midas al zei: ze doodden de tijd.

Da Rocha keek weer op zijn horloge. Hij en Fournier waren nu aan de westkant van het park, en hij wees naar het noorden, naar de zesbaans-avenue die Paseo de las Delicias heette.

'Zo te zien gaan ze richting hotel,' zei Midas.

'Ik blijf bij de bomen,' zei Adara, 'en loop parallel met hen mee.'

'Begrepen,' zei Midas. 'Nog steeds in noordelijke richting op...'

'Ze steken over,' zei Midas. 'Van oost naar west.'

Chavez kwam een half blok achter Midas het park uit met de bedoeling iets sneller te gaan lopen zodat hij hen in de gaten kon houden. Maar hij zag wel dat dat niet zou gaan gebeuren.

Het was alsof iemand een knop had omgedraaid. Da Rocha en Fournier waren opeens veel geanimeerder. Chavez zag dat ze wachtten tot er iets minder verkeer was zodat ze snel konden oversteken. Ze liepen niet langer hand in hand en hadden geen oog meer voor de bezienswaardigheden van Sevilla. Ze gingen ergens naartoe.

'Gaan ze ervandoor?' vroeg Clark alsof hij het antwoord al wist.

Chavez begreep het op hetzelfde moment als Clark. 'Shit!' zei hij toen hun doelwitten naar de kant van de rivier de Guadalquivir renden en daar in een wachtende opblaasboot sprongen. Even later kwam de buitenboordmotor tot leven en scheurde het bootje de duisternis in.

Chavez rapporteerde wat hij had gezien.

Midas zei: 'Dat was verdomd slim.'

'Ik had aan de rivier moeten denken,' zei Clark. 'Midas, hoeveel bagage zag je gisteravond in hun hotelkamer?'

'Niet veel, nu je het zegt. Wil je dat ik een kijkje neem in zijn hotelkamer nu hij er toch niet is?'

'Nee,' zei Clark. 'Als de malware functioneert wil ik hem niet argwanend maken voor het geval hij iemand op de uitkijk heeft gezet. We moeten maar hopen dat hij inlogt op die computer, want hij kan nu overal naartoe gaan. Het is maar een kilometer of tachtig naar de zee. Als hij wil, kan hij morgen in Noord-Afrika zijn.'

40

Elizaveta Bobkova nam een slok mineraalwater en sloot haar ogen. Ze had stijve ledematen en was slaperig. Ze wilde eigenlijk alleen maar weg uit de irritante wolk reukwater van Pugin en een lang, ontspannend rondje hardlopen. Gorev lag zachtjes snurkend op de bank te slapen. Pugin was nu aan de beurt om te posten met de *laser mic* die gericht was op het slaapkamerraam van senator Chadwicks appartement in Arlington, Virginia. Het weinige wat werd gezegd was afkomstig van Chadwick en zo te horen had haar jonge assistent Fite moeite haar bij te houden.

Pugins mond vertrok tot een wellustige grijns. 'Die Amerikanen zijn vreemde dieren.'

'Alle dieren zijn vreemd,' zei Bobkova na nog een slok mineraalwater. 'Als je maar lang genoeg naar hen kijkt.'

Pugin tikte met een potlood op het notitieboekje naast zijn computer. 'Na deze ronde zullen ze wel honger krijgen.'

Op het bureau voor Pugin lag allerlei apparatuur, allemaal bedoeld om mee te snuffelen, te luisteren en te kijken. De lasermicrofoon en ontvanger, allebei gericht op het raam aan de overkant, stonden elk op een statief links van hem. Een op een ladder lijkende Yagi-richtantenne stond rechts van hem op een gedrongen statief en was gericht op hetzelfde appartement. Deze antenne ving alles op – van mobiele telefoon tot draadloze router, computerinformatie en twee IP-adressen die volgens Bobkova van Chadwicks 'slimme' televisie en vaatwasser waren. De antenne pikte ook informatie op van de andere appartementen én het IP-adres van elk passerend voertuig dat was voorzien van gps of een andere verbinding, iets wat tegenwoordig steeds meer een realiteit werd. Bobkova vroeg zich af hoeveel 'gewone' Amerikanen, wanneer deze zich opeens bewust werden van de digitale cloud die hen volgde, volledig zouden instorten. Als je een mobiele telefoon in je zak had konden winkeliers precies zien bij welke producten je met je winkelwagentje bleef staan. Internetadverteerders wisten of je naar een bepaalde beha had gekeken en bombardeerden je vervolgens met advertenties voor die beha wanneer je het lef had iets anders te kopen. Autodealers wisten of je een paar duizend kilometer later dan ze jou hadden geadviseerd je olie ververste, wat ze konden gebruiken als argument om een beroep op garantie af te wijzen. Het was waarschijnlijk beter voor je gezondheid, in elk geval op de korte termijn, als je je niet bewust was van die constante inbreuk op je privacy. Bobkova had kort nadat ze voor de SVR was gaan werken en net aan haar opleiding was begonnen haar eigen leven afgeschermd door een rechthoekje isolatietape voor de camera van haar laptop te plakken. Leugenaars hadden er moeite mee om anderen te vertrouwen en spionnen waren ontzettend paranoïde.

Bobkova was vooral trots – en vol afschuw – over hoe eenvoudig het was geweest om het mobiele nummer van de senator te achterhalen. Door Chadwicks leven als politica en haar narcistische persoonlijkheid was ze bijzonder actief op de social media. Op haar accounts stonden meer close-upfoto's van haar gezicht, perfect omlijst door haar dikke bos haar, dan Bobkova ooit had gezien. Het leek alsof ze in zo'n fotohokje in een winkelcentrum had gezeten waar de camera op hol was geslagen en de ene na de andere strip vol foto's van haar gezicht had uitgespuugd. Chadwick koppelde haar gezicht aan goede doelen waardoor ze, in elk geval volgens haar adviseurs, meer kans maakte opnieuw tot senator te worden gekozen. Tehuizen voor daklozen, crisiscentra en museumopeningen boden allemaal een goede achtergrond voor haar tandpastaglimlach. Het was wel zo dat ze haar privéleven privé hield, met uitzondering van haar hond.

Het was een leuk hondje, een kruising tussen een bordercollie en iets met een krulstaart. Bobkova had ooit een zwerfhond geadopteerd in Afghanistan, waar de locals ondenkbare dingen met honden deden. Ze had zich erg aan het dier gehecht, alleen was het stomme beest doodgegaan kort nadat ze hem mee terug had genomen naar Rusland. Chadwick vond het kleine mormel zo lief dat ze zich een paar keer met hem liet fotograferen en ook zo lief dat ze hem liet registreren en chippen voor het geval hij verdwaalde. Bobkova had routinematig ingezoomd op een van de honderden socialmediafoto's en het mobiele telefoonnummer gevonden dat in de hondenpenning was gegraveerd. Zodra ze dat nummer had, kon Bobkova zichzelf heel eenvoudig programmeren als '*man in the middle*', zodat ze nog geen uur later de telefoon kon overnemen. Ze noteerde de inkomende en uitgaande gesprekken en verzamelde pakketjes informatie van al Chadwicks internetsessies. Ze legde alles vast, van inloggegevens tot en met wachtwoorden die de senator ongetwijfeld meer dan eens gebruikte. Daarmee kon Bobkova het patroon van Chadwicks leven bepalen dat nodig was om iemand te vermoorden.

Elizaveta Bobkova deed dat alles knarsetandend. De bleke verrader Dudko zou het in zijn broek doen als hij ook maar één minuut naast haar in het veld zou moeten doorbrengen. Toch jutte hij haar constant op om alles snel te doen. Bobkova maakte hem duidelijk dat ze heel goed wist wat ze deed. Ze was grondig, ze was nauwgezet en ze was goed in haar werk.

Dat kon hem niets schelen. Het moest vanavond gebeuren. En uit niets mocht blijken dat een van de Russen erbij betrokken was.

Pugin hief zijn gebalde vuisten alsof hij net een doelpunt had gemaakt. 'En… ze zijn de klos.'

Bobkova schudde vol afkeer haar hoofd, om haar mening over Dudko en om deze agent met die haren in zijn oren.

Pugin rolde zijn stoel naar achteren en wees met zijn potlood naar de gegevens van de internetsessie die nu over zijn scherm rolde. 'Ik zei toch al dat ze honger zou krijgen.'

Bobkova liep naar hem toe en bukte zich om het scherm beter te kunnen zien. Pugins eau de cologne rook eigenlijk best lekker nu het even de tijd had gehad om te verdampen, of misschien was haar neus er al aan gewend.

'Zie je wel, een tafel voor twee in Morton's Steakhouse.' Pugin maakte een aantekening van de gebruikersnaam en het wachtwoord dat ze voor de reserveringswebsite had gebruikt. Die zouden ze gebruiken om te proberen toegang te krijgen tot Chadwicks andere apps.

Bobkova zag in realtime dat Michelle Chadwick – of misschien haar toyboy met zijn dikke lippen die haar telefoon gebruikte – voor zeven uur een tafeltje reserveerde bij Crystal City. Bobkova kende dat restaurant goed: Morton's Steakhouse lag aan de straat, maar had nog een ingang in het ondergrondse winkelcentrum. Haar ontmoeting met Reza Kazem had plaatsgevonden tegenover de Starbucks vlak bij dat restaurant. Vaak liep ze hard over het Mount Vernon Trail, dat parallel liep aan de Potomac.

Bobkova sloeg haar armen over elkaar en liep een paar keer heen en weer door de hotelkamer, terwijl ze nadacht over de bijzonderheden van deze locatie. Er zouden genoeg mensen zijn voor de juiste hoeveelheid paniek en chaos, waardoor de moord heel zichtbaar zou zijn, zoals Dudko had bevolen. Er waren verschillende andere restaurants in de omgeving: tapas, pasta, zelfs een eethuis dat zich specialiseerde in bizon. Sommige gasten zouden daar met de auto naartoe zijn gegaan, maar de meesten zouden met de metro zijn gekomen en moesten dus langs Morton's Steakhouse om de terminal te bereiken. De menigte zou garant staan voor de noodzakelijke getuigen én voor een onopgemerkte ontsnapping.

Bobkova had voorafgaand aan haar eerdere ontmoeting met Reza Kazem de bewakingscamera's in de Crystal City Underground bestudeerd. Toen had ze juist gezien willen worden, maar het was haar gewoonte om zich op die manier voor te bereiden. Ze zou Gorev ernaartoe sturen om de omgeving weer te checken en de camera vlak voor het restaurant in Crystal Drive onklaar te maken.

Bobkova had het liefst iets meer tijd gehad om haar dossier volledig te maken, maar Dudko eiste dat ze haast maakte. Bobkova was slim genoeg om te zien wat hij van plan was. Bepaalde nieuwsberichten werden nu al geschreven, kleine vlammetjes die door duizenden internetbots zouden worden opgerakeld tot een groter vuur op internet door ze te liken, te tweeten, te delen en te becommentariëren. Radioprogramma's tijdens de spits op maandagochtend waren gek op een lekkere samenzwering. Dus zouden er meer tweets volgen, vele daarvan afkomstig van echte mensen maar geholpen door het botleger. Het ene verhaal zou het andere opkloppen, tot zelfs de meest cynische mensen aan hun eigen overtuiging zouden gaan twijfelen.

Mundus vult decipi – de wereld wil bedrogen worden.

Senator Chadwick zou vanavond sterven en het Amerikaanse volk, of in elk geval een substantieel deel daarvan, zou de man de schuld geven die zij ervan had beschuldigd dat hij zijn eigen team huurmoordenaars had, de man die het meest zou profiteren van haar dood: president Jack Ryan.

41

Reza Kazem zat achter het stuur van de gestolen Fath Safir – de Iraanse versie van de Jeep CJ 4x4 – en beschermde zijn ogen tegen de zon toen het reusachtige vliegtuig dwars tegen de harde wind in naar de provisorische airstrip vloog. Naast hem zat een vrouw van in de vijftig, met een klein notitieboekje in de hand waarin ze allerlei aantekeningen maakte met een pen die ze steeds weer achter haar oor stopte. Ze had zich opgemaakt met rode lippenstift en donkere eyeliner, maar meer accessoires dan de pen bleek ze niet te hebben. Een lok donkergrijs haar kwam onder de hoofddoek vandaan en waaide voor haar gezicht, maar ze liet het daar, volkomen verdiept in wat ze aan het doen was. Ze zei vrijwel niets, alleen tegen zichzelf – met wie ze levendige gesprekken voerde die ze in haar boekje noteerde.

Boven hun hoofd gilden de motoren van de Il-76 toen het toestel uiteindelijk echt landde. De landingsbaan, uitgehakt in de woestijn in het dal ten oosten van Mashhad, was een goede, maar geen ideale landingsbaan voor de Ilyushin. De baan was vijftienhonderd meter lang, duizend meter korter dan het vliegtuig als het maximaal beladen was nodig had om weer op te stijgen.

Reza Kazem maakte zich daar niet druk over. Het vliegtuig zou al heel snel vierenzeventigduizend kilo lichter zijn.

De vrouw naast Kazem keek geschrokken op toen ze de motoren hoorde brullen. ‘Zeg tegen uw mensen dat ze de raketten heel voorzichtig in de lanceerbuizen moeten stoppen.’

Kazem trommelde met zijn lange vingers op het stuur. ‘Over twee uur en zesendertig minuten komt de volgende Amerikaanse satelliet weer over. Het is beter dat de Grote Satan niet ziet waar we mee bezig zijn, toch?’

‘Dat is waar,’ zei de vrouw met een neerbuigende klank in haar stem. ‘Maar de grote accuratesse die wij eisen heeft geen zin als de onderdelen zelfs maar een heel klein beetje beschadigd raken. Geheimhouding heeft geen zin als we niet kunnen raken waar we op richten.' Ze richtte haar aandacht even op haar boekje, maar keek toen opeens op. 'Kunt u schieten?'

Kazem knikte. 'Ik heb weleens geschoten.'

'Bent u heel goed?' Ze was hoogleraar techniek en sprak op barse toon, zich niet bewust van de mogelijke consequenties van de woorden die aan haar lippen ontsnapten.

'Ik neem aan van wel,' zei Kazem.

'Ik wil dat u hieraan denkt. Stel u voor dat een van uw vrienden een gemiddelde mortier over uw hoofd schiet. Dit projectiel verplaatst zich met een snelheid van… zestienhonderd meter per seconde. U hebt opdracht dit projectiel uit de lucht te schieten met uw kalasjnikov, die een projectiel afschiet dat een snelheid heeft van ongeveer zevenhonderd meter per seconde. De mortier is een groter doelwit, maar verplaatst zich meer dan twee keer zo snel. Dan zou u de beste patronen willen hebben, nietwaar?'

'Dat is precies wat ik zou willen,' zei Kazem.

'Wees dan alstublieft voorzichtig met de raketten. De analogie die ik net noemde is niet veel anders dan wat u zich voorstelt dat we doen.'

42

Special agent in charge Gary Montgomery gaf meteen na zijn telefoongesprek met president Ryan twee agenten van Presidential Protection opdracht om in twee auto's voor het appartement van senator Michelle Chadwick te posten. Zodra hij alles in werking had gesteld belde hij zijn bazen. Nog geen tien minuten later was er al een vergadergesprek geregeld met directeur Howe, diens rechterhand onderdirecteur Kenna Mendez en een jurist van de Service. Er moest altijd een jurist bij zijn.

Er was het gebruikelijke probleem dat de goede naam van de Secret Service beschermd moest worden. Volgens de jurist kon deze operatie op drie manieren eindigen: er gebeurde niets, en dan was alles in orde; Secret Service-personeel voorkwam dat senator Chadwick werd vermoord, en dan was alles in orde; of er ging iets mis, Chadwick stierf en de Service leek onbekwaam of, zelfs nog erger, verantwoordelijk.

Directeur Howe en onderdirecteur Mendez hadden samen in totaal bijna vijftig jaar ervaring. Beiden hadden gewerkt als bewaker, misdaadonderzoeker, bodyguard, supervisor en ten slotte als SAC van een groot veldkantoor. Ze wisten waar een agent in het veld mee moest dealen. Het feit dat dit een geheime missie was – Chadwick had niet om bescherming gevraagd en mocht niet eens weten dát ze werd beschermd – maakte deze operatie extra moeilijk. Zonder kennis van haar agenda waren ze niet in staat locaties voor haar komst te checken. Alles zou ad hoc geregeld moeten worden. Het was bijna onmogelijk om dit goed te doen, terwijl de Secret Service er juist trots op was dat ze in staat waren mensen perfect te beschermen.

De jurist wees erop dat het weliswaar niet illegaal was dat Secret Service-agenten de senator in het geheim volgden zolang ze haar niet bespioneerden, maar dat ze daar wettelijk niet toe verplicht waren. De operatie zou de gebruikelijke regels waarschijnlijk in enkele opzichten overtreden, net als misschien bepaalde federale regels met betrekking tot het betalen van overuren, maar dat zou hij moeten nakijken. Montgomery kreunde. Als juristen van de overheid genoeg tijd hadden was volgens hen zo ongeveer alles tegen de regels.

Ten slotte wees Montgomery de directeur erop dat er nog een vierde scenario was. De Service kon het verzoek weigeren, Chadwick werd vermoord en de POTUS verloor het vertrouwen in de dienst.

Directeur Howe zei dat dit telefoongesprek niet meer was dan een manier om iedereen op één lijn te krijgen en dat er nooit ook maar een moment aan was getwijfeld of ze zouden doen wat de president had gevraagd, zolang dat niet illegaal, immoreel en onethisch was. In het geheim de mogelijke moord op een onsympathieke vrouw voorkomen was niet aangenaam, maar dat was het nooit.

Het telefoongesprek eindigde ermee dat de jurist er bij Howe op aandrong de zaak nog eens goed te overwegen; een volkomen veilige optie, aangezien zijn woorden als alles goed ging zouden worden vergeten en hij als het misliep gelijk zou krijgen.

Montgomery vond zijn eigen situatie moeilijker. Niemand zei het hardop, maar als deze operatie verkeerd afliep was hij de enige die de schuld kreeg. Zelfs president Ryan kon hem niet beschermen als hij voor zijn eigen baan moest vechten.

Hoewel vrijwel alle andere wetshandhavers waren getraind om dekking te zoeken tijdens een vuurgevecht, werden de mannen en vrouwen van de Amerikaanse Secret Service juist getraind om zichzelf een groter doelwit te maken, om op te staan en te vechten, terwijl anderen van hun team hun protegé uit de gevarenzone voerden. Dat was natuurlijk een nare positie, maar Gary Montgomery wist niet beter. De president had hem persoonlijk gevraagd op te staan en te vechten, en dus was dat wat hij moest doen.

Verschillende leden van de regering, inclusief de stafchef, werden beschermd door de Secret Service. Deze eenheden waren relatief klein en bestonden uit slechts een handvol agenten, en zelfs als hij daar maar één agent weghaalde kon dat de bescherming in gevaar brengen. Montgomery verkleinde eerst zijn eigen team en vervolgens dat van de VPOTUS – de vicepresident van de Verenigde Staten – de minister van Financiën, het Washington Field Office en het hoofdkantoor van de Secret Service. Toen had hij een kleine groep van vijf vrouwelijke en zeven mannelijke agenten. De meesten leken jong genoeg om zijn kinderen te kunnen zijn, maar ze hadden allemaal een positieve aanbeveling van hun superieuren.

Drie zouden de nachtdienst doen – een vrijwel statische opdracht die weinig meer inhield dan het appartement in de gaten houden – terwijl de andere negen agenten overdag zouden werken en de senator waar ze ook maar naartoe ging zouden schaduwen.

Hij had agenten uitgekozen die vlak bij of in de Beltway woonden. Een paar van hen woonden een paar kilometer bij elkaar vandaan, ook al kwamen ze elkaar door de wisselende diensten zelden tegen. De Secret Service was een kleine dienst, en de meeste agenten kenden elkaar of hadden op z'n minst gezamenlijke vrienden. Ze kletsten altijd even met elkaar over hun leven als de eenheid bij elkaar kwam.

Montgomery hield de eerste briefing in het hoofdkwartier van de Secret Service, een onopvallend oranje stenen gebouw in H Street. Hij was eerlijk geweest tegen iedereen, ook tegen de jurist die achteraan zat aan de lange vergadertafel. 'Ze is voor zover bekend niet bedreigd,' zei hij.

Mike Ayers zei: 'Ik wil niet tactloos zijn, maar heb je de senator weleens horen praten? Ik weet wel zeker dat een miljoen mensen haar haten. Sorry baas, ik zeg alleen wat iedereen al denkt. We moeten ons juist zorgen maken over degenen die niet luidkeels klagen.'

De *supervisory agent* van het WFO kon snel denken en was een natuurlijke keuze als Montgomery's plaatsvervanger. 'Dat klopt, Mike,' zei Montgomery. 'Maar dat kunnen we buiten deze muren maar beter niet hardop zeggen.'

'Begrepen, baas,' zei Ayers.

'Nog één ding,' zei Montgomery voordat iedereen aan de hem of haar toegewezen taak begon. 'Normaal beschermen we mensen om te voorkomen dat hun iets overkomt of ze in verlegenheid worden gebracht. Dat laatste kan me nu geen zak schelen, maar de senator mag niets overkomen. Als je iets ziet gebeuren, maak je daar onmiddellijk een eind aan. Als je dat kunt doen zonder dat ze je ziet, des te beter, maar ik wil niet dat je je daar al te druk over maakt.'

De avond was aangenaam warm voor wat Elizaveta Bobkova van plan was. Door de laagstaande zon achter de hotels en kantoorgebouwen van Arlington lagen Crystal Drive en een groot deel van het Water Park aan de overkant van de straat in de schaduw. Bobkova maakte het zich gemakkelijk in het park, net als een stuk of zes andere mensen die op een bankje zaten. De meesten van hen woonden waarschijnlijk in een van de vele appartementengebouwen vlak bij Reagan National Airport. Sommigen zagen eruit alsof ze net hadden hardgelopen over het Mount Vernon Trail, terwijl anderen gewoon van een fijne avond wilden genieten. Als ze hier lang genoeg bleven, werd dit een avond die ze nooit zouden vergeten. Als Chadwick hier anderhalf uur bleef, zou ze naar buiten komen als de zon onderging, wat volgens Bobkova bijna perfect zou zijn.

Als je vanuit D.C. de Potomac via de 14th Street Bridge overstak was je al bijna bij Morton's Steakhouse. Het zou haar dan ook niet hebben verbaasd als ze mensen van de beau monde van Washington had gezien. De eetgelegenheden in de omgeving van Crystal City waren favoriete plaatsen om te lobbyen, gelobbyd te worden, fondsen te werven of om gunsten te vragen voor fondsen die al geworven waren. Politiek was een smerige zaak. Smeriger zelfs dan spionage, dacht Bobkova, zodat je daar prima tijdens een goede maaltijd over na kon denken.

Het had haar niet verbaasd als Chadwick met iemand anders dan haar jonge hulpje was verschenen. Fite was erbij, maar als haar chauffeur, niet als haar date. Hij zette de senator en haar tafelgenoot af voor het restaurant, waarna hij snel wegreed in haar zwarte BMW X5, naar het zuiden. Waarschijnlijk zou hij ergens wachten tot ze hem belde dat hij haar weer op moest halen. Een gelukkig toeval. De gang van zaken zou bijna zeker in omgekeerde volgorde plaatsvinden: Fite zou voor het restaurant stoppen en Chadwick zou heel even stilstaan voordat ze in de auto stapte, waardoor Gorev de kans kreeg te schieten.

Vanavond had de senator een afspraak met een potige lobbyist van een groot farmaceutisch bedrijf. Bobkova kon zich zijn naam niet herinneren, maar ze herkende zijn bebaarde gezicht van meer dan een van de vele cocktailparty's in Washington waar iedereen zo graag over klaagde maar die niemand wilde missen.

Terwijl Chadwick en de lobbyist van de BMW naar het restaurant liepen, keken ze allebei op hun horloge, waardoor de kans groot was dat ze na hun etentje allebei een andere afspraak hadden.

'Het kan nu elk moment zover zijn,' zei Bobkova zacht in het kleine microfoontje dat aan de revers van haar blouse zat geklemd. Zacht in jezelf praten als je op een parkbankje zat was tegenwoordig lang niet meer zo vreemd als voor de komst van de mobiele telefoon.

Beide mannen bevestigden haar bericht.

Pugin zat op een bankje tegenover het kleine postkantoor in het winkelcentrum van de metro. Vanaf deze plek kon hij zien of Chadwick en de lobbyist misschien de binnenuitgang namen en zonder dat iemand het merkte een wandeling door het metrostation gingen maken. Door de dubbele glazen deuren had hij ook goed zicht op de straat en was hij dichtbij genoeg om Gorev zo nodig te hulp te schieten.

Gorev was degene die moest schieten. Aan zijn jeugdige gezicht was het niet te zien, maar diep vanbinnen was hij veel meedogenlozer dan Pugin, en Bobkova had behoefte aan meedogenloosheid. Gorev zou rondhangen op Crystal Drive, buiten het bereik van de bewakingscamera's, alsof hij op een trein wachtte. Bobkova, die de voordeur kon zien, zou hem laten weten wanneer Chadwick naar buiten kwam. Op dat moment zou hij naar haar toe lopen en haar in het gezicht schieten. Dan zou Pugin het winkelcentrum verlaten, zich gedragen als de goede getuige en naar een zogenaamde scherpschutter op een dak schreeuwen. Een mens had een paar seconden nodig om verrassingen te verwerken, vooral gewelddadige verrassingen. De meeste omstanders zouden kijken naar het lege dak waar Pugin naar wees terwijl ze de situatie moeizaam inschatten; sommigen zouden zelfs duidelijk hebben gezien dat Gorev de trekker overhaalde. Sommigen zouden met hun handen in de zak geschokt kijken naar de gebroken schedel en het hersenweefsel dat in niets leek op wat je op tv zag. Hun overweldigde zintuigen zouden niet in staat zijn de input van al het bloed en het kruit te verwerken. Een barmhartige samaritaan zou misschien proberen Gorev te tackelen, maar hij was sterk en snel. Pugin zou ook in actie komen, alsof hij de aanvaller wilde grijpen en ondertussen ieder ander onhandig voor de voeten lopen.

Het was een goed plan en met een beetje geluk zou het allemaal snel voorbij zijn.

Bobkova ging iets rechter op zitten op haar parkbankje, terwijl ze probeerde te voorkomen dat haar been met nerveuze energie op en neer wipte. Het wemelde in Arlington van de politie- en federale agenten. Tientallen van hen zouden als ze een schot hoorden ongetwijfeld als termieten uit hout tevoorschijn komen en zij wilde weg zijn voordat iemand wist dat ze hier was geweest.

'Carrousel is nog steeds statisch,' zei special agent Soong die in Morton's Steakhouse zat.

Er waren verschillende minder flatteuze codenamen voor Chadwick geopperd, maar Montgomery had het team eraan herinnerd dat dit soort dingen bijna altijd bekend werden en hield het bij Carrousel.

'Alpha is statisch,' zei de Secret Service-agent op het dak van het Crystal Place-appartementengebouw. Ze lag op haar buik achter haar Remington 700-geweer, keek door het dradenkruis van een Nightforce-telescoop en zat met haar wang tegen de verstelbare kolf van het Accuracy International-statief.

'Blijf bij haar, Christie,' hoorde Montgomery Ayers zeggen.

Special agents Miller en Woodruff zeiden: 'Bravo nog steeds stationair.'

'Charlie nog steeds stationair.'

Montgomery zat tweehonderd meter verderop alleen in zijn donkerrode Dodge Durango en knikte. Hij wilde graag denken dat het team deze bedreigingen alleen het hoofd bood omdat ze zich toevallig voordeden, maar hij wist dat ze het feitelijk alleen deden om een vriendschap die terugging tot zijn eerste dagen bij de Service.

De jonge agent die naast hem had gezeten in het Federal Law Enforcement Training Center tijdens de basisopleiding *criminal investigator* – CI of crimineel onderzoeker – was er zelfs begin jaren negentig van overtuigd geweest dat technische maatregelen de toekomst waren van de wetshandhaving. Josh Parker had rondgelopen met folders vol gegevens over wat toen een zeer nieuwe technologie was geweest met betrekking tot mobiele telefoons, digitale camera's en het internet dat toen net in opkomst was. Hij verkondigde zijn ideeën tegenover iedereen die maar naar hem wilde luisteren. Montgomery, die zelfs toen al op een onhandige Mickey Spillane leek maar dan met een kledingtoelage en een beter kapsel, vertrouwde in die tijd al meer op schoenleer dan op binaire codes. Maar hij had wel het idee gehad dat deze agent in opleiding een punt had. Hij en Parker werden goede vrienden tijdens hun CI-opleidingsweken en daarna tijdens de meer gespecialiseerde Secret Service-trainingscursus in Beltsville. Special agent Parker was uiteindelijk hoofd geworden van de Protective Intelligence Division van de Secret Service en werkte achter de matglazen ramen op de bovenste verdieping van het hoofdkantoor van de Secret Service.

Parkers drone had voor de eerste aanwijzing gezorgd.

Officieel was de 15 mijlzone rondom Reagan Airport een No Drone Zone. Het was al voorgekomen dat een kleine commerciële drone op het gazon van het Witte Huis was neergestort. Op echte schoten na waren er weinig zaken waardoor de Secret Service zo opgefokt raakte als wanneer een op afstand bestuurde drone naar het raam van het huis van de president vloog. De Service voerde ontelbare tests uit om manieren te bedenken om binnendringende drones te stoppen en toevallig ook hoe ze dergelijke drones eventueel zelf konden inzetten ten behoeve van hun missies.

Josh Parker had de leiding over dat onderzoek. Hij had zijn nieuwste drone gelanceerd vanuit een park twee straten van Chadwicks appartement, gewoon om wat actuele luchtopnames te verkrijgen van de buurt, van eventuele surveillancevoertuigen en van alles wat afweek van het normale. Hij had voorgesteld om de drone elk uur te lanceren op zoek naar patronen en naar veranderingen in die patronen.

De drone werd voor de derde keer gelanceerd om vijf over zes, net op tijd om te zien dat een brunette aan de achterkant het appartementengebouw tegenover dat van de senator verliet en in een groene Ford Taurus stapte. Dat zou niet abnormaal zijn geweest, ware het niet dat de vrouw wel in de auto stapte maar niet wegreed. Twee minuten later kwam een blanke man van in de twintig hetzelfde gebouw uit en liep naar een andere personenauto. Hij en de vrouw vertrokken tegelijk en reden dezelfde kant op.

Parker liet zijn drone dertig meter hoger vliegen en kon zien dat de beide auto's de buurt verlieten. Ze namen de I-66 Oost. Hun vertrek zou gewoon worden genoteerd door het commandocentrum, maar een derde man, kleiner, donkerder en ouder – een van de agenten noemde hem 'Shifty – Stiekemerd' – verliet het gebouw ook aan de achterkant en reed weg via dezelfde route.

Chadwick verliet haar appartementengebouw iets voor halfzeven met haar assistent Corey Fite die achter het stuur van haar Beemer ging zitten. Zeven auto's van de Secret Service volgden de auto, ver genoeg erbij vandaan om niet te worden gezien, maar dicht genoeg erbij om een van de meestvoorkomende auto's in de Beltway niet kwijt te raken. Ze waren gestopt en hadden iemand opgepikt bij de kiss-and-ride van het Clarendon Metro Station. Daarna waren ze doorgereden over Clarendon Boulevard, vrijwel parallel aan de route die de drie mensen die vlak voor haar waren vertrokken hadden gevolgd.

Parker uploadde relevante delen van de video met de duidelijkste beelden van iedere persoon en stuurde die door naar alle leden van de eenheid. De hoeken waren niet ideaal, maar wel zo goed dat Shifty die op een bankje in de Crystal City Underground zat bij aankomst van het team bijna meteen werd ontdekt.

Montgomery en de anderen wisten niet waar Chadwick naartoe ging tot ze bij The Steakhouse was, zodat ze een paar minuten nodig hadden om hun posities in te nemen. Een agent volgde de senator en haar gezelschap naar binnen. Deze agent, een vrouw die zonder dat het vreemd was de damestoiletten kon checken, liet de hoofdkelner onopvallend haar legitimatie zien waaruit bleek dat zij special agent Madeline Soong van de Secret Service was en zei dat ze een verkenning moest uitvoeren voor een toekomstige gast, een hoogwaardigheidsbekleder. Persoonlijke beveiligers waren heel gewoon in en rondom Washington, zodat de hoofdkelner haar de eetzaal liet bekijken. Het restaurant was schemerig verlicht en special agent Soong, gekleed in een fraai marineblauw pak en blouse met open kraag, viel niet op tussen het management. Chadwick was zo met zichzelf bezig dat ze geen enkele aandacht besteedde aan de Aziatische vrouw die nog geen zeven meter bij haar vandaan op zoek was naar mogelijke bedreigingen.

Montgomery vond Shifty's aanwezigheid op het bankje vlak voor

Morton's Steakhouse voldoende aanleiding om schutters te positioneren op het dak van de dichtstbijzijnde appartementengebouwen ten noorden en ten zuiden van Crystal Drive. Hij wilde dekking van het uit- en instappunt met twee geweren plus twee paar extra ogen. Parkers drone zou hier handig zijn geweest, maar gezien de nabijheid van Reagan Airport was dat problematisch.

Agenten op de grond identificeerden de jongere man en de vrouw uit Chadwicks buurt al voordat de sluipschutters op de daken lagen. Ze kregen ieder een codenaam die overeenkwam met de volgorde waarin ze het appartementengebouw hadden verlaten. Nu alle zintuigen gespannen waren vroeg Montgomery zich af of er misschien een niet-ontdekte Delta was die bij zijn Alpha, Bravo en Charlie hoorde.

Soongs stem klonk over de radio. 'Carrousel vertrekt zo. Ze betalen nu de rekening.'

'Oké, jongens en meisjes,' zei special agent Ayers. 'Opletten!'

43

Montgomery klemde zijn handen om het stuur, leunde naar voren en moest zich beheersen om zich er niet mee te bemoeien.

Vlak voordat Chadwick naar buiten kwam, reed haar BMW X5 al voor.

'Beweging, Bravo,' zei een agent.

Een andere agent zei: 'Charlie loopt naar de straat.'

Toen: 'Schiet Bravo neer!'

Voor het restaurant schoot Delray Witherspoon, een broodmagere special agent van 1 meter 90 die voordat hij bij de Secret Service kwam *tight end* bij Mizzou was geweest, Bravo's hoofd tegen een betonnen zuil voordat de man zijn pistool kon trekken. Bravo viel op het trottoir.

Special agent Soong liep naar rechts en ramde Charlie zodra deze door de glazen deuren naar buiten probeerde te komen, waardoor hij in de armen viel van de twee agenten die achter hem aan renden.

Chadwick en haar date stapten in de Beemer en reden weg, zich kennelijk onbewust van het feit dat ze ternauwernood aan de dood waren ontsnapt.

'Alpha rent naar het oosten,' zei een van de schutters op het dak, heel rustig, als een echte sluipschutter. Zijn stem had de unieke klank van iemand die zijn gezicht tegen het statief van zijn geweer drukt. 'Ze loopt over het verharde pad richting vliegveld.'

Montgomery sloeg op het stuur. Ayers zou Chadwicks auto volgen en bij haar blijven om te zien of er nog een aanval zou volgen. Nu alle andere agenten op het dak of op straat waren, was Alpha zo goed als verdwenen. 'Verdomme, nee hè!' mompelde Montgomery en hij ramde de Durango in de versnelling. Hij gaf plankgas, verliet Crystal Drive, reed de parkeerplaats rechts van hem op en vervolgens een steeg in die tussen de beide appartementengebouwen door liep. Hij had lang genoeg naar Alpha kunnen kijken om te weten dat ze lange benen had en soepel liep; ze kocht haar hardloopschoenen waarschijnlijk per dozijn. Hij zou haar onmogelijk lopend kunnen inhalen, maar hij was een bokser en boksers wisten hoe ze hun kansen moesten benutten.

Het Mount Vernon Trail liep bijna dertig kilometer langs de Potomac tussen George Washington's Estate en Roosevelt Island in het noorden. Vanuit Crystal City liep het pad door het bos naar het oosten, kruiste het spoor, boog vervolgens bijna naar het zuiden af langs de George Washington Parkway en kwam uiteindelijk samen met het spoor via een betonnen helling die uitkeek op Reagan National Airport. Met andere woorden, als ze naar het noorden wilde rennen en op het pad wilde blijven, moest Alpha eerst naar het zuiden rennen. Montgomery had eerder over het pad gelopen met vrienden van de U.S. Marshals Service uit het hoofdkantoor in Crystal City en kende elke vierkante centimeter ervan.

Hij reed zo ver mogelijk door met de Durango tot hij moest stoppen bij een zwembad tussen de appartementengebouwen. Hij stapte uit, begon snel te lopen en klauterde over de verroeste ijzeren muur langs het spoor. Er kwam een scheur in de knie van zijn kakibroek toen hij zich op het gravel liet vallen, maar hij was zo verbeten dat hem dat niets kon schelen. Na een snelle run had hij het bos bereikt. Hij rende door de dichte begroeiing van eiken en sassafras, en ging half glijdend, half stuiterend de heuvel af. Het gezoem van het avondverkeer over de GW Parkway overstemde het geluid van zijn nadering.

Montgomery vertraagde zijn pas een beetje toen de vegetatie dunner werd en hij de rand van het bos bereikte. Alpha bevond zich links van hem; ze rende nog steeds alsof de duivel haar op de hielen zat en verdween net onder de brug. Montgomery rende door en sprintte de met gras begroeide heuvel op naar de GW Parkway, waar hij als een gek tegen het tegemoetkomende verkeer zwaaide. Het verkeer binnen de Beltway was altijd druk, maar het was zondagavond en dus relatief rustig. Daardoor kon hij als de kikker in een videogame met horten en stoten oversteken zonder te worden geplet. Vol adrenaline omdat hij zijn doelwit voor was, liep hij het bos in en wachtte tot Alpha hem in de armen liep.

Hij trok zijn SIG Sauer, maar dat was niet nodig.

Alpha bleef abrupt staan en deed haar handen omhoog zodra ze de badge zag die aan de ketting om zijn hals hing. 'Mijn naam is Elizaveta Bobkova. Ik ben de economisch attaché van Rusland en heb diplomatieke onschendbaarheid.'

Met zijn pistool op haar gericht bleef Montgomery op afstand.

Zonder dat ze daar bevel voor had gekregen knielde Bobkova op het gras, legde beide handen op haar hoofd en kruiste haar enkels. Ze kende de routine. Een patrouille-eenheid van de politie van Arlington reed naar de vluchtstrook en stopte. De agenten keken met getrokken pistool van achter de veiligheid van het motorblok van hun auto naar het tafereel.

Montgomery tikte tegen de badge om zijn hals. 'Secret Service. Ik kan wel wat hulp gebruiken.'

Twee minuten later waren er nog twee auto's van de politie van Arlington bij gekomen. De agenten waren nu meer ontspannen omdat ze in de meerderheid waren.

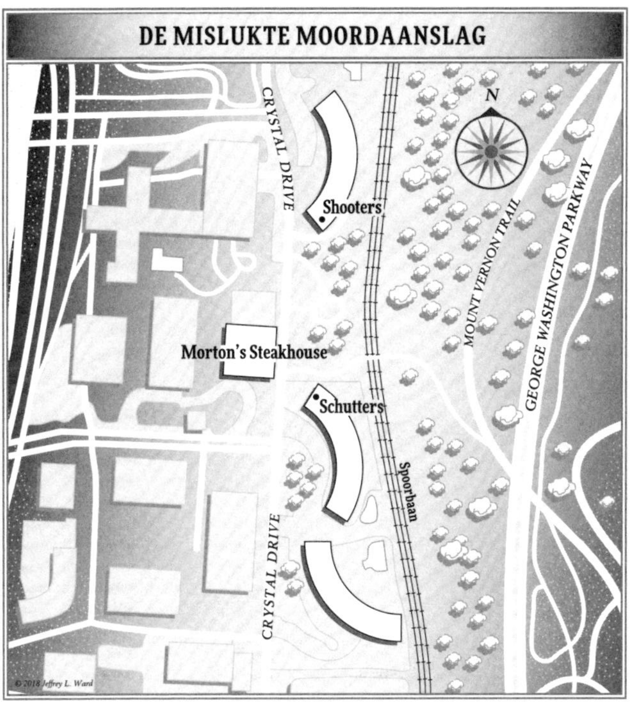

Montgomery holsterde zijn pistool en liet de agenten, die de routine kenden, Elizaveta Bobkova arresteren.

'Glock 9mm,' zei Montgomery toen een van de agenten hem de G43 gaf die ze uit haar broekriem hadden gehaald. 'Klein, maar wel een beetje veel voor een economische attaché.'

Bobkova hield haar hoofd schuin. Er stond zweet op haar bovenlip en haar borstkas ging op en neer door de inspanning en de zenuwen. Het begon donker te worden en de blauwe en rode zwaailichten van de patrouillewagens flitsten over haar passieve gezicht. 'U bent zeer grote man,' zei ze, terwijl haar Russische accent nu duidelijker was dan eerst. Haar ogen waren bijna dicht, alsof ze zich een rijmpje probeerde te herinneren. 'Ik bedoelde niet te zeggen dik. U bent groot op goede manier. Maar ik kan niet geloven dat een man zo groot als u me lopend inhaalde. Dat is… ongewoon.'

44

Urbano da Rocha lag op zijn rug in een plastic loungestoel een autotijdschrift te lezen en te dagdromen over de nieuwe Bugatti die hij zich nu kon permitteren. Het felle zonlicht dat door het witte terras werd gereflecteerd werkte verblindend op het blauwe water van het zwembad. De dikke gouden ketting op zijn onbehaarde borst schitterde in de zon, net als de gesp van zijn zwembroek. De zwembroek was van strakke zijde en bedekt met goudbrokaat, zoals de *taleguilla* – de broek van matadors – compleet met kwastjes – *machos*. Da Rocha vond het belachelijk lijken, maar Lucile had de zwembroek in Sevilla voor hem gekocht. Net als bij de echte taleguilla van een matador moest Da Rocha zijn *partes nobles* aan de ene of de andere kant dragen. In het geval van de matador was dat de andere kant dan de kant die hij gebruikte om de stier te confronteren. Een verstandige keuze, gezien de schade die de scherpe hoorns van een Spaanse vechtstier aan die edele delen konden aanrichten. De zwembroek leek misschien fatterig, maar was wel aanleiding voor bepaalde interessante spelletjes in de slaapkamer. Hij had amper een oog dichtgedaan sinds de deal met de Russen was gesloten, want moorden bracht altijd het beste in Lucile Fournier naar boven.

Da Rocha kreunde, legde het tijdschrift weg en snoof de lucht op. Hij rook de geur van pas gemaaid gras in de steeds warmere lucht van de akkers onder de achttiende-eeuwse villa – zijn akkers en zijn villa. Hij keek langs de heuvel naar de olijfgaard beneden, zijn olijfgaard. En dit was nog maar het begin. O, volgens Portugese maatstaven was deze plek mooi en goed, maar als hij zou willen kon hij nu een heel eiland kopen. Hij zou over de hele wereld verspreid landgoederen bezitten. Als hij erop kon vertrouwen dat de Russen zich aan hun woord hielden, zouden er nog veel meer deals volgen. Niet slecht voor een voormalige Ochoa-loopjongen.

Vanuit zijn ooghoek zag hij iets bewegen. Toen hij opzijkeek zag hij het zongebruinde lichaam van Lucile vanaf de duikplank zeilen en in het water verdwijnen bijna zonder een rimpeling te veroorzaken. Zo was ze met alles, precies, perfect. Het leek wel alsof ze amper hoefde te oefenen. Ze stelde zich alleen voor wat ze wilde doen, herhaalde dat in gedachten steeds weer tot ze het zich tot in de kleinste details kon voorstellen, en dan deed ze het. De moord op Hugo Gaspard was Da Rocha's idee geweest, maar de uitvoering ervan was haar idee. Ze had voorgesteld het in het openbaar te doen, waarmee ze anderen in deze wereld duidelijk maakte dat er een nieuwe speler was die niet mocht worden onderschat. Iemand die de gevreesde Fransman op klaarlichte dag kon vermoorden – nota bene in het bijzijn van zijn gewapende bodyguards – was zeker iemand met wie rekening moest worden gehouden. Datzelfde gold voor de moord op Don Felipe. Ze had veel moeite gedaan om het gif te verkrijgen en een manier te bedenken om dat onder de neus van de Russen toe te dienen zonder dat ze overdreven zenuwachtig werden.

Da Rocha schermde zijn ogen af tegen de verblindende zon en floot naar Lucile. Het was geen fluitconcert of een sommatie. Lucile was geen vrouw die gehoorzaamde als hij in zijn vingers knipte. Nee, het was een bewonderend fluitje.

Met beide handen op de rand van het zwembad trok ze zichzelf omhoog uit het water, waarna ze haar been omhoogbracht in een vloeiende beweging die voor de meeste mensen ongemakkelijk zou zijn. Ze deed het met perfecte kracht en gratie. Haar huid gloeide in het gouden avondlicht alsof ze een godin was die zojuist op aarde was verschenen. Ze hield haar hoofd schuin om al haar haar naar één kant te brengen en wrong het water er met beide handen uit. Ze droeg dezelfde zwarte bikini als toen ze Gaspard doodschoot, met dezelfde verleidelijke opening in de stof op haar billen. 'Wat is het heet vandaag,' zei ze. 'Kom ook even in het water.'

'Straks,' zei hij.

Haar gezicht betrok en ze trok een pruilmondje. Ze stampte met haar voet voordat ze zich omdraaide naar de rand van het zwembad, haar rug kromde en achteromkeek om hem uit te dagen met haar gescheurde bikinibroekje. 'Wacht niet te lang. Mijn huid wordt helemaal gerimpeld door het water.'

‘Ik moet eerst nog even werken, pruimpje van me. Je weet wel, bankzaken.’ Hij pakte de laptop van het teakhouten tafeltje naast zijn stoel en opende hem. Lucile had hem zo beziggehouden dat hij niet meer had ingelogd sinds ze waren thuisgekomen. Het kostte weinig tijd om contact te maken met de wifi.

45

Zestien uur en drie tussenstops nadat Jack Ryan junior en Dom Caruso Sevilla hadden verlaten, maakte de oude Ariana 737 een snelle daling naar het vliegveld ten zuiden van de stad Herat. Er waren de laatste tijd weinig raketaanvallen geweest, maar de piloten wilden het lot niet tarten door te lang laag in de lucht te blijven vliegen. De andere passagiers schommelden slaperig heen en weer in hun stoel, lazen of praatten ontspannen met de mensen in de stoelen naast hen; ze waren kennelijk gewend aan de snelle daling. Zware windstoten geselden het vliegtuig zelfs nog na de landing waardoor het toestel heen en weer schudde, terwijl de piloot het toestel via de landingsbaan naar de triest uitziende terminal taxiede.

Ryan bewoog zijn hoofd heen en weer, maar dat bood weinig verlichting voor zijn stijve nek door het urenlange stilzitten en voor zijn opwinding door het vooruitzicht dat hij Ysabel Kashani zou terugzien. Hij liet zijn hoofd tegen de versleten hoofdsteun rusten. 'Ik zweer dat ik toen we landden een stofwolk uit de bekleding zag opdwarrelen.'

Caruso wreef over zijn gezicht en leunde naar voren om naar buiten te kijken. 'Alles hier is één grote stofwolk. Ik kan het zand tussen mijn tanden nu al voelen. Denk je dat ze hier nog andere kleuren hebben dan bruin?'

De enige stewardess van Ariana stond een beetje achteraf in de pantry toen de passagiers uit het vliegtuig stapten. Ze glimlachte vriendelijk maar zei niets toen de passagiers, voornamelijk Afghaanse mannen, achter elkaar langs haar heen liepen.

Behalve de constante harde wind die meer stof dan lucht leek te verplaatsen, was de geur het eerste wat Ryan opviel. De geur van gebraden vlees en verbrand plastic herinnerde hem aan die keer toen hij negen of tien was en zijn G.I. Joe had verstopt op de barbecue, waarna zijn vader de branders had aangestoken zonder onder het deksel te kijken.

Jack dacht aan sluipschutters toen hij over het asfalt liep, maar vergat het gevaar volledig zodra hij in de onnatuurlijk stille terminal was en Ysabel zag. Ze droeg een wijde antracietgrijze katoenen jurk en een blauwe hoofddoek. Hij had verwacht haar te zien in een T-shirt en strakke jeans, zoals de laatste keer dat hij haar had gezien, maar toch was haar kleding relatief progressief voor een uiterst conservatief gebied als het westen van Afghanistan, waar veel vrouwen een boerka droegen.

Naast haar stonden twee mannen die de nieuwkomers aandachtig bekeken. De ene man was donkerder dan de andere, had bijzonder korte stekels en een lange, puntige baard die Ryan deed denken aan een geitenbok. Hij hield zijn hoofd hoog, zijn handen langs zijn zij en zijn schouders gebogen alsof hij zich klaarmaakte voor een gevecht. De andere man was langer en beter gevoed, maar had een trieste blik in zijn donkere ogen. Net zoals de eerste man had hij een olijfkleurige huid, maar hij had een dikke bos donker haar die hij achterover had gekamd, maar die in het felle licht een rossige gloed had. Ryan vermoedde dat hij de Rus was. Geen van beide mannen glimlachte.

Ysabel glimlachte ook niet en knikte alleen ter begroeting. 'Bedankt voor jullie komst. De bus staat deze kant op.'

Caruso en Ryan werden meegenomen naar een gedeukte minibus die aan de overkant op een kleine parkeerplaats stond. Onderweg ernaartoe werden ze constant gegeseld door de warme, stoffige wind. De man met de stekels stelde zich voor als Hamid terwijl hij het achterportier openschoof. Hij liet hen zelf instappen terwijl hij om de bus heen liep en achter het stuur ging zitten, kennelijk niet geïnteresseerd in hun namen. Ysabel ging naast hem zitten. De achterste bank was onbereikbaar, waardoor de drie andere mannen stijf tegen elkaar op de versleten middelste bank moesten zitten. Dovzhenko schoof naar het raam, zodat hij achter Hamid zat. Jack ging op de bobbel in het midden zitten, maar dat vond hij niet erg omdat hij nu beter naar Ysabel kon kijken.

Hij leunde naar voren, met zijn handen op zijn knieën. Hij zweette en was meer dan een beetje zenuwachtig nu hij haar na zo lange tijd terugzag. 'Het verbaast me dat je me niet uitbundig begroette toen je me zag.'

Ysabel keek hem met een trieste blik van opzij aan, zonder haar hoofd te draaien. 'O, dat had ik wel gewild,' zei ze, volkomen ernstig. 'Maar publiek vertoon van affectie wordt afgekeurd in Afghanistan.'

Hamid reed naar het noorden over de Kandahar–Herat Highway, langs de basis van het Afghaanse Nationale Leger, en sloeg voordat ze bij Herat waren af naar het oosten. Ze reden langs akkers vol saffraankrokus en papaver, en langs boomgaarden met amandel-, dadel- en pistachebomen. In het dal stonden groepjes wilgen en katoenbomen in bloei die een sterk contrast vormden met de kale heuvels.

Jack probeerde over koetjes en kalfjes te praten, maar Ysabel gaf slechts korte antwoorden, zodat het gesprek steeds stilviel. Het viel hem op dat ze amper naar hem keek en hem al helemaal niet aankeek. 'Ben je hier nu een jaar?'

Ze knikte, maar zei verder niets.

'Hoe gaat het met Avram?'

'Mijn vader is overleden,' zei Ysabel. 'Jack, je moet even goed naar me luisteren. We hoeven niet bij te praten, je hoeft niet te doen alsof je belangstelling hebt voor mijn leven.'

'Maar Ysabel...'

Ze viel hem in de rede. 'Ik had je nooit gebeld als het niet absoluut noodzakelijk was geweest, want ik weet hoe druk je het hebt.'

Caruso sloeg met zijn vuist op Jacks knie, om hem zijn broederlijke steun te tonen.

'Luister,' zei Ryan, 'ik snap dat je boos op me bent, maar weet je zeker dat je dit hier wilt doen, waar iedereen bij is?'

'Wat doen?' vroeg Ysabel, nog steeds met haar blik op de weg. 'Ik bied alleen mijn verontschuldigingen aan omdat ik je uit je drukke leven heb weggehaald.'

Jack liet zich achterovervallen, tussen de twee andere mannen. 'Zelf weten. Ik vind het ook fijn jou weer te zien.' Hij vroeg aan Dovzhenko: 'Wat is jouw verhaal? Kwam je in de problemen in...'

Ysabel draaide zich om in haar stoel en keek Ryan nu eindelijk aan. 'Hoe belangrijk was het voor jou, Jack? Zijn er na mij andere

Iraanse vrouwen geweest? Heb je soms een obsessie voor Perzische vrouwen?'

'Ik dacht dat we als goede vrienden afscheid hadden genomen,' fluisterde Jack. 'Je vader heeft me zeer duidelijk gemaakt dat jouw veiligheid het allerbelangrijkst was en dat jouw relatie met mij jou in gevaar bracht.'

'Mijn vader?' snauwde ze, witheet nu. 'Geef je mijn vader de schuld nu hij dood is en zichzelf niet kan verdedigen?'

Jack keek hulpzoekend naar Caruso, maar die deed niets.

Het werd stil in de bus.

Toen schraapte Dovzhenko zijn keel en zei: 'Ik waardeer jullie komst en heb informatie die jullie mogelijk nuttig zullen vinden.'

'Die wil ik graag horen,' zei Ryan.

Meer stilte.

Hamid bleef in de binnenspiegel kijken, iets wat Ryan om de een of andere reden ontzettend begon te storen.

'Kan ik iets voor je doen?' vroeg Ryan.

'Nee,' zei Hamid.

'Je blijft naar me kijken alsof je me iets wilt vragen.'

'Nee,' zei de Afghaan. 'Er valt me alleen iets op.'

'En dat is?'

'Dat ik omringd ben door indringers.'

Ysabel keek opzij. 'Waar heb je het over?'

'Iran, Rusland, de Verenigde Staten – op een bepaald moment zijn jullie allemaal Afghanistan binnengevallen. En nu zitten jullie hier te discussiëren alsof ik er niet eens bij ben.' Hamid haalde zijn schouders op. 'De geschiedenis van mijn land in het klein.'

'Ik dring nergens binnen,' zei Ryan. 'Ik ben uitgenodigd.'

'Hoe kón je, Jack?' vroeg Ysabel, terwijl ze haar bodyguard negeerde. 'Jij en mijn vader waren zogenaamd verlichte mannen. Hoe kón je denken dat je dergelijke dingen voor mij kon besluiten?'

'Ik was er de oorzaak van dat je bijna werd gedood,' zei Jack.

'Je maakt jezelf veel te belangrijk,' zei Ysabel. 'Ik...'

'Sorry dat ik je in de rede val,' zei Hamid, ook al was aan zijn toon te horen dat hem dat niet speet. 'Maar achter ons rijden drie motoren die razendsnel op ons afkomen.'

Ryan, Caruso en Dovzhenko draaiden zich moeizaam om zodat ze naar achteren konden kijken. Door de dikke oranje stofwolk achter de bus konden ze bijna niets zien.

'Zijn ze gewapend?' vroeg Jack.

Hamid knikte grommend. 'Iedereen is gewapend. Dit is opiumland. Niet ver naar het zuiden is de Taliban actief. Smokkelaars en bandieten zijn hier even normaal als vlooien.'

'Dat is vreemd,' zei Jack. 'Dat een bodyguard met ons door een gebied rijdt waar het barst van de opiumsmokkelaars.'

Hamid lachte, zoals iemand om een zelfingenomen kind zou lachen. 'Je bent in Afghanistan. Hier zijn maar twee soorten gebieden, onveilige en heel onveilige.'

'Heb je ook wapens in deze bus?' vroeg Caruso.

Ysabel boog naar voren en haalde een Uzi onder haar stoel vandaan. Ze gaf hem, met de loop naar beneden gericht, aan Jack.

Hamid keek hem via de binnenspiegel aan. 'Weet je hoe je hiermee moet omgaan?'

Jack snauwde: 'Ja!'

'Ik vraag het alleen,' zei Hamid, 'omdat ze vuren terwijl de slede openstaat. En ik heb meer dan een paar Amerikanen gezien die een gat in de bodem van de auto schoten omdat ze dachten dat het wapen op veilig stond, terwijl het feitelijk schietklaar was.'

'Bedankt,' zei Jack. 'Ik weet hoe ik met een Uzi moet schieten.'

'Ik wil niet zeuren, hoor,' zei Caruso terwijl hij tussen de beide voorstoelen door naar voren leunde. 'Maar heb je ook een vuurwapen voor mij?'

Ysabel gaf hem een Beretta 92, maar hield zelf een kalasjnikov met de loop naar beneden tussen haar benen. Ze keek Dovzhenko aan en zei: 'Het spijt me, maar meer dan dat hebben we niet.'

De Rus hief een hand. 'Geen probleem. Als het uit de hand loopt pak ik wel een van hun wapens, welke maar het eerst beschikbaar komt.'

'Ze halen ons zo in,' zei Hamid met zijn blik op de zijspiegel gericht. 'Ze hebben hun geweer nog niet losgemaakt.'

Een van de motoren scheurde hen voorbij, waarbij hij een enorme stofwolk deed opdwarrelen, maar hij negeerde de bus volkomen.

De tweede motor haalde hen in. Diagonaal over de rug van de motorrijder hing een AK-47.

De weg werd iets smaller en maakte een scherpe bocht naar het noorden; hij volgde de meanderende loop van de rivier de Hari. De derde motor bleef achter hen rijden en wachtte, terwijl zijn beide vrienden steeds verder weg reden. Zodra de rivier een rechte lijn volgde, net als de weg, gaf de derde motorrijder meteen gas, maar ter hoogte van het chauffeursportier ging hij langzamer rijden.

Ryan hoorde een zachte bons, alsof er een steen tegen de bus klapte. De motorrijder gaf gas en scheurde weg.

'Kleefbom!' zei Hamid. Hij gooide het portier open in een poging de magnetische bom kwijt te raken.

Dat had geen zin.

De ontploffing tilde de voorkant van de bus helemaal van de grond. Het ene moment zat Hamid nog achter het stuur en het volgende was zijn stoel leeg en aan flarden gescheurd. De bus zwenkte hevig. Het rechterwiel kwam in de greppel naast de weg en de bus rolde op zijn kant, terwijl hij met een gruwelijk gegil van metaal op steen doorgleed.

Nu de stoel voor hem verdwenen was, werd Jack naar voren geslingerd en kwam boven op Ysabel terecht in een wirwar van armen en benen en machinegeweren. Ze werden met z'n tweeën tegen de verbrijzelde voorruit gedrukt die nu de onderkant van de bus was en zaten klem tussen het dashboard en de klapstoel. Jacks voeten wezen omhoog, zodat zijn hele gewicht op zijn schouders en op Ysabels schoot rustte.

'Ben je in orde?' vroeg hij.

Ze kreunde. 'Ja hoor, zodra je van mijn ribben af gaat.'

'Geef me het geweer!' brulde Dovzhenko vanaf de achterbank. Hij schoof het portier boven hem open, waardoor een stuk bewolkte lucht zichtbaar werd.

Jack gaf hem de Uzi zonder commentaar. Hij gebruikte hem nu immers toch niet. 'Dom!' riep hij. 'Ben je in orde?'

Stof en rook drongen de bus binnen.

'Dom!' riep Jack weer.

Niets.

Dovzhenko was uit de bus geklommen en keek met de Uzi om zijn hals gehangen door het geopende portier naar binnen. 'Geef het meisje aan mij. De motor brandt. Jullie moeten er nu uit.'

Jack zette zich af tegen de stoelen en hielp Ysabel omhoog.

Ze keek hem vol afschuw aan. 'Je bloedt!'

'Ik ben in orde,' zei Jack. 'Ik help je hieruit.'

Ze keek hem met een doodsbange blik aan. 'Nee, dat ben je niet.'

Ryan duwde zijn knieën omhoog waardoor hij haar naar boven drukte, terwijl Dovzhenko haar omhoog en naar buiten trok.

'We moeten opschieten!' riep Dovzhenko. 'Die motoren komen terug.'

'Ik ben er zo,' zei Ryan.

Caruso was maar half bij bewustzijn. Hij kreunde en keek naar Jack alsof hij het begreep en sloot zijn ogen.

'Kom op, makker,' zei Jack met opeengeklemde kaken. Hij hurkte, legde Caruso's arm om zijn schouder en drukte met zijn benen om Caruso omhoog naar het portier te duwen. 'Dovzhenko!' siste hij. 'Help me even!'

Niets.

'Dovzhenko!'

Caruso bewoog zich en hij draaide zijn hoofd opzij zodat hij Jack kon aankijken. Zijn blik was wazig, niet scherp. 'Je bloedt.'

'Ik ben oké,' zei Jack.

'Nee, hoor. Volgens mij niet, vriend. Je zou jezelf eens moeten zien.'

'Ik zei dat ik oké ben.' Ryan riep Dovzhenko nog een keer. Daarna riep hij Ysabel, maar er gebeurde niets. 'Ik kan je hier niet in mijn eentje uit tillen. Heb je dat pistool nog steeds?'

Caruso schudde zijn hoofd. 'Nee.'

Het geluid van naderende motoren klonk boven het gehuil van de wind uit.

Jack liet Caruso voorzichtig in de stoel zakken. Dit ging zo niet. Hij keek om zich heen in de bus, op zoek naar een andere uitgang. Hij kon over de achterbank kruipen en dan misschien de achterdeuren opentrappen, maar Caruso was nu een volledig dood gewicht.

Het geklik van de Uzi buiten was te horen en werd gevolgd door het kenmerkende gekraak van AK's. Er stroomde bijtende rook naar binnen via het dashboard doordat de magnesium motor in brand vloog.

Ryan wist dat ze misschien nog een minuut hadden voordat de bus helemaal in brand stond, en korter als de hitte de benzinetank bereikte. 'Dom,' zei hij, bijna in paniek terwijl zijn hart als een bezetene tekeerging. 'We moeten je hieruit halen.'

Caruso wees naar de vloer. 'Hier.'

'Ik zeg toch dat we hier niet kunnen blijven.'

Caruso schudde zijn hoofd, met half dichtgeknepen ogen nu de eerste adrenalinestoot plaatsmaakte voor de pijn van zijn wonden. 'Hier!' Hij bonsde op het raam. 'We liggen in een greppel. Kruip naar buiten.'

Nu zag Jack de kolf van de Beretta, klem tussen de zijkant van de bank en de deurstijl. Hij legde Caruso tegen de rugleuning en ruilde van plaats met hem zodat hij op de grond zat. Het zou veel gemakkelijker zijn als hij eerst ging en zijn neef naar buiten trok. Anders zou het net zijn alsof hij tegen gekookte spaghetti duwde. Jack pakte het pistool en met zijn voeten op de metalen deurstijl schoot hij één keer door het raam. De bus had gelukkig veiligheidsglas zodat het in duizend kleine brokjes brak in plaats van in dodelijke scherven.

De bus was tot stilstand gekomen met de wielen op de rand van de weg en de bovenkant van het dak in de berm tot bijna in de greppel. Jack kroop door het kapotte raam, met het pistool in de hand, en zakte meteen tot aan zijn borst in modderig water. Caruso kwam achter hem aan, hijgend en levendiger nadat hij verrast was door de modder.

'Kun je je hoofd boven houden?' vroeg Jack.

'Ik ben oké,' gromde Caruso. 'Maar mijn hoofd voelt verschrikkelijk.'

'Zo ziet het er ook uit,' zei Ryan, opgelucht doordat Dom voldoende alert leek om aan zijn eigen redding mee te werken.

'O ja?' zei Caruso. 'Wacht maar tot je zelf in een spiegel kunt kijken.'

Jack kroop achteruit, met zijn rug tegen de bus en zijn lichaam tot aan zijn hals in de soepachtige modder. Doms broer Brian was tijdens het uitvoeren van zijn werk gedood en Jack was niet van plan nog een neef te verliezen. Caruso keek hem aan en kroop zo goed en kwaad als het ging naar voren, hoestend en spugend door de rook en het modderige water.

Jack was zich vaag bewust van nog meer schoten buiten, maar dat was voor de bus. Hij had het vage plan om zo diep mogelijk in het water te blijven terwijl hij er met zijn voeten naar voren uit kroop om te voorkomen dat Caruso verdronk of levend verbrandde. 'Blijf bij me, D...'

Sterke handen grepen Jack bij beide enkels.

Hij schopte en kronkelde om los te komen, maar had weinig kracht doordat hij klem zat in de tunnelachtige ruimte tussen de greppel en de bus. Hij hoorde gedempte stemmen en voelde toen dat nog meer handen hem vastpakten, één man per been nu, die hem uit de modder trokken. Het beeld van zijn neef werd in zijn geheugen gegrift. Doms versufte blik, de scheefstaande kaak en de vlammen die aan de bus boven hem likten.

46

Ding Chavez drukte zijn ruggengraat tegen de stam van een knoestige olijfboom. Hij hield zijn korte vuurwapen laag en klaar om te schieten. Sprinkhanen vlogen op, elke keer dat hij een stap zette, met klikkende vleugels in de nevelige avondlucht. Vogels zaten op de takken te zingen. Een dode man lag in de struiken, vijf meter bij hem vandaan. Het was waarschijnlijk een wachtpost en degene die hem had gedood bevond zich ergens heuvelopwaarts, tussen Chavez en het huis.

Ding was normaal geen zeurpiet, maar hij zou graag ooit een keer naar een mooi deel van de wereld gaan en even rondkijken, samen met zijn bruid in plaats van in gezelschap van een gewapend team agenten. Ze verdiende het om er een tijdje tussenuit te gaan, vooral doordat ze amper wist wat hij deed, laat staan waar hij dat deed. John Clark was haar vader, dus was ze opgegroeid met een bepaald idee van deze manier van leven. Zij en Ding hadden al in het begin van hun huwelijk afgesproken dat hij haar zou vertellen wat hij kon en dat zij geen vragen zou stellen. Toen JP jonger was had dat ontwijkende gesprekken tot gevolg gehad, maar Patsy was er heel handig in geworden om elk onderwerp te vermijden dat Ding tot een leugenaar maakte.

Hij zou het geweldig vinden om hen mee te nemen naar dit Portugese dorpje, maar eerst moest hij zich bezighouden met een zeker moordlustig stel én met iemand anders die op dit moment probeerde hen te doden op een van de lage heuvels ten oosten van het dorp. Chavez had zijn geld gezet op de Russen, zeer waarschijnlijk agenten van de GRU. Zij hadden een deal gesloten met Da Rocha en wilden daar nu om de een of andere reden onderuit.

Clarks plan was geweest 'kijken en ontdekken': in een paar dagen zo veel mogelijk informatie verzamelen door de activiteit op Da

Rocha's computer te checken. Nu ze wisten waar hij was, zouden ze een paar kamers nemen, doen alsof ze toeristen waren en zien wat ze konden zien.

Dat was een goed plan geweest – tot tien minuten geleden, toen hij het lijk zag.

Gavin tweakte de malware op Da Rocha's computer die op de achtergrond draaide met de phone home-functie die gegevens naar hem en Midas doorstuurde, nu Jack aan het boemelen was in Afghanistan. Dankzij deze software konden ze mailtjes, documenten en bankrekeningen bekijken en daar dingen mee doen zolang Da Rocha maar niet naar het scherm keek terwijl ze dat deden. Dankzij de toetsaanslagloginfunctie konden ze in realtime zien wat Da Rocha deed, en dat bleek vooral iets met wapens te maken te hebben. Maar het allerbelangrijkst was dat het verborgen programma hun vertelde waar hij was.

Halverwege de middag bereikte het team het dorp Alpalhão in het midden van Portugal. Het dorp lag te midden van vruchtbare graanakkers en olijfgaarden, en had nog geen vijftienhonderd permanente inwoners.

Clark had gezegd dat ze zodra ze het dorp bereikten de boel een beetje moesten verkennen voordat ze op zoek gingen naar kamers. Uit de gps op Da Rocha's computer bleek dat hij zich aan het einde van een met bomen omzoomde onverharde oprijlaan bevond. Het huis stond verborgen achter een dennenbosje, zodat ze alleen de daklijn en een paar stukken wit van de weg konden zien.

Adara was de eerste die het stel benen uit het dennenbos zag steken toen zij en Midas vanuit het zuiden de ingang naar de villa passeerden.

'Dit verandert alles,' zei Clark via de radio. 'Ik zou heel graag met die man willen praten, maar als dit de Russen zijn die hem een bezoek komen brengen dan belooft dat niet veel goeds.'

'Zal ik de drone oplaten?' vroeg Midas.

'Pas als we dichterbij zijn,' zei Clark.

Midas en Adara liepen door naar het noorden, terwijl Chavez en Clark in de schaduw van een grote kurkeik bleven. Ze waren nu allemaal volledig uitgerust, want ze hadden hun wapens meegenomen aan boord van de Hendley Gulfstream toen ze eerder naar Portugal waren gegaan om Hugo Gaspard in de gaten te houden.

Clark droeg zijn indrukwekkende Wilson Combat .45. Met de eerder beschadigde pezen in zijn dominante hand kon hij dit *single-action*-pistool beter hanteren. De anderen droegen allemaal een 9mm Smith & Wesson M&P Shield. Met een capaciteit van slechts negen patronen, inclusief eentje in de kamer, was dit kleine pistool niet bepaald het optimale wapen voor een frontale aanval. Maar zoals Ding uit ervaring wist, was geen enkel pistool als je op mensen joeg een ideaal wapen. Als je kon kiezen was een geweer altijd beter als je in de aanval moest.

Clark en Adara hadden ieder ook een Colt M4 met korte loop aan een enkelpunts draagriem om hun nek. Met de 5,56 kaliber NATO-munitie konden ze zonder onnauwkeurigheid ruim vierhonderd meter overbruggen. En Midas had een H&K MP7 en drie magazijnen met 40 4,6x30-patronen, een klein maar snel patroon dat een kogelvrij vest kon doorboren, iets wat de 9mm MP5 niet kon. Chavez had het straatkanon, een Remington Tac-14 kaliber 12 met een ronde greep en een 35 centimeter lange loop. Dit geweer was zeer wendbaar en op korte afstand vernietigend.

Behalve deze vuurwapens hadden ze allemaal een Cordura-heuptas met een persoonlijke traumakit, een noodverband, een SWAT-T-tourniquet en een 1,6mm binnendiameter injectiespuit.

Zes minuten na aankomst lanceerde Midas de Snipe Nano tot een hoogte van ongeveer honderd meter, zodat het minder waarschijnlijk was dat hij werd gehoord.

Adara hield de omgeving in de gaten, terwijl de rest van het team naar het scherm keek en vier mannen in donkere kleding langzaam naar een ommuurde gestucte villa zag lopen. Een man en een vrouw, waarschijnlijk Da Rocha en Fournier, waren bij het zwembad aan het luieren. Zo te zien waren er ten minste twee bewakers, vlak bij de achterkant van het huis aan beide kanten van het zwembadterras.

'We gaan erop af,' zei Clark. 'Ik wil Da Rocha graag in handen krijgen voordat ze hem voorgoed het zwijgen opleggen.'

Midas haalde de drone terug, en twee minuten later verspreidde het team zich tussen de bomen, ver genoeg van elkaar af voor een breder gezichtsveld, maar dichtbij genoeg om elkaar in de lange schaduwen te blijven zien.

De Russen, als het Russen waren, maakten de klassieke fout niet achterom te kijken. Omdat zij niet dezelfde fout wilden maken, keken Clark, Adara en Ding naar voren met overlappende schootsvelden en hield Midas met zijn MP7 de heuvelhelling in de gaten.

Tegen de tijd dat ze de bomenrij op de heuveltop bereikten, hadden ze drie dode bewakers gevonden, maar ze hadden nog niet één schot gehoord.

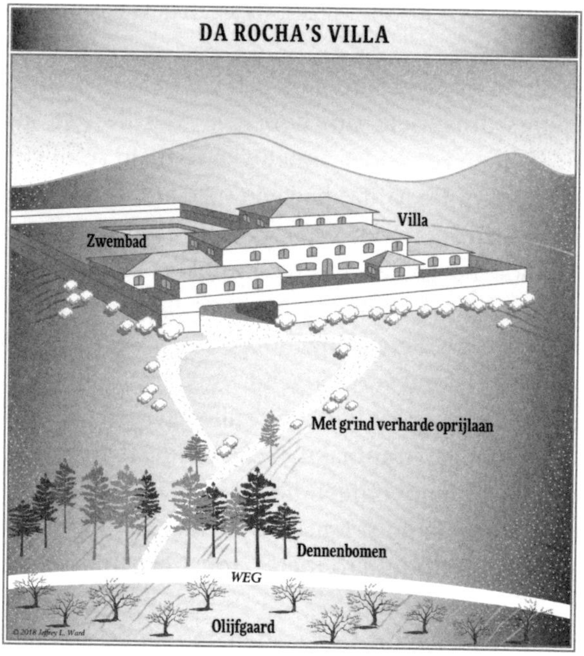

Da Rocha stompte zo hard op de leuning van zijn stoel dat zijn bier over de rand klotste. 'Dit kán niet goed zijn! Het product is waar het moet zijn.'

Lucile zat bij de rand van het zwembad. 'Wat? Zijn ze vergeten je te betalen?'

'Ze hebben me gisteren betaald.' Hij streek met zijn hand door zijn haar en controleerde nog een andere rekening; misschien had hij bij de verkeerde bankrekening gekeken. 'De helft tenminste. Vandaag had ik de afrekening moeten krijgen, maar nu is zelfs de eerste betaling verdwenen.'

'Vreemd. Hoe kunnen ze dan bij je rekeningen komen?'

Da Rocha hoorde een gesmoorde kreun en toen hij achteromkeek zag hij dat Ramirez niet meer op zijn post stond. Zijn maag verkrampte en hij kreeg een gevoel dat hij na zijn werk in de havens niet meer had gehad. In het bos was iemand, een gevaarlijk iemand.

Lucile voelde het ook. Ze sprong uit het zwembad en liep al druipend naar haar opgevouwen handdoek waar ze haar Beretta had neergelegd. Met haar pistool in de hand wees ze zwijgend naar de verste hoek van het huis en versmolt met de schemering om te checken wat er met Ramirez was gebeurd.

Da Rocha had geen wapen; daar had hij de bewakers voor ingehuurd. Zogenaamd ongeïnteresseerd, maar half en half in de verwachting dat een kogel zoevend op hem af zou komen en zijn hoofd van zijn romp zou blazen, liep hij ontspannen weg tot hij anderhalve meter van de deur van de patio was. Een enkele kogel ketste van de muur voor hem en maakte een perfecte halvemaan in het witte stucwerk. Een andere kogel die zijn hak maar net had gemist ketste af van het pad. Hij hoorde wel de staccatogeluiden van supersonische kogels, maar geen schoten. Ze gebruikten kennelijk geluiddempers.

Hij bleef niet wachten om daar zekerheid over te krijgen, maar trok zijn hoofd in en begon te rennen.

Lucile Fournier proefde bloed, zoals altijd als ze op het punt stond bloed te laten vloeien. Bij de hoek van het huis zag ze de teen van een leren schoen; daar hield zich dus een man schuil die haar wilde overvallen. Ze glimlachte, bevochtigde haar lippen met het puntje van haar tong en proefde de lucht, als een slang. Normaal had ze gewoon dwars door de muur geschoten, maar Da Rocha eiste stevige, bijna geluiddichte huizen, zodat deze muur net als de binnenmuren van beton was. Met de Beretta in beide handen stapte ze opzij met het plan om te schieten op het eerste stukje dat ze van de man zag en zich pas later, zodra ze hem kon zien, bezig te houden met de restanten van zijn lichaam. Ze was al bijna bij de hoek toen ze zich realiseerde dat het een lege schoen was. Ze klemde haar kaken op elkaar, draaide zich te laat om en incasseerde een keiharde vuistslag die haar tegen de muur ramde, waardoor ze allemaal sterretjes zag.

Ze probeerde de Beretta te richten, maar haar aanvaller sloeg met een soort knuppel tegen haar onderarm en schopte haar pistool zodra het op de grond viel weg.

Ze kreeg nog twee snelle slagen in haar gezicht, waardoor ze wankelde en het haar duizelde. Ze zocht steun tegen de muur om te blijven staan. Haar zicht was troebel, maar toch kon ze zien dat de Rus met het vreemde kapsel voor haar stond en haar grijnzend aankeek.

'Tut, tut, tut, mevrouw Fournier,' zei hij, met een gekwelde blik. 'Je maakt alles wel heel ingewikkeld! Inwendige zuigermunitie, modern schelpdiergif... Zo moeilijk is het niet om mensen te doden.' Als om zijn woorden te bewijzen hief de man zijn pistool en richtte op de plek net onder haar neus. Als ze al het idee had gehad hem tegen te spreken, liet ze dat idee achter op de betonnen muur achter zich, samen met haar tanden.

Clark schoot twee keer op de eerste Rus toen hij de hoek bij het zwembad om kwam. 'En dat is één,' zei hij. Hij schopte de Glock met geluiddemper van de man in het diepste deel van het zwembad en liep door. Een oorverdovende knal rechts van hem vertelde hem dat Chavez met zijn Tac-14 had geschoten. Een andere Rus wankelde achteruit van achter een steunbeer van de muur vandaan. Clark en Adara schoten op de derde Rus die uit een slaapkamer kwam, zich niet bewust van het feit dat de eerdere schoten niet dóór zijn kameraden waren afgevuurd, maar óp hen. Adara schoot de vierde Rus dood toen deze zijn vuurwapen richtte op Da Rocha die een bizarre zwembroek droeg die eruitzag alsof hij van de broek van een matador was gemaakt. De wapenhandelaar rende nu zo hard hij kon over de grindweg naar de hoofdweg.

'Alert blijven,' zei Clark. Hij keek over zijn M4 heen, terwijl Ding het interieur van het huis achter zich met zijn wapen dekte. 'Met de drone zagen we vier man, maar misschien hebben we iemand gemist, en dat is exclusief Lucile Fournier. Midas, denk je dat je Da Rocha te pakken kunt krijgen zodat we met hem kunnen praten?'

Midas verspilde geen adem aan een antwoord, maar stak al rennend zijn linkerhand op. Clark keek glimlachend naar de ex-Delta die met lange passen de afstand tussen hem en Da Rocha verkleinde. Hij had hem algauw ingehaald, bleef achter hem lopen en gaf hem toen een harde duw tussen de schouderbladen. Midas greep Da Rocha bij zijn haren toen hij viel en liet hem als een slee over de grond glijden. Da Rocha ving de val op met zijn borstkas en neus, en kwam gillend en slippend tot stilstand. Midas rolde hem op zijn rug en gaf hem een harde klap tegen zijn oor. Dertig seconden later was Da Rocha geboeid met tiewraps, stond hij weer op zijn benen en liep hij in zijn belachelijke zwembroek terug over de oprijlaan.

De adrenaline was weggeëbd en Da Rocha's schouders trilden toen hij het slagveld op zijn landgoed zag. Hij knipperde een paar keer en keek vervolgens naar Clark, die hij herkende als de leider. 'Wie zijn jullie? Wat... wat heeft dit te betekenen?'

Adara stond bij de glazen schuifdeur en schudde met een grimmige blik haar hoofd. 'Ik heb Fournier gevonden.'

Clark zuchtte. 'Meneer Da Rocha. Ik ben de man die uw leven zojuist heeft gered. Dat betekent dat u me enige informatie verschuldigd bent.'

Chavez zei: 'We kunnen maar beter gaan, baas.'

'Juist,' zei Clark, nog steeds met zijn blik op Da Rocha gericht. 'Ik weet een plek vlak bij de kust waar we ongestoord kunnen praten.'

Tegen Chavez zei hij: 'Dat meen ik. De plek waar ik het over heb is geluiddicht. Achter het pand is een meer dat zeker dertig meter diep is. We kunnen doen wat we willen zonder dat iemand dat ooit te weten komt.'

Volkomen overweldigd vertrok Da Rocha zijn gezicht tot een verwrongen grimas en toen begon hij te snikken.

47

Toen Dominic Caruso zes jaar was, was hij in het Shenandoah National Forest afgedwaald van de rest van zijn familie. Het werd donker en elke boom en struik leek op elke andere boom en struik. Al heel snel had hij geen idee meer waar hij was. Hij ging op een steen zitten en begon te huilen zoals een jongen van zes kan huilen als hij volkomen verdwaald is. Maar zelfs toen al wist hij dat ergens in de toenemende duisternis mensen waren die van hem hielden en hem in veiligheid wilden brengen.

Nu lag hij aan de kant van deze verlaten onverharde weg ten zuidwesten van Herat, onder de modder en het bloed en de stukjes gebroken glas. Achter hem rookten en smeulden de verkoolde restanten van de bus. Er had geen explosie gevolgd toen de benzinetank in brand vloog, alleen een harde plof en intense hitte. De wind had de vlammen en de rook opgelaaid tot een zwarte zuil die vast en zeker tot kilometers in de omtrek te zien was geweest, maar er was niemand gekomen om te kijken wat er aan de hand was. Caruso had net zo goed op de maan kunnen zijn. Niemand in een omtrek van vijftienhonderd kilometer vond hem belangrijk genoeg om naar hem op zoek te gaan. Verdomme, niemand wist zelfs dat hij werd vermist. Jack was weg, hij was meegenomen, net als Ysabel en Dovzhenko. In dit deel van de wereld waren levens niets waard en als Jack niet al dood was, zou dat slechts een kwestie van tijd zijn.

De bandieten hadden Dom die op zijn buik in het modderige water lag niet gezien, want anders hadden ze hem ook meegenomen.

Hij bracht zijn hand naar de zijkant van zijn hoofd en voelde de stoppels van verschroeide haren en de blaren van tweedegraads brandwonden boven zijn oor. De helft van zijn overhemd aan die kant was ook weggebrand. De aanhoudende wind had hem bedekt met stof, waardoor hij eruitzag alsof hij in meel had liggen rollen en hij zijn verwondingen niet goed kon inschatten. Eén oog was zo gezwollen dat het dichtzat en zijn zicht was wazig. Hij kon staan, ook al kreeg hij dan het gevoel dat hij moest overgeven. Beide handen leken in staat tot het maken van grove motorische bewegingen, maar ze trilden zo door de shock dat hij zichzelf zeer waarschijnlijk in zijn voet had geschoten als hij een vuurwapen had kunnen vinden.

Hij gunde zichzelf twee minuten voor zelfmedelijden, maar daarna stond hij op en merkte dat hij toen hij door de modder was gekropen zijn schoenen was kwijtgeraakt. Niemand kwam hem halen. *Je moet jezelf redden*, zei John Clark altijd – die oude klootzak had overal wel een mantra voor. Caruso zette behoedzaam een stap met zijn wankele benen en kromp ineen door de steentjes die in zijn voetzolen sneden. Met zijn gezicht in de wind lachte hij hardop, ondanks de situatie waarin hij zich bevond. Hij werd nog niet overmand door de pijn van de brandwonden, verstuikingen en sneden, maar dat was slechts een kwestie van tijd. Hij moest een telefoon zien te vinden. Om het NAVO-leger of de CIA of iemand anders met krachtige wapens en een oog in de lucht te vertellen dat Ryan hulp nodig had. Caruso realiseerde zich dat hoe ernstig zijn situatie ook was, die van Jack veel ernstiger was. Zelf was hij tenminste vrij, min of meer dan. Nadat ze het vliegveld hadden verlaten, was Hamid langs een basis van het Afghaanse Nationale Leger gereden, al voordat hij deze weg had genomen. Caruso kon de hele nacht lopen, of kruipen als het moest. Hij lachte weer. Verdomme, kruipen zou misschien sneller gaan.

Hij had waarschijnlijk een uur tot het donker werd, pikdonker zelfs. Zodra de zon onder was, zouden de gevaren exponentieel toenemen, maar hij kon zich in elk geval verschuilen.

En dus liep hij, viel voorover, ving zichzelf op en viel weer. Het ging gruwelijk langzaam, maar hij kwam vooruit. Boven het geluid van de wind uit hoorde hij een laag geloei en hij hief een beroete hand om zijn ogen tegen het stof te beschermen.

Weer een motor. Verdomme! De motorrijder had hem vast al gezien.

Caruso liep naar de rand van de modderige greppel, sloot zijn ogen en wachtte.

Jack kwam bij en merkte dat hij zijn handen niet kon voelen. Wel voelde hij elke keiharde hobbel en kuil met zijn schouders en heupen. Hij had geen idee hoe lang hij bewusteloos was geweest, maar het was nu donker. De drie gevangenen werden heen en weer geslingerd op de keiharde en stoffige laadbak van de witte Bongo-truck die snel reed. Jack dacht dat ze naar het noordwesten reden, maar hij wist het niet zeker door de veranderlijke wind en doordat hij de zon niet kon zien van achter de lage ombouw van de laadbak. Het maakte ook niet uit. Hij had geen vrienden in de nabije omgeving. Ryan wilde graag denken dat Caruso onder de brandende bus vandaan had kunnen kruipen, maar het rationele deel van zijn wezen – of wat daarvan over was – vertelde hem dat die kans klein was. Een positieve instelling was essentieel om te overleven, maar de harde waarheid was dat ze zo goed als dood waren. Afhankelijk van wie hen gevangen had genomen was levend verbranden in een greppel misschien wel de snelste manier om te sterven.

Het licht in de cabine van de truck brandde en verlichtte Ysabels gezicht, een paar centimeter van zijn gezicht vandaan. Haar hoofd rolde heen en weer, haar lange zwarte haar lag verspreid over de smerige laadbak, haar kleren waren gescheurd, haar schouder bloedde, maar haar gezicht was verrassend schoon. Een helder stroompje speeksel kwam uit haar geopende mond. Jack dacht heel even dat ze al dood was, maar als dat zo was, hadden ze de moeite niet genomen om haar mee te nemen, laat staan haar te boeien. Ze waren alle drie geboeid aan handen en voeten, en lagen met hun gezicht tegen het kale metaal gedrukt, wat de rit zelfs nog erger maakte. Ze waren niet geblinddoekt, wat zorgwekkend was, want dat betekende dat deze mannen het geen probleem vonden of ze wel of niet werden geïdentificeerd.

Het gestuiter werd minder toen de Bongo langzamer ging rijden en een bocht maakte.

Ysabels ogen vlogen open. Ze slikte moeizaam en haar donkere ogen schoten heen en weer toen ze probeerde te bedenken waar ze was. ‘Het spijt me zo,’ fluisterde ze.

Jack probeerde zijn hoofd te schudden, maar merkte dat hij misselijk werd door die beweging. ‘Niet jouw schuld. Laten we maar gewoon kijken wat er gebeurt.’

'Je bent gewond, Jack,' zei Ysabel. 'Je weet het misschien niet, maar je bent echt gewond.'

De truck ging nog langzamer rijden.

'Luister,' fluisterde Jack. 'Volgens mijn paspoort heet ik Joe Peterson. Wat er ook gebeurt, je mag me geen Jack noemen. Begrepen?'

Ze knikte. 'Joe,' herhaalde ze. 'Ik begrijp het.'

'Zeg het ook tegen Dovzhenko.'

Ryan hoorde het gebrul van motoren toen de Bongo nog langzamer ging rijden en opnieuw een bocht nam. Nu waren ze binnen de omheining van een hoog hek. Opeens hield het geluid van de gierende, stoffige wind op en werd vervangen door de aangename geur van pas gemaaid gras en vochtige aarde na een regenbui. Dadelpalmen stonden aan weerszijden van de smalle weg. Treurwilgen streken langs de zijkant van de truck. Er was een muur die zo hoog was dat alleen de toppen van de hoogste bomen in de wind bewogen.

Jack gleed naar voren toen de Bongo abrupt tot stilstand kwam. Mannen brulden iets in het Pasjtoe of Dari, dat wist hij niet. De laadklep viel open en ruwe handen pakten eerst Ysabel vast en trokken haar bij de schouders uit de laadbak. Ze deed alsof ze sliep en de mannen lachten en sloegen haar bijna speels in haar gezicht. Ryan telde vijf mannen, twee uit de Bongo en de drie moordzuchtige motorrijders. Ze droegen allemaal een stoffige salwar kameez. Jack schatte hen op twintig of begin dertig, en ze waren mager en intens. Twee mannen grepen Jack en sleepten hem ook uit de truck. Ze keken naar zijn gezicht en schudden hun hoofd.

'Spreken jullie Engels?' vroeg Jack. Hij was niet zo naïef dat hij dacht dat hij erop mocht rekenen dat deze onbekenden aardig zouden zijn, maar hij wilde dat ze hem als een mens zagen en niet gewoon als de zoveelste keel voor hun mes.

De mannen keken alleen maar naar hem, met een ondoorgrondelijke blik en met een uitgemergeld gezicht, alsof ze hun wangen naar binnen zogen. Ze brachten Jack en de beide anderen naar een overdekte veranda, die in Florida of Hawaï een *lanai* werd genoemd. Op een betonnen rechthoek van ongeveer zeven bij zeven meter lagen oosterse tapijten. Rondom een lage houten tafel in het midden daarvan lagen dikke kussens. Aarden potten en fonteinen van ingenieus op elkaar gestapelde stenen stonden tussen grote struiken en manden vol bloemen. In een klein gat nog geen vijf meter van de tafel en aan de rand van het beton brandde een vuur.

Een zware stem zei iets in het Russisch, en een lange man in een schone *perahan* – een knielang gewaad – kwam door een deuropening naar buiten. Hij droeg een zwarte tulband zoals de Taliban meestal droegen. Hij had een lange, dikke baard die even zwart was als zijn tulband. Een stijlvolle bril met een oranje Nike-teken op de veer stond op het puntje van zijn neus.

Dovzhenko zei iets tegen hem in het Russisch, maar de man wendde zich tot Jack.

'Ik zei tegen hem dat we je moesten oplappen,' zei hij met een zwaar Brits accent.

'U spreekt Engels,' zei Jack.

'Inderdaad,' zei de man. Hij keek hem onderzoekend aan. 'Mijn mannen vertelden me dat u Engels sprak. U bent dus niet ook een Rus?'

'Hij wel,' zei Jack. 'Ik ben pas gearriveerd.' Hij overwoog even om iets over Dom te zeggen, maar besloot dat niet te doen. Als Dom dood was, was hij dood. Het had geen zin om deze mannen te vertellen dat ze een van hun ontvoeringsslachtoffers waren vergeten.

'Aha,' zei de man. 'Ik begrijp het. Mijn excuses voor uw behandeling. Een noodzakelijk kwaad.' Hij keek nu aandachtiger naar Jack, draaide zich om en brulde nog meer bevelen tegen een van de andere mannen. 'Wilt u gaan zitten?'

'Ik mankeer niets,' zei Jack. 'Zorg alstublieft voor mijn vrienden.'

De man zuchtte en liep zijn huis weer in. Hij kwam even later terug met een handspiegel van schildpad die hij voor Jacks gezicht hield. 'U voelt zich misschien goed, maar ik kan u verzekeren dat dat alleen maar komt doordat u in shock bent. We zullen uw wonden meteen verzorgen.' De man keek hem met een vriendelijke glimlach aan. 'U hebt immers weinig waarde voor me met uw oor half van uw hoofd gescheurd.'

Ryan wist niet wat hem meer dwarszat, het feit dat hij door die smerige modder was gekropen met zijn oor half losgescheurd of dat deze man zo nonchalant praatte over hoeveel hij waard was op de slavenmarkt. Hij kon het beeld maar niet kwijtraken van Dom die half begraven lag onder de brandende bus, vergeleken waarmee zijn eigen problemen volkomen in het niet vielen.

Hun vreemd vriendelijke gijzelaar stelde zichzelf voor als Omar Khan, een plaatselijke zakenman en een lid van de Taliban. Hij en zijn mannen hadden veel Amerikanen gedood, vertelde hij Jack met een serene glimlach, maar dat waren gewoon zaken, vandaar zijn titel 'zakenman'. Maar Jack had geluk, legde Omar uit. Aangezien zijn mannen getrainde vechters waren, waren ze bekend met allerlei vormen van medische verzorging van de slachtoffers van veldslagen. Volgens Omar had hij zelf verschillende oren gehecht.

De Taliban-baas was inderdaad een ervaren chirurg. Hij bood Jack wat ruwe opium aan om de pijn te verdoven. Jack wees het aanbod af en zweette hevig toen de operatie eindelijk klaar was. Ysabel assisteerde en gaf schaartjes en steriele gaasjes aan als Omar daarom vroeg. Ze zei niets, maar het kalmeerde Jack dat hij naar haar kon kijken en het gaf hem iets om zich op te concentreren, daarop en op de satelliettelefoon aan Omars riem. Ysabel beraamde een plan, dat zag hij aan haar ogen.

Een uur later was Jacks hoofd omwikkeld met een groot gaasverband en zat iedereen op kussens aan een feestmaal van saffraanrijst, paprika's, noedels en gegrild lamsvlees. Omar leek erg religieus, maar hij gaf Ysabel toestemming om samen met de mannen te eten zolang ze haar hoofd maar bedekt hield en zweeg tenzij hij iets tegen haar zei. Hij zorgde ervoor dat ze het dichtst bij hem zat, waardoor ze tegenover Jack aan tafel zat.

Omar zat tussen hen beiden in en deed weinig moeite zijn wellustige blik te verbergen.

Door de operatie had Jack geen trek meer, maar hij at toch omdat hij niet wist wanneer hij weer zou kunnen eten. Ysabel en Dovzhenko deden hetzelfde.

'En,' vroeg Dovzhenko, 'heb je al kopers?'

Omar wendde met moeite zijn blik af van Ysabel, doopte een stukje lamsvlees in yoghurt en stopte dat in zijn mond. Hij knikte peinzend en kauwde zijn eten voordat hij antwoordde. 'Vrouwen zijn gemakkelijk te verkopen. Als ze eruitzien zoals deze, maakt het niet eens meer veel uit of ze maagd zijn.' Hij haalde zijn schouders op. 'Als ze dat wel was, zou ik haar houden als mijn eigen echtgenote, maar ik kan aan haar ogen zien dat ze dat niet is.' Hij hield zijn hoofd schuin, omdat hij zich opeens iets afvroeg. 'Is ze met jou getrouwd?'

Ysabel keek op toen hij dat vroeg.

'Stel dat ik ja zeg?' zei Dovzhenko.

'Wat je denkt is helemaal waar,' zei Omar. 'Het zou niets uitmaken. Hoe dan ook, mijn mannen zullen ook losgeld voor jou berekenen. Russen zijn een gevoelige kwestie, maar de Amerikaan zal een mooie beloning opleveren.'

Jack zag opeens beweging bij de rand van de betonnen patio. Een grijs woestijnratje, zo'n beestje als Amerikaanse kinderen als huisdier hielden, dribbelde met korte tussenpozen naar de tapijten, ongetwijfeld aangetrokken door de geur van lekker eten. Omar gooide het trillende diertje wat rijst toe en lokte het dichterbij. Ze hadden dit spelletje kennelijk eerder gespeeld, en Omar kon het dier algauw oppakken. Hij maakte een van zijn mannen met een knikje duidelijk dat hij wat hout op het vuur moest gooien en toen het vuur oplaaide aaide hij het diertje.

Er verscheen een verslagen blik op Ysabels gezicht.

Jack fronste. 'Je gaat het er toch niet in gooien, wel?'

Omar grinnikte. 'Dat zou zonde zijn. Maar ik ga wel een punt maken.' Hij hield het woestijnratje met één hand vast en brak met zijn andere hand de beide achterpootjes van het dier alsof het lucifersstokjes waren.

Jack kromp ondanks zichzelf in elkaar. Hij was nooit gek geweest op woestijnratten en andere knaagdieren, maar nu die man dit dier pijn deed alleen om het pijn te doen, had hij hem het liefst een kogel in zijn gezicht geschoten.

In plaats van dat hij het gillende beestje in de vlammen gooide smeet hij hem tegen een stenen bloembak aan de rand van de veranda. Het licht van het vuur wierp een lange schaduw achter de manke woestijnrat, terwijl het beestje zichzelf gillend van de pijn de duisternis in sleepte.

De slang verscheen volkomen onverwacht. Hij kwam tussen de stenen vandaan glijden, met zijn tong in en uit zijn bek schietend, en gleed langzaam maar zeker naar de gedoemde woestijnrat.

Ysabel hapte naar adem. 'Je bent gemeen,' fluisterde ze.

Jack had al besloten dat hij niet zou toelaten dat de man haar sloeg, zelfs als dat betekende dat hij een kogel in zijn hoofd kreeg.

Maar Omar lachte slechts smalend. 'Een zaagschubadder,' zei hij, alsof hij naar een natuurdocumentaire keek. 'Uiterst dodelijk. Ze houden toevallig van mijn prachtige tuinen. Als je in dit land een koele, beschaduwde plek vindt, is de kans heel groot dat iets dodelijks het al eerder heeft gevonden.'

De adder viel snel aan en trok zich terug om te wachten tot de woestijnrat dood was. Het diertje dat toch al gestrest was door zijn gebroken pootjes wankelde slechts heel even voordat hij omviel. De slang gleed er behoedzaam naartoe en begon toen aan het langdurige proces om zijn maaltijd met de kop naar voren te verorberen.

'Ik weet heel goed dat jullie alle drie denken aan ontsnappen,' zei Omar. 'Maar jullie dichtstbijzijnde hulp is kilometers hier vandaan en deze slangen zitten overal. Jullie zouden niet eens tot aan de grens van mijn tuinen komen. Ik zou het vreselijk vinden om zo'n waardevolle investering kwijt te raken aan het gif van een adder.'

Ysabel keek naar Jack en trok toen aan de kraag van haar jurk. Omars wrede behandeling van het diertje had haar aangespoord om in actie te komen. Ze had inderdaad een plan, en nu wist hij wat dat was.

48

Clarks safehouse stond op het beboste land van een boerderij in de buurt van Montijo, Portugal, ten zuidoosten van Lissabon aan de overkant van de rivier de Taag. Hij belde een vriend bij de Agency om te regelen dat ze het huis konden gebruiken, waarbij hij een beetje misbruik maakte van zijn geheimzinnige reputatie. Hij was niet langer actief, officieel tenminste niet. Maar het was helemaal niet ongebruikelijk dat actieve case officers vertrouwde voormalige case officers inschakelden als instructeur of voor bepaalde klussen waarvoor deze een bepaalde aanleg hadden. En Clark was in het bezit van het soort expertise dat vereist kon zijn op een afgelegen boerderij.

Naar Amerikaanse maatstaven was het geen lange rit vanaf Alpalhão, zo'n honderdzestig kilometer, en die afstand legden ze in twee uur af. Chavez zat achter het stuur en Clark zat achterin naast een verslagen Da Rocha. Midas en Adara reden achter hen aan.

Op het eerste gezicht leek het alsof de wapenhandelaar van slag was door de dood van Lucile Fournier, maar hoe meer hij jammerde, hoe duidelijker werd dat hij haar vaardigheden meer zou missen dan zijn relatie met haar.

Voordat John Clark Ding Chavez had leren kennen had hij vaak alleen gewerkt, in de voorhoede. Maar ook al werkte hij helemaal in zijn eentje, toch waren er altijd mensen op wie hij kon rekenen, mensen die hij belangrijk vond en die hem belangrijk vonden. Hij zou allang dood zijn als Sandy er niet was geweest, verbrand tot een verkoolde rimpel en weggedreven op de wind. Hij zou het nooit toegeven, maar Ding was meer een broer dan een schoonzoon. Als iemand ooit tegen Clark had gezegd dat hij blij zou zijn dat zijn dochter wilde trouwen met een voormalig bendelid uit East L.A. had hij hem een schop onder zijn kont gegeven. Maar dit specifieke bendelid sprak meerdere talen, had een paar masters op zak en, nog belangrijker, deed alles om het juiste te doen, elke dag weer.

Ergens had Clark medelijden met Da Rocha, want dat soort mannen hadden geen vrienden. Da Rocha had werknemers en hij had contacten. Lucile Fournier was niet zijn vertrouwde compagnon of zijn strijdmakker geweest. Hij had haar beschouwd als een stuk gereedschap, als een middel tot een doel. Deze klootzak vond alleen zichzelf belangrijk, waardoor de mensen met wie hij omging ook alleen zichzelf belangrijk vonden. Uiteindelijk maakte dit Clarks werk eenvoudiger. Mensen die voor een doel vochten waren moeilijker aan het praten te krijgen, die moest je breken en zelfs dan, de fanatiekste waren nooit te breken, zij zwichtten alleen. Maar als iemands voornaamste doel geld was, dan was geld of het idee dat ze het geld dat ze al hadden zouden kwijtraken al voldoende om hen aan het praten te krijgen.

Clark liet Da Rocha tijdens de rit in zijn eigen sop gaarkoken, stelde geen vragen en negeerde hem wanneer hij probeerde een gesprek te beginnen. Tegen de tijd dat ze het safehouse hadden bereikt, was de man al bereid om informatie te spuwen.

Da Rocha's handen waren voor zijn lichaam geboeid met tiewraps, één om elke pols. Een derde verbond deze aan een ketting die met een hangslot aan zijn middel was vastgemaakt, waardoor hij als hij naar voren boog iets kon eten of drinken. Clark duwde hem naar een stoffige gestoffeerde bank waar hij zonder volledig gebruik van zijn handen maar moeilijk uit zou kunnen komen. Daarna trok hij een eettafelstoel bij en ging zitten zodat hun knieën elkaar bijna raakten.

'Ik moet je zeggen,' zei Clark, 'dat ik had verwacht dat je huis groter zou zijn.'

Da Rocha keek naar hem op, een beetje turend, alsof het schemerig was in het vertrek. 'Wat?'

Clark zei: 'Ik bedoel, je reist heel Europa door, handelt in illegale wapens en woont in een villa van een paar honderdduizend euro met een handvol bodyguards die het rustig aan doen en net zo goed allemaal dood hadden kunnen zijn.'

Clark zweeg en liet de stilte even voortduren. Na een tijdje zei hij: 'Ik zeg alleen dat ik had gedacht dat iemand zoals jij in een fort zou wonen. Zakendoen met de Russische GRU is levensgevaarlijk.'

'Zij waren niet van de GRU,' zei Da Rocha spottend.

'Echt wel. Dat kon ik ruiken.'

'Ben jij... CIA?'

'Helaas voor jou ben ik dat niet. Wij hebben wel dezelfde belangen, maar ik ben niet gebonden aan bepaalde Agency-regels.'

Da Rocha snoof en draaide zijn hoofd opzij om zijn neus af te vegen aan zijn schouder, als een vogel die zijn vleugel poetst. Hij keek opeens op. 'En als ik je nu eens alles vertel wat ik weet?'

Clark haalde zijn schouders op. 'Ik kan je eerlijk gezegd niet vertellen wat er hierna gebeurt.'

'Geloof me, ik heb informatie die je zult willen weten.'

'We hebben je computer,' zei Clark. 'Misschien is dat voldoende.'

'Maar dat is maar een deel,' zei Da Rocha. 'En tegen de tijd dat jullie alles hebben uitgezocht, zal het te laat zijn.'

Clark bleef onverstoord kijken. Deze man probeerde hem te verleiden.

'Ik heb wel bepaalde garanties nodig,' zei Da Rocha.

'Waar doel je op?'

'Mijn vrijheid.'

Clark trok een wenkbrauw op. 'Hangt ervan af.'

'Mijn geld?'

'Op je rekeningen staat helemaal geen geld.'

'Jullie zouden me kunnen helpen het terug te krijgen van de Russen.'

'Dat gaat niet gebeuren. Wat vind je ervan dat je me vertelt wat je weet om te voorkomen dat je de rest van je leven doorbrengt in een bijzonder kleine cel onder de Coloradowoestijn?'

'Je werkt dus voor de Amerikaanse regering,' zei Da Rocha zelfvoldaan.

'Echt niet,' zei Clark. 'Ik vind alleen dat ik mijn burgerplicht moet doen. Denk maar eens na over wat echt belangrijk voor je is.' Hij stond op en deed nog een poging. 'Volgens mij ben je heel slim.'

'Raketten,' zei Da Rocha.

'Dat weet ik al. Je bent een wapenhandelaar. Dat is je handelswaar.'

'Niet de soort raketten waar jij aan denkt,' zei Da Rocha.

Clark ging zitten, maar zei niets. Vaker wel dan niet was stilte de beste manier om antwoorden te krijgen.

'Ik heb geen bewijzen.' Da Rocha zuchtte, opgelucht omdat hij zijn verhaal kon vertellen. 'Maar ik denk net als jij dat die mannen agenten waren van de GRU. Ik had gehoord, via onofficiële wegen, zeg maar, dat ze iemand zochten voor een bijzonder grote deal. Ik... ik denk dat je zou kunnen zeggen dat ik hen het hof maakte, zoals iedere zakenman zou doen.'

'Door de concurrentie uit te schakelen,' zei Clark.

'Klopt. Als zij van de GRU waren, heeft de Russische regering mij gebruikt als tussenpersoon om zaken te doen met Iran.'

Ding Chavez, die in een hoek van de kamer zat, ging iets rechter op zitten.

'Rusland maakt er geen geheim van dat het wapens levert aan Iran,' zei Clark.

'Kernwapens?' Da Rocha leunde naar achteren in de zachte kussens. 'De Russen met wie ik te maken had wilden kennelijk dat de wereld dacht dat die wapens afkomstig waren van een derde partij. Ik kan me voorstellen dat ze al een verhaal hebben verzonnen over dat ze gestolen zijn. Ze beloofden ook in de toekomst zaken met me te doen, maar ik weet nu dat dat een leugen was om me koest te houden tot ze me hadden vermoord.'

'Je weet zeker dat het kernraketten zijn?'

'Zeker genoeg. Twee 51T6 ABM's, jullie noemen ze Gorgons, en hun lanceerapparatuur. Mijn mensen hebben ze in bezit gekregen in Oman en vervolgens naar Iran vervoerd.'

'Waar in Iran?'

'Deze raketten zijn goed draagbaar. Ze hebben onvoldoende bereik om de Verenigde Staten aan te vallen, maar de kans is groot dat Iran ze misschien wil inzetten voor een aantal Amerikaanse bases. Daarmee kunnen ze Israël vanuit West-Iran aanvallen.'

'Waar zijn ze?' vroeg Clark weer.

Da Rocha slikte. 'Ik moet garanties hebben.'

Clark knikte langzaam. 'Oké, ik garandeer je dat ik je voeten zal afhakken als je me niet binnen vijftien seconden vertelt waar je deze wapens hebt afgeleverd. Na die vijftien seconden, zelfs als je dan wel je mond opendoet, raak je er ten minste één kwijt.'

'Maar ik...'

'Acht seconden.'

'Oké, oké.'

'Dat is geen antwoord. Vier seconden.'

Da Rocha begon snel te praten. 'Maar daar zijn ze niet,' zei hij, terwijl hij weer begon te snikken. 'Ik weet zeker dat ze al zijn verplaatst.'

Clark knipte met zijn vingers. 'De namen en contactpersonen van je mensen. Degenen die de raketten aan Iran hebben geleverd.'

Da Rocha veegde zijn neus weer af aan zijn schouder, steeds opgewondener, en slikte moeizaam. 'Dat zal ik je vertellen, maar gezien wat die Russische klootzakken met me van plan waren, heb ik het gevoel dat mijn mannen al doo...'

Dings telefoon ging. Hij stond op terwijl hij opnam, luisterde en begon te ijsberen. Clark kon maar de helft van het gesprek horen, maar aan Dings toon was duidelijk te horen dat het slecht nieuws was. Ding gebaarde dat Clark naar hem toe moest komen, zodat Da Rocha hem niet kon horen. Midas en Adara gingen dichter bij Da Rocha staan om hem te bewaken.

'Wat is er?' vroeg Clark.

'Het is Dom,' zei Ding. 'Hij is zwaargewond.'

Clark had het gevoel dat hij een stomp in zijn maag had gekregen. 'En Jack?'

Ding schudde zijn hoofd. 'Vermist. Dom telde vijf mannen, waarschijnlijk Taliban, maar mogelijk ISIS. Ze vielen de bus aan met een kleefbom vanaf een motor. Onze jongens waren onderweg naar een safehouse. Dom zegt dat Ryan in orde was toen hij werd meegenomen.'

Clark keek naar Adara aan de andere kant van het vertrek. Ze kon het gefluisterde gesprek niet hebben gehoord, maar aan de frons op haar voorhoofd te zien begreep ze dat dit over haar vriend ging. Ze was wel zo professioneel dat ze naast Da Rocha bleef staan.

'En Doms verwondingen?' vroeg Clark.

'Klinkt slecht,' zei Chavez. 'Derdegraads brandwonden, gebroken ribben, gescheurd trommelvlies. Een Afghaanse pistacheboer vond hem een paar uur geleden toen hij langs de weg liep en bracht hem naar de NAVO-basis bij Herat. Daar hebben ze maar een klein ziekenhuis, dus regelen ze vervoer naar Ramstein.'

Clark sloot zijn ogen en concentreerde zich op zijn ademhaling. 'Zorg dat je zo veel mogelijk informatie krijgt. Het is een waardeloze toestand, maar ik moet iemand op de hoogte brengen van het feit dat Iran mogelijk kernraketten heeft. Daarna moet ik de president laten weten dat zijn zoon is ontvoerd.'

49

Jack ving Dovzhenko's blik en keek snel even naar de beide Afghanen die bij hen stonden. De Rus knikte licht en naar hij hoopte onopvallend terug. Beide mannen hadden genoeg ervaring om te weten dat ze heel snel in actie moesten komen omdat het anders te laat was. Omar was zo zeker van zichzelf dat hij hun boeien had afgedaan zodat ze konden eten. Door Jacks bebloede gezicht en het verslagen uiterlijk van de hele groep leek het alsof vijf mannen met geweren meer dan voldoende waren om elke mogelijke aanval af te slaan. Na de maaltijd zouden ze opnieuw worden geboeid, daar was Jack van overtuigd.

Het was mogelijk dat er in het huis meer bewakers waren, maar er was niemand ontboden tijdens de maaltijd of tijdens de operatie waarbij Ryans oor weer werd vastgenaaid. Mannen als Omar lieten altijd weer bedienden komen om dit of dat te doen, om hun het gevoel te geven dat ze belangrijk waren. Het was wel duidelijk dat hij niet vaak bezoek kreeg en dit was een zeldzame kans voor hem om een show op te voeren voor de buitenlandse duivels. Jack was er vrijwel zeker van dat dit zijn hele 'leger' was.

De vijf zichtbare bewakers stonden rondom de lage tafel geposteerd. Waarschijnlijk hadden ze zelf honger en vroegen ze zich nijdig af waarom de gevangenen eigenlijk te eten kregen en al helemaal eerder dan zijzelf. Jack kon de twee bewakers zien die het dichtst bij Dovzhenko stonden, maar ook de ene bewaker naast Omar en Ysabel. Dovzhenko kon de twee zien die achter Jack stonden.

Jack knikte weer naar Ysabel. Ze knipperde en strekte toen drie vingers. Ze boog één vinger, toen een tweede – ze was aan het aftellen. Toen ze haar derde vinger boog begon ze te kokhalzen. Ze liet zich opzij vallen en greep met één hand naar haar keel, terwijl ze met haar andere hand haar rok omhoogtrok zodat eerst haar onderbeen zichtbaar werd en daarna haar bovenbeen.

Iedere aanwezige man keek ernaar, heel even gebiologeerd doordat ze zomaar Ysabels gladde olijfkleurige huid konden zien. Ryan draaide zich vliegensvlug om en ramde zijn schouder in de knie van de bewaker die het dichtst bij hem stond. De kniebanden scheurden en de knie boog, waardoor de man en zijn kalasjnikov vielen. Ryan greep het geweer dat nog steeds aan een riem om de hals van de gewonde man vastzat, zette de grendel van veilig op auto, rolde opzij en schoot. Drie kogels raakten de bewaker die nog stond en boven hem uittorende, waardoor de man geveld werd voordat deze zijn eigen geweer kon richten. De eerste man probeerde zich los te trekken. Ryan draaide het geweer en richtte de loop van het geweer naar binnen en verbrijzelde met twee kogels het scheenbeen van de man. De bewaker gilde van de pijn en greep naar wat er over was van zijn been. Ryan sloeg de arm uit de weg en trok de riem over het hoofd van de gillende man. Meer schoten vlogen over zijn schouder. Hij hoopte dat deze werden afgevuurd door Dovzhenko. Ryan draaide zich om en zag dat een derde bewaker een geweer hief om op zijn borst te richten, maar Dovzhenko schoot één enkele kogel in de zijkant van het hoofd van de man.

Nu de laatste bewaker uitgeschakeld was, draaiden beide mannen zich om en zagen dat Ysabel boven op Omar was gesprongen die nu onder haar lag te kronkelen. Ze stak hem onophoudelijk in zijn hals en gezicht met een vettige lamsschenkel, en gilde en snikte met elke heftige beweging. Zoals in het Midden-Oosten gebruikelijk was, was het dode lam met een bijl in stukken gehakt, waardoor het gerafelde bot een slecht gemaakt, maar zeer bruikbaar wapen was.

Elke keer dat Ysabel de schenkel terugtrok droop er een stroom zwart bloed af dat haar gezicht en borst bedekte. Omar verzette zich niet langer, zijn ogen bleven open, maar Ysabel ging door met haar aanval tot Jack een hand op haar schouder legde.

'Ik ben het,' zei hij. 'We hebben ze. We zijn vrij.' Ryan voelde dat zijn eigen benen het begaven. Hij pakte Ysabel bij de schouders en hielp haar van de dode Omar af, waarna ze zich allebei in de kussens lieten vallen. Door geweervuur van korte afstand ontploft een schedel als een meloen. Ledematen hingen nog aan dunne sliertjes weefsel aan de lichamen, als dat al het geval was. De tapijten en kussens waren doorweekt met bloed. Jack probeerde Ysabels ogen te bedekken, maar ze trok zich terug.

'Daar is het veel te laat voor,' zei ze.

Binnen klonken twee nieuwe schoten.

Even later kwam Dovzhenko met een geweer naar buiten. 'De kok,' zei hij terloops. 'Dacht dat-ie iets kon uithalen met een keukenmes.'

Jack haalde diep adem. 'Enig idee waar we zijn?'

'We kwamen vanuit het westen,' zei Dovzhenko. 'Toen we werden meegenomen hadden we nog ongeveer twee uur daglicht, en het was donker toen we hier aankwamen.'

Jack pakte de satelliettelefoon van Omars lichaam en nam even de tijd om de sleutelring te zoeken die Omar van hem had afgepakt, want een zaklamp zou algauw heel nuttig zijn.

Ysabel raapte de hoofddoek die Omar haar had gegeven op en veegde daarmee het bloed van haar gezicht. 'Een rit naar het westen vanaf de plaats waar we werden aangevallen zou betekenen dat we de Iraanse grens zijn overgestoken.'

Dovzhenko schudde zijn hoofd. 'Oost-Iran is weliswaar wetteloos, maar daar wordt toch veel vaker gepatrouilleerd dan in West-Afghanistan. We moeten ergens zijn afgeslagen.'

Ysabel stond met een uitgeputte kreun op en terwijl ze op haar tenen liep en de plassen bloed ontweek verliet ze de veranda om naar de nachtelijke hemel te kunnen kijken.

'Hé!' zei Jack terwijl hij naast haar kwam staan. 'Hoe zit het met die adders?'

Ysabel rolde met haar ogen. 'Dat arme woestijnratje kwam onder deze veranda vandaan. Ik geloof er niets van dat die hier samenwoonde met een slang.' Ze draaide zich om naar Dovzhenko. 'Wil je het licht misschien uitdoen?'

Dat deed hij en daarna kwam hij bij hen staan aan de rand van de betonnen patio.

Zodra hun ogen zich aan het donker hadden aangepast zagen ze een indrukwekkende sterrenhemel.

Ysabel wees met een open hand naar een plek achter het dovende vuur. 'Die vage driehoek is zodiakaallicht.'

'Klinkt als de naam van een sekte,' zei Jack.

Ysabel porde hem met haar elleboog in de ribben. 'Voor iemand die zo slim is als jij, zijn er wel veel dingen die je niet weet. Zodiakaallicht komt van een grote schijf stof rond de zon die zonlicht terugkaatst naar de aarde.'

'Wat betekent dat dat ongeveer het westen is,' zei Jack, in een poging zijn domme opmerking goed te maken.

'Precies,' zei Ysabel.

'Zodiakaallicht,' zei Dovzhenko peinzend. 'Gebruikte Mohammed dat niet om het tijdstip van de vijf dagelijkse gebeden te bepalen?'

'Een tien met een griffel,' zei Ysabel. 'Eindelijk een man die zich naast wapens ook in andere dingen verdiept.'

'Hé,' zei Jack. 'Jij belde mij, weet je nog? Als dat het westen is, reden we vanaf het moment dat ik bijkwam voornamelijk naar het noorden. Denk je dat we nu ten noorden van Herat zijn?'

'We zijn een paar bergen gepasseerd,' zei Dovzhenko. 'Ik voelde dat de truck omhoogreed.'

'Vlak onder Herat loopt een hoge bergkam van noord naar zuid,' zei Ysabel. 'Ik denk niet dat ze met ons de Islam Qala Highway zijn overgestoken. Ten noorden daarvan zijn sowieso bijna geen wegen en bovendien zou dat riskanter zijn. Nee, ze zijn zeer waarschijnlijk om Herat heen gereden en ten zuiden van de Islam Qala gebleven. Het dal van de Hari-rivier is een soort groene zone en daar ergens zijn we nu, volgens mij. Zodra het licht is, kan ik daar meer over zeggen.'

'Dat is verdomd indrukwekkend,' zei Jack. 'Je lijkt wel een Iraanse Daniel Boone.'

De adrenaline van het gevecht verdween en maakte plaats voor de wetenschap dat ze dit slagveld moesten verlaten voordat Omars zakenpartners besloten hiernaartoe te komen. Maar eerst moest Ryan iemand bellen.

Omars computer bevond zich voor in het huis, in een klein kantoor met geweven wandkleden met Iraanse gedichten aan de spierwitte muren. Een eenvoudig houten bureau keek uit op de met bomen omzoomde oprijlaan, heel mooi en praktisch.

'Hij is een smokkelaar,' zei Jack, 'dus zal hij bepaalde voorzorgsmaatregelen hebben getroffen voor zijn communicatie. Satelliettelefoons zijn veel te gemakkelijk af te luisteren.'

'Misschien kocht hij veel mensen om,' zei Dovzhenko.

Jack pakte een wit plastic doosje, ongeveer even groot als twee spellen kaarten.

Dovzhenko knikte. 'Een Thuraya-hotspot.'

Ryan verbond Omars satelliettelefoon met dit apparaat.

Dovzhenko zei: 'Je weet toch dat een telefoongesprek met dit apparaat eenvoudig kan worden getraceerd?'

'Het signaal wel,' zei Ryan. 'Maar ik durf te wedden dat deze man een manier heeft om het voor iedereen moeilijker te maken de inhoud te achterhalen.' Hij drukte op de spatiebalk van de laptop, waarna het wachtwoord moest worden ingevoerd. Hij opende de laptoplade van het bureau en vond al snel wat hij zocht. Omar was een trotse man, zo vol van zichzelf dat hij zelfs tegenover zijn gevangenen wilde pronken. Hij was een Khan en beschouwde zichzelf als een emir, een koning, omringd door een schare bewakers, veilig voor indringers, terwijl hij in werkelijkheid een drugssmokkelaar was die zijn wachtwoord niet eens kon onthouden.

Ryan stapte opzij zodat Ysabel het Iraanse schrift in een versleten notitieboekje kon ontcijferen en inloggen.

'Hij zal wel een VPN gebruiken, een *virtual private network*,' zei Ryan.

Ysabel keek naar hem op. 'Denk je?' Ze wees naar de lijst met wachtwoorden in de lade en typte het wachtwoord in. 'Hij heeft alle wachtwoorden voor zijn VPN en een VOIP opgeschreven.'

'De geluidskwaliteit zal wel slecht zijn,' zei Dovzhenko. 'En zoals ik al zei, zal het satellietsignaal toch zichtbaar zijn.'

Jack knikte. Met apps als Flying Fish en zo ongeveer elke hardwareoptie van de overheid konden radio- of slecht versleutelde gps-signalen van een satelliettelefoon worden opgevangen. Dat had hij zelf al ontelbare malen gedaan. 'Dat is waar.'

'Ik zal drie geweren verzamelen,' zei Dovzhenko.

'Dan ga ik op zoek naar sleutels voor een ander voertuig dan een Bongo-truck,' zei Ysabel.

Jack toetste op de computer een telefoonnummer in. 'Oké, dan ga ik bellen en regel voor ons een reisje naar een minder gevaarlijke plek. We zijn al weg voordat iemand de kans heeft het signaal te traceren.'

Dovzhenko ging naar buiten, terwijl Ysabel de gang in liep naar de voorkant van het huis.

Vijfenvijftig kilometer naar het oosten, aan de overkant van de meanderende Hari-rivier aan de rand van het dorp Jebrael veegde Parviz Sassani het bloed van zijn handen met een vochtige doek die hij uit de keuken van de dode vrouw had gepakt. De IRG-man die bij hem was hurkte naast de dode tienerzonen van de vrouw, op zoek naar bewijsmateriaal in de zakken van de oudste jongen. Het meisje was veel te jong om iets van waarde te hebben.

Tegen de tijd dat de contactpersonen van de IRG in Londen hoorden dat Ysabel Kashani er niet was, had Sassani al ontdekt dat ze voor het UNODC in Afghanistan werkte. Uit de manifesten van de vluchten die uit Teheran waren vertrokken, bleek dat Erik Dovzhenko kort na de inval in Maryam Farhads appartement was gevlucht. Sassani grinnikte zacht. De verrader was dus op het vliegveld geweest tijdens hun telefoongesprek. Mede dankzij IRG-contacten in Dubai en Kaboel wisten ze dat Dovzhenko naar Herat was gevlogen.

Een korte vlucht met een toestel van de IRG en een paar vragen in het kantoor van het UNODC leidden Sassani naar Fatima Husseini, een regelmatige vrijwilligster en een fel verdedigster van Kashani en haar programma. Volgens de buren in Jebrael had Husseini kilometers gelopen om haar vriendin te waarschuwen voor mogelijke problemen met smokkelaars. Twee van die smokkelaars werden later gevonden in Kashani's kantoor; de een was dood en de ander volkomen verward. Dat was opzienbarend genoeg om zelfs in een door oorlog verscheurd deel van de wereld als Afghanistan ophef te veroorzaken.

Fatima Husseini was absoluut niet nuttig geweest; ze had haar mond gehouden en geweigerd haar vriendin te verraden tot Sassani gedwongen was geweest te dreigen haar kinderen te doden. Toen pas had ze hem verteld over de smokkelaars en over de man van wie ze zeker wist dat hij hen in dienst had, een opiumsmokkelaar die Omar Khan heette. Fatima had geen idee waar Khan woonde, maar zijn verwarde man die nog steeds in het ziekenhuis lag zou dat wel weten.

Ze waren nu heel dichtbij. Dat had Fatima hem verteld voordat ze stierf. Sassani smeet de bebloede doek op de grond en gebaarde dat zijn tweede man met hem mee moest komen. Als iemand wist waar Ysabel Kashani was, dan was dat Omar Khan.

50

Clark stond aan de andere kant van de kamer en was Gerry Hendley het nieuws over Jack aan het vertellen toen Dings mobiele telefoon zoemde.

Toen Ding Chavez de stem aan de andere kant van de lijn hoorde had hij het gevoel dat al zijn bloed naar zijn benen zakte. 'We dachten dat je dood was,' zei hij. Daarna knipte hij in zijn vingers om Clarks aandacht te trekken.

Clark hief zijn hand om aan te geven dat hij moest wachten.

'Dit is Jack,' zei Ding, wat een onmiddellijke reactie veroorzaakte.

'Ik moet je terugbellen,' zei Clark in de telefoon. 'Zo te horen worden we gebeld door junior... Ja. Ik geef je een sitrep zodra ik weet wat er aan de hand is.'

De beide mannen trokken zich terug in een achterkamer zodat Da Rocha hen niet kon horen en Chavez zette Ryan op de speaker.

'Vertel op, jongen,' zei Clark. 'Ben je in orde?'

'We leven allemaal en zijn vrij,' zei Ryan, met een vervormde stem. 'Maar dat was een tijdje onzeker.' Hij zweeg even en zei gesmoord: 'Luister... ik heb slecht nieuws.'

'Dom is in orde,' zei Clark. Het was één ding om grapjes te maken, maar nooit over een teamlid en een vriend. 'Hij belde ons ongeveer een halfuur geleden vanuit een Afghaans legerziekenhuis vlak bij Herat. Hij heeft ernstige brandwonden, maar hij verzekerde ons dat die niet levensbedreigend zijn. Adara heeft hem gesproken en gedreigd hem verrot te schoppen als hij doodging. Volgens mij kan hij elk moment naar Ramstein vertrekken.'

Ryan slaakte een opgeluchte zucht.

'Luister,' zei Clark. 'Hier zijn een paar bijzondere ontwikkelingen geweest. Op wat voor lijn bel je?'

'VOIP,' zei Ryan. 'Geanonimiseerd en volgens mij gecodeerd, maar we zitten op een satellietverbinding, dus volgens mij moet ik opschieten.'

'Denk je?' vroeg Chavez.

'Ik kan geen Farsi lezen, maar ik weet het bijna zeker.'

'Dat is dan maar zo,' zei Clark. 'De NSA is waarschijnlijk de enige die nu meeluistert en zij komen dit alles binnenkort toch te weten.'

Clark vertelde Ryan alles over de Gorgon-raketten en hun laatst bekende locatie in Iran.

'De Russen... of in elk geval bepaalde Russen zijn hierbij betrokken,' zei Chavez. 'Vraag of jouw man iets weet over waar deze Gorgons naartoe moesten.'

'Hij is hier bij me,' zei Ryan. 'En hij lijkt even verbijsterd als ik.'

'Dat dacht ik al,' zei Clark. 'Onze man zegt dat ze zijn afgeleverd op een vliegveld in het noordoosten van Iran, in de buurt van de stad Mashhad. Klinkt logisch. De IRG heeft daar een raketbasis.'

'Mashhad...' Ryan zweeg even en zei toen: 'Dat is maar ruim tweehonderd kilometer van waar wij nu zijn. We gaan wel op onderzoek uit.'

'Naar Iran?' vroeg Chavez, nadrukkelijk zijn hoofd schuddend. 'Echt niet!'

'John,' zei Ryan. 'Ik ben hier en klaar voor vertrek. Als de Iraniërs kernraketten hebben, moeten we uitzoeken waar ze...'

Ryan zweeg abrupt toen iemand, waarschijnlijk de Rus, op de achtergrond iets tegen hem zei. Dat was moeilijk te zeggen door de vertraging in de VOIP/satellietverbinding. Een paar seconden later zei hij: 'Mijn vriend hier zegt dat hij in het bezit is van een lijst met Iraanse wetenschappers die mogelijk als informant gebruikt kunnen worden. Een paar daarvan wonen in Mashhad.'

Ding zei: 'We hebben niets aan Russische informanten.'

'Hij zegt dat die lui kwetsbaar zijn. Zo te horen hebben ze niets op met de Russen, ze willen alleen geld zien. Het zal hun niets kunnen schelen naar welke kant ze overlopen.' Ryan zweeg weer even om te luisteren. 'Een van hen heeft een ziek kind dat dringend behoefte heeft aan westerse medicijnen.'

'Dat is veelbelovend,' zei Clark, eigenlijk al akkoord. Gebruikmaken van de ziekte van een kind was niet bepaald netjes, maar inlichtingenwerk was nu eenmaal vaak afhankelijk van dergelijke zaken.

'Geef me dan toestemming om met hem te gaan praten,' zei Ryan. 'We kunnen bij zonsopgang in Mashhad zijn.'

'Ik weet zeker dat Iran methodes heeft om te voorkomen dat mensen hun grens vrijelijk oversteken.'

'Ongetwijfeld,' zei Ryan. 'Maar opiumsmokkel is hier big business. Volgens Ysabel gaat een groot deel van de heroïne voor Europa door Iran.'

Chavez was niet overtuigd. 'Dat betekent alleen maar dat de Iraanse drugspolitie meer druk op de grens zet. Ik las laatst dat ze de patrouilles hebben uitgebreid en nu zelfs drones gebruiken.'

'Shaheds,' zei Jack. 'Dat heeft Ysabel me verteld. Dat zijn feitelijk afgeleiden van onze Predator. Door haar werk voor het UNODC heeft ze veel inzicht in de methodes die worden gebruikt om de drugs tegen te houden. Dus kent ze ook de zwakke plekken.'

'En die zijn?' vroeg Chavez.

'De wind,' zei Ryan. 'En niet zomaar een wind. Deze wind is stevig en stoffig, maar geeft ons een goede dekking en hij waait hier de hele zomer, waardoor grenssurveillance met drones problematisch is. Het wordt "de wind van honderdtwintig dagen" genoemd.'

'Laten we deze lijn verlaten,' zei Clark. 'Gebruik je gezonde verstand, maar doe me een plezier en neem contact met me op voordat je iets overhaasts doet. Ik hoef je niet te vertellen welke shitstorm je veroorzaakt als je in Iran wordt betrapt zonder een stempel in je paspoort waaruit blijkt dat je via de officiële kanalen het land bent binnengekomen.'

'Begrepen,' zei Ryan. 'Luister, ik ga je een foto mailen van onze Russische vriend.'

'Goed,' zei Clark. 'Ik heb nog iets, maar dat is alleen voor jou bestemd. Check je berichten als je die foto stuurt.'

'Begrepen,' zei Ryan. 'Wij gaan ervandoor.'

Na dit telefoongesprek logde Ryan in op zijn versleutelde e-mailadres, waardoor hij nog een extra veiligheidslaag legde op het geanonimiseerde virtual private network. Hij zette er een link in naar de foto van generaal Alov en de demonstranten die Dovzhenko op eBay had gezet.

Terwijl hij zijn mailtje typte kwam er een nieuw bericht binnen van Clark.

Ryan las het twee keer door en stopte hem daarna in een virtuele *burn bag*. Informatie verdween nooit echt, maar kon zo vaak worden overschreven tot het feitelijk onbruikbaar was – tot iemand met een nieuw programma kwam, of degene die het origineel had ontworpen tijdens een hackersconferentie een soort achterdeurtje bekendmaakte.

Ryan ontkoppelde de satelliettelefoon en keek naar de klok op de computer. 'Zes minuten,' zei hij. 'We moeten weg.'

'Laat me raden,' zei Dovzhenko. 'Jouw mensen denken dat ik een *dangle* ben en willen me aan de FLUTTER leggen?'

Jack knikte geamuseerd. FLUTTER was de CIA-codenaam voor een leugendetector. Een dangle was een vijandige spion die zich vrijwillig meldde om als een agent te werken maar in werkelijkheid een dubbelspion was. Elke partij gebruikte dangles, zodat iedereen op zijn hoede was en het moeilijk en tijdrovend was om te bepalen of iemand echt was overgelopen of in opdracht van zijn eigen regering werkte om de methodes en middelen van bepaalde buitenlandse inlichtingendiensten te achterhalen.

'Dat zou wel verstandig zijn,' zei Dovzhenko. 'Als de situatie andersom was, zou ik jou ook niet vertrouwen. Geloof me, ik ben helemaal bereid een leugendetectortest te ondergaan.'

'Dat is precies wat ze van plan waren,' zei Jack. Wat hij niet zei was dat de CIA, in de persoon van Mary Pat Foley, Erik Dovzhenko de codenaam GP/VICAR had gegeven. Ysabel stond al bekend als SD/DRIVER. Elk land had een tweelettercode die periodiek veranderde. Op dit moment was de code van Rusland GP en Iran SD. Deze twee letters werden gecombineerd met een codenaam die meestal door een computer werd toegekend en hielp mee om de individuele codenamen geografisch te rubriceren. Het maakte niet uit dat VICAR Ryan hielp met kwesties die iets met Iran te maken hadden. Hij was een Rus, dus begon zijn codenaam met GP. Het kwam zelden voor dat een agent die namens de Amerikaanse regering handelde zijn of haar codenaam kende.

Dovzhenko vroeg: 'Dus, wat moest je van hen doen? Mijn vingernagels uittrekken?'

'Ik heb hun verteld dat je samen met me hebt gevochten. Als je me dood wilde hebben had je dat volgens mij al kunnen laten gebeuren.'

'Misschien wilde ik je eerst verhoren. En je daarna doden.'

'Wil je dat?'

'Nee.'

'Zie je wel,' zei Jack en hij keek op zijn horloge. De schok van het ongeluk en het gevecht begon weg te trekken zodat hij nu iets helderder kon nadenken. Hij dacht dat hij een autoportier hoorde en keek Dovzhenko aan. 'Hé!' siste hij terwijl hij een van de kalasjnikovs pakte. 'Waar is Ysabel?'

Majoor Sassani haatte het om op zijn schreden terug te keren, maar soms was een rechte lijn niet de snelste route tussen twee punten. Hij gaf zijn tweede man opdracht om hem meteen van Fatima's armoedige huis naar het hoofdbureau van de Afghaanse Grenspolitie in Herat te brengen.

Net zoals de Amerikaanse DEA (Drug Enforcement Administration) agenten had in Mexico, Colombia en Europa, had de NAJA leden van hun antinarcotica- en grensbewakingseenheden toegevoegd aan de ANP (Afghaanse Nationale Politie). De Iraanse Cyberpolitie – die zich meestal bezighield met het opsporen van dissidenten die probeerden het overheidstoezicht op internet te omzeilen – had ook een technicus toegevoegd aan de antidrugseenheid van Herat. Hoe dan ook baalden de Amerikanen van de Iraanse wetshandhavers.

Binnen Iran was sprake van veel frictie tussen het gewone leger en de IRG, maar de Sepah was een machtige dienst die grote invloed had op de NAJA en, iets minder, op de ANP. Het kostte wat tijd gezien het late tijdstip, maar uiteindelijk had Sassani de commandant overgehaald hem een team van vijf man uit te lenen, waardoor zijn eenheid uit tien man bestond, dus inclusief de drie Iraanse leden van de antidrugseenheid en hijzelf en zijn tweede man. Omar Khan was een bekende crimineel en na de rit van anderhalf uur door een inktzwarte nacht naar het huis van de smokkelaar in de buurt van Gurian was ieder lid van de groep gespannen.

Ze stuitten niet op verzet en algauw bleek waarom. De commandant van de Iraanse Cyberpolitie kotste op zijn eigen schoenen toen hij het stuk lamsbot uit Omars verminkte keel zag steken.

Sassani hurkte aan de rand van het met bloed doorweekte tapijt om naar het bloedbad te kijken. 'Ysabel,' zei hij.

De commandant van de Afghaanse politie keek hem ongelovig aan. 'Hoe kunt u dat weten?'

'Deze man is vele malen gedood.' Sassani stond op en veegde zijn handen af aan de voorkant van zijn broek, hoewel hij niets had aangeraakt. 'Vrouwen zijn emotionele wezens. Ze vinden het meestal noodzakelijk om iemand die ze haten of vrezen steeds opnieuw te doden.'

Het overgebleven eten op de tapijten was koud geworden, maar nog niet bedekt met insecten, en de as van het vuur gaf nog steeds warmte af toen erin werd geroerd.

'Ze zijn nog niet lang weg,' zei Sassani. 'De tafel is gedekt voor vier personen. Ik vraag me af voor wie nog meer dan Kashani en Dovzhenko; zeker niet voor een van de bodyguards.' De majoor dacht hier even over na terwijl hij door het huis liep. 'Zeven doden,' mompelde hij terwijl hij over het lichaam van wat volgens hem de kok was heen stapte. De Rus had meer in zijn mars dan hij had gedacht.

Hij wendde zich tot de Iraanse antidrugsman, een getaande kleine man die Malik heette met armen die sterk, maar ook iets te kort leken voor zijn lichaam, en zei: 'Waarschuw uw contactpersonen op het vliegveld. Deze vluchtelingen zijn extreem gevaarlijk.'

'Natuurlijk, majoor,' zei Malik, maar hij maakte geen aanstalten om zijn telefoon te pakken.

'Onmiddellijk,' drong Sassani aan. 'Ze zouden er al kunnen zijn.'

'Ja,' zei Malik. 'Ik zal de satelliettelefoon in de truck moeten gebruiken.'

'Satelliettelefoon...' zei Sassani peinzend. Hij knikte naar het bureau in Omars kantoor. Daarop lagen een briefopener die op een Russische F1-handgranaat leek, maar ook verschillende andere snuisterijen. Hij zag een zichtbare lege plek in het midden waar ooit een laptop had gestaan. 'Hij zal voor zijn internet een satellietverbinding hebben gebruikt, of niet soms?'

De cybertechnicus zag eruit alsof hij weer moest overgeven, maar had zichzelf weer voldoende onder controle om samen met de anderen het huis te doorzoeken. 'Er is geen vaste telefoon,' zei hij. 'Dus kan het niet anders.'

'Uitstekend.' Sassani zocht in de laden tot hij een dossier vond met de handleiding voor een Thuraya XT-Pro-satelliettelefoon en een wifihotspot van hetzelfde merk. Hij vroeg aan de commandant van de Afghaanse politie: 'Hebben jullie Flying Fish of andere satellietmonitoringmogelijkheden?'

De man schudde zijn hoofd. 'Voor die technologie zijn we afhankelijk van de Amerikanen.'

'Ik wel,' zei de Iraanse cybertech. 'Geen Flying Fish, maar wel iets dergelijks. We gebruiken dat constant, maar door capaciteitsproblemen monitoren we dat alleen als we actief op jacht zijn naar iemand.'

'Uitstekend,' zei Sassani. 'Want dat ben ik.'

'Wát bent u, majoor?' vroeg de commandant van de Afghaanse politie.

'Actief op jacht.'

51

‘Wordt dit gesprek opgenomen?’ Senator Chadwick zat op de bank met haar rug naar het Resolute Desk. Ze keek met half dichtgeknepen ogen naar de president, alsof hij elk moment kon opspringen om haar aan te vallen.

‘Nee,’ zei Jack Ryan. ‘Dit is alleen tussen u en mij.’ Hij knikte naar de deur van het secretariaat. ‘In die deur zit een kijkgaatje, zodat mensen naar binnen kunnen kijken om te checken of ik bezig ben. Maar nee, geen tapes.’

‘We zullen zien,’ zei Chadwick.

Ryan zei: ‘Weet u, ik vroeg me af of er op een bepaald moment misschien een misverstand is geweest tussen u en mij.’

‘Nee hoor,’ zei ze. ‘Ik mag u gewoon niet. Ik verafschuw u. Uw arrogantie stuit me tegen de borst. Ik ben slim genoeg om te weten dat het niet goed valt bij de media om een gesprek met de president te weigeren, maar dat betekent niet dat we vrienden moeten zijn. Laten we dit, wat het ook is, dus maar snel afhandelen. Ik heb een lunchafspraak met de voorzitter van de belastingcommissie.’

‘Ik begrijp het.’ Ryan koos zijn volgende woorden zorgvuldig. ‘U en ik weten allebei dat een dikke huid een vereiste is in dit werk. Ik ben eraan gewend dat mensen me niet aardig vinden. Maar ik moet u zeggen dat deze opruiende opmerkingen over het griepvaccin echte schade veroorzaken...’

‘Prima. Ik hoop dat dit in politieke zin uw benen onder u vandaan schopt. Als dat tot gevolg heeft dat u als het zover komt niet in staat bent uw opvolger te kiezen, dan heb ik mijn werk gedaan. Het laatste waar dit land behoefte aan heeft is een andere Jack Ryan die aan het roer staat wanneer u uiteindelijk uw scepter neerlegt.’

Ryan haalde diep adem. ‘Ik wilde zeggen dat dit gepraat over het hamsteren van vaccins slecht is voor het Amerikaanse volk. Verkeerde verhalen en gemanipuleerde video's hebben in Kameroen bijna een oorlog veroorzaakt.'

'Ach ja, maar u bent de expert als het op oorlogen veroorzaken aankomt.'

Ryan hield even zijn mond, want hij was ook maar een mens en wilde niets zeggen waar hij later spijt van kreeg. 'Wat is uw doel?'

'Dat heb ik u al verteld. Ik wil dat het Amerikaanse volk ziet wie u echt bent.'

Ryan knikte. 'Dat geloof ik graag. Met alle gebreken.'

'O, maar dat gaat uiteindelijk ook gebeuren, als ik daar iets over te zeggen heb.'

Ryan moest wel lachen om de brutaliteit van de vrouw. 'Ik neem aan dat we onze zaak maar moeten voorleggen aan de wetten van ons land.'

'Dat vind ik prima. Ik ben ervan overtuigd dat de rechtbanken...'

Betty Martins stem klonk door de intercom, een aangename interruptie. 'Meneer de president, DNI Foley is hier.'

Betty zei niet dat het urgent was, maar Ryan wist dat dat het geval was, anders had ze hem niet gestoord tijdens een bespreking tenzij hij haar daar opdracht voor had gegeven, maar hij was zo stom geweest dat niet te doen.

Chadwick begreep de hint en stond op. 'Goed, dit was concreet. Maar zo te horen moet u een andere oorlog beginnen.'

Mary Pat Foley stapte achteruit en gaf senator Chadwick alle ruimte toen de vrouwen elkaar in de deuropening tegenkwamen. Volgens haar was een lid van Ryans 'oorlogsraad', zoals Chadwick het noemde, de Director of National Security, even schuldig als hij.

'Ik hoop van harte dat je goed nieuws komt brengen,' zei Ryan. 'Dat kan ik nu wel gebruiken.'

Foley, die zelden om woorden verlegen zat, haalde diep adem. 'Het is veel beter nieuws dan ik tien minuten geleden had, Jack. Maar het is nog steeds behoorlijk slecht.'

De zijdeur ging open en Arnie Van Damm kwam binnen. Hij was ongewoon stil en keek Foley aan met een blik die zei: heb je het hem al verteld?

'Oké,' zei Ryan vijf minuten later, nadat Mary Pat hem een samenvatting had gegeven. ‘Roep de NSC weer bij elkaar én ik wil BuZa en Defensie hier zo spoedig mogelijk zien.’

‘Ze zijn al onderweg, meneer de president,’ zei Foley. ‘Ik heb de vrijheid genomen hun te vragen onmiddellijk naar het Witte Huis te komen. Burgess heeft iemand opdracht gegeven een presidentiële samenvatting op te stellen, maar ik wilde u zo snel mogelijk vertellen wat ik weet.’ Ze beet op haar onderlip, en had duidelijk nog meer te zeggen.

‘Ga je gang, vertel op.’ Ryan was ongerust, hij kreeg kramp in zijn maag en dat was niets nieuws. Hoeveel vertrouwen hij ook had in Jack en Clark en de anderen, zij opereerden in een kille en dodelijke wereld. Dat wist Ryan doordat hij al heel vaak een bezoek had gebracht aan rouwende ouders en partners. Het kon kogels niets schelen wie je vader was. Mensen stierven omdat ze een stap naar links zetten in plaats van naar rechts.

‘Hij is oké,’ zei Mary Pat alsof ze Ryans gedachten kon lezen. ‘Maar we moeten praten.’

Burgess stormde het Oval binnen. ‘Meneer de president!’ Hij was helemaal buiten adem, alsof hij de West Wing in was komen rennen. ‘Majoor Poteet zit op dit moment aan de overkant van de gang in de Roosevelt Room en brengt nog een paar wijzigingen aan op een paar dia’s voor u. Hij komt er zo aan.’

‘Majoor Poteet?’ zei Ryan.

‘Hij is onze beste expert op het gebied van de huidige Iraanse defensiecapaciteit. Hij vertelt in korte tijd evenveel als in een hele jaargang van *Jane’s Defence Weekly* staat, maar ik heb hem gezegd dat hij bij deze presentatie de brandslang niet helemaal open mag draaien.’

Ryan stond op en liep naar zijn bureautelefoon om Betty te vragen koffie te bestellen; dit kon weleens een latertje worden. ‘Misschien hebben we wel een brandslang nodig. Dit hele gedoe is een ondoorzichtige puinhoop. De Russen houden van hun *maskirovka*, maar dit…’

Scott Adler was de volgende die binnenkwam.

Hij was in gezelschap van een man van middelbare leeftijd in een wit overhemd en een gesteven Wrangler-jeans met vlijmscherpe vouwen aan de voorkant. Hij had een dichtgeklapt netbook in zijn vereelte handen.

'Vergeef majoor Poteet alstublieft,' zei Burgess. 'Hij heeft verlof, maar ik kwam hem toevallig tegen bij zijn kantoor nadat de DNI me belde. Hij heeft onderweg hiernaartoe aan zijn presentatie gewerkt.'

'Majoor,' zei Ryan en hij gaf de man een hand.

'Aangenaam, meneer de president,' zei Poteet. Zijn Texaanse accent was even gladjes als zijn handen ruw waren. 'Mijn excuses voor het feit dat ik niet in uniform ben.'

'Geen probleem,' zei Ryan. 'Ik neem aan dat u haast had.'

Burgess zei: 'Hij weet wat ik weet, meneer.'

'Goed.' Ryan gebaarde dat iedereen moest gaan zitten, terwijl hij de telefoon pakte en even met zijn secretaresse sprak. Hij legde de telefoon neer en ging in zijn stoel bij de open haard zitten. 'De volledige National Security Council komt over een halfuur op mijn verzoek bij elkaar, maar voordat ze hier zijn wil ik graag een ruwe schets van ideeën, dus vertel maar.'

Poteet vertelde de daaropvolgende tien minuten over de raketvoorraad van Iran en over hun vermogen om een eventuele aanval van andere landen terug te slaan.

Ryan wist het meeste al, maar de briefing hielp om die informatie te solideren voor het hier en nu van deze situatie. Ryan leunde nadenkend naar achteren en sloeg zijn armen over elkaar. 'Dus de Sejjil-2 kan doelwitten op een afstand van ruim tweeduizend kilometer bereiken?'

'Inderdaad, meneer,' zei de majoor.

'Gps-geleiding?'

'Ja, meneer. Volgens ons is dat Irans in technologisch opzicht meest ontwikkelde raket op dit moment.'

'De Russische Gorgons hebben een bereik van... duizend kilometer?'

'Dat klopt wel ongeveer,' zei Burgess. 'Bronnen binnen het Kremlin zeggen dat recentere versies misschien anderhalf keer die afstand kunnen overbruggen.'

'Ik begrijp het,' zei Ryan. 'Maar dat is nog steeds bij lange na niet het bereik van de raketten die Iran al in bezit heeft. Is het mogelijk dat ze van plan zijn de kernkoppen van de Gorgons op de Sejjil over te brengen?'

'Dat is zeker mogelijk,' zei Poteet. 'Maar dat zou niet heel slim zijn.

De kernkop op de 51T6, oftewel de Gorgon, is zeker het neusje van de zalm voor de Iraanse raketstrijdkrachten, maar volgens mij hebben ze hun zinnen gezet op het meer geavanceerde Russische geleidingssysteem. Iran is er goed in om de accuratesse van hun eigen arsenaal sterk te overdrijven.'

'Dat is nogal zacht uitgedrukt,' zei Mary Pat. 'We hebben satellietbeelden van hen terwijl ze een explosieve lading gebruiken om het eruit te laten zien dat een van hun raketten een doelwit raakt tijdens een test drie jaar geleden.'

'Dat is maar al te waar, mevrouw,' zei majoor Poteet. 'En dat is geen eenmalige gebeurtenis. Naar onze schatting is de CEP, de Circular Error Probable – de foutenmarge – van de Sejjil iets meer dan vijfhonderd meter, zelfs met de interne gps.'

'Ik zou een halve kilometer geen exacte munitie noemen,' zei Ryan.

'Van alle landen in het Midden-Oosten heeft Iran het grootste aantal raketten,' zei Poteet. 'Als u me het eufemisme niet kwalijk neemt zou je kunnen zeggen dat ze er stijf van staan. Maar niet één ervan is een precisie-instrument, nog niet. Sancties maken het zeker moeilijk voor Iran om bepaalde elektronica en de fijne poedermetalen die ze nodig hebben voor een constante verbranding van hun vaste brandstof in bezit te krijgen. Tot op heden hebben zelfs de Russen geweigerd hun de meest up-to-date systemen te leveren. Ondanks dat wil ik de dreiging niet afzwakken. Als je maar genoeg explosieven naar een doelwit gooit, zal iets daarvan daar terechtkomen waar je wilt dat het terechtkomt.'

De bediende van de Navy Mess klopte aan en bracht de koffie die Ryan had besteld. Het gesprek viel even stil tot hij was vertrokken en de deur achter zich had gesloten. Zoals Ryans gewoonte was, schonk hij de koffie zelf in. Daardoor hadden zijn handen iets te doen terwijl zijn hersens zich bezighielden met een probleem, een trucje dat hij van zijn vader had geleerd als hij in zijn houtwerkplaats rommelde en nadacht over een ingewikkeld moordonderzoek. Hij hield de majoor een kopje voor met een klontje suiker in de zilveren suikertang.

'Zwart graag, meneer de president,' zei Poteet. Hij leek meer dan een beetje gegeneerd doordat hij werd bediend door de Commander in Chief. Majoor was een relatief lage rang binnen het Pentagon, waardoor majoors vaak juist degenen waren die koffie voor de generaals haalden.

Ryan gaf hem het kopje. 'Laten we proberen te raden wat ze met deze Russische raket willen raken.'

'De Gorgon is mobiel,' zei Poteet. 'Dus zelfs met het relatief beperkte bereik kunnen ze zo ongeveer elke Amerikaanse basis in Midden-Azië bereiken, afhankelijk van waar ze hem lanceren. Irak is een mogelijk doelwit, net als Saoedi-Arabië en een aantal andere Soenni-landen.'

'En Israël natuurlijk,' zei minister van BuZa Adler. 'Dat is ook binnen bereik als ze hem vanuit het westen van Iran lanceren. Ze bedreigen Jeruzalem al tientallen jaren. Een kernkop is precies waar sommige hardliners daar op zitten te wachten.'

'Misschien,' zei Mary Pat. 'Maar dat is minder waarschijnlijk gezien het feit dat ze er maar twee hebben.'

'Voor zover we weten,' zei Burgess. 'Misschien brengen ze al een hele tijd raketten de grens over.'

'Misschien,' gaf Foley toe. 'Maar de kans is groot dat iemand in Rusland merkt dat er te veel zijn verdwenen. Zelfs als ze een oneindig aantal in bezit hebben. Wat Israël betreft is de kans groter dan gemiddeld dat hun Iron Dome-defensiesysteem een of twee raketten tijdens hun laatste fase onderschept. We hebben het hier niet over MIRV's.'

Een MIRV is een *multiple independently targetable reentry vehicle* – verschillende kernkoppen op één enkele raket – dat de schade door elke raket maximaliseert. Een vanaf een onderzeeboot gelanceerde Trident II-raket kon wel veertien kernkoppen dragen.

Foley zei: 'Bovendien heeft Israël, als het wordt uitgedaagd, meer dan genoeg raketten om Teheran en elke andere stad in Iran in een vuurzee te veranderen. Eerlijk gezegd is dat precies wat ze volgens mij zouden doen als ze op de hoogte waren van deze situatie.'

'Daar heb je gelijk in,' zei Ryan. 'We weten dat de Russen deze Portugese wapenhandelaar gebruikten als handige manier om alles te kunnen ontkennen. Maar wat je over Israël zei brengt een goed punt naar voren. De Gorgon heeft een kracht van tien kiloton. Dat is grofweg twee derde van de bom op Hiroshima. Dat zou een ongelofelijk verlies van levens betekenen, maar zelfs twee voltreffers zouden niet genoeg zijn om een van Irans vijanden te verzwakken.'

Minister van Defensie Burgess knikte somber. 'En een kernaanval zou een onmiddellijke identieke tegenaanval in gang zetten.'

Ryan nam een slok koffie. 'Wat willen ze dus?'

Mary Pat haalde haar schouders op, alsof het antwoord wel duidelijk was. 'Welk doelwit zou voor Rusland en Iran het waardevolst zijn?'

Ryan knikte somber.

Burgess zei: 'Wij dus. Meneer de president, ik weet dat u dit met de volledige NSC wilt bespreken, maar ik raad u dringend aan contact op te nemen met Yermilov en hem ernstig te waarschuwen.'

'Daar ben ik het mee eens,' zei de minister van Buitenlandse Zaken. 'Het is belangrijk dat u Rusland laat weten dat wij ons bewust zijn van hun dubbelspel. Misschien kunt u hen zover krijgen dat ze de raketten op afstand vernietigen, of op z'n minst onschadelijk maken.'

'Ik begrijp wat je bedoelt,' zei Ryan.

Arnie Van Damm stak zijn hoofd om de hoek van de deur. 'De voorzitter van de joint chiefs is hier, meneer de president. De anderen wachten in de Situation Room.'

'We komen eraan,' zei Ryan. Hij stond op, waardoor de anderen ook moesten opstaan. 'Majoor Poteet, uitstekende briefing. Vindt u het een probleem dat nog een keer voor de National Security Council te doen? Het zijn wel lastige mensen.'

'Helemaal niet, meneer de president.' De majoor sloot zijn laptop. 'Ik wil u nog op één ding wijzen, meneer. Behalve dat Iran Scuds en proxystrijders levert aan landen als Libanon en Syrië, gebruikt dit land zijn raketten ook om te intimideren. Ze wíllen dat de rest van de wereld weet hoeveel wapens ze hebben en waar ze op gericht zijn. Doordat ze deze kernraketten geheimhouden heb ik het idee dat ze van plan zijn ze te gebruiken.'

52

Jack en Dovzhenko keken vol afgrijzen naar de stationwagon waar Ysabel in zat die in de verte verdween en waarvan de achterlichten steeds kleiner werden. De gierende wind buiten Omars compound had het geluid van het naderende voertuig overstemd. De mannen, waarschijnlijk Taliban die voor Ysabel waren gekomen, hadden besloten hun verlies te nemen en er alleen met haar vandoor te gaan.

Ryan rende met het geweer in de hand weer naar binnen om de laptop en satelliettelefoon te pakken, terwijl Dovzhenko de lichten in het oog hield. Jack vond de sleutels van de Toyota Hilux die voor het huis stond en nog geen minuut later hobbelde de pick-up zonder licht over de weg.

Jack reed, terwijl Dovzhenko de wapens controleerde. Geen van beiden zei iets tot de kleine stationwagon de weg verliet en stopte in een steeg achter een betonnen gebouw dat eruitzag als een garage aan het einde van het blok. Twee mannen stapten uit en duwden Ysabel de garage in. Ze lieten de deur openstaan.

Ryan parkeerde de Hilux en deed het portier geluidloos dicht. 'Laten we gaan voordat ze ons buitensluiten.'

'Twee mannen zijn bij haar,' zei Dovzhenko. 'Binnen zijn er waarschijnlijk meer.'

Ryan knikte. 'Dit kon weleens gewelddadig worden. Heb je daar een probleem mee?'

Dovzhenko schudde zijn hoofd. 'Jij wel? Je wilt proberen een vrouw te redden voor wie je kennelijk iets voelt en neemt het op tegen een onbekend aantal aanvallers, in een pand waar je niet eerder bent geweest, met een wapen waarmee je niet eerder hebt geschoten, en met een man met wie je niet eerder hebt samengewerkt.'

Ryan sloop al door de steeg, met zijn geweer laag, en scande de omgeving. 'Als je het zo stelt, wordt dit een makkie. Weet je hoe je je geweer moet hanteren?'

'Russische baby's slapen met een kalasjnikov, niet met een teddybeer. Wist je dat soms niet?'

Jack rolde met zijn ogen.

'Weet je hoe Russische spionnen over Amerikaanse spionnen denken?' vroeg Dovzhenko.

'Geen idee,' zei Ryan, terwijl hij doorliep naar het gebouw voor zich.

'Ze denken dat jullie te goed zijn. Dat jullie uitblinken in kritisch denken, maar niet... psychopathisch genoeg zijn om zo wreed te zijn als jullie zouden moeten zijn.'

'Is dat zo?' siste Ryan. 'Verberg je en let op. En trouwens, je zei "ze". Wat denk je zelf?'

'Ik denk dat jij gewoon het verschil kent tussen goed en kwaad,' zei Dovzhenko. Halverwege het blok ging hij langzamer lopen, leunde over naar Ryan en vroeg fluisterend. 'Je plan?'

Ryan keek Dovzhenko aan. Deze man was een filosoof en Ryan kon absoluut niet bedenken of dat in de huidige omstandigheden goed of slecht was. 'Het is die deur in de hoek.' Hij bleef staan in de schaduw van een enorme stapel afval, nog steeds met zijn blik op de deur gericht. 'Dat betekent dat we de muur kunnen bekijken voordat we naar binnen gaan. Ken je de techniek die *running the rabbit* wordt genoemd?'

'De uitdrukking ken ik niet, maar ik kan wel raden wat het betekent: ik ren naar binnen en fungeer als schietschijf, terwijl jij op die schurken schiet.'

'Nee,' zei Ryan. 'Ik ren naar binnen en fungeer als schietschijf, terwijl we allebei op die schurken schieten. Ze houden zich waarschijnlijk met Ysabel bezig, dus kunnen wij het verrassingselement gebruiken. We gaan naar binnen en schieten op iedereen behalve op haar. Jullie van de SVR krijgen een fantastische schiettraining, nietwaar?'

'De SVR is een inlichtingendienst, we zijn dus geen commando's.' Hij keek Ryan van opzij aan. 'Maar maak je geen zorgen. Ik kan schieten.'

De ramen aan de achterkant van de garage waren bedekt met hout, maar voor de zekerheid renden de mannen er gebukt langs. Ryan bereikte de deur het eerst. Hij liep heel langzaam opzij, met de loop van zijn geweer op dezelfde plek gericht als zijn blik. Na elke schuifelpas kon hij iets meer zien van het vertrek zonder zijn positie te verraden. De oostmuur aan de zijkant van het gebouw direct rechts voor de deur was clear. Er zat een raam in, maar geen deur, wat betekende dat de schurken zich links van Ryan bevonden of door een andere deur die kant op waren gegaan.

Een klein stukje verder, een paar centimeter tegelijk.

Noordmuur, die feitelijk bestond uit een aantal garageroldeuren tien meter verderop… clear.

Houten gereedschapskist in de noordwesthoek… clear.

Stemmen.

Metalen lift in het midden van de garage, maar geen voertuigen waardoor ze een leeg schootsveld hadden.

Ryan verstijfde toen de schouder van een van de mannen in zicht kwam.

De man hurkte met zijn rug naar Ryan, ongeveer halverwege de westmuur. Het was een van de mannen van de stationwagon, wat betekende dat zijn ogen nog niet gewend waren aan het felle licht in de garage. Ryan zette nog een halve stap verder de fatale trechter van de deuropening in, waarna hij Ysabel kon zien. Ze was gekneveld en zat op de vloer met haar rug tegen de westmuur. Ze keek naar rechts, naar iemand die Ryan net niet kon zien.

Ryan trok zich behoedzaam terug uit de deuropening zodat niemand iets kon zien bewegen.

Zij aan zij met Dovzhenko hield hij zijn wapen op de deuropening gericht. 'Ten minste twee,' fluisterde hij, waarna hij snel de plattegrond beschreef. De locatie van alle mannen kon snel veranderen en hij wilde in actie komen nu de schurken nog ongeveer op dezelfde plek waren als hij hen had gezien. 'Ben niet zeker over deze muur of de zuidwesthoek.' Ryan wees, voor het geval Dovzhenko niet wist waar hij precies was. 'De mannen het dichtst bij Ysabel moeten eerst dood. Ik neem iedereen in het noorden en werk terug naar het midden. Jij maakt een *buttonhook* en neemt iedereen in het zuiden, aan deze kant dus. In het midden zullen onze schootsvelden elkaar overlappen.'

'Wat is een buttonhook?'

'Een footballterm: ik ga rechtdoor zodra ik binnen ben. Jij komt achter me aan, slaat meteen links af en valt aan als ik als schietschijf fungeer.'

Dovzhenko knikte kort. 'Begrepen.'

'Op drie,' zei Ryan.

'Op drie,' herhaalde Dovzhenko, waardoor Ryans ongerustheid iets afnam. De man had dit vaker gedaan.

Ryan liep snel maar zeker en was al zo'n vijf meter in de garage voordat iedereen hem zag. Alle ogen, en alle wapens, waren op hem gericht toen Dovzhenko achter hem binnenkwam. AK's dreunden in de kleine ruimte en de kogels ricocheerden tegen de betonnen muur. Ryan draaide zich halverwege om en schoot twee kogels in het bekken van de man rechts van Ysabel toen deze zijn geweer hief.

Door de hoek bevond Ysabel zich tussen Jack en de schurk links van haar. Erop vertrouwend dat Dovzhenko met die man zou afrekenen, liep Ryan verder door naar links. Een derde doelwit stond in de zuidwesthoek, met een videocamera in zijn ene en een kalasjnikov in zijn andere hand. Ryan schoot hem in de borst en daarna in de hals en het gezicht. De laatste kogel rukte zijn zwarte tulband en halve schedel weg.

Nu deze man ook uitgeschakeld was, keek Ryan naar rechts en zag nog net dat de andere man vlak bij Ysabel door twee goed gerichte schoten van Dovzhenko neerging.

Ryan dekte de deur achterin. 'Nog meer?' riep hij boven het luide gepiep in zijn oren uit.

Ysabel schudde haar hoofd.

'We moeten weg!' zei Dovzhenko terwijl hij haar hielp opstaan.

Ryan liep achteruit naar buiten om hun aftocht te dekken, terwijl Dovzhenko met zijn gezicht naar voren liep; Ysabel liep tussen hen in. Onderweg naar buiten pakte Ryan drie extra AK-magazijnen van een van de mannen en een mes met houten handvat van een tafel. Hij bleef even in de steeg staan om Ysabels boeien door te snijden.

Het schieten had vanaf het moment dat Jack naar binnen was gestapt nog geen zes seconden geduurd. Iets meer dan een minuut later zaten ze in de Toyota Hilux en reden naar het noordwesten.

53

Hoop was geen plan, maar veel meer hadden Jack en de anderen niet.

Ysabel zat als een zenuwachtig katje voorin – ze stuiterde, opgefokt doordat ze twee keer kort na elkaar was ontvoerd – en de eerste twintig minuten deed ze niets anders dan praten. Dovzhenko reed en ze stuurde hem een onverharde tweebaansweg op ten zuiden van de Islam Qala Highway. Ryan zat achterin. Ondertussen bespraken ze verschillende opties, tot de adrenaline eindelijk was weggeëbd en Ysabel in slaap viel.

De woestijn werd doorkruist door stenige smokkelpaden, waardoor de politie en het leger aan beide kanten van de grens geen idee hadden welke werden gebruikt. Ysabel had gewaarschuwd voor drones, jeeppatrouilles, bewegingssensoren en camera's, maar ook uitgelegd dat omkoping veel voorkwam en de diensten hopeloos onderbemand waren. Bovendien maakte de wind al die apparatuur bijna nutteloos.

Het oversteken van de grens was het eenvoudigst van alles wat ze de vorige dag hadden gedaan. Het moeilijkst bleek de rit over de hobbelige weg. De wind van honderdtwintig dagen begon in het begin van de zomer en ging niet liggen voor de herfst. 's Nachts waaide het iets minder hard, maar nog wel hard genoeg om de lucht te vullen met stof dat bijna pijn deed aan de huid. Elke spleet en elk oppervlak in de Toyota was bedekt met een dunne gele laag. Na de zestig kilometer naar de verharde snelweg had Jack last van een chronische hoest. Taybad lag nu nog maar een paar kilometer verderop en was, met ongeveer vijftigduizend inwoners, naar Iraanse maatstaven een klein stadje. Het was zo groot dat vreemdelingen niet opvielen, maar ook weer zo klein dat er om twee uur 's nachts maar weinig mensen onderweg waren. In tegenstelling tot Amerikaanse steden was het er bijna pikdonker.

Ysabel werd wakker doordat ze opeens rustig over een effen wegdek reden. Ze rekte zich als een poes uit met haar armen in de lucht, wat de beide mannen niet ontging.

Dovzhenko nam een risico door een rustige wijk aan de oostkant van de stad in te rijden waar veel Toyota Hilux-trucks stonden en liet Ryan uitstappen. Ryan had een schroevendraaier uit het dashboardkastje gepakt omdat hij een plaatselijk nummerbord wilde stelen. Door de islamitische regels die het houden van honden als huisdier verboden hoefde hij niet bang te zijn dat een hond zou aanslaan als hij de kentekenplaat losschroefde. Het nummerbord zat met opgedroogde aarde bijna vastgebakken aan de truck, maar het constante gejammer van de wind overstemde het geknars en gebonk toen Ryan hem lostrok. Met een beetje geluk zouden ze al in Mashhad zijn voordat de diefstal werd gemeld.

Met de nieuwe kentekenplaat op de achterkant van de Toyota verliet Dovzhenko Taybad. Ryan stuurde Clark snel een flashbericht via de laptop met de satellietverbinding. Het signaal was nog geen twee minuten actief geweest toen hij de telefoon weer uitzette en de laptop dichtklapte.

Voor hen doken een paar koplampen op en ze waren alle drie stil.

Dovzhenko wist dat de ingenieur die ze hopelijk als informant konden inschakelen Yazdani heette en ook in welk ziekenhuis Yazdani's zoon werd behandeld. Hij had echter geen idee waar de man woonde, zodat ze slechts een heel vaag plan hadden.

Toenadering zoeken tot een buitenlander was gevaarlijk, zelfs als je iets tastbaars te bieden had, zoals de belofte van medicatie voor een ziek kind. Sommige mensen stelden vaderlandsliefde boven alles. Zelfs degenen die zich uiteindelijk bedachten, moesten gewetenskwesties overwinnen en dat kostte tijd, iets wat Ryan en de anderen niet hadden.

Ze zouden Yazdani in zijn eigen huis moeten benaderen, waar de Iraanse regels voor gastvrijheid vereisten dat hij bezoekers binnen nodigde en iets te drinken aanbood. Ysabel kon in het Akbar Kinderziekenhuis haar legitimatiebewijs van het United Nations Office on Drugs and Crime laten zien en hopelijk achterhalen waar Yazdani woonde. Daarna zouden ze gewoon op zijn deur kloppen. Als hij weigerde… Daar wilde Ryan niet aan denken.

Maar eerst moesten ze rusten.

Dovzhenko wist wel waar... bij een vrouw met wie hij in het verleden had gewerkt, zei hij. Ryan had weinig vertrouwen in de dubieuze vriendin van een niet-gescreende Russische spion, maar zijn oor bonsde nu en moest worden onderzocht. Hij had waarschijnlijk een dubbele dosis antibiotica nodig gezien de modderige drek waar hij doorheen had moeten waden om onder de brandende bus vandaan te komen. Het ergste probleem, in elk geval in de nabije toekomst, was het verband om zijn hoofd. Als je daar gewond was dacht iedereen dat je had gevochten en gevechten trokken ongewenste aandacht van de politie. Maar daar kon hij niets aan veranderen, dus dacht hij er niet meer aan. Hij had genoeg andere dingen om zich druk over te maken. Door vermoeidheid hadden ze al bijna domme fouten gemaakt en in een land als Iran kreeg je niet vaak een tweede kans. De fysieke en mentale stress van de afgelopen uren eisten ongetwijfeld een enorme tol van hen allemaal.

Ryan leunde naar voren tegen de rugleuning van de voorbank en liet zijn kin op de rug van zijn handen rusten. Zogenaamd omdat hij zich uitrekte, maar in werkelijkheid omdat hij gewoon zo dicht mogelijk bij Ysabel wilde zijn.

Ze had haar hoofddoek afgedaan en leek nu weer op de jonge vrouw die hij ooit had gekend. Ze zag er ouder uit na al die jaren, maar dat was niet verkeerd. Hij vond haar zelfs mooier dan eerst, vooral haar ogen. De luchthartigheid van haar jeugd had plaatsgemaakt voor een geheimzinnige ernst waardoor hij haar niet goed meer kon lezen. 'Ingedikte saus,' zou zijn moeder zeggen. Het leven heeft er een handje van je gaar te laten sudderen. Jack dacht eraan hoe ze elkaar hadden ontmoet: hier in Iran, toen zij in haar kleine sportautootje rondreed. Hij draaide zijn hoofd opzij, nog steeds met zijn kin op zijn handen, terwijl hij slaperig naar de kleine littekens op haar kaaklijn en in haar hals keek. Hij had er moeite mee onderscheid te maken tussen zijn schuldgevoel en zijn vermoeidheid.

Opeens werd de stilte verbroken doordat Ysabel iets zei en de beide mannen opschrokken. 'Ben ik de enige die een probleem heeft met wat we gaan doen?'

Dovzhenko keek van opzij naar haar en toen weer naar de weg.

'Het is gevaarlijk,' zei Jack, 'dat geef ik toe. Maar ik kan geen andere manier bedenken om de raketten te vinden zonder dat we de gre...'

Ze viel hem in de rede: 'Ik heb het niet over de grens oversteken. Maar we gaan straks onderhandelen met het leven van een kind als inzet. Heb je daar geen probleem mee?'

Jack haalde diep adem. 'Jawel, maar wij hebben hem deze ziekte niet bezorgd. We bieden hulp aan als zijn vader ons helpt.'

'Het bevalt me niet,' zei Ysabel. 'Wij kunnen kiezen wat we doen. Maar deze man, Yazdani, heeft geen keus. Als hij zijn zoon wil redden moet hij zijn eigen land verraden.'

Dovzhenko haalde zijn schouders even op. 'Je zou kunnen zeggen dat hij zijn land helpt. Kernwapens zullen alleen maar wraakacties op zijn volk tot gevolg hebben. Ja, we dwingen hem, maar voor een hoger doel. En de jongen krijgt hulp.'

'Dat weet ik allemaal wel,' zei Ysabel. 'Maar toch haat ik de manier waarop. We zijn roofdieren die loeren op de ellende van deze man. Als hij ons niet helpt, zal zijn zoon sterven.'

'Misschien,' zei Jack. 'Maar het komt niet door ons dat hij zal sterven.'

'Nee,' zei Ysabel. 'Door het besluit van zijn vader.'

'Hopelijk,' zei Jack, 'zal zijn vader de juiste keus maken. Het is een nare situatie, Ysabel. Maar zo werkt het nu eenmaal.'

Ysabel keek opeens achterom, haar gezicht verlicht door de groene gloed van de dashboardlampjes. 'Je zou moeten gaan slapen,' zei ze.

'Dat heb ik geprobeerd,' zei Ryan. 'Maar het lukt niet.'

'Ga dan op z'n minst weer achteroverzitten,' snauwde ze. 'Je zit veel te dicht bij me.'

Ryan deinsde achteruit door haar emotionele uitbarsting. Hij had iets dergelijks verwacht toen ze elkaar op het vliegveld voor het eerst terugzagen, maar nu niet meer, niet na alles wat ze net hadden meegemaakt. 'Voel je je wel goed?'

Ze draaide zich verder om en schudde vol afschuw haar hoofd. 'Vrouwen houden er niet van als hun dat wordt gevraagd. Nooit.'

Dovzhenko keek strak voor zich uit en hield zijn blik op de weg gericht.

'We hebben met z'n allen veel meegemaakt,' zei Ryan, zachter nu. Hij hoopte dat het daardoor minder arrogant klonk. 'Voor het geval je dat niet hebt meegekregen. Ik dacht echt dat je misschien een nieuwe wond had ontdekt nu er voldoende tijd is verstreken om de adrenaline weg te laten ebben.'

'Ik ben oké,' zei Ysabel.

'En jij?' vroeg Ryan aan Dovzhenko.

'Geen problemen hier,' zei Dovzhenko, zonder achterom te kijken.

Ysabel haalde een paar keer diep adem om zichzelf weer in de hand te krijgen. 'Ik... ik was bijna dood, Jack... Ik bedoel... En jij belde me gewoon niet meer. Het was alsof je van de aardbodem was verdwenen.'

Ryan probeerde een antwoord te bedenken, maar dat was er niet, geen goed antwoord tenminste. Ten slotte zei hij: 'Ik weet het.'

De zon kleurde de oostelijke hemel roze toen ze nog maar een paar kilometer van Mashhad waren. De stad had bijna drie miljoen inwoners en het werd al drukker op de weg. Het licht van de koplampen van de voertuigen achter hen wierpen schaduwen op Ysabels gezicht.

'Ik dacht dat we iets hadden samen,' zei ze. 'Jij en ik.'

'Je vader heeft me heel duidelijk gem...'

'Je bent een volwassen man, Jack,' snauwde ze. 'Hou op mijn vader hier de schuld van te geven. Ik weet heel goed wat er is gebeurd. Volgens mij besloot je gewoon dat het tijd werd het kussen om te draaien.'

'Ik heb geen idee wat je daarmee bedoelt,' zei Ryan.

'Het kussen omdraaien,' zei ze weer. 'Je wilde iets frissers, iets nieuws, de andere kant van het kussen, anders dan alles wat ik te bieden had.'

'Onzin! Je vader omringde je met SAS-bodyguards en maakte me in niet mis te verstane bewoordingen duidelijk dat je zonder mij beter af was.'

'Ik heb je zien vechten. Je had een paar SAS-bodyguards echt wel aangekund.'

Ryan leunde naar achteren. De Toyota leek opeens een veel te kleine ruimte voor hem en deze kwade vrouw.

Dovzhenko reed door. Het gedreun van het verkeer en Ysabels ademhaling waren de enige geluiden.

Ryan zuchtte diep. 'De situatie wordt straks heel gevaarlijk. Jij en ik moeten dit probleem... wat het ook is... uitpraten...'

‘Of we kunnen onze mond houden,’ zei Dovzhenko. ‘Dat zou ook goed zijn.’

Mashhad doemde voor hen op.

Ysabel keek naar voren.

Jack was een regelaar, net als zijn vader. Hij was ervan overtuigd dat zo ongeveer elk probleem kon worden opgelost als het werd uitgepraat. Maar Ysabel was vanochtend niet bereid om wat dan ook uit te praten en hij was te uitgeput om aan te dringen zonder iets te zeggen waar hij zeker weten spijt van zou krijgen.

Dus richtte hij zijn aandacht op Dovzhenko. ‘Mag ik je iets vragen?’

Dovzhenko keek weer in de binnenspiegel. ‘Ga je gang.’

‘Je was vrij en in veiligheid,’ zei Jack. ‘Je had naar de ambassade in Dubai kunnen gaan, of naar de ambassade van een willekeurig ander land. Waarom ging je helemaal naar Afghanistan om vervolgens je leven te riskeren door met ons terug te gaan naar Iran?’

‘Schuldgevoelens,’ zei Dovzhenko eenvoudig. ‘Dat is de beste drijfveer van allemaal, sterker zelfs dan wraakgevoelens.’

Ryan keek naar Ysabels achterhoofd en wist precies wat hij bedoelde.

Erik Dovzhenko’s vriendin woonde in een flatje in een van de vele arme wijken in de op een-na-grootste stad van Iran. Winkels verkochten grote stukken lamsvlees aan spiesen, sjaslieks, aan een constante stroom Shia-pelgrims die onderweg waren naar het Mausoleum van Imam Reza een paar blokken naar het noordoosten. Eerst het mausoleum, dan de sjasliek, was het gezegde.

Dovzhenko droeg een weekendtas met de geweren, omdat hij die niet in de truck wilde achterlaten. Ryan droeg de kleinere leren aktetas met de laptop, de Thuraya-hotspot en de satelliettelefoon. Verder hadden ze niets bij zich.

Vanuit een verlaten steeg leidde een gammele houten trap naar de achterkant van het flatgebouw. De treden waren ooit zwart geverfd, maar nu versleten door het vele gebruik. Jack begreep algauw dat dit niet gewoon een brandtrap was.

Dovzhenko bleef onderaan de trap staan en keek omhoog naar het getraliede raam naast de deur. ‘Mijn vriendin heeft geen gemakkelijk leven gehad, maar ze zal doen alsof ze gelukkig is.’

'Ik begrijp het,' zei Ysabel.

Dovzhenko keek haar aan. 'Ik hoop dat je haar niet te scherp zult veroordelen en ik bied bij voorbaat mijn verontschuldigingen aan voor haar verhalen.'

Ysabel haalde even haar schouders op. 'Is ze...?'

'Een prostituee?' Dovzhenko knikte. 'Ze bevond zich in een gevaarlijke positie. Haar man scheidde van haar en zij...'

Ysabel hief haar hand. 'Ik ben niet in de positie om andere vrouwen te veroordelen, en vooral niet in Iran. Dezelfde geestelijken die haar zouden stenigen voor wat ze doet, zijn maar al te bereid om haar pooier te zijn zolang ze er maar voor zorgt dat het geld binnen blijft stromen. Ik had misschien dezelfde keuzes gemaakt als ik niet uit een welvarende familie kwam.'

Jack wilde hier iets tegen inbrengen, maar bedacht zich.

De deur werd geopend door een jonge vrouw met verwarde haren; ze was gewaarschuwd door de piepende trap, al voordat ze de houten overloop op de eerste verdieping hadden bereikt. De hoekjes van haar kleine mond gingen omhoog toen ze Dovzhenko zag. Daarna stapte ze opzij en gebaarde dat ze naar binnen moesten gaan voordat ze door te veel nieuwsgierige buren werden gezien. Jack schatte haar op midden twintig. Ze had liggen slapen en wreef met de muis van haar hand in haar ogen. Ze was gekleed in een zwarte yogabroek en een felgele wijde blouse waarin haar lange hals en sleutelbeenderen zichtbaar waren. Binnen rook het sterk naar thee en talkpoeder.

'Hallo, Nima,' zei Dovzhenko.

Ze kuste Dovzhenko op beide wangen. 'Je had me moeten laten weten dat je kwam. Ik kan jullie niets te eten aanbieden.' Ze ging naar de keuken en zette water op voor thee.

'We hebben een plek nodig om uit te rusten,' zei Dovzhenko. 'We blijven niet lang.' Hij stelde Ysabel voor, en Jack die hij Joe Peterson noemde. Daarna klopte hij zijn vriendin op de schouder, een heel vrijpostige manier van doen in Iran, en zei: 'En dit is mijn goede vriendin Nima. Haar familie komt uit Azerbeidzjan, net als mijn moeder. Ze is zelfs een verre nicht van me.'

'Iraniërs behandelen Azeri's als shit,' zei Nima. 'We moeten voor elkaar zorgen. Erik is half Russisch, maar ik zorg toch voor hem.' Daarna keek ze argwanend naar Ysabel.

'Ik vind je blouse heel mooi,' zei Ysabel en ze brak meteen het ijs met haar slaperige glimlach.

Nima trok aan Eriks arm. 'Ben je hier om mensen in elkaar te slaan vanwege die demonstraties?'

Dovzhenko keek met een schaapachtige blik naar Ysabel en Jack. 'Ik sla niemand in elkaar.'

'Ik plaag je maar,' zei Nima. 'Maar de lui die dat wel doen zijn er al, in het centrum. Echt waar. En ik zal daar ook zijn, dus waarschijnlijk word ik net als ieder ander in elkaar geslagen.'

Dovzhenko fronste. 'Je moet voorzichtig zijn. Deze mensen zijn gevaarlijk. Ik heb begrepen dat de ayatollah deze week tijdens de vrijdaggebeden komt preken.'

'De ayatollah.' Nima spuugde op de grond. 'Heb je ook gehoord dat een paar moellahs naar de ayatollah zijn gegaan en hem vertelden dat hij eens en voor altijd met de Grote Satan kan afrekenen?'

Dovzhenko rolde verontschuldigend met zijn ogen.

Nima praatte verder in redelijk verstaanbaar Engels, alsof ze een nieuwsverhaal citeerde en geen grap vertelde: '"O, Allergrootste Weldoener," zeiden de moellahs. "We hebben ontdekt dat u om de Grote Satan uit onze landen te verdrijven met een maagd moet slapen." De ayatollah dacht hier even over na en riep toen met een dreigende frons: "Ik begrijp dat ik dit moet doen ten goede van iedereen. Maar ik doe dat alleen onder de volgende drie voorwaarden. Eén: de gekozen maagd moet blind zijn zodat ze niet kan zien dat ik het ben als ze naar mijn bed wordt gebracht. Twee: ze moet doof zijn zodat ze mijn stem niet kan herkennen. Drie: ze moet grote borsten hebben."'

Dovzhenko glimlachte gegeneerd.

'Wat is er?' vroeg Nima. 'Mijn muren zijn dun. Ik hoorde dat je je vrienden je verontschuldigingen aanbood voor mijn verhalen, dus vertelde ik een verhaal. Bovendien is dat verhaal heel populair in Mashhad. Iedereen hier heeft het al eens gehoord.' Ze wees naar de kleine bank en een stapel kussens in de hoek. 'Jullie zijn uitgeput. Ga alsjeblieft zitten voordat jullie omvallen.'

'Dank je,' zei Dovzhenko. 'Maar ik moet je iets vragen. Ben je gestopt met roken?'

Nima boog haar hoofd. 'Nee.'

Dovzhenko keek alsof hij ging huilen. 'Goed. Want ik word helemaal gek als ik geen sigaret krijg.'

Nima stak haar hand uit naar de kartonnen doos die ze als nachtkastje gebruikte en gooide hem een pakje sigaretten toe. 'O, Erik, maar je bent al gek.'

Jack zat in de hoek van de bank en keek om zich heen in de kleine kamer. Het druk bewerkte metalen plafond zakte door, waardoor de kamer nog kleiner leek dan hij al was. Een Iraniër verdiende gemiddeld tweehonderdvijftig dollar per maand, en prostituees nog veel minder. Nima bezat heel weinig materiële zaken, maar ze bood alles aan wat ze had. Ze gaf Ysabel haar bed en vertelde heel open dat ze nooit op de lakens lag als ze aan het werk was.

Ysabel zei dat ze overal wel wilde liggen en Ryan ging op de vloer van de woonkamer liggen en sliep zodra zijn hoofd het kussen raakte.

In het kleine keukengedeelte aan de andere kant van de kamer maakte Nima Hasanova stilletjes thee. Ze had nooit bezoek en wilde heel graag dat ze nog even bleven als ze wakker werden. Erik snurkte zacht en lag met een arm over zijn gezicht. Hij was betrokken bij iets gevaarlijks, dat kon ze duidelijk aan hem zien. Was het haar plicht niet om hem te beschermen? Maar wat kon zij doen, een gevallen vrouw? Ze lachte erom. Gevallen vrouw. Vrouwen in Iran moesten gaan staan voordat ze genoeg ruimte hadden om te vallen. Ze keek naar de leren tas aan zijn voeten. Waar Erik ook mee bezig was, het antwoord moest daarin zitten.

54

De ingenieur die het proces aan Reza Kazem had uitgelegd glimlachte, zo te zien dankbaar voor de kans om bij hem in de buurt te zijn, maar daarna verontschuldigde hij zich om weer aan zijn werk te gaan. Zonder de drukke activiteit rondom de raketten en de trucks was deze verborgen plaats in de woestijn een rustige, bijna religieuze plaats geweest. Beide mannen droegen het groene uniform en de pet van de IRG, een deel van wat Kazem en zijn mannen hadden gestolen uit de opslag ten noorden van Teheran. Door de afgelegen plek ten westen van Mashhad bleven hun activiteiten geheim voor het echte leger, maar de officiële uniformen zouden elke politiepatrouille die toevallig in de buurt was tegenhouden. Weinig mannen zouden het lef hebben hen te ondervragen. Niemand wilde immers een officiële onderneming verstoren. Zelfs een andere IRG-eenheid zou het eerst hogerop zoeken voordat ze in actie kwamen. Kazem had zelf een klein leger dat bestond uit bijna honderd mannen die zichzelf allemaal beschouwden als een patriot, een revolutionair tegen de revolutie, en die allemaal hoopten op een nieuw Iran.

Kazem was van plan hun een nieuw Iran te geven, alleen zou dat niet helemaal het Iran zijn dat ze verwachtten.

Hij was natuurkundige, dus begreep hij de dynamiek wel, maar niet de details van wat ze aan het doen waren. Daar had hij de vrouw voor. Ze was achter in de vijftig, gedroeg zich even arrogant als een man die de leiding had en toonde weinig respect, zelfs voor Kazem. Dat kon hem niets schelen. Ze hadden elkaar nodig en deze wederzijdse behoefte zorgde voor een ander soort respect.

Ze was nu aan de andere kant van het dal, in de luwte van een steile rotswand die de trucks bescherming bood tegen de voortdurende wind. In haar lange broek en met onbedekt hoofd brulde ze in haar radio die ze vlak voor zich hield maar niet voor haar gezicht, alsof ze niet precies begreep hoe radio's werkten.

Dat was het probleem met genieën, dacht Kazem: doordat ze in één facet briljant waren bleef de rest onderontwikkeld. Dr. Tabrizi was een van de meest getalenteerde wiskundigen en ruimtevaarttechnologen ter wereld. Ze had bijna de wiskundig juiste oplossing bedacht voor het Poincaré-vermoeden toen ze nog aan de Universiteit van Teheran studeerde. En ze zou dat probleem misschien helemaal hebben opgelost als de revolutie vrouwen niet bijna overal had verdrongen. Ze was in staat om alleen gewapend met pen en papier de noodzakelijke berekeningen voor een antiballistische raket te maken, maar had geen verstand van een eenvoudige mobiele telefoon. Ze kon correcte tekeningen maken van radiogolven en daar een wetenschappelijke verklaring voor geven, maar ze begreep helemaal niets van de knoppen op een radio zelf.

De mannen op de trucks waarmee de kraan en de raketten waren vervoerd leunden uit het raam van hun cabine, in de hoop aan het verbale spervuur van deze getikte vrouw te kunnen ontsnappen. Kazem maakte zich geen zorgen. Eén truck was al geladen, zodat ze de hele procedure alleen maar hoefden te herhalen.

Alles viel op zijn plek. Beide lanceerbuizen zouden al op de trucks liggen voordat ayatollah Ghorbani arriveerde. Het was vrij eenvoudig geweest om aan de buizen zelf te komen. Voor andere raketten in Iran waren ook lanceerbuizen nodig, en het productieproces bestond al. Daar hadden orders en ontwerpen van de juiste overheidsdienst voor gezorgd. De enorme MZKT-79221-trucks met zestien wielen hadden ook eenvoudig ingekocht kunnen worden. Deze rakettransporttrucks, alom aanwezig tijdens militaire parades van de Sovjet-Unie op het Rode Plein, werden nu in Wit-Rusland gemaakt onder de merknaam Volat. Net zoals zo ongeveer alles wat de moeite waard was, was de import van deze voertuigen in strijd met de sancties van de VN, maar zonder hun zestien wielen en gedemonteerd tot in de kleinst mogelijke onderdelen waren ze veel gemakkelijker in het geheim te vervoeren dan de Gorgons zelf. Er was alleen een team monteurs nodig om de trucks weer in elkaar te zetten, geen briljante wetenschapper.

Kazem temperde zijn opwinding. Het kwam langzaam maar zeker allemaal in orde. Hij wilde dat Ghorbani een dag langer had gewacht. Maar je ging niet in discussie met mensen als ayatollah Ghorbani. De enige die boven hem stond was de Grootse Ayatollah zelf, dus fungeerde Ghorbani als diens ogen en oren, en als diens contactpersoon met Reza Kazem. De leider van de Islamitische Republiek Iran kon natuurlijk niet worden gezien in het gezelschap van de man van wie iedereen dacht dat hij de wereld wilde vernietigen.

Het schrille geluid van Sassani's mobiele telefoon drong zijn droomloze slaap binnen. De matras in zijn hotelkamer in Herat was te zacht, maar comfortabeler dan de bank in zijn kantoor.

'Hij functioneert en is in gebruik, majoor,' zei de stem nadat hij had opgenomen. 'Mijn excuses dat ik u wakker heb gemaakt, maar ik dacht dat u het meteen wilde weten.'

Sassani snoof en keek om zich heen, knipperend om de herinneringen aan de vorige dag te verdringen. 'Wat functioneert en is in gebruik?'

'De satelliettelefoon die ik van u moest afluisteren.'

Sassani ging een beetje rechter op zitten. 'Op dit moment?'

'Ja,' zei de technicus. 'En we hebben audio. De beller is een Azeri-vrouw die, denken we, met haar moeder praat. De naam van de beller is Nima.'

'Locatie?' snauwde Sassani. Hij was al opgestaan en liep naar het voeteneinde van zijn hotelbed.

'Ze belt vanuit Mashhad, majoor.'

'Mashhad?' Sassani bleef abrupt staan. 'Ze belt vanuit Iran zelf?'

'Ja, majoor. Het is moeilijk het exacte adres te bepalen, maar we zijn er redelijk zeker van dat de telefoon op dit moment niet ver van de tombe van de Imam wordt gebruikt.'

'Ik wil dat je me zo snel mogelijk een zo exact mogelijke locatie geeft.'

'Ja, majoor,' zei de technicus.

'Je zei dat de beller Nima heet?'

'Klopt,' zei de technicus.

Sassani verbrak de verbinding. Hij smeet de telefoon op het bed, dacht na en wreef in zijn handen. Hij vroeg zich af of Nima dit gemakkelijk zou maken of moeilijk. Fatima had het moeilijk gemaakt. Hij zuchtte. Moeilijk was zeker veel interessanter.

55

Er streek iets langs Jacks elleboog. Zijn rug deed pijn en was stijf. De schouder het dichtst bij de grond drukte tegen iets hards en klopte met een misselijkmakende pijn, net zoals die keer dat zijn schouder uit de kom was geraakt. De aanraking werd herhaald, vergezeld door een stem als vanuit de verte, Ysabels stem. Een droom misschien? Hij wist zeker dat hij nog maar een paar minuten had geslapen. Jack probeerde zijn ogen te openen, maar die waren dichtgelijmd en weigerden mee te werken. Toen voelde hij de pijn in zijn gewonde oor dat klopte in hetzelfde ritme als zijn hart. Hij vroeg zich af of dat een goed of een slecht teken was.

Ysabel zei weer iets, dichterbij nu, een dringend gefluister dat de mist verdreef. 'Jack. Wakker worden!'

Ryan zat meteen rechtop en keek om zich heen om te zien waar hij was. Het duurde even voordat hij zich dat herinnerde.

Dovzhenko had de stem ook gehoord en lag op één elleboog gesteund te knipperen en te luisteren.

'Het spijt me,' zei Ysabel. Ze had gedoucht en haar gescheurde kleren bedekt met een geleende jasschort.

Jack zag Nima in de keuken staan, die eigenlijk niet meer was dan een hoekje van dezelfde kamer. Ze was nu aangekleed en droeg een donkere rok met een knielange kakikleurige hes erover die Jack aan een katoenen sloop deed denken. Er kwam stoom uit de ketel die op de blauwe vlam van een tweepitter stond. Niemand zette thee tijdens een noodsituatie. Hij wreef over zijn gezicht en kromp ineen door de pijnscheut in zijn gewonde oor die deze beweging veroorzaakte. 'Sorry waarvoor?'

'Wees alsjeblieft niet kwaad op haar, Jack,' zei Ysabel. 'Ze wist het niet.'

Jack stond met stijve benen op en voelde minstens zes andere verstuikingen dan hij de vorige avond had gevoeld. Wat het nieuws ook was, hij wilde het niet horen als hij lag. Zijn nek voelde alsof iemand had geprobeerd die van zijn schouders te draaien en hij wist bijna zeker dat een van zijn tanden beschadigd was. En dan dacht hij niet eens aan het feit dat zijn oor aan zijn hoofd vastzat met negen hechtingen van kattendarm die waren aangebracht door een opiumsmokkelaar. De ouderdom zou geweldig zijn, als hij die ooit bereikte.

Hij keek Ysabel aan en glimlachte, ook al zag hij dat ze in alle staten was. 'Waar heb je het over?'

Ze knikte naar de satelliettelefoon op de tafel.

Opeens kreeg hij koude rillingen. 'Wat bedoel je?'

Dovzhenko zag het ook en sprong op.

Ysabel zei met een schaapachtige grijns: 'Nima's mobiele telefoon is kapot en ze had haar moeder al maanden niet meer gesproken.'

Jack haalde een paar keer diep adem en deed zijn best rustig te klinken. 'Heeft ze al gebeld?'

Ysabel knikte. 'Ze was in gesprek toen ik wakker werd.'

Jack moest zich concentreren om heel zacht te vragen: 'Hoe heeft ze...'

'Ze moet hem uit de aktetas hebben gehaald toen wij sliepen,' zei Ysabel. 'Ik heb de recente gesprekken bekeken. Zo te zien heeft ze nog geen drie minuten gebeld. En ze heeft me verzekerd dat ze het niet over ons heeft gehad en niet heeft gezegd waar ze was.'

Nima keek op. 'Ik betaal wel voor het telefoongesprek. Ik dacht niet dat iemand het erg zou vinden.'

'Maak je geen zorgen,' zei Ryan, ook al maakte hij zich grote zorgen. Hij begon over iets anders. 'Heb je goed geslapen?'

Dovzhenko was zijn laarzen al aan het strikken. 'Nima, je moet meteen weggaan.'

Ze maakte een wegwuivend gebaar. 'Ik heb vandaag een heleboel afspraken. Ik heb maar heel kort gebeld en volgens mij kan zelfs de Sepah-e Pasdaran niet alles zien.'

'Maar toch,' zei Ysabel. 'Erik heeft gelijk. Je zou dat risico niet moeten nemen.'

'Jullie maken je allemaal veel te veel zorgen,' zei Nima. 'Er overkomt me niets, echt niet.'

Ysabel zei tegen Jack: 'Voor we gaan zou je me naar je oor moeten laten kijken.'

'Later,' zei Ryan en hij liep naar de badkamer. 'We moeten weg. Nu.'

Dovzhenko deed de radio aan en meteen hoorden ze technogitaarmuziek. Ysabel, die weer voorin was gaan zitten, keek hem aan. Hij wilde hem net uitzetten toen een donkere stem, somber en een beetje nasaal, begon te praten, als de oproep van een muezzin voor het gebed.

Ryan kon niet verstaan wat er werd gezegd, maar Ysabel ging rechter op zitten.

Dovzhenko keek haar aan; hij begreep de grote lijnen.

Op dat moment ging iedereen langzamer rijden.

'Wat is er?' vroeg Ryan, terwijl hij naar voren leunde.

Ysabel legde hem met een gebaar het zwijgen op.

De man praatte nog eens vijftien seconden en daarna liet de zender weer Iraanse popmuziek horen.

'Voor ons zijn demonstraties,' zei Ysabel. 'We moeten keren.'

'Waar voor ons?' vroeg Ryan.

'Moeilijk te zeggen,' zei Dovzhenko. 'Het is moeilijk voor demonstranten om te communiceren als de autoriteiten telefoonverkeer en het gebruik van social media onmogelijk maken. Deze spreker wilde helpen; hij vertelde de mensen waar ze naartoe moesten, maar werd midden in zijn bericht onderbroken. Ergens in het westen van de stad. Dat is niet genoeg informatie.'

'Het ziekenhuis staat in het westen van de stad,' zei Ryan.

Ysabel zocht een andere zender. Ze vond eerst nog meer muziekzenders, maar toen toch een ander nieuwsprogramma. Ze vertaalde terwijl ze luisterde: 'Dit is een radiostation van de regering, dus de spreker draagt iedereen op weg te blijven. Hij verzekert iedereen die zich aan de wet houdt dat de autoriteiten klaarstaan om elke vorm van geweld door de demonstranten de kop in te drukken.'

'Of zelf geweld te gebruiken,' zei Dovzhenko.

Inmiddels was het verkeer bijna helemaal tot stilstand gekomen.

Ryan had video's van recente demonstraties gezien. In Teheran, in Isfahan, in Qom – in heel Iran. Met drie miljoen inwoners had

Mashhad genoeg jongeren om de straten op te gaan, wat ze ook vaak deden.

De Hilux kroop vooruit en legde de volgende twintig minuten nog geen anderhalve kilometer af. Ongeduldige chauffeurs schoten zodra er een opening was van de ene naar de andere rijbaan. Tot nu toe was er geen enkele afslag geweest die niet verstopt was.

Ze zagen de politieagent pas op de top van een lage heuvel. En toen was het al te laat.

Een jonge, gladgeschoren man, gekleed in de zwarte kniebroek van een motoragent. Zijn motor, een Chinese afgeleide van een BMW, stond op de vluchtstrook. Een andere motoragent controleerde de tweede rijbaan. Ze keken naar de inzittenden van elke auto, wezen en gaven aanwijzingen om de demonstraties te omzeilen.

'De wapens?' vroeg Dovzhenko zonder zich om te draaien.

'Die liggen verborgen,' zei Ryan. 'Maar het zal moeilijk worden om een verklaring voor mijn oor te geven.'

'Je spreekt geen Farsi,' zei Ysabel. 'Je oor is je minste probleem.'

De agent maakte een vriendelijk maar officieel gebaar terwijl hij naar het raampje van de bestuurder liep.

'Oké,' zei Dovzhenko. 'Ik doe het woord.' Hij draaide het raampje naar beneden, waardoor Ryan een wolk van de smerige uitlaatgassen van de diesel die in Iran wordt gemaakt binnenkreeg.

De agent bukte zich om naar binnen te kijken, waarop Dovzhenko hem een leren hoesje met een legitimatiebewijs erin liet zien en met een sterk accent in het Iraans iets tegen hem zei. Hij was beleefd, maar kortaf, alsof hij wilde dat de agent de weg voor hem vrijmaakte.

De agent pakte het leren hoesje aan, bekeek het even en gaf het terug. Hij floot naar zijn partner en riep iets wat Ryan niet goed kon horen, laat staan verstaan. Daarna wees hij naar het stuk vluchtstrook voor de beide motoren.

Ryans maag verkrampte omdat hij dacht dat ze opdracht kregen te stoppen. Maar de agent hield het verkeer tegen zodat Dovzhenko er langzaam langs kon en daarna snel naar de volgende afslag kon rijden, waar hij onder de snelweg doorreed en zodoende ver ten zuiden van het centrum uitkwam.

'Wat was dat allemaal?' vroeg Ryan.

Dovzhenko slaakte een diepe zucht. 'Ik liet hem mijn ambassadepasje zien en vroeg waar de tegendemonstratie was.'

'Tegendemonstratie?'

'Van moellahs en andere religieuze leiders,' zei Ysabel. 'Zij worden door de regering betaald om te demonstreren tegen de door de studenten geleide demonstraties. Een stel oude mannen met een witte tulband tegen een groep jongeren die op allerlei verschillende manieren zijn gekleed. De vrijwilligers van de Basij-militie die niet bezig zijn met het verrot slaan van de hoofden waar Nima het over had, zullen samen met hen demonstreren.'

'Hoe wist je dat er een tegendemonstratie was?' vroeg Ryan. 'Zeiden ze dat ook op de radio?'

Ysabel schudde haar hoofd. 'Er is altijd een tegendemonstratie. Daar zorgt de regering voor.' Ze verbeet een gaap en wees toen naar het bord naast de weg. 'Het ziekenhuis is drie kilometer verderop. Vertel me nog een keer alles wat je weet over deze Yazdani.'

Ryan zat voorin naast Dovzhenko terwijl ze wachtten tot Ysabel klaar was met haar werk in het Akbar Kinderziekenhuis. Ze hadden de truck onopvallend tussen de gebouwen van de nabijgelegen universiteit geparkeerd. Dit was de eerste keer dat hij en Dovzhenko de kans hadden om zonder haar met elkaar te praten, als ze tenminste niet werden achtervolgd.

'Je hebt daar goed werk geleverd,' zei Jack. Zijn frontale hersens maakten hem duidelijk dat hij moest proberen het ijs te breken. Hij was zo uitgeput dat zijn huid pijn deed, hij geïrriteerd was en absoluut niet in de stemming om sociaal te doen. Maar ongeacht zijn geloofsbrieven had de Russische spion geholpen om Ysabel te redden, en daarvoor stond Ryan bij hem in het krijt.

'Jij ook,' zei Dovzhenko. 'Je lijkt geen... Hoe moet ik dit zeggen... geen gewone case officer van de CIA.'

'Bedankt,' zei Ryan. 'Kan best zijn. Luister, je zult uiteindelijk gedebrieft worden door mensen die veel hoger in de hiërarchie zitten dan ik, maar we moeten afspreken dat je Ysabel alleen via een gemeenschappelijke vriendin kent.'

Dovzhenko knikte. 'Er is geen enkele reden je zorgen te maken over mijn intenties ten aanzien van mevrouw Kashani. Ik was bevriend met een vriendin van haar. Verder gaat onze relatie niet.'

Jack keek hem peinzend aan. Hij zei het niet, maar dat waren precies de omstandigheden waaronder hij en Ysabel elkaar hadden leren kennen – en minnaars waren geworden. Hij gaf het liever niet toe, maar de ontspannen manier waarop zij en Dovzhenko met elkaar omgingen – zonder verklote recentere gebeurtenissen – stoorde hem ontzettend. *Ophouden, Jack*, zei hij tegen zichzelf. *Jij bent opgehouden haar het hof te maken. Laat haar nu haar ding doen, wat dat ook maar is, en met wie ze dat ook maar wil doen.*

'Ik maak me geen zorgen,' zei Jack. En toen, om de een of andere onverklaarbare reden, maakte hij elke kans die hij had met Ysabel onmogelijk. 'Makker, jij bent degene die zich zorgen zou moeten maken. Je hebt bijna letterlijk gezegd dat je van haar beste vriendin hield en toen, nadat ze was vermoord, heb je je eigen leven geriskeerd en alles gedaan om Ysabels leven te redden.'

Dovzhenko sloot zijn ogen en slikte moeizaam. 'Maar jij, jij kwam zonder vragen te stellen toen ze je belde en om hulp vroeg. Je oor is bijna van je hoofd gescheurd. Vergeet niet dat je haar nadat ze was ontvoerd hebt gered... twee keer zelfs.'

'Tja. Neem me niet kwalijk dat ik het op deze manier zeg, maar je bent kapot van verdriet. Daar kan ik niet tegenop.'

'Zeg eens eerlijk, probeer je dat eigenlijk wel?'

Ryan was zelf verbaasd over zijn antwoord en over de snelheid waarmee hij dat gaf. 'Nee. Nee, ik denk van niet.' Hij kon John Clarks diepe stem bijna horen zeggen: *je wordt eindelijk volwassen, jongen.* Ryan bonsde zacht met zijn hoofd tegen het zijraam en had opeens het gevoel dat er een ongelofelijke last van zijn schouders was gevallen, ondanks de rest van de situatie. 'Ik wil gewoon dat ze gelukkig is. Gelukkig en veilig.'

'Geluk is niet het gevolg van veiligheid,' zei Dovzhenko.

'Daar heb je gelijk in.' Jack schrok ontzettend toen Ysabel op het raam klopte.

'Ik heb het adres,' zei ze, terwijl ze het portier opende. Ze wees met haar duim naar achteren, zodat Jack haar weer op haar stoel zou laten zitten. 'Waar hebben jullie het over?'

'Nergens over,' zeiden ze tegelijk.

The New York Times had de Situation Room van het Witte Huis ooit een niet-geavanceerde kerker genoemd. Sindsdien was het vierhonderdvijftig vierkante meter grote complex tegenover de Navy Mess gerenoveerd. Coaxkabels en kathodestraalbuizen waren vervangen door ethernet, beveiligde routers en flatscreenbeeldschermen. Hierdoor was het vertrek weliswaar de eenentwintigste eeuw binnengeloodst, maar Jack Ryan vond het nog altijd een kerker. Het was te sentimenteel om het hardop te zeggen, maar de besluiten die aan deze vergadertafel werden genomen waren zelden goede besluiten. Vaker wel dan niet gingen mensen dood, soms zelfs heel veel mensen.

De stemming vandaag weerspiegelde zijn eigen stemming: gespannen, opgefokt, snakkend naar een gevecht, en hoe Ryan het ook probeerde, hij slaagde er niet in het van zich af te schudden. De meeste leden van de NSC namen aan dat hij gespannen was door het acute gevaar doordat Iran kernwapens had. Dat was inderdaad een belangrijke reden. Ze wisten dat Amerikaanse spionnen in Iran wilden proberen een agent te laten overlopen, maar alleen Mary Pat Foley was op de hoogte van Jack juniors betrokkenheid daarbij.

Ryan keek naar het flatscreen dat een groot deel van de muur achter het hoofd van de tafel besloeg en waarop een grote kaart van Iran te zien was. Op majoor Poteets tablet draaide encryptiesoftware van het Pentagon en nadat de IT-specialist, een majoor van de Luchtmacht, wat had zitten tweaken, was die verbonden met het computersysteem in de Situation Room.

Poteet tekende met een stylus op de tablet op het grote scherm een witte cirkel rondom Mashhad en een kleinere cirkel rondom de 14th Tactical Air Base ten zuiden van de stad en zei: 'Wij denken dat hun radarluchtverdedigingssystemen een bereik hebben van minimaal vijfhonderd kilometer. Uit satellietsurveillance blijkt dat ze hier Mirage F-1EQ-gevechtsvliegtuigen hebben, Shahab-3 ballistische raketten voor de middellange afstand en verschillende geavanceerde antiluchtdoelraketsystemen.'

Het was niet aan Poteet om te zeggen of een luchtaanval door de Verenigde Staten op dit moment uitvoerbaar was, niet in het bijzijn van ten minste twaalf mensen met een hogere rang dan hij. Hij vertelde slechts de feiten en liet het aan hen over vragen te stellen. Wat ze ook deden, uitgebreid.

Ryan wachtte tot het gesprek even stilviel en keek toen naar Mary Pat die halverwege de tafel zat, naast de voorzitter van de joint chiefs. 'Wat heeft het National Reconnaissance Office ook alweer boven dat deel van de wereld in de lucht?'

Foley antwoordde zonder naar haar aantekeningen te kijken. 'USA161 passeert dat gebied weer over zeven uur. Mentor 6, een Advanced Orion, dekt dat gebied voor zover SIGINT mogelijk is.'

SIGINT staat voor *signals intelligence*, het vergaren van informatie door het onderscheppen van signalen. En de Advanced Orion, of Mentor, was een spionagesatelliet van het National Reconnaissance Office. Anders dan de Keyhole-satellieten die in een lage baan om de aarde cirkelden en zodoende twee keer per dag over een bepaalde locatie vlogen, cirkelden Mentors op verschillende plaatsen ongeveer vijfendertigduizend kilometer boven het aardoppervlak in een geostationaire baan, voor SIGINT van telefoons, radio's en televisies van een bepaalde locatie.

'Op dit moment verwerken we de informatie van de laatste passage van de USA161, zodat we onmiddellijk vergelijkingen kunnen uitvoeren.'

Ryan maakte een aantekening in zijn map. 'Laat nog een paar extra Sentinels over Mashhad heen vliegen.'

Daarna keek hij naar viceadmiraal Jason Paul van de Luchtmacht, de voorzitter van de joint chiefs die in de inlichtingenwereld had gewerkt. Hij was een bedaarde man die meer nadacht dan iets zei, en Ryan had veel respect voor zijn mening. 'Zijn er nieuwe storingen opgetreden?'

'Nee, meneer de president,' zei Paul. 'De Agency heeft het Iraanse luchtruim duizenden uren bekeken. Ze vermoeden, maar weten blijkbaar niet zeker, dat die satellieten daar zijn.'

In 2011 beweerde Iran dat ze de controle hadden overgenomen van een RQ-170 Sentinel die hun luchtruim was binnengedrongen. In werkelijkheid was er een storing opgetreden aan de kant van de VS. Dankzij stealthtechnologie was de satelliet onzichtbaar op de Iraanse radar, zodat Iran zich voor die computerstoring niet bewust was geweest van zijn aanwezigheid. Helaas had het land er zodra het zich daar wel bewust van was misbruik van gemaakt. Ze beweerden ook dat ze met behulp van *reverse engineering* een kopie van de RQ-170 hadden gemaakt die Saegheh – Bliksemflits – heette, maar hadden nog niet bewezen dat ze hun kloon nuttig konden inzetten.

'Goed dan,' zei Ryan. 'Ik wil binnen een uur de voors en tegens van raketaanvallen en aanvallen met gevechtsvliegtuigen. We moeten in actie kunnen komen zodra we beelden hebben van de KH 161 of een van de Sentinels waar we iets mee kunnen.'

Ryan duwde zich van de tafel af. 'Mary Pat, ik wil even met je praten in het Oval Office.'

'Hoe zit het met de medicatie voor die Iraanse jongen zodra zijn vader is overgelopen?' vroeg Ryan zodra ze weer in het Oval waren.

Ze hadden allebei een kop koffie uit de Navy Mess meegenomen.

Foley ging op haar vaste plekje op de bank zitten. 'Volgens de berichten heeft de jongen de F508del-mutatie van cystic fibrosis. De ziekte is te behandelen met nieuwe medicijnen, maar die zijn extreem duur: zo'n tweehonderdnegentigduizend dollar per jaar hier in de Verenigde Staten. We gebruiken de PL110 om de familie naar ons land te krijgen en voor de medicatie te betalen.'

De Public Law 110 werd onder andere gebruikt voor de financiering van wat feitelijk de CIA-versie was van het getuigenbeschermingsprogramma. Zeer waardevolle informanten konden daardoor worden voorzien van een nieuwe identiteit, achtergrond en, in het geval van Ibrahim Yazdani, noodzakelijke medische behandeling.

Ryan kreunde zacht. Het was prijzenswaardig om een ernstig ziek kind te helpen. Maar hij werd beroerd van de gedachte dat hij hem die hulp misschien moest ontzeggen als zijn vader weigerde over te lopen. 'Het is nu aan hen. Jij hebt even de tijd gehad om na te denken en ik wil je professionele mening horen over Erik Dovzhenko.'

'Zijn moeder, Zahra Dovzhenko, was tot de val van de USSR een contraspion van de KGB.'

'Heb je haar ooit ontmoet? Toen je nog in Moskou zat?'

Foley schudde haar hoofd. 'Maar ik heb wel veel over haar gehoord. Ze was een gewiekste spion. Geboren in Azerbeidzjan. Had wel de naam een rancuneuze dronkaard te zijn. Volgens haar dossier ging ze helemaal op in haar werk. Ze dronk, vocht en neukte veel toen ze jonger was. Stond bekend als een cowboy. Meldde zich vrijwillig voor allerlei gevaarlijke missies.'

Ryan grinnikte. 'Doet me denken aan iemand die ik heb gekend.'

'Hé,' zei Foley, zogenaamd vol ongeloof. 'Ik was een aardige dronkaard. En op korte intermezzo's met Ed na, had ik een aspirine tussen mijn knieën kunnen klemmen, zo stevig hield ik ze in die fase van mijn carrière tegen elkaar.'

'Ik doelde op haar naam als cowboy.'

Foley's ogen schitterden van plezier. 'Dat weet ik, maar ik vind het gewoon leuk om je te laten blozen. Maar wat ik wil zeggen is dat hij geen gemakkelijke jeugd zal hebben gehad met een superspion als moeder. Net als bij ons is inlichtingenwerk in Rusland een familiebedrijf. Ik kan me goed voorstellen dat zijn moeder hem heeft gepusht ook spion te worden.'

'En zijn vader?'

'Een wetenschapper,' zei Foley.

'Zo iemand dus,' zei Ryan, zelf ook een wetenschapper.

'Maar als hij is gepusht om tegen zijn zin spion te worden, zou dat verklaren waarom hij bereid is over te lopen.'

'Het kan ook betekenen dat hij een uitzonderlijk goede spion is die een val opzet waar wij met open ogen in trappen.'

'Misschien wel,' zei Foley. 'Maar ze zijn al een tijdje in Iran, dus als het een val was, was die volgens mij allang dichtgeklapt.'

'Hopelijk,' zei Ryan.

Foley nam een slok koffie. 'Je zoon is een slimme vent, Jack. Niemand heeft hem gepusht om dit werk te gaan doen. Hij heeft er de genen voor, en de drive.' Ze zuchtte en deed even haar ogen dicht, alsof ze ergens diep over nadacht.

'Wat is er?' vroeg Ryan.

'Doet dit je niet terugdenken aan de goede ouwe tijd toen we kolonel Mikhail Semyonovich Filitov uit het Kremlin haalden?'

'Tegenwoordig maken ze ze niet meer als CARDINAL,' zei Ryan.

'Dat dacht ik ook,' zei Foley. 'Maar misschien dus toch wel.'

56

Reza Kazem legde de opengeslagen technische handleiding op de grond met een steen op de bladzijden tegen de wind. Hij keek over de motorkap van een van de transportvoertuigen die de raketten vervoerden naar de naderende Bell 206. Hij glimlachte sereen, niet omdat hij blij was dat hij de helikopter zag, maar omdat hij moest oefenen.

Ayatollah Ghorbani kon er niets aan doen. Hoewel hij achter in het toestel zou blijven zitten, uit het zicht van de tientallen mannen die bezig waren met de raketlanceerder en de transport-/kraantrucks, was zijn aanwezigheid toch een afleiding van monumentale omvang.

Kazem beschouwde Ghorbani als een noodzakelijk kwaad, als een middel tot een doel. De geestelijke deed zich vroom voor, vaardigde de ene fatwa na de andere uit, prees de verdiensten van Iraanse productie en verklaarde dat alles wat westers was een schande was voor Allah. Zijn officieren van de IRG mochten op zijn bevel slechts gebruikmaken van in Iran gefabriceerde helikopters zoals de Shahed, terwijl hij zijn eigen veiligheid alleen toevertrouwde aan zijn persoonlijke Jet Ranger. Door deze kleine dingen haatte Reza Kazem de man.

Kazem klopte tegen de zijkant van de enorme band van de raket-transporttruck en hield zijn blik gericht op de helikopter die honderd meter verderop aan de rand van de rotsachtige open plek wilde landen. Nee, het zou helemaal niet lang duren. Hij floot naar de twee mannen die hij had uitgekozen om het gigantische voertuig te besturen. Ze aten soep uit een foambeker die ze meteen op de grond lieten vallen toen hij hen riep.

'Jullie hebben de coördinaten?' vroeg hij zodra ze naar hem toe waren gerend. Ze waren allebei nog geen dertig, dus was hun jeugdige zelfverzekerdheid nog niet aan het wankelen gebracht door de kritische instelling die pas wordt verkregen door een hogere leeftijd en ervaring.

'Die hebben we,' zeiden ze, tegelijk en heel ernstig.

Kazem vroeg zich af wat deze serieuze jonge dissidenten zouden denken als ze hadden geweten dat de leider van de Council of Guardians, de man rechtstreeks onder de Hoogste Leider zelf, in de naderende helikopter zat.

'Neem een eenheid mee en breng deze truck naar de grotten,' zei hij. 'Wacht daar tot vanavond als de Amerikaanse satelliet gepasseerd is en ga dan verder met de coördinaten.'

De twee mannen knikten. 'Ja, Agha Kazem.'

Agha was de Iraanse beleefdheidstitel die gelijkstaat aan het woord 'meneer'.

Ayatollah Ghorbani's helikopter daalde en veroorzaakte een wolk van stof en gravel.

Reza Kazem snoof en verzamelde het geduld dat hij nodig had om zo'n verwaande kwast met eerbied te behandelen. Aan één kant van de open plek controleerde dr. Sahar Tabrizi, het in Iran geboren astrofysicagenie, een van de twee Russische raketten die haar lievelingsproject waren geworden. Nu verscheen er een oprechte glimlach op Reza Kazems gezicht, want hij zou Ghorbani al heel gauw niet meer nodig hebben.

Majoor Sassani had de informatie over Nima's gesprek met de satelliettelefoon niet gemeld bij de IRG. Te veel informatie ging verloren als het via te veel monden en oren werd verspreid. Hij wilde de jonge vrouw zelf een bezoek brengen, om uit haar mond te horen waar Dovzhenko naartoe was gegaan.

De 324 kilometer van Herat naar Mashhad met de Dassault Falcon 20-zakenjet van de IRG kostte minder tijd dan de rit van het vliegveld naar de wijk in de buurt van de Tombe van de Imam waar technici Nima's vermoedelijke locatie hadden gepeild. Sassani arriveerde nog geen drie uur nadat hij het nieuws had gehoord over het telefoontje van de jonge vrouw met de satelliettelefoon die naar werd aangenomen in het bezit was van de Russische verrader Erik Dovzhenko.

Hoewel de technici die de telefoon hadden getraceerd geen exacte locatie konden opgeven, was het griezelig eenvoudig om Nima's appartement te vinden. De eerste die Sassani ernaar vroeg, een norse vrouw in een zwarte chador met een plastic boodschappentas, wees naar de trap in de steeg.

'*Har jaa'i*,' zei ze minachtend. Dat betekent letterlijk 'overal', maar het is het Iraanse eufemisme voor tippelaarster of prostituee.

De vrouw was zelf zwaar opgemaakt, waardoor Sassani dacht dat ze haar concurrente misschien wel aangaf. Hij had gebruikgemaakt van de diensten van meer dan genoeg hoertjes die een chador droegen. Promiscue kleding leidde zeker tot zondig gedrag, maar onder conservatieve kleding ging maar al te vaak een zondig hart verborgen. Sassani lachte inwendig bij die gedachte. Zijn eigen zedige echtgenote was een perfect voorbeeld van de onzuiverheid die onder een chador verborgen kon gaan. Hij wist vrijwel zeker dat ze voor hun huwelijk met verschillende mannen had geslapen, maar hij vond haar maagdelijkheid minder belangrijk dan de relatie met de generaal die door hun huwelijk mogelijk was.

Sassani stuurde de vrouw in de chador weg. Hij bleef in de steeg staan en keek naar de geverfde trap. Hij vroeg zich even af hoe lang het geleden was dat Erik Dovzhenko's voeten de versleten treden hadden beroerd, en of Ysabel Kashani bij hem was geweest.

De majoor legde zijn vinger tegen zijn lippen, om zijn tweede man duidelijk te maken dat hij stil moest zijn terwijl ze de trap op slopen.

De deur werd een klein stukje geopend toen ze bijna bovenaan waren. Een vrouw keek naar buiten. Ze was klein en leek wel een kind; ze was jong en knap op de vermoeide manier waar Sassani de voorkeur aan gaf. Ze had een groene katoenen hoofddoek om haar hoofd, maar niet vastgeknoopt. 'Ik ga net weg,' zei ze. Ze probeerde de deur te sluiten, maar de tweede man zette zijn voet op de drempel.

Ze vloekte en dreigde de edele delen van zijn lichaam te scheiden als hij zijn voet niet terugtrok.

Sassani glimlachte kalm. 'Laat mij met haar praten,' zei hij en hij stapte naar voren. Toen ze hem aankeek boog hij naar voren alsof hij haar wilde vertellen waarom ze daar waren, maar hij sloeg haar keihard op het puntje van haar neus en liep meteen het flatje in. Het rook naar het appartement van een hoer: de geur van thee, make-up en oude sigarettenrook. Sassani rook een aardachtige geur die hij heel aangenaam vond.

Prostituees werden vaak geconfronteerd met geweld en lieten zich daar niet snel door intimideren. Sassani had zich voorbereid op dit bezoek en maakte een injectiespuit klaar, terwijl zijn tweede man de vrouw boeide en op haar buik op het bed gooide. Ze drukte haar gebroken neus tegen de lakens in een poging het bloeden te stoppen. De tweede man drukte een knie tegen haar rug, greep haar bij haar haren en trok haar gezicht opzij.

Sassani vond een ader in haar hals. Dat was niet moeilijk, doordat haar aderen als paarse kabels onder haar huid opzwollen door haar angst en de inspanning. Hij injecteerde de inhoud van de spuit en trok hem terug, waardoor er een druppel bloed in haar hals achterbleef, en stapte weg. Ze verzette zich nog even, maar de andere man bleef haar met zijn knie op het bed drukken.

'Erik Dovzhenko,' fluisterde Sassani. 'Komt hij terug?'

'Nee.'

'Waar is hij?'

Nima brak als een goedkoop aarden kommetje toen de drugs begonnen te werken en ze spuide de informatie zo snel dat Sassani en zijn assistent haar amper konden bijhouden. De mix van scopolamine en morfine was niet echt een waarheidsserum, maar het veroorzaakte een soort verwarde sufheid die het slachtoffer uit evenwicht bracht en was dus effectiever maar minder bevredigend dan fysiek geweld.

Nog geen tien minuten later wist Sassani dat Dovzhenko en de vrouw naar het Akbar Kinderziekenhuis waren gegaan om te achterhalen waar de familie van een patiënt woonde. Ze bleek de naam van die persoon niet te kennen.

De majoor besloot het verhoor te staken, omdat het hem beter leek de zaak hier af te ronden en naar de volgende locatie te gaan. De Rus was nu zo dichtbij dat hij hem kon ruiken. Sassani zou hem vanavond nog vinden, en vermoorden. Hij haalde een andere flacon uit zijn zak en vulde de spuit.

'Wat… wat… geeft u me?' De vrouw praatte onduidelijk, alsof ze dronken was.

Sassani hield zijn hoofd schuin. 'Ik ben bang dat je een voorbeeld moet zijn.'

De tranen stroomden over de wangen van de jonge vrouw en mengden zich met bloed en speeksel. 'U hoeft zich geen zorgen te maken. Dat zweer ik.'

'O, maar ik maak me helemaal geen zorgen. Dit was veel gemakkelijker geweest als je mijn vragen had beantwoord voordat ik je die drugs toediende.'

Nima vertrok haar gezicht toen Sassani de inhoud van de tweede flacon in dezelfde kloppende ader in haar hals injecteerde.

'Maar... u... u hebt me helemaal... niets gevraagd... voordat u me drogeerde.'

Sassani ging op de rand van het bed zitten. 'Echt niet? Vreemd. Ik dacht van wel.' Hij gaf een klopje op haar billen en knikte samenzweerderig tegen zijn tweede man. 'Nou ja, het is toch beter zo. We weten nu wat we wilden weten en jij bent toch maar een ontaarde vrouw.'

57

Atash Yazdani deed de deur al open nadat ze één keer op zijn deur hadden geklopt, alsof hij hen verwachtte. Hij was tenger en had smalle schouders, gebogen door de last van de ziekte van zijn zoon. Hij was niet altijd zo tenger geweest. Zijn lange broek zat gerimpeld onder de riem waar hij nadat hij was afgevallen twee extra gaten in had gemaakt. Zijn kraagloze witte overhemd hing vormeloos langs zijn lichaam en onder de opgerolde mouwen waren zijn magere onderarmen te zien. Hij was een typische ingenieur. In zijn borstzakje zaten een goedkope balpen en drie technische tekenpennen en zijn donkere haar stond rechtop in een warrige punt, alsof hij eraan had zitten trekken terwijl hij over een tafel of bureau gebogen had gezeten in zijn kleine appartement.

Dovzhenko voelde zich even schuldig toen hij de bloeddoorlopen ogen van de man zag. Yazdani's vrouw was overleden aan eierstokkanker en zijn zoon was ernstig ziek. Nu zouden ze hem aanbieden het leven van zijn zoon te redden, maar alleen als hij zijn land zou verraden.

'Wat kan ik voor u doen?' vroeg de man afwezig, waarschijnlijk met zijn gedachten bij de grillen van het leven.

Dovzhenko glimlachte, hopelijk zonder dat te zien was dat hij zich schuldig voelde. 'Mijn vrienden en ik hebben nieuws dat uw zoon misschien kan helpen.'

Met één hand om de deur en één op de deurpost leunde Yazdani naar voren om te zien wie Dovzhenko bedoelde met 'vrienden'.

Ysabel, die haar hoofddoek droeg, knikte even en Jack glimlachte maar zweeg, zoals ze hadden afgesproken.

'Mijn zoon?' vroeg Yazdani. 'Wat weet u over mijn zoon?' Even verscheen er een hoopvolle blik in zijn ogen, maar die verdween snel weer, zo verslagen was hij.

'Kunnen we dit binnen bespreken?'

Yazdani bleef Dovzhenko zo lang aanstaren dat deze bang werd dat Ryan iets zou zeggen, alleen al om de stilte te doorbreken. Maar toen deed de man de deur helemaal open en gebaarde dat ze binnen mochten komen.

Het interieur van het kleine appartement was al even armoedig en triest als het uiterlijk van de gekwelde man. Jack en Ysabel gingen op de haveloze bank zitten en Dovzhenko, die het gesprek zou openen, nam de vale Queen Anne naast de wankele eetkamerstoel waar Yazdani zou gaan zitten.

Zoals de gewoonte was in Iran bracht hun gastheer thee en een schaal met een taart erop, plus een scherp mes om die te snijden. Hij verontschuldigde zich voor het feit dat hij hun niet meer kon aanbieden. 'Goed,' zei hij, zonder zelf thee te nemen, 'vertel me alstublieft wat u kunt doen om mijn zoon te helpen.' Hij keek Ryan aan. 'Bent u Amerikaan?'

Ryan knikte, met één oog op het taartmes. 'Waarom denkt u dat?'

Yazdani zei spottend: 'U hebt nog niets gezegd, dus wist ik dat u iets wilde verbergen. Als u net als hij een Rus was, had dat niets uitgemaakt. Vergis ik me?'

'Nee, dat niet,' zei Ryan.

'Hoe komt u aan die hoofdwond?'

'Door een auto-ongeluk in Afghanistan,' zei Ryan.

'Ik begrijp het,' zei Yazdani peinzend; het was duidelijk te zien dat hij hun onverwachte komst niet kon verklaren. 'U weet veel over de ziekte van mijn zoon. U bent dus arts?'

'Nee, dat ben ik niet,' zei Ryan.

'Niemand van ons is arts,' zei Dovzhenko. 'Wij zijn diplomaten die denken dat we een manier hebben gevonden om uw zoon te helpen.' Hij nam een slok thee, zodat de man tijd had om dit te verwerken.

'Diplomaten? Hoe is het mogelijk dat Russische en Amerikaanse diplomaten iets weten van de problemen van een Iraanse jongen?' Hij keek Ysabel aan. 'Wat hebt u hiermee te maken?'

'Ik hoor bij hen,' zei ze. 'Maar ik was niet de eerste die iets over uw zoon te weten kwam.' Haar eerlijkheid bleek duidelijk uit haar woorden en maakte kennelijk indruk op Yazdani.

Dovzhenko zette zijn theekopje op een zijtafel. 'Ik vind het echt heel erg van uw zoon. Hij heeft cystic fibrosis, nietwaar?'

'Dat is zo.'

'Om precies te zijn de F508del-mutatie.'

'U bent goed op de hoogte,' zei Yazdani.

Nu zei Ryan iets. 'Die specifieke mutatie reageert op een medicijn dat tezacaftor heet.'

Yazdani boog zijn hoofd naar achteren alsof hij pijn had. 'Wat heeft mijn Ibrahim aan deze informatie? Ik verdien zeventien miljoen rial per maand, ongeveer driehonderdvijftig Amerikaanse dollar. Het medicijn waar jullie het over hebben kost driehonderdduizend dollar per jaar! Maar dat is niet belangrijk, want we kunnen er hier toch nooit aan komen.'

Het bleef even stil. Iedereen nam uit beleefdheid een slokje thee, maar de taart bleef onaangeroerd.

Ten slotte leunde Yazdani naar voren, met zijn magere ellebogen op zijn magere knieën. 'Het is wel duidelijk dat jullie iets van me willen, iets in ruil voor hulp aan mijn zoon. Wat is dat?'

Dovzhenko glimlachte rustig, ook al voelde hij zich nog schuldiger dan eerst. 'We kunnen u garanderen dat uw zoon de zorg en medicatie krijgt die hij nodig heeft, gedurende de rest van zijn...'

'Ja, ja, ik begrijp wat u aanbiedt, maar ik wil weten wat u ervoor terug wilt.'

Dovzhenko keek even naar Ryan. De Amerikanen boden de deal aan, dus was het logisch dat hij het verhaal zou afmaken.

Ryan vroeg: 'U werkt aan het raketbesturingssysteem op de Luchtmachtbasis van Mashhad?'

Yazdani hief zijn handen. 'Ik wist dat het iets met mijn werk te maken had! Jullie zijn geen diplomaten, maar spionnen, saboteurs.'

'Dat klopt.' Ysabel knikte eerst naar Dovzhenko en daarna naar Ryan. 'Hij is een Rus, hij is een Amerikaan en ik ben een Iraanse. Dat is de waarheid. We vinden het geen van allen prettig u in deze positie te manoeuvreren. Maar help ons alstublieft, ter wille van al onze landen, zodat wij uw zoon kunnen helpen.'

Yazdani sloot zijn ogen. Hij rechtte zijn smalle schouders iets verder naar achteren, ondanks deze extra last. Maar hij zei geen nee.

Majoor Parviz Sassani deed het passagiersportier van de huurauto zacht dicht om geen geluid te maken. Dovzhenko had bewezen een slimme prooi te zijn, dus zou hij alle noodzakelijke voorzorgsmaatregelen nemen. Hoewel, zo slim was de Rus nu ook weer niet. Hij had de Taliban-smokkelaars wel bedrogen, maar daarna een meelijwekkende hoer zijn satelliettelefoon laten gebruiken met als gevolg dat er een virtueel signaal werd verzonden waardoor Sassani wist waar hij hem moest zoeken. De verpleegkundige in het Akbar Kinderziekenhuis was te bang geweest om niet te helpen. Misschien had ze de dood geroken door zijn recente interactie met Nima. Dat had hij vaker meegemaakt. Soms deinsden zijn eigen kinderen zelfs terug als hij na een bijzonder weerzinwekkende dag bij hen kwam, ook al konden ze onmogelijk weten wat hij had gedaan. Daar zou hij zich meer in moeten verdiepen, want misschien kon hij daar tijdens verhoren zijn voordeel mee doen.

De verpleegkundige had Dovzhenko niet herkend op de foto die hij haar had laten zien, maar zodra hij haar een foto van Ysabel Kashani had laten zien, vertelde ze snel alle bijzonderheden over deze Yazdani.

Hij had hem nu bijna te pakken. Net zoals de verpleegkundige de dood aan hem had geroken, rook Sassani de spanning van de Rus die op de vlucht was. Hij was nu heel dichtbij.

'Misschien zouden we er versterking bij moeten halen,' zei zijn assistent, terwijl hij de sleutels van de huurauto in zijn zak stopte.

'Dat zal niet nodig zijn,' zei Sassani. 'We hebben te maken met één vrouw en een Russische spion die toch al nooit veel ophad met dit soort werk. Als wij samen die twee niet aankunnen, hebben we het verkeerde vak gekozen.'

De tweede man checkte of er een patroon in de kamer van zijn SIG Sauer-pistool zat, zoals gebruikelijk bij de IRG voorafgaand aan een inval. Daarna draaide hij een geluiddemper op de schroefdraad van de loop. 'Schieten zodra we hen zien?'

'Ik zou graag de tijd hebben om hem te verhoren,' zei Sassani, maar toen bedacht hij zich. 'Nee. De Russen zouden hem alleen maar redden. Schiet Dovzhenko dood zodra je hem ziet. We nemen de vrouw mee terug naar de Evin en zullen daar met haar dealen.'

De man keek door het vizier van zijn wapen, waarna hij hem in zijn holster stopte; de geluiddemper stak er onderaan uit. 'Weet u, majoor, misschien is deze Yazdani een soort spion.'

Sassani lachte spottend. 'Dat denk ik niet. Onze Russische vriend is een vluchteling. Hij had wel naar Rusland willen vluchten, maar ik kan me voorstellen dat generaal Alov hem even graag dood wil zien als wij. Hij heeft weinig mogelijkheden over, dus probeert hij bij iedere vriend die hij heeft onderdak te krijgen.'

'Maar hoe zou Yazdani zijn vriend kunnen zijn? Dovzhenko wist niet eens waar hij woonde.'

'Hij is kort geleden vlak bij het ziekenhuis gaan wonen. Bovendien kende Dovzhenko de man goed genoeg om te weten dat hij een zieke zoon heeft en in welk ziekenhuis de jongen ligt.' Sassani opende een foto van Atash Yazdani op zijn telefoon en liet die aan de andere man zien. 'Moet je die man zien. Hij zou gewoon wegwaaien als hij met deze wind naar buiten ging. Hij is een onbelangrijke ingenieur. We doen hem een plezier als we hem uit zijn lijden verlossen.'

'Het is een dilemma,' zei Ryan ten slotte. 'Dat begrijp ik. Dat begrijpen we allemaal. En het zal gevaarlijk zijn. Maar zonder uw hulp is er geen twijfel aan dat dit slecht afloopt.'

Ryan was geen contraspion. Hij kende de basisfeiten, uit de boeken die Clark hem had laten lezen, maar iemand overhalen om als spion voor de Verenigde Staten te gaan werken was voor twee derde een kunst en voor een derde een wetenschap. Dat kostte tijd, iets wat ze niet hadden. Dit aanbod was er onbeholpener uitgekomen dan hij van plan was geweest, maar daar was niets aan te doen. Hij moest duidelijk zijn over wat ze nodig hadden en maar hopen dat Ysabel het goed kon maken door een beroep te doen op Yazdani's gevoel voor goed en kwaad, door hem ervan te overtuigen... door hem eraan te herinneren dat hij het Iraanse volk hielp en niet verraadde.

Yazdani keek opeens op en zijn blik vloog naar de deur.

'Wat is er?' vroeg Dovzhenko.

'Er ligt een losse plank in de gang,' zei Yazdani. 'Daardoor had ik jullie al gehoord voordat jullie aanklopten.'

Ryan stond op. 'Verwacht u bezoek?'

Yazdani schudde zijn hoofd. 'Jullie zijn de eerste bezoekers sinds weken. Hebben jullie buiten iemand op de uitkijk gezet?'

Dovzhenko trok Yazdani opzij op hetzelfde moment dat de deur naar binnen vloog, opengeschopt door een zware laars.

De Taliban hadden geen handvuurwapens gehad die ze konden confisqueren, en ze hadden de geweren in de auto laten liggen, zodat ze ongewapend waren.

'Hallo, kameraad Erik,' zei een Iraanse man spottend, met zijn eigen pistool in beide handen op Dovzhenko gericht.

'Sassani!' snauwde Dovzhenko.

Een tweede man kwam binnen, met zijn pistool met geluiddemper schietklaar.

De eerste man wilde iets zeggen, maar Ysabel vloog hem woedend aan. Ze sloeg zijn pistool opzij en klauwde naar zijn gezicht.

Jack benutte deze afleiding en overbrugde snel de afstand naar de tweede Iraniër. Met zijn linkerarm sloeg hij het pistool opzij en zwaaide zijn rechterarm omhoog en ramde keihard in zijn onbeschermde onderbuik.

Door de extra centimeters van de geluiddemper op de loop was het iets moeilijker het pistool te hanteren. Jack maakte gebruik van deze kleine vertraging, pakte het pistool met beide handen vast en duwde de andere man met de punt van zijn elleboog achteruit tegen de muur.

De man was zo verrast dat hij met zijn linkerhand probeerde Jack een paar klappen tegen zijn hoofd te geven, terwijl hij natuurlijk had moeten proberen zijn pistool vast te houden. Een van de slagen, weliswaar beroofd van z'n volle kracht, raakte Jacks gewonde oor waardoor het hem duizelde.

Ryan kreunde en schudde zijn hoofd. Nu het pistool tegen de muur geklemd was ramde hij zijn knie in het kruis en tegen het bovenbeen van de andere man en sloeg tegelijkertijd met zijn ellebogen tegen diens keel.

De Iraniër bukte zich om zijn kruis te beschermen, zette zich af tegen de muur en strekte zijn benen in een poging zich los te rukken uit Ryans greep. Het pistool ging af, gedempt maar zeker niet geluidloos, waarna er een kogel gevaarlijk dicht langs Ryans gezicht vloog.

Extra fel nu hij bijna was geraakt, volgde Ryan de opwaartse beweging van de man, draaide zijn middenrif en stapte tegelijkertijd naar binnen zodat hij de oksel van de man met de punt van zijn schouder raakte en naar het pistool toe draaide.

De man maakte zich los van de muur, maar Ryan volgde zijn beweging en smeet hem met kracht op zijn rug terwijl hij het pistool met beide handen vasthield. Vaag was hij zich bewust van het gevecht dat achter hem plaatsvond. Hij had brekend meubilair gehoord, Ysabels kreet toen ze viel en Dovzhenko's dolle kreet toen hij Sassani aanviel. Ryan had geen andere schoten gehoord en had zijn eigen handen vol.

De Iraniër bleek liggend op de grond een betere vechter dan toen hij rechtop stond. Ryan ging schrijlings boven op hem zitten en ramde de wapenhand van de man tegen de vloer, waardoor er een kogel in de plint werd geschoten. De Iraniër bewoog zijn heupen omhoog en opzij in een poging Ryan van zich af te krijgen. Ryan had het pistool nog steeds met beide handen vast en moest dus gaan verzitten. Hij verplaatste zijn voet naar de zijkant van het lichaam van de Iraniër om te voorkomen dat hij eraf viel. Ryan nam zijn schrijlingse positie niet weer in, maar hij bleef het pistool vasthouden en draaide zijn gebogen been over de bovenkant van het hoofd van de Iraniër heen en trok diens arm en het pistool mee met die beweging. Gewrichtsbanden scheurden, middenhandsbeentjes braken. De vinger van de Iraniër kromde zich weer om de trekker en deze kogel vloog door zijn buik. Ryan maakte hier gebruik van, vond de trekker met zijn eigen vinger en schoot nog twee kogels in de buik van de man die hem met grote ogen aankeek, voordat hij het pistool uit zijn hand wrong.

Weer hoorde hij een kreet en hij draaide zich vliegensvlug om. Hij zag dat Dovzhenko op de grond zat met een bloedende neus. Ysabel zat ook op de grond, op handen en knieën, versuft, zonder hoofddoek, en ze probeerde het gevecht weer aan te gaan. Majoor Sassani was door zijn knieën gezakt en het taartmes stak uit zijn hals. Het bloed spoot in het ritme van zijn hartslag uit de wond over Yazdani heen die over hem heen gebogen stond. De IRG-man maakte een krassend geluid; hij kon niet praten doordat het mes zijn stembanden had doorgesneden. Even later viel hij voorover, terwijl de straal bloed langzaam verminderde en het leven langzaam uit hem wegtrok.

De Iraniër achter Ryan kuchte, dus draaide Ryan zich met de SIG in zijn hand om. De gewonde man deinsde achteruit en beschermde zijn gezicht met zijn handen tegen een schot. Hij leed gruwelijke pijnen en lag te kronkelen op de vloer, met zijn ogen dichtgeknepen.

Dovzhenko hielp Ysabel opstaan. Ze schoot Yazdani te hulp die volkomen van slag was, terwijl Dovzhenko naast Jack ging staan.

'Ziekenhuis,' fluisterde de Iraniër. 'Alstublieft.'

Dovzhenko knielde, keek naar de wonden en zei hoofdschuddend: 'Luitenant Gul, ik ben bang dat het te laat is. Ik zal uw vrouw een boodschap overbrengen.'

'Dank u.' Gul kuchte weer en uit zijn mondhoeken kwam roze schuimend bloed, waaruit bleek dat ten minste één van de kogels een long had geraakt. Ryan nam aan dat een andere kogel de lever had geraakt.

'Waarom?' vroeg Dovzhenko. 'Waarom zat Sassani achter Maryam aan? Wat was er zo bijzonder aan die drie studenten? En aan mij?'

'Alov... had dat bevolen...'

Dovzhenko's mond viel open. 'Generaal Alov van de GRU?'

Gul knikte zwakjes. 'Ik heb het zo koud.' Zijn stem klonk alsof er lucht uit een lekke band ontsnapte.

Yazdani liep naar hen toe met een klein kleed van de bank en drapeerde dat met trillende handen over de jongeman heen.

'Waarom?' vroeg Dovzhenko. 'Waarom Maryam?'

'Ze zag hen... samen. Net als de studenten.'

Dovzhenko kreunde. Hij had het vreemd gevonden toen hij de foto had gezien, maar het had niet erg genoeg geleken om daarvoor te moorden. 'Alov en Reza Kazem?'

Gul schudde zijn hoofd. 'Niet Alov.' Zijn lippen en tanden waren roze van het bloed. 'Ik... ik... de vrouw...' De man verloor nu langzaam het bewustzijn, zodat Dovzhenko zich naar hem toe moest buigen om hem te kunnen verstaan. Guls oogleden trilden. 'Mijn zoon... hij is nog maar een kleine jongen...' Hij hoestte weer, moeizamer nu. Hij keek op naar Dovzhenko, met grote ogen en zijn rug gekromd, gek van de pijn. 'Alstublieft...' Toen verslapte hij en bleef roerloos liggen.

Jack keek eerst naar Ysabel en toen naar Dovzhenko, om te zien of ze gewond waren. Hij raapte de SIG met geluiddemper op en bekeek het magazijn. Nog vijf patronen. Hij keek even de gang in, zag tot zijn verbazing niemand en duwde de deur weer dicht. Het kozijn was aan de binnenkant versplinterd, maar hij hoopte dat het van buiten niet goed te zien was. Yazdani's handen en borst zaten onder het bloed. Hij had majoor Sassani met het taartmes in de hals gestoken.

'Dank u,' zei Ryan.

Yazdani snoof, werd weer rustig. 'U hoeft me niet te bedanken. Als u dood bent kunt u mijn zoon niet helpen. Dat is het enige wat ik belangrijk vind.'

'U wilt ons dus helpen?' vroeg Ryan.

'Zeker,' zei Yazdani.

'Ik maak me een beetje zorgen om alle lawaai,' zei Dovzhenko. 'Als uw buren de politie bellen hebben we een probleem.'

'Maakt u zich geen zorgen,' zei Yazdani. 'Ik ben heel ongelukkig. Mijn buren zijn eraan gewend dat ze me horen huilen en met dingen horen smijten.'

Ysabel streek over de kogelgaten in de vloer en de deurpost. 'Gelukkig is er niet eentje dwars doorheen gegaan.'

'Wij hebben belangstelling voor twee raketten in het bijzonder,' zei Ryan.

'Dat dacht ik al,' zei Yazdani. 'Russische 51T6's.'

'Inderdaad,' zei Ryan. 'We moeten weten waar ze zijn.'

'Eerst,' zei Yazdani, 'wil ik weten hoe u mijn zoon naar de Verenigde Staten wilt brengen.'

'Het zou het beste zijn om u beiden over de grens naar Herat te brengen,' zei Ryan. 'Daarvandaan reist u met militair transport naar de Verenigde Staten.'

De man dacht hierover na. 'Ik heb het gevoel dat ik u pas zou moeten helpen nadat mijn zoon het land uit is.'

'Dat kan niet,' zei Ryan. 'Er zijn te veel onzekerheden. We weten niet eens zeker wie de leiding heeft over deze samenzwering. De kans is te groot dat ze de raketten afvuren. We moeten weten wat hun doelwit is.'

'Hoe weet ik dan dat jullie je aan jullie kant van de deal houden?'

Ysabel beet op haar onderlip en dacht na. 'Het enige wat we u kunnen bieden is ons woord. Maar deze mannen hebben mijn leven gered... twee keer.'

'Ik heb dus geen keus?'

'Het spijt me,' zei Dovzhenko. 'Nee, u hebt geen keus.'

Yazdani's gebogen schouders zakten zelfs nog meer. 'Ze hebben de raketten naar een locatie ten westen van Mashhad gebracht. Ze staan op een mobiele lanceerder die is gemaakt in Iran, maar ik zou me geen zorgen maken over de doelwitten. Ik heb de lanceerinstructies gezien.'

Ryan wachtte, maar Yazdani keek hem alleen aan en wachtte tot hij helemaal werd gepusht – alsof hij tot op dit moment nog niet helemaal landverraad had gepleegd.

'En?' vroeg Ryan ten slotte.

'U zult wel denken dat ik gek ben,' zei Yazdani, 'maar volgens de lanceerinstructies die ik heb gezien worden de raketten de ruimte in gestuurd. Deze vastebrandstofmotoren zijn er niet krachtig genoeg voor, maar het lijkt alsof ze van plan zijn een satelliet te lanceren.'

58

John Clark en de anderen waren nog steeds in het safehouse in Portugal, waar ze wachtten op exfiltratie, toen Ryan hen belde.

'Hou het kort,' zei Clark. 'Meteen nadat we hebben opgehangen zul je moeten vertrekken.'

'Ik bel niet met de satelliettelefoon,' zei Jack. 'Deze man gebruikt een proxyserver zodat hij de firewalls van de overheid kan omzeilen als hij op zoek gaat naar medicijnen voor zijn zoon. Daarmee zit ik op een geanonimiseerde gecodeerde VOIP, dus kunnen we veilig praten.'

'Begrepen,' zei Clark. 'Onze gast zit met handboeien om op een stoel in de achterkamer. Ik zet je op de speaker. Wij zijn hier allemaal.'

Ryan vroeg eerst hoe het met Dom ging die nog steeds in Baghram werd behandeld voordat hij naar Ramstein werd overgebracht. Daarna gaf hij de informatie door die Yazdani hem had gegeven, met gebruikmaking van de tweelettercode en codenaam van de Iraniër. 'We proberen te bedenken hoe SD/FLINT onze jongens kan helpen voor het geval ze een bezoekje aan de raketlocatie moeten brengen.'

'Blij dat je oké bent,' zei Ding Chavez, altijd de moederkloek, zelfs nu hij duizenden kilometers bij hem vandaan was. 'We moeten nog toestemming krijgen van hogerhand, maar misschien kan Gavin je in een zipfile of zo wat malware sturen.'

'Ik laat hem nu ook deelnemen aan ons groepsgesprek,' zei Clark.

Twintig seconden later zat Gavin Biery er ook bij. En twee minuten daarna was hij bijgepraat. Hij zei: 'Ik hoef hem helemaal niets te mailen, als hij zijn USB-stick tenminste nog heeft.'

'Ik was hem kwijt,' zei Ryan, 'maar ik heb hem weer terug.'

'Dan heb je alles wat je nodig hebt,' zei Biery.

'Klinkt wel heel simpel,' zei Midas. 'Je malware stuurt een phone home-signaal wanneer de computer verbinding maakt met internet. Zouden de Iraniërs voor hun raketverdedigingsradar geen gesloten systeem tegen cyberaanvallen gebruiken?'

Biery zei: 'Dat is een heel goede vraag, waarop ik een heel goed antwoord heb. Op de USB-sticks die ik je gaf staan een paar malwareversies. Die ene die je in Spanje hebt gebruikt en automatisch downloadt zodra je hem erin steekt, en een worm die je opdracht voor uitvoering moet geven. Zodra de worm in het systeem zit, zal het crashen. Dat zou de raketverdedigingsradar een paar minuten verblinden, afhankelijk van de soort redundantsystemen die ze hebben.'

Ryan praatte even met Yazdani en kwam daarna weer aan de lijn, waarbij hij bewust in diens bijzijn zijn codenaam SD/FLINT niet noemde. 'Onze man hier zegt dat hij kan bewerkstelligen dat het back-upsysteem met een vertraging van een halfuur later weer online is, feitelijk door het uitschakelen van het alarm dat het personeel waarschuwt wanneer de radar ermee ophoudt.'

'We moeten de zaken coördineren,' zei Clark. 'Ik zal een telefoontje plegen, toestemming zien te krijgen voor die malware, en details voor de *exfil* van je man daar en de medische eisen die je me al hebt doorgegeven. Bel me over een halfuur terug.'

Biery zei: 'Pak ondertussen pen en papier, dan vertel ik je hoe je die worm moet activeren.'

De *national security*-briefing van deze ochtend was bijna afgelopen – hoewel geen enkele briefing over de nationale veiligheid ooit echt afgerond was – toen John Clark werd doorverbonden met Mary Pat Foley. De ministers van BuZa en Defensie, de Director of National Security, de waarnemend nationale veiligheidsadviseur en de stafchef zaten allemaal op hun vaste plekje in het Oval Office.

'Ik ben niet weg van het idee van een militaire inval in Iran,' zei Scott Adler.

Burgess protesteerde. 'Dat had al veel eerder moeten gebeuren, vind ik. Ik zal mijn mensen opdracht geven reddingsplannen op te stellen in het onwaarschijnlijke geval dat een van onze vliegtuigen wordt neergeschoten.'

'Dat is ons minste probleem,' zei Foley terwijl ze Ryan aankeek.

'Mee eens,' zei de president. 'Laten we kijken naar wat we weten. Rusland heeft ten minste twee kernraketten verkocht of cadeau gedaan aan elementen in Iran die banden blijken te hebben met Reza Kazem en zijn zogenaamde Arabische Lente-beweging. We weten dat Kazem een bespreking heeft gehad met onze spion en vroegere huurmoordenaar Elizaveta Bobkova, en daarna nog met generaal Alov van de GRU.'

'Goed dat ze te pakken is genomen trouwens,' zei Van Damm. 'Chadwicks dood zou slecht zijn geweest.'

'Vooral voor Chadwick,' zei Foley.

'Klopt,' zei Van Damm. 'Maar het zou slecht voor het land zijn geweest. De tiran sterft, zijn heerschappij eindigt. De martelaar sterft, haar heerschappij begint.'

Ryan nam een slok koffie. 'Vrij naar Kierkegaard?'

'Misschien wel,' zei Van Damm. 'Maar het is waar.' Hij keek naar zijn aantekeningen, klaar om door te gaan. 'Waarom wil Kazem een kernraket hebben?'

'Misschien zijn zijn handen niet zo schoon als hij doet voorkomen,' zei Ryan. 'Het heeft nooit logisch geleken dat Rusland met hem aan tafel zat. Het is in hun beider belang om de moellahs te steunen.'

'Dus Rusland en de ayatollah gebruiken Kazem als een proxy om ons aan te vallen en toch schone handen te houden,' zei Foley. 'Dat heeft een zekere onbeholpenheid die naar beide regimes ruikt.'

'Dat vind ik ook,' zei Ryan.

'Dat geeft ons nog steeds geen doelwit,' zei Burgess.

'Nee,' zei Ryan. 'Dat is waar.'

'Ik ben geen ruimtevaartdeskundige,' zei Adler, 'maar denken jullie dat deze FLINT misschien fout zit met zijn inschatting van het doelwit?'

'Dat zou kunnen,' zei Ryan.

Burgess zei: 'Het is zeer waarschijnlijk dat onze Patriots beide Gorgons kunnen neerschieten zodra die aan de terminale fase beginnen, maar de kans wordt exponentieel groter als we weten wat het doel is en vooruit kunnen plannen. Ik stel voor dat we een expert met FLINT laten praten, meneer de president, iemand die weet welke specifieke vragen gesteld moeten worden.'

'Dat is verstandig,' zei Ryan, terwijl zijn onderbewuste op de achtergrond bezig was met iets waar hij zijn vinger niet op kon leggen.

'Ik vraag me iets af,' zei Mary, terwijl ze met haar vulpen op haar notitieboekje tikte. 'China en Rusland werken al sinds mijn tijd in Moskou aan antisatellietlasers. We weten dat China technisch in staat is een satelliet neer te halen. Rusland heeft voor datzelfde doel zijn Nudol-raket getest. Het is mogelijk dat een van hen kennis met Teheran heeft gedeeld.'

Dát is het, dacht Ryan. Dáár had zijn onderbewustzijn zich mee beziggehouden.

Erik Dovzhenko en Jack Ryan brachten de lichamen van Sassani en de andere dode IRG-officier naar de badkamer, zodat ze niet te zien waren als iemand toevallig bij Yazdani op bezoek kwam. Jack was even bang dat Yazdani van streek zou zijn als hij naar de man keek die hij had gedood, maar dat was het probleem niet. Yazdani raakte allang nergens meer door van streek, hij huilde allang nergens meer om – hij was ongevoelig geworden door dood en ziekte.

Ryan had in de laatste achtenveertig uur hoogstens een paar uur geslapen. Ten minste twee van zijn ribben waren waarschijnlijk gebroken. Een van zijn kiezen was geschilferd en bij elke hartslag ging er een felle pijnscheut door zijn gehechte oor. Zijn lichaam had wanhopig veel behoefte aan rust en genezing. Maar zijn ziel haatte deze rustpauzes, want die gaven hem veel te veel tijd om na te denken. Hij was stom geweest; toen Ysabel hem belde had hij een heel ander einde voor dit verhaal bedacht.

'Goed,' zei hij tegen Yazdani, 'vertel me nog een keer wat het doelwit is.'

'Voor de derde keer, geen van beide raketten is gericht op iets op aarde. Ik neem aan dat het mogelijk is dat ze satellieten in een lange baan om de aarde willen brengen, maar voor zover ik weet hebben ze de kernkoppen niet verwijderd.'

'Waarom zouden ze een kernraket verspillen door hem de ruimte in te schieten?' vroeg Dovzhenko peinzend. Hij dacht diep na, met een vertrokken gezicht. 'Waarom niet naar Israël of een Amerikaanse basis in Afghanistan?'

'Geen idee,' zei Ryan. 'Als ze gaan proberen een satelliet neer te halen, zullen we toch wraak nemen.'

Ysabel raakte Dovzhenko's arm even aan. 'Kun je je de foto van Maryam nog herinneren, die van die veroordeelde studenten met generaal Alov?'

De Rus knikte.

'Laten we die nog een keer bekijken,' zei Ysabel. 'Volgens mij staat daar iets op wat we over het hoofd hebben gezien.'

59

Reza Kazem wendde zijn blik af en verbeet een glimlach toen ayatollah Ghorbani met beide handen zijn baard moest vasthouden om te voorkomen dat die door de rotor van zijn gezicht werd geblazen. Terwijl de geestelijke in de Jet Ranger klom, keek hij naar Kazem alsof de natuurkracht van de wind en van de helikopter zijn schuld was.

De rondleiding over de raketlocatie had maar kort geduurd. Kazem had de vragen die hij kon beantwoorden beantwoord en de vragen waarvoor meer kennis nodig was omzeild en niet beantwoord. Generaal Alov van de Russische GRU was meegelopen met zijn handen op de rug en een arrogante grijns op zijn gezicht, alsof hij alle antwoorden kende maar niet de moeite wilde nemen ze uit te spreken. Kennelijk tevreden maar niet echt blij had Ghorbani zich zonder veel te zeggen omgedraaid en was teruggelopen naar de helikopter. De demonstraties in Mashhad zouden tot laat in de avond doorgaan en hij had bij aankomst al duidelijk laten weten dat hij daar vanuit de lucht naar wilde kijken.

De Bell Jet Ranger steeg op met de piloot en vier passagiers: ayatollah Ghorbani, generaal Alov, Kazem en zijn vertrouwde tweede man Basir. De piloot had samen met Basir in het leger gediend en maakte, hoewel Ghorbani dat niet wist, deel uit van Kazems kring vertrouwelingen.

Kazem en Basir vlogen achteruit, terwijl Alov en Ghorbani naar voren keken. Ghorbani zat tegenover Kazem.

De Bell 206 had een maximumsnelheid van 120 knopen en Ghorbani, met zijn gefronste voorhoofd het toonbeeld van ongeduld, gaf de piloot bevel op topsnelheid te vliegen. Ze vlogen op een hoogte van zestig meter boven de menigte die zich had verzameld op het open stuk waar de Navvab Safavi Expressway onder het Mausoleum van Imam Reza door liep. Een vechtende rij politieagenten en Basij-militie tegen een groep demonstranten voor de Kawthar-muur. Beide partijen probeerden de gewelfde poorten als tijdelijke veldschansen te gebruiken. Mannen en vrouwen van alle leeftijden waren de straat op gegaan, maar de demonstranten waren vrijwel allemaal jongeren van in de twintig en de dertig, die ziek waren van de huidige situatie. Deze zelfde jonge mannen en vrouwen die vaak in de mondiale media werden getoond terwijl ze 'Dood aan Amerika!' riepen, schreeuwden even vaak 'Dood aan de onderdrukking!' of 'Dood aan de werkloosheid!'.

De Basij-militie, vaak van dezelfde leeftijd als de protesterende demonstranten, was uiterst wreed en beantwoordde de geschreeuwde beledigingen met knuppels en kogels.

Ghorbani had een macabere belangstelling voor alle actie en gaf de piloot opdracht over de plaatsen te vliegen waar de meest gewelddadige confrontaties plaatsvonden. 'Hoeveel zijn het er, denken jullie?' vroeg Ghorbani via de intercom. Met zijn zwarte tulband tegen het plexiglas gedrukt keek hij naar het gewoel beneden. Door de stoffen hoofddoek hing zijn koptelefoon om zijn hals in plaats van over zijn hoofd zoals bij de andere inzittenden van de helikopter.

'Niet meer dan vier- of vijfhonderd,' zei Reza. Het was gebruikelijk dat Ghorbani's adviseurs de omvang van een demonstratie – maar eigenlijk van alles wat negatief was – bagatelliseerden.

'Onzin,' zei de geestelijke. 'Daar zijn zeker tweeduizend man. Ze zijn allemaal kwaad doordat ze het gevoel hebben dat ze geen stem meer hebben.'

Generaal Alov trok een wenkbrauw op, maar zei niets.

'Dat is waar,' zei Reza.

Ghorbani keek abrupt op. 'Ik weet wat waar is en wat niet. De regering van Iran is aangesteld door Allah. Die waarheid is absoluut. We zouden de tweeduizend man onder ons aan het zwaard rijgen om die waarheid te verdedigen, en zo nodig zelfs tien keer tweeduizend.' Hij drukte de voorrand van zijn tulband weer tegen het plexiglas en keek naar beneden. 'Dat zal niet nodig zijn. De Amerikanen zullen hun troepen meteen nadat de eerste raket Baghram raakt verzamelen, maar niet weten wie ze de schuld moeten geven. Een gestolen Russische raket gelanceerd door Iraanse dissidenten zal zoveel spanning veroorzaken dat ze geen tegenaanval met kernwapens zullen uitvoeren. Maar het is wel zeer waarschijnlijk dat ze met conventionele wapens een paar faciliteiten aanvallen. President Ryan zal ons ongetwijfeld verdenken, maar doordat hij geen definitief bewijs heeft, zullen we de doelwitten vooral voor de show beschieten. En als er iets is wat ons volk meer haat dan de onbegrepen politiek van hun eigen regering, is dat inmenging van de Verenigde Staten. President Ryans machtsvertoon zal het Iraanse volk alleen maar een gemeenschappelijke vijand bezorgen.'

Kazem boog, zoals iemand die onderdanig is hoort te doen – maar dit was de laatste keer.

'Ik heb genoeg gezien,' zei de geestelijke, waarna hij de piloot opdracht gaf terug te keren naar de raketlocatie. Ghorbani was altijd onvriendelijk, maar nu werd zijn stem zelfs nog ijziger. 'Ik zag toevallig, Reza, dat je Sahar Tabrizi in dienst hebt.'

Dat was geen vraag, dus reageerde Kazem niet meteen.

'Wie is Sahar Tabrizi?' vroeg generaal Alov, opeens ongerust door Ghorbani's toon. Voor Rusland stond hier immers veel op het spel. 'Als er sprake is van... hoe zal ik het zeggen? Een kink in de kabel, dan moet ik dat weten.'

'U zei zelf dat ik de besten moest inhuren,' zei Kazem. 'Het gewenste doelwit raken met een raket die in het buitenland is gemaakt...'

Generaal Alov viel hem in de rede: 'Als je mist, ligt dat niet aan de raket.'

'Wat ik wilde zeggen was dat ik, om een doelwit te raken met een raket die in het buitenland is gemaakt vanaf onze Iraanse mobiele lanceerders, iemand moest vinden die beter was dan de besten. Dr. Tabrizi is een briljante natuurkundige en ingenieur. Zij maakt integraal deel uit van mijn plan.'

'Ik ben me goed bewust van haar zogenaamde briljante geest,' zei Ghorbani. 'Maar haar genialiteit gaat gepaard met een zekere instabiliteit...' Zijn stem ebde weg en hij keek weer op van het raam. 'En wat bedoel je met je plan?'

'Dit is grote onzin,' zei generaal Alov. 'Zelfs als je deze raketten tegen een grote boom zet raken ze nog wat je zegt dat ze moeten raken, zolang je de juiste lanceerinstructies maar invoert in het commandocontrolesysteem.'

Reza knikte tegen Basir die generaal Alov met zijn ene hand bij zijn kraag greep terwijl hij met zijn andere hand diens gordel losmaakte. Op dat moment zwenkte de piloot de helikopter scherp naar links, waardoor de sterke Iraniër de verraste Rus heel gemakkelijk boven de woestijn kon dumpen. De generaal was hierdoor zo overrompeld dat hij alleen even geschrokken kreunde voordat hij door de geopende deur verdween.

Ghorbani werd lijkbleek, het gewenste effect. 'Wat deed je nu!?'

Reza zei met een knikje naar de lege stoel: 'Dat was helaas noodzakelijk. Het was belangrijk dat u zag hoe sterk onze commitment is, zodat u zult luisteren.'

Ghorbani leunde naar voren en sloeg met zijn vuist tegen de stoel van de piloot. 'Keer onmiddellijk terug naar Mashhad!'

'Dat kan vrees ik niet gebeuren, meest verlichte,' zei Kazem, bijna maar net niet helemaal minachtend. 'Bent u op de hoogte van dr. Tabrizi's meest opmerkelijke hypothese?'

De geestelijke was niet geïntimideerd, zelfs niet door deze koelbloedige moord. Hij keek om zich heen en zei: 'Natuurlijk ben ik dat. Die is krankzinnig.'

'Met alle respect, dat ben ik niet met u eens,' zei Kazem. 'Ze is excentriek, dat is zeker, maar absoluut niet krankzinnig. Weet u, met de hulp van twee Russische raketten en dr. Tabrizi gaan u en ik de wereld veranderen.'

Jack Ryan junior stond achter Ysabel en keek over haar schouder naar Yazdani's computer, terwijl Dovzhenko de eBay-website opende waar hij de foto van Maryam en de andere Iraanse dissidenten had opgeslagen. Ysabel drukte het puntje van haar wijsvinger op het gezicht van haar vriendin en bracht die vervolgens naar haar lippen. Dovzhenko leunde tegen haar aan, om haar te troosten of om getroost te worden, dat wist Jack niet.

'Ik neem aan dat Sassani's handelingen logisch waren,' zei Dovzhenko. 'Generaal Alov zou niet willen dat ik op de hoogte ben van zijn interactie met deelnemers aan de demonstraties.' Hij schudde zijn hoofd. 'Maar ik begrijp nog steeds niet waaróm hij daar was. Hij is te bekend om undercover te kunnen werken. En ik kan niet geloven dat Moskou Teheran in de steek laat in ruil voor een nieuw regime.'

Yazdani kwam dichterbij staan en keek naar het beeldscherm. 'Misschien kan ik jullie daarmee helpen. Van wat ik heb gezien heeft Moskou niemand in de steek gelaten. Reza Kazem is zogenaamd de leider van de Arabische Lente, maar volgens mij is dat niet echt zo. Ik denk dat ze allemaal samenwerken. De enige mensen die in de steek zijn gelaten, zijn de mensen die in de ban van Kazem zijn geraakt.'

Jack knikte. 'Rusland verkoopt dus raketten aan Iran via een achterlijke wapenhandelaar in Portugal, maar aangezien ze zogenaamd zijn gestolen en naar een dissidente groepering zijn gegaan, krijgen Rusland en Teheran daar de schuld niet van. Ook al weet de hele wereld dat dat verhaal onzin is. Best wel slim, als je erover nadenkt.'

'Ik heb geen idee waar ze die raketten vandaan hebben,' zei Yazdani. 'Maar het zijn Russische raketten én het zijn kernraketten. Maar deze samenzwering geeft geen antwoord op je vraag over de doelwitten.'

Ysabel raakte het scherm weer aan, maar ze wees nu naar een magere vrouw van midden zestig die stond te praten met een van Maryams drie vrienden die Dovzhenko opgehangen had zien worden. Ze droeg geen hoofddoek en haar schouderlange haar was pikzwart, alsof ze het met een spuitbus had geverfd. 'Volgens mij zou Sahar Tabrizi ons antwoord kunnen zijn.'

Jack leunde naar haar toe en kromp ineen door de bonzende pijn in zijn oor. 'Dr. Sahar Tabrizi? Had zij niet die bezopen theorie over de satelliet Armageddon?'

'Ongeveer tijdens de revolutie,' zei president Jack Ryan, 'doceerde een briljante astrofysicus die Sahar Tabrizi heette aan de Universiteit van Teheran. Ze was luidruchtig en excentriek, en ze vond dat vrouwen even slim en vakkundig waren als mannen. Ze was dus precies de soort academicus die Khomeini graag naar de kerkers van de Evin-gevangenis stuurde. Volgens mij is ze gevlucht en gaf ze later les aan een universiteit in Zuid-Amerika.'

Bezoekers aan het Oval Office leggen hun mobiele telefoon altijd in een mand naast het bureau van Betty Martin, maar Mary Pat had de hare opgehaald zodat ze hem kon gebruiken om in realtime research te doen. Ze kon bijna even snel met haar duimen typen als

Ryan kon praten. 'Ik stuit op ene Sahar Tabrizi, voorzitter van de faculteit Natuurkunde van de Universiteit van Chili,' zei ze.

'Dat is haar,' zei Ryan. 'Doe me een plezier en kijk of ze de afgelopen weken of maanden naar Iran is geweest.'

Verschillende inlichtingendiensten hielden in de gaten welke internationale reizen werden gemaakt door wetenschappers die in staat werden geacht tot het ontwikkelen van nucleaire, chemische of biologische wapenprogramma's. Tabrizi was astrofysisch ingenieur en werd dus ook in de gaten gehouden.

Mary Pat pleegde twee telefoontjes voordat de CIA het bevestigde. 'Het is waar, meneer de president. Tabrizi is vijfentwintig dagen geleden naar Teheran gevlogen.' Ze zuchtte. 'Ik moet je dit wel vragen, Jack, maar wil je ons, behaarde ongewassen barbaren zoals wij die zich niet bezighouden met het wel en wee van de meest prominente raketgeleerden ter wereld, misschien vertellen waar je aan denkt?'

'Ken je het Kessler-syndroom?'

'Een doemscenario met betrekking tot satellieten,' zei Burgess. 'Eind jaren 1970 ontwikkeld door een wetenschapper van de NASA.'

'Inderdaad,' zei Ryan. 'Donald Kessler stelde dat objecten die in een lage baan om de aarde draaien uiteindelijk zo'n dichtheid zullen bereiken dat ze tegen elkaar zullen botsen, met als gevolg een kettingreactie waardoor er een groot afvalgebied ontstaat zodat satellieten niet langer in een lage baan om de aarde kunnen draaien.'

'Wacht eens even,' zei Arnie Van Damm. 'Het International Space Station draait in een lage baan om de aarde.'

'Dat is zo,' zei Ryan. 'Net als de meeste van onze surveillancesatellieten.'

'Dus,' drong Mary Pat aan. 'Dr. Tabrizi...?'

'Zij brengt die hypothese naar het volgende niveau,' zei Ryan. 'Kessler ging ervan uit dat het aantal satellieten zal toenemen, waardoor het aantal botsingen veel groter zal worden. Maar Tabrizi denkt dat wanneer één enkele satelliet in een lage baan wordt vernietigd deze zoveel ruimteafval zal veroorzaken dat het Kessler-syndroom vele malen wordt versneld. Er zouden steeds meer botsingen plaatsvinden tot alles in een lage baan om de aarde binnen een paar weken vernietigd zal zijn.'

Burgess zei: 'Gelukkig zouden onze gps- en communicatiesatellieten daar geen last van hebben.'

'Klopt,' zei Ryan. 'Die satellieten bevinden zich veel hoger, maar volgens Tabrizi zal het afvalveld in een lage baan zo'n dichtheid bereiken dat daar doorheen vliegen vergelijkbaar is met door een schot hagel vliegen.'

'Ik ben geen raketgeleerde,' zei Scott Adler, 'maar lijkt u dat niet een beetje overdreven?'

'Misschien wel,' zei Ryan. 'Maar die KH-satellieten zijn elk ongeveer even groot als een stadsbus. Ik heb gezien wat één stofdeeltje met een raam van het Space Station kan doen. Een kleine twintigduizend kilo ruimteafval kan verdomd veel schade aanrichten. En met elke botsing krijgen we meer ruimteafval. Dus nee, als dr. Tabrizi's berekeningen kloppen, dan overdrijven we helemaal niet. Laten we nog een keer kijken naar die foto van generaal Alov en de demonstranten van onze informant in Iran. De kans is groot dat die drie jongemannen zijn geëxecuteerd omdat ze Tabrizi in gezelschap van Reza Kazem hebben gezien.'

Mary Pat ging door met haar zoektocht op haar smartphone. 'Zo te zien heeft ze een enkele satelliet geïdentificeerd die deze kettingreactie kan veroorzaken.'

'Klopt,' zei Ryan. 'Ze noemt hem Crux.'

'Crux,' herhaalde Mary Pat peinzend. 'Welke satelliet is dat?'

'Dat is het probleem,' zei Ryan. 'Dat heeft ze nooit verteld.'

60

'Waarom?' vroeg Ghorbani. 'Wat jij doet is zinloos.'

'Integendeel,' zei Kazem. 'Het is juist heel zinvol.'

'Maar Reza,' zei Ghorbani, die zijn best deed verzoenend te klinken ook al wist Kazem heel goed dat de geestelijke op dit moment het liefst zou zien dat hij werd afgeslacht, 'als Tabrizi daarin slaagt, lijdt iedereen daaronder. Rusland zal woedend zijn, maar wij hebben zelf ook satellieten en bovendien hopen we er meer te krijgen om uiteindelijk op één lijn te staan met het Westen.'

'Dat gaat ook gebeuren,' zei Kazem. 'Binnen een paar weken in plaats van de tientallen jaren die dat anders zou hebben gekost.'

Ghorbani schudde zijn hoofd en trok vol afkeer en vol ongeloof zijn neus op.

'Want ziet u,' zei Kazem, 'Iran is slechts voor een klein deel van onze militaire en burgercommunicatie afhankelijk van satellieten, en het grootste deel daarvan is bedoeld om bedreigingen door het Westen te kunnen beantwoorden. De Verenigde Staten zijn voor bijna honderd procent afhankelijk van hun ogen in de lucht, zodat ze zonder hun geliefde satellieten blind zullen zijn. Ze zullen niet langer in ons deel van de wereld willen ronddolen zonder hun gekoesterde technologie. Ik wens niet als benzinestation voor het Westen te fungeren zoals de Arabieren. Daar zijn we te goed voor. Deze regio heeft zevenduizend jaar terecht deel uitgemaakt van een Perzisch Rijk. En dit zal ons die geschiedenis teruggeven. Alle zogenaamde supermachten – Rusland, China en de Verenigde Staten – zullen zwak worden. In het slechtste geval zullen we een gelijkwaardig speelveld krijgen, maar in het beste geval zullen ze ons met rust laten.'

'Hoe eerder ik terug ben in Teheran, hoe beter,' zei de geestelijke. 'Of ben je van plan mij ook naar mijn dood te gooien?'

'Dat zou niet noodzakelijk hoeven zijn,' zei Kazem. 'Maar ik ben bang dat u nog een paar uur onze gast zult moeten blijven. Let op mijn woorden, O Leider van Rivaliteit. Dit zal een zegen zijn voor ons en een helse nachtmerrie voor het Westen.'

'Je bent gek geworden,' zei Ghorbani. 'Je bent al even gek als die stomme Tabrizi.'

'Dat zullen we heel gauw zien,' zei Kazem.

'Ik heb de beste astrofysicus in de vrije wereld nodig,' zei president Ryan. 'En als hij of zij toevallig aan de oostkust is, des te beter. Die wil ik zo snel als menselijkerwijs mogelijk is in mijn kantoor zien.'

Foley stond op. 'Ga ik regelen.'

'Ik ken misschien wel iemand,' zei Scott Adler, hoewel dit soort dingen een ver-van-zijn-bedshow waren. 'Ik poker met een paar mannen van de faculteit Politicologie van Annapolis. Een paar maanden geleden had een van hen een hoogleraar aeronautica meegenomen, een waarschijnlijkheidsgenie die ons allemaal heeft kaalgeplukt. Ik zal een paar mensen moeten bellen om zijn naam te achterhalen.'

Foley was al aan het typen. 'Dr. Randal Van Orden?'

'Dat is hem!' zei Adler. 'Als die vent half zo goed is in de raketwetenschappen als hij kan pokeren, is hij uw man.'

'Zijn cv is ongelofelijk,' zei Foley, met haar blik op haar telefoon gericht. 'Wees een baan bij de NASA af om les te gaan geven aan de Naval Academy. Hij is de man die je moet hebben met een vraag over satellieten. En moet je dit horen: hij heeft artikelen geschreven over de theorieën van Kessler en van Tabrizi.'

Zes minuten later had Ryan hem aan de telefoon en op de speaker. 'Dr. Van Orden, met Jack Ryan. We zitten met een belangrijk probleem en zouden graag gebruikmaken van uw expertise. Ik vraag me af of u naar mijn kantoor wilt komen?'

'Uiteraard, meneer de president,' zei de wetenschapper, hoorbaar verbaasd.

'Ik neem aan dat u een *security clearance* hebt,' zei Ryan.

'Inderdaad,' zei Van Orden. 'Door mijn periodieke werk voor de NASA moet ik altijd een TS hebben.'

'Top Secret is een beetje laag voor dit probleem,' zei Ryan. 'Maar ik zal u bijpraten zodra u hier bent.'

'Mag ik vragen wat het probleem is waar u het over hebt?'

'Helaas kan ik daar via de telefoon niet op ingaan,' zei Ryan. 'Maar het heeft te maken met artikelen die u hebt geschreven, over Kessler en Tabrizi.'

'Ik begrijp het,' zei Van Orden. 'In dat geval, ik heb een jonge protegé hier in The Yard met wie u zeker zult willen praten. Hij heeft onlangs het beste artikel over Tabrizi geschreven dat ik ooit heb gelezen.'

'Een collega-hoogleraar?' vroeg Ryan.

'Nee, meneer,' zei Van Orden. 'Een *youngster*.'

Een youngster in het jargon van de Naval Academy is een tweedejaarsstudent.

'Adelborst Alex Hardy is een student van me en ik moet zeggen, een van de meest briljante geesten op het gebied van *aerospace* en ruimtevaarttechnologie. Hij heeft persoonlijk de voornaamste componenten ontworpen voor het geleidingssysteem van de satelliet die we volgend najaar gaan lanceren.'

'Dat zou problematisch kunnen zijn,' zei Ryan.

'Ik verzeker u,' zei Van Orden, 'dat hij, wanneer u antwoorden wilt, meer zal weten dan ik, of zelfs meer dan wie ook ter wereld.'

Ryan zei: 'Goed, dan zullen we hem ook op de hoogte brengen. Dit is een uiterst urgente kwestie. Ik zal een auto naar u toe sturen om u op te halen over...' Hij keek op zijn horloge en gebaarde toen naar Mary Pat dat ze iemand meteen op pad moest sturen. 'Zullen we zeggen over een halfuur?'

'We zorgen dat we klaarstaan, meneer de president.'

Ryans hand bleef boven de telefoon hangen. 'En dr. Van Orden, ik realiseer me dat u en Hardy colleges en examens en dergelijke hebben. Ik regel dit wel met uw baas. U mag anderen hogerop die het echt moeten weten dat u naar het Witte Huis bent geroepen op de hoogte brengen, maar voor ieder ander is het doel van uw bezoek geheim.'

Het kon niet ontkend worden; het kantoor van Randal Van Orden was een rommeltje. Printplaten, rollen soldeerdraad en plastic dozen van uiterst hittebestendig materiaal stonden tegen een antieke oscilloscoop. Stapels papieren met ezelsoren, sommige versierd met ringen van ontelbare blikjes cola light, bedekten elk stukje van het bureau waar geen elektronisch component of wetenschappelijk instrument lag of stond. Van Orden dacht niet lineair, in tegenstelling tot de meeste engineers die hij kende. De antwoorden voor elk probleem waar hij toevallig aan werkte verschenen als minuscule gedachtewolkjes in de overvolle werkruimte van zijn geest. Maar zodra hij de maximale beladingscapaciteit voor een bepaalde raket of de juiste mix van poedermetaal in een vastebrandstofmotor moest berekenen, waren die antwoorden altijd in die wolkjes te vinden. Net zoals de soldeerbout daar op de tafel lag waar hij hem nodig had. Er was namelijk sprake van een bepaalde orde in zijn chaos.

Toch duurde het even voordat hij zijn mobiele telefoon had gevonden, in het zijvak van de stevige leren Saddleback-aktetas die er volgens zijn vrouw hoogleraarachtig uitzag.

Van Orden had zelf nooit in het leger gediend, maar toch had hij een militaire aanpak. De adelborsten in zijn collegezalen werden geacht professioneel en ordelijk te zijn. *Locked on* – doel zoeken en blijven volgen – noemden ze dat. Het waren bijzonder intelligente en gedreven mensen die het best mogelijke onderwijs verdienden. Dr. Van Orden vond dat hij de verantwoordelijkheid had om zo locked on te zijn als maar mogelijk was voor een man van begin zestig. Zijn kapper in de buurt van zijn huis in Crownsville hield zijn donkere haar kort en verzorgd. Met zijn dunne stropdas, witte overhemd en bril met zwart montuur zag hij eruit alsof hij zo uit de jaren zestig was gestapt. Eerlijk gezegd droeg hij liever een poloshirt en kakikleurige broek, maar zijn vrouw kleedde hem volgens haar filosofie dat hij niet langer jong kon zijn, dus voor het coolste oud moest gaan. Voor een ruimtevaartingenieur was dat in 1969 het motto van de NASA.

Hij scrolde door zijn recente gesprekken tot hij het telefoonnummer van adelborst Hardy had gevonden. Hij had nooit eerder zo'n veelbelovende student gehad. De jonge man had zo'n begrip en zo'n goed geheugen voor getallen dat een toevallige toeschouwer zou denken dat hij een excentrieke geleerde was. Maar dat was niet zo. De mannen en vrouwen die werden toegelaten tot de United States Naval Academy moesten zowel breed ontwikkeld zijn als slim.

De telefoon werd niet opgenomen. Niet verrassend, want Hardy zou een college kunnen volgen of ergens in The Yard zijn met slecht bereik. Hij had er even spijt van dat hij Hardy's naam had genoemd, maar als de vragen van de president zo belangrijk waren dat hij een wetenschapper zoals hijzelf naar het Witte Huis ontbood, was Hardy's kennis van onschatbare waarde. Hij keek op zijn horloge. Hij zou hem dus op de ouderwetse manier moeten gaan zoeken.

Van Ordens kantoor bevond zich beneden op de afdeling Ruimtevaarttechniek van Rickover Hall, in de noordhoek van de campus op een stuk terrein dat vroeger deel had uitgemaakt van de Severn River. Hij keek even naar buiten en zag een eerstejaars die het witte Dixie Cup-petje en het Cracker Jack-uniform droeg die synoniem waren met personeel van de Marine dat onderaan de ladder was begonnen. De eerstejaars adelborst had kennelijk een weddenschap met een student uit een hoger jaar verloren en stond nu op *lifeguard duty* naast de fontein voor Van Ordens kantoor.

'Ken je adelborst Hardy?' vroeg Van Orden. Hij had een donkere stem, zodat de eerstejaars rechter op ging staan.

'Jawel, dr. Van Orden,' zei de jongeman. 'Toen ik hem zag ging hij naar Dahlgren Hall om een telefoongesprek te voeren.'

'Dank je,' zei Van Orden terwijl hij al wegliep. Hij wilde de auto van de president niet laten wachten. Hij liep snel en met zijn sportjasje over de arm, zodat hij in het warme voorjaarsweer niet zou gaan zweten.

Dahlgren Hall stond schuin tegenover The Yard, in de verste zuidhoek, bijna bij het hek van de hoofdingang, ongeveer zo ver weg als mogelijk was terwijl het toch nog op het terrein van de Academy stond. Van Orden liep langs de Michelson Hall en de gedenkplaat die de plek markeerde waar Albert Michelson in 1879 de snelheid van het licht had gemeten. Hij liep over het gazon en rende bijna toen hij langs het Mexican War Midshipmen's Monument in het midden van de binnenplaats naar Dahlgren Hall liep. Het was verklaarbaar dat Hardy zich hier ontspande. Hij had een vriendin in Idaho en het dakterras van Dahlgren was een van de weinige plaatsen waar adelborsten een beetje privacy konden vinden om te bellen.

In tegenstelling tot de andere militaire academies in de Verenigde Staten was Annapolis een open campus, waar bezoekers net als op een vliegveld alleen hun legitimatie en een toegangsbewijs hoefden te laten zien. Daardoor was het terrein vol toeristen die naar Van Orden keken omdat hij niet over de paden liep. Hij negeerde hen en liep Dahlgren Hall binnen waar het naar friet rook vanuit het Drydock Restaurant, en rende de trap op. Er waren verschillende adelborsten in de lounge met de blauwe vloerbedekking, maar helaas was Hardy daar niet bij.

Van Orden keek weer op zijn horloge. Twaalf minuten verspild.

Hij liep naar de eerste de beste adelborst, een lange Scandinavisch uitziende vrouw die hij, als ze haar witte informele uniform niet had gedragen, voor een olympische hardloopster had kunnen houden. Aan het anker met de ketting en de twee diagonale strepen op haar epauletten was te zien dat ze een adelborst tweede klas was, een jaar hoger dan Hardy.

Ze zat te lezen, maar klapte haar boek dicht en stond op toen ze zag wie er met haar wilde praten. 'Wat kan ik voor u doen, meneer?' Op haar naamplaatje stond dat zij Adelborst Larson was.

'Ik ben op zoek naar Alex Hardy. Donkerblond haar, ongeveer 1 meter 77…'

'Hij was hier ongeveer een halfuur geleden nog. Volgens mij is hij naar beneden gegaan, naar de windtunnels.'

Van Orden kreunde. 'Dank je,' zei hij. Hij draaide zich snel om en rende terug over de campus naar de kelder van het gebouw waar hij vandaan kwam, vlak bij zijn kantoor.

Hij vond Hardy zes minuten later.

Hardy stond naast een van de doosvormige windtunnels in de kelder van Rickover Hall bij het model van een hand met een stuk stalen buis die uit de palm stak. Hij was aan het werk met vier andere adelborsten, die er bijna net zo uitzagen als hij met hun korte haar en witte zomeruniform. Het project was voor een van Van Ordens fysicalessen: de effecten van het met een schietstoel verlaten van een vliegtuig met verschillende snelheden en op verschillende hoogtes. Op het bord aan de muur achter hen stond: RAKETWETENSCHAP: GEEN HERSENCHIRURGIE.

Van Orden stopte zijn vingers in zijn oren, dankbaar voor het korte moment om op adem te komen. Hardy keek op toen hij iets zag bewegen en Van Orden wenkte hem.

Hardy deed zijn gehoorbescherming af. 'Wat kan ik voor u doen, meneer?'

Van Orden keek naar de gang, hield zijn mond dicht en schudde zijn hoofd om aan te geven dat ze buiten gehoorsafstand van de anderen moesten gaan.

'Jij en ik zijn ontboden naar het Witte Huis,' zei hij. Er was geen tijd om eromheen te draaien.

'Het Witte Huis?'

'Inderdaad,' zei Van Orden. 'Een auto haalt ons op over' – hij keek op zijn horloge – 'minder dan een kwartier.'

'Goed...' Hardy aarzelde. 'Ik bedoel, meneer, ik heb colleges vanmiddag.'

'Heb je wel gehoord wat ik zei?' vroeg Van Orden. Zijn donkere stem dreunde door de gang tot hij zichzelf weer onder controle had. Hij begon te lopen en Hardy liep met hem mee. 'Door het Witte Huis, ik bedoel door de Commander in Chief. Volgens mij geldt dat wel als geoorloofd verzuim.'

Hardy liep sneller om hem bij te kunnen houden. 'Hoe weten ze daar in vredesnaam wie ik ben?'

'Omdat ik hun dat heb verteld,' zei Van Orden. 'Kom mee. Ik leg het onderweg wel uit.'

Een man in een donker pak en met een zonnebril op kwam net de hoek om van Dahlgren Hall toen Van Orden en Hardy onderweg naar het voorhek langs het Submarine Monument liepen. Hij knikte even. 'Dr. Van Orden?'

'Ja.'

'Special agent Marsh. Ik ben uw chauffeur.' Hij bracht zijn pols naar zijn mond en zei iets in de microfoon op zijn mouw. 'Marsh voor CROWN, ik heb ze allebei.'

Hardy bleef staan toen ze bij het standbeeld van Billy the Goat waren. 'Dat is Luitenant ter Zee 1e klasse Gill, mijn professor Engelse literatuur,' zei hij, met een knikje naar een marineofficier die uit Lejeune Hall kwam en naar hen toe liep. 'Hij is ook mijn compagnie-officier.'

'Gaat u ergens naartoe, meneer Hardy?' vroeg de officier.

'Ja, meneer,' zei Hardy.

'Eerlijk gezegd geldt dat voor ons allebei,' zei Van Orden.

'Vreemd,' zei Gill. 'Ik heb geen absentiebriefje voor u in mijn inbox gezien.'

'Dat heb ik ook niet verstuurd, meneer.'

'Ik stel voor dat u daar de tijd voor maakt,' zei de officier, professioneel maar niet toegeeflijk.

De Secret Service-agent bemoeide zich ermee. 'Ik vrees dat ik u moet vragen ons te verontschuldigen, meneer. Adelborst Hardy wordt verwacht bij een belangrijke vergadering.'

Gill vertrok zijn gezicht, niet overtuigd. 'Ik heb geen idee wie u bent. En wie is zo belangrijk dat hij de gang van zaken van de Academy kan verstoren?'

'De president, meneer,' zei special agent Marsh.

'De president waarvan?'

'Van de Verenigde Staten, meneer,' zei Marsh.

'De president? Waar gaat dit over, Hardy?'

'Ik ben bang dat ik u dat niet kan vertellen, meneer,' zei Marsh. Hij liet de vijfpuntige ster op zijn *credentials* zien en zei: 'Als u ons nu wilt verontschuldigen. De directeur heeft de informatie die u mag weten.'

'Ergens heb ik wel medelijden met hem,' zei Hardy terwijl hij op de achterbank gleed van een zwarte Crown Victoria die voor het hek in Randall Street op het verboden-te-parkerengedeelte stond. 'Hij deed gewoon zijn werk.'

'Ik ook.' Marsh keek hem glimlachend aan via de binnenspiegel. 'Maar je zult moeten toegeven dat dit een Yard-legende zal worden.'

Hardy werd tegen de rugleuning van de leren bank geduwd toen de agent het zwaailicht en de sirenes aandeed en het gaspedaal intrapte om hen naar het Witte Huis te brengen. Dit was de eerste keer sinds Van Orden hem het nieuws had verteld dat Hardy zich gedroeg als een gewone jongeman van twintig in plaats van een stoïcijnse adelborst. Hij zei: 'O wauw, maar dit is te gek!'

61

President Ryan zat aan het hoofd van de vergadertafel in de Situation Room en nam een slok water. Zijn maag was te verkrampt door zijn ongerustheid over Jack junior om meer koffie te drinken. Tijdens het wachten dacht hij na over wat hij precies zou zeggen als hij de Russische president aan de lijn had.

Het actieplan was gehaast opgesteld, zoals altijd wanneer een plan werd opgesteld als reactie op een volkomen onverwachte situatie. Er waren geen standaardprotocollen voor iets wat hier zelfs maar een beetje op leek.

Twee F-22 Raptors, elk geladen met negenhonderd kilo JDAM GBU-32 geleide bommen, waren twintig minuten eerder vanuit Baghram vertrokken en werden nu ergens boven Herat bijgetankt. De informant die FLINT werd genoemd stond stand-by in Mashhad en kon de malware elk moment uploaden. En eindelijk zou de Rus die bekendstond als GP/VICAR zelf een telefoontje plegen.

Ryans telefoongesprek werd verzorgd via de Washington–Moskou Direct Communications Link die was opgezet in 1963 om mogelijke rampen te voorkomen door vertraagde communicatie zoals de bijna-ramp tijdens de Cubaanse raketcrisis. Deze telefoonverbinding stond bij het gewone publiek bekend als 'de rode telefoon' of 'Hotline', maar de link was helemaal geen telefoon. In het begin werd het gesprek via een teleprinter gevoerd, maar nieuwe technologieën leidden uiteindelijk tot een computersysteem waarover beveiligde mailtjes konden worden uitgewisseld tussen het Pentagon en het Kremlin om mondelinge communicatie tussen de twee wereldleiders mogelijk te maken. Er waren ook andere manieren, maar deze was de snelste.

Ryans stem droop van diplomatie zodra hij Yermilov aan de lijn had. Ryan sprak redelijk Russisch en Yermilov redelijk Engels, maar zoals altijd in het geval van dergelijke delicate gesprekken spraken de mannen via tolken met de vereiste security clearances. Ryan beschreef de situatie met de raketten en Sahar Tabrizi, zonder te vertellen dat de Verenigde Staten heel goed wisten dat Rusland achter de verkoop aan Iran zat. 'Nikita,' zei Ryan, 'ik weet zeker dat je begrijpt hoe gevaarlijk dit is. We dachten eerst dat Amerikaanse installaties de doelwitten waren, maar de vernietiging van een satelliet met als gevolg een dichte baan afval in een lage baan om de aarde zou een ramp betekenen voor onze beide landen. Het International Space Station zou zeer waarschijnlijk worden vernietigd voordat een van ons een evacuatiemissie zou kunnen lanceren. Echt, dit zou een ramp betekenen voor de hele wereld. Mijn experts vertellen me dat de resulterende hoeveelheid ruimteafval het bijna onmogelijk zou maken om in de nabije toekomst ook maar iets de ruimte in te sturen.'

Yermilov riep dreigend: 'Maar Jack, ik kan je verzekeren dat wij dachten dat die raketten waren vernietigd tijdens een vliegtuigongeluk toen ze op weg waren naar Sary Shagan in Kazachstan om te worden getest. Ik had er geen idee van dat ze in Iran waren beland.'

'Dat zeg ik ook niet,' zei Ryan.

'Ik dacht dat je over een andere kwestie belde.'

'Elizaveta Bobkova?'

'Nee...'

'Zij en haar mannen hebben diplomatieke onschendbaarheid,' zei Ryan. 'Maar ik heb begrepen dat ze misschien zal vragen of ze mag blijven.'

'Echt waar?' vroeg Yermilov, bijna happend naar adem.

'Dacht je dat ik over Oekraïne belde?' vroeg Ryan op geringschattende toon, alsof Yermilovs troepenbewegingen weinig meer betekenden dan een vlieg op zijn neus. 'Echt waar, mijn mensen zeiden tegen me dat Rusland misschien zou proberen om Oekraïne binnen te vallen omdat het Kremlin denkt dat ik mijn handen vol heb aan binnenlandse kwesties. Ik heb hun gezegd dat je me daar te goed voor kent. Je zou het land echt niet binnenvallen, in elk geval niet verder dan je al hebt gedaan. Ik zei tegen hen dat je troepenbewegingen gewoon bluf waren. Dat jij en ik dit hadden besproken en dat je wist dat ik drastische maatregelen zou nemen als je om welke reden dan ook het land verder binnentrekt. En dat wij het met elkaar eens waren dat een dergelijke actie een gordiaanse knoop van oorlog zou veroorzaken waar je voorganger Chroesjtsjov zo welsprekend over sprak. Maar we kunnen later nog weleens over Oekraïne praten. Deze kwestie met die raketten is veel belangrijker. Vind je ook niet?'

'Ja,' zei Yermilov, verbijsterd en zo goed als verslagen. 'Wat zullen we… Stel je voor dat we contact opnemen met Teheran?'

'Zoals je weet hebben de Verenigde Staten geen diplomatieke relatie met Iran,' zei Ryan. 'Maar ook al was dat wel zo, ik weet niet zeker in welke mate Teheran hierbij betrokken is. Dit is waarschijnlijk het werk van een dissidente groepering, maar het is te vroeg om dat met zekerheid te zeggen. Buiten dat ben ik bang dat tijd van essentieel belang is. Ik had gehoopt dat jij een methode had om de Gorgons op afstand te vernietigen.'

Yermilov zei: 'Ik moet je wel vragen hoe je aan die informatie komt.'

Ryan grinnikte, ondanks de situatie. 'Dat is geheim, maar ik weet zeker dat je de waarheid kunt achterhalen zonder ons aan Teheran te verraden. Nu moet ik jou iets vragen, Nikita: ben je in staat om je raketten met een code bevel te geven zichzelf te vernietigen?'

Het was stil op de lijn doordat Yermilov zijn microfoon had uitgeschakeld. Als Ryans plan slaagde werd de Russische president op dit moment door leden van zijn eigen inlichtingendiensten geïnformeerd over het plan om een satelliet te vernietigen.

Yermilov kwam negentig seconden later weer aan de lijn. 'Ik ben bang dat het op afstand vernietigen van de raketten geen optie is.'

Ryan zuchtte. 'Geen optie of niet mogelijk?'

'Zoals je het zelf ook noemde, is dat geheim.'

'Begrepen,' zei Ryan. 'Bedankt dat je met me wilde praten.'

'Wat ga je nu doen?' vroeg Yermilov.

'Dat zullen we moeten bekijken. We spreken elkaar heel binnenkort weer.' Hij grinnikte. 'Hopelijk niet over Oekraïne.'

'Ja,' zei Yermilov. 'Hopelijk niet.'

Ryan verbrak de verbinding en keek op naar generaal Paul en Mary Pat. 'Ik vind het niet prettig, maar MUDFLAP is akkoord.'

De voorzitter drukte een toets in op zijn telefoon die voor hem lag en zei in het minimicrofoontje op zijn headset: 'MUDFLAP is akkoord.'

Op hetzelfde moment belde DNI Foley haar informant in Iran, maar zij gebruikte een meer cryptische beschrijving. 'Is dit Peperouk Pizza? Ik wil graag iets bestellen als u dat binnen een halfuur kunt bezorgen.'

'Verkeerd nummer,' zei iemand in het Engels. 'Dit is Autogarage Navid.'

'Oké,' zei Foley. 'Sorry dat ik u heb gestoord.' Ze legde de telefoon neer en keek Ryan aan. 'Het is zover,' zei ze en ze stak haar duim op.

62

Jack junior en de anderen reden in de Hilux achter Yazdani aan, die in zijn eigen auto naar de Luchtmachtbasis van Mashhad ten zuiden van de stad reed. Ze wachtten in het Toroq Forest Park een kilometer ervoor, tot Jack een seintje kreeg van Mary Pat.

Yazdani liep zonder achterom te kijken naar binnen, vast van plan zijn zoon te redden. Hij had hun verzekerd dat hij zeer gerespecteerd werd in de antiraketfaciliteit. De vele jaren van oorlog met Irak hadden het noodzakelijk gemaakt dat het grootste deel van het antiraketsysteem dat het land tegen het Westen moest verdedigen vooral Teheran beschermde. Weinig leiders verwachtten een aanval vanuit het oosten, zodat dat gebied slechts licht werd beschermd.

Omdat Ryan daarop had aangedrongen, had Dovzhenko zijn directe baas in de ambassade in Teheran gebeld en hem verteld over een samenzwering van majoor Sassani, Reza Kazem en generaal Alov voor de vernietiging van een satelliet in een lage baan om de aarde. Hij had niet eerder contact kunnen leggen door de voor de hand liggende securitykwesties die verband hielden met een onderzoek van een prominente GRU-generaal die uiteraard overal spionnen had. Dovzhenko vertelde dat hij alleen maar beducht was op de goede naam van de SVR – en die van zijn meerdere – en dat hij daarom geen gebruikmaakte van de normale kanalen. Op dit moment, vertelde hij zijn baas, zou hij proberen te achterhalen waar de raketten waren, maar hij zei dat hij vermoedde dat er ook Amerikaanse spionnen in de buurt waren.

‘Denk je dat je baas je geloofde?’ vroeg Ysabel terwijl ze wachtten tot Yazdani weer naar buiten kwam.

Dovzhenko haalde zijn schouders op. ‘Ik denk het wel. Zo niet, dan zullen ze iemand opdracht geven me dood te schieten.’

'Dit is een dom plan,' zei Ysabel. 'Straks wordt hij nog gedood.'

Dovzhenko legde een hand op haar schouder. 'Dit was zijn plan niet. En ik ben ervoor. Echt.'

'Nou, maar ik niet,' zei Ysabel.

Yazdani's auto kwam de hoek om en stopte naast de Toyota, zodat de beide ramen van de bestuurders tegenover elkaar waren. Hij gaf de zaklamp/USB-stick aan Dovzhenko die hem weer doorgaf aan Jack die achterin zat. 'Het is geüpload.'

'Geen problemen?' vroeg Ryan.

'Geen problemen.'

Ryan belde met het mobieltje dat Yazdani hem had gegeven het nummer van Foley's prepaid telefoon.

'Is dit de persoon die over de pizza belde?' Dat hij het woord 'persoon' gebruikte betekende dat de malware was geüpload. Het woord 'vrouw' zou hebben betekend dat dat niet was gebeurd.

'Nu ga ik mijn zoon halen,' zei Yazdani. 'En jullie houden je aan jullie kant van de deal.'

'Zeker weten,' zei Ryan. 'Ga hem maar halen. Ik moet wachten op het bericht dat de raketten zijn vernietigd.'

'Dat was niet onze afspraak,' zei Yazdani. 'Jullie moeten ons helpen de grens over te komen.'

'Dat doen we ook,' zei Ryan, 'zodra ik bericht heb gekregen.'

'En als er iets misgaat?' vroeg Yazdani met fonkelende ogen. 'Is je belofte aan mijn zoon alleen bindend als jullie vliegtuigen het doelwit raken?'

'Nee,' zei Jack. 'Maar dan veranderen de plannen. Als het nodig is kun je mijn contactpersonen treffen ten zuiden van Islam Qala en dan zorgen zij ervoor dat jullie de grens over komen.'

Yazdani snauwde iets in het Iraans en scheurde weg.

'Wat zei hij?'

'Dat wil je niet weten,' zei Ysabel. 'Maar het heeft iets te maken met je ballen en een gloeiend heet vuur.'

'Shit,' zei Ryan. 'Dat is wel heel wreed.'

'Erg damesachtig is het niet,' zei Ysabel, 'maar ik moet toegeven dat ik dat de afgelopen jaren zelf ook vaak heb gedacht wanneer ik op je telefoontje wachtte.'

'Raptors vliegen naar het westen, meneer de president,' zei de voorzitter van de joint chiefs. 'Met een snelheid van ongeveer Mach 1,8 zijn ze over acht minuten boven het doelwit.'

Bob Burgess legde zijn gebalde vuisten op de tafel. 'Als we geluk hebben, zijn ze volkomen onzichtbaar door de stealthtechnologie en de malware van de informant.'

'Dit zijn twee van de beste piloten in twee van de meest geavanceerde vliegtuigen ter wereld,' zei generaal Paul.

'Hoe zit het met Russische Verba's of andere draagbare luchtafweersystemen?' vroeg Mary Pat.

'Ze zouden moeten weten dat we daar zijn,' zei generaal Paul. 'Maar met die F-22 betwijfel ik of we die malware zelfs wel nodig hadden om hun systeem te misleiden. Volgens mij komt het goed.'

De voorzitter knikte tegen zijn adjudant, die de frequentie van de piloten opzocht. Eerst hoorden ze wat ruis, maar daarna konden ze in de Situation Room de piloten duidelijk horen praten.

'Dertig kilometer...' zei Haymaker One, de eerste piloot. 'Begin de voorbereiding over dertig seconden op mijn teken.'

'Begrepen,' zei de tweede piloot. 'Dertig seconden.'

'Nu,' zei de eerste piloot.

'Begrepen.'

Generaal Paul hield hen op de hoogte terwijl de Raptor-piloten zich klaarmaakten om hun munitie te droppen. De informanten in Iran – de generaal had geen idee wie dat waren – hadden de gps-coördinaten van de Russische raketten doorgegeven. Daardoor hadden de JDAM's een positief doelwit om op te richten zodra ze op een hoogte van ruim tien kilometer werden gelanceerd. Met een foutenmarge van nog geen vijf meter zouden de ruim achttienhonderd kilo zware JDAM's korte metten maken met de beide Gorgons en met iedereen binnen het bereik van de schokgolf. De Raptors zouden zo dichtbij zijn dat hun geavanceerde sensoren en camera's de aanval vanaf een veilige afstand konden filmen en daardoor een BDA – *bomb damage assessment* – in realtime mogelijk maakten voordat ze zich terugtrokken over de grens met Afghanistan.

'Haymaker One, bommen los,' zei de eerste piloot.

'Haymaker Two, bommen los.'

Tachtig seconden tikten weg, waarna de eerste piloot zei: 'We zien maar één secundaire explosie. Ik herhaal: slechts één secundaire explosie. We hebben het doelwit vernietigd. De tweede raket moet zich op een andere locatie bevinden.'

Generaal Paul keek naar Ryan, die een ronddraaiende beweging maakte met zijn wijsvinger.

'Haal ze daar weg,' zei Ryan.

63

Adelborst Hardy had twee jaar aan Idaho State gestudeerd toen hij werd aangenomen op Annapolis en zijn droom uitkwam. Hij was veel ouder dan de meeste andere studenten van zijn jaar, maar nu hij naar de zijingang van het Witte Huis werd gereden en langs de beveiliging werd geleid, voelde hij zich net een opgewonden jochie op schoolreis naar het Smithsonian.

Special agent Marsh wachtte tot de slagboom bij het noordoosthek naar het Witte Huis omhoogging. Een agent van de Uniformed Division van de Secret Service wist dat ze eraan kwamen en gebaarde nadat Marsh zijn ID-kaart aan het koord om zijn hals had laten zien dat de Crown Victoria mocht doorrijden. Marsh gaf Van Orden en Hardy ieder een koord met een badge met een rode A erop, wat betekende dat ze een afspraak hadden, maar begeleid moesten worden.

Marsh reed langs de hoofdingang en parkeerde de auto aan de oostkant van de ronde parkeerplaats. Daarna ging hij hun voor tijdens een lange wandeling langs wat volgens Hardy de perskamer was. Buiten stonden geen bewakers, maar binnen werden ze opgevangen door twee andere agenten van de Secret Service Uniformed Division: een van hen stond en de andere zat aan een bureau. Een bezoekersboek lag geopend voor deze agent, maar Marsh wees naar de gang en de donkere agente knikte en gebaarde dat ze mochten doorlopen. 'Hi, Cody,' zei ze. 'Drukke dag.'

'Vertel mij wat,' zei Marsh.

Hardy had foto's van het Witte Huis gezien en heel veel films en tv-programma's zoals *National Treasure* en *The West Wing*, maar toch verbaasde het hem dat het plafond zo laag was. Iedereen, van de stafmedewerkers tot en met de agenten van de Secret Service, praatte ernstig. Door de dikke tapijten en het antieke meubilair leek het een soort museum, en wat in de films een paleis leek, was in werkelijkheid veel kleiner, waardoor het bijna benauwd aanvoelde. Aan de muren hingen historische schilderijen van schilders als Terpning, Bierstadt en Remington. Er hingen zelfs tekeningen van Norman Rockwell van een bezoek aan het Witte Huis, maar behalve de officiele portretten van de president en de vicepresident, ongeveer dezelfde die in The Yard hingen, was er niet een van de Commander in Chief zelf.

Aan het einde van de gang sloeg Marsh links af en liep een kantoorsuite in met veel te veel bureaus waar de secretaresses en bodyguards van de president zaten.

Een ernstig uitziende vrouw keek over haar bril naar hen, knikte naar de Secret Service-agent en zei: 'Ga maar naar binnen, Cody. Hij verwacht je.'

'Bedankt, mevrouw Martin,' zei Marsh. Voor de deur bleef hij staan en trok zijn stropdas recht. Daarna liep hij voor hen uit het Oval Office in.

De president van de Verenigde Staten stond op van zijn stoel voor de open haard toen Van Orden en Hardy binnenkwamen. Ook dit kantoor was kleiner dan Hardy had gedacht, maar toch wel zo groot dat hij diep onder de indruk was.

Er waren nog meer mensen in het vertrek. De ministers van Defensie en van BuZa, de directeur van de CIA, de voorzitter van de joint chiefs en een paar anderen die Hardy niet herkende, onder wie een vrouw die achter in de vijftig leek en het dichtst bij de president zat.

'Professor Van Orden,' zei Ryan, waarna hij naar voren stapte en zijn hand uitstak.

Ongelofelijk, dacht Hardy. De machtigste man ter wereld loopt naar ons toe om ons een hand te geven.

'En adelborst Hardy,' zei Ryan. 'Jullie vragen je natuurlijk af waar al deze ophef over gaat.'

'Dus jullie zijn mijn interne experts,' zei president Ryan nadat Mary Pat Foley de nieuwkomers kort op de hoogte had gebracht. 'Op wetenschappelijk gebied tenminste. Ik wil dat jullie allebei vrijuit praten. Vertel me jullie mening maar ook de wetenschappelijke feiten, maar zeg er wel bij welke van de twee het is.' Hij slaakte iets wat het midden hield tussen een kreun en een zucht. 'Vertel me dus eens, hoe reëel is deze dreiging door Sahar Tabrizi? Hoe groot is de kans?'

'Als Iran de juiste satelliet kan raken,' zei Van Orden, 'die dr. Tabrizi Crux noemt, dan is de kans op een kettingreactie groot. Ze is een getalenteerde natuurkundige. Haar theorieën en die van Kessler zijn overtuigend.'

'Mag ik even, meneer de president?' vroeg de minister van Defensie.

Ryan knikte.

'Hoe snel zou het afval van Tabrizi's Crux de rest van onze satellieten in een lage baan om de aarde beïnvloeden?'

Van Orden keek Hardy aan.

'Mijn vader is politieman,' zei de adelborst, waardoor Ryan de jongeman zelfs nog aardiger vond. 'Zijn kogelvrije vest is gemaakt van kevlar, maar de stalen schokplaat voor zijn hart en longen is gecoat met een materiaal dat versplintering moet voorkomen. Als een kogel een metalen schokplaat raakt die niet gecoat is en niet de juiste hoek heeft, versplintert die toch. Dan zullen metalen deeltjes van de plaat afspatten en even dodelijk zijn voor mijn vader als het oorspronkelijke projectiel. Zelfs wanneer een raket een satelliet alleen maar schampt zou dat al heel veel afval veroorzaken. U hebt vast allemaal gezien wat een deeltje zo groot als een zandkorrel met het raam van het Space Station kan doen.'

Iedereen in het vertrek knikte ernstig.

Van Orden nam nu het woord. 'Er bevinden zich bijna achthonderd satellieten in de lage baan, onder andere voor communicatie zoals satelliettelefoons, ISR (*intelligence, surveillance and reconnaissance*), het International Space Station, en andere. Sommige daarvan zijn kleine blokjes van slechts enkele centimeters in doorsnee. Andere wegen een paar ton en zijn zo groot als een bus.' Hij keek naar Hardy om hem het woord weer te geven.

'We traceren meer dan 8500 stukken ruimteafval groter dan tien centimeter. China heeft in 2007 met een kinetisch *kill vehicle* een van hun eigen weersatellieten vernietigd en daardoor meer dan tweeduizend stukken ruimteafval die groter zijn dan een golfbal gecreëerd. Sommigen schatten het aantal stukken afval van minstens twee millimeter maar te klein om te traceren op meer dan een miljoen. Om dat in de juiste verhoudingen te zien: de diameter van een .22-kogel is 5,56 mm. De ruimte, zelfs in de lage baan om de aarde, is heel groot, maar de kans op rampzalige schade wordt exponentieel groter.' Hardy zweeg even en zei toen: 'Met elke nieuwe satelliet die meer en meer stukken ruimteafval creëert die zich allemaal verplaatsen met een snelheid van meer dan achtentwintigduizend kilometer per uur, zou het niet heel lang duren voordat er een ring is ontstaan die de lage baan om de aarde tot een zeer vijandige omgeving maakt.'

Van Orden knikte instemmend. 'En dan hebben we het nog niet eens over wat er zal gebeuren wanneer dat afval hoogte verliest. Veel ervan zal verbranden zodra het de dampkring binnenkomt, maar een significant gedeelte zal terugvallen op de aarde, dus boven op ons.'

Foley hief haar vulpen en vroeg: 'Gezien het feit dat veel stukken verbranden zodra ze de dampkring betreden, zou een kernexplosie dan niet hetzelfde effect hebben?'

'Een kinetische kill zou beter zijn als ze meer ruimteafval willen creëren,' zei Harden.

Burgess zei: 'Dan moeten we ervan uitgaan dat ze zich vooral richten op het geleidesysteem op de raketten. Het zou niet moeilijk zijn om de raketkop niet te laden. PAL's zouden ontploffing moeten voorkomen, zelfs tijdens een directe frontale botsing.'

Een PAL, een *permissive action link*, is een securitysysteem ontwikkeld om te voorkomen dat een kernbom ontploft, tenzij er positieve acties worden uitgevoerd. Zoals een kernwapenexpert het verwoordde: 'Het omzeilen van een PAL zou ongeveer even ingewikkeld moeten zijn als het uitvoeren van een tonsillectomie wanneer de chirurg de patiënt aan de verkeerde kant benadert.'

'Wat doen we dus met een kinetisch kill vehicle?' vroeg Arnie Van Damm.

Hardy knikte ernstig. 'Mijn vrienden en ik hebben dit uitgewerkt. Je kunt een satelliet op verschillende manieren verplaatsen. Sommige satellieten hebben een solarantenne. Die zouden we kunnen gebruiken en de satelliet verplaatsen met stralingsdruk van de zon, zoiets als wind onder een vlieger.'

'Te traag,' zei Van Orden. 'Een raket met welk geleidesysteem dan ook zou gewoon zijn oorspronkelijke baan weer volgen.'

'Klopt,' zei Hardy.
'Kun je hem niet gewoon verplaatsen?' vroeg Foley.
'Dat kan wel,' zei Hardy. 'Heel veel satellieten moeten periodiek worden geboost om in hun baan te blijven. We zouden zijn baan kunnen boosten om hem tijdelijk in een hogere baan te brengen.'
'Slechts tijdelijk?' vroeg Van Damm.
Hardy knikte. 'Dat klopt, meneer.'
Hardy en Van Orden overlegden even met elkaar en bespraken cijfers en scenario's.
Ryan viel hen in de rede: 'Maar we kunnen hem wel verplaatsen?'
'Dat kunnen we, meneer de president.' Van Orden mompelde iets wat Ryan in de oren klonk als vreemde toverspreuken over pi en *vis viva* en omloopvertraging, terwijl hij in gedachten berekeningen uitvoerde. Hij keek Hardy aan. 'Een verandering van baan van een halve graad...'
Hardy, die dezelfde berekeningen had gemaakt, maakte de gedachte van de professor af: '... zou een verplaatsing van tientallen meters van de oorspronkelijke locatie betekenen.'
Ryan zei: 'Dus jullie zeggen dat de raketten er als we op de rem trappen gewoon langs vliegen?'
'Wat?' vroeg Van Orden, die de verwijzing naar *Top Gun* niet begreep.
Hardy knikte. 'Feitelijk wel, meneer de president. Zolang de raket zijn baan niet corrigeert zou hij erlangs vliegen en uiteindelijk terugvallen naar de aarde.'
'Oké,' zei Ryan. 'Nucleair of kinetisch, we hebben nog steeds een groot probleem. Dus voor de dag ermee.'
'Pardon?' zei Van Orden.
'Crux,' zei Ryan. 'De satelliet waar dr. Tabrizi het in haar theorie over heeft. We kunnen hem dus niet verplaatsen voordat we weten welke het is?'
Van Orden en Hardy keken elkaar aan, en toen naar de president.
De professor was de eerste die sprak: 'Volgens ons behoren er vijf tot de mogelijkheden,' zei hij.
Hardy voegde eraan toe: 'Misschien zelfs wel negen. En dan hebben we het alleen over die van ons.'

64

Atash Yazdani wipte ongeduldig van de ene voet op de andere toen Dovzhenko de parkeerplaats bij het Akbar Kinderziekenhuis op reed. Zijn zoon Ibrahim, klein en afgetobd, stond naast hem. Met zijn arm om de schouders van de jongen geslagen bukte de Iraniër zich en stak zijn hoofd door het raampje van de Toyota naar binnen. Hij glimlachte voor het eerst sinds ze hem hadden ontmoet. 'Er is een aanval uitgevoerd op de raketlocatie ten westen van de stad. Jullie plan is geslaagd. De raketten zijn vernietigd. Nu kunnen jullie je aan jullie afspraken houden en mijn zoon het land uit brengen.'

Zijn gezicht betrok toen hij de sfeer in de truck opmerkte. 'Wat is er gebeurd?' Hij legde een hand op zijn hoofd en keek omhoog. 'Zeg niet dat er weer een vertraging is.'

'Het spijt me,' zei Jack. 'Maar er is slechts één raket vernietigd. De andere is dus nog intact.'

'Dat maakt nu niet meer uit,' zei Yazdani, bijna in tranen. 'Ik heb gedaan wat jullie hebben gevraagd. Meer kan ik niet doen.' Tegen zijn zoon zei hij: 'Ibrahim, stap in de truck. Deze mensen nemen ons mee om medicijnen voor je te halen.'

'Dat doen we ook,' zei Jack. 'Je hebt mijn woord...'

'Door jouw woord worden we allemaal nog gedood!'

De jongen begon te hoesten, en ging daarmee door tot hij helemaal rood was aangelopen.

Yazdani sloeg hem op de rug, waarna hij eindelijk stopte.

'We gaan jullie nog steeds helpen,' zei Jack weer. 'Maar we moeten die tweede raket vinden.'

Yazdani keek hem vernietigend aan en hief toen zijn handen. 'Er zijn een paar grotten, ongeveer tien kilometer ten zuiden van die testlocatie. Het is mogelijk dat ze een van de lanceerders daarnaartoe hebben gebracht.'

Dovzhenko gaf hem een kaart. 'Wijs eens aan.'

Yazdani wees naar een plek ten westen van de stad die aan een smal geitenpaadje lag, een afslag van een weg langs het dorp Noqondar. Hij pakte een pen en tekende een X op de kaart. 'Hier zijn die grotten. Ik weet dat ze groot genoeg zijn, maar dat betekent niet dat die raket daar is.'

'We moeten het proberen,' zei Ryan terwijl hij een paar instructies op een stukje papier schreef. 'Taybad ligt maar een paar kilometer van de Afghaanse grens. Ga daar met je zoon naartoe en wacht daar. Als je binnen vier uur niets van ons hoort, moet je dit nummer bellen.'

'Ik heb geen keus,' zei Yazdani.

Ryan haalde zijn schouders op. 'Geen van ons,' zei hij.

Het leek wel alsof elk voertuig van het leger en de militie in hoog tempo Mashhad verliet en naar de locatie van de explosies reed.

Dovzhenko voegde zich in de rij voertuigen en reed snel mee in westelijke richting.

Ondertussen vertaalde Ysabel de radioberichten.

De officiële boodschap was dat Israël een aantal raketten op een Iraanse school had afgevuurd en honderden onschuldige kinderen had gedood. Dat was geen verklaring voor de enorme secundaire explosie waar sommigen het over hadden, maar de media, gewend de lijn van de regering te volgen, deden geen enkele poging ook maar iets te verklaren.

'Keer hier,' zei Ryan; hij navigeerde terwijl Dovzhenko reed. De Rus verliet het konvooi en sloeg af naar het zuiden. Ze reden een bebost dal in toen ze zo dichtbij waren dat ze in de verte vlammen zagen. Na anderhalve kilometer ging hij langzamer rijden, deed het licht uit en hield alleen de parkeerlichten aan. Ze reden door naar Yazdani's X en zagen uiteindelijk verderop het felle licht van bouwlampen.

'Helemaal goed, Atash!' zei Ryan. Hij draaide zijn raampje naar beneden, zodat de koele lucht van het dal naar binnen stroomde. 'Horen jullie dat?'

'Wat?' vroeg Ysabel. 'Ik hoor het geluid van een beekje naast de weg.'

'Een generator,' zei Dovzhenko. 'Ik rij nog iets verder, maar de rest moeten we lopen.'

Ryan controleerde de AK's en verzamelde alle munitie in vier magazijnen voor twintig patronen. Tachtig patronen leek een heleboel, tot er op je werd geschoten.

Dovzhenko parkeerde de truck tussen de bomen. Daarna hingen ze ieder een geweer aan de schouder en drukten hun portieren geluidloos dicht. Ze kropen op handen en knieën naar de rand van de open plek.

De felle bouwlampen, gevoed door de zoemende generator, verlichtten het gebied tot in het bos alsof het een podium was. Achter de verlichte plek stond een rotsachtige berg. Hetzelfde grindpad waar zij overheen kropen leidde naar een zwart gat in de zijkant van de berg, terwijl een tweede pad afboog naar het westen, door een droge wadi en over een heuvel. Meer licht kwam uit een laag stenen gebouw rechts van de grot.

Drie geüniformeerde bewakers stonden buiten: een naast het gebouw en twee bij de rand van de lichtcirkel dichter bij de ingang van de grot.

'Dit bevalt me helemaal niet,' zei Ysabel. 'We weten niet hoeveel man er binnen is.'

'Klopt,' zei Dovzhenko. 'We zouden moeten kijken of we een...'

Jack legde een hand op zijn arm om zijn aandacht te trekken. 'Kijk,' fluisterde hij.

Ysabel hapte naar adem. 'Reza Kazem.'

'En Tabrizi,' zei Ryan.

Ze kwamen samen de grot uit, Tabrizi met een klembord en Kazem met een leren schoudertas. Ze liepen naar het stenen gebouw en gingen naar binnen.

'Ik weet het niet zeker,' zei Ysabel, 'maar volgens mij zag ik ayatollah Ghorbani daarbinnen, geboeid aan handen en voeten.'

'Dan is hij niet bij de samenzwering betrokken,' zei Dovzhenko.

'In elk geval niet bij elk facet ervan,' zei Ryan. In zijn hoofd begon zich een plan te vormen.

Ysabel zag zijn gezicht. 'Wat is er? Ik ken die blik.'

Ryan haalde de satelliettelefoon uit zijn zak, trok de antenne eruit en zag opgelucht dat hij bereik had. 'Ik moet eerst iets doen: een volgende aanval in gang zetten.'

'Echt niet!' zei Dovzhenko. 'We zijn veel te dichtbij. Jullie bommen zullen ons allemaal doden.'

Ryan schudde zijn hoofd. 'Ik wil geen zelfmoord plegen, hoor. Maar zodra we zeker weten dat die raket daar is, gaan we er als een haas vandoor.'

Er was geen tijd voor iets anders dan een direct telefoongesprek, dus toetste hij het nummer in van de prepaid telefoon die Foley als een extra veiligheidslaag voor dit soort gesprekken gebruikte.

Ze nam meteen op en gaf de telefoon door aan zijn vader.

Het was fijn om zijn stem te horen, maar nu Dovzhenko erbij was vermeed Jack hem 'vader' te noemen. Hij vertelde hem zijn plan en las daarna de gps-coördinaten voor van de geleende mobiele telefoon. 'We voeren even een korte verkenning uit. Ik bel je over tien minuten terug met een sitrep. Als je binnen vijftien minuten niets van me hoort, moet je hem toch sturen.'

Hij dacht dat hij zijn vader een kreet hoorde onderdrukken, dus zei hij: 'Je hoort van me. Dat beloof ik.'

Ryan verbrak de verbinding en drukte de antenne naar beneden net toen Kazem en Tabrizi het stenen gebouw uit kwamen. Ze hadden een man bij zich wiens handen voor zijn lichaam geboeid waren. Hij had een lange witte baard en droeg de toga en tulband van een geestelijke. Ysabel had gelijk: dat was ayatollah Ghorbani.

In plaats van dat Kazem terugging naar de grot en de lanceertruck naar de open plek reed, duwde hij de geestelijke naar een houten tafel bij de basis van de lichtmast.

Ghorbani ging tekeer tegen hem, maar door de generator konden ze hem niet verstaan. Hij werd hoe dan ook genegeerd door Kazem en Tabrizi.

Kazem zette de leren tas op de tafel en opende de flap.

Ze zagen alle drie dat dit de afstandsbediening voor de raketlanceerder was.

'Wat doet hij nu?' vroeg Ysabel. 'Hij kan hem niet vanuit de grot lanceren.'

Tabrizi keek naar een telefoon die ze in haar hand hield. Ze hief haar vrije hand, liet die even in de lucht hangen en toen, nog steeds met haar blik op de telefoon gericht, liet ze haar hand vallen.

Jack keek naar de weg die boven op de volgende heuvel uit het zicht verdween en realiseerde zich te laat wat er gebeurde. Hij richtte zijn geweer en doodde Reza Kazem toen deze klaar was met het invoeren van de code in de afstandsbediening van de raketlanceerder.

Een fel licht steeg op in het dal achter de heuvel. De Russische Gorgon vloog in een oranje en zwarte wolk omhoog naar de nachtelijke hemel. De bewakers, die even schrokken van het geweervuur en de raketlancering, hadden zichzelf weer voldoende in de hand om terug te schieten.

Dovzhenko en Ysabel vuurden, terwijl Jack zich op zijn rug liet rollen en de mobiele telefoon uit zijn zak haalde. Hij was geluidloos gaan tellen vanaf het moment dat de raket werd gelanceerd.

Daarna rolde hij naar zijn eigen geweer, begon ook te schieten en raakte een van de bewakers bij de ingang van de grot terwijl de kogels over hun hoofden vlogen. Dovzhenko schoot Tabrizi dood toen ze een van de gevallen geweren opraapte. De andere bewaker bij de opening van de grot was al dood. De derde bewaker werd even later ook uitgeschakeld, door Ysabel. Jack had lang geleden geleerd dat langdurige vuurgevechten zeldzaam waren. Dit vuurgevecht eindigde snel, en slecht voor de ongetrainde bewakers. Het geluid van de zoemende generator vulde het dal, en ze roken de geur van verbrand metaal van de raket.

Ghorbani stond in zijn eentje te knipperen in het felle licht van de bouwlampen.

Er kwamen geen andere schutters uit de grot, maar Dovzhenko liep opzij en gaf de ayatollah voor de zekerheid toch opdracht naar hem toe te komen.

Ryan liep de andere kant op, tussen de bomen door, terwijl hij de satelliettelefoon uit zijn zak haalde. Ghorbani hoefde niet te weten dat hij hier ooit was geweest.

Foley nam meteen op.

'Raket gelanceerd om 12.06.32 Iraanse tijd,' zei Jack. 'We konden de lancering niet meer tegenhouden.'

65

'Dr. Van Orden,' zei Mary Pat Foley. Ze was bleek geworden en legde de mobiele telefoon weg. 'Hoe lang heeft een Russische 51T6 nodig om een passerende satelliet te raken?'

'Iets meer dan drie minuten,' zei Van Orden.

Foley zei: 'Meneer de president, we zullen over vierenvijftig seconden lanceren.'

Generaal Paul had het Air Force Satellite Control Network vlak bij Colorado Springs op een open lijn in afwachting van deze gebeurtenis.

'Waarom verplaatsen we al onze satellieten eigenlijk niet nu we niet zeker weten welke het doelwit is?' vroeg Ryan.

Van Orden zei: 'We zouden ze allemaal kunnen verplaatsen, meneer de president. Maar het is riskant om al dat metaal tegelijkertijd te verplaatsen. Het kost tijd om de noodzakelijke berekeningen uit te voeren om te voorkomen dat we zelf een botsing veroorzaken. En straks verplaatsen we de verkeerde het eerst.'

'Oké, heren,' zei Ryan. 'Volgens mij hebben jullie ongeveer negentig seconden om de juiste satelliet uit te kiezen.'

Hardy zat aan de vergadertafel over een laptop gebogen met toegang tot satellietinformatie die niet toegankelijk was voor wie ook zonder een specifieke *need to know*. Zijn stem klonk rustig en kalm, ook al was hij omringd door mannen en een vrouw die ver boven hem stonden in de hiërarchie. Hij zei: 'Een lancering zou ons juist helpen. Deze Russische raketten hebben een snelheid van 8.575 kilometer per uur, terwijl satellieten om de aarde draaien met een snelheid van ongeveer 28.165 kilometer per uur. Zoals we weten heeft de 51T6 een maximaal bereik van achthonderd kilometer. Zelfs als deze raket een nieuwe versie is met een bereik van een paar honderd kilometer meer... Voor een kinetische kill zou de raket' – hij trommelde met zijn vingers op het tafelblad – '1.350 kilometer moeten afleggen vanaf de lancering tot hij de satelliet bereikt.' Hij keek weer naar het computerscherm. 'Dat betekent dat slechts vijf satellieten binnen zijn bereik zijn.'

'We hebben weinig tijd meer,' zei Ryan.

'Twee daarvan zijn van China, een is van Rusland en een is van Thailand, maar niet een daarvan is groot genoeg. Behalve deze ene: een ISR-satelliet waar ik nog nooit van heb gehoord.' Hardy keek op en draaide het beeldscherm naar de voorzitter. 'Dit is hem, generaal Paul. Dat kan niet anders.'

'Doe het, nu!' zei Ryan.

De voorzitter van de joint chiefs gaf de boodschap door aan het AFSCN om 12.09.12 uur Iraanse tijd, twee minuten en veertig seconden na de lancering van de raket.

'We hoeven niet lang te wachten,' zei Van Damm, wat iedereen natuurlijk al wist.

Adelborst Hardy sloot eerst de laptop en toen zijn ogen. Zijn lippen bewogen een beetje toen hij zacht een gebed uitsprak.

Dr. Van Orden gaf hem een vaderlijk schouderklopje.

Niemand zei iets. Een paar haalden adem. Iedereen in het vertrek, ook Ryan, mompelde een gebed. Uiteindelijk keek iedereen naar generaal Paul.

Vierenvijftig seconden later leunde de generaal achterover in zijn stoel en stak zijn duim op. 'Het ziet ernaar uit dat het oké is, meneer de president. Het AFSCN heeft een ongeïdentificeerde raket getraceerd die vanuit Iran is gelanceerd terwijl hij op ongeveer vierhonderd meter langs onze ISR-satelliet scheerde. De satellietsignalen worden nog steeds uitstekend ontvangen.'

Ryan stond op, zodat ieder ander in de Situation Room ook opstond. 'Adelborst Hardy en dr. Van Orden... Ik weet dat het een afknapper zal zijn na dit alles, maar hebben jullie zin om bij mij thuis te komen dineren?' Hij grinnikte. 'Het is niet ver.'

66

Twee dagen later stond senator Michelle Chadwick in haar keuken, gekleed in een lichtbruine kamerjas en een paar zachte slippers. Ze schepte pecanroomijs in twee kommen en nadat ze het ijs van de lepel had gelikt liet ze hem in de gootsteen vallen. Ze zei: '*L'état c'est moi*. Nee, Jack Ryan, jij bent de wet niet.' Na haar ontmoeting met de president was ze in een feeststemming.

Natuurlijk, hij had Yermilov kunnen overhalen zijn troepen terug te trekken van de Oekraïense grens, maar het volk vertrouwde hem nog steeds niet. Hij dacht dat hij veel slimmer was dan ieder ander. Nee, dat was het niet. Hij vond zichzelf beter, eerlijker, minder corrupt, minder ontvankelijk voor de verleidingen waar mindere zielen wel voor vielen. Er was niet slechts één ding dat Michelle Chadwick niet beviel aan Jack Ryan, maar ontelbare.

'Hé!' riep Corey vanuit de slaapkamer.

'Rustig aan! Ik ben met het ijs bezig.'

'Vergeet dat ijs, want dit wil je niet missen.'

'Wat is er?' vroeg ze even later. Ze liet zich naast haar toyboy op het bed vallen en gaf hem de kom met de kleinste hoeveelheid ijs erin. Toen ze naar de tv keek, beet ze bijna haar lepel doormidden.

Toen Jack Ryan zei dat hij hun zaak aan de hoogste rechtbank van het land zou voorleggen, had hij het niet over de Supreme Court gehad. Die klootzak had het Amerikaanse volk bedoeld.

'... het gevaar van leugens, van het vertellen van leugens, van geloven in het echo-effect van de social media,' zei Ryan aan zijn bureau in het Oval Office. 'We zouden net als enkele andere landen de vrijheid van meningsuiting kunnen beperken, of als satire vermomde sensatielust illegaal kunnen maken. Het Congres zou wetgeving kunnen goedkeuren waardoor het verspreiden van leugens bestraft kan worden met hoge boetes of zelfs met gevangenisstraf – zelfs als die leugens worden verkondigd met een knipoog en een beroep op amusement. Er is geen twijfel aan dat veel leugens echte mensen beschadigen. En als echte mensen iets wordt aangedaan, moet de regering daar dan niet iets aan doen? Het Amerikaanse volk, jullie, wij... zijn slimmer. Ik vind dat we beter verdienen.'

Terwijl Ryan aan het woord was, werd het scherm in tweeën gesplitst. Op beide schermen zat hij aan zijn bureau en gaf dezelfde toespraak, maar op het ene scherm droeg hij een antracietgrijs pak en op het andere een zwart pak. Het scherm werd weer opgesplitst, in vier en daarna in zes beelden. Ryan gaf dezelfde toespraak maar in een ander pak en vanaf verschillende locaties. Een van de uitstekend gemanipuleerde beelden was de toespraak die hij een jaar eerder had gehouden in de United States Military Academy in West Point.

'Helaas,' zeiden alle Jack Ryans tegelijkertijd, 'maakt de huidige technologie bedrog veel te gemakkelijk.'

'Klootzak!' fluisterde Chadwick.

Corey legde een hand op haar knie. 'Wat doet hij volgens j...'

'Hou je kop!' zei Chadwick terwijl ze zijn hand wegduwde. 'Hou gewoon je kop.'

In het Oval Office liep de echte president Ryan voor het groene scherm langs en ging op de rand van het Resolute Desk zitten. Achter hem stopten de beelden van hem in verschillende pakken en op verschillende locaties, en Ryan ging zonder hapering door met zijn toespraak. Deze demonstratie van gemanipuleerde video's was veel beter dan welke verklaring dan ook.

'Het is niet altijd de taak van de regering om te besluiten wat waar is en wat een leugen is. Die verantwoordelijkheid ligt bij ons als mens. In dit tijdperk van digitale manipulatie en kunstmatige intelligentie kunnen stemmen zo goed worden nagemaakt dat zelfs de mensen die het dichtst bij ons staan denken dat het echt is. En veel te veel mensen zijn bereid de technologie tegen ons te gebruiken; te veel buitenlandse regeringen en te veel mensen in ons eigen land, wier voornaamste doel niet grapjes maken is, maar die iets kapot willen maken en uiteen willen laten vallen. We mogen ons niet laten bedriegen. We moeten bestuderen, lezen en weloverwogen besluiten nemen door de zaken goed af te wegen voordat we een overhaast besluit nemen. En ik heb het niet alleen tegen u, maar ook tegen mezelf. Samen moet we waakzaam zijn...'

In de gang voor het Oval, naast de Roosevelt Room, boog special agent Marsh zich over naar Gary Montgomery terwijl Ryan zijn toespraak afrondde. 'De POTUS heeft nooit iets gezegd over die gemanipuleerde video's van hem waarin hij het had over het hamsteren van vaccin of het steunen van een coup in Kameroen. Hij heeft nooit met een woord over Russische bots gerept.'

Montgomery grinnikte. 'Zoals hij al zei, zijn Amerikanen veel te slim om dat te geloven.' Hij zweeg even, fronste zijn wenkbrauwen, tuitte zijn lippen. 'De meeste tenminste.'

Twee oude mannen die op de Sofiyskaya Embankment aan het vissen waren, zagen het lichaam het eerst. Een van de mannen was een voormalige apparatsjik die een gebogen en magere vinger aan de pols van de huidige regering hield. Hongerige vissen waren al aan hun werk begonnen, maar toch herkende hij meteen het liploze gezicht van Maksim Dudko, adjudant van president Yermilov. 'Wat heb je gedaan, kameraad,' fluisterde hij zachtjes, 'om als visvoer te eindigen in de rivier de Moskva?'

Dat kan ik maar beter niet weten, dacht hij, waarna hij met zijn wandelstok het opgezwollen ding terugduwde in de wervelende stroming.

Jack Ryan, Erik Dovzhenko en Ysabel Kashani staken samen met Atash Yazdani en zijn zoon de grens met Afghanistan over. Ze volgden dezelfde smokkelaarsroute die ze hadden gebruikt om Iran binnen te komen. De wind van honderdtwintig dagen, die nog steeds heet en stevig waaide, gaf hun dekking voor de surveillerende grenswachten.

Gezien alles wat er was gebeurd tijdens hun laatste reis door Herat en de kans dat ze levenslange vijanden hadden gemaakt, had Ryan ervoor gekozen naar Dubai te vliegen. Er waren nog altijd een heleboel Russische en Iraanse spionnen in de Verenigde Arabische Emiraten, maar de Amerikaanse inlichtingenwereld was daar ook ruim vertegenwoordigd en dit land bood meer schuilplaatsen dan het westen van Afghanistan.

Twee case officers van de CIA, die ook ervaren verpleegkundigen waren, namen de Yazdani's van hen over. Public Law 110 zou ervoor zorgen dat vader en zoon een nieuwe naam en een nieuwe woonplek kregen. De medische behandeling van Ibrahims cystic fibrosis zou worden gestart zodra hij door een longarts was gezien. Atash Yazdani zou uiteindelijk worden geholpen met het vinden van een nieuwe baan, maar als engineer in de Iraanse ruimtevaarttechnologie had hij voldoende informatie om debriefers van verschillende Amerikaanse inlichtingendiensten maandenlang bezig te houden.

Aangezien Jacks aandeel in dit alles nog altijd een delicate kwestie was, werd besloten dat case officer Adam Yao van de CIA, die al eerder met Ryan had samengewerkt, de eerste contactpersoon van Erik Dovzhenko zou zijn en hem zou debriefen om te zien of hij geloofwaardig was. Daarna zou hij hem aan de FLUTTER zetten voordat hij hem zou accepteren als dubbelspion GP/VICAR.

Rusland had Iran al meteen voorzien van kernraketten, maar voor zover ze wisten was Dovzhenko daar niet van op de hoogte. Hij wist alleen van de samenzwering van Reza Kazem en generaal Alov om een Amerikaanse satelliet te beschieten. Ayatollah Ghorbani bevestigde zijn verslag, met de verhalen over zijn gewaagde ontsnapping uit handen van de getikte dissident die generaal Alov had vermoord en hem gevangen had gehouden. Dovzhenko was een heldhaftige, ijverige SVR-agent die alleen zijn werk deed. Hij had andere dissidenten achtervolgd tot in Afghanistan, waar hij ze was kwijtgeraakt bij de Taliban. In plaats van dat hij meteen was teruggekeerd naar de ambassade in Teheran, moest hij samen met zijn nieuwe maatje, Ysabel Kashani, terugvliegen naar Moskou.

Ze waren acht uur eerder in Dubai geland dan Dovzhenko zijn meerderen had verteld. Na een uitgebreide surveillance-detection route ontmoette Dovzhenko case officer van de CIA Yao in een suite van het Crowne Plaza Dubai. Yao stond in de hoek van de kamer met Dovzhenko over koetjes en kalfjes te praten, terwijl hij zijn nieuwe, maar in de strijd geteste rekruut observeerde.

Jack en Ysabel stonden iets verderop bij de deur om de twee mannen iets meer privacy te geven.

Ysabel had haar hoofddoek en lange hes verwisseld voor een spijkerbroek en een blauwe zijden blouse die haar olijfkleurige huid fraai accentueerde. Ze schuifelde met de punt van haar witte tennisschoen over de betegelde vloer. 'Ben je oké?' vroeg ze.

Jack knikte, en hij meende het ook, maar toch voelde hij zich een beetje down.

'Ik heb je heel hard aangepakt,' zei ze.

Ryan wilde graag over iets anders praten en zei: 'Je gaat dus in Rusland werken.'

Ze knikte. 'Een tijdje. Daar ligt mijn expertise.'

'Dovzhenko is een goeie vent,' zei Ryan. 'Dapper. Betrouwbaar.'

'Dat is waar.' Ysabel keek op. 'Maar we zijn geen…'

'Dat weet ik. Ik zeg alleen dat hij een goeie vent is, meer niet. En als jullie… Je weet wel… Dan zou dat oké zijn.'

Ysabel vroeg: 'Ken je het verhaal van de Bibi Khanum-moskee in Samarkand?'

Ryan grinnikte. 'Nee, niet echt.'

Ysabel zei: 'Timoer Lenk nam een Perzische architect in de arm om een moskee te ontwerpen en te bouwen voor zijn favoriete echtgenote Bibi Khanum. Er wordt gezegd dat deze architect en Bibi Khanum zo verliefd op elkaar werden dat ze, toen de Perzische man haar kuste, een brandvlek in haar hals kreeg in de vorm van zijn lippen.'

Ryan trok een wenkbrauw op. 'Oké.'

'Wat ik wil zeggen, Jack' – Ysabel zwaaide haar hand voor haar buik heen en weer – 'is dat je niet op zoek moet naar iemand die je alleen hier in vuur en vlam zet. Je moet iemand zoeken die met een eenvoudige kus je wang verbrandt.'

Dovzhenko kwam eraan voordat Ryan iets kon zeggen.

'Hoop dat ik jullie niet stoor,' zei hij en hij wees met zijn duim naar achteren. 'Mijn case officer moet een paar telefoontjes plegen.'

'Nee hoor,' zei Ryan. 'Ik wilde net weggaan. Hoe minder mensen me in jouw gezelschap zien, hoe beter.'

'Dat begrijp ik,' zei Dovzhenko.

Ysabel boog zich naar Ryan toe, kuste hem op zijn wang en haalde daarna haar schouders even op. 'Zie je wel. Geen brandvlek, mijn vriend.'

Dovzhenko keek haar van opzij aan. 'Wat?'

'Niets,' zei ze.

'Ik vond het een eer,' zei Ryan.

'Ik ook,' zei Dovzhenko. 'Twee weken geleden zouden we misschien hebben geprobeerd elkaar te doden, en nu...'

'Weet je het zeker?' vroeg Ryan. 'De contraspionage van de SVR zal overuren draaien om je op te pakken zodra je uit het vliegtuig stapt.'

Dovzhenko keek even om zich heen, boog zich naar Ryan toe en vertelde hem een geheim: 'We kunnen dit waarschijnlijk maar beter niet aan je vriend vertellen, maar als ik één ding van mijn moeder heb geleerd, dan is dat hoe ik een leugendetector moet bedriegen.'

Dovzhenko glimlachte en gaf Ryan een hand, terwijl hij hem naar zich toe trok en in een broederlijke omhelzing op de schouder klopte. 'Ik heb het gevoel dat we elkaar terug zullen zien, mijn vriend.'

Ryan zei: 'Misschien zou je ons de kans moeten geven het via onze kanalen in Moskou te checken voordat je terugkeert naar Moskou. Misschien is dat niet veilig.'

Dovzhenko keek hem met een droge glimlach aan. 'Ach, Jack Ryan junior, jij weet beter dan ik dat geluk niet het resultaat is van veiligheid.'